Der Gambler II

Abgrund

von Susanne Gavénis

Science-Fiction-Roman

Impressum

2. Auflage

Covergestaltung: Susanne Gavénis

Coverbild: fotolia, „Astronaut explorer in sky“ von Sergey Nivens, Nr. 165861966

www.susanne-gavenis.de

www.facebook.com/susannegavenis

1. Kapitel

Die blassgrauen, durchscheinend wirkenden Schemen der Hewitts wirbelten in dichten Wolken um die Joker herum. Danny führte das tetraedrische Schiff gegen einen riesenhaften Schwarm der Amöboiden. Er war dichter als in jeder Simulation; die Hewitts waren wendiger und aggressiver als je zuvor. Wie Blitze peitschten sie auf das Schiff zu, rasten ihm entgegen, als wollten sie die Hülle der Joker allein mit der Wucht ihrer Bewegungsenergie durchdringen. Verbissen wich er ihnen aus, immer die erschrockenen Schreie seiner Crew in den Ohren. Die Mädchen schossen beängstigend langsam. Es schien, als habe die Furcht sie gelähmt.

Ein lang gestreckter Pulk Amöboiden tauchte plötzlich wie aus dem Nichts vor ihnen auf. Danny starrte gebannt in die Holografie und versuchte, den besten Kurs durch sie hindurchzufinden, doch da verschwamm das Bild mit einem Mal, und als es wieder klar wurde, waren die Hewitts verschwunden.

Er zwinkerte verwirrt, doch die Amöboiden blieben fort. Er musste sich getäuscht haben.

Doch dann schrie Mady: „Danny, pass auf!"

Grelles Licht pulste über die Holografie, und als es erlosch, war die Hewittansammlung wieder zu sehen. Sie war viel näher gekommen. Die *Joker* raste direkt auf sie zu!

Danny riss an der Steuerung und zwang das Schiff brutal auf einen neuen Kurs. Es sprang knapp an den Hewitts vorbei.

Trotz des Beschusses wurden es immer mehr statt weniger. Sie drangen von allen Seiten auf die *Joker* ein, formten aus ihren dehnbaren Leibern gierige Tentakel, die durchs All schnellten und sie zu greifen versuchten.

Danny bemühte sich krampfhaft, die gesamte Holografie auf einmal im Blick zu behalten. Normalerweise bereitete ihm das keinerlei Schwierigkeiten, aber jetzt vermochte er aus irgendeinem Grund immer nur einen Teil von ihr zu erfassen. Seine Augen gehorchten ihm kaum, wanderten nervös über die schimmernde Kugel, ohne Details wahrzunehmen.

In seiner Not versuchte er, auf sein eidetisches Gedächtnis zurückzugreifen und so die komplette Ansicht des Holoradars zusammenzufügen, doch auch das gelang ihm nicht. Er konnte sich einfach nicht erinnern. Er fand nur Fragmente, zu wenig, um ein Bild zu formen. Aber er brauchte es! Er brauchte es, sonst konnte er keinen sicheren Kurs finden.

Verzweifelt zwang er seinen Blick auf die Mitte der Holografie, wo der Positionsmarker der *Joker* in dunklem Rot gloste, um wenigstens die unmittelbare Umgebung erfassen zu können. Die Hewitts waren ihnen viel zu nahe. In engen, übersteuerten Kurven schraubte er das Schiff durch sie hindurch und flehte darum, dass es die Mädchen schafften, sie auf Distanz zu halten.

„Danny, was machst du denn?", schrie plötzlich Mady voller Angst.

Er fuhr zusammen, starrte in die Holografie, doch er sah keine Gefahr. Der Raum direkt vor ihnen war leer.

Trotzdem drehte er ab, und als der dunkle Fleck aus der Mitte der Holografie glitt, flammte dort plötzlich das Furcht einflößende Abbild einer gewaltigen Wolke Hewitts auf. Die *Joker* streifte sie beinahe.

„Er wird uns noch umbringen", knurrte Val über die Bordsprechanlage.

„Fähnrich Sims, konzentrieren Sie sich", mischte sich Captain Wilding ein. „Das Leben Ihrer Crew hängt von Ihnen ab!"

„Das weiß ich", erwiderte er mit rauer Stimme. Vorsichtshalber ließ er die *Joker* alle paar Sekunden den Kurs wechseln.

„Du fliegst schon wieder auf sie zu", kreischte Jenn hysterisch.

Danny blinzelte verkrampft. „Wo sind sie?"

„Direkt vor uns", schrie Mady.

„Da ist nichts!"

„Weich aus! Bitte, Danny, weich ihnen aus!"

„Aber ich sehe nichts! Die Hewitts sind hinter uns."

„Nein, sie sind ..."

Sie brach ab, schrie in höchster Panik auf und verstummte abrupt.

„Mady?"

Sie blieb stumm.

„Mady!", brüllte Danny verzweifelt.

Nur der Computer antwortete ihm.

„Achtung, Verlust des Beta-Geschützes. Achtung, Verlust des Beta-Geschützes."

„Sie stirbt, du verdammte Missgeburt", fauchte Val.

Danny war wie erstarrt.

„Bring uns endlich aus dem Schwarm!", herrschte Ellie ihn an.

Er reagierte mechanisch, aktivierte die Notfallprozedur.

„Sie müssen noch etwas durchhalten, *Joker*", erklärte ihnen Lieutenant Aston. „Der Sprung erfolgt erst in einer Minute."

„Dann sind wir alle tot", prophezeite Ellie düster.

„Nein", presste Danny grimmig hervor. „Ich werde sie uns vom Hals halten. Ich werde ..."

Er brach ab, als wie aus dem Nichts eine dichte Ansammlung Hewitts vor der *Joker* erschien. Er wollte ihr noch ausweichen, aber es war schon zu spät.

„Verlust des Delta-Geschützes", dröhnte der Computer.

„Jenn“, flüsterte Danny erstickt.

Die beiden Geschütze fehlten ihm dringend. Die Hewitts tauchten völlig unkontrolliert vor ihm auf und verschwanden wieder. Mit allen vier Geschützen hätten sie sie vielleicht vernichten können, doch so waren sie längst wieder fort, ehe er Val und Ellie in Schussposition bringen konnte.

„Wo bleiben die Daten für den Sprung?“, rief er in Panik.

„Der Sprung erfolgt in Tminus30“, erklärte Lieutenant Aston seelenruhig.

„Das ist zu lange. Holen Sie uns raus! Holen Sie uns sofort hier raus!“

„Warten Sie.“

Immer neue Pulks erblühten rund um die *Joker*. Sie kamen aus dem Nichts, und wann immer er versuchte, eine Lücke zu finden, schlossen sie die Hewitts, bevor das Schiff entwischen konnte. Bald drehte sich die *Joker* nur noch im Kreis, und ihre Strahlenbündel vermochten es nicht mehr, eine Schneise in die heranrückenden Feinde zu schlagen. Und dann erloschen die Geschütze plötzlich.

„Val, Ellie!“, keuchte Danny erschrocken.

Er bekam keine Antwort.

„Wir müssen sofort springen!“

Seine Stimme überschlug sich, doch Lieutenant Aston schwieg und nichts geschah.

Die Hewitts wogten auf die *Joker* zu. Ihre Leiber standen so eng beieinander, dass ihre schiere Masse wie eine monströse Gewitterwolke wirkte, die stetig mehr aufquoll und das Schiff zu verschlingen drohte.

Danny brachte die *Joker* zum Stillstand und griff instinktiv dorthin, wo er die Tasten wusste, mit denen er selbst die Geschütze bedienen konnte. Doch er fasste ins Leere. Erschrocken sah er auf die Kontrollen und fuhr noch stärker zusammen. Die Bedienungselemente waren fort, so als hätte es sie nie gegeben. Verzweifelt suchte er danach, aber er fand sie nicht.

Und dann waren auch schon die Hewitts heran. Zu Dutzenden drangen ihre blassen Schemen in seine Kanzel ein.

Er tastete nach der Strahlenpistole unter seinem Sitz, aber auch sie war nicht an ihrem Platz, und er hatte keine Zeit, sie zu suchen. Die Amöboiden schossen auf ihn zu. Er schrie entsetzt auf und riss die Arme vors Gesicht, in dem vergeblichen Versuch, die Hewitts abzuwehren ...

Danny schlug wild mit den Armen um sich, ehe er merkte, dass er aus seinem Albtraum erwacht war. Erst nach zehn langen Sekunden klärte sich sein Geist. Er fand sich aufrecht sitzend im Bett wieder, ließ die Arme sinken, krallte die Finger in die Bettdecke und krümmte sich zusammen, bis seine Stirn seine Knie berührte. Ein Zittern drang aus den Tiefen seiner Seele empor, schüttelte ihn durch und entlud sich in einem langen, verzweifelten Schrei. Als er verstummt war, fiel er auf den Rücken zurück und starrte keuchend in die Dunkelheit. Er wusste, dass es besser wäre, den Computer Licht machen zu lassen, aber er brachte keinen Ton heraus. Was war, wenn er sich wieder täuschte? Wenn er nicht dort war, wo er zu sein glaubte?

Er könnte es nicht ertragen. Lieber wollte er es gar nicht sehen. Er wollte keinen Beweis dafür, dass sich seine Wahrnehmung endgültig zersetzte.

Bohrende Schmerzen hämmerten hinter seiner Stirn und ließen bunte Flecken vor seinen Augen tanzen, Trugbilder, die seine Angst noch schürten. Er schlang sich die Arme um den Leib, doch auch das konnte das Schlottern seiner Glieder nicht mildern.

Bilder des Traums blitzten in der Finsternis vor seinen Augen auf. Sie zogen ihn erneut in ihren unheilvollen Bann, und er versank darin.

Dieses Mal schlug er nicht um sich, sondern keuchte abgehackt, als er die Hewitts auf sich zugleiten sah. Mehr brachte er in seinem Schrecken nicht zustande. Die Erinnerung an den Traum endete abrupt, als die Amöboiden ihn berührten, doch nur einen Wimpernschlag später setzte sie von Neuem ein.

Danny erstarrte gänzlich, während sich seine Gedanken in einer Endlosschleife verfingen. Der Traum wiederholte sich immer und immer wieder. Er konnte ihm nicht entkommen, er hatte nicht einmal die Kraft, es zu versuchen.

Es war der Schmerz, der ihn schließlich rettete. Das Wummern hinter seiner Stirn wurde mit jedem weiteren Durchgang schlimmer, so schlimm, dass seine Erinnerungen stockten. Mit einem Rest klaren Verstandes, der weder vom Schmerz noch von Furcht beherrscht wurde, begriff er plötzlich, was mit ihm geschah. Er zwang sich gewaltsam dazu, sich aufzurichten.

„Computer, Licht!“, würgte er hervor.

Die Deckenleuchten flammten auf. Ihr Licht stach ihm grell in die Augen, so grell, dass er die Hände vors Gesicht legen musste. Dort ließ er sie, lugte nur ab und an zwischen den Fingern hervor, doch die blendende Helligkeit blieb.

Mit zitternder Stimme wies er den Computer an, die Lichtintensität auf die Hälfte zu reduzieren. Es half ein wenig, trotzdem schloss er die Augen, stemmte sich verbissen den Albtraumgebilden entgegen und konzentrierte sich allein auf seinen Atem. Er holte tief Luft, hielt sie an, während er bis zehn zählte, und stieß sie dann wieder aus, ein Trick, den sein Vater ihm beigebracht hatte.

Er wirkte auch heute. Langsam, ganz langsam beruhigte sich sein rasender Herzschlag, und gleichzeitig nahm auch das Stechen hinter seiner Stirn ab. Es sank auf ein erträgliches Maß, verschwand jedoch nicht vollständig, und auch das Zittern seiner Hände blieb.

Angst schnitt ihm wie ein Messer durch den Magen. In diesem Zustand konnte er nicht fliegen. Wenn jetzt die Hewitts kamen ...

Die Furcht ließ ihn erneut starr werden, aber er kämpfte mit aller Macht gegen ihre Umklammerung an. Wie in Zeitlupe schwang er seine Beine aus dem Bett. Auf der Bettkante blieb er sitzen und blickte auf das Chronometer. Es war 4.17 Uhr - noch lange Stunden von dem Beginn der Morgenschicht entfernt.

Trotzdem - er hatte keine Wahl. Er musste das Zimmer verlassen, oder er wäre vielleicht gar nicht mehr dazu in der Lage. Die Albtraumbilder lauerten noch immer dicht unter der Oberfläche seines Bewusstseins, bereit, ihn erneut zu verschlingen, wenn er ihnen auch nur den geringsten Durchschlupf gewährte.

Bedächtig stand er auf und stöhnte leise. Ein hartes, stechendes Pochen hallte bei jedem Pulsschlag in seinem Kopf wider, so als würde der Schmerz wie eine Schallwelle von den Knochen zurückgeworfen und ein vielfältiges Echo finden. Er rieb sich die Schläfen, aber auch das half nicht viel.

Mühsam schleppte er sich ins Bad, zog sich aus und stellte sich unter die Dusche. Gleich darauf rauschte eiskaltes Nass über ihn hinweg. Er zuckte zusammen, und doch drehte er die Temperaturregelung noch weiter nach unten.

Mit geschlossenen Augen streckte er sein erhitztes Gesicht dem eisigen Wasser entgegen, froh über die Kühlung, die es ihm verschaffte, und blieb regungslos stehen, bis er vor Kälte am ganzen Leib zu schlottern begann. Das vertrieb die Dämonen - zumindest für den Augenblick.

Frierend beendete er die Dusche und trocknete sich ab, doch obwohl er sich beeilte, zitterte er fast so heftig wie direkt nach dem Erwachen. Aber das war gut so. Die zuckenden, unkontrollierten Bewegungen lösten einen Teil der Anspannung, die jede Faser seines Körpers erfasst hatte.

Nachdem er seine blaue Uniform angezogen und die kleine Kommunikationseinheit an seinem Kragen befestigt hatte, verließ er sein Zimmer. Der zentrale Gang der Sektion H lag im fahlen Licht der Deckenleuchten wie ausgestorben vor ihm. Eine tiefe, gespenstische Stille hing wie dichter, undurchdringlicher Nebel über dem Korridor. Noch gestern hatten die leisen, immerwährenden Geräusche der Station die Luft erfüllt, sie zum Vibrieren gebracht und den Eindruck von Geschäftigkeit und Leben erweckt, doch heute Morgen hörte er nichts außer dem Rauschen seines Blutes und dem Pochen seines eigenen Herzens.

Mit schleppenden Schritten hielt er auf die Messe zu, ging vorbei an den Türen zu den Kabinen seiner Kameraden, die fest verschlossen links und rechts des Gangs lagen. Die harten Kunststoffsohlen seiner Schuhe trafen klackend auf den Boden des leeren Korridors, doch trotz der Ruhe rings um ihn erhielten sie kein Echo, sondern verloren sich sofort wieder in der Stille.

Mit gesenktem Kopf schritt er voran und starrte auf die Spiegelungen der Deckenlampen, deren Schein vom glatten, graublauen Fußbodenbelag reflektiert wurde und sich anschließend an den Wänden und der Decke brach. Klares, bläuliches Licht erfüllte den Korridor.

Danny fröstelte, verschränkte die Arme vor dem Leib und ging etwas schneller. Das sterile, kalte Licht verfolgte ihn und schien durch seine Haut direkt bis in sein Innerstes vorzudringen.

Als er die Messe betrat, empfing ihn auch dort eine beklemmende Lautlosigkeit. Keine Menschenseele war zu sehen. Im Grunde hatte er nichts dagegen - der Gedanke an einen überfüllten Speisesaal, in dem er von allen Seiten begafft wurde, war ihm sogar ausgesprochen zuwider -, dennoch wünschte er, er wäre nicht gänzlich allein. Zwar wollte er mit niemandem reden, aber es wäre bereits wohltuend gewesen, ein oder zwei Gesichter zu sehen, irgendetwas, das ihm bewies, dass er sich im realen Leben und nicht länger in seinem Albtraum befand.

Er suchte sich einen Platz am anderen Ende des Speisesaals. Sein Sessel stand in einer Ecke und war so ausgerichtet, dass er sowohl das Schott als auch die gesamte Messe mit einem Blick überschauen konnte. Er behielt den Kopf oben, während er seine Finger blind über die Tastatur huschen ließ und seine Bestellung eingab. Gleich darauf stand eine Tasse mit dampfendem Kakao vor ihm.

Während er in kleinen, vorsichtigen Schlucken trank, versuchte er ein Lächeln. Wenigstens *das* funktionierte noch. Seine Erinnerung hatte ihn nicht getrogen.

Doch dieser lächerliche Beweis seiner psychischen Integrität war zu unwichtig, zu bedeutungslos gegenüber dem Schrecken seines Traums und seines gestrigen Irrtums.

Seine Hände begannen wieder stärker zu zittern. Hastig versuchte er, sich abzulenken, doch alles, was er tun konnte, hing mit seinem eidetischen Gedächtnis zusammen. Es war so allgegenwärtig in seinem Leben und seinen Gedanken, es war so natürlich für ihn, darauf zurückzugreifen und mit seinen Inhalten zu jonglieren, dass er es nicht umgehen konnte, es zu benutzen. Aber jedes Mal, wenn er das tat, blitzte die Erinnerung in ihm auf, dass es ihn gestern im Stich gelassen hatte - und es wieder tun könnte.

Die Furcht in seinem Inneren nahm schlagartig zu, befreite sich aus den Klammern, die er ihr angelegt hatte, als seien sie von einer Sekunde zur anderen so brüchig geworden wie morsches Holz. Er wollte sich ihr zwar mit klaren Überlegungen entgegenstemmen, sich einreden, dass sein Gedächtnis nie zuvor versagt hatte und es sicher auch nie wieder vorkommen würde, doch auch sein Verstand arbeitete gegen ihn. Er konnte nicht mit Sicherheit wissen, ob sein Gedächtnis ihn nicht schon einmal im Stich gelassen hatte. Wenn er etwas vergaß, konnte das schließlich auch so vollständig geschehen, dass er sich später nicht mehr daran erinnern konnte, dass er das Wissen je besessen hatte.

Verzweifelt versuchte Danny, sich vom Gegenteil zu überzeugen, aber die Logik half ihm nicht, sondern verstrickte ihn nur noch tiefer in den unauflöslichen Knoten seiner Angst. Und mit der Angst kehrte die Erinnerung an den Traum so unerbittlich zurück wie ein kraftvoll geworfener Bumerang.

2. Kapitel

Auch Elaine verbrachte keine ruhige Nacht. Obwohl sie am Abend todmüde in ihr Bett fiel, ließ der Schlaf lange auf sich warten, und als er schließlich kam, geriet sie unversehens in die Fänge übelster Albträume.

Während andere selig in ihren Kissen schlummerten, irrte sie durch finstere Höhlen, verzweifelt auf der Suche nach einem Ausgang und in der schrecklichen Gewissheit, dass irgendwo hinter ihr die grauenhaften Hewitts durch die Dunkelheit brodelten, eine todbringende Wolke gefräßiger Bestien, die nach ihrem Fleisch lechzten. Ein unheimliches Summen und Vibrieren wie von einem riesigen Bienenschwarm erfüllte die Luft, kam näher und näher, brachte ihr Herz zum Rasen und ihre Hände zum Zittern.

Blind und in Panik stolperte sie durch die Schwärze, bis sie in einen gigantischen, von blakenden Fackeln erhellten Felsendom gelangte, in dessen Zentrum ein gewaltiger, blutbesudelter Altar wie eine schorfige Geschwulst aus dem Boden ragte. Und auf dem Altar lag, die Hände und Füße von stählernen Klingen durchbohrt und wie ein Insekt auf den felsigen Untergrund gespießt, Danny Sims. Sein nackter Körper war von unzähligen Wunden übersät, und doch steckte noch ein Rest von Leben in ihm; unendlich langsam, so als bereite ihm jede Bewegung entsetzliche Qualen, wandte er den Kopf und sah sie an.

Sie wollte zu ihm eilen, ihm helfen, doch kaum hatte sie sich in Bewegung gesetzt, begannen die Schatten um sie herum zu pulsieren, und plötzlich war sie von bedrohlichen Gestalten umringt. Sie verhüllten sich mit langen, grauen Kutten und trugen blutig-rote Kapuzen über ihren Köpfen, aus denen nur ihre Augen in unnatürlichem Weiß hervorstachen. Sie bildeten einen engen Kreis um Elaine, massiv wie eine Felswand, und verstellten ihr die Sicht auf den schwer verletzten Fähnrich. Ihre widerwärtigen Blicke glitten wie Schlangen über ihren Körper, während sie sie schweigend musterten, schließlich jedoch hoben sie in gespenstischer Synchronizität ihre Arme, krallten ihre spitzen Finger in den Stoff ihrer Kapuzen und rissen sie sich mit einem Ruck herunter.

Elaine war, als gefröre sie innerlich zu Eis, als sie in die vor Hass verzerrten Gesichter starrte. Jedes einzelne von ihnen war ihr auf erschreckende Weise vertraut. Vor ihr schwebten die entstellten Fratzen von Lieutenant Thornsburg, Fähnrich Haver, Chief Prent, Greg Birch und Sally Bright in der rußgeschwängerten Düsternis der Felsengrotte, bizarre, geifernde Monstrositäten mit weit geöffneten Mäulern und nadelspitzen Zähnen, von denen Blut tropfte - Danny Sims' Blut.

Mit einem erstickten Keuchen stürzte Elaine nach vorne, drängte sich an den schaurigen Gestalten vorbei und eilte zu dem Altar. Niemand hielt sie auf, und einen Augenblick später wusste sie auch warum. Danny Sims war tot. Seine gebrochenen Augen starrten sie vorwurfsvoll an, sein Kopf war schlaff zur Seite gesunken, und ein dünnes Blutrinnsal sickerte aus seinem Mundwinkel und tropfte lautlos auf den kalten Fels.

Angst überflutete Elaine wie eine große schwarze Woge und ließ sie taumeln. Ohne Fähnrich Sims waren sie alle verloren. Nur er hätte sie vor der Bedrohung durch die Hewitts retten können.

Als hätte ihre Furcht das Unheil heraufbeschworen, drang mit einem Mal wieder das schaurige Summen und Vibrieren an ihr Ohr, das sie die ganze Zeit verfolgt hatte. Innerhalb von Sekundenbruchteilen schwoll es zu einem ohrenbetäubenden Orkan an, dann brach eine gigantische, brodelnde Wolke Hewitts aus dem Gang in den Felsendom, ein wirbelndes, tödliches Chaos faustgroßer Irrwische, die sich wie ein hungriger Heuschreckenschwarm auf Elaine herabsenkten und mit einem ekelhaften Klatschen auf ihren Körper hefteten. Beinahe augenblicklich war sie von einer dicken, pulsierenden Kruste gallertartiger Leiber überzogen. Sie schrie, als sich ihre Haut in eine schleimige Brühe auflöste und ihr Fleisch zischend verdampfte, und ihre Schreie waren es auch, die sie schließlich aus ihrem Albtraum erlösten.

Doch er rückte nicht gänzlich von ihr ab. Die Erinnerungen an die furchtbaren Bilder gruben sich wie scharfkantige Fänge aus Eis in ihr Herz, und ein Gefühl drohenden Unheils senkte sich wie ein erstickender, schwarzer Nebel auf sie herab.

3. Kapitel

Es war nur ein flüchtiges Gefühl, eine leichte Störung, die Danny in seinem Schrecken erreichte, ihn in die Realität zurückführte. Er wusste nicht einmal, was es war. Eine Stimme vielleicht? Doch durch sie bemerkte er, dass er die Augenlider fest zusammenpresste. Mit einem letzten Rest Willenskraft riss er sie abrupt auf, durchstieß den Sog der finsteren Bilder und fand sich selbst in der Messe wieder.

Mady saß ihm mit tief gerunzelter Stirn gegenüber.

„Bist du endlich aufgewacht?", fragte sie und bemühte sich sichtlich um einen lockeren Tonfall, aber das leichte Schwanken ihrer Stimme und ihr besorgter Blick machten den Erfolg zunichte.

Danny blickte sofort von ihr weg, sah auf das Chronometer. Es zeigte 5.30.

Im Stillen stöhnte er entsetzt auf. Es war schon wieder passiert! Fast eine Stunde lang hatte er sich in den Albtraumbildern und ihrem Schrecken verloren. Und Mady wusste das. Er hatte ihr gestern genug erzählt, dass sie erkennen konnte, was mit ihm geschah.

Das durfte nicht sein! Sie hatte genug Angst, so viel, dass sie in ihm, wie er gestern Abend bitter hatte erfahren müssen, lediglich den Garanten für ihr Überleben sah und nicht mehr. Er durfte ihr nicht die Hoffnung nehmen, dass er diese Rolle erfüllen konnte.

Ungelenk löste er seine steif gewordenen Finger von dem Becher, presste den Rücken an die Lehne des Sessels und verschränkte die Arme vor der Brust. „Es ist noch reichlich früh für ein Frühstück", sagte er dumpf, ohne sie direkt anzublicken.

Aus dem Augenwinkel bemerkte er dennoch, dass sie ihn nicht aus den Augen ließ. „Ich weiß. Deshalb bin ich aber auch nicht hier."

„Du solltest besser wieder schlafen gehen. Wir können es uns nicht erlauben, übermüdet zu sein."

„Das gilt für dich in gleicher Weise."

„Ich bin nicht mehr müde."

„Sitzt du deshalb in der Messe?"

„Ich kann schlecht woanders hingehen. Du kennst Captain Wildings Befehl."

Mady musterte ihn eindringlich. „Warum erzählst du mir nicht davon?"

„Wovon?"

„Von deinen Träumen."

Danny presste sich noch fester gegen die Lehne. „Ich hatte keine Träume."

„So? Dein Gesicht sagt etwas anderes."

Er versuchte rasch, alle Gedanken und Gefühle in sich zu verschließen. „Das glaube ich nicht."

„Glaubst du mir, wenn ich dir sage, was du geträumt hast?"

„Das kannst du nicht wissen."

„Vielleicht doch."

Danny presste die Lippen zusammen und schwieg.

Mady ließ sich davon nicht abschrecken. „Du bist im Traum gegen die Hewitts geflogen. Du hast versucht, so gut zu sein wie sonst, aber du konntest es nicht. Deine Wahrnehmung hat dir einen Streich nach dem anderen gespielt, sodass du eher auf die Hewitts zugeflogen bist, statt ihnen auszuweichen. Dann sind nacheinander ich, Jenn, Val und Ellie von den Amöboiden berührt wurden, und zum Schluss haben sie sich dich geholt."

Danny sah abrupt auf und starrte Mady an, unfähig, etwas zu sagen.

Sie zuckte mit den Schultern. „Das ist natürlich nur eine grobe Zusammenfassung. Ich bin mir sicher, du könntest den Traum sehr viel lebendiger und farbenfroher beschreiben."

„Woher ... woher weißt du das alles?", fragte er heiser.

Mady beugte sich leicht nach vorn. „Das war nicht schwer zu erraten. Nach allem, was du gestern gesagt hast, war es nur folgerichtig."

„Bist du deshalb so früh aufgestanden?"

„Ja. Ich wusste, dass du hier bist, und ich dachte, du würdest dich über ein freundliches Gesicht freuen."

„Ich komme allein zurecht."

„Das mag schon sein, aber es ist nicht nötig. Wir sitzen sprichwörtlich und auch tatsächlich alle im gleichen Boot, deshalb sollten wir uns einander unsere Probleme mitteilen."

Danny schüttelte heftig den Kopf. „Ich ziehe es vor, sie für mich zu behalten."

„Das hast du gestern nicht getan, und es gibt keinen Grund, warum du es heute tun solltest."

„Ich hätte den Mund halten sollen."

„Das wäre der falsche Weg gewesen."

„Bitte, Mady, ich will nicht darüber sprechen! Warum gehst du nicht wieder?"

„Das werde ich nicht. Verdammt, Danny, sei nicht so stur! Ich will dir doch nur helfen!"

Ein bitterer Geschmack stieg in seiner Kehle auf. „Weil du befürchtest, ich könnte als Pilot versagen."

„Es ist wohl kaum verwerflich, dass ich mir Gedanken über mein und dein Überleben mache, oder siehst du das anders?"

Er senkte den Kopf. „Nein."

„Na also. Ich mache mir *wirklich* Sorgen, Danny!"

„Über meine Leistungen."
„Nein, um *dich*."
„Das kommt auf das Gleiche heraus."
„Für mich nicht. Es besteht beides nebeneinander, das will ich gar nicht leugnen, trotzdem ist es nicht ein- und dasselbe."
„Verstehe doch endlich! Du *kannst* mir nicht helfen!"
„Warum nicht? Gestern hatte ich den Eindruck, dass ich es konnte."
„Die Situation hat sich verändert. *Alles* hat sich verändert."
„Nicht so sehr, wie du denkst."
„Aber du verstehst nicht, worum es geht!"
„Wenn ich es nicht verstehe, wieso wusste ich dann so genau, wovon du geträumt hast?"
„Ich ... ich weiß es nicht."
„Das war kein Zufallstreffer, Danny! Auch ich hatte eine ziemlich unruhige Nacht, und ich habe viel nachgedacht. Ein Ergebnis meiner Überlegungen kennst du bereits."
„Trotzdem hilft es mir nicht, über meinen Traum zu reden. Das würde es nur noch schlimmer machen. Wie ich es auch drehe und wende, ich habe gestern einen Fehler gemacht, und das kann ich weder ignorieren noch vergessen. Und ich wüsste auch nicht, was du noch dazu sagen könntest. Du hast deine Argumente gestern ausgeschöpft."
„Da sei dir nur nicht so sicher."
Irritiert sah er auf. „Was meinst du damit? Ich kann mir nicht vorstellen, was du dem noch hinzufügen könntest."
„Weil du von den falschen Voraussetzungen ausgehst. Deine Überlegungen beginnen alle mit dem Gedanken, dass du dich geirrt hast, meine setzen eine Stufe früher ein."
„Und zu welchem Schluss kommst du?"
Mady lächelte triumphierend. „Was hältst du von Chief Prent?"
Danny runzelte die Stirn. „Was hat er mit der ganzen Sache zu tun?"
„Er mag dich nicht besonders."
„Das kann man über die meisten sagen, die wissen, dass ich auf der Station bin."
„Aber *die meisten* haben nicht die Möglichkeit, etwas gegen dich zu unternehmen."
„Chief Prent ist Techniker. Was sollte er ..."
Danny unterbrach sich selbst, als er plötzlich begriff, worauf Mady hinauswollte, und riss ungläubig und schockiert die Augen auf.
„Das ... das kann nicht sein", flüsterte er erstickt.
Mady langte mit einer Hand über den Tisch und schnippte mit einem Finger gegen seine schon lange Zeit unbeachtet gebliebene Tasse wie gegen einen kleinen Gong. Ein heller, klingender Laut erhob sich.
„Glaube es. Ich tue es, und seitdem fühle ich mich besser."

Danny löste seine Arme aus ihrer Verschränkung und umklammerte mit beiden Händen die Tischkante. „Du meinst wirklich, Chief Prent hat …"

Er brachte es nicht einmal heraus. Welche Angst hatte er durchgestanden, wie sehr hatte er an sich gezweifelt, und das nur, weil ein Mann vermutlich gelogen hatte!

Wilder Zorn fegte wie ein Sturmwind durch seine düsteren Gedanken, die wie schwere Wolken sein Gemüt verhingen, und riss sie auf. Sein Geist klärte sich, gleichzeitig verschwand auch der schmerzhafte Druck hinter seiner Stirn.

„Verdammt!", schrie er und schlug mit beiden Fäusten krachend auf die Tischplatte.

Mady lächelte und berührte flüchtig seine Hände. „So gefällst du mir wieder besser."

Danny knirschte mit den Zähnen; seine Finger zuckten, als suchten sie nach einem Hals, um den sie sich schließen konnten. „Am liebsten würde ich Chief Prent sofort zur Rede stellen", knurrte er.

Mady berührte ihn noch einmal, länger als beim ersten Mal. „Das kann ich gut verstehen, aber ich fürchte, das würde nichts bringen. Spar dir deine Energie lieber für wichtigere Dinge."

So leicht ließ er sich nicht beruhigen. „Weißt du eigentlich, was der Chief hätte anrichten können?", rief er aufgebracht. „Ich hätte mich fast in meinem Albtraum verloren! Ich hätte fast nicht mehr fliegen können!"

Mady sah ihm tief in die Augen, legte beide Hände auf seine und ließ sie dort. „Ich weiß."

Sein Zorn verflog genauso abrupt, wie er gekommen war, als er die Wärme spürte, die von ihren Händen ausging. Die eisige Kälte schwand endlich aus seinen Fingern, so wie das Zittern, und in seinen Gedanken lösten sich die letzten Zweifel auf wie dünner Rauch in einem klaren Herbstwind.

Er atmete tief durch, tiefer als er es in den vergangenen zwei, drei Tagen gewagt hatte, und erwiderte ihren Blick. „Danke."

Sie sagte nichts, lächelte nur, und als er den rötlichen Schimmer bemerkte, der sich wie ein zarter Hauch Rouge auf ihre Wangen legte, verstand er plötzlich. Verblüfft und erstaunt sah er sie an. Der Rotschimmer wurde deutlicher, doch sie wich seinem Blick nicht aus. Ihre Pupillen waren weit, ihre Haut weich und samtig wie die Blütenblätter einer Rose. Danny schluckte. Die Zeit schien plötzlich stillzustehen, während das Universum auf die Größe ihres Tisches zusammenschrumpfte.

Die Alarmsirene platzte rücksichtslos in ihren stillen Moment hinein. Er zerbarst wie eine dünne Glaskugel, ihre Hände zuckten auseinander, und Danny sprang aus dem Sessel hoch. Das Signal gellte schrill in seinen Ohren und peitschte seinen Puls in die Höhe.

In der nächsten Sekunde überlagerte die drängende Stimme des Captains den Alarm. „Dies ist keine Übung. Die Hewitts greifen an!"

Danny schlug das Herz bis in den Hals, als er sich in Bewegung setzte. Mady lief neben ihm, aber sie war langsamer als er. Er zögerte, wusste nicht, ob er auf sie warten sollte.

„Lauf!", rief sie ihm zu.

Er nickte und beschleunigte seine Schritte.

Madys Stimme folgte ihm. „Zeig es ihnen!"

Im Laufen wandte er sich zu ihr um. „Das werde ich."

Er würde es *allen* zeigen.

4. Kapitel

Elaine stand viel früher auf als gewöhnlich, keine unbedingt freiwillige, aber zweifellos die einzige vernünftige Entscheidung. Gewaltsam zwang sie sich dazu, den Schrecken der Nacht von sich wegzuschieben und ihre Gedanken in erfreulichere Bahnen zu lenken. Sie genehmigte sich ein üppiges Frühstück, spülte ihre Beklemmung mit einem halben Dutzend Tassen Kaffee herunter, dessen herber Geschmack selbst einen Toten wieder zum Leben erweckt hätte, und machte sich anschließend auf den Weg zur Funkleitzentrale.

Als sie eintrat, übernahmen Commander Benton Morley und Lieutenant Tom Aston gerade ihre Posten von der Nachtschicht. Sie ließ sich von dem Commander Bericht erstatten; viel gab es allerdings noch nicht zu melden. Das Gros der an- und abfliegenden Schiffe würde, wie ihr die Erfahrung gezeigt hatte, frühestens in zwei Stunden auf den Schirmen erscheinen, und auch das Ziel ihres besonderen Interesses befand sich noch nicht im All. Für die *Joker* und die *Ace* würde erst in einer Stunde das Training beginnen. Das bot ihr die Zeit, die morgendliche Stimmung in der Zentrale auf sich wirken zu lassen, bevor die Hektik des Alltags sie verschlang, und noch ein wenig Abstand zu ihrem nächtlichen Horrortrip zu gewinnen.

Gedankenverloren schlenderte sie zu ihrem Sessel hinüber, setzte sich und ließ ihren Blick in die Runde schweifen. An der großen, taktischen Holografie, die sich als riesige Kugel in der Mitte des Raums erhob, blieb er hängen. Die Linien und Kreise, die das der Darstellung zugrunde liegende Koordinatensystem markierten, und die Punkte, die die Positionen der Raumschiffe im Sonnensystem angaben, nahm sie jedoch kaum wahr. Sie dachte an die Hewitts, die sich im Verlauf der Übungsmissionen in der Holografie abgezeichnet hatten. Würde der echte Schwarm genauso aussehen wie der simulierte?

Als hätte ihre Frage irgendeinen verborgenen Mechanismus ausgelöst, erschien tief im Inneren der grünlich schimmernden Kugel von einer Sekunde zur anderen ein großer gelber Fleck, knapp drei Astronomische Einheiten von der Erde entfernt. Im gleichen Moment schrillte der Alarm los.

Elaine war mit einem Satz aus ihrem Sessel heraus, trat hinter Lieutenant Astons Sitz und krallte ihre Finger in die Lehne.

„Haben Sie eine Simulation aktiviert?"

Tom Aston schüttelte mit kalkweißem Gesicht den Kopf.

„Wohin fliegt der Schwarm?"

„Zur Erde", erwiderte der Lieutenant gepresst. „Die Hewitts bewegen sich mit der gleichen Zielstrebigkeit, die sie auch beim ersten Angriff gezeigt haben."

Elaine zögerte keine Sekunde länger. Sie hastete zu ihrem Kommandopult, schlug auf die Taste der Rundsprechanlage der Sektion und erhob ihre Stimme über das Geheul der Sirene.

„Dies ist keine Übung. Die Hewitts greifen an! Die Besatzungen der *Joker* und der *Ace* haben sich unverzüglich zu ihren Schiffen zu begeben!"

Hinter sich hörte sie die Stimme des Commanders. Benton Morley sprach ruhig, aber bestimmt mit den Captains der Schiffe, die sich im voraussichtlichen Operationsgebiet der *Joker* befanden. Lieutenant Aston lieferte ihm die dafür notwendigen Ortungsdaten. Elaine achtete nicht auf sie, sondern nahm Kontakt mit dem Geschwaderführer der Jägerstaffel auf.

„Commander Takana, wie schnell können Sie Ihre Leute rausbringen?"

„In spätestens drei Minuten steht die Formation am Wartepunkt, Captain", versprach der Commander grimmig zwischen zwei schnaufenden Atemzügen, die ebenfalls über die Leitung übertragen wurden. Offenbar lief der Mann seinem Schiff entgegen.

Elaine hielt sich nicht damit auf, ihm Anweisungen für den Einsatz zu geben. Der Ernstfall war in den vergangenen Tagen oft genug geprobt worden. Commander Takana wusste sehr genau, was er zu tun hatte. Sie schaltete wieder auf die Sprechverbindung der Sektion zurück.

„Captain Wilding an Professor Hewitt. Bitte suchen Sie sofort die Funkleitzentrale der Sektion H auf!"

Vermutlich hatte der Alarm ihn bereits aufgescheucht, aber sie wollte sichergehen, dass er so schnell wie möglich bei ihr war. Sein Rat konnte gegen die Amöboiden von unschätzbarem Wert sein.

Statt einer Antwort über die Komanlage zischte das Schott. Elaine fuhr herum. Sherman Hewitt trat ein und hielt mit langen, ausgreifenden Schritten auf sie zu.

„Da sind Sie ja schon", entfuhr es ihr erleichtert. „Ist Ihr Team in Bereitschaft?"

„Ja, Captain. Melba Zaykan hat während meiner Abwesenheit die Leitung der Krankenstation. Sie wird alles für einen Notfall vorbereiten."

„Hoffen wir, dass es nicht dazu kommt", flüsterte Elaine.

Sherman Hewitt nickte nur. Ausnahmsweise schien er mit ihr einer Meinung zu sein.

Sie wandte sich von ihm ab und trat zu Tom Aston. „Wie weit sind die Startvorbereitungen der Prototypen?"

„Fähnrich Sims ist bereits an Bord der *Joker*", erklärte der Lieutenant; seine Stimme war merklich angespannt. „Sein Team und die Besatzung der *Ace* sind auf dem Weg."

Er wies auf einen Bildschirm, der den Hangar zeigte. Die jungen Soldaten hetzten in ihren Raumanzügen den Schiffen entgegen, erreichten die Geschützkapseln und zwängten sich hinein. Innerhalb kürzester Zeit konnte sie mit ihrer Bereitschaftsmeldung rechnen.

„Was ist mit den Schiffen?“, fragte sie und versuchte, die hektischen Aktivitäten, die die Techniker im Hangar rings um die beiden Prototypen entfaltet hatten, für sich zu entwirren.

„Sie sind ohne Einschränkung einsatzbereit. Chief Prent hat sie vor einer halben Minute für den Start freigegeben. Sobald die Besatzungen bereit sind, können sie ausgeschleust werden.“

„Gut. Stellen Sie die Verbindung zur *Joker* auf den Lautsprecher.“

„Aye, aye, Captain.“

Kaum hatte Lieutenant Aston die entsprechende Taste betätigt, scholl Fähnrich Sims' junge Stimme durch die Zentrale.

„Val?“, rief er fragend.

„Alpha-Geschütz ist bereit“, kam die Antwort, heute ausnahmsweise einmal ohne das Zögern, das für den Fähnrich in den Übungsmissionen so typisch gewesen war. Aber das wollte Elaine ihr auch geraten haben.

„Beta-Geschütz bereit“, kam die Klarmeldung auch von Fähnrich Thompson.

Elaine verfolgte gleichzeitig mit halber Aufmerksamkeit die Vorbereitungen, die Commander Morley und Professor Hewitt trafen. Die Sonden, die auf Hewitts Vorschlag hin als Erstes dem Schwarm entgegengeschickt werden sollten, mussten nicht mehr gestartet werden. Sie befanden sich längst im Weltraum und warteten in Pulks zu jeweils fünfzehn Einheiten auf ihren Einsatz. Man hatte sie in einem Ring zwischen dem Asteroidengürtel und der Umlaufbahn des Mars postiert, damit sie den Schwarm möglichst schnell erreichen konnten.

Commander Morley aktivierte jenen Pulk, der der Flugbahn der Hewitts am nächsten war. Auf der taktischen Holografie leuchtete eine neue, tiefblaue Markierung auf und setzte sich in Bewegung. Ihr Kurs führte die Roboter direkt zum Rendezvous mit dem Schwarm.

Professor Hewitt starrte mit geballten Fäusten in die Holografie. „Jetzt gilt es“, knurrte er.

„Die *Joker* ist einsatzbereit, Captain“, meldete Danny Sims indessen.

„Bringen Sie das Schiff unverzüglich aus der Station, Fähnrich“, wies Elaine ihn an. „Treffen Sie sich bei der vorgegebenen Warteposition mit der *Ace* und dem Abfanggeschwader und nehmen Sie die taktische Formation ein. Der Sprung in den Schwarm erfolgt noch nicht. Wir werden zunächst mit den Sonden unser Glück versuchen.“

„Aye, aye, Captain.“

Seine Antwort war noch nicht verhallt, als die *Joker* von ihrem Sockel abhob und zügig auf die Schleuse zustrebte. Die *Ace* tat es ihr nur wenig später gleich. Beide Schiffe verschwanden hinter den Schotten und tauchten einen Moment später als Lichtpunkte in der taktischen

Holografie wieder auf - ein roter Punkt für die *Joker*, ein brauner für die *Ace*.

Elaine vermochte es für ein paar lange Sekunden nicht, den Blick von der roten Markierung zu lösen. Sie sah aus wie ein dicker Tropfen Blut, der träge durch das schimmernde Grün schwebte.

„Der Junge klang ziemlich nervös", bemerkte Sherman Hewitt, der neben sie getreten war.

Sie sah ihn nicht an und antwortete nicht. Natürlich hatte Danny Sims Angst, und sie konnte es ihm nicht verdenken. Ihr eigenes Herz hämmerte mit solcher Wucht gegen ihre Rippen, als wollte es ihren Brustkorb sprengen. Der Hals war ihr eng geworden, und alle zwei Sekunden ballten sich ihre Finger unwillkürlich zu Fäusten, so groß war ihre Anspannung. Dabei war sie schon lange Soldat. Die jungen Fähnriche hingegen ...

Ein Fluch drang über ihre Lippen.

Sherman Hewitt quittierte ihn mit einem vorwurfsvollen Blick.

Das Jägergeschwader tauchte in der Holografie auf. Vierzig schwarze Markierungen wichen von der Station fort, folgten der *Joker* und der *Ace* und flogen den Amöboiden entgegen. Die Sonden und der Schwarm waren sich ebenfalls ein gutes Stück näher gekommen.

„Captain", brach Benton Morley die angespannte Stille in der Zentrale, „der zivile Raumfahrtverkehr ist umgeleitet worden. Einige Schiffe sind in den Hyperraum zurückgekehrt, andere haben sich auf Koordinaten zurückgezogen, die weit von der Flugbahn des Schwarms entfernt sind."

Elaine atmete erleichtert auf. „Danke, Commander. Damit habe ich wenigstens eine Sorge weniger."

Während sie sprach, hatte sie ihren Blick nicht für eine Sekunde von der Holografie genommen. Die *Joker* hatte ihre Position beinahe erreicht, und die *Ace* und die Jäger folgten ihr dichtauf. Die Formation stand bereits, trotzdem vergingen kostbare Sekunden, die Elaine wie eine kleine Ewigkeit vorkamen, eine Zeit, in der der Schwarm der Erde unaufhaltsam näher rückte.

„Die *Joker* ist in Position", meldete Danny Sims endlich.

„Die *Ace* ist in Position", ertönte einen Moment später Lieutenant Thornsburgs Stimme - ein dunkles Echo zur Meldung des jungen Gamblers.

„Das Geschwader ist in Position", erklärte kurz darauf auch Commander Takana.

Elaine sah auf die taktische Darstellung. Die beiden Tetraederschiffe und der Jäger des Commanders bildeten einen Pfeil, an dessen Spitze sich die *Joker* befand und der genau in Richtung des Schwarms wies. Der Jäger des Commanders befand sich zudem im Scheitelpunkt der halbkugelförmigen Formation, die sein Geschwader eingenommen hatte. Die Wölbung der Halbkugel zeigte zur Erde, die Höhlung zum Schwarm.

Die Koordinaten waren von allen Piloten eingehalten worden, trotzdem kam es ihr auf einmal so vor, als seien die Schiffe allesamt viel zu weit vom Schwarm entfernt.

„Verteidigungsgeschwader", sprach sie sie alle auf einmal an. „Behalten Sie Ihre Positionen zueinander bei und rücken Sie bis auf doppelte Gefechtsdistanz zum Schwarm vor."

Eine vielstimmige Bestätigung erklang. Commander Morley warf ihr einen beipflichtenden Blick zu, und auch der Professor nickte. Elaine wusste nur zu gut, woran die beiden dachten. Niemand von ihnen konnte vorhersehen, wie erfolgreich die Sonden sein würden, und falls sie versagten, sollte die *Joker* dem Schwarm besser so nah wie möglich sein.

Sie wandte sich abrupt an Lieutenant Aston. „Lieutenant, verbinden Sie den Sprungcomputer der Funkleitzentrale bereits jetzt mit der *Joker*. Die Sprungdaten müssen so schnell wie möglich verfügbar sein."

„Aye, Captain. Ich werde dafür sorgen, dass das Schiff nach einem Countdown von Tminus15 springen kann."

„Rendezvous zwischen den Sonden und dem Schwarm in einer Minute", meldete Commander Morley. „In dreißig Sekunden ist der Pulk auf Sprungdistanz heran."

Elaine nickte nur, obwohl sie wünschte, der gesamte Vorgang würde schneller gehen. Leider mussten die Sonden ziemlich dicht an den Schwarm herankommen, um in ihn hineinspringen zu können. Es waren nur einfache Robotdrohnen, die über keine besonders leistungsfähigen Sprungtriebwerke verfügten. Für ihren heutigen Einsatz würde es jedoch genügen müssen. Noch mehr bange Hoffnungen verband Elaine mit der Kapazität der Waffen, die die Drohnen mit sich führten. Sie war es vor allem anderen, die ausreichend sein musste.

„Zehn Sekunden bis zum Sprung der Sonden", meldete Lieutenant Aston. „Der Computer beginnt den Countdown."

Während die Sekunden heruntergezählt wurden, hielt Elaine den Atem an. Ihre Hände ballten sich so fest zusammen, dass ihre Knöchel protestierend knackten und ihre Fingergelenke zu schmerzen begannen, doch sie bemerkte es kaum. Ihre Augen waren gebannt auf die große Holografie gerichtet.

„...Zwei..."

„...Eins..."

„Sprung."

Lieutenant Aston rief etwas, so als wolle er die Sonden anfeuern. Benton Morley starrte konzentriert in die Holografie, und Sherman Hewitt wurde so regungslos, als habe er sich von einem Moment zum anderen in eine Metallplastik verwandelt. Für eine Sekunde hörte Elaine nichts anderes als das Wummern ihres eigenen dröhnenden Herzschlags in ihren Ohren.

„Sie sind drin! Sie haben es geschafft!", schrie Lieutenant Aston plötzlich.

Elaine sah es ihm nach. Ihr war nicht weniger zum Schreien zumute.

Die Markierung des Pulks pulsierte jetzt mitten im Schwarm.

„Ich initiiere Angriffssequenz Alpha", erklärte Commander Morley. Im gleichen Moment zerfiel der blaue Punkt, der den Pulk markiert hatte, in fünfzehn kleinere, die rasch auseinander strebten.

„Ich schalte die Kamera hinzu", sagte Tom Aston.

Jede der fünfzehn Sonden besaß eine Kamera, aber der Lieutenant aktivierte nur eine von ihnen. Der Monitor, auf dem bislang der Hangar zu sehen gewesen war, wurde für eine Sekunde dunkel, dann blitzte ein neues Bild auf.

Ein Stöhnen klang durch die Zentrale, und Elaine begriff schnell, dass auch sie sich dieser Gefühlsäußerung angeschlossen hatte. Die weißlichen Schemen der Hewitts schienen überall zu sein. Natürlich wusste sie, wie weit die Amöboiden in Wirklichkeit auseinander standen, doch ihre schiere Masse vermittelte den Eindruck, als bewege sich die Sonde durch den Schweif eines Kometen.

„Sie *müssen* einfach erfolgreich sein!", murmelte sie leise vor sich hin. Sie wollte die Besatzung der *Joker* nicht in diese Hölle schicken.

Ein Schwenk der Kamera brachte unvermittelt eine zweite Drohne ins Bild. Ihre klobige Form ließ nichts von ihrer Gefährlichkeit erahnen.

„Zündung der ersten Drohne in Tminus5", rief Commander Morley.

Die Sonden führten unterschiedliche Waffen mit sich. Als Erstes sollte die Sonde, die sich im Bild befand, ihre Zerstörungskraft freisetzen. Sie trug genug Sprengstoff in sich, um einen Asteroiden mit einem Kilometer Durchmesser zu pulverisieren.

Angespannt verfolgte Elaine den Countdown und wagte nicht, den Blick auch nur eine Sekunde lang vom Schirm zu nehmen. Als die künstliche Stimme die Zahl Null meldete, blitzte es dort, wo die Drohne stand, hell auf. Elaine riss die Arme hoch, bereit, sich gegen das blendende Licht zu schützen, doch es fiel weit schwächer aus, als sie erwartet hatte.

„Verdammt!", hörte sie Benton Morley fluchen. „Es hat nicht funktioniert!"

Elaine fuhr zu Sherman Hewitt herum. „Was ist passiert, Professor?", fragte sie mit rauer Stimme.

„Der Schwarm hat ein Schirmfeld generiert, das die Energie der Explosion aufgefangen hat", erklärte Hewitt mit einem bekümmerten Kopfschütteln. „Jetzt ist es wieder fort, aber die Sprengladung hat nicht den geringsten Schaden angerichtet."

„Und was ist mit den anderen Drohnen?"

„Die Amöboiden haben die von ihnen ausgehende Gefahr offenbar erkannt, sind von ihnen zurückgewichen und haben sie allesamt in einem

Energiefeld eingeschlossen, das wie eine kleine Blase innerhalb des Schwarms schwebt. Solange es bestehen bleibt, werden die Roboter vermutlich erfolglos bleiben."

„Commander, versuchen Sie, eine Sonde aus dem Feld herauszuführen."

„Aye, Captain."

Eine Sonde setzte sich in Bewegung, hielt geradewegs auf die Krümmung des Energiefelds zu und begann gleichzeitig zu feuern. Der kleine Schild war jedoch genauso stabil wie der große. Die Strahlen verpufften an ihm ohne jede Wirkung. Dann erlosch der Punkt der Sonde in der Holografie plötzlich.

„Die Drohne ist mit dem Feld zusammengestoßen und explodiert", meldete Lieutenant Aston. „Sie war nicht imstande, es zu verlassen oder mit ihren Waffen zu durchdringen."

Elaine zuckte zusammen. „Aktivieren Sie alle Sonden auf einmal", wies sie Commander Morley an. „Das verdammte Ding *muss* doch zu knacken sein!"

Sherman Hewitt runzelte zweifelnd die Stirn, sagte aber nichts.

Dieses Mal gab es keinen Countdown. Das Bild der Kamera erlosch von einer Sekunde zur anderen. Tom Aston las die Daten ab, die von der letzten Drohne gesendet worden waren, dann schüttelte er mit starrem Gesicht den Kopf.

Professor Hewitt warf nur einen einzigen Blick auf das Display des Lieutenants, dann wandte er sich Elaine zu. „Das hat keinen Sinn, Captain Wilding. Die Hewitts sind offenbar in der Lage, im Inneren ihres großen Schutzschirms beliebig viele kleine zu bilden. Die Waffen der Drohnen werden dadurch wirkungsvoll unschädlich gemacht. Die Sonden konnten nicht einen einzigen Amöboiden vernichten." Er seufzte schwer. „So können wir sie nicht aufhalten."

Während er sprach, sah er zur Holografie hinüber. Der kleine, rote Punkt, der die *Joker* darstellte, war inzwischen dicht an den Schwarm herangerückt.

Elaine folgte seinem Blick und ballte wieder einmal die Fäuste. „Fähnrich Sims", rief sie in die Komverbindung. „Halten Sie sich zum Sprung bereit. Die *Joker* geht in den Schwarm."

Es dauerte fast eine Sekunde, bis Danny Sims antwortete. „Aye, aye, Captain."

Der Hals wurde ihr eng, als sie das Schwanken in seiner Stimme hörte. Der Junge musste schreckliche Angst haben.

„Captain, die *Joker* ist in fünfzehn Sekunden bereit zum Sprung", meldete Tom Aston. „Der Computer beginnt mit dem Countdown bei Tminus10."

Es gab nicht einen in der Zentrale, der nicht zusammenzuckte, wann immer die künstliche Stimme die nächste Zahl verkündete.

„...Zehn..."

„...Neun..."

5. Kapitel

Es war allein die Routine der unzähligen Übungsmissionen, die Danny davor bewahrte, vor Furcht zu erstarren. Er saß in seiner Pilotenkapsel und hielt die Kontrollen so eisern umklammert, dass der Kunststoff vermutlich gesplittert wäre, wäre dieser schwächer und er selbst stärker gewesen. In seinen Ohren rauschte es, und sein Herz trieb sein Blut mit harten Schlägen durch seinen Körper. Seine Wahrnehmungen hatten sich längst verändert, die Geräusche um ihn herum waren lauter und differenzierter, seine Sicht klarer und seine Tastempfindungen feiner geworden.

Er hatte so große Angst wie nie zuvor in seinem Leben. Seine Augen fraßen sich in die Holografie. Er hatte die *Joker* auf einen Kurs gebracht, der die gleichen Vektoren aufwies wie der der Hewitts, nur dass er in die umgekehrte Richtung flog, dem Schwarm entgegen.

Sein verbessertes Gehör trug ihm die Reaktionen seiner Teamgefährten zu. Jenn atmete in kurzen, hektischen Atemzügen, Mady schabte immer wieder mit ihren Fingern über die Griffe ihrer Geschütze, als könne sie sie einfach nicht richtig zu fassen bekommen, Val fluchte leise vor sich hin und Ellie hielt mehrfach für lange Sekunden den Atem an.

Der Schrecken der Nacht griff erneut nach ihm und krampfte ihm schmerzhaft den Magen zusammen, doch bevor er Macht über ihn gewinnen konnte, dachte er an Chief Prent, und sein Zorn behielt die Oberhand. Und das war gut so. Es war keine Zeit mehr für Selbstzweifel. Jetzt musste er gegen die Hewitts fliegen, und wenn er versagte, würden sie alle sterben.

Er schloss seine Hände noch fester um die Kontrollen und schwor jede Faser seines Körpers energisch auf den bevorstehenden Kampf ein. Grimmig und entschlossen setzte er seine Angst in Konzentration um. Er wollte überleben!

Der Countdown für den Sprung lief bereits.

„...Acht..."

„...Sieben..."

„Schwenkt die Geschütze auf die Flanken ein", wies er die Mädchen mit krächzender Stimme an.

Sie taten es, aber nur Ellie brachte eine Bestätigung hervor, und selbst ihre Worte klangen brüchig wie alter Kunststoff.

„...Fünf..."

Danny aktivierte den Semiautopiloten.

„...Drei..."

„...Zwei..."

„Geschütze aktivieren, breite Zielerfassung einstellen."

„...Eins..."

„Feuer!“

Die Geschütze flammten auf.

„Sprung.“

Dunkelheit hüllte sie für einen Sekundenbruchteil ein, dann blitzte die Holografie wieder auf und zeigte ihm ein Bild, das er schon so oft gesehen hatte. Heute war es zum ersten Mal real.

Er reagierte, bevor er auch nur einen einzigen klaren Gedanken fassen konnte, erfasste die Positionen der Pulks, die der *Joker* am nächsten standen, und zwang das Schiff in einer schraubenden, kreiselnden Bewegung durch den Schwarm.

Die Kegelstrahlen der Geschütze schlugen rings um die *Joker* ein und rissen tiefe Schneisen in die Reihen der Hewitts. Dichte Ansammlungen platzten auseinander wie Trümmer einer Explosion, doch die Amöboiden, die überlebten, nahmen nur Sekunden später einen neuen Kurs auf. Ihr Ziel war die *Joker*.

Irgendjemand keuchte erschrocken - Mady -, gleichzeitig drangen raschelnde Geräusche aus dem Ohrstöpsel, über den er mit den Geschützkanzeln in Kontakt stand. Die Bewegungen der Mädchen verursachten sie. Er nahm es nur am Rande wahr. Seine Augen ruhten allein auf der Holografie, seine Hände bewegten sich ohne sein bewusstes Zutun. Er spielte alles aus, nutzte jeden Funken Routine, den er besaß, und gab sich völlig hin.

Seine Reflexe rissen ihn mit sich und ließen ihn mit den Kontrollen des Schiffs eins werden. Er konnte die Grenzen der *Joker* spüren, fühlte, wann immer die Hewitts dem Schiff zu nahe kamen und wich ihnen aus, ließ die *Joker* tänzeln und rotieren. Seine Wahrnehmung verdichtete sich, verschmolz mit der Holografie und erfasste das dreidimensionale Muster, das die Körper der Hewitts woben. Er sah es, sah die Wege, die die *Joker* nehmen konnte, sah Pulks, die die Mädchen treffen sollten.

Sein Herz raste wie wild. Er schrie den Mädchen Anweisungen zu, aber er wusste nicht, ob sie ihn verstanden. Ihre Bewegungen waren so langsam wie nie zuvor.

Die Hewitts wirbelten jenseits der schützenden Hülle ihres Schiffs in einem unheilvollen Tanz durcheinander. Der Schwarm zog sich immer enger zusammen, die Lücken wurden kleiner, die Navigation schwieriger.

Danny schrie nicht mehr. Die Mädchen mussten allein zurechtkommen, mussten selbst sehen, wo sich ihnen Opfer boten. Es gab noch mehr als genug davon, mehr, als ihnen allen lieb sein konnte, und sie rückten stetig näher. Die Kegelstrahlen der Geschütze verschlangen die Hewitts zu Tausenden, aber hier und da entwischte ein kleines Grüppchen dem vernichtenden Feuer, drang vor und jagte auf die *Joker* zu.

Er floh ein ums andere Mal vor ihnen, nur um gleich wieder selbst zum Jäger zu werden. Mit einer schlangenförmigen Bewegung wich er mehreren Hewittverbänden aus, die den Mädchen entkommen waren, und drehte die *Joker* im Verlauf der gleichen Bewegung so, dass Vals und Madys Geschütz sie erfassen konnte. Die Amöboiden vergingen in einem kurzen, kaum wahrnehmbaren Aufglühen.

Sekunden dehnten sich zu Minuten, Minuten zu Stunden. Danny fühlte sich wie in einem seiner Albträume gefangen. Sein Atem ging keuchend, und seine Augen tränten, da er nicht zu zwinkern wagte. Die Tränen mischten sich mit dem Schweiß, der ihm über die Schläfen rann, und hinter seiner Stirn sammelte sich ein unangenehmer Druck, der mit jeder weiteren Sekunde zunahm. Und im gleichen Maße drohten seine Reaktionen abzufallen.

Danny biss sich auf die Lippen, bis er Blut schmeckte. Mit unbeugsamem Willen hielt er an seiner Konzentration fest, ließ nicht zu, dass sie auch nur um einen Deut geringer wurde, und verdrängte jede Wahrnehmung, die von seiner Überanstrengung kündete, aus seiner Aufmerksamkeit. Es war noch lange nicht vorbei. Noch konnten sie alle sterben, noch konnten Tausende von Menschen den Tod finden. Er durfte nicht nachlassen! Er musste den Schwarm aufhalten!

6. Kapitel

Tiefes Schweigen lag wie eine dicke, schwere Decke über der Zentrale. Es wurde nur dann durchbrochen, wenn Danny Sims oder eins der Mädchen an den Geschützen der *Joker* etwas sagte und ihre Worte über die Funkverbindung den Lautsprechern der Funkleitzentrale zugetragen wurden.

Elaine wusste nicht, wie lange die *Joker* bereits im Schwarm war, aber es kam ihr wie eine Ewigkeit vor. Sie stand am Geländer, das die Holografie umspannte, umschloss es mit ihren Fingern so fest, dass sie taub wurden, und beobachtete den Kampf des Tetraederschiffs gegen die Hewitts. In Gedanken war sie bei den fünf jungen Menschen und betete für sie - vor allem für Danny Sims. Das Leben seiner Crew, die Sicherheit der Menschen auf der Erde und nicht zuletzt das Schicksal der Gambler hingen nun allein von ihm ab. Er durfte nicht versagen.

Zum Glück hatte es bislang nicht den Anschein, als könnte das geschehen. Die *Joker* flog schier atemberaubende Manöver. Obwohl sie es nicht mehr für möglich gehalten hatte, hatte Danny Sims seine Grenzen schon wieder deutlich erweitert.

Elaine stieß im Stillen einen triumphierenden Schrei aus. So viele Leute hatten den Jungen gestern als Sicherheitsrisiko bezeichnet, hatten gefordert, ihm den Pilotensitz der *Joker* zu entziehen, und sie alle hatten sich geirrt. Der Fähnrich flog die *Joker* wie nie zuvor, und sein Erfolg würde zweifellos all denen, die üble Gerüchte über die Gambler verbreiteten, den Wind aus den Segeln nehmen. Noch war es zwar nicht vorbei, und es entging ihr nicht, dass die Situation im Schwarm mit jeder Sekunde kritischer wurde, aber auch damit würde er fertig werden.

Sie drehte sich zu Sherman Hewitt herum und schüttelte staunend den Kopf. „Sie müssen sich geirrt haben, als Sie die maximale Obergrenze seiner Reaktionsfähigkeit bestimmt haben", meinte sie. „Er ist fantastisch heute, viel schneller als sonst."

Der Professor trat neben sie. „Ich sehe es. Sein Körper muss deutlich mehr des Gambler-Hormons ausgeschüttet haben als während des Tests."

Elaine lächelte freudlos. „Er hat immerhin auch sehr viel mehr Stress als im Simulator!"

Der Professor antwortete nicht. Mit sorgenvoller Miene starrte er in die Holografie, dann wandte er sich abrupt an Commander Morley. „Überprüfen Sie bitte sofort Fähnrich Sims' gesundheitlichen Zustand, Commander!"

Elaine runzelte die Stirn. „Professor, was soll das ..."

Der Commander unterbrach sie. „Captain Wilding, Professor Hewitt, kommen Sie! Sie müssen sich das ansehen!"

Von einer bösen Vorahnung erfüllt, setzte sie sich in Bewegung, doch obwohl sie sich beeilte, kam Sherman Hewitt ihr noch zuvor, spähte auf die Daten, die Commander Morley auf dem Display der Telemetrie aufgerufen hatte, stieß einen lauten Fluch aus und fuhr zu ihr herum.

„Mr. Sims ist in Gefahr!", rief er, noch bevor sie ihm eine Frage stellen konnte. „Seine Körpertemperatur steigt rapide, und sein Herzschlag ist viel zu schnell!"

„Wie ist das möglich?", fragte Elaine und sah entsetzt zwischen dem Monitor und dem Wissenschaftler hin und her. „Ist er krank?"

Der Professor rieb sich angestrengt die Stirn und war so bleich geworden, als sei er gerade einem Grab entstiegen. „Nein - jedenfalls nicht im üblichen Sinne. Es muss etwas mit dem Gambler-Hormon zu tun haben. Verdammt, ich hätte es ahnen müssen!"

„Was?", knurrte Elaine gereizt. Die Grenze ihrer Geduld war überschritten.

„Das Gambler-Hormon beschleunigt seinen Stoffwechsel, und das lässt seine Körpertemperatur ansteigen."

„Das haben Ihre Untersuchungen doch bereits ergeben, Professor. Wieso stellt das plötzlich ein Problem dar?"

Sherman Hewitt sog schnaufend Luft ein, als sei sein Hals mit einem Mal zu eng zum Atmen geworden. „Das Ausmaß seiner Reaktion ist viel größer als bei den Tests. Fähnrich Sims ist erst seit sieben Minuten im Schwarm, und in dieser kurzen Zeit ist seine Temperatur um mehr als zweieinhalb Grad gestiegen. Er hat beinahe vierzig Grad Fieber!"

„So viel?"

„Ja, so viel, und es wird ganz sicher noch weiter steigen. Captain, Sie müssen ihn abbrechen lassen!"

Elaine starrte Sherman Hewitt mit großen Augen an. „Das geht nicht", erklärte sie bestimmt und wies mit einer heftigen Geste zur Holografie hinüber. „Der Schwarm ist noch nicht aufgelöst."

„Sie könnten die *Joker* mit einem Kurzsprung herausholen."

„Das meine ich nicht. Mr. Sims muss die Mission zu Ende bringen."

„Er wird dazu nicht in der Lage sein. Schicken Sie die *Ace*!"

„Das kommt nicht in Frage! Lieutenant Thornsburg hätte nicht die geringste Chance. Der Schwarm hat sich durch den Beschuss der *Joker* bereits so weit verdichtet, dass es selbst Mr. Sims schwerfallen muss, die Hewitts auf Abstand zu halten."

Sherman Hewitt riss entgeistert die Augen auf und deutete auf das Display der Telemetrie. „Aber die Daten ..."

Elaine warf einen Blick darauf, schluckte beklommen - und traf trotzdem die einzige Wahl, die ihr blieb. „Die *Joker* bleibt, wo sie ist."

„Captain, sehen Sie denn nicht, was hier passiert?", rief Sherman Hewitt aufgebracht. „Mr. Sims hat ernste gesundheitliche Probleme, und wenn Sie ihn nicht zurückholen, bringen Sie die gesamte Crew in Gefahr!"

Er hatte so laut gesprochen, dass Tom Aston und Benton Morley unwillkürlich die Köpfe gehoben und sich ihnen zugewandt hatten.

Elaine funkelte ihn wütend an. „Professor, ich muss Sie doch hoffentlich nicht daran erinnern, dass Sie sich meinen Befehlen unterzuordnen haben. Sie dienen hier lediglich als Berater."

„Ich bin mehr als das", widersprach er ihr heftig. „Ich bin auch Mediziner, und deshalb muss ich darauf bestehen, dass Sie Mr. Sims aus dem Schwarm abziehen!"

„Das werde ich nicht tun."

„Aber seine Körpertemperatur ..."

„Darauf kann ich keine Rücksicht nehmen", fiel sie ihm schroff ins Wort und fühlte einen galligen Geschmack auf der Zunge. Die Anzeigen der Telemetrie waren bedenklich. Die Körpertemperatur des Jungen stieg schnell weiter. Sie hatte die Grenze zu vierzig Grad längst überschritten.

Sie schickte einen bangen Blick zur taktischen Holografie. Noch war im Flug der *Joker* nicht die geringste Unsicherheit zu erkennen.

Der Professor folgte ihrem Blick und erriet ihre Gedanken. „Im Grunde ist es ein Wunder, dass er überhaupt noch fliegen kann. Aber das wird nicht mehr lange so bleiben. Seine Temperatur ist bereits jetzt kritisch. Wenn Sie ihn nicht abbrechen lassen, wird ihn das töten - auf die eine oder andere Weise."

Ein eisiger Schauer rann ihr den Rücken herab. „Das wird nicht geschehen. Er wird durchhalten!"

Sherman Hewitt musterte sie kalt. „Sind Sie Ihres neuen Spielzeugs bereits derart überdrüssig geworden, dass Sie es gedankenlos in den Tod schicken, Captain?"

Sengend heißer Zorn brodelte in Elaine empor. „Denken Sie etwa, das hier macht mir *Spaß*? Glauben Sie mir, ich würde Mr. Sims sofort umkehren lassen, wenn es einen Ersatz für ihn gäbe, aber das ist nun einmal leider nicht der Fall. Wir sind auf ihn angewiesen. Sie sollten das am besten wissen, Professor, immerhin haben Sie mir mit Ihrem Test die endgültige Bestätigung geliefert, dass Danny Sims als Pilot der *Joker* unschlagbar ist. Wer soll den Schwarm aufhalten, wenn er es nicht tut? Lieutenant Thornsburg kann es nicht, und die Jäger werden nicht alle Hewitts erwischen können, wenn sich der Schwarm über der Atmosphäre der Erde auflöst. Ich muss mich entscheiden: Entweder ich riskiere Mr. Sims' Leben und das seiner Crewmitglieder, oder ich nehme in Kauf, dass Tausende, vielleicht sogar zehntausend Menschen auf der Erde dem zweiten Schwarm zum Opfer fallen."

Sherman Hewitt schnaubte verächtlich. „Wenn Mr. Sims heute stirbt, wird es ebenfalls unzählige Tote geben - von weiteren Schwärmen ganz zu schweigen."

„Ich verlasse mich darauf, dass der Fähnrich durchhält, und Sie sollten das Gleiche tun. Haben Sie mir nicht erzählt, dass Ihre Familie auf der Erde lebt?"

Sherman Hewitts Gesicht wurde hart und abweisend. „Gerade deshalb kommt es mir sinnlos und leichtfertig vor, das Leben des einzigen Gamblers, der sich für die Erde engagiert, zu gefährden. Wenn Sie ihn jetzt zurückholen, werde ich seinen Zustand sicher schnell in den Griff bekommen und Mr. Sims für die nächsten Einsätze entsprechend präparieren können."

„Genau darauf hoffe ich, Professor. Aber das wird warten müssen, bis die Bedrohung durch diesen Schwarm gebannt ist."

„Ich begreife Sie nicht, Captain", ereiferte sich Hewitt. Er runzelte die Stirn, dann blitzte in seinen Augen plötzliches Verstehen auf. „Es geht um Politik", sagte er verächtlich, als speie er ihr das Wort ins Gesicht.

Elaine ließ sich von seinem Tonfall nicht im Mindesten beirren. „Ganz recht, es geht auch um politische Erwägungen. Denken Sie daran, was es für Folgen haben würde, wenn ich Mr. Sims als Pilot ablösen lasse. Gestern wurde in aller Öffentlichkeit angezweifelt, dass er in der Lage ist, die Erde zu verteidigen. Wenn ich die *Joker* jetzt zurückpfeife, würde ich die Meinung der Presse bestätigen, und dann würden wir Danny Sims ebenfalls als Piloten verlieren. Die Admiräle sind ohnehin bereits unsicher geworden, ob sie die richtige Entscheidung getroffen haben, als sie seine Bewerbung akzeptierten."

„Der Junge hat bereits die Hälfte des Schwarms vernichtet!", rief der Professor zornig. „Zählt das überhaupt nichts?"

Elaine zuckte mit den Schultern. „Für mich schon, aber nicht für die Mehrheit. Für die ist allein ein vollständiger Erfolg zufriedenstellend, vielleicht nicht einmal der. Bedenken Sie nur, dass man den Gamblern nachsagt, sie seien unzuverlässig. Wenn ich den Fähnrich jetzt abbrechen lasse, werden die Reporter wie Hyänen über ihn herfallen! Sie werden behaupten, Mr. Sims habe aus Feigheit aufgegeben, und es wird sie nicht im Mindesten interessieren, dass er den Befehl zum Abbruch von mir bekommen hat."

Sherman Hewitt murmelte etwas Unverständliches. Es klang nicht besonders freundlich.

„Wenn ich jetzt die *Ace* in den Schwarm schicke und daraufhin ein Crewmitglied getötet wird, wird niemand mehr die Hetzkampagne gegen die Gambler noch aufhalten können", erklärte Elaine eindringlich. „Das kann ich nicht zulassen. Ich muss unter allen Umständen verhindern, dass die Zustände von vor dreißig Jahren wieder einkehren."

Zum ersten Mal seit Beginn des Streits wirkte der Professor unsicher. „Sie ... Sie wissen nicht, ob die Situation derart eskalieren wird.“

„Natürlich weiß ich es nicht, aber ich will es auch nicht herausfinden.“

Sherman Hewitt fuhr sich mit beiden Händen durch sein kurz geschnittenes Haar, und die Wut in seinen Augen verwandelte sich in Hilflosigkeit. „Gibt es denn keine andere Möglichkeit, als Mr. Sims’ Leben aufs Spiel zu setzen?“

Elaine stemmte die Hände in die Hüften. „Wenn es sie gäbe, würde ich nicht zögern, sie zu nutzen, dessen können Sie sicher sein. Und jetzt ist Schluss mit der Diskussion. Gehen Sie in die Krankenstation und bereiten Sie für Fähnrich Sims’ Behandlung vor, was immer nötig ist. Ich werde ihn zu Ihnen schicken, sobald das Schiff gelandet ist.“

„Ich würde an Ihrer Stelle nicht damit rechnen, dass er sich noch auf den Beinen halten kann. Ich sollte ihn mit einer Trage im Hangar abholen lassen.“

„Das werden Sie nicht tun. Ich will kein Gerede in der Sektion. Und ich will nicht, dass auch nur ein einziges Wort über Mr. Sims’ Zustand über die Schotten der Funkleitzentrale oder der Krankenstation hinausdringt. Haben Sie mich verstanden?“

Sherman Hewitt hielt ihrem Blick nur einen kurzen Moment stand, dann sah er zur Seite. „Ja, Captain.“

Aus dem Hintergrund bestätigten auch Commander Morley und Lieutenant Aston ihren Befehl.

Elaine nickte zufrieden und entließ den Professor mit einer knappen Handbewegung. Er ging, jedoch nicht ohne noch einen letzten Blick auf das Display zu werfen.

„41.2 Grad“, murmelte er, als er an ihr vorbeistapfte.

Elaine presste die Lippen aufeinander. Sie hatte nichts mehr dazu zu sagen.

Als der Professor verschwunden war, wandte sie sich wieder der Holografie zu. Benton Morley und Tom Aston taten es ihr gleich. Das Schweigen in der Zentrale wurde tiefer als je zuvor, nur das abgehackte Keuchen des jungen Piloten, das aus der Lautsprecheranlage klang, war zu hören. Die gequälten Laute fuhren ihr durch Mark und Bein.

7. Kapitel

Feine Schweißtropfen rannen Danny über die Stirn und die Schläfe, sammelten sich zu größeren und liefen in seinen Kragen hinab oder fanden den Weg in seine Augen. Er versuchte krampfhaft, sie fortzublinzeln, aber es gelang ihm kaum. Neue Tropfen folgten den alten zu schnell nach.

Ihm war zum Schreien zumute, aber da sein Atem so hektisch ging, dass er kaum genug Luft bekam, drang lediglich ein gequältes Stöhnen über seine Lippen. Seine Haut brannte, als würde sie lichterloh in Flammen stehen, und sein Blut schien in seinen Adern zu kochen. Das Schlagen seines Herzens krachte wie Donnerhall in seinen Ohren und verstärkte den Schmerz hinter seiner Stirn mit jeder Sekunde. Er war längst so stark geworden, dass kleine Lichtblitze vor seinen Augen tanzten und das Bild seiner Umgebung verschwimmen ließen.

Seine Bewegungen waren nur noch mechanisch, ein Ergebnis der Routinen aus dem Training. Panik hielt seine Brust wie eine eiserne Klammer umfangen. Er durfte um gar keinen Preis versagen. Die Hewitts wurden zwar immer weniger, aber dafür auch aggressiver. Der Schwarm war beinahe auf die Hälfte seiner ursprünglichen Größe geschrumpft, und so wurde es zunehmend schwerer, den unheilvollen Wesen auszuweichen. Ihre blassen, huschenden Schemen wirbelten wie tödliche Elektronenwolken um die *Joker*, und immer wieder gelang es ihnen, bis dicht an das Schiff heranzukommen. Er schaffte es jedes Mal nur knapp, eine Kollision zu vermeiden, und es wurde immer enger. Schon der nächste Pulk konnte sie treffen.

Eine lang gestreckte Ansammlung aus mindestens tausend Hewitts peitschte auf sie zu, fuhr dicht an ihnen vorbei und wand sich wie eine Schlange, die ihr Opfer zu umklammern versucht, zurück, obwohl die Kegelstrahlen sie in der Mitte zerschnitten. Der Kopf der Viper zuckte ihnen mit beängstigender Geschwindigkeit entgegen. Danny versuchte hastig, die *Joker* zu drehen, um Madys Geschütz in eine gute Schussposition zu bringen.

Er war zu langsam. Ein erschrockener Schrei gellte in ihm, als er die Hewitts bereits in die *Joker* eindringen sah, doch da wurden sie von einem grellen Energiestrahl erfasst und vernichtet. Mady hatte sie doch noch erwischt; aber das war nicht ihm zu verdanken. Die Jagd ging weiter.

Irgendwann erlosch plötzlich das Schirmfeld um den Schwarm, und die Hewitts schossen auseinander wie Trümmer eines explodierenden Planetoiden. Neue Markierungen tauchten unvermittelt in seiner Holografie auf: die *Ace* und die Jäger.

Trotzdem atmete Danny nicht auf. Seine Aufgabe war noch nicht erfüllt.

Wie in Trance schwenkte er die *Joker* auf einen Kurs, der sie auf die Spur eines großen Pulks Hewitts setzte. Er wollte auch weiterhin an seiner Konzentration festhalten, aber er schaffte es nicht länger. Sie entglitt ihm, und er wurde immer langsamer. Der Druck hinter seiner Stirn war mittlerweile so schlimm geworden, dass sich sein Sichtfeld auf einen kleinen Kreis eingeengt hatte.

Die Stimmen seiner Crewmitglieder drangen übergangslos in seine Aufmerksamkeit.

„Wir haben es geschafft!", hörte er Jenn begeistert rufen.

Auch Val stieß einen triumphierenden Schrei aus, während Mady lediglich erleichtert aufatmete. Ellie sagte gar nichts, sondern verfolgte die Hewitts mit verbissener Zielstrebigkeit mit den Strahlen ihres Geschützes.

Verzweifelt kämpfte Danny seine Erschöpfung nieder, beschleunigte die *Joker*, brachte die Amöboiden in Schussweite und sorgte für eine gute Schussposition, ohne dabei die anderen Schiffe aus dem Auge zu verlieren. Doch er war nicht einmal mehr halb so reaktionsschnell wie zuvor, und seine Leistungen fielen immer weiter ab. Er konnte es nicht verhindern.

Durch den Einsatz der vierzig Jäger und der *Ace* waren die verbliebenen Hewitts dennoch bald vernichtet. Als der letzte Amöboid im Strahl eines Jägers verging, brach auf allen Kanälen das Chaos aus. Die Jägerpiloten schrien, die Besatzungsmitglieder der Tetraederschiffe jubelten, und auch der Commander des Geschwaders hielt sich mit seiner Freude nicht zurück.

Nur Danny schwieg, obwohl er hörte, dass man seinen Namen nannte. Ein taubes Gefühl lauerte dicht hinter dem unerträglichen Druck, der in seinem Schädel bohrte wie ein Laserskalpell. Es zerrte in gleichem Maße an ihm wie der Schmerz, der inzwischen nicht nur seinen Kopf, sondern seinen gesamten Körper erfasst hatte. Siedend heiße Schauer überliefen ihn, und der Schweiß, der als dicke Schicht auf seinem Körper lag, verschaffte ihm keinerlei Linderung, sondern schien im Gegenteil den Hitzestau zwischen seiner Haut und dem Raumanzug noch zu verstärken.

Sein Blickfeld zog sich noch weiter zusammen. An den Rändern seiner Wahrnehmung waberte undurchdringliche Finsternis. Sie lockte ihn, rief ihn, versprach ein Ende seiner Qual. Er musste sich ihr nur ergeben, zulassen, dass sie ihn wie eine Welle überflutete und mit sich nahm. Wenn er erst in sie eingetaucht war, gab es keine Schmerzen mehr.

Sein Bewusstsein wankte. Er war müde, so müde.

Fast wären ihm seine Gedanken entglitten, doch ein Rest klaren Verstandes malte ihm plastisch die Folgen aus. Ein panischer Schrecken, der viel heißer war als die Schauer, die seinen Körper zuvor geschüttelt hatten, riss ihn von der Schwärze zurück, und er zwang sich, seine Starre zu überwinden.

Mit eckigen, ungelenken Bewegungen brachte er die *Joker* auf den Weg zur Erdorbitalstation, die als kleines Signal am Rande der Holografie blinkte. In der Komleitung herrschte plötzlich tiefe Stille.

Ein eisiger Schüttelfrost ergriff ihn und ließ ihn zittern. Er versuchte, seine Hände ruhig zu halten, aber es gelang ihm nicht. Die *Joker* sprang wie ein bockiges Pferd nach links und rechts von ihrem geraden Kurs ab.

Danny konzentrierte sich stärker, nahm in Kauf, dass der Schmerz hinter seiner Stirn explodierte, und zwang die *Joker* unter seine Kontrolle zurück. Das Schiff flog nun wieder eine geradere Linie, aber genau konnte er das nicht erkennen. Sein Blick war zu verschwommen. Er stöhnte leise.

„Danny, ist alles in Ordnung?", hörte er Mady fragen. Ihre Stimme klang, als käme sie vom anderen Ende der Galaxis.

Er antwortete ihr nicht. Er durfte nicht einen einzigen Funken Kraft vergeuden, wenn er die Station erreichen wollte. Und er musste es schaffen. Er musste durchhalten und die *Joker* in den Hangar zurückbringen. Wenn er aufgab, würde das Gerede der Presse niemals enden und sein Erfolg gegen den Schwarm wäre umsonst gewesen.

8. Kapitel

Mady starrte wie hypnotisiert auf den Schirm, von dem soeben der letzte Hewitt verschwunden war. Sie konnte kaum glauben, dass es tatsächlich vorbei sein sollte. Ihr Blick senkte sich auf ihre Hände, die die Steuerungselemente ihres Lasergeschützes so fest umklammerten, als seien sie untrennbar miteinander verschmolzen, und langsam, ganz langsam wurde sie sich der Empfindungen ihres eigenen Körpers wieder bewusst. Ihre Muskeln waren verkrampft und steif, ihre Haare klebten schweißfeucht in ihrem Nacken, und ihre Finger fühlten sich an, als hätten sie sich schon vor einer geraumen Weile in ein Stück Gusseisen verwandelt. Erst nach mehreren vergeblichen Versuchen gelang es ihr, sie auseinanderzubiegen und von den Tasten und Hebeln zurückzuziehen, dann schloss sie die Augen und atmete tief durch. Ein Beben lief über ihre Gestalt, ihre Zähne schlugen klappernd aufeinander, und doch strömten Tränen der Erleichterung über ihre Wangen. Der Schwarm war besiegt, und sie lebte noch. *Sie lebte noch!*

Im gleichen Augenblick waren auch die anderen Soldaten der Verteidigungslinie zu derselben Erkenntnis gekommen. Die Spannung entlud sich in Jubelschreien, die plötzlich durch alle Kanäle dröhnten. Alle johlten wild durcheinander; nur eine ganz bestimmte Stimme vermisste sie.

„Danny", rief sie nach dem jungen Gambler. „Danny, das war Spitzenklasse! Du hast sie das Fürchten gelehrt!"

Sie lauschte auf seine Antwort, aber sie wartete umsonst. Er schwieg. Verwundert zog sie die Stirn in Falten. War Danny von seiner eigenen Freude so überwältigt, dass er kein Wort herausbrachte? Verstehen könnte sie es. Für ihn hatte weitaus mehr auf dem Spiel gestanden als für sie, und das wollte schon etwas heißen.

„Du hast es geschafft", sagte sie leise, so leise, dass keiner der anderen sie verstehen konnte. Danny aber konnte sie hören, das wusste sie.

Pure Freude brachte ihre Wangen zum Glühen, und wenn er jetzt vor ihr gestanden hätte, wäre sie ihm ganz sicher um den Hals gefallen. Sie zitterte noch immer - ein Echo des gerade erst vergangenen Kampfes - aber sie war dennoch überglücklich. Sie hatten den Schwarm aufgehalten, nein, *Danny* hatte den Schwarm aufgehalten und damit allen gezeigt, wozu er fähig war.

Ein triumphierendes Lächeln erschien auf ihren Lippen, wurde zu einem breiten Grinsen, und ein helles, befreites Lachen stieg in ihrer Kehle auf. Es verschmolz mit dem Rufen der anderen zu einem einzigen Freudentaumel.

Schließlich unterbrach Captain Wilding den ausgelassenen Jubel. „Meinen Glückwunsch an Sie alle", erklärte sie über einen offenen Kanal an alle Schiffe der Verteidigungslinie. „Sie haben einen großartigen Erfolg erzielt. Kehren Sie nun zur Station zurück. Vor den Hewitts werden wir für heute sicher Ruhe haben."

Eine vielstimmige Bestätigung klang in den Kanälen auf. Mady lauschte angestrengt, doch noch immer konnte sie Dannys Stimme nicht unter denen der anderen vernehmen.

Gleich darauf setzte sich die *Joker* ungewöhnlich langsam und ruckartig in Bewegung. Mady erschrak. Nicht einmal nach vier Trainingsmissionen war Danny so erschöpft gewesen, dass er das Raumschiff nicht mehr in einer Art und Weise beherrschte, die jedem sofort klarmachte, dass er zum Fliegen geboren war. Heute war das anders.

„Danny, ist alles in Ordnung?", fragte sie besorgt.

Er antwortete nicht.

„Danny, was ist los mit dir?"

Allmählich bekam sie es mit der Angst zu tun, und das Adrenalin, das gerade erst aus ihrem Blut zu weichen begonnen hatte, bekam einen neuen Schub. „Soll ich für dich übernehmen?"

Es dauerte lange, bis er ihr antwortete, so lange, dass sie schon befürchtet hatte, er hätte sie nicht gehört. „Nein."

Sie zuckte zusammen, als sie seine raue, krächzende Stimme hörte. „Du hast schon genug getan. Ich könnte die *Joker* sicher in den Hangar bringen."

Der wackelige Kurs, dem das Schiff folgte, verlieh ihren Worten ein unheilvolles Gewicht. Mady brach der kalte Schweiß aus.

„Gib an mich ab", forderte sie noch einmal.

„Nein."

Dannys Antwort klang noch schwächer als zuvor, aber trotzdem entschlossen.

„Aber ..."

Captain Wilding meldete sich unvermittelt zu Wort und unterbrach sie brüsk. „Schweigen Sie, Fähnrich Thompson! Fähnrich Sims wird die *Joker* in den Hangar zurückfliegen."

„Aye, aye, Captain", erwiderte Mady mechanisch, obwohl ihr ein heftiger Widerspruch auf der Zunge lag.

Die Station kam näher. Die *Joker* stieß von oben auf sie herab, und es wäre ihr weitaus wohler gewesen, wenn Danny eine geringere Anfluggeschwindigkeit gewählt hätte. Er flog zwar, wie ihre Kontrollen ihr verrieten, deutlich langsamer als bei jeder Übung, doch heute war selbst das noch zu schnell, denn der Kurs der *Joker* war nicht entscheidend sicherer geworden. Sie konnte nur hoffen, dass er wusste, was er tat.

Das Schiff glitt immer dichter an die Station heran, die bald einen guten Teil der Bildschirme ausfüllte. Mady wurde zusehends nervöser. Jetzt waren sie eindeutig zu schnell.

„Danny", rief sie.

Er antwortete nicht.

„Danny", versuchte sie es noch einmal.

Wieder erntete sie nur Schweigen.

Panik sprang sie an. Wenn er das Bewusstsein verloren hatte, sah es schlecht für sie aus. Aber sollte die Telemetrie dann nicht Alarm schlagen? Sollte die Steuerung der *Joker* in einem derartigen Fall nicht an Val übergehen?

Sie war sich nicht sicher, ob sie darauf vertrauen konnte. Captain Wilding hatte darauf bestanden, dass Danny zurückflog, und Mady ahnte nur zu gut, warum sie das getan hatte. Es war durchaus denkbar, dass sie deshalb auch die Notfallschaltung unterbrochen hatte.

„Fähnrich Sims, bereiten Sie sich auf den Anflug vor", befahl Captain Wilding plötzlich. Sie sprach eindeutig lauter als gewöhnlich. Also wusste sie sehr genau, welches Risiko sie einging.

Mady verfluchte sie im Stillen, und das unverständliche Murmeln, das Jenn von sich gab, zeigte, dass ihre Kameradin es nicht bei dem bloßen Gedanken beließ.

Endlich antwortete Danny. „Aye, aye, Captain. Ich reduziere den Schub und nehme Kurs auf die Schleuse."

Es war eine standardisierte Antwort, und er leierte sie herunter, als wüsste er selbst kaum, was er da sagte. Immerhin ließ er seinen Worten die entsprechenden Taten folgen. Die *Joker* wurde abrupt langsamer, schien von einem Moment zum anderen beinahe stillzustehen und kroch zu dem Teil der Station, in dem sich das äußere Hangarschott befand. Als sie dicht davor stand, glitt es auf. Mady konnte das Licht, das aus der Schleuse ins All fiel, auf den Bildschirmen ihrer Kapsel sehen.

„Nur noch ein kleines Stück", murmelte sie.

Als die *Joker* in die Schleuse schwebte, hielt sie unwillkürlich die Luft an, aber keine Seite des Schiffs kam den Wänden zu nahe.

„Gute Reflexe", kommentierte Jenn erleichtert.

„Unser Glück", fügte Val unfreundlich hinzu. Es war ihr offensichtlich egal, dass Danny sie über Funk genau hören konnte.

Die Schleusenprozedur schien eine Ewigkeit zu dauern, und noch länger dauerte es, bis sich die *Joker* wieder in Bewegung setzte, nachdem das innere Schott aufgefahren war. Mady rechnete jede Sekunde damit, dass das Schiff abstürzte und auf den Hangarboden krachte, denn trotz der langsamen Fahrt waren die Unsicherheiten des Piloten deutlich zu spüren. Der Startsockel wanderte auf den Bildschirmen von links nach rechts und wieder zurück, statt wie gewöhnlich so starr in der Mitte des

Bildes zu stehen, als gleite die *Joker* in einem Zugstrahl in den Hangar. Sie biss sich auf die Lippen, beugte sich nach vorn und starrte auf den Schirm, als könne sie so die Plattform in der Mitte des Bildes halten.

Schließlich setzte die *Joker* auf. Mady wartete mit ängstlich klopfendem Herzen darauf, dass sich das Schiff zur Seite neigte und vom Sockel kippte. Doch nichts geschah. Danny schien die *Joker* zu guter Letzt doch noch genügend in seiner Gewalt gehabt zu haben.

Klamme Furcht schnürte ihr die Kehle zu. Hastig löste sie ihre Gurte, sprang auf, streifte den Helm ab und trennte sich von der Lebenserhaltung des Schiffes. Danach entsicherte sie eilends die Luke der Geschützkapsel, öffnete sie und zwängte sich heraus. Mit zwei, drei Schritten lief sie in den Hangar hinein.

Stille empfing sie. Die meisten Maschinen arbeiteten nur im Leerlauf und gaben kaum mehr als ein leises Summen von sich, der Antrieb der *Joker* war verstummt und brummte nur noch unterschwellig, und die *Ace* war noch nicht aus der Schleuse aufgetaucht.

Die grellen Deckenleuchten warfen ihre weißen Strahlen von allen Seiten auf die *Joker* herab. Das Schiff ruhte in einem geisterhaften Kranz aus Schlagschatten, der sich in alle Richtungen des Hangars erstreckte. Am Rand eines der Schatten stand Captain Wilding. Sie hielt sich kerzengerade, ihr Gesicht war unbewegt, wie aus Stein gemeißelt. Weiter im Hintergrund lungerten ein paar Techniker herum. Neugierig starrten sie zum Schiff hinüber, kamen jedoch nicht näher. Ihre Blicke allerdings waren eindeutig. Sie hingen gebannt an der Einstiegsluke in der Flanke der *Joker*.

Mady ballte unwillkürlich die Fäuste. Danny, sie und die anderen hatten gerade die Erde gerettet. Sie hatten ihr Leben aufs Spiel gesetzt, um die Hewitts aufzuhalten. Es war ihre Pflicht gewesen, das sah sie ein, aber ein wenig Dank hätte trotzdem nicht geschadet. Doch statt mit Jubel empfing man sie in tiefem Schweigen. Das hatten sie nicht verdient. Das hatte *Danny* nicht verdient!

Ihre Wut verrauchte, als sie in Captain Wildings Gesicht sah. Sie schaute an ihr vorbei in die gleiche Richtung wie die Mitglieder der technischen Crew, und obwohl sie es im Allgemeinen gut verstand, ihre Emotionen in sich zu verschließen, konnte Mady die Sorge erkennen, die wie ein düsterer Schatten über ihren Zügen lag, sich als Falten in ihre Stirn grub und ihre Augen verdunkelte.

Schritte klangen neben ihr auf. Mady sah über ihre Schulter, in der Hoffnung, dass Danny sich zu ihr gesellte, aber es waren Ellie und Val. Auch Jenn hatte ihre Kapsel bereits verlassen und glitt in dem Korb, der sie an der Spitze der *Joker* erwartet hatte, zum Boden hinab. Von Danny jedoch war nach wie vor nichts zu sehen.

Mady schluckte und warf Captain Wilding einen fragenden Blick zu. Der Captain erwiderte ihn länger als gewöhnlich, dann nickte sie ernst.

„Sie alle werden sich zu einer kurzen medizinischen Untersuchung in der Krankenstation melden", erklärte sie ihnen. Ihre Stimme klang rauer als sonst.

„Jetzt gleich?", fragte Mady bang. Obwohl sie sich einer direkten Anordnung nicht widersetzen konnte, wollte sie doch nicht ohne Danny gehen.

Captain Wilding schüttelte langsam den Kopf und sah zum Schiff hinüber. „Nein. Warten Sie auf Ihren Piloten."

Als hätte sie mit ihren Worten ein geheimes Signal gegeben, schwang plötzlich die Luke in der Flanke der *Joker* auf. Mady fiel ein Stein vom Herzen, aber als Danny aus der Öffnung trat, erschrak sie zutiefst. Sie presste eine Hand vor den Mund, um den entsetzten Schrei zu unterdrücken, der ihr auf der Zunge lag.

Danny sah schrecklich aus. Seine Haare waren klitschnass von Schweiß und hingen ihm wirr in die Stirn, sein Gesicht war bis auf einige ungesund wirkende rote Flecken aschfahl, und unter seinen Augen lagen dunkle Ringe. Seine Augen selbst glänzten fiebrig, und er bewegte sich so unsicher, als könne er sich nur noch mit äußerster Mühe auf den Beinen halten.

Mady wollte zu ihm eilen, doch da fing sie Captain Wildings warnenden Blick auf. Sie verstand und blieb stehen.

Der Korb glitt wie in Zeitlupe zum Boden herab. Als er endlich zum Stillstand gekommen war, stieg Danny aus. Er bewegte sich langsam, wie in Trance. Seine Augen hefteten sich starr auf Mady, als er sich ruckartig in ihre Richtung wandte. Sein Blick ging ihr durch Mark und Bein. Sie ballte die Hände zu Fäusten und musste sich zwingen, ruhig stehen zu bleiben.

Endlich trat er zu ihnen. Captain Wilding wiederholte ihren Befehl. Danny zeigte keine Reaktion, er nickte nicht einmal, aber er ging weiter, hielt auf die Krankenstation zu. Mady eilte an seine Seite. Als Captain Wilding sich abgewandt hatte, um vorauszugehen, wollte sie ihn sachte beim Arm nehmen, doch er wich ihr aus. Für eine Sekunde ließ ihn die heftige Bewegung schwanken, er fing sich jedoch wieder.

„Nein", stieß er keuchend hervor.

„Aber ..." setzte Mady an.

Als sein gequälter Blick sie traf, schwieg sie. Er sah sie nur kurz an, dann blickte er an ihr vorbei und fasste all die Leute ins Auge, die schweigend im Hangar standen. Ein verbissener Ausdruck erschien auf seinem Gesicht. Er stakste weiter, doch seine Miene wirkte so angespannt und verzerrt, dass selbst ein schlechter Beobachter hätte erkennen können, dass er sich lediglich durch enorme Willensanstrengung noch auf den Beinen hielt.

Mady blieb dicht an seiner Seite, so dicht, dass sie das heftige Zittern spürte, das ihn unablässig überlief, die Hitze fühlte, die von ihm ausstrahlte, und sein mühsames Atmen hörte. Ab und an wurde er langsamer und wankte kurz. Sie schrak jedes Mal zusammen und machte sich bereit, ihn aufzufangen, falls ihm die Knie weich werden sollten. Gleichzeitig betete sie, dass er durchhielt. Wenn er vor den Augen der Techniker im Hangar zusammenbrach, würde noch vor den Abendnachrichten ein feistes Grinsen auf Sally Brights unschuldigem Engelsgesicht erscheinen, soviel war sicher. Mady fluchte leise.

Danny schwankte wie ein Schiff auf schwerer See, während er auf die Krankenstation zustrebte. Mady ging auf seiner einen, Jenn auf seiner anderen Seite, Val und Ellie folgten ihnen in ein paar Schritten Abstand. Captain Wilding marschierte voraus, und als das Schott vor ihr zurückwich, sah Mady Sherman Hewitt und Melba Zaykan. Die beiden erwarteten sie unmittelbar hinter der Tür.

Danny schlurfte mehrere Schritte in den Raum und drehte sich langsam um. Er hatte die Bewegung eben vollendet, als sich das Schott hinter Ellie, die als letzte eingetreten war, schloss und somit die neugierigen Blicke, die ihnen aus dem Hangar gefolgt waren, abgeschnitten wurden.

Ein Schauer, so heftig wie ein Krampf, ließ Danny erbeben, dann sackte er wie ein gesprengter Turm in sich zusammen. Mady griff nach seinem Arm und versuchte, ihn festzuhalten, aber er war so schlaff, dass es ihr nicht gelang. Sie vermochte lediglich seinen Sturz zu bremsen. Gleich darauf kauerte sie neben ihm am Boden. Seine Augen waren noch offen, aber so verdreht, dass man nur das Weiße in ihnen sah. Kalter Schweiß glänzte in dicken Perlen auf seiner Stirn, aber seine Haut glühte.

„Danny!", rief sie erschrocken und schüttelte ihn leicht.

Er reagierte nicht, lediglich seine Augenlider begannen heftig zu flattern. Sein Körper krümmte sich zusammen, dann fielen seine Augen zu, und er lag still.

Mady starrte entsetzt in sein bleiches Gesicht, öffnete den Mund, um seinen Namen zu rufen, aber sie bekam nicht einmal ein Krächzen heraus. Sherman Hewitt war plötzlich neben ihr. Er und ein Krankenpfleger hoben Danny vom Boden auf und trugen ihn zu einer der beiden Behandlungsliegen. Sie blickte ihnen hinterher, unfähig, sich zu rühren; erst als Jenn sie leicht an der Schulter berührte, fuhr sie zusammen.

Jenn streckte ihr die Hand entgegen. Mady nahm sie dankbar. Aus eigener Kraft hätte sie kaum aufstehen können. Ihre Knie schlotterten wie Espenlaub, während sie in hilfloser Verzweiflung Jenns Arm umklammerte.

Keiner rührte sich. Alle starrten regungslos zu der Stelle hinüber, wo sich der Professor, seine Assistentin und seine beiden Helfer um Danny bemühten. Mady verstand nicht, was sie taten, verstand auch nicht, wovon sie sprachen, aber ihre ernsten Mienen sagten mehr als genug. Tränen traten ihr in die Augen. Sie würgte sie mit Gewalt hinunter. Ihr Hals wurde so eng, dass sie kaum noch zu atmen vermochte.

Irgendwann schaute Sherman Hewitt auf und blickte in ihre Richtung. Als er sah, dass sie noch immer hier waren, zog er missbilligend die Stirn in Falten und wandte sich an Captain Wilding.

„Sie haben Ihre Pflicht getan, Captain, jetzt lassen Sie mich meine tun! Sie und Ihre Leute stehen mir im Weg, wenn Sie weiterhin bleiben."

Captain Wilding zögerte einen Moment, dann nickte sie stumm und winkte ihnen. Sie führte sie jedoch nicht aus der Krankenstation heraus, sondern in den daran angrenzenden Bereitschaftsraum der Ärzte. Im Augenblick hielt sich niemand darin auf. Captain Wilding wies sie an, sich zu setzen, baute sie sich vor ihnen auf und sah sie der Reihe nach an.

„Sie werden über Fähnrich Sims' Zustand absolutes Stillschweigen bewahren", befahl sie in strengem Ton. „Sie werden gegenüber niemandem, ich wiederhole, *niemandem* auch nur ein Sterbenswörtchen darüber verlieren, dass Mr. Sims das Bewusstsein verloren hat."

Jenn trat einen halben Schritt vor. Sie wirkte betroffen, aber auch ein wenig ratlos. „Verzeihung, Captain, aber was sollte das bringen? Dannys schlechter Zustand ist allen im Hangar aufgefallen, soviel ist sicher."

Captain Wilding wandte sich ihr ruckartig zu. „Von Ihnen hätte ich diese Frage nicht erwartet, Fähnrich Goddard", herrschte sie sie an, „und dass Sie sie gestellt haben, beweist, wie wenig Sie begriffen haben. Ich verspüre allerdings nicht die geringste Lust, Sie über die Vorgänge auf der Erdorbitalstation aufzuklären. Mir genügt es, wenn Sie meine Befehle befolgen."

Jenn senkte betreten den Kopf. „Aye, aye, Captain", gab sie kleinlaut zurück.

„Aye, Captain", beeilte sich auch Mady, die Anweisung zu bestätigen, obwohl sie längst begriffen hatte, worum es Captain Wilding und vor allem Danny gegangen war.

Ellie und Val taten es ihr gleich. Damit zogen sie Captain Wildings Aufmerksamkeit auf sich. Ihr Blick durchbohrte die beiden Mädchen wie eine Schwertklinge.

„Ich weiß, wie Sie zu Ihrem Teamgefährten stehen, Fähnriche Craine und Haver. Vielleicht hat Mr. Sims' großartige Leistung am heutigen Tag Ihre Einstellung zu ihm korrigiert, doch falls nicht, seien Sie gewarnt. Ich werde es erfahren, falls Sie sich nicht an meinen Befehl halten sollten, und ich werde es ebenso erfahren, falls Sie sich bemüßigt fühlen sollten, üble Nachreden über Fähnrich Sims oder seinesgleichen zu verbreiten. In dem

Fall wird Ihnen Ihr heutiger Kampf gegen die Hewitts wie ein gemütlicher Spaziergang erscheinen verglichen mit dem, was Sie in meinem Büro erwarten wird. Habe ich mich klar ausgedrückt?"

Val und Ellie zogen die Schultern ein. „Ja, Captain", erwiderten sie synchron, und es klang erstaunlich ehrlich.

Trotzdem sah es nicht so aus, als wollte Captain Wilding die beiden jetzt schon vom Haken lassen. Sie holte tief Luft, wohl, um ihre Schimpfkanonade fortzusetzen.

Mady fand es an der Zeit einzugreifen. Zwar besaßen ihre zwei Teamkolleginnen nach wie vor nicht gerade ihre Sympathie, aber die beiden waren so wie sie eben noch gegen die tödlichen Hewitts geflogen, und sie mussten sich mindestens ebenso erschöpft und zittrig fühlen wie sie selbst. Selbst Val und Ellie hatten es nicht verdient, dass sie nun derart ausgeschimpft wurden.

„Captain, darf ich eine Frage stellen?", fragte sie vorsichtig.

Val und Ellie wandten sich zu ihr um und sahen sie überrascht an. Mady beachtete sie nicht. Sie hielt ihre Augen betont auf Elaine Wilding gerichtet. Es dauerte lange, bis sie reagierte, und Mady befürchtete schon, sie würde nun das Opfer ihrer offensichtlich angeschlagenen Laune werden, aber dann schwand der harte Ausdruck aus ihrem Gesicht, und sie nickte knapp.

„Fragen Sie, Fähnrich Thompson."

„Was ist mit Fähnrich Sims geschehen?"

Captain Wilding wirkte plötzlich so ernst und bekümmert, dass Mady ein eisiger Schauer über den Rücken lief. „Fähnrich Sims hatte während des Fluges mit unvorhersehbaren gesundheitlichen Schwierigkeiten zu kämpfen. Als er die *Joker* gelandet hat, hatte er über 41 Grad Fieber, und weiß Gott, was sonst noch alles mit ihm nicht in Ordnung war."

Mady riss erschrocken die Augen auf. „Wird Professor Hewitt ihm helfen können?"

Ein Schatten legte sich über Elaine Wildings Gesicht. „Das will ich doch sehr hoffen."

Mady blickte auf das Schott, hinter dem die Krankenstation lag, und ein scharfer Schmerz durchzuckte ihre Körpermitte.

„Warum ... warum hat er Fieber bekommen?", presste sie mühsam hervor.

Captain Wilding seufzte. „Ich wünschte, ich wüsste es, doch leider kann ich Ihre Frage nicht beantworten, Fähnrich."

„Konnte Professor Hewitt nichts dazu sagen?"

„Bislang noch nicht. Ich glaube, er hat eine Vermutung, aber Genaueres werde ich wohl erst erfahren, wenn der Professor seine Untersuchungen an Mr. Sims abgeschlossen hat."

Mady sah noch einmal in Richtung des Schottes. „Werden Sie uns das Ergebnis mitteilen?“, fragte sie zögernd.

Captain Wilding hob die Augenbrauen. Einen Moment lang musterte sie sie prüfend, ließ ihren Blick dann zu Jenn, Val und Ellie weiterwandern. Schließlich nickte sie. „Ich schätze, Sie haben ein Recht darauf, über den Zustand Ihres Piloten informiert zu werden. Sie werden jedoch alles, was ich Ihnen sagen werde, für sich behalten, ist das klar?“

„Ja, Captain“, erklärten Mady und Jenn wie aus einem Mund, Val und Ellie bestätigten gleich nach ihnen.

Captain Wilding nickte zufrieden. Ein leichtes Lächeln umspielte plötzlich ihre Lippen.

„Sie alle haben im Schwarm großartige Arbeit geleistet“, sagte sie, „und es tut mir leid, dass ich über die Aufregung vergessen habe, Ihnen meinen ehrlichen Dank auszusprechen. Dabei haben Sie alle mehr als nur das verdient. Sie haben heute vielen hunderttausend Menschen auf der Erde das Leben gerettet, und es ist sehr bedauerlich, dass Sie nach Ihrer Landung nicht angemessener empfangen worden sind. Mr. Sims' Zustand hat das leider verhindert.“

Mady runzelte die Stirn. Sie bezweifelte doch sehr, dass die Techniker im Hangar Danny zugejubelt und ihn herzlich an ihre Brust gedrückt hätten, auch wenn es ihm besser gegangen wäre.

Plötzlich fühlte sie Captain Wildings Blick auf sich ruhen. Sie wurde rot und sah zur Seite.

Captain Wildings Lächeln vertiefte sich. „Sie haben für den Rest des Tages frei. Ruhen Sie sich aus und versuchen Sie, sich von den Schrecken des Morgens zu erholen.“

Damit ließ sie sie allein. Mady sah ihr schweigend nach. Kaum hatte sich das Schott hinter ihr geschlossen, stieß Jenn schnaufend Luft aus.

„Schön, dass doch noch jemand gemerkt hat, dass wir die Erde gerettet haben“, sagte sie, während ihre Finger ruhelos mit ihren kleinen Zöpfen spielten.

Das Schweigen im Raum zerbarst wie dünnes Eis.

„*Wir*?“, fragte Val spitz.

Mady zuckte zusammen. Ärger quoll in ihr empor. Sie wandte sich Val abrupt zu, doch Ellie kam ihr zuvor.

„Captain Wilding hat uns als Team angesprochen, und ich glaube, sie hat es auch genauso gemeint.“

Val klappte die Kinnlade herunter, was ihrem Aussehen nicht gerade einen neuen Glanz verlieh.

Mady war nicht minder überrascht. „Wie kommt es zu deinem plötzlichen Sinneswandel? Ich kann mich noch gut daran erinnern, dass gerade du angezweifelt hast, dass die Crew der *Joker* tatsächlich ein Team ist.“

„Das ist dein Verdienst. Du hast eben echten Teamgeist bewiesen, du Küken", erwiderte Ellie, und plötzlich war da wieder der sanfte Spott, mit dem sie sie aufgezogen hatte, noch bevor Danny an Bord der Erdorbitalstation gekommen war. Es schien eine Ewigkeit her zu sein.

Mady runzelte die Stirn. Sie traute dem Frieden nicht.

Ellie lächelte. „Du hast dich doch sicher nicht zufällig gerade in dem Augenblick nach Danny erkundigt, in dem Captain Wilding offenbar darauf aus war, Val und mich in Nieten für die Bodenplatten des Decks zu verwandeln, oder?"

Mady zuckte mit den Schultern. „Wir hatten alle einen harten Tag."

„Ja, das ist wahr", gab Ellie zurück und warf einen langen Blick auf das Schott zur Krankenstation.

Mady hielt es plötzlich nicht mehr in dem Bereitschaftsraum aus. „Lass uns gehen", forderte sie Jenn auf.

Sie verließen den Raum durch eine Tür, die sie auf einen Korridor der Sektion führte. Ellie und Val folgten ihnen schweigend. Als sie die Kreuzung mit dem Hauptkorridor erreichten, in dem auch ihre Quartiere lagen, traten Lieutenant Thornsburg und seine Crew durch das Schott des Hangars und stießen zu ihnen.

Mady stöhnte im Stillen. Sie war erschöpft, zu erschöpft, um seine Nähe ertragen zu können. Und sie wusste nur zu gut, dass sie, falls er auch nur eine einzige dumme Bemerkung über Danny machen sollte, vielleicht nicht besonnen genug war, ihm nicht an die Gurgel zu gehen. Allein die Vorstellung, dass er gegen Danny hetzen mochte, ließ ihr bittere Galle die Kehle hinaufsteigen.

Thornsburg blähte seine breite Brust und stemmte beide Hände in die Seiten. „Fähnriche, Sie haben hervorragende Arbeit geleistet", dröhnte er von oben auf sie herab.

Mady verzog das Gesicht. Vom Captain ein Lob zu hören, hatte sie gefreut, doch aus Lieutenant Thornsburgs Mund waren die gleichen Worte nur hohle Phrasen.

„Entschuldigen Sie mich, Sir", erklärte sie tonlos. „Ich bin müde. Ich möchte mich in meine Kabine zurückziehen."

Der Lieutenant bedachte sie mit einem fragenden Blick, nickte jedoch und winkte ihr jovial. „Gehen Sie nur, Fähnrich Thompson."

Mady wandte sich ab.

Jenn schloss sich ihr an.

Sie waren schon zwei Schritte gegangen, als Lieutenant Thornsburg Val und Ellie ansprach, vermutlich nur Ellie, denn mit Val hatte er, seit sie ihn beim Captain verpetzt hatte, kein einziges Wort mehr gewechselt.

„Mir scheint, Fähnrich Sims befindet sich noch immer auf der Krankenstation. Können Sie mir über die Gründe Aufschluss geben?"

Mady fuhr herum. Val sollte nur nicht auf die Idee kommen, ihre Position bei Thornsburg wieder zu verbessern, indem sie seine penetrante Neugier befriedigte. „Denke an den Befehl des Captains", knurrte sie.

Tatsächlich hatte Val bereits zu einer Antwort angesetzt, doch nun schloss sie den Mund wieder und presste die Lippen zu einem weißen Strich zusammen.

Thornsburgs Augen wurden schmal. Sein drohender Blick richtete sich auf Ellie. Sie beachtete ihn nicht, sondern nickte Mady zu.

„Ich werde sie daran erinnern", versprach sie.

„Sieh an", murmelte Jenn so leise, dass keiner außer Mady es verstehen konnte.

„Gut", gab Mady grimmig zurück und wandte sich endgültig ab; erst vor der Tür zu ihrer Kabine blieb sie wieder stehen.

Jenn trat neben sie und blickte mit gerunzelter Stirn auf ihre Kameradinnen, die ebenfalls in ihren Kabinen verschwanden. „Ob Ellie es begriffen hat?"

Mady zuckte mit den Schultern. „Ich weiß es nicht. Eigentlich glaube ich es nicht. Es sollte mich doch sehr wundern, wenn ein einziger Flug im Schwarm genügt hätte, um ihre Vorurteile gegen Danny auszuräumen."

Jenn seufzte. „Also haben wir lediglich einen zeitweiligen Waffenstillstand."

„Bestenfalls. Danny wird Ellie und Val sicher noch ein Dutzend Mal das Leben retten müssen, bevor sie begreifen, dass sie ihm vertrauen können."

Ein unglücklicher Ausdruck erschien auf Jenns Gesicht. „Können wir das denn?"

Mady erstarrte. „Was soll das, Jenn?"

„Sag mir nicht, dass du nicht bemerkt hast, wie knapp es bei der Landung war."

Mady schwieg, verschränkte mit einer schroffen Bewegung die Arme vor der Brust.

„Und denk auch an das, was Captain Wilding gesagt hat", fuhr Jenn eindringlich fort. „So wie es aussieht, hatte Danny bereits im Schwarm erhebliche Probleme. Was wäre geschehen, wenn er dort das Bewusstsein verloren hätte?" Ihre Stimme schwankte. „Hätte er nicht umkehren müssen? Wenn es ihm so schlecht ging ..."

„Und was dann?", fuhr Mady sie heftig an. „Wer hätte gegen die Hewitts fliegen sollen? Du kennst Thornsburgs Ergebnisse aus den Simulationen. Er hätte keine Chance gehabt. Danny wusste das, und Captain Wilding wusste es auch. Warum, glaubst du, hat sie ihn nicht zurückgeholt? Und was hätten wohl die Medien mit ihm gemacht, wenn er den Flug vorzeitig abgebrochen hätte?"

Jenn wurde bleich, fluchte heftig und schüttelte den Kopf. „Ich schätze, ich habe mir Captains Wildings Anpfiff wirklich verdient. Manchmal bin ich ziemlich schwer von Begriff."

Mady schnaufte. „Ich will jetzt in meine Kabine. Ich muss mich umziehen und duschen."

Sie wollte sich abwenden, doch Jenn griff nach ihrem Arm und hielt sie fest. „Kommst du danach zu mir?", fragte sie ungewöhnlich leise.

„Wieso?", fragte Mady verblüfft.

Jenn senkte den Blick, sah sie nicht an. „Ich ... ich möchte nicht allein sein."

Mady verstand. „Ich werde kommen."

„Wirklich?"

„Versprochen."

Jenn wirkte erleichtert. „Vielleicht können wir nachher auch nach Danny sehen", schlug sie nach kurzem Zögern vor.

Mady schaute an ihr vorbei in Richtung Krankenstation. „Darauf kannst du wetten", murmelte sie. Nichts würde sie davon abhalten können.

9. Kapitel

Mit drohend vorgerecktem Kinn und einem Blick, der selbst Stahlbeton mühelos hätte zerteilen können, marschierte Elaine dem Hangar entgegen, in dem in wenigen Minuten das Shuttle des Admirals landen sollte. Trotz der gerade gewonnenen Schlacht fühlte sie sich, als würde eine dicke schwarze Gewitterwolke genau über ihrem Kopf kreisen und mit jeder Sekunde, die sie die grauenhafte Ungewissheit länger ertragen musste, weiter anschwellen. Sie verspürte nicht das allerkleinste Bedürfnis, von den lachenden und schwatzenden Menschen, die die Korridore der Erdorbitalstation bevölkerten, zu ihrem glorreichen Sieg über die Hewitts beglückwünscht zu werden oder sich irgendwelche martialischen Selbstbeweihräucherungen anzuhören. Soweit es sie betraf, würde sie sich dem Jubel erst anschließen, wenn feststand, dass dieser Sieg sie kein Opfer gekostet hatte.

Grollend dachte sie an die vielen Anrufe, die sie in den knapp zwei Stunden, die seit der Vernichtung des Schwarms vergangen waren, erreicht hatten. Jede wichtige Stelle der Erde schien ihr auf einmal gratulieren zu wollen, obwohl die gleichen Menschen noch vor Kurzem vehement versucht hatten, ihre Entscheidung hinsichtlich Fähnrich Sims' Einsatz in Frage zu stellen und den jungen Gambler von der Station zu ekeln.

Sowohl die Intoleranz, die ihm zuvor entgegengeschlagen war, als auch die scheinheiligen Sympathiebekundungen, die nun durch den Äther schwirrten, ließen heißen Zorn in Elaine empor kochen. Danny Sims hatte sein Leben riskiert, um die Bewohner der Erde zu retten, und sie wusste nicht, ob er bereits außer Gefahr war. Allein der Gedanke, dass sie wichtige Aufmerksamkeit und medizinische Betreuung von ihm abziehen konnte, falls sie sich im unpassenden Augenblick in der Krankenstation nach seinem Zustand erkundigte, hatte sie bisher davon abgehalten, mit Sherman Hewitt Kontakt aufzunehmen.

Ihre Miene musste wohl sehr grimmig sein, denn als sie den kleinen Hangar betrat, der ihr Ziel war, verschwand das Lächeln aus den Gesichtern der Techniker und Wartungsingenieure, die auf sie zukamen, sobald sie sie erblickten, ziemlich schnell wieder und machte einem irritierten Ausdruck Platz. Die Leute wichen vor ihr zurück, als erzeuge sie eine mächtige Bugwelle, die alles aus ihrer Bahn zu drängen vermochte, und auf einmal schien niemand mehr erpicht darauf zu sein, sie anzusprechen. Hastig wandten sich die Arbeiter wieder ihren Beschäftigungen zu, während sie mit energischen Schritten auf die Rampe zuhielt, über die die Passagiere das Shuttle verlassen konnten, nachdem es gelandet war.

An ihrem Fuß blieb sie stehen, atmete tief durch und musterte mit unbewegtem Gesicht das gewaltige Schleusenschott. Nur wenig später begann es sich zu öffnen. Ein Schwall kühlerer Luft schwappte in den Hangar und verwirbelte die mehrere Dutzend unterschiedlichen Gerüche von Lösungsmitteln, Treibstoff und Kunststoffen mit dem nach Ozon, während sich der plumpe, massige Leib des Shuttles langsam aus der Schleuse schob. Mehrere Landelichter der Fähre blinkten noch und warfen unruhige, rote Blitze durch den Hangar, die sich scharf auf der Rampe, den Wartungsapparaturen und den Monturen der Ingenieure abzeichneten, bevor sie sich im unstrukturierten Streulicht der Halle verloren.

Kurz darauf erloschen die Signale, als sich das Shuttle knirschend an die Rampe drückte. Eine leichte Erschütterung ging durch den Boden des Hangars, als es endgültig zur Ruhe kam. Elaine runzelte unwillkürlich die Stirn. Danny Sims hätte das Shuttle weich wie eine Feder gelandet und es nicht wie einen rohen Klotz wirken lassen, der sich allein durch seine Masse Platz verschaffte.

Mit wachsender Ungeduld wartete sie darauf, dass Admiral Jennings am oberen Ende der Rampe erschien. Sie hatte zwar kurz nach der Vernichtung des Schwarms mit ihm gesprochen, aber er wusste trotzdem nicht, was während des Angriffs der Hewitts mit Danny Sims geschehen war. Obwohl die Kanäle zwischen ihrem Büro und der Admiralität abgeschirmt waren, hatte sie nicht gewagt, offen darüber zu sprechen; sie hatte nicht einmal eine Andeutung gemacht, dass etwas nicht in Ordnung sein könnte, damit ihre Bemühungen, Fähnrich Sims' Zusammenbruch geheim zu halten, selbst durch die perfideste Hinterlist nicht vereitelt werden konnten. Admiral Jennings hatte ihr dennoch, nachdem sie nur wenige Sätze miteinander gewechselt hatten, erklärt, dass er so schnell wie möglich auf die Station kommen würde. Offenbar war es ihm nicht schwergefallen, aus ihrer finsteren Miene die richtigen Schlüsse zu ziehen.

Als er schließlich in der Luke des Shuttles auftauchte und mit schnellen Schritten die Rampe hinunterstieg, sah sie ihm sofort an, wie überaus besorgt er war. Seine Miene war so starr und ausdruckslos, als seien seine Gesichtsmuskeln in einem Zustand allerhöchster Anspannung schockgefrostet worden, und jede seiner Bewegungen wirkte auf eine beinahe unheimliche Weise *konzentriert*, wie bei einem Raubtier, das sämtliche Kraft für den Moment des tödlichen Sprungs sammelt.

Elaine musste unwillkürlich schlucken. Der Admiral war eindeutig nicht zu Späßen aufgelegt. Sie grüßte ihn korrekt, doch er winkte rasch ab. Er war nicht in die traditionelle Uniform eines Admirals gekleidet, sondern trug die schlichte graue Kombination aller Soldaten auf der Erdorbitalstation. Seine Blicke huschten in die Runde, erfassten jeden einzelnen Menschen, der ihnen nahe genug war, um seine Worte verstehen zu können, dann sagte er knapp: „Halten Sie sich nicht mit Förmlichkeiten auf, Captain."

Elaine nickte erleichtert; nach einem unerquicklichen Austausch ritualisierter Höflichkeitsfloskeln stand auch ihr nicht der Sinn. Sie wollte vorausgehen, doch Admiral Jennings war schneller als sie und blieb fast den gesamten Weg über einen halben Schritt vor ihr. Ihr Büro fand er trotzdem, denn er kannte sich auf der Station nicht weniger gut aus als sie selbst. Sie schwiegen, bis sich das Schott zu ihrem Vorzimmer hinter ihnen geschlossen hatte, danach wandte er sich ihr abrupt zu, ließ ihr nicht einmal die Zeit, sich hinter ihren Schreibtisch zu schieben.

„Was ist geschehen?" Der durchdringende Blick seiner eisgrauen Augen bannte sie auf der Stelle, seine Stimme war scharf wie ein Messer.

Elaine räusperte sich. „Es ist während des Flugs der *Joker* zu unerwarteten Komplikationen gekommen", erwiderte sie rau.

„Geht es um Danny Sims?"

„Ja, Sir. Leider."

Sie berichtete ihm von den gesundheitlichen Problemen des Fähnrichs und ließ keinen Zweifel daran aufkommen, wie ernst sich die Angelegenheit in ihren Augen ausgenommen hatte. Admiral Jennings hörte ihr schweigend zu, und obwohl sie es nicht für möglich gehalten hätte, wurde sein Gesicht noch starrer. Es glich nun mehr dem einer Marmorfigur als dem eines lebendigen Menschen.

Seine Bewegungen jedoch waren erstaunlich agil. Er fuhr zum Schott herum, durch das sie eben erst ihr Büro betreten hatten.

„Sie wollen in die Krankenstation?", fragte Elaine.

Admiral Jennings hielt nur kurz inne. „Ja."

„Aber es könnte sein, dass man dort noch immer alle Hände voll zu tun hat. Professor Hewitt hat sich noch nicht bei mir gemeldet."

„Darauf werde ich nicht warten", erklärte der Admiral in einem Tonfall, der jede weitere Diskussion ausschloss.

Elaine zuckte mit den Schultern. „Wie Sie wünschen, Sir."

10. Kapitel

Tiefe Stille empfing Elaine und Admiral Jennings, als sie die Krankenstation betraten. Elaine konnte nicht verhindern, dass die unnatürliche Ruhe augenblicklich ein flaues Gefühl in ihrem Magen erzeugte; sie schaute sich mit schnellen Blicken um, doch Danny lag nicht mehr auf einer der zentral stehenden Liegen und sie konnte auch weder Sherman Hewitt noch den Rest des Stationspersonals entdecken. Selbst der lange Gang zwischen den zehn Behandlungskabinen lag verlassen vor ihr. Die grellen Deckenlampen spiegelten sich wie an einer Schnur aufgereihte Miniatursonnen auf dem weißen Boden. Die verstreuten Lichtstrahlen kniffen in ihren Augen und leuchteten jedes Detail der Krankenstation unbarmherzig aus. Schatten gab es nicht, nur sterile, glänzende Oberflächen.

Sie blieb stehen und warf dem Admiral, der ebenfalls dicht hinter dem Schott verharrte, einen flüchtigen Blick zu. Lloyd Jennings hatte die Augen halb geschlossen, und seine Augenbrauen hatten sich über der Nasenwurzel so stark zusammengezogen, dass die Muskeln auf seiner Stirn deutlich hervortraten. Ihm schien die helle Beleuchtung noch mehr auszumachen als ihr selbst, außerdem bemerkte sie, wie er sich leise räusperte, als habe er sich an einem Gläschen Wodka verschluckt.

Missmutig verzog sie das Gesicht. In allen Räumen der Sektion roch es inzwischen erträglich, nur die Krankenstation war nach wie vor von einem penetranten, antiseptischen Gestank erfüllt, von dem dummerweise zu befürchten stand, dass er im Laufe der Zeit eher schlimmer als besser werden würde. Sie wusste aus eigener leidvoller Erfahrung, dass in Zimmern, die einmal ärztlichen Zwecken gedient hatten, auch noch nach Jahren andersartiger Benutzung der Schleier von Desinfektionsmitteln wie Klebstoff in der Luft hing.

Admiral Jennings setzte sich mit einem harten Ruck in Bewegung, und sie folgte ihm dichtauf. Die Behandlungskabinen besaßen zum Gang hin jeweils ein großes, transparentes Fenster, durch das man in sie hineinsehen konnte. Sie mussten nicht lange suchen. Danny Sims lag gleich in der Kabine, die dem Schott am nächsten war.

Bange Furcht schnürte ihr die Kehle zu. Das Gesicht des Jungen wirkte unter den mitleidlosen Strahlen der Deckenlampen bleich und eingefallen wie das eines Toten; seine Schläfen und seine Brust waren von kleinen, runden Sensoren übersät, die seinen körperlichen Zustand kontrollierten und sich wie Narben von seiner weißen Haut abhoben, und seine Atmung schien flach und unregelmäßig. Er lag völlig reglos da, die Augen fest geschlossen. Vermutlich war er noch ohne Bewusstsein. Neben seinem Bett saß Sherman Hewitt, der abwechselnd und mit tief gerunzelter Stirn die Anzeigen auf den unterschiedlichen Displays am Kopfende des Bettes und einen Monitor zu seiner Linken betrachtete.

Elaine wollte die Kabine betreten, doch als das Schott zur Seite glitt, sah der Professor ruckartig auf, erhob sich von seinem Stuhl und kam ihnen entgegen. Mit stummen Gesten bedeutete er ihr und dem Admiral, draußen zu bleiben, und trat ebenfalls zu ihnen auf den Gang.

„Wie geht es Fähnrich Sims?“, fragte Elaine, nachdem sich das Schott zur Behandlungskabine wieder geschlossen hatte.

Sherman Hewitt fuhr sich mit beiden Händen durch sein weißes Haar. Er wirkte müde. „Er ist jetzt außer Gefahr. Es war ein hartes Stück Arbeit, bis wir seine Körpertemperatur wieder senken konnten. Sie ist selbst jetzt noch nicht wieder auf normalem Niveau.“ Er blickte Elaine vorwurfsvoll an. „Wenn Mr. Sims auch nur wenig länger im Schwarm geblieben wäre, hätten Sie ihn in einem Leichensack zu seinen Eltern zurückschicken müssen, Captain!“

Elaine spürte, wie sich eine überschwere Last unvermittelt auf ihre Schultern herabsenkte. Sie versuchte, sie zu ignorieren - schließlich hatte sie die einzig richtige Entscheidung getroffen -, aber sie war verflucht noch mal nicht daran gewöhnt, derart junge Menschen als Untergebene zu haben. Das belastete sie mehr, als ihr lieb war.

„Ist er noch bewusstlos?“

Sherman Hewitt schüttelte den Kopf. „Nein, er schläft jetzt. Vor einer halben Stunde war er kurz wach, hatte aber noch derart starke Schmerzen, dass er nach wenigen Minuten erneut das Bewusstsein verloren hat. Zum Glück ist seine Ohnmacht bald darauf in Schlaf übergegangen. Das gibt seinem Körper Gelegenheit, sich von den Strapazen zu erholen.“

„Wissen Sie inzwischen, was mit ihm geschehen ist?“

„In der Tat. Kommen Sie, ich zeige es Ihnen!“

Er führte sie zu einem gewaltigen Computerpult im hinteren Teil der Krankenstation, ließ sich auf den davor stehenden Sessel sinken, während sie und der Admiral hinter ihm Aufstellung bezogen, und aktivierte einen Bildschirm. Drei rot leuchtende Zahlenpaare erschienen auf der ansonsten leeren Fläche. Sherman Hewitt wies nacheinander auf alle drei.

„Die links stehenden Zahlen geben an, welche Konzentration des Gambler-Hormons in Mr. Sims' Blut im Normalzustand vorliegt und welche Reaktionszeiten daraus resultieren. In der Mitte stehen die Werte, die ich im Verlauf der Testmission gewonnen habe, und die rechts geben den Zustand an, in dem sich Mr. Sims während des Einsatzes gegen die Hewitts befunden hat.“

Elaine sah aufmerksam auf den Monitor und verglich die drei oberen Daten, die, die die Konzentration des Gambler-Hormons anzeigten. Sie schluckte, als sie die Zahl ganz rechts ablas. Admiral Jennings zog leicht die Augenbrauen in die Höhe, was sie als Überraschung interpretierte, doch er sagte nichts, sondern wartete, ob der Professor etwas hinzufügte.

Elaine war nicht so geduldig. „Dann ist es also wahr", rief sie. „Fähnrich Sims ist im heutigen Einsatz noch schneller gewesen als in den Simulationen!"

Sherman Hewitt nickte. „So ist es. Die Zahlen bestätigen, dass Ihre Beobachtung korrekt war."

„Und das liegt allein am Gambler-Hormon?"

„Ja. Wie Sie sehen, wurde es während des realen Angriffs in weitaus höheren Dosen freigesetzt als während meiner Testmission und hat Mr. Sims' Stoffwechsel im gleichen Ausmaß beschleunigt. Aufgrund der Untersuchungen, die ich mit ihm durchgeführt habe, dachte ich, er könnte maximal 40% schneller als ein normaler Mensch reagieren, aber anhand der Daten des Flugschreibers der *Joker* konnte ich ersehen, dass seine Reaktionszeiten im Schwarm kaum noch ein Drittel von denen anderer Menschen betrugen. Die hohe Konzentration des Gambler-Hormons in seinem Blut hat Mr. Sims geboostet. Entschuldigen Sie den Ausdruck, aber mir ist kein besserer dafür eingefallen."

Der Admiral nickte mit unbewegtem Gesicht, lediglich seine Augen verrieten sein Erstaunen über die unerwarteten Enthüllungen. „Booster-Effekt ist eine durchaus passende Bezeichnung für diese Erscheinung."

Sherman Hewitt öffnete den Mund, um etwas darauf zu erwidern, aber Elaine unterbrach ihn, bevor er zu sprechen begann, denn Begrifflichkeiten interessierten sie nur wenig. „Wieso hat dieser *Booster-Effekt* Fähnrich Sims geschadet? Ich dachte, die Wirkungen des Gambler-Hormons seien so gut ausbalanciert, dass es nur Vorteile für ihn hat."

„Das dachte ich auch", sagte der Professor; in seiner Miene spiegelten sich Betroffenheit und Zerknirschung. „Leider hat erst der heutige Flug gezeigt, wie hoch die Konzentration des Gambler-Hormons in Mr. Sims' Blut tatsächlich steigen kann - und im geboosteten Zustand ist sein Stoffwechsel viel stärker beschleunigt, als ich es vorausgesehen habe. Sie müssen wissen, dass die physiologischen Reaktionen des Körpers, vor allem die, die Energie für Muskeln und Nerven bereitstellen, stets mit einer gewissen Wärmefreisetzung verbunden sind. Normalerweise dient das dem Körper dazu, seine Grundtemperatur aufrechtzuerhalten. Bei Mr. Sims jedoch nahm die entstehende Wärme so stark zu, dass die physiologischen Mechanismen, die üblicherweise den Wärmehaushalt regulieren, überfordert waren. Sie konnten die Wärme nicht in ausreichendem Maß an die Umgebung abgeben. Deshalb stieg seine Körpertemperatur derart rapide an."

„Sie meinen, er hat einen Hitzschlag erlitten?"

„Vereinfacht könnte man es so ausdrücken. Allerdings ist bei Mr. Sims der Wärmestau nicht durch äußere Bedingungen hervorgerufen worden, sondern hatte innere Ursachen."

„Die Überhitzung seines Körpers war sicher nicht der einzige Grund für Fähnrich Sims' Schwierigkeiten", sagte Admiral Jennings.

Elaine sah ihn überrascht an, aber sie konnte in seinem Gesicht keine Regung entdecken, die ihr etwas über seine Gedanken verraten hätte. Doch offenbar hatte er Professor Hewitts Bericht einen Hinweis entnommen, der ihr entgangen war.

„Ihre Vermutung ist richtig", erwiderte Sherman Hewitt. Ein zorniges Funkeln trat in seine Augen, als fasse er die Worte des Admirals als persönliche Beleidigung auf. „Mr. Sims war hochgradig hypoglykämisch, als er von dem Flug zurückkam. Durch die beschleunigten Stoffwechselreaktionen wurde die frei in seinem Blut vorliegende Glucose in beängstigendem Tempo aufgebraucht, ohne dass das entstandene Defizit wieder hätte aufgefüllt werden können. Hätte der Kampf nur eine Minute länger gedauert, wäre der Junge ins Koma gefallen."

„Warum hat sich das im Training nicht angedeutet?", wollte Elaine wissen.

„Weil das Gambler-Hormon auch die Freisetzungsrate von Zucker aus seinen Speicherformen erhöht. Solange die Konzentration des Hormons einen bestimmten Grad nicht übersteigt, bewegt sich diese Freisetzung in relativ normalen Bahnen, deshalb dürfte sich Mr. Sims nach dem Training bestenfalls etwas flau im Magen gefühlt haben. Wenn er geboostet ist, wird jedoch viel mehr Zucker verbraucht als freigesetzt, und der Blutzuckerspiegel sinkt rapide ab. Als ich Mr. Sims untersuchte, war er bereits auf ein derart niedriges Niveau gefallen, dass ich mir nicht erklären kann, wie er so lange bei Bewusstsein hat bleiben können."

„Pure Willenskraft", murmelte Elaine anerkennend. Sie rieb sich nachdenklich das Kinn. „Welche konkreten Umstände entscheiden darüber, ob Fähnrich Sims' Organismus den Nachbrenner zündet? Ist es tatsächlich der Stress, dem er ausgesetzt ist, oder gibt es noch andere Faktoren?"

Sherman Hewitt schüttelte den Kopf. „Nein. Die Konzentration des Gambler-Hormons in seinem Blut steigt mit seiner Anspannung. Aus diesem Grund ist sie im Kampf gegen die Amöboiden geradezu explosionsartig nach oben geschossen, viel stärker als im Verlauf der Simulationen, denn zum ersten Mal bestand echte Gefahr."

„Sie meinen, die Todesangst war der Auslöser für den Booster-Effekt?"

Der Professor nickte stumm.

Elaine fluchte leise. „Wir müssen also davon ausgehen, dass beim nächsten Angriff das Gleiche mit ihm geschehen wird?"

„Ja, Captain."

„Dann müssen wir etwas dagegen unternehmen. Professor, können Sie die negativen Auswirkungen des Booster-Effekts irgendwie kompensieren?"

Sherman Hewitt zupfte unschlüssig an seinem weißen Schnurrbart. „Das ist schwer zu sagen. Die physiologischen Gegebenheiten der Gambler sind ziemlich komplex. Ich möchte nicht zu stark eingreifen."

„Vielleicht ist das auch nicht nötig", mischte sich Admiral Jennings ein. „Nehmen wir uns zuerst die Raumanzüge vor. Wenn wir sie verändern, könnte damit bereits viel erreicht werden."

„Woran haben Sie gedacht, Sir?", fragte Elaine neugierig.

Das schmale Gesicht des Admirals wandte sich ihr zu. „Die Anzüge sind nicht für Einsätze außerhalb des Raumschiffs ausgelegt, sondern stellen lediglich eine Hülle mit einer atembaren Atmosphäre dar, falls die *Joker* einmal ein Leck bekommen sollte. Deshalb besitzen sie kein ausgeklügeltes Kühlsystem, sondern bloß eine Vorrichtung, die unter normalen Umständen genügt hätte, einen Wärmestau zu verhindern. Hier können wir ansetzen. Wir müssen für Fähnrich Sims einen Anzug entwerfen, der die von ihm produzierte Wärme schneller abführen kann."

Sherman Hewitt dachte kurz nach und schüttelte den Kopf. „Das wird das Problem nicht lösen. Wie ich vorhin schon sagte, genügt die Wärmeabgabe seines Körpers an sich nicht, wenn der Booster-Effekt eingesetzt hat."

„Eine verstärkte Kühlung von außen wird sie sicher positiv beeinflussen."

Der Wissenschaftler machte eine unwillige Handbewegung. „Möglicherweise. Allerdings kann ich ohne eine genauere Analyse nicht vorhersagen, ob ein erneuter Hitzschlag damit tatsächlich verhindert werden könnte."

Admiral Jennings' eisgraue Augen schienen plötzlich intensiver zu leuchten, als er sich leicht vorbeugte und Sherman Hewitt eindringlich musterte. „Es ist völlig ausreichend, wenn durch die Modifikation bewirkt wird, dass Fähnrich Sims' Körpertemperatur nicht über ein kritisches Maß hinaus ansteigt - immerhin haben Ihre Untersuchungen eindeutig ergeben, dass eine leicht erhöhte Temperatur für einen Gambler normal ist, sobald er unter den Einfluss des Hormons gerät. Es ist sicher nicht ratsam, Mr. Sims so weit zu unterkühlen, dass der Wärmefreisetzung vollständig entgegengewirkt wird. Die erhöhte Temperatur ist auch eine Voraussetzung dafür, dass sein Stoffwechsel beschleunigt ablaufen kann, und nicht nur die Folge davon."

„Das ist richtig", gab Sherman Hewitt missmutig zu.

„Bemessen Sie die Kühlung so, dass Mr. Sims' Körpertemperatur im Verlauf einer Mission 40°, höchstens aber 40,5° Celsius nicht übersteigt."

Hewitt runzelte die Stirn. „Das ist immer noch sehr hoch."

„Aber nicht *zu* hoch. Wenn wir noch tiefer gehen, könnte seine Reaktionsfähigkeit ebenfalls abfallen, und das wäre im Schwarm nicht weniger gefährlich als ein Hitzschlag."

Der Professor verschränkte die Arme vor der Brust, und seine Mundwinkel bogen sich grimmig herab. „Also schön, ich werde es versuchen. Aber auch das andere Problem muss gelöst werden."

Der Admiral warf einen kurzen Blick zu der Behandlungskabine hinüber, in der Danny Sims noch immer regungslos dalag. „Das dürfte nicht weiter schwierig sein. Es müsste genügen, wenn in seinen Anzug ein kleiner Injektor eingebaut wird, der ihm, sobald die Blutzuckerkonzentration zu niedrig wird, eine Dosis Glucose verabreicht. Ich nehme an, mit Hilfe der Daten, die Sie heute gewonnen haben, wird es Ihnen nicht schwerfallen, diesen Zeitpunkt exakt zu ermitteln."

Sherman Hewitt nickte widerstrebend. „Vermutlich nicht, aber eins dürfen Sie dabei nicht vergessen: Es wird auf jeden Fall zu starken Schwankungen in Mr. Sims' Blutzuckerhaushalt kommen, und das kann auf Dauer nicht ohne Folgen für ihn bleiben."

Admiral Jennings' Züge versteinerten. „Das ist mir klar. Trotzdem ist es das Beste, was wir im Moment für ihn tun können. Wir dürfen nicht riskieren, dass er während eines Einsatzes ohnmächtig wird, denn ich bezweifle, dass die jungen Fähnriche an den Geschützen die *Joker* heil aus dem Schwarm herausbringen könnten. Selbst wenn sie sofort den Impuls für den Notsprung geben, wird es einige Zeit dauern, bis die Daten vom Computer der Funkleitzentrale geliefert werden können. Bis dahin sind sie in der Energieblase der Hewitts gefangen. Außerdem können wir noch immer nicht sicher sein, ob das Schiff den Schwarm durch den Sprung auch tatsächlich wieder verlassen kann."

„Es spricht vieles dafür. Meine Befürchtung, dass die Amöboiden eine Flucht der *Joker* blockieren könnten, beruhte auf der Annahme, dass sie genau kontrollieren können, was durch den Hyperraum in den Bereich ihres Schwarms eindringt. Das scheint jedoch nicht der Fall zu sein; andernfalls hätten sie die Robotdrohnen bereits im Sprung abweisen können. Ich glaube daher nicht mehr, dass sie in der Lage sind, die *Joker* am Verlassen des Schwarms zu hindern."

„Mag es sein, wie es will: Weder darf Mr. Sims im Schwarm das Bewusstsein verlieren, noch können wir bei den nächsten Einsätzen auf ihn verzichten", erklärte der Admiral bestimmt. „Die Glucoseinjektionen werden daher so lange fortgeführt, wie die Situation es erfordert!"

Das Gesicht des Professors verhärtete sich. „Werden Sie ihn darüber aufklären? Werden Sie ihn fragen, ob er bereit ist, seine Gesundheit zu riskieren, oder einfach über seinen Kopf hinweg entscheiden?"

Hewitts Grimm perlte an Admiral Jennings ab wie Wassertropfen an einer Glasscheibe. Seine Stimme blieb gelassen, seine Haltung reglos.

„Fähnrich Sims hat längst beschlossen, wie viel er zum Schutz der Erde einzusetzen bereit ist, aber ich kann Sie dennoch beruhigen. Ich werde mit ihm reden, sobald es ihm wieder besser geht."

„Dann soll ich es vermutlich auch Ihnen überlassen, Mr. Sims über den Booster-Effekt in Kenntnis zu setzen?"

„Ganz recht, Professor." Admiral Jennings' Blick wurde plötzlich hart wie Stahl. „Ich erwarte, dass Sie mich umgehend benachrichtigen, sobald der Fähnrich auch nur *blinzelt*!"

Sherman Hewitt wirkte, als habe er eine heftige Erwiderung auf der Zunge, doch der unerbittliche Blick des Admirals erstickte die Flamme des Zorns, bevor sie auflodern konnte. Er presste die Lippen aufeinander und nickte steif.

Lloyd Jennings wandte sich an Elaine. „Ich muss eine Reihe wichtiger Gespräche führen. Können Sie Ihr Büro für eine Weile entbehren?"

„Natürlich, Sir."

„Gut. Ich melde mich bei Ihnen, sobald ich fertig bin."

Damit ließ er sie allein. Elaine sah ihm nachdenklich hinterher. Seine graue Uniform wirkte seltsam trostlos im sterilen Licht der Krankenstation, wie Nebel an einem trüben Novembertag, und einen absurden, surrealen Moment lang schien es ihr, als seien die gläsernen Scheiben der Behandlungskabinen, die er auf seinem Weg zum Schott passierte, nichts anderes als die kalten, glitzernden Augen dunkler Götter, die hungrig auf ihr nächstes Opfer warteten. Als sich die Schotthälften wie ein riesiges Maul hinter ihm schlossen, zuckte sie zusammen, und ein eisiger Schauer rann ihr über den Rücken. Plötzlich wünschte sie sich nichts mehr, als diesen stillen, traurigen Ort zu verlassen und nichts mehr zu denken und nichts zu fühlen, bis Danny Sims wieder gesund und munter durch die Gänge der Erdorbitalstation spazierte. Es war ein Wunsch, der leider nicht in Erfüllung gehen würde.

11. Kapitel

In Gedanken noch immer bei dem tapferen jungen Fähnrich und den Unwägbarkeiten und Gefahren, die im Dunkel der Zukunft auf ihn lauern mochten, wandte sich Elaine von Sherman Hewitt ab. Sie war schon beinahe zur Tür heraus, als seine spitze Bemerkung sie erreichte.

„Es gefällt mir nicht, wie Ihr Admiral die Angelegenheit handhabt."

Elaine blieb auf der Stelle stehen und fuhr abrupt herum. „Der Admiral war eben noch hier", fauchte sie Hewitt an. „Sie hätten es ihm selbst sagen können, wenn Ihnen etwas nicht passt. Ich habe dafür keine Zeit."

Sherman Hewitt verzog spöttisch die Lippen. „Ach ja, ich vergaß! Der Schwarm ist vernichtet, die *Joker* steht wieder im Hangar und Fähnrich Sims wird sich erholen. Ich nehme an, Sie sind zufrieden mit Ihrem Tagewerk, Captain!"

„Sie haben recht, Professor. Hinsichtlich der Erde und der vielen tausend Opfer, die der Schwarm hätte fordern können, wenn Fähnrich Sims ihn nicht aufgehalten hätte, bin ich sogar *außerordentlich* zufrieden!"

Sherman Hewitts Gesicht wurde hart und abweisend. „Ich habe schon immer gewusst, dass das Militär eine bloße Maschinerie ist, aber ich dachte immer, die Soldaten seien ihre Seele. Offenbar habe ich mich jedoch geirrt. Es gibt keine Seele."

Elaine spürte, wie ihr die Hitze ihrer Wut ins Gesicht stieg. „Vorsicht, Professor, ich bin nicht in der Stimmung, um mir so etwas anzuhören", knurrte sie.

„Sie werden es sich anhören müssen. Sie und der Admiral haben mich zu einem Teil Ihrer Maschinerie gemacht, aber ich bin trotzdem noch immer Zivilist und keiner Ihrer willenlosen Befehlsempfänger, die sich vor Ihnen ducken, weil sie zu feige sind, eine eigene Meinung zu haben!"

„Es steht Ihnen frei, jederzeit zu gehen", sagte Elaine, wütend genug, ihn eigenhändig hinauszuwerfen.

„Einen Teufel werde ich tun! Ich werde den Jungen ganz gewiss nicht als hilflose Schachfigur allein in Ihren Händen zurücklassen."

„Fähnrich Sims ist weder hilflos noch ein Kind. Offensichtlich begreift er sehr viel besser als Sie die Erfordernisse einer Situation."

„Sie machen mir nichts vor, Captain. Sie haben Danny Sims *benutzt.* Nicht nur, dass er für Sie im Schwarm Kopf und Kragen riskiert, Sie haben ihn auch noch in Ihre schmutzigen politischen Scharaden mit hineingezogen. Das ist unentschuldbar!"

„Ich dachte, Sie hätten vorhin verstanden, warum Fähnrich Sims den Schwarm nicht vorzeitig verlassen konnte. Wieso haben Sie Ihre Meinung geändert?"

„Sie hätten das Gleiche getan, wenn Sie über eine Stunde um das Leben eines jungen Menschen hätten kämpfen müssen, der aus reinem Kalkül in Gefahr gebracht worden ist."

„Glauben Sie deshalb, dass der Admiral und ich eine Schachfigur in ihm sehen?"

„*Glauben*?", höhnte der Professor. „Was gibt es da zu glauben? Es ist offensichtlich!"

„Ihre Wahrnehmung ist falsch. Fähnrich Sims trifft seine eigenen Entscheidungen, und er weiß genau, was er tut."

„Wohl kaum!"

„Er hat nie darum gebeten, die Mission abbrechen zu dürfen."

„Das ändert überhaupt nichts. Ohne Ihren Befehl konnte er sich gar nicht anders verhalten."

„Seien Sie sich da nur nicht so sicher. Immerhin hat er es geschafft, den Hangar nach der Landung aus eigener Kraft zu durchqueren und ohne Hilfe bis in Ihre Krankenstation zu gelangen. Ohne seinen eigenen starken Willen wäre er dazu bestimmt nicht in der Lage gewesen."

Sherman Hewitt schüttelte den Kopf, die Lippen zu einem schmalen Strich zusammengepresst. „Das war nicht sein Wille, sondern pure Verzweiflung! Schließlich haben Sie mir verboten, ihn mit einer Trage beim Schiff abzuholen."

Über soviel Ignoranz und Sturheit hätte Elaine unbeherrscht fluchen mögen. „Wann begreifen Sie endlich, dass Fähnrich Sims keine Marionette ist? Er hat ein klares Ziel, und er verfolgt es aus eigenem Interesse!"

Der Professor verschränkte die Arme vor der Brust. „Wie praktisch für Sie, dass sein persönliches Interesse sich mit Ihrem und dem der Admiralität deckt."

„Das will ich nicht leugnen. Deswegen sind aber weder seine noch unsere Bestrebungen verwerflich. Beide dienen dem Wohl der Erde - und damit nicht zuletzt auch dem Ihrer Familie."

„Sie lenken vom Thema ab, Captain, aber da wir schon einmal dabei sind: Ich habe selbst einen Sohn, und weiß Gott, ich hätte jeden, der es gewagt hätte, ihn derart auszunutzen ..."

„Ihre Anteilnahme in allen Ehren, Professor, heute ist sie fehl am Platz", unterbrach Elaine ihn eisig. „Wen wollen Sie denn jetzt noch über Ihre wahre Gesinnung hinwegtäuschen?"

Sherman Hewitts Schnurrbart zuckte indigniert. „Was soll das heißen?"

Elaine fixierte ihn wie ein Insekt, das sie auf eine Nadel zu spießen gedachte. „Erinnern Sie sich noch an den Trainingsflug, in dessen Verlauf Fähnrich Haver die Computersysteme der *Joker* manipulierte, um Fähnrich Sims zu diskreditieren? Wie ich hörte, sollen Sie sich vorzüglich dabei amüsiert haben, als sich die beiden nach der Landung an die Gurgel gingen. Ich frage mich, wann Sie wohl eingegriffen hätten? Wahrscheinlich ist Ihnen noch nicht genug Blut geflossen. Schließlich sind Sie ja *Arzt*!"

Hewitts Oberkörper wich steif ein Stück vor ihr zurück. „Ich hätte nichts tun können, um die Lage zu entspannen - im Gegenteil, wenn ich mich eingemischt hätte, wäre in den anderen Zuschauern das Gefühl entstanden, Mr. Sims würde von allen wichtigen Stellen protegiert, und soweit ich mich erinnere, haben Sie selbst stets vermieden, einen derartigen Eindruck zu erwecken. Ich dachte, ich handle in Ihrem Sinne."

„Das ist nichts als eine lächerliche Ausrede! Danny Sims' Fähigkeiten haben Ihre wissenschaftliche Neugier geweckt. Er war für Sie nichts weiter als eine Ihrer Laborratten! Als Mensch war er Ihnen völlig gleichgültig!"

„Das ist nicht ..."

„Versuchen Sie nicht, es abzustreiten! Erst als Fähnrich Sims zu sterben drohte, haben Sie offenbar bemerkt, dass auch er ein atmendes und fühlendes Wesen ist."

Hewitt wurde weiß vor Zorn; seine Hände zitterten. „Wenn das tatsächlich Ihre Meinung ist, sollte ich vielleicht doch gehen!"

Elaine machte eine wegwerfende Handbewegung. „Sparen Sie sich Ihre Drohung, Professor. Sie sind ersetzbar - auch wenn Ihr Wissen über die Amöboiden und Danny Sims im Augenblick dem anderer Wissenschaftler überlegen ist."

Sherman Hewitt sah aus, als hätte er einen Kaktus verschluckt. „Ich sehe wirklich keine Basis mehr für eine vertrauensvolle Zusammenarbeit", erwiderte er heiser.

„Sie selbst haben sie mit Ihrer ständigen Kritik und Ihren ungerechtfertigten Vorwürfen untergraben, und jetzt müssen Sie mit den Konsequenzen leben", erklärte Elaine kalt. Sie schnaubte verächtlich. „Natürlich sind Sie *Zivilist* und können Ihre Entscheidung frei treffen, aber Sie sollten eins nicht vergessen: Wenn Sie jetzt gehen, stoßen Sie dem Jungen ein Messer in den Rücken, und Sie treten Ihre Berufsehre mit Füßen. Dann haben die Hewitts Ihren Namen zu Recht erhalten!"

Sherman Hewitt schnappte nach Luft. Seine Lippen bewegten sich, doch er brachte lediglich ein raues Krächzen zustande.

Da wusste sie, dass sie gewonnen hatte. Sie wandte sich von ihm ab, blieb am Schott jedoch noch einmal kurz stehen. „Passen Sie gut auf Fähnrich Sims auf. *Er* ist für die Erde unersetzbar!"

Damit ließ sie ihn stehen und stapfte, noch immer aufgebracht von dem heftigen Streit, über den Korridor und die Funkleitzentrale zu ihrem Bereitschaftsraum hinüber. Es verstrich jedoch noch eine lange Zeit, bis der Sturm in ihrem Inneren so weit abgeklungen war, dass sie ihre Arbeit wieder aufnehmen konnte.

12. Kapitel

Es war bereits nach Mittag, als Admiral Jennings sich bei Elaine meldete und sie in ihr Büro bat, damit sie sich über das weitere Vorgehen besprechen konnten. Sie hatte inzwischen eine Menge Zeit zum Nachdenken gehabt, und je länger sie nachgedacht hatte, desto mehr hatten Zorn und Zweifel in ihr zu rumoren begonnen und ihr das Arbeiten abermals unmöglich gemacht. Auch wenn der Professor mit seinen absurden Vorwürfen wieder einmal weit übers Ziel hinausgeschossen war, mochten seine Anschuldigungen mehr Wahrheit enthalten, als sie zuvor hatte erkennen wollen.

Eins stand auf jeden Fall glasklar fest: Das Ausmaß an Fragen, die durch die jüngsten Ereignisse aufgeworfen worden waren, hatte mittlerweile einen derartigen Umfang angenommen, dass sie nicht länger die Augen davor verschließen oder sich in ihre defensive Beobachterposition zurückziehen konnte. Sie musste die Konfrontation mit dem Admiral suchen, oder sie würde bald vor lauter Frustration die Kanten ihres Schreibtischs zernagen.

Selbst auf die Gefahr hin, sich damit allzu weit aus dem Fenster zu lehnen und kopfüber hinauszupurzeln, würde sie die Dinge beim Namen nennen. Sollte sie danach vom Flottenoberkommando wie ein unliebsamer Störenfried von der Erdorbitalstation entfernt werden, so war *auch das* eine Antwort; es wäre jedoch allemal besser, der Marionette die Fäden zu kappen, als weiterhin am Gängelband eines fremden Willens zu zappeln und ihn für den eigenen zu halten.

Admiral Jennings saß in gewohnt angespannter Haltung hinter ihrem Schreibtisch, als sie eintrat, und winkte sie mit einer knappen Geste zu sich heran.

„Professor Hewitt ist nicht gerade ein Freund unserer Vorgehensweisen, wie mir scheint", sagte er, nachdem sie sich gesetzt hatte. „Wie ist Ihre Einschätzung, Captain Wilding? Wird sich das als Problem erweisen?"

Elaine mahnte sich, nicht ihre langjährige Ausbildung zu vergessen und sofort mit der Tür ins Haus zu fallen. „Das denke ich nicht, Sir. Mr. Hewitt wird nichts tun, was die Gesundheit unserer *Schachfigur* gefährden könnte."

„Springen Sie nicht zu hart mit ihm um. Er ist Zivilist."

Sie lächelte grimmig. „Er wird nicht müde, das zu betonen."

Der Admiral faltete die Hände auf der Schreibtischplatte und beugte sich leicht nach vorn; seine Miene wirkte plötzlich hoch konzentriert, und seine Augen waren so klar und strahlend wie Gletschereis an einem kalten Wintermorgen. „Möglicherweise ergibt sich bald eine Veränderung, die Professor Hewitt milder stimmen wird."

Elaine runzelte die Stirn. „Wie sollte die aussehen?“

„Ich habe einen Aufruf an die Gambler verfasst, Fähnrich Sims' Beispiel zu folgen und sich ebenfalls in den Dienst der Erdflotte zu stellen. Sollten wir aus dieser Richtung Unterstützung erhalten, bräuchten wir Mr. Sims vielleicht nicht so oft einzusetzen, dass seine Gesundheit beeinträchtigt wird.“

Elaine glaubte, sich verhört zu haben. „Die Admiralität wäre mit einem solchen Bittgesuch tatsächlich einverstanden?“, fragte sie verblüfft.

„Sagen wir, ich arbeite daran, mir ihre Zustimmung zu sichern.“ Die Lippen des Admirals hoben sich in der Andeutung eines Lächelns. „Nach Fähnrich Sims' großartiger Leistung von heute Morgen sollte es mir eigentlich leichterfallen, sie zu bekommen.“

Elaine schüttelte zweifelnd den Kopf. „Es fällt mir schwer, an den Erfolg eines derartigen Appells zu glauben, selbst wenn Sie die Zustimmung dafür erhalten sollten. Warum sollten sich die Gambler für die Erde einsetzen? Ich würde es auch nicht tun - nicht nach den Pressemeldungen, die gestern durch alle Kolonien gegangen sind.“

Die Züge des Admirals verhärteten sich. „Die Presse wird sich ändern. Ebenso wie das Flottenoberkommando werden die Medien Fähnrich Sims' Sieg über die Hewitts nicht einfach ignorieren können. Und wenn man ihm erst die Anerkennung zollt, die er verdient hat, wird sein Erfolg hoffentlich auch anderen Gamblern Mut machen.“

Elaine brummte missmutig. „Ich wünschte, ich könnte davon ebenfalls überzeugt sein. Leider habe ich noch immer nicht herausgefunden, wer die undichte Stelle in unseren Reihen ist. Wir müssen daher damit rechnen, dass die gesundheitlichen Probleme, die bei Fähnrich Sims aufgetreten sind, trotz unserer Vertuschungsbemühungen bekannt werden könnten. Sie wissen, was das bedeuten würde.“

„Sie haben Ihr Möglichstes getan, um das zu verhindern, Captain Wilding.“

Elaine schnaufte. „Wäre sich Fähnrich Sims der Implikationen der Situation nicht ebenfalls bewusst gewesen, hätten meine Maßnahmen dennoch nichts genützt. Wie auch immer - sollte die Presse Wind von seinem Zustand bekommen, wäre ohnehin alles umsonst. Nach seinem heutigen Erfolg kann man zwar nicht mehr seine Fähigkeiten anzweifeln, wohl aber sein Vermögen, einen derartigen Einsatz durchhalten zu können.“

Als sie an das bleiche, eingefallene Gesicht des Jungen dachte, der reglos in seiner Behandlungskabine lag, brodelte erneut die Wut in ihr empor, und diesmal verspürte sie nicht mehr die geringste Lust, sie noch länger hinter den Mauern ihrer Selbstbeherrschung zurückzuhalten.

„Natürlich hätte diese ganze unangenehme Episode vermieden werden können, wenn Professor Hewitt über die Existenz des Booster-Effekts informiert gewesen wäre, *bevor* Fähnrich Sims im Schwarm das Gehirn aus dem Schädel gekocht wird!"

Zornig funkelte sie den Admiral an. „Der Professor besaß die Güte, mich darauf aufmerksam zu machen, wie sehr dem Flottenoberkommando daran liegt, die Öffentlichkeit vor den schrecklichen Einzelheiten über die Gambler zu schützen - so sehr, dass nirgendwo auch nur das allerwinzigste Krümelchen Information über sie zu finden ist. Welche Gründe diese Geheimniskrämerei auch immer haben mag, hier an Bord der Erdorbitalstation und im Angesicht der gegenwärtigen Bedrohung ist sie jedenfalls gänzlich fehl am Platze! Der Gedanke, dass wir den Jungen problemlos auf diesen verfluchten Booster-Effekt hätten vorbereiten können, wenn sich nur ein paar der hohen Herren in der Führungsetage des Flottenhauptquartiers bequemt hätten, ein wenig ihres zusammengerafften Wissens preiszugeben, ist mir im höchsten Maße zuwider!"

Sie ballte die Hände zu Fäusten. „Ich habe Professor Hewitt gesagt, dass Danny Sims keine Schachfigur sei, die wir gewissenlos unseren Zielen und Interessen opfern, aber nun bin ich mir nicht mehr sicher, ob das tatsächlich so ist."

Zum Glück für sie war der streitbare Professor noch nicht zu den gleichen Schlussfolgerungen wie sie selbst gelangt, ansonsten hätte sie sich noch einiges mehr anhören müssen. Es schien, als sei er von den unerwarteten Entwicklungen des Morgens so überrumpelt worden, dass er eher seiner eigenen Inkompetenz als irgendwelchen anderen Leuten die Schuld am Auftreten des Booster-Effekts gab. Hoffentlich blieb das so.

Der Admiral sagte gar nichts, saß einfach nur da und blickte sie mit seinen irritierenden eisgrauen Augen unverwandt an. Sein Gesicht war so unbewegt wie eine hölzerne Maske, und nichts an ihm ließ erkennen, ob er ihren heftigen Wutausbruch überhaupt registriert hatte. Erst, als sie schon fast nicht mehr glaubte, überhaupt noch eine Reaktion von ihm zu erhalten, holte er tief Luft, straffte seine Gestalt und sagte mit erstaunlich ruhiger Stimme: „Es wäre nicht möglich gewesen, Fähnrich Sims vor dem Booster-Effekt zu bewahren. Ich bin davon ebenso überrascht worden wie Sie, Captain Wilding."

Elaine stutzte. „Sie meinen, der Booster-Effekt ist bislang noch nie aufgetreten?"

Admiral Jennings nickte bedächtig. „So ist es. Selbst wenn ein Gambler eine Aktivität gewählt hätte, die ihn in Todesgefahr brächte - was, wie ich zugeben muss, wohl nicht sehr häufig passiert - hätte er doch nicht mit dem Booster-Effekt zu kämpfen gehabt. Ich sagte Ihnen bereits, dass Danny Sims nicht *irgendein* Gambler ist. Selbst verglichen mit seinen eigenen Leuten sind seine Fähigkeiten herausragend. Wie es scheint, sind diese Unterschiede nicht nur gradueller Art, sondern markieren eine ganz neue Stufe der Entwicklung. Fähnrich Sims' Gambler-Mutation ist die am weitesten fortgeschrittene, die bisher beobachtet wurde. Der Booster-Effekt ist neu."

„Sind Sie sicher?"

„Völlig sicher."

Elaine schwieg, unschlüssig darüber, was sie als Nächstes sagen oder tun sollte. Ihrem verwegenen Vorstoß war durch die offenen Worte des Admirals der Wind aus den Segeln genommen worden, bevor er noch richtig begonnen hatte. Lloyd Jennings hätte das Gespräch nun einfach beenden können. Er hätte aufstehen und gehen oder ihr befehlen können, das Büro wieder zu verlassen, und ihr wäre nichts anderes übrig geblieben, als diesem Befehl Folge zu leisten. Doch er tat es nicht. Sein Blick hielt den ihren fest, und seine Augen nahmen einen eigentümlichen, beinahe hypnotischen Glanz an, den sie nie zuvor bei ihm bemerkt hatte, fast so, als sei tief in seinem Inneren eine Energiequelle erwacht, die bisher hinter dicken Mauern verborgen gewesen war.

„Nichtsdestoweniger haben Sie natürlich recht, Captain. Die Admiralität *hält* Informationen über die Gambler zurück. Sie brauchen sich nicht dafür zu verurteilen, dass Sie den gegenwärtigen Status quo all die Jahre als selbstverständlich hingenommen haben, denn Ihre Einstellungen waren das natürliche Resultat unserer Bemühungen, die Gambler und alles, was mit ihnen zusammenhängt, aus dem Licht der Öffentlichkeit zu entfernen - und dass wir es selbst bei Ihnen geschafft haben, zeigt, wie erfolgreich wir damit waren."

Elaine öffnete den Mund, aber der Admiral fuhr fort, bevor sie etwas erwidern konnte. „Es ist im Übrigen nicht so, dass während der gesamten letzten 200 Jahre keinerlei öffentliche Forschungen über die Gambler betrieben worden wären. Lange Zeit waren die Gambler ja relativ gut in die Gesellschaft integriert - *bevor* Regierung und Militär ihr Interesse an ihnen entdeckten und eigene wissenschaftliche Untersuchungen durchzuführen begannen."

Der Blick seiner Winteraugen war noch immer mit verstörender Eindringlichkeit auf sie gerichtet, zog sie vollständig in ihren Bann. Elaine hatte das beklemmende Gefühl, unversehens in einen seltsamen, surrealen Traum geraten zu sein, dessen fragile, unbegreifliche Existenz von einem falschen Wort oder einer unbedachten Bewegung augenblicklich und unwiderruflich hinweggefegt werden würde.

Sie wusste nicht, was den Umschwung im Verhalten des Admirals herbeigeführt hatte, warum die kühle, beinahe schroffe Distanz, die er stets zwischen ihnen gewahrt hatte, von einem Moment zum anderen verschwunden und durch etwas anderes, *Wärmeres* ersetzt worden war, durch eine Art geheimes Einverständnis, das sie fast zu so etwas wie Verbündeten machte in einem Spiel, dessen Regeln sie nicht kannte. Denn eins war klar: Was auch immer Admiral Jennings für Gründe haben mochte, ihr einen Blick hinter die Kulissen zu gewähren, er handelte mit Sicherheit nicht im Interesse und mit Billigung der Admiralität und der Regierung.

Sie räusperte sich. „Haben diese Untersuchungen mehr über die Biologie der Gambler in Erfahrung gebracht als die von Professor Hewitt?"

Der Admiral schüttelte den Kopf, und seine Augen begannen noch intensiver zu schimmern. „Nein. Im Wesentlichen nicht. Allerdings liegen die letzten, grundlegenden Forschungen, die das Militär angestrengt hat, um die Ursachen für die überdurchschnittlichen Fähigkeiten der Gambler zu beleuchten, schon einige Jahrzehnte zurück, danach wurden nur noch die Einzelfälle jener Gambler einer näheren Betrachtung unterzogen, die sich auf irgendeine Weise besonders auffällig verhielten oder durch eine spezielle Ausprägung ihrer Mutation von den anderen abhoben."

Er beugte sich ein wenig nach vorn, und obwohl sich die Modulation seiner Stimme nicht änderte, konnte sie deutlich die Anspannung spüren, die wie knisternde Funken von ihm ausstrahlte. „Als die Regierung damals herausfand, wie tief der genetische Graben tatsächlich war, der die Gambler vom Rest der Menschen trennte, beschloss man, ihre weitere gesellschaftliche Integration durch gezielte Eingriffe in die gewünschten Bahnen zu lenken. Gelder für Forschungsaufträge wurden gestrichen, bereits existierende wissenschaftliche Abhandlungen über die Gambler aus den Bibliotheken entfernt und die Berichterstattung in den Medien durch eine breit angelegte Desinformationskampagne manipuliert. All das zog sich über mehrere Jahre hin, bis der von Regierung und Militär angestrebte Endzustand hergestellt war."

„Und doch hat die ganze Geheimniskrämerei nichts genützt", sagte Elaine bitter. „Sie konnte die Massaker von 2336 nicht verhindern."

Das Gesicht des Admirals versteinerte; es war, als würden sich Granitplatten dicht unter seiner Haut in eine neue Position schieben. Er holte tief Luft, und seine Stimme klang spröde, als er leise, wie zu sich selbst, sagte: „Es war von Anfang an klar, dass die getroffenen Maßnahmen das Konfliktpotenzial zwischen Gamblern und gewöhnlichen Menschen nicht auf ein Niveau senken könnten, das offene Gewaltausbrüche auf Dauer zu unterbinden in der Lage gewesen wäre.

Dazu gab es zu viele Berührungspunkte zwischen beiden Gruppen - am Arbeitsplatz, in der Freizeit, auf öffentlichen Plätzen; die Durchmischung war einfach zu groß, als dass Aggressionen und Neid auf den Kollegen, den Nachbarn oder sportlichen Konkurrenten hätten ausbleiben können, trotz aller Desinformations- und Geheimhaltungsbemühungen seitens der Regierung. Zudem war es niemals das primäre Ziel, alltägliche Reibungsflächen zu minimieren, es sollte vielmehr das Wissen um die fundamentale biologische Andersartigkeit der Gambler aus dem Bewusstsein der Massen entfernt und herausgehalten werden, vor allem im Hinblick auf die genetischen Aspekte der Gamblerfähigkeiten und deren Vererbbarkeit. Dass durch diese Strategie der Neid und Hass auf die Gambler vorerst in gewissen Schranken gehalten werden konnte und nicht schon viel früher in offene Gewalt mündete, war gewissermaßen ein erfreulicher Nebeneffekt; die *eigentliche* Planung indes reichte sehr viel weiter in die Zukunft."

„Was wollen Sie damit sagen?", fragte Elaine beklommen. Dass das Militär nicht aus reiner Menschenfreundlichkeit alle Informationen über die Gambler derart rigoros unter Verschluss hielt, dass allein die Tatsache ihrer Existenz mittlerweile beinahe den Charakter einer bizarren Zeitungsente irgendeines einfallsreichen Reporters der EBC angenommen hatte, war ihr längst klar. Ihre Kehle schien sich plötzlich mit Staub zu füllen, als ihr ein schrecklicher Gedanke kam.

Der Admiral sah sie an, und ein merkwürdig trauriger Ausdruck trat in seine Augen; der Schock des Begreifens musste sich tief in ihr Gesicht gegraben haben. „Sie vermuten richtig, Captain. Das Militär war nie daran interessiert, die Gambler in die Gesellschaft zu integrieren; nicht nachdem man erkannt hatte, welches unglaubliche Machtpotenzial ihre genetische Mutation darstellte - ein Machtpotenzial, das um jeden Preis erhalten und vergrößert werden musste. Zu diesem Zweck mussten die Gambler jedoch vom Rest der Bevölkerung abgeschnitten und isoliert werden. Das war der zweite Teil der Planung, der jedoch erst in Kraft treten konnte, nachdem jegliche Kenntnis über die eigentlichen Ursachen der Gamblerfähigkeiten dauerhaft aus dem wissenschaftlichen Forschungsbetrieb und den Medien entfernt worden war. Wie gesagt, es war ein Prozess, der sich über mehrere Jahre hinzog. Dann war der Boden bereitet, um die Gambler in ihren Vereinigungen und Zirkusraumschiffen effektiv separieren zu können."

„Aber als vor 30 Jahren die Kämpfe zwischen Gamblern und Menschen ausbrachen, war eine Verkettung unglücklicher Umstände und Zufälle der Auslöser! Erst aufgrund dieser schrecklichen Ereignisse *kam* es überhaupt erst zur Bildung der Gambler-Vereinigungen!"

Elaine spürte, wie sich alles in ihr verkrampfte, wie sich der drohende Schatten einer ungeheuerlichen Wahrheit aus dem düsteren Nebel hervorzuschälen begann, der seit so vielen Jahren die Gambler und die Rätsel ihrer Existenz wie ein Leichentuch umhüllte und sie zu einer armseligen Randerscheinung der menschlichen Gesellschaft degradierte. Sie hoffte inständig, sie möge sich irren, und doch konnte sie nicht die Augen vor der grausamen, unerbittlichen Logik verschließen, mit der die Regierung und das Militär zu Werke gegangen waren.

Der Admiral nickte langsam; Schmerz stand nun unübersehbar in seinen eisgrauen Augen, obwohl sein Gesicht nach wie vor ausdruckslos blieb. „Natürlich ist das richtig, Captain. Ohne diese Eskalation wäre es wahrscheinlich nie zur Entstehung der Gambler-Vereinigungen gekommen, aber sie entstanden nicht so rein zufällig, wie es erscheinen mag. Die Ressentiments der Mehrheit gegenüber den Gamblern, die aufgrund der Desinformationspolitik der Regierung zu dieser Zeit nur schwelten, wurden bewusst vermehrt. Die Unwissenheit der Massen bot einen fruchtbaren Nährboden, auf dem man nun Vorurteile und Gerüchte wie Getreidesamen ausstreuen konnte, alles mit dem Ziel, Spannungen zwischen den Gamblern und dem Rest der Bevölkerung an einen Punkt zu bringen, an dem sie sich in einer Art und Weise entluden, die es möglich machte, gezielte Maßnahmen zur Befriedung der Situation zu ergreifen. Und genau das wurde getan."

Er hob die Schultern, eine mechanische, schwerfällige Bewegung, die seiner üblichen konzentrierten Eleganz Hohn sprach. „Natürlich waren die Auslöser selbst zufällig, aber im Grunde hätte fast jedes beliebige Ereignis als Aufhänger dienen können. Platzieren Sie ein paar Personen an den richtigen Stellen - in den Medien, bei der Polizei, in Menschenansammlungen - und schon können Sie die Massen in jede gewünschte Richtung lenken. Es ist wirklich nicht schwer."

„Und das alles nur, um als Lösung des Konflikts eine Umsiedlung der Gambler in ihre *Reservate* durchführen zu können?", flüsterte Elaine. Sie schloss für einen Moment die Augen, um das Grauen, das ihr die Kehle zuschnürte, unter Kontrolle zu bekommen. „Die ganzen Gambler-Vereinigungen sind nichts anderes als riesige *Zuchtstationen*! Die Gambler werden zusammengepfercht, um noch bessere Leistungen aus ihren Genen herauszupressen!" Es war eine grässliche Vorstellung, umso mehr, als viele hundert Menschen dafür ihr Leben hatten lassen müssen.

Der Admiral nickte. „Ja, Captain. Die Gambler sind nichts als ein gigantischer, vom Rest der Bevölkerung isolierter Genpool. Die Regierung wollte die Entstehung neuer Gambler so weit wie möglich unter Kontrolle haben, und sie wollte den Prozess effektivieren und beschleunigen." Er machte eine vage Handbewegung. „Wir wissen, dass die genetische Veränderung, die die Gambler von anderen Menschen unterscheidet, bereits latent im Erbgut vieler Menschen vorhanden ist. Kinder zweier Personen, die die latenten Gene besitzen, können bereits echte Gambler sein."

Elaine musste sich mit Gewalt dazu zwingen, ihre Gedanken von dem abscheulichen Pfuhl ethischer Verrohung abzuwenden, dessen schändliche Existenz sie niemals auch nur für möglich gehalten hätte, und sich auf die weniger schockierenden Implikationen des Gesagten zu konzentrieren. Sie musste sich ihre Handlungsfähigkeit bewahren, bis dieser bizarre Traum an sein Ende gelangt war und sie wieder auf die Bühne hinausgestoßen wurde, zurück ins Rampenlicht, während der Admiral wieder mit den Schatten verschmolz, aus denen er für den kurzen Moment ihrer Unterhaltung hervorgetaucht war.

„Also kann es in ganz gewöhnlichen Familien, außerhalb der Gambler-Vereinigungen, zu Geburten von Gambler-Kindern kommen?“, gab sie einen Schuss ins Blaue ab.

Der Admiral nickte.

„Und durch die Vereinigung zweier Gambler kann sich die Veränderung noch stärker ausprägen?“ Es war mehr eine Feststellung als eine Frage. Die Regierung hätte kaum einen derartigen Aufwand betrieben, wenn es anders wäre.

„Ja. Danny Sims ist der lebende Beweis dafür. Seine Vorfahren waren über mehrere Generationen hinweg auf beiden Seiten Gambler, deren Fähigkeiten sich bereits offen ausgeprägt hatten. Der letzte „gewöhnliche“ Mensch, der sich in seiner Ahnentafel findet, ist sein Urgroßvater. Eine so klare Linie gibt es bislang nur selten, denn dazu ist die Anzahl der Gambler in der Gesamtbevölkerung noch zu gering. Allerdings ist zu erwarten, dass sie in nicht allzu ferner Zukunft deutlich steigen wird.“

Elaine zog die Stirn in Falten. „Dann dürfte es der Regierung schwerfallen, auch weiterhin alle Gambler auszusondern. Es dürfte ohnehin schwierig sein, auch die Gambler zu erfassen, die *normale* Eltern haben.“

Täuschte sie sich, oder sah sie tatsächlich so etwas wie Befriedigung in Lloyd Jennings' grauen Augen aufblitzen?

„Sie haben recht, Captain“, sagte er, und der Hauch eines Lächelns huschte wie eine flüchtige Erinnerung über seine Züge. „Obwohl Regierung und Militär große Anstrengungen unternehmen, über die Existenz jedes einzelnen Gamblers genau informiert zu sein, gibt es immer wieder ein paar, die ihnen durch die Maschen schlüpfen. Die Evolution steht auf der Seite der Gambler, und sie ist eine außerordentlich mächtige Verbündete.“

„Das glaube ich gern“, murmelte Elaine nachdenklich. „Die Gambler-Vereinigungen sind also nicht nur ein Genpool für die Züchtung hochwertigerer Mutationen, sondern auch ein wirkungsvolles Regulativ, um die *Evolution* an unerwünschter Stelle in Schach zu halten. Die Regierung überlässt wahrlich nichts dem Zufall.“

„Das entspricht nicht der Art von Regierungen, Captain - und erst recht nicht der von Geheimdiensten und hohen Militärs.“ Er schüttelte den Kopf. „Schon seit mehreren Jahrzehnten wird jeder Gambler systematisch erfasst - abzüglich der eben erwähnten Unwägbarkeiten -, und die Gambler-Vereinigungen sind in dieser Hinsicht in der Tat außerordentlich hilfreich.“

Elaine atmete tief durch. „Aber wie schaffen Sie es zu verhindern, dass Ihre Schützlinge ihre Käfigtür öffnen und einfach davonspazieren? 30 Jahre sind eine lange Zeit, um die Angst vor der Welt und den Menschen zu verlieren und den Wunsch zu entwickeln, wieder ein Teil der Gemeinschaft zu sein."

Immerhin waren die Gambler-Vereinigungen und Zirkusraumschiffe ja keine wirklichen Kerkerzellen, in denen die Gambler gegen ihren Willen gefangen gehalten wurden und unter menschenunwürdigen Bedingungen dahinvegetierten, sondern sie waren ein allem Anschein nach *freiwilliger* Zusammenschluss gleichgesinnter Individuen, die sich entschieden hatten, der Gesellschaft den Rücken zu kehren. Die Regierung konnte sie kaum mit offener Gewalt davon abhalten, ihre Raumschiffe und Planeten zu verlassen, wenn sie tatsächlich den Wunsch hatten zu gehen.

Doch der Admiral schüttelte den Kopf, und wieder schimmerte ein seltsamer Schmerz durch seine versteinerten Züge. „Das könnten sie in der Tat, wenn man ihnen nur die Gelegenheit dazu geben würde."

Elaine verstand sofort, und ein galliger Geschmack legte sich auf ihre Zunge. „Da man über den Aufenthalt der Gambler so genau informiert ist, kann man natürlich jene Stellen, an die sich ein Gambler wendet, der seine Vereinigung verlassen möchte, rechtzeitig warnen. Selbst wenn er nicht vorhätte, sich als Gambler zu outen, wäre er somit trotzdem erkannt und würde abgelehnt werden. Und das würde ihn wiederum zwingen, sehr bald in seine Vereinigung zurückzukehren."

Lloyd Jennings nickte; in seinen Augen glitzerte eine Härte, wie sie sie noch nie zuvor bei ihm gesehen hatte. „Es ist kein besonders moralisches, aber dafür ein sehr effektives Kontrollsystem. Darüber hinaus fühlen sich die meisten Gambler bei ihren Zirkusvorstellungen recht wohl und hegen keine über das Amüsement ihrer Zuschauer hinausgehenden Ambitionen, ihre Fähigkeiten in den Dienst der Allgemeinheit zu stellen. Nehmen Sie nur die *Gambler-Circus* als Beispiel. Alle Artisten dort bleiben weit unter ihren Möglichkeiten, und Mr. Sims war der Einzige, der das Verlangen verspürte, sein wahres Potenzial kennenzulernen und gegen die Hewitts in den Kampf zu ziehen. Außer ihm tut niemand etwas, das die tatsächliche genetische Kluft zwischen Gamblern und gewöhnlichen Menschen für alle erkennbar werden ließe und so die Situation zum Schlechten oder auch zum Guten verändern könnte. Es ist ein Arrangement, das unmittelbar nach Entstehen der ersten Gambler-Vereinigungen getroffen wurde, und alle Direktoren der Zirkusraumschiffe halten sich peinlich genau an diese Vereinbarung."

Elaine runzelte die Stirn und schnappte nach dem Ball, den er ihr zugeworfen hatte. „Vereinbarung?"

Der Admiral schaute sie ernst an. „Glauben Sie, ein so großes Raumschiff wie die *Gambler-Circus* könnte allein durch die Einnahmen, die mit den Shows erzielt werden, gehalten werden? Und woher ist das Kapital gekommen, das den Kauf der *Gambler-Circus* ermöglichte?"

„Sie erhalten Zuschüsse?", fragte Elaine überrascht.

„Ja. Es gibt einen speziellen Fonds, der die entsprechenden Ausgaben regelt. Offiziell dient der Fonds der Unterstützung freischaffender Künstler, aber das ist nicht mehr als ein Etikett. Jeder, der an der Verwaltung der Gelder beteiligt ist, weiß, dass sie allein Gamblern zukommen. Auf diese Weise gewährleistet die Regierung die weitestgehende Autonomie der Gambler-Vereinigungen und trägt dafür Sorge, dass die Berührungspunkte zwischen der Gesellschaft und dem *Genpool* möglichst gering bleiben."

Elaine knirschte mit den Zähnen. Wut, Ohnmacht und Abscheu vor den perfiden Machenschaften eines politischen und militärischen Apparates, von dem sie selbst ein Teil war, brodelten in ihr und ließen sie innerlich beben. „Wenn das so ist, wieso haben Sie Mr. Sims überhaupt zur Erdorbitalstation kommen lassen? Immerhin riskieren Sie damit das Leben Ihres wertvollsten *Zuchtbullen*!"

Sie schaffte es nicht mehr, den Zynismus aus ihren Worten herauszuhalten, aber es war ihr egal; sie brauchte unbedingt ein Ventil für ihre verworrenen Emotionen, oder sie würde bald wie ein unter Überdruck stehender Dampfkessel auseinander platzen und ihrem Zorn auf eine Weise Luft machen, die eines Captains der Erdorbitalstation nicht würdig wäre - was auch immer dieser Titel nach dem heutigen Tag noch für eine Bedeutung haben mochte.

Admiral Jennings ließ nicht erkennen, ob ihr Ausbruch ihn getroffen hatte. Mit ruhiger Stimme sagte er: „Wir hatten keine Wahl, das wissen Sie genauso gut wie ich. Es war nach dem ersten Angriff der Hewitts zu offensichtlich, dass nur ein Gambler der Bedrohung begegnen konnte. Es ist im Übrigen ebenfalls in die politischen Erwägungen mit einbezogen worden, dass eine derartige Situation irgendwann einmal eintreten könnte. Auch deshalb hat man versucht, die Gambler weitgehend von den anderen Menschen zu isolieren. Sie sollten dadurch vor weiteren Anfeindungen und Ausschreitungen geschützt werden, denn ihre Fähigkeiten mussten auf jeden Fall erhalten bleiben."

„Aber sicher", sagte Elaine bitter. „Nachdem man die Gambler zuvor in einen Bürgerkrieg getrieben hat, ist es natürlich leicht, sich als barmherzige Samariter aufzuspielen." Sie sah den Admiral vorwurfsvoll an. „Dann haben Sie Danny Sims zur Erdorbitalstation befohlen, weil Sie wussten, dass er ein sehr weit entwickelter Gambler ist! Ist jetzt der Augenblick gekommen, in dem Sie die Waffen, die Sie herangezüchtet haben, zum ersten Mal in einem echten Einsatz erproben können?"

Der Admiral hob abwehrend die Hände. „Danny Sims ist aus eigenem Antrieb gekommen. Er ist nicht hier, weil wir den Leuten auf der *Gambler-*

Circus damit gedroht haben, ihnen das Geld für den Erhalt des Schiffes zu entziehen."

Elaine ballte die Fäuste. „Aber Sie könnten es tun."

„Theoretisch - ja."

„Und *hätten* Sie es getan? Wenn sich keiner der Gambler freiwillig gemeldet hätte? Hätten Sie Ihre Macht ausgespielt und sie gewaltsam zur Kooperation gezwungen?"

Zu ihrem Erstaunen wandte der Admiral den Blick von ihr ab, und seine Gedanken schienen sich in eine Ferne zu richten, in die sie ihm nicht folgen konnte. „Ich weiß es nicht. Möglicherweise. Die Admiralität war sich noch unschlüssig, ob die Bedrohung durch die Hewitts eine solch drastische Maßnahme tatsächlich rechtfertigte. Ein derart einschneidender Eingriff in die Separationspolitik der Regierung durfte nicht überhastet erfolgen. Man musste die langfristigen Konsequenzen und die kurzzeitigen - gar nicht einmal sicheren - Erfolge gegeneinander abwägen. Zum Glück hat uns Mr. Sims diese Entscheidung abgenommen."

Elaine starrte den Admiral ungläubig an. Bislang hatte sie geglaubt, seine Kollegen wären Fähnrich Sims gegenüber skeptisch eingestellt, weil sie von den gleichen Vorurteilen gelenkt wurden wie die Massen, doch tatsächlich hatten ganz andere Überlegungen eine Rolle gespielt. Gelinde Übelkeit stieg in ihr hoch.

Hunderttausende Menschen auf der Erde waren dem ersten Angriff der Hewitts zum Opfer gefallen, und doch hatte das Flottenoberkommando gezögert, ihre Geheimwaffe gegen sie ins Feld zu führen. War ihnen das Risiko, ihre hochgezüchteten Edelmutanten zu früh in einer Schlacht zu verheizen und dabei wertvolles Genmaterial zu verschwenden, so viel bedeutsamer erschienen als das Leben der Männer, Frauen und Kinder, das zu schützen ihre oberste Pflicht hätte sein sollen?

Die Antwort darauf war ebenso offensichtlich wie niederschmetternd, und sie raubte Elaine endgültig jegliche Illusionen. Sie sah in das steinerne Gesicht des Admirals und erkannte, dass ihn die gleichen Gefühle bewegen mussten. Hatte er deshalb sein Schweigen gebrochen? Ertrug er es nicht länger, Mitwisser in einem menschenverachtenden politischen Ränkespiel zu sein, das nur seinen eigenen abstrakten Regeln folgte, oder gab es noch andere Gründe, von denen sie keine Ahnung hatte?

Was ihn aber auch immer dazu bewogen haben mochte, sie ins Vertrauen zu ziehen, es hatte die Beziehung zwischen ihnen unwiderruflich verändert, hatte sie tatsächlich zu so etwas wie Bundesgenossen gemacht, die durch ihre gemeinsamen Ideale oder das unerwartete Auftreten widriger Umstände zusammengeschweißt worden waren.

Noch einmal blickte sie in seine unergründlichen grauen Augen, erkannte die unausgesprochene Bitte darin und wusste, dass er an einem

Punkt angelangt war, den er, zumindest für den Moment, nicht mehr zu überschreiten gedachte. Alles, was jetzt noch im Dunkeln lag - seine persönlichen Motive, die ihn zu diesem erstaunlichen Gespräch veranlasst hatten, oder andere beklemmende Enthüllungen über die Gambler und ihre traurige Rolle in den Plänen des Militärs - würde noch eine Weile länger dort liegen müssen. Sie schluckte die Fragen, die ihr noch auf der Zunge brannten, herunter, atmete tief durch und sagte leise: „Danke, dass Sie mich informiert haben, Admiral."

Er nickte leicht, straffte er seine Gestalt und erhob sich. „Ich habe Ihr Büro lange genug in Beschlag genommen, Captain. Ich werde mich bei Ihnen melden, sobald ich mit Fähnrich Sims gesprochen habe."

Damit ließ er sie allein. Doch obwohl der Traum nun vorbei und sie wieder auf die Bühne hinausgetreten war, saß sie noch lange Zeit reglos auf ihrem Stuhl und starrte stumm gegen die grauen Wände.

13. Kapitel

Das grelle Licht der Deckenbeleuchtung weckte Danny, als es durch seine Lider drang und ihn zum Niesen reizte. Er unterdrückte den Reflex, indem er die Nase krauszog und seine Stirnmuskulatur anspannte, und obwohl er die Augen noch immer geschlossen hielt, gelang es ihm innerhalb eines Sekundenbruchteils, sich einen ersten Eindruck von seiner Lage zu verschaffen.

Das leise, unterschwellige Summen, das die Luft in seiner Behandlungskabine erfüllte, tanzte über seine Trommelfelle und verursachte ein beinahe unmerkliches Kribbeln auf seiner Haut. Er hatte es bereits gehört, als er das erste Mal zu sich gekommen war, und obwohl ihn zu diesem Zeitpunkt noch so starke Schmerzen gepeinigt hatten, dass er kaum die Kraft gehabt hatte, seine Umgebung bewusst wahrzunehmen, geschweige denn, einen klaren Gedanken zu fassen, erkannte er es natürlich wieder. Sein Gedächtnis hatte es auch ohne sein Zutun registriert. Es rührte von der Vielzahl der Geräte her, die hinter dem Kopfende seines Bettes aufragten und die Impulse der Sensoren empfingen, die als kühle Plättchen an seinen Schläfen, auf seiner Brust und verschiedenen anderen Stellen seines Körpers klebten. Sollte sich eine bedenkliche Änderung seines Zustands ergeben, würden sie sofort Alarm schlagen.

Ein scharfer, antiseptischer Geruch lag über allem und hinterließ einen unangenehmen, metallischen Geschmack auf seiner Zunge, der ihm längst die Kehle ausgetrocknet hatte und auf seinen Schleimhäuten brannte. Er holte behutsam Luft und räusperte sich verhalten, aber das half nichts, machte es eher noch schlimmer.

Hastig versuchte er, sich auf andere Sinneswahrnehmungen zu konzentrieren, bevor er einen Hustenanfall bekam, der möglicherweise eine neue Schmerzattacke nach sich gezogen hätte. Die Lider wagte er noch immer nicht zu öffnen, da das grelle Licht der Deckenlampen sich bereits jetzt wie mit Nadeln in seine Augäpfel zu bohren schien und ihn fürchten ließ, auf der Stelle zu erblinden, sollte er direkt hineinblicken, und da es außer dem Summen nichts weiter zu hören gab, blieb ihm nur sein Tastsinn.

Konzentriert richtete er seine Aufmerksamkeit auf seinen Körper und gewann rasch ein Bild von sich selbst und seiner unmittelbaren Umgebung. Er lag, flach auf dem Rücken ausgestreckt, auf einer Matratze, die recht fest war, aber doch an den richtigen Stellen nachgiebig, sodass er nicht das Gefühl hatte, eine harte Kunststofflatte im Kreuz zu haben. Über ihn war eine warme, flauschige Decke gebreitet. Es hätte fast behaglich sein können, hätten sich seine Augen nicht immer noch angefühlt, als würden glühende Kohlestücke in seinem Schädel stecken, und wären seine Muskeln nicht derart schwach und zittrig gewesen, als hätte ihm ein Riese jedes Quäntchen Kraft aus dem Leib gewrungen und ihn dann wie einen ausgelutschten Kaugummi in den Staub getreten. In Anbetracht der Tatsache, dass er gerade erst geschlafen hatte und eigentlich frisch und ausgeruht hätte sein sollen, war das keine sehr ermutigende Beobachtung.

Wenigstens schien sein Körper zu seiner normalen Temperatur zurückgefunden zu haben. Keine heißen Schauer jagten mehr über seine Haut, und auch der Schwindel, der es ihm nach dem Ausstieg aus der *Joker* beinahe unmöglich gemacht hatte, sich auf den Beinen zu halten, schien sich bis auf ein taubes Gefühl hinter seiner Stirn gelegt zu haben. Es war, als hätte man seinen Kopf in Watte gepackt. Seine Nackenmuskulatur hingegen fühlte sich an wie ein Granitblock, so verkrampft war sie. Kein Wunder- immerhin hatte er nur unter Aufbietung all seiner Entschlossenheit und seines Willens seinen Einsatz zu Ende führen können.

Eine beklemmende Enge schnürte ihm den Brustkorb ein, als er daran zurückdachte, dass er tatsächlich in der Krankenstation ohnmächtig geworden war. So etwas war ihm nie zuvor passiert, darüber hinaus musste er eine ganze Weile ohne Bewusstsein geblieben sein, denn als er vorhin wieder wach geworden war, hatte man ihn bereits aus seinem Raumanzug geschält, ihm den leichten Pyjama übergestreift, den er auch jetzt noch trug, und ihn in ein Bett verfrachtet.

Mehrere kleine, juckende Stellen an seinem linken Oberarm wiesen ihn darauf hin, dass Sherman Hewitt und seine Helfer auch in anderer Hinsicht aktiv geworden waren. Er schluckte mühsam. Was, um alles in der Welt, war im Schwarm bloß mit ihm geschehen? Zwar hatte sich sein Zustand mittlerweile gebessert, und auch die furchtbaren Schmerzen, die ihm bei seinem ersten Erwachen beinahe augenblicklich wieder das Bewusstsein geraubt hatten, waren inzwischen gänzlich abgeklungen, aber solange er nicht wusste, was ihm widerfahren war, wagte er nicht, auf die positive Veränderung zu vertrauen.

Und noch etwas anderes bereitete ihm Sorge: Was auch immer in seinem Körper vorgegangen war, musste mit seinen besonderen Fähigkeiten als Gambler zu tun haben, und das konnte durchaus bedeuten, dass er sich gerade ein Rückflugticket zur *Gambler-Circus* eingehandelt hatte. Captain Wilding und die Admiralität würden ihn kaum gegen die Hewitts ins Feld schicken, wenn sein Einsatz ein unkalkulierbares Risiko für die Erde und ihre Bewohner darstellte.

Eine Welle zornigen Widerspruchs pulsierte durch seine Adern, und er beschloss von einem Moment zum anderen, sich endlich bemerkbar zu machen. Ebenso abrupt hob er die Lider.

Er bereute es sofort. Das grelle Licht, zuvor schon unangenehm, brannte sich in seine Augen, überschwemmte sie mit Tränen und verursachte einen scharfen, stechenden Schmerz, der sich geradewegs in sein Großhirn zu fräsen schien. Er stöhnte gequält auf, kniff die Lider hastig wieder zusammen und presste sich seinen linken Arm vors Gesicht, während er sich innerlich für seine Unbesonnenheit verfluchte. Mit dummem Trotz erreichte er überhaupt nichts, außer sich selbst noch gründlicher lahmzulegen, als es ohnehin bereits der Fall war.

Als er hörte, wie die Tür zur Behandlungskabine zischend aufglitt, seufzte er erleichtert. Schritte klangen auf und näherten sich seinem Bett. Dicht daneben verhielten sie.

„Fähnrich Sims?"

Danny ordnete die Stimme sofort Sherman Hewitt zu.

„Das Licht", presste er zwischen zusammengebissenen Zähnen hervor, ohne den Arm vom Gesicht fortzunehmen.

„Computer, die Lichtintensität auf die Hälfte reduzieren!"

Der Computer bestätigte die Anweisung mit einem glockenklaren Signalton.

„Ist es so besser?"

Danny ließ zaghaft den Arm sinken und öffnete langsam die Augen, bereit, sie sofort wieder zu schließen, falls das Licht sich erneut in seine Netzhäute ätzen sollte. Zum Glück tat es das nicht. Die Behandlungskabine war nur noch von einem dämmrigen Schein erfüllt, und im ersten Moment fiel es ihm sogar schwer, überhaupt etwas zu erkennen. Das aber lag vermutlich vor allem an den bunten Flecken, die als Nachwirkung der mörderischen Helligkeit vor seinen Augen tanzten.

„Ja", krächzte er. Mit einer konzentrierten Anstrengung machte er sich daran, die unscharfen Bereiche in seinem Blickfeld zu durchdringen, auch wenn er dadurch dem hämmernden Kopfschmerz hinter seinen Schläfen neue Nahrung gab. Immerhin erkannte er den Professor, der dicht neben seinem Bett stand und mit tief gerunzelter Stirn zwischen ihm und der Deckenbeleuchtung hin und her sah.

„Entschuldigen Sie, Mr. Sims. Es war mein Fehler. Ich hätte darauf gefasst sein sollen, dass Ihre Sinne noch immer überempfindlich reagieren."

Seine Worte erinnerten Danny daran, dass es ihm beim ersten Erwachen nicht anders ergangen war, nur hatten da andere Schmerzen überwogen. „Geht diese *Überempfindlichkeit* wieder vorbei?", fragte er rau. Er wäre für die Erdflotte kaum noch von Nutzen, wenn ihn jeder Blick in eine Deckenlampe in ein wimmerndes Häufchen Elend verwandelte.

Der Professor nickte. „Ihre Sinneswahrnehmungen werden sich schon bald wieder normalisieren. Ich hatte eigentlich damit gerechnet, dass das bereits jetzt der Fall ist, aber es dauert wohl doch etwas länger."

„Wie lange?"

„Vermutlich noch ein paar Stunden."

Danny sah ihm an, dass er es selbst nicht genau wusste. Die stählerne Klammer um seinen Brustkorb zog sich noch enger zusammen, und ein eiskalter Hauch strich über seinen Nacken und ließ ihn unvermittelt zittern. Mit schockierender Eindringlichkeit wurde ihm bewusst, wie entsetzlich dünn das Drahtseil gewesen war, auf dem er während des Einsatzes balanciert hatte. Wenn er bereits im Schwarm von seinen überreizten Sinnen überwältigt worden wäre, wenn die Schmerzen und die schreckliche Hitze ihn in die Bewusstlosigkeit gerissen hätten, bevor er mit der *Joker* das Energiefeld der Hewitts zu sprengen vermocht hätte, wäre eine Katastrophe unausweichlich gewesen. Und Mady und die anderen ...

„Ist Ihnen kalt?", fragte der Professor, der sein Schlottern offenbar bemerkt hatte, besorgt und warf einen raschen Blick auf die medizinischen Displays am Kopfende seines Bettes.

Danny schüttelte den Kopf. „Nein." Er zögerte, spürte, wie die Furcht in seinem Herzen wuchs, aber er drängte sie mit Macht zurück. Er musste sich der Wahrheit stellen. Je eher er es tat, desto besser.

„Was ist dort draußen mit mir geschehen?", fragte er leise. „Werde ich trotzdem noch gegen die Hewitts kämpfen können?"

Die Miene des Professors verfinsterte sich. „Ist Ihnen das so wichtig?"

Danny nickte.

„Sie wollen tatsächlich wieder in den Schwarm?"

„Wenn ich es kann - ja."

„Und zu welchem Preis?"

„Zu jedem."

„Sie würden auch Ihre Gesundheit aufs Spiel setzen?"

„Bei einem Kampf gegen die Hewitts geht es nicht nur um meine Gesundheit, Professor. Es geht um das Leben der Menschen auf der Erde."

Hewitt musterte ihn scharf, als suche er nach Indizien, die die Entschlossenheit seiner Worte als Lüge entlarvten. Danny erwiderte seinen Blick offen, während sein Herz dumpf gegen seine Rippen wummerte. Wenn der Professor derart unverhüllt seine Entscheidungen und seine Willensstärke in Zweifel zog und nicht einmal den Versuch machte, seinen Groll hinter der Maske jovialer Unbekümmertheit zu verbergen, die er ihm gegenüber bisher stets aufgesetzt hatte, dann war die Sache *wirklich* ernst.

„Bitte, Professor, sagen Sie mir, ob ich wieder fliegen kann", drängte er.

Die Kiefermuskulatur des Wissenschaftlers verkrampfte sich, als knirsche er heftig mit den Zähnen, dann sagte er knapp: „Admiral Jennings wird mit Ihnen über Ihren Zustand sprechen. Er hat mir aufgetragen, ihn sofort zu benachrichtigen, wenn Sie erwacht sind. Da das nun geschehen ist, werde ich ihn wohl rufen müssen."

„Der Admiral ist auf der Station?", fragte Danny überrascht.

„Er ist gleich nach der Vernichtung des Schwarms heraufgekommen. Fühlen Sie sich kräftig genug, um mit ihm zu reden?"

„Ja."

Der Professor stieß ein unwilliges Schnauben aus. „Sind Sie sicher? Ihre Gesundheit hat oberste Priorität. Niemand wird Sie belästigen, wenn Sie es nicht wollen."

Ein kampflustiges Funkeln trat in seine Augen, doch Danny schüttelte den Kopf. „Ich könnte ohnehin keine Ruhe finden, solange ich nicht weiß, was heute Morgen mit mir los war. Wenn sich der Admiral nur wegen mir in den Orbit bemüht hat, muss es ja schlimm um mich gestanden haben!" Er sagte es fast beiläufig daher, seine Sinne aber waren hoch konzentriert, ließen sich keine Einzelheit von Hewitts Reaktion entgehen.

Der Professor zuckte sichtlich zusammen, wich seinem Blick aus, und die Enden seines mächtigen Schnurrbarts schienen plötzlich traurig herabzuhängen. „Sie sind dem Tod gerade noch einmal von der Schippe gesprungen, mein Junge. Ein paar Minuten später, und wir hätten Sie nicht mehr retten können!"

Danny schluckte. Seine Kehle fühlte sich mit einem Mal an wie mit Sand gefüllt. „Wie lange war ich denn bewusstlos?", krächzte er.

Sherman Hewitt warf einen raschen Blick auf sein Armbandchronometer. „Es ist jetzt 17.26."

„Aber dann habe ich ja den halben Tag geschlafen!"

Der Professor nickte ernst. „Das war auch gut so. Wenn es nach mir gegangen wäre, hätten Sie ruhig noch bis morgen weiterschlafen können."

Danny musste an Mady und die anderen Mädchen seines Teams denken. „Wollen Sie mich noch so lange in der Krankenstation behalten?"

Das Gesicht des Professors wurde hart. „Mit Sicherheit. Daran werden auch Captain Wilding und ihr Admiral nichts ändern können!" Sein Blick wanderte zu den medizinischen Displays am Kopfende des Bettes. „Ich kann es nicht verantworten, Sie jetzt schon aus meiner Beobachtung zu entlassen. Ich will Ihnen keine unnötigen Sorgen einreden, aber Sie sollten doch wissen, dass ich im Grunde noch immer sehr wenig über Sie weiß."

„Sie meinen, es können noch Komplikationen auftreten?"

Hewitt hob die Schultern. Es wirkte beinahe verlegen. „Möglicherweise. Ich glaube es zwar nicht, aber ich kann es auch nicht mit Sicherheit ausschließen - *noch* nicht."

Danny spürte, wie sich sein Magen in dumpfer Furcht zusammenzog und ihm ein eisiger Finger langsam den Rücken herunterstrich. Entschlossen tastete er mit der Hand nach links, wo sich die Steuerung für das Bett befand, fand den Knopf, den er gesucht hatte, und drückte ihn. Sofort hob sich das Kopfende seines Bettes an und brachte ihn in eine bequeme, sitzende Position. Er ließ den Schalter los, griff hinter sich, rückte das Kissen in seinem Rücken zurecht und sah Sherman Hewitt auffordernd an. „Bitte sagen Sie dem Admiral, dass ich wach bin."

Der Professor musterte ihn noch einmal misstrauisch, schüttelte den Kopf und seufzte. „Also schön. Ich nehme an, der Admiral wird in wenigen Minuten bei Ihnen sein."

Er wandte sich steif um und verließ die Behandlungskabine. Danny sah ihm nicht nach, sondern lehnte sich in sein Kissen zurück und schloss erschöpft die Augen. Obwohl das Licht im Raum nun gedämpft war, fühlten sie sich noch immer heiß und entzündet an, und er wollte ihnen die Zeit, die er auf den Admiral warten musste, als Erholungspause gönnen.

Kaum hatte er es getan, spürte er, wie die Müdigkeit erneut nach ihm griff. Ehe er seine Willenskraft zu bündeln und sich dem Sog der Erschöpfung entgegenzustemmen vermochte, hatte sie ihn bereits gepackt und mit sich fortgerissen. Seine Gedanken entglitten ihm und versanken in der Dunkelheit.

14. Kapitel

Es war eine fremde, männliche Stimme, die Danny wieder weckte.

„Fähnrich Sims?"

Er schrak zusammen und öffnete ruckartig die Augen. Zum Glück war das Licht in der Kabine noch immer gedämpft, andernfalls hätte er sich durch seine unbedachte Handlung vermutlich erneut Kopfschmerzen eingehandelt. Mit einem Blick erfasste er die Lage im Raum. Ein schlanker, hochgewachsener Mann saß neben seinem Bett und sah ihn abwartend an.

Danny musterte ihn zwischen zwei Lidschlägen. Der Mann trug eine unscheinbare, graue Uniform, lediglich das blitzende Emblem an seinem Kragen kündete von seinem hohen Rang. Es bestand aus einer dunklen, ovalen Plakette, auf der sich schimmernd eine stilisierte Galaxie abhob. Auf der rechten Seite der Uniform verriet ein klarer Schriftzug seinen Namen.

Admiral Jennings' schmales Gesicht wurde von großen, eisgrauen Augen beherrscht, die mit dem wachen Blick eines jagenden Falken jede Einzelheit in der Kabine erfassten. Sein Haar war dunkelbraun und wies an den Schläfen einige wenige silbrige Fäden auf. Alles in allem schätzte Danny ihn auf ein Alter Mitte fünfzig.

„Ja, Sir", bestätigte er. „Ich bin Fähnrich Danny Sims."

Der Admiral nickte leicht, ohne die Augen von ihm abzuwenden oder erneut das Wort zu ergreifen. Danny hielt dem Blick stand, obwohl er fast hypnotisch wirkte und tief in seine Seele zu reichen schien. Er hatte jedoch keinesfalls vor, sich bei seiner ersten Begegnung mit einem Mitglied des Flottenoberkommandos sogleich als willenloser Schwächling zu gerieren, dessen Entschlossenheit durch einige Sekunden scharfer Musterung ins Wanken gebracht werden konnte und der bei dem geringsten Widerstand wie ein Hündchen mit eingezogenem Schwanz in seine Hütte zurückkroch. Obwohl er vor Sorge und Ungewissheit über die Ereignisse des Morgens bereits ganz zappelig war und am liebsten sofort mit seinen Fragen herausgesprudelt wäre, würde nicht er es sein, der die stumme Prüfung beendete, auch wenn sie bis zum nächsten Urknall dauern sollte.

Fünf endlos lange Herzschläge hielt die Stille zwischen ihnen an, bevor der Admiral blinzelte und zu sprechen begann. „Wie Sie bereits erkannt haben dürften, bin ich Admiral Jennings", stellte er sich mit ruhiger Stimme vor.

Danny schaute ihn überrascht an. Sein Gegenüber hatte seine schnelle Musterung offenbar bemerkt. Er nickte, unsicher darüber, wie er sich verhalten sollte. Die Umgangsformen mit höheren Rängen, die er sich bisher auf der Erdorbitalstation angeeignet hatte, kamen ihm plötzlich nicht mehr ausreichend vor.

Die graue Farbe der Iris des Admirals vertiefte sich. „Entspannen Sie sich, Fähnrich. Mein Besuch bei Ihnen hat nur bedingt offiziellen Charakter."

Danny versuchte, dem Rat zu folgen, seine Rückenmuskulatur war allerdings nicht so leicht davon zu überzeugen, dass ihm im Augenblick keine Gefahr drohte. Und so brachte er lediglich ein raues: „Aye, Sir", zustande.

Ein unerwarteter Ausdruck von Milde erschien in den stahlgrauen Augen des Admirals. „Professor Hewitt wies mich darauf hin, dass Sie noch erschöpft seien und ich meinen Besuch bei Ihnen so knapp wie möglich halten soll. Bedauerlicherweise kann ich der Bitte des Professors nur eingeschränkt nachkommen. Ich muss gleich mehrere wichtige Angelegenheiten mit Ihnen besprechen."

Danny durchdachte die Situation in einem Sekundenbruchteil und sammelte sich. „Das weiß ich, Sir. Ich versichere Ihnen, dass ich in der Verfassung bin, auch ein längeres Gespräch zu führen."

„Gut. Fangen wir zuerst mit der Frage an, die Sie am meisten beschäftigen dürfte. Sie werden auch weiterhin gegen die Hewitts fliegen können, und es wird Ihnen nicht noch einmal so ergehen wie im heutigen Einsatz."

Admiral Jennings begann, ihm detailliert zu schildern, welche Ursachen sein Zusammenbruch gehabt hatte und was dagegen unternommen werden sollte.

Danny hörte ihm aufmerksam zu und wagte schließlich sogar, leise aufzuatmen.

Der Admiral schien ein ausgezeichneter Beobachter zu sein. „Es ist noch ein wenig früh für Ihre Erleichterung", sagte er ernst. „Professor Hewitt hat mir zwar versichert, dass er alles tun wird, um den Booster-Effekt beim nächsten Mal in Grenzen zu halten, aber es ist noch nicht sicher, wie gut ihm das gelingen wird. Außerdem besteht durchaus die Möglichkeit, dass die Gegenmaßnahmen auf längere Zeit hin betrachtet ebenfalls zu gesundheitlichen Störungen führen können."

„Ich bin mir über die Risiken im Klaren", erwiderte Danny ohne Zögern. „Sie sind nicht zu hoch, wenn man bedenkt, dass jeder weitere Schwarm das Leben von Millionen Menschen gefährdet."

„Ich hatte gehofft, dass Sie das so sehen, Fähnrich."

„Wie könnte es jemand anders sehen?"

Admiral Jennings' Gesicht wurde starr. „Vergessen Sie nicht, dass Sie freiwillig hier sind."

Danny setzte seine entschlossenste Miene auf. „Und ich werde auch aus freien Stücken bleiben."

„Dafür gebührt Ihnen zweifellos mehr als nur ein schlichter Dank. Sind Sie sich bewusst, was Sie heute geleistet haben?"

„Ich hatte den Eindruck, dass der Schwarm größer war als der letzte."

„Ihre Wahrnehmung war korrekt. Professor Hewitt hat die Messungen, die die Robotdrohnen gemacht haben, bereits ausgewertet. Sie und Ihr Team haben mehr als 2.250.000 Menschen das Leben gerettet."

Die Worte des Admirals beschworen für Danny den Schrecken des Morgens neu herauf. Sein Puls beschleunigte sich, sein Blut rauschte plötzlich in seinen Ohren, und sein Geist tauchte ein in die brodelnden Wolken der Hewitts, die um den stählernen Leib der *Joker* herumwirbelten, sich zu tödlichen Tentakeln zusammenballten und das winzige Insekt zu zermalmen versuchten, das so unerwartet mitten unter ihnen zu Feuer speiendem Leben erwacht war. Mehrere Dutzend Bilder huschten in Sekundenbruchteilen an seinem inneren Auge vorbei - Bilder des Kampfes, der Angst, der Schmerzen -, explodierten in seinem Kopf und drohten, ihn mit sich fortzuspülen. Doch ein eisenharter Griff um seinen Oberarm riss ihn abrupt von dem grellen Kaleidoskop der Erinnerungen los und holte ihn in die Wirklichkeit zurück.

Der Admiral hatte sich vorgebeugt, fixierte ihn mit seinen eisgrauen Augen, und seine Stimme war scharf wie ein geschliffenes Schwert, das sich direkt in sein Gehirn bohrte. „Es ist vorbei, Fähnrich. Sie haben die Hewitts besiegt. Es sind nichts als Erinnerungen. Sie haben keine Macht über Sie, solange Sie sie ihnen nicht geben. Sie haben überlebt, und Ihre Crew hat überlebt. Das ist alles, was zählt!"

Danny atmete ein paar Mal tief durch, und die Bilder verblassten zu Schemen irgendwo im Hintergrund seiner Aufmerksamkeit. „Danke, Sir", sagte er rau. Mit einem konzentrierten Willenseinsatz fokussierte er seine Gedanken auf die Gegenwart, froh darüber, dass ihn sein Flashback nicht vorhin in Anwesenheit Sherman Hewitts überrascht hatte. Der Professor hätte ihm mit Sicherheit noch einige Stunden Zwangsruhe verordnet und den Admiral wahrscheinlich tatsächlich erst am nächsten Morgen über sein Erwachen informiert, hätte er davon gewusst. Nachdenklich runzelte er die Stirn.

„Die Größe des Schwarms war nicht das Einzige, was heute Morgen anders war. Obwohl ich ein Gambler bin und trotz der vielen Übungsmissionen war es einige Male verdammt knapp - und das lag nicht allein an dem Booster-Effekt. Das Verhalten des echten Schwarms hat sich deutlich von dem in den Simulationen unterschieden, und es ist mir nicht vollständig gelungen, meinen Flug an diese Veränderungen anzupassen. Das darf nicht noch einmal geschehen. Ich muss die Zeit bis zum Auftauchen des nächsten Schwarms nutzen, um mich noch besser auf die Hewitts und ihre Eigenarten vorzubereiten. Wenn ich ihre Bewegungsmuster besser vorhersehen und schneller auf sie reagieren kann, reduziert das vielleicht auch die Auswirkungen des Booster-Effekts."

Admiral Jennings nickte. „Professor Hewitt arbeitet bereits daran, die Daten, die durch den zweiten Schwarm gewonnen werden konnten, in das Simulationsprogramm aufzunehmen. Sie werden also genug Gelegenheit dazu bekommen, Ihre Leistungen zu verbessern - und ich zweifle nicht daran, dass es Ihnen gelingen wird."

„Danke, Sir."

Ein leichtes Lächeln erschien auf den Lippen des Admirals. „Bevor es soweit ist, müssen Sie allerdings noch einen Kampf ganz anderer Art durchstehen."

Danny erschrak. Eine Befürchtung, die bereits beim Anblick des Admirals in ihm aufgekeimt war, nahm unvermittelt Gestalt an. „Sie meinen, ich muss mich der Presse stellen, Sir?"

„So ist es. Ich habe für morgen Abend eine Konferenz angesetzt und die Vertreter aller wichtigen Sender dazu eingeladen. Sie werden zweifellos darauf brennen, Sie endlich persönlich kennenzulernen."

„Ich kann nicht behaupten, dass ich dem mit großer Begeisterung entgegensehe", murmelte Danny dumpf.

„Das kann ich Ihnen nicht verdenken, Fähnrich. Ich fürchte jedoch, Sie werden nicht darum herumkommen. Nichtsdestotrotz brauchen Sie keine Angst zu haben, dass wir Sie den Wölfen zum Fraß vorwerfen. Ihr Sieg von heute Morgen wird Ihr Trumpf sein. Wenn Sie den richtig ausspielen, wird die Presse schon morgen anders über Sie schreiben."

Ein harter Knoten zog seinen Magen zusammen, als er daran dachte, dass er auf der Konferenz ganz sicher auch Sally Bright, der Starreporterin von EBC, Rede und Antwort stehen musste.

„Ich glaube kaum, dass sich die Einstellung der Öffentlichkeit durch einen einzigen Flug ändern wird. Außerdem ist das für mich kein Spiel."

Wieder schien der Blick des Admirals bis zum Grund seiner Seele hinabzutauchen, all seine Ängste und Zweifel, seine Wut und Enttäuschung ans Licht zu holen und mit chirurgischer Präzision eine Diagnose zu erstellen. „Sie haben recht, Fähnrich. Es ist kein Spiel. Gerade deshalb müssen die Menschen der Erde begreifen, dass nur Ihr heldenhafter Einsatz sie vor einem schrecklichen Tod bewahrt hat. Die Situation ist viel zu ernst, um sie mit dümmlichen Vorurteilen und Anschuldigungen noch mehr zu belasten. Es ist höchste Zeit, den Reportern ihre Giftzähne zu ziehen, und *jetzt* ist die beste Gelegenheit, damit anzufangen!"

Danny schwieg und starrte nachdenklich auf seine Decke. Die gestrigen Hetztiraden der EBC waren nicht nur auf der Erde, sondern mit Sicherheit auch auf allen anderen Planeten ausgestrahlt worden - und damit auch auf *Longway*. Und mit ebenso großer Sicherheit hatte Merwyn Gaze dafür gesorgt, dass sie auch auf der *Gambler-Circus* zu sehen sein würden. Eine bessere Gelegenheit, die Bewohner des Raumschiffs noch fester an den Zirkus zu schmieden, konnte es gar nicht geben.

Danny knirschte vor Wut mit den Zähnen. Der Gedanke, dass der tyrannische Direktor aus seinen Problemen auf der Erdorbitalstation Kapital schlagen würde und er sich wahrscheinlich nicht im Geringsten darum scherte, dass seine Mutter dabei vor Angst halb wahnsinnig werden musste, bereitete ihm Übelkeit.

„Ich nehme an, Ihre Mutter dürfte ebenfalls nichts gegen eine etwas weniger unfreundliche Berichterstattung einzuwenden haben", sagte der Admiral beinahe beiläufig.

Danny war nahe daran, einen lauten Fluch auszustoßen. Bislang hatte er das Gefühl gehabt, dass Menschen wie Gambler in ihm ein Buch mit sieben Siegeln sahen, aber der Admiral hatte offenbar genug Erfahrung im Umgang mit anderen, um die Siegel mühelos brechen, das Buch öffnen und in seinen Seiten blättern zu können. Es gefiel ihm nicht, derart durchschaubar zu sein.

Er verschränkte die Arme vor der Brust. „Meine Eltern wissen besser als ich, was sie von den Meldungen der Medien zu halten haben." Er schnaubte verächtlich. „Außerdem ist es ohnehin völlig ungewiss, ob meine Mutter von meinen Erfolgen überhaupt etwas zu sehen bekäme. Der Direktor der *Gambler-Circus* hat seine eigenen Vorstellungen von Meinungsfreiheit!"

Admiral Jennings' Blick schien sich für einen Wimpernschlag in eine unergründliche Ferne zu richten, seine Stimme jedoch war hart und von einem seltsamen Grimm erfüllt, als er leise sagte: „Sie wird davon erfahren, Fähnrich. Ich gebe Ihnen mein Wort darauf."

Danny blinzelte überrascht. Die Admiralität wusste offenbar mehr über die Vorgänge an Bord der Gambler-Schiffe, als es den Anschein hatte. Gern hätte er mehr darüber erfahren, entschied sich aber nach kurzem Zögern, die Sache auf sich beruhen zu lassen. Es wäre gewiss nicht ratsam, den Admiral zu düpieren, indem er in wohlgehüteten militärischen Geheimnissen herumzustochern versuchte und seine Nase in Dinge hineinsteckte, die ihn nichts angingen. Er fuhr sich mit der Zunge über die Lippen und räusperte sich.

„Dennoch fürchte ich, dass sich meine Eltern nicht von ein paar vereinzelten positiven Meldungen - sofern es sie denn tatsächlich geben sollte - von ihrer Sorge um mich abbringen ließen. Dafür scheint das Misstrauen gegenüber den Gamblern zu groß zu sein und bereits seit zu langer Zeit zu bestehen."

Der Admiral nickte; Danny glaubte, einen Schimmer von Hoffnung in seinen grauen Augen aufleuchten zu sehen, vermischt mit einem merkwürdigen Kummer, aber der Eindruck war so rasch wieder verschwunden, dass er sich auch getäuscht haben mochte. „Durch Ihren

Sieg über die Hewitts haben Sie die einmalige Chance, den Ruf der Gambler zu verbessern. Es ist eine historische Gelegenheit, die wir nicht ungenutzt verstreichen lassen dürfen!"

Danny spürte, wie sich sein Rücken vor Entschlossenheit straffte und seine Hände sich zu Fäusten ballten. „Ich werde gegen die Hewitts kämpfen, bis sie endgültig besiegt sind. Darauf gebe *ich* Ihnen mein Wort!"

Der Admiral bemaß ihn mit einem langen Blick. „Ich freue mich, das zu hören, Fähnrich. Leider wird Ihre Mitarbeit allein auf Dauer vielleicht nicht genug sein."

„Sie befürchten, es könnten auch in anderen Systemen Schwärme der Hewitts auftauchen?"

„Das wäre möglich."

„Dann wollen Sie, dass ich das Image der Gambler aufpoliere, damit sich weitere meiner Leute dazu bereit erklären, im Notfall die Kolonien zu schützen?"

„So ist es."

Danny stieß hörbar Luft aus und lehnte sich in sein Kissen zurück. Gedanken wirbelten durch seinen Kopf, vollführten dort einen wilden Tanz, der einem Flug durch einen Schwarm der Hewitts alle Ehre gemacht hätte. Weitere Schwärme, Gefahr für die Kolonien, die anderen Gambler, die Reporter - all das verband sich zu einer verwirrenden und ausgesprochen bedrohlichen Mischung. Unbehaglich runzelte er die Stirn und fuhr sich mit den Fingern durchs Haar.

„Sie haben vermutlich recht, Sir. Das Problem ist, dass ich nicht weiß, was ich der Presse sagen könnte. Ich habe keine Ahnung, wie ich auftreten soll, damit sich mein Erfolg als Trumpf herausstellt und ich gleichzeitig die Gerüchte über die Gambler entkräften kann. Viele der Gerüchte *kenne* ich nicht einmal!"

„Ich bin mir sicher, dass Sie während Ihres Aufenthaltes auf der Erdorbitalstation sehr viel über das Verhältnis zwischen Gamblern und gewöhnlichen Menschen gelernt haben. Ihr Wissen wird genügen, außerdem müssen Sie sich keinerlei Text zurechtlegen. Seien Sie offen und versuchen Sie, die Fragen der Reporter zu beantworten, so gut es Ihnen möglich ist."

„Ohne Einschränkungen?"

„Nicht ganz: Die Ergebnisse der medizinischen Untersuchungen, die Professor Hewitt an Ihnen vorgenommen hat, sollten kein Thema der Konferenz sein, und Sie werden auch nicht über den Booster-Effekt sprechen. Falls Fragen in dieser Richtung gestellt werden, werde ich das Wort ergreifen und auf meine Weise darauf eingehen."

Danny nickte bedächtig. Offenbar hatten nicht nur die Gambler selbst, sondern auch die militärische Führung der Erde ein großes Interesse daran, die wahren Fähigkeiten der Gambler vor der Öffentlichkeit zu verheimlichen. Ob das aus reiner Menschenfreundlichkeit geschah, aus Sorge um das Wohlergehen der Gambler und der Furcht vor weiteren Anfeindungen, oder ob dabei noch andere Gründe eine Rolle spielten, von denen er vermutlich niemals etwas erfahren würde, wusste er nicht, und es war ihm auch egal. Ihm lag nichts daran, einen Eklat zu provozieren. Das Einzige, was zählte, waren die Hewitts. Eine Schwierigkeit sah er jedoch noch immer.

Eine plötzliche Enge zog ihm die Kehle zusammen, als er daran dachte, wie still es stets am Tisch seiner Eltern gewesen war - wie allein er gewesen war. Bekümmert hob er die Schultern.

„Ich bin nicht gerade ein typischer Gambler. Die Menschen würden sicher ein ganz falsches Bild von meinen Leuten bekommen, wenn ausgerechnet ich versuchte, ihr Vertreter zu sein."

Admiral Jennings' Blick bohrte sich unvermittelt in seine Augen. „Worin Sie ein Problem sehen, ist Ihre eigentliche Trumpfkarte, Fähnrich. Sie haben sich als einziger Gambler dazu entschlossen, den Menschen der Erde in ihrer Notlage zu helfen. Glauben Sie nicht, dass gerade diese Entscheidung Sie zu einem Aushängeschild der Gambler macht?"

„Ich ... ich weiß es nicht", stammelte Danny. „Ich habe noch nicht darüber nachgedacht."

Der Admiral beugte sich leicht nach vorn, und seine Stimme nahm einen eindringlichen, beinahe beschwörenden Ton an. „Sie sind der beste Repräsentant, den sich die Gambler im Augenblick wünschen könnten, Fähnrich."

„Aber ich könnte Fehler machen, und dann wird das auf alle ..."

„Das werden Sie nicht", unterbrach ihn der Admiral knapp. „Oder haben Sie etwa vor, den Reportern ihre Nasen einzuschlagen?"

„Nein, natürlich nicht." Bei einem Streit würde er ohnehin den Kürzeren ziehen.

„Das ist das Einzige, worauf Sie achten müssen", erklärte der Admiral ernst. „Lassen Sie sich nicht provozieren. Es könnte sein, dass man es versucht, aber für wahrscheinlich halte ich das nicht. Durch Ihren Erfolg haben Sie alle Berichte, die die Medien noch gestern über Sie und die anderen Gambler verbreitet haben, als Seifenblasen entlarvt. Die Reporter sind allein deshalb gezwungen, leiser aufzutreten."

Danny seufzte. Egal, welche Bedenken und Zweifel er auch haben mochte, letztlich blieb ihm gar keine andere Wahl, als den Reportern die Stirn zu bieten, und das nicht nur, weil der Admiral ihn darum gebeten hatte. Er durfte die Chance, den Ruf der Gambler zu verbessern, einfach nicht ungenutzt verstreichen lassen, selbst wenn nicht die drohende Gefahr im Hintergrund gelauert hätte, dass die Hewitts auch andere Planeten angreifen konnten. Er selbst war dem Gefängnis der *Gambler-*

Circus entkommen, und wenn er es schaffte, die Öffentlichkeit von sich einzunehmen, ebnete er vielleicht einen Weg für all jene Gambler, die wie er dachten, aber bislang keine Gelegenheit gefunden hatten, ihre Vereinigung zu verlassen. Und nicht zuletzt mochte sich dadurch auch seine eigene Situation auf der Station verbessern. Außerdem - der Gedanke ließ ihn zornig die Lippen zusammenpressen - konnte es nicht angehen, dass er vor den Fragen und Blicken anderer Menschen mehr Angst hatte als vor einem Einsatz gegen die Hewitts. Letzterem würde er sich ohne zu zögern stellen, und das gleiche sollte auch für die Begegnung mit der Presse gelten.

„Ich werde versuchen, meine Leute auf der Konferenz würdig zu vertreten", erklärte er bestimmt.

15. Kapitel

Nachdem der Admiral gegangen war, schloss Danny erschöpft die Augen. Vermutlich wäre er sehr bald wieder eingeschlafen, doch er blieb nicht einmal zwei Minuten lang allein. Der nächste Besuch kündigte sich durch das leise Zischen an, mit dem sich die Tür zu seiner Behandlungskabine öffnete, und als er die Augen aufschlug, sah er sich Mady gegenüber, die mit zögernden Schritten zu ihm trat.

Ihr Lächeln wirkte verhalten, als sie ein paar Schritte von seinem Bett entfernt stehen blieb. „Ich wollte dich nicht stören", sagte sie unsicher. „Wenn du möchtest, komme ich später wieder."

Er schüttelte schnell den Kopf. „Nein, bleib nur. Ich bin nicht so müde, wie es vermutlich den Anschein hat. Ich ... ich habe nur nicht mit Besuch gerechnet."

Madys Lächeln wurde etwas tiefer, als sie sich in Bewegung setzte und auf dem Stuhl Platz nahm, auf dem eben noch der Admiral gesessen hatte. „Jenn und ich haben schon ein paar Mal versucht, zu dir zu gelangen, aber Professor Hewitt hat uns jedes Mal wieder weggejagt. Erst hast du noch geschlafen, und dann war Admiral Jennings bei dir." Sie seufzte. „Ich dachte schon, der würde überhaupt nicht mehr gehen."

Danny schaute kurz an ihr vorbei in Richtung Tür. Mady folgte seinem Blick und seufzte noch einmal.

„Jenn lässt dich herzlich grüßen. Sie wäre auch jetzt wieder mitgekommen, aber während wir in ihrer Kabine gemeinsam darauf gewartet haben, dass wir dich besuchen können, ist sie eingeschlafen, und ich wollte sie nicht wecken. Es war für uns alle ein harter Tag."

Danny nickte verständig, sah sie gleichzeitig jedoch fragend an. „Was ist mit dir? Bist du nicht müde?"

Als hätte er ihr das richtige Stichwort geliefert, gähnte Mady plötzlich und rieb sich die Augen. „Ich kann es kaum verleugnen", murmelte sie hinter vorgehaltener Hand.

„Es ist nett, dass du mich trotzdem besuchst."

Madys Gähnen verging von einer Sekunde zur anderen, und ihr Gesicht wurde ebenso schlagartig ernst. „Ich hätte keine Ruhe gefunden, bevor ich nicht mit dir gesprochen habe. Du hast uns allen einen gehörigen Schrecken eingejagt."

Danny wurde der Hals eng, als er die Schatten sah, die sich plötzlich über ihr Gesicht legten, und aus seinem Gedächtnis tauchte ungebeten die Erinnerung an den Rückflug zur Station auf. Mady hatte mehrfach versucht, ihn dazu zu bewegen, die Steuerung auf sie zu übertragen, aber er hatte es trotz seiner Schwäche abgelehnt. Er hatte seine Crew und sich selbst in große Gefahr gebracht.

Natürlich gab es Argumente für sein Handeln, gute Argumente sogar, aber jenseits aller offensichtlichen Gründe lag die unbequeme Wahrheit. Er hatte es allein für sich getan. Er hatte all den Schreihälsen und hasserfüllten Neidern, die in ihm nichts als eine Missgeburt sahen, beweisen wollen, dass er einen Einsatz gegen die Hewitts durchhalten konnte, und dafür das Leben seiner Crew aufs Spiel gesetzt.

Mady wusste genau, wie es um ihn gestanden hatte, sonst hätte sie nicht so voller Furcht versucht, ihn zur Abgabe der Steuerung zu bewegen; ein Echo ihrer Angst sah er selbst jetzt noch in ihren Augen. Beschämt blickte er nach unten auf die Decke, die über ihn gebreitet war.

„Es ... es tut mir leid", begann er stockend. „Ich wollte ... ich konnte nicht ... ich dachte ...

Die Worte blieben ihm in der Kehle stecken. Zu schmerzhaft war ihm die Möglichkeit bewusst, dass seine Egozentrik ihm ihre Sympathie gekostet haben konnte.

Doch da legte sich mit einem Mal ihre Hand auf seinen Arm. Die Wärme ihrer Haut durchdrang mühelos den dünnen Stoff des Krankenstationspyjamas und hinterließ ein sanftes Prickeln auf seiner Haut. Verwundert hob er den Blick.

Sie lächelte, als ihre Augen sich trafen. „Du musst mir nichts erklären. Ich verstehe dich."

Danny schüttelte unwillkürlich den Kopf. Er konnte es kaum glauben, doch Mady erwiderte seinen Blick so frei und offen wie nie zuvor. Sie drückte leicht seinen Arm, eine behutsame, zarte Berührung, die ihn durchfuhr wie ein lauer Sommerwind und seinen Pulsschlag in die Höhe trieb.

„Wir sind alle wohlbehalten zurück, und der Schwarm ist besiegt. Das allein zählt."

Danny fiel ein schwerer Stein vom Herzen. „Es wird nicht wieder geschehen."

„Du kennst die Ursache?"

„Ja."

„Erzähle mir bitte davon. Captain Wilding wollte es ebenfalls tun, aber bislang hat sie sich noch nicht bei uns blicken lassen."

Danny zögerte nicht lange. Er berichtete ihr, was er über den Booster-Effekt wusste und welche Gegenmaßnahmen getroffen werden sollten, verschwieg ihr jedoch, wie gefährlich die Situation für ihn tatsächlich gewesen war. Er wollte ihr keine unnötige Angst machen.

Als er geendet hatte, wirkte sie trotzdem noch immer besorgt. „Und wie geht es dir jetzt?", fragte sie leise.

Danny lauschte kurz in sich hinein. Die Schwäche, die er gleich nach dem Aufwachen verspürt hatte, war noch nicht entscheidend geringer geworden, seine Muskeln waren weiterhin verspannt, und der

Kopfschmerz, den ihm das grelle Licht eingetragen hatte, fand noch immer ein pulsierendes, dumpfes Echo hinter seiner Stirn.

„Es ging mir schon besser", gab er zu. „Aber ich werde schnell wieder auf den Beinen sein." Er hob leicht die Schultern. „Ich bin ziemlich zäh." Zäh genug jedenfalls, dass sich alle Unken und Zweifler die Zähne an ihm ausbeißen würden.

Mady atmete erleichtert auf. „Es tut gut, das zu wissen. Ich hatte mir wirklich große Sorgen gemacht."

Eine Frage stieg wie von selbst in ihm empor, aber er schluckte sie wieder herunter, bevor sie ihm über die Lippen kommen konnte. Mady hatte sie längst beantwortet. Er versuchte ein Lächeln.

„Pass nur auf, sonst wird das noch zu einer Gewohnheit von dir."

„Wäre das so schlimm?"

Die Wärme ihrer Hand schien plötzlich zuzunehmen, und fast meinte er, ihre samtene Haut durch den dünnen Stoff hindurch zu spüren. Er schluckte mühsam. „Ich weiß nicht, ich ... ich denke nicht."

„Ich hatte schon weitaus schlimmere Angewohnheiten", erwiderte sie leise.

Während sie sprach, verschränkte sich ihr Blick noch enger mit seinem und jagte ihm einen Schauer über den Rücken. Eine tiefe, wohlige Wärme stieg in ihm auf, und auf einmal bewegte sich seine Hand wie von selbst. Er legte sie auf die ihre, die nach wie vor auf seinem Arm ruhte. Als er sie so bewusst berührte, begann sein Herz noch heftiger gegen seine Rippen zu schlagen, und sein Mund war plötzlich so trocken wie die Wüste.

Madys Finger bewegten sich leicht unter seinen, und eine zarte Röte legte sich auf ihre Wangen. Ihm erging es nicht besser, auch seine Wangen brannten. Sein Verstand begriff zwar, was hier geschah, aber sein Herz war so viel Zuneigung nicht gewöhnt. Er hatte nicht die geringste Ahnung, was er sagen oder tun, wie er den fragilen Zauber des Augenblicks bewahren und mit dem überwältigenden, sinnverwirrenden Gefühl der Nähe umgehen sollte, ohne sogleich mit einer unbedachten Äußerung, einem allzu forschen Vorwärtsdrängen die zarten Knospen der Sympathie, die zwischen ihnen zu wachsen begannen, wieder zu zerstören. Er spürte nur, was er gern getan hätte, aber es war ebenso neu wie fremd für ihn.

Verunsichert tat er gar nichts, und auch Mady rührte sich nicht; dann schnitt das Zischen des Schotts wie das Fauchen eines hungrigen Raubtiers durch die Behandlungskabine. Erschrocken fuhren ihre Hände auseinander, und ihre Köpfe wandten sich beinahe synchron dem Eingang zu. Sherman Hewitt stand in der Tür. Als er sie erblickte, verhielt er kurz auf der Stelle, und ein überraschter Ausdruck glitt über sein Gesicht. Eine Sekunde später hatte er sich wieder unter Kontrolle und setzte eine bedeutungsschwere Miene auf.

„Sie sollten nicht zu lange bleiben, Fähnrich Thompson. Das Gespräch mit Admiral Jennings hat Mr. Sims angestrengt, und er sollte sich besser schonen; immerhin hätten wir ihn heute Morgen beinahe verloren."

Madys Augen weiteten sich.

„Sie bleibt nur noch ein paar Minuten", rief Danny hastig.

Sherman Hewitt zögerte, dann nickte er. „In Ordnung." Mit einem letzten, prüfenden Blick auf sie beide verließ er das Zimmer wieder.

Die Tür hatte sich kaum hinter dem Professor geschlossen, als Mady mit einem Ruck zu ihm herumfuhr. „Danny, ist das wahr? Du hättest *sterben* können?"

Er schluckte, versuchte, das beklemmende Gefühl in der Magengegend zu ignorieren und zuckte mit den Schultern. „Vielleicht."

„*Vielleicht*? Was soll das heißen, vielleicht?" Madys Wangen waren viel röter als vorhin, und in ihren Augen glomm bange Furcht.

Danny verwünschte den Professor für seine Offenheit, doch er beschloss, ehrlich zu sein. Angst hatte Mady jetzt ohnehin schon. „Professor Hewitt hatte große Probleme damit, meine Körpertemperatur wieder zu senken. Wenn ich das, was der Admiral mir erzählt hat, richtig verstanden habe, stand mein Körper kurz davor, aufgrund der starken Überhitzung den Dienst zu quittieren."

Mady wurde bleich, dann wieder rot. „Wie kannst du das nur derart gelassen dahersagen?", flüsterte sie mit schwankender Stimme.

Ihre Angst färbte ganz plötzlich auf ihn ab. Ein Zittern bahnte sich aus den Tiefen seiner Seele den Weg an die Oberfläche und ließ ihn frösteln. „Ich ... bin nicht gelassen. Ich hatte nur noch keine Zeit, darüber nachzudenken."

Und er wünschte, es wäre dabei geblieben. Der verspätete Schreck kroch wie Eis in seine Glieder. Schlotternd zog er sich die Decke bis zum Kinn hoch, doch die Kälte wollte nicht weichen.

Mady schaute ihn an, und ihre Augen wurden noch ein wenig größer, dann sah sie von ihm fort und faltete die Hände auf dem Schoß zusammen. „Vielleicht hätte ich besser nicht danach gefragt", sagte sie bedrückt.

Er winkte schnell ab. „Das ist schon in Ordnung. Lange hätte ich mich dem Gedanken ohnehin nicht verschließen können. Außerdem ist die Gefahr jetzt gebannt. Du musst dich nicht mehr sorgen."

Sie schaute abrupt auf und warf ihm einen langen, undeutbaren Blick zu, seufzte und schüttelte sich wie ein Kätzchen, das gerade in einen Bach gefallen war. „Und wie geht es jetzt weiter?"

Danny nahm den Ball, den sie ihm zugeworfen hatte, erleichtert auf. „Admiral Jennings hat mich vorhin gebeten, an einer Pressekonferenz teilzunehmen. Sie wird bereits morgen Abend stattfinden."

Mady lächelte zaghaft. „Der Admiral scheint ein kluger Mann zu sein."

„Das denke ich auch. Wenn mich mein Instinkt nicht täuscht, hat er sich ebenso wie Captain Wilding dafür eingesetzt, dass meine Bewerbung akzeptiert wurde. Vermutlich bin ich allein aufgrund seiner Fürsprache hier auf der Station."

„Wenn das stimmt, ist er sogar noch klüger, als ich gedacht habe. Ohne dich hätten wir im Schwarm nicht die geringste Chance gehabt."

„Das weiß ich. Deshalb bin ich hier."

Mady sah ihm fest in die Augen. „Nachdem du die Erde gerettet hast, wird niemand mehr sagen können, dass du nur gekommen bist, um deinen Spaß zu haben."

Danny wünschte, er könnte ihre Zuversicht teilen. „Das hoffe ich."

„Glaub mir nur. Die Öffentlichkeit kann sich nicht vor deiner Leistung verschließen."

„Ich weiß nicht, ob das so einfach ist."

„Einfach? Also ich für meinen Teil weiß sehr genau, dass an deinem Flug ganz und gar nichts Einfaches war, und jeder, der es nur sehen will, wird das begreifen!"

Erstaunt sah er, dass zornige rote Flecken auf ihren Wangen erschienen, ihre Finger sich fest zusammenschlossen und ihre Augen kampflustig blitzten.

„Ich danke dir", sagte er leise.

Madys Zorn verpuffte und machte einem verwunderten Ausdruck Platz. „Wofür?"

„Dafür, dass du dich von Anfang an auf meine Seite gestellt hast."

Mady wurde rot. „Das ... das ist doch nicht der Rede wert."

„Für mich schon. Ich hatte nie viele Freunde, die zu mir gehalten haben."

„Und wie war das auf der *Gambler-Circus*?"

Danny senkte den Kopf. „Dort war ich genauso fremd wie hier. Für die übrigen Gambler war ich bloß ein Unruhestifter, der den anderen mit seinen verschrobenen Vorstellungen auf die Nerven gefallen ist." Er lächelte bitter. „Nur ein Freak, der aus der Reihe tanzt."

„Das ist nicht dein Ernst!"

„Genauso war es."

„Aber das sind doch deine eigenen Leute!"

Danny zuckte stumm mit den Schultern.

„Aber warum?", hauchte Mady betroffen.

„Überleg dir nur einmal, warum ich der einzige Gambler bin, der angeboten hat, der Erde zu helfen. Wenn du die Antwort darauf weißt, verstehst du auch alles andere."

Madys Stirn legte sich für eine Sekunde in tiefe Falten, doch gleich darauf strahlte sie ihn an. „Ich bin froh, dass du anders bist."

Der Blick aus ihren wunderschönen grünen Augen beschleunigte seinen Puls erneut. Er nickte bedächtig. „Ja, ich auch."

Das verlegene Schweigen kehrte in die Kabine zurück. Sie sahen einander stumm an, mit klopfendem Herzen und brennenden Wangen, doch keiner wagte, etwas zu sagen. Danny spürte den heftigen Impuls, sie von sich aus zu berühren, aber seine Hand wollte sich einfach nicht bewegen. Er verfluchte sich selbst dafür.

Plötzlich stand Mady auf. „Ich denke, ich gehe jetzt besser, sonst kommt Professor Hewitt zurück und schleift mich an meinen Ohren aus der Krankenstation."

„Aber ich bin nicht mehr müde!"

Sie bedachte ihn mit einem warmen, mitfühlenden Blick, der wie ein sanfter Frühlingsregen seine Seele labte, und lächelte.

„Das glaube ich dir nicht. Du siehst aus, als wärst du in das Triebwerk eines Erzfrachters geraten. Ich möchte nicht schuld sein, dass du keine Erholung bekommst."

„Ich bin auf jeden Fall bald wieder auf den Beinen."

Madys Blick glitt über den Wall medizinischer Apparaturen, die um das Bett herum drapiert waren. „Wann lässt der Professor dich denn gehen?"

„Vermutlich morgen früh."

„Dann bist du über Nacht noch in guter Obhut." Sie zwinkerte ihm zu. „Ich kann also beruhigt schlafen gehen."

Als sie sich der Tür zuwandte, wollte er sie zurückhalten, aber er bekam kein Wort heraus. Erst als sich das Schott hinter ihr geschlossen hatte, schwand die Enge in seiner Kehle. Aufgewühlt ließ er sich in sein Kissen zurücksinken und starrte gegen die Decke, während der Duft von Madys samtiger Haut noch immer in der Kabine schwebte und ihn wie mit sanften Fingern umschmeichelte.

Wenig später fiel er in einen tiefen, erholsamen Schlaf, der endlich wieder frei von Albträumen war.

16. Kapitel

Thad erfuhr am Morgen nach dem Angriff des Schwarms von der Pressekonferenz, die Admiral Jennings für den Abend einberufen hatte. Sofort verspürte er ein äußerst ungutes Gefühl bei der Sache, und er irrte sich nicht. Vom ersten Augenblick an stand die Besatzung der *Joker* im Mittelpunkt des Interesses - allen voran natürlich der Gambler mit seinen Zirkuskunststückchen -, während er selbst und seine Crew sich mit der Rolle von Statisten begnügen mussten.

Zugegeben, die Missgeburt hatte die Erde gerettet, aber das war keine Leistung gewesen, die er und sein Team nicht in gleicher Weise hätten vollbringen können. Darüber hinaus hatte die *Ace* ebenfalls zum Sieg über die Hewitts beigetragen, immerhin war es ihm und seinen Geschützleuten zu verdanken, dass die Reste des Schwarms nach dem Erlöschen des Schutzschirms so schnell und gründlich hatten vernichtet werden können. Davon sprach jedoch niemand, und es interessierte offensichtlich auch niemanden.

Mit angespannter Miene und heißem Zorn im Herzen musterte Thad die eng geschlossenen Reihen der Reporter, aber keiner von ihnen richtete auch nur eine einzige Frage an ihn. Er hätte den Abend genauso gut in seinem Quartier verbringen können, niemand hätte ihn vermisst. Der Gambler hingegen wurde mit Fragen regelrecht zugeschüttet, und er ließ es sich natürlich nicht nehmen, sie mit unerträglicher Weitschweifigkeit und einer Selbstverliebtheit zu beantworten, dass Thad die Galle hochkam. Der elende Mistkerl musste schließlich nicht unbedingt seine gesamte, banale Lebensgeschichte erzählen!

Mit fest aufeinandergebissenen Zähnen verfolgte Thad die Show des Gamblers, während der Hass so verzehrend in ihm brannte wie nie zuvor. *Er* hätte im Gegensatz zu dem widerlichen Mutanten viel zu erzählen, was auch wirklich von Bedeutung wäre. Er könnte etwa davon berichten, wie er die Besatzungen der *Joker* und der *Ace* trainiert und auf den Einsatz gegen die Hewitts vorbereitet hatte, und sein Werdegang hätte sich, wäre er nur danach gefragt worden, nicht wie der einer Figur aus einem billigen Film angehört.

In seinem Lebenslauf gab es wichtige Abschnitte und Entscheidungen, die ihn schließlich zu dem gemacht hatten, was er nun war - einem Offizier in der Raumflotte der Erde. Er hatte in den vergangenen neun langen Jahren nur diesen einzigen Sinn und Zweck in seinem Leben gekannt. Der Gambler hingegen hatte bis vor wenigen Tagen in seinem Zirkus noch den Pausenclown gespielt, hatte wie ein dressiertes Hündchen vor den gaffenden Augen der Zuschauer seine Kurven gedreht. Seine bisherige Karriere war wahrhaftig kein Vorbild an Pflichtbewusstsein und Zielstrebigkeit! Im Gegenteil - der Bursche hatte einfach Glück gehabt; Glück, als man seiner Bewerbung zustimmte, und Glück, als ihm der Flug am gestrigen Morgen gelang.

Aber der verschlagene Teufel verstand es natürlich ausgezeichnet, seine Inkompetenz zu verbergen und sich bestmöglich in Szene zu setzen. Er hielt flammende Reden über seine Herkunft und seine Wundertaten, so als könne er sich tatsächlich für das begeistern, wovon er faselte. Mit kalter Berechnung zog er alle in seinen Bann, und selbst zunächst kritisch eingestellte Reporter ließen sich sehr bald von seinen schillernden Lügenmärchen blenden. Als Gambler war es eine Kleinigkeit für ihn, allen im Saal das Gefühl zu vermitteln, dass er jedem Einzelnen ständig seine Aufmerksamkeit schenkte; es gab tatsächlich keine Nische im Raum, in der man nicht von seinem hypnotischen Blick erfasst wurde.

Thad ballte die Fäuste so fest zusammen, dass ihm die Nägel seiner Finger scharf in die Handflächen bissen. Es fiel ihm immer schwerer, ruhig zu bleiben, und nur Captain Wildings und Admiral Jennings' Nähe, die inzwischen beide den Gambler unverhohlen protegierten, hielt ihn auf seinem Platz. Es drängte ihn danach, aufzuspringen und der Missgeburt so lange ins Gesicht zu schlagen, bis der unerträglich arrogante Ausdruck daraus verschwunden war. Ihn konnte er nicht blenden. Er wusste nur zu gut, dass der Angriff der Hewitts auch einen ganz anderen Ausgang hätte nehmen können. Außer ihm schien das leider kein anderer sehen zu können oder sehen zu wollen. Voller Verachtung blickte er in die Gesichter der Reporter, die andächtig an den Lippen des Gamblers hingen, so als predige er eine neue Religion, die für alle Erlösung versprach. Noch vorgestern hatten die hier versammelten Herren und Damen in lautstarker und mehr als berechtigter Weise Zweifel an der Eignung des Mutanten für eine so wichtige Aufgabe wie die Verteidigung der Erde geäußert, doch heute fraßen sie ihm aus der Hand.

Dabei gab es mehr als genug Grund zur Sorge. Niemand konnte leugnen, dass der Gambler kaum in der Lage gewesen war, den Einsatz gegen die Hewitts körperlich durchzuhalten. Leider wusste die Presse nicht, dass ihr großartiger Held von dem Flug in einem derart desolaten Zustand zurückgekommen war, dass er noch bis zu diesem Morgen auf der Krankenstation hatte bleiben müssen. Anscheinend hatte keiner auf der Station gewagt, diese Information nach außen weiterzugeben.

Thad fluchte grimmig in sich hinein. Captain Wilding hatte wirklich alles getan, um die Schwäche des Gamblers zu vertuschen. Noch gestern Abend hatte sie in einem Rundruf alle Mitarbeiter der Sektion freundlich darauf hingewiesen, dass jeder, der es wagen sollte, interne Angelegenheiten in der Öffentlichkeit auszuplaudern, von ihr höchstpersönlich vor ein Militärgericht geschleift werden würde. Außerdem hatte sie die Crew der *Joker* ebenso wie die der *Ace* vor der Konferenz noch einmal eindringlich angemahnt, kein Wort über Mr. Sims' körperlichen Absturz zu verlieren. Die Mischung aus Furcht vor den Konsequenzen und blindem Befehlsgehorsam hatte alle dazu veranlasst, den Mund zu halten.

Ihm selbst waren ebenfalls die Hände gebunden. Obwohl es ihn fast rasend machte, die einzige Gelegenheit, den Erfolg des Gamblers in ein kritisches Licht zu rücken, ungenutzt verstreichen lassen zu müssen, war das Risiko einfach zu groß. Vielleicht hätte er es trotzdem gewagt, hätte er nur mehr Informationen besessen.

Erneut musste er einen heftigen Fluch in sich verschließen, der allein Captain Wilding galt. Wäre sie nicht so sorgsam darauf bedacht gewesen, den Gambler abzuschirmen, wäre es ihm möglicherweise gelungen, mehr über seinen Zustand in Erfahrung zu bringen, aber mit dem Wenigen, das er herausgefunden hatte, hatte er sich nicht an die Presse wenden können. Ohnehin bewegte er sich auf dünnem Eis.

Captain Wilding suchte noch immer nach demjenigen, der den Fehler des Mutanten an die EBC weitergeleitet und damit die öffentliche Protestlawine erst losgetreten hatte; aus diesem Grund musste er äußerst vorsichtig zu Werke gehen. Sollten zum zweiten Mal Einzelheiten über den Gambler in die Medien gelangen, die nur von einem Eingeweihten stammen konnten, nachdem er mit seiner Schwester Tammy Kontakt aufgenommen hatte, mochte sie das durchaus misstrauisch machen. Seit dem Vorfall mit Fähnrich Haver betrachtete sie ihn ohnehin mit Argwohn, und er konnte es sich nicht leisten, dass sie auch nur den geringsten Anhaltspunkt in die Hand bekam, der den Verdacht auf ihn hätte lenken können; ein Verweis wäre in einem solchen Fall das Wenigste, das er zu befürchten hätte, soviel war klar.

Sein Zorn und die dreiste Arroganz des Gamblers machten die Konferenz zu einer schier endlosen Qual. Als sie endlich zu Ende gegangen war, beeilte sich Thad, so schnell wie möglich den Saal zu verlassen. Er konnte die kaum verhohlene Begeisterung, mit der die Missgeburt betrachtet wurde, nicht einen Moment länger ertragen. Mit Abscheu drängte er sich rücksichtslos durch die Menge der schafäugigen Reporter, die ihre Objektivität so leichtfertig über Bord geworfen und sich zu jämmerlichen Lakaien des Gamblers herabgewürdigt hatten. Er hasste sie alle dafür.

Als sich das Schott hinter ihm geschlossen hatte und er alleine im Korridor stand, explodierte der Hass in ihm. Er ballte die Fäuste so fest zusammen, als wolle er damit ein Loch in die Wand schlagen, und ein krampfartiges Zittern überlief seinen gesamten Körper.

Der verdammte Gambler war drauf und dran, ihm alles zu nehmen, wofür er seit neun Jahren gelebt hatte. Er hatte hart gearbeitet, um ein Offizier zu werden, und er war ohne Zweifel ein *guter* Offizier. Auch seine Fähigkeiten als Pilot waren ebenso überragend wie allgemein anerkannt.

Jedenfalls hatten sie noch Beachtung gefunden, bevor der Gambler auf der Erdorbitalstation aufgetaucht war. Nun bekam ein *Zirkusartist* den Platz, der ihm selbst zustand, und erhielt die Anerkennung, die eigentlich ihm gebührte, während er selbst plötzlich darum bemüht sein musste zu verhindern, dass seine Karriere den Bach hinunterging und ihn zu den gescheiterten Schwächlingen in die Gosse spülte. Und genau das würde geschehen, wenn die Missgeburt noch länger blieb.

Wenn es nur eine Möglichkeit gegeben hätte, dem unseligen Treiben entgegenzuwirken! Was er wirklich dringend benötigte, war ein Erfolg, der mit dem des Gamblers zu vergleichen war. Aber wie sollte er ihn bekommen? Man würde ihm keine Gelegenheit geben, sich zu beweisen - nicht solange Captain Wilding das Mutantenbalg zur Verfügung hatte. In seiner Verzweiflung dachte er daran, noch einmal zu versuchen, den Gambler zu diskreditieren, aber er ließ den Gedanken schnell wieder fallen. Es würde nach seinem Triumph über den echten Schwarm niemanden mehr kümmern, wie sich der Gambler im Training verhielt. Falls er allerdings beim nächsten Einsatz versagen sollte ...

Thad stockte beinahe der Atem, als ihm eine kühne Idee kam. Sie konnte die Lösung für all seine Probleme sein, und sie würde dem elenden Dreckskerl ein für alle Mal das Genick brechen.

Den Rest des Weges zu seiner Kabine lief er. Er hatte eine Menge Arbeit vor sich.

17. Kapitel

Seufzend lehnte sich Elaine in ihrem Stuhl zurück und betrachtete mit grimmiger Befriedigung ihren Schreibtisch, auf dem sich das Chaos endlich gelichtet hatte. Sie hatte es geschafft, Ordnung in die Aufzeichnungen, Anforderungen, Meldungen und den sonstigen Papierkram zu bringen, der seit dem ersten Angriff der Hewitts in ihrem Büro liegen geblieben war. Sie hatte nicht daran geglaubt, dass ihr das noch gelingen könnte.

Elf Tage waren seit dem Auftauchen des zweiten Schwarms vergangen, elf Tage, in denen sie Zeit gehabt hatte, sich ihren eigentlichen Pflichten als Captain der Erdorbitalstation zu widmen und, was vermutlich noch wichtiger war, den emotionalen Aufruhr, den das denkwürdige Gespräch mit dem Admiral in ihrem Herzen hinterlassen hatte, wieder auf ein gesundes und hinreichend tolerierbares Maß zurechtzustutzen.

Ironischerweise war ihr das nicht einmal so schwergefallen, wie sie am Anfang befürchtet hatte. Sie war schnell zu der bitteren Erkenntnis gelangt, dass es das Universum nicht im Mindesten interessierte, ob sie sich die halbe Nacht vor lauter Empörung fluchend in ihrem Bett herumwälzte oder sich ihren Zorn und ihre Hilflosigkeit in wilden Schattenboxsessions von der Seele zu schwitzen versuchte, ob sie wie ein gereizter Tiger in ihrem Büro herumstapfte oder mit ihrem finsteren Blick Löcher in die Luft starrte. Es war vollkommen gleichgültig, was sie tat, weil es ganz einfach nichts gab, was sie sinnvollerweise tun *konnte*.

Weder konnte sie den Admirälen in ihrem Flottenhauptquartier einen kleinen Besuch abstatten, um ihnen mit ein paar kräftigen Kinnhaken darzulegen, was sie von ihrer moralischen Integrität und der Ehrenhaftigkeit ihrer politischen Entscheidungen hielt, noch konnte sie die Öffentlichkeit über die ungeheuerlichen Machenschaften von Regierung und Militär in Kenntnis setzen, denn sie hatte keinerlei Verlangen danach, die Zündschnur für eine Explosion zu sein, die die gesamte Gesellschaft in ihren Grundfesten zu erschüttern vermochte, gerade zu einem Zeitpunkt, wo angesichts der Bedrohung durch die Hewitts der innere Zusammenhalt und die gemeinsame Stärke der Menschheit so dringend benötigt wurden wie nie zuvor.

Sie hätte so oder so wahrscheinlich nicht mehr gewonnen als eine Menge zusätzliche Freizeit; es gab genug junge, ehrgeizige und weniger aufsässige Offiziere, die darauf brannten, sich ihren Posten unter den Nagel zu reißen und die zu klug waren, um in Gegenwart der falschen Leute eine dicke Lippe zu riskieren. Legte sie sich mit der politischen und militärischen Führungsriege an, zöge sie auf alle Fälle den Kürzeren, und der Einzige, der - außer ihr - darunter zu leiden haben würde, wäre Danny Sims.

Das war die wichtigste Erkenntnis, die sie aus Admiral Jennings' bizarrem sozialhistorischem Exkurs herausdestilliert hatte: Seit ihrem kurzen Blick hinter die Kulissen war ihre Sympathie für die Gambler im Allgemeinen und für Danny Sims im Besonderen in einem erstaunlichen, nie für möglich gehaltenen Maße angewachsen. Ihr Wissen um die schockierenden Ränkespiele der irdischen Regierung machte sie tatsächlich, zumindest was ihre eigene, durchaus emotional gefärbte Einschätzung der Situation anbetraf, zu einem Verbündeten der Gambler, zu einem leidenschaftlichen und engagierten Anwalt ihrer Interessen, die von denen, die sie eigentlich hätten schützen sollen, auf so schändliche Weise verraten und missbraucht worden waren.

Sollte es der Admiral mit seinen unerwarteten und brutalen Enthüllungen darauf angelegt haben, diese hell lodernde Flamme des Zorns und der Anteilnahme in ihrem Herzen zu entfachen, so war seine Rechnung jedenfalls voll aufgegangen. War es ihr bisher schon schwergefallen, so vermochte sie es nun überhaupt nicht mehr, Danny Sims und seine Leistungen objektiv und unvoreingenommen zu beurteilen. Ebenso wie sein unerschütterliches Engagement und seine Bereitschaft, den Menschen der Erde in der Stunde ihrer Not zur Seite zu stehen, sie nun mit noch größerer Hochachtung erfüllten, so empfand sie die Intoleranz, die Anfeindungen und das Misstrauen, die Danny Sims an Bord der Erdorbitalstation entgegenschlugen, als noch verabscheuungswürdigeren Akt tumber Primitivität und egoistischer Gedankenlosigkeit, als sie es zuvor bereits getan hatte.

Und noch etwas hatte ihr die kleine Geschichtsstunde mit dem Admiral klargemacht: Egal was die Zukunft für die Menschen und die Gambler bringen mochte, wie menschenverachtend und grausam Regierung und Militär auch gehandelt hatten, im Augenblick war ihr Platz hier oben im Weltraum, auf *ihrer* Station, und sie würde alles tun, was nötig war, um den jungen Fähnrich bei der Erfüllung seiner Aufgabe zu unterstützen.

Die von der Admiralität beschlossenen Verteidigungsmaßnahmen gegen die Hewitts nahmen unterdessen erfreulich schnell Gestalt an. Im Kern der Erdorbitalstation wurde eine neue Sektion geschaffen, die nach Abschluss der Arbeiten ein Ebenbild der Sektion sein sollte, in der die *Joker*, die *Ace* und ihre Mannschaften untergebracht worden waren. Von dort aus sollten zwei weitere Tetraederschiffe in den Raum starten können. Ihre Crews rekrutierten sich aus den Reihen der Piloten und Kanoniere, die durch den Test gleich nach dem ersten Angriff ausgewählt und seit dieser Zeit im Simulator trainiert worden waren.

Lieutenant Yate, der seine Position in der Besatzung der *Joker* an Danny Sims hatte abtreten müssen, hatte sich als einer der besten Piloten erwiesen und befand sich zusammen mit Lieutenant Josie Tannen, die ihm in ihren Leistungen nur wenig nachstand, an der Spitze der beiden neuen Mannschaften, die vielleicht schon übermorgen in der neuen Sektion Quartier beziehen konnten.

Im Weltraum konnten sie vorerst leider trotzdem noch nicht trainieren, da der Bau weiterer Tetraederschiffe länger dauerte, als man erwartet hatte. Er war zwar kurz nach dem Auftauchen des ersten Schwarms in Angriff genommen und mit übermenschlicher Anstrengung vorangetrieben worden, aber er harrte weiterhin auf seinen Abschluss. Vermutlich würden noch lange Tage vergehen, bis die Schiffe im neuen Hangar 56D-34H ihren Platz einnehmen konnten, und bis es endlich soweit war, blieben die *Joker* und die *Ace* die einzigen Raumschiffe, die gegen die Hewitts eingesetzt werden konnten.

Doch auch wenn die irdischen Fabriken und lunaren Werftanlagen rund um die Uhr in Betrieb gewesen wären und eine ganze Armada von Tetraederschiffen aus dem Boden gestampft hätten, wäre Fähnrich Sims nach wie vor der einzige Trumpf, den sie in diesem unheimlichen Ringen mit einer fremden, Furcht einflößenden Spezies würde ausspielen können. Denn obwohl Lieutenant Yate und Lieutenant Tannen mittlerweile recht brauchbare Ergebnisse im Simulator erzielten, reichten sie nicht einmal annähernd an die des jungen Gamblers heran, und Elaine wusste, dass sie auch in Zukunft nicht damit rechnen durfte. Die Soldaten der Erdflotte besaßen einfach nicht die physiologischen Voraussetzungen, um es mit ihm aufnehmen zu können.

Aus diesem Grund hätte es sie außerordentlich erleichtert, unter den neuen Besatzungen wenigstens einen Gambler zu wissen; leider war das nicht der Fall. Zwar hatte sich Admiral Jennings vor fünf Tagen endlich vor dem Flottenoberkommando durchsetzen und daraufhin seinen Aufruf an die Gambler, sich der Erdflotte anzuschließen, an alle *Reservate* abschicken können, eine Reaktion war jedoch nicht erfolgt. Die Flotte hatte nicht einen einzigen Antrag um Aufnahme aus den Reihen der Gambler bekommen.

Zornig presste Elaine die Lippen aufeinander. Zu wissen, dass die Gambler im Zweifelsfall auch gegen ihren Willen gezwungen werden konnten, der Admiralität ihre Fähigkeiten zur Verfügung zu stellen, und nur die momentane Anwesenheit Danny Sims' an Bord der Station ein erneutes Aufreißen der in den letzten Jahrzehnten mühsam verheilten Wunden und eine möglicherweise fatale Kollision gegensätzlicher Interessen, Bedürfnisse und Ängste verhinderte, erfüllte sie gleichermaßen mit Abscheu wie mit banger Sorge - vorausgesetzt natürlich, Regierung und Militär könnten sich überhaupt dazu durchringen, ihre mit so viel intriganter Raffinesse herangezüchtete Geheimwaffe bereits zu einem solch frühen Zeitpunkt auf die Hewitts und die Öffentlichkeit loszulassen.

Zum Glück hatte der überragende Erfolg des jungen Fähnrichs der Dringlichkeit dieser Entscheidung fürs Erste die Schärfe genommen. Außerdem mochte Elaine die Hoffnung noch nicht gänzlich aufgeben, dass die versöhnlicheren Töne, die nach dem Sieg über den Schwarm und der anschließenden Pressekonferenz in den Medien angeschlagen wurden, früher oder später doch noch einen Weg in die Herzen der anderen Gambler finden würden und die schroffe Ablehnung, die dem Bittgesuch des Admirals bisher entgegengebracht worden war, hinwegschmolzen.

Aber natürlich wusste sie nur zu gut, dass der eigentliche Schaden bereits vorher angerichtet worden war, von Leuten wie Sally Bright und den Reportern der EBC, die sich wie die Hyänen auf Danny Sims gestürzt hatten, denen eine grelle Schlagzeile wichtiger als das Leben der Menschen auf der Erde gewesen war und die nicht gezögert hatten, mit ihrer Hetzkampagne die schwelenden Aggressionen gegen die Gambler zu neuer, lodernder Glut zu entfachen.

Und wieso hatte die Regierung, die doch offensichtlich genug Erfahrung in der Manipulation von *Meinungen* hatte, nichts gegen die rabenschwarzen Pressemeldungen unternommen? Waren sie ihr vielleicht sogar gelegen gekommen? Verwunderlich wäre es nicht. Eine *zu* positive Berichterstattung in den Medien könnte immerhin dazu führen, dass es nicht mehr so leicht war, die Gambler in ihren goldenen Käfigen zu halten.

Elaine atmete tief durch, als sie an die mittlerweile zehn Tage zurückliegende Pressekonferenz dachte. Selbst ohne die Enthüllungen des Admirals hätte sie ihr mit Sorge entgegengesehen, und sie war vor allem äußerst skeptisch gewesen, ob Danny Sims der Situation gewachsen sein würde. Immerhin hatte er denjenigen, die sich noch kurz zuvor in gehässigster, intolerantester und abfälligster Weise über ihn das Maul zerrissen hatten, direkt gegenübertreten müssen.

Sein hitziges Temperament und die Unberechenbarkeit der Reporter hatten die Sache gleichermaßen zu einem Vabanquespiel gemacht, und tatsächlich waren nicht alle Pressevertreter zu Beginn der Konferenz bereit gewesen, den Fähnrich sofort zum neuen Volkshelden zu erklären. Mit ihren provozierenden Fragen und unverschämten Andeutungen hätten sie es mühelos geschafft, auch den phlegmatischsten Charakter zur Weißglut zu bringen, und gerade während der ersten Minuten hatte sie in der ständigen Furcht gelebt, Danny Sims könne vor Wut anschwellen wie ein unter Überdruck stehender Dampfkessel und dem dreisten Gesindel in einem gewaltigen Rundumschlag seine aufgestaute Frustration an die bornierten Köpfe schleudern.

Ihre Sorge hatte sich allerdings als unberechtigt erwiesen. Der Junge mochte innerlich gekocht haben, doch es war ihm mit einer bemerkenswerten Willensanstrengung gelungen, das Feuer seines Zorns in sich zu verschließen und selbst der penetrantesten Verbalattacke mit nonchalanter Eloquenz und einem liebenswürdigen Lächeln zu begegnen. Jemand, der ihn nicht so gut kannte, mochte sich von der scheinbaren Unbekümmertheit und der gleichbleibend freundlichen Miene des Fähnrichs täuschen lassen und den Eindruck gewinnen, als habe er die mehr oder weniger versteckten Anspielungen und Nadelstiche überhaupt nicht wahrgenommen oder als bedeuteten sie ihm nichts.

Elaine wusste es jedoch besser. Sie hatte zu dicht neben ihm gestanden, um nicht genau die enorme Konzentration zu spüren, mit der er seine Zunge und seine Mimik unter Kontrolle behielt; es war fast ein Wunder, dass er noch genug Aufmerksamkeit übrig gehabt hatte, um dem Fragenbombardement der Reporter Paroli bieten und sich wortgewandt aus den ausgeworfenen Fallstricken herauslavieren zu können, ohne sich dabei gleichzeitig in einem Wust von unbedeutenden Nebensächlichkeiten zu verlieren.

Seiner Besonnenheit war es zu verdanken, dass die Konferenz ein voller Erfolg geworden war, und weiß Gott, der Junge hatte sich ausgesprochen gut verkauft! Sie konnte ihn noch immer vor sich sehen, wie er am Rednerpult stand, den Körper leicht nach vorn gebeugt, mit leuchtenden Augen und vor Inbrunst geröteten Wangen. Der eherne Wille, sich durch nichts, aber auch gar nichts davon abhalten zu lassen, gegen die Hewitts in den Kampf zu ziehen, und die bedingungslose Hingabe, mit der er sich seiner Aufgabe als Pilot der *Joker* verschrieben hatte, hatten ihn wie eine strahlende Aura umgeben und jedes seiner Worte mit einer geradezu prickelnden Vitalität erfüllt, sodass selbst die anfänglich reservierten Pressevertreter bereits nach wenigen Minuten dem Bann seiner Erzählung verfallen waren.

Elaine zollte ihm im Nachhinein Respekt. Fähnrich Sims konnte bemerkenswert mitreißend reden, vielleicht, weil er seine Schilderungen mit so vielen Details ausgeschmückt hatte, dass die Ereignisse in der Fantasie der Zuhörer lebendig wurden und eine verblüffende Plastizität gewannen. Die Intensität seiner Gefühle, mit der er gesprochen hatte, war so stark gewesen, als sei das Geschehnis auch für ihn selbst wieder gegenwärtig, und hatte gründlich mit dem Gerücht aufgeräumt, Gambler seien kalt, emotionslos und berechnend.

Alles in allem hatte der Erfolg das Risiko gerechtfertigt. Für die Reporter war Danny Sims nun nicht mehr 'der Gambler', sondern er hatte ein Gesicht und einen Namen bekommen, und das allein machte es ihnen schwer, ihn weiterhin wie den Abkömmling einer fremden, bizarren Alienrasse zu behandeln. Die zweifelnden Stimmen in den Medien waren anschließend nahezu verstummt, und sogar das Flottenoberkommando hatte so etwas wie Vernunft gezeigt. Der Entschluss, Mr. Sims gegen die

Hewitts einzusetzen, war erneuert worden und hatte überdies Befürworter hinzugewonnen. Damit war seine Stellung als Pilot der *Joker* vorerst gesichert.

Auch die bange Frage, ob dem Booster-Effekt entgegengewirkt werden konnte, war inzwischen weitgehend beantwortet worden. Sherman Hewitt hatte mit Hilfe eines kleinen Technikerstabes einen Raumanzug für den jungen Gambler konstruiert, der die negativen Auswirkungen des Booster-Effekts einzudämmen vermochte - so war zumindest die Prognose.

Leider konnte die Wirksamkeit der Kühlung und der Glucose-Injektionen nicht außerhalb einer Kampfsituation erprobt werden. Der Professor hatte Fähnrich Sims in den vergangenen Tagen beim Training intensiv beobachtet und herausgefunden, dass der Booster-Effekt tatsächlich unter normalen Bedingungen nicht auftrat. Solange der Fähnrich wusste, dass er lediglich eine Simulation flog, war seine Anspannung nicht groß genug, um das Gambler-Hormon in der hohen Konzentration freizusetzen, wie es für den Booster-Effekt erforderlich war, und es wäre ihr nicht wohl dabei gewesen, ihn in einen simulierten Kampf zu schicken und ihn dabei in dem Glauben zu lassen, er sei real, nur damit sie den Anzug testen konnten.

Außerdem hätte er den Betrug vermutlich ohnehin sofort durchschaut, da er jedes Muster, das der Computer im Verlauf der bisherigen Trainingseinsätze generiert hatte, wiedererkennen konnte. Damit aber wäre nicht nur der Erfolg eines derartigen Tests zunichtegemacht worden, sondern er wäre sicherlich auch nicht besonders erbaut darüber gewesen, auf diese Weise belogen zu werden - und gerade im Augenblick durfte sie sich keinen Fauxpas erlauben, der Danny Sims düpieren und womöglich von der Erdorbitalstation vertreiben könnte.

Sorgenvoll schüttelte Elaine den Kopf, während ihr Blick unwillkürlich zum Kalender hinüberglitt. Sie hatte die Tage der Ruhe durchaus genossen, doch seit gestern wuchs ihre Anspannung spürbar. Zwischen dem ersten und zweiten Angriff waren genau zehn Tage vergangen, und nun waren bereits elf Tage verstrichen. Ein neuer Schwarm konnte buchstäblich zu jeder Sekunde ins System der Erde einfallen.

Natürlich versuchte sie, Ruhe zu bewahren und die Amöboiden, soweit es ging, aus ihren Gedanken zu verbannen, immerhin wusste niemand, ob die Angriffe tatsächlich einem zeitlichen Schema folgten. Das würde sich erst im Verlauf der nächsten Attacken herausstellen - keine Vorstellung, die ihr sonderlich gefiel. Sie hatte es lieber, wenn sie die Variablen einer Situation kannte und sie kontrollieren konnte. Die verdammten Hewitts versagten ihr beides.

Es hielt sie nicht länger in ihrem Büro. Sie musste ihre Nervosität in Bewegung umsetzen, um das zermürbende Gefühl der Hilflosigkeit, das wie eine offene Wunde in ihrer Seele brannte, mit einer zielgerichteten Aktivität in seine Schranken zu weisen, sonst würde es nicht mehr lange dauern, bis sich ihre eigene bohrende Besorgnis auf ihre Untergebenen übertrug und sich in einer verhängnisvollen Feedback-Schleife gegenseitig hochschaukelte.

Das aber durfte nicht geschehen. Sie war der einzige Mensch an Bord der Erdorbitalstation, der es sich unter gar keinen Umständen erlauben durfte, seine Emotionen nach außen dringen zu lassen, wollte sie nicht riskieren, dass sich die Furcht wie ein schleichendes Gift in die Herzen der Soldaten einnistete und sie verzagt und unkonzentriert machte, sie in ängstliche Kaninchen verwandelte, die mit schreckgeweiteten Augen der Ankunft des nächsten Schwarms entgegenzitterten. Zum ersten Mal seit Beginn ihrer Karriere spürte sie das Gewicht dieser Verantwortung in seinem ganzen Ausmaß auf ihren Schultern lasten.

Mit weit ausgreifenden Schritten und energisch vorgerecktem Kinn marschierte sie durch die endlosen Gänge und Hallen, bis sie vor dem Fahrstuhl zur Sektion 45U-H angelangt war. Die nächste Trainingseinheit der *Joker* stand unmittelbar bevor, und den jungen Gambler bei einem Kampf gegen die fiktiven Hewitts zu beobachten war stets ein probates Mittel, um neue Zuversicht und Stärke zu tanken.

Anders als noch vor dem zweiten Schwarm folgte der Tagesablauf der Crews nun gar keinem Schichtenplan mehr, sondern enthielt vier einzelne Übungsmissionen, die weit über den Tag verteilt und durch großzügig bemessene Erholungspausen voneinander getrennt waren, denn Elaine war nicht wohl dabei, die *Joker* und die *Ace* auch weiterhin lange und anstrengende Simulationen fliegen zu lassen, wenn doch jederzeit ein neuer Schwarm auftauchen konnte. Es wäre fatal, wenn das ausgerechnet dann geschah, nachdem die Teams eine dreistündige Trainingsphase hinter sich hatten und abgekämpft zur Station zurückkehren wollten.

Abgesehen von Danny Sims hatte keiner der Soldaten etwas dagegen einzuwenden gehabt, ihm jedoch konnte sie jeden Tag deutlich anmerken, dass der Wille, noch besser zu werden, sein gesamtes Denken und Fühlen beherrschte und ihn umhüllte wie eine schimmernde Rüstung, die jede Störung von außen wirkungslos an sich abprallen ließ. Und obwohl sie es kaum für möglich gehalten hätte, war es ihm tatsächlich gelungen, sich noch weiter zu steigern. Es schien, als sei er fest entschlossen, jede biologische Begrenzung seiner Fähigkeiten mit Hilfe seiner unbeugsamen Konzentration und einer schier übermenschlichen Selbstdisziplin endgültig zu transzendieren und in Bereiche vorzustoßen, die zu betreten den Menschen Millionen von Jahren verwehrt geblieben war und die Elaine - und nicht nur sie - in ehrfürchtigem Staunen erschauern ließen.

Ein leichtes Lächeln stahl sich auf ihre Lippen und fuhr wie ein frischer Windstoß in die düsteren Wolken, die sich während der letzten 24

Stunden über ihrem Kopf zusammengeballt hatten. Die Hewitts würden sich gewaltig anstrengen müssen, denn Danny Sims würde nicht leicht zu schlagen sein.

18. Kapitel

Als der Fahrstuhl endlich stoppte und das Schott den Weg in den zentralen Korridor der Sektion freigab, trat Elaine schwungvoll aus dem winzigen Verschlag heraus und marschierte mit strammen Schritten den Gang entlang. Unter ihren Füßen lag das Transportband, das bei einem Angriff der Hewitts aktiviert wurde. Im Augenblick stand es still - ein gutes Zeichen.

Keine Sekunde später ruckte es an, und das schrille Heulen der Sirene brach wie eine Flutwelle über den Korridor herein. Lieutenant Astons aufgeregte Stimme übertönte sie noch.

„Achtung, dies ist keine Übung! Ein neuer Schwarm ist aufgetaucht. Alle begeben sich sofort auf ihre Posten!"

Elaine konnte die Hektik, die in der Sektion ausbrach, spüren, bevor sie ihre Auswirkungen zu Gesicht bekam, vielleicht, weil sie sich so synchron mit ihrer eigenen Anspannung aufbaute. Ihre Komplakette zirpte plötzlich, und sie wusste, dass Lieutenant Aston mit ihr Kontakt aufnehmen wollte, um sie in die kleine Funkleitzentrale zu rufen. Sie ließ ihn nicht zu Wort kommen.

„Ich bin sofort bei Ihnen, Lieutenant."

„Verstanden, Captain", erwiderte er. Es klang erleichtert.

Elaine ließ sich von dem Transportband den langen Korridor hinuntertragen. Sie hatte den Eingang zur Funkzentrale noch nicht erreicht, als sich die erste der Kabinentüren, die links und rechts die Wände säumten, öffnete und Danny Sims herausstürzte. Er nahm sich nicht die Zeit, auf das Band zu springen, sondern lief die 30 Meter bis zum Hangar. Das Band ging eben vor ihr zu Ende, als er an ihr vorbeirauschte, ohne sie zu beachten.

Elaine schluckte hart. Sie hatte nicht geahnt, dass er so schnell rennen konnte. Er war kaum mehr als ein huschender Schatten vor den grauen Korridorwänden, der mit irrwitziger Geschwindigkeit auf das große Schott zum Hangar zuraste. Ihr Herz setzte einen Schlag aus, und ein erschrockener Schrei stieg in ihrer Kehle empor. Es war offensichtlich, dass sich die Schotthälften viel zu langsam vor ihm öffnen würden und er wie ein durch das Weltall schießender Meteorit gegen die stählerne Barriere prallen musste. Doch einen Sekundenbruchteil vor der Kollision mäßigte er sein höllisches Tempo und schlüpfte geschmeidig durch den schmalen Spalt, der sich wie durch Zauberei genau im richtigen Moment vor ihm aufgetan hatte.

Er war bereits im Hangar verschwunden, als der Rest seines Teams sowie die Besatzung der *Ace* aus ihren Quartieren stürmten. Elaine achtete nicht weiter auf sie, sondern hastete in die Funkleitstation. Lieutenant Aston tat wie üblich zusammen mit Commander Morley Dienst.

„Bericht, Commander", rief Elaine und eilte hinter seinen Sessel, um ihm über die Schulter zu sehen.

„Die Flugbahn der Hewitts wurde von den Schiffen des zivilen Raumfahrtverkehrs geräumt", entgegnete er mit angespannter Stimme.

Sie nahm sich nicht einmal die Zeit, bestätigend zu nicken, sondern fuhr zu Lieutenant Aston herum. „Was ist mit der *Joker* und der *Ace*?"

„Die *Joker* meldet sich soeben startbereit."

„Raus mit ihr!"

„Aye, Captain. *Joker*, Sie haben Starterlaubnis."

„Wir sind unterwegs", antwortete Danny Sims über die Komverbindung, die wie bei jedem Start zwischen der Funkleitzentrale und der *Joker* bestand. Lieutenant Aston hatte sie wie üblich auf den Lautsprecher geschaltet.

Nur wenig später raste das Schiff durchs All. Die *Ace* folgte ihr dichtauf, und hinter ihr schimmerten die vierzig kleinen Markierungen, die in der großen Holografie die Raumjäger symbolisierten, wie dunkle Blutstropfen in grünem Meerwasser, die einen gespenstischen Tanz aufführten.

„Das Rendezvousmanöver ist abgeschlossen", meldete Commander Morley gleich darauf. „Die Tetraederschiffe und die Jägerstaffel haben die Verteidigungsformation eingenommen."

Elaine starrte in die gewaltige Kugel, in der das Symbol für die *Joker* allen anderen Schiffen voran dem Schwarm entgegenschoss. Ihre Hand krallte sich in die Lehne von Lieutenant Astons Sitz.

„Wann erfolgt der Sprung?"

„Die Berechnung der Koordinaten läuft bereits. *Joker*, ich starte in wenigen Augenblicken den Sprungcountdown."

„Wir sind bereit", knurrte Fähnrich Sims. Tiefe Entschlossenheit ritt auf seinen Worten wie auf einer riesigen Welle.

Elaine fluchte leise und wünschte, sie könnte irgendetwas tun. Sie hasste es, untätig sein zu müssen, während andere die Schmutzarbeit erledigten. Aber nichts und niemand konnte daran etwas ändern; ihr blieb nur, dem jungen Gambler Glück zu wünschen. Sie tat es mit aller Inbrunst, zu der sie fähig war, und als bei Tminus4 Sherman Hewitt in die Zentrale eintrat, sah sie ihm an, dass sie beide ausnahmsweise einmal die gleichen Gedanken hegten. Er sagte nichts, sondern trat mit steifen Bewegungen neben sie. Gemeinsam starrten sie auf die Symbole der *Joker* und des Schwarms, die sich unaufhaltsam näher kamen. Dann endete der Countdown. Die *Joker* sprang.

* * *

Danny fühlte den Booster-Effekt in dem Augenblick, in dem die *Joker* in den Schwarm eintauchte und die Masse der Hewitts auf dem Holoradar erschien. Sein Herzschlag beschleunigte sich, seine Atemfrequenz ging hoch, und seine Haut wurde so warm, als streiche jemand mit einer Kerzenflamme darüber. Für eine Sekunde überflutete ihn die Angst, es könnte ihm wieder so wie beim ersten Einsatz ergehen, doch dann spürte er den kühlenden Einfluss der Vorrichtung, die seinen Raumanzug auf der gesamten Innenseite überzog, und seine Sorge schwand.

Ohnehin hatte er gar keine andere Wahl, als sich darauf zu verlassen, dass die Vorkehrungen, die gegen den Booster-Effekt getroffen worden waren, wirksam genug sein würden. Die Hewitts beanspruchten seine gesamte Aufmerksamkeit. Wie schon beim letzten Mal ließ er die Holografie für keinen Sekundenbruchteil aus den Augen, suchte nach einem Kurs durch die brodelnden Wolken und umherwirbelnden Schatten, der für sie einigermaßen gefahrlos war, und achtete sorgfältig darauf, den Mädchen an den Geschützen stets die dichtesten Ansammlungen der Hewitts zu präsentieren.

Nach einigen Minuten im Schwarm schlug der Booster-Effekt stärker zu. Ein unangenehmer Druck sammelte sich hinter seiner Stirn, und er konnte fühlen, wie seine Körpertemperatur wieder nach oben kletterte. Zum Glück geschah beides nicht in dem Ausmaß, das ihm beim ersten Flug gegen die Hewitts so zu schaffen gemacht hatte. Noch konnte er die Symptome problemlos ignorieren.

Die *Joker* tänzelte elegant zwischen ihren Feinden hindurch, und die Strahlen der Geschütze rissen sie gleich scharenweise in den Tod. Die Amöboiden befanden sich längst in hellem Aufruhr. Ihre zuvor geordnete Formation war verloren gegangen, und sie schossen aufgescheucht durcheinander, bestrebt, den Schwarm um den unerwarteten Eindringling herum zu verdichten und so die Verluste auszugleichen. Ihre Bewegungen wirkten unkontrolliert und zufällig, trotzdem wurde er das Gefühl nicht los, dass ihnen ein komplexes Muster zugrunde lag, irgendeine geheime Ordnung, die sich wie eine fraktale Offenbarung aus dem brodelnden Chaos herausschälen würde, wenn er nur lernte, genau hinzuschauen. Er richtete einen Teil seiner Aufmerksamkeit darauf, beobachtete und verglich. Der Nebel lichtete sich, und langsam, ganz langsam begann sich ein Bild in ihm zu formen.

Sein Herz tat einen wilden Sprung, als er begriff, dass er, wenn das Bild erst vollständig war, nicht mehr allein auf seine Reaktionsfähigkeit angewiesen sein würde. Sobald er die Bewegungsmuster der Hewitts komplett erfasst hatte, konnte er sich ihren Positionsveränderungen anpassen, sie mit einiger Genauigkeit vorherbestimmen und Mady und den anderen ein wahrlich üppiges Festmahl vor ihre Geschütze zaubern. Die Gefahr für die Erde wäre damit so gut wie gebannt.

Von grimmiger Begeisterung erfüllt verstärkte er seine Anstrengungen, bis plötzlich die Holografie flackerte und jäh seine Aufmerksamkeit an sich riss. Die durchscheinende Darstellung zuckte und zitterte, als würde ein heftiger Windstoß hineinfahren, dann erlosch sie gänzlich.

Danny keuchte erstickt auf, starrte in die dunkle Leere, die die Stelle einnahm, an der die schimmernde Kugel hätte stehen müssen, und glaubte, das Herz müsste ihm bersten vor Schreck. Die Holografie war sein wichtigstes Instrument. Nur mit ihrer Hilfe konnte er seinen Weg durch den Schwarm finden. Die zweidimensionalen Bildschirme waren dazu völlig ungeeignet; er hatte sie nicht einmal aktiviert, da sie ihn doch nur gestört hätten. Wenn das Bild nicht gleich wiederkam, waren sie alle verloren!

Es war letztlich nur ein Sekundenbruchteil, in dem das Holoradar seinen Dienst versagte, doch als die Holografie wieder stand, pochte sein Herz doppelt so heftig wie zuvor, und seine Kehle fühlte sich an, als habe man sie mit Schmirgelpapier ausgeschabt. Verzweifelt klammerte er seine Blicke an der Holografie fest, die nun wieder tadellos arbeitete, und betete, es möge so bleiben.

Seine Gebete wurden nicht erhört. Wenige Wimpernschläge später setzte das Holoradar erneut aus, diesmal länger als beim ersten Mal. Eine halbe Sekunde lang war Danny blind für seine Umgebung, blind für den Schwarm.

Ein Schrei drang über seine Lippen, als er hilflos ins Dunkel starrte. Angst und Entsetzen fachten den Booster-Effekt an und ließen heiße Kopfschmerzen hinter seiner Stirn explodieren. Er stöhnte gequält auf blinzelte hastig, um den Schleier vor seinen Augen zu vertreiben. Als die Holografie endlich wieder auftauchte, war es nur seinen schnellen Reaktionen und der Aufmerksamkeit der Mädchen zu verdanken, dass sie nicht augenblicklich von den Hewitts erwischt wurden. Ein großer Pulk schrammte dicht an ihnen vorbei. Es war wie in seinem Albtraum an jenem Morgen, bevor der zweite Schwarm ins System eingefallen war.

„*Joker*, was ist bei Ihnen los?“, rief Captain Wilding ihm über die Komverbindung zu. Ihre Stimme vibrierte vor Sorge.

Danny war noch immer fast gelähmt vor Schreck. Panik umklammerte sein Herz, und sein Puls hämmerte ihm wie eine riesige Trommel in den Ohren. „Das Holoradar ist defekt“, stieß er mühsam hervor. „Es ist bereits zweimal kurz ausgefallen!“

Seine Worte waren kaum verhallt, als die schimmernde Kugel zum dritten Mal erlosch.

19. Kapitel

Elaine blieb beinahe das Herz stehen, als sie die Worte des Fähnrichs hörte. Sherman Hewitt, der neben ihr stand, stieß einen wüsten Fluch aus. Seine Stimme mischte sich mit dem verängstigten Schrei des Jungen.

„Ich bin wieder blind!"

Für eine geschlagene Sekunde blieb die *Joker* auf einem geradlinigen Kurs und geriet dabei dicht, viel zu dicht an eine Ansammlung der Amöboiden heran. Im letzten Augenblick schwenkte sie ab und nahm ihre komplizierten Manöver wieder auf.

„Die Holografie steht wieder", meldete Danny Sims krächzend. „Ich weiß allerdings nicht, wie lange. Die Ausfälle kommen immer schneller hintereinander und dauern immer länger."

Eine Welle der Verzweiflung schlug über Elaine zusammen und drohte, sie niederzudrücken. Verbissen kämpfte sie sich daraus hervor. Sherman Hewitt packte sie am Arm.

„Captain, dieses Mal *müssen* Sie handeln! Sie können den Jungen nicht ..."

„Lassen Sie mich meine Arbeit tun!", fauchte sie ihn an und riss sich los. Mit zwei Schritten stürzte sie zu Lieutenant Aston hinüber und umklammerte die Lehne seines Sessels.

„Bereiten Sie die Koordinaten für einen Notsprung vor. Wir müssen die *Joker* zurückholen!"

Tom Aston nickte und machte sich sofort an die Arbeit.

Elaine öffnete den Kanal zur *Joker*. „Fähnrich Sims, die *Joker* bricht den Einsatz ab. Sie erhalten die Sprungkoordinaten, so schnell es geht."

Er zögerte lange, bevor er ihren Befehl bestätigte. „Aye, aye, Captain."

Elaine spürte, wie ein galliger Geschmack in ihrer Kehle aufstieg. Sie wandte sich an die *Ace*. „Lieutenant Thornsburg, Sie sind am Zug. Machen Sie sich auf einen Sprung in den Schwarm gefasst."

Die Antwort des Lieutenants kam schnell wie ein Laserstrahl aus den Geschützen der *Ace*. „Ich bin bereit, Captain."

Elaine schauderte, als sie die Zuversicht in seiner Stimme hörte. Der Gedanke an die möglichen Konsequenzen ihrer Entscheidung erstickte sie fast, und sie hätte Sherman Hewitt, der ihr einen beifälligen Blick schenkte, am liebsten ins Gesicht geschlagen. Er begriff wieder einmal gar nichts.

„Was stehen Sie hier noch herum?", fuhr sie ihn an. „Bereiten Sie sich darauf vor, mehrere Hewittopfer zu versorgen!"

Der Professor runzelte die Stirn und starrte sie mit großen Augen an, dann wandte er sich abrupt um und stürmte aus der Funkzentrale. Elaine beneidete ihn um seine Aufgabe. Er hatte die Chance, Menschenleben zu retten, während sie ihr Gewissen so oder so mit Toten belasten musste. Die Frage war nur, wie viele es werden würden.

* * *

Thad musste an sich halten, um den Überschwang der Freude, die sein Herz erfüllte, nicht laut hinauszujauchzen, während er voller Ungeduld auf die Koordinaten für den Sprung wartete. Endlich bekam er seine Chance, endlich konnte er beweisen, dass er dem verfluchten Gambler ebenbürtig, wenn nicht gar überlegen war!

Er bleckte grimmig die Zähne. Er hatte diese Chance redlich verdient, aber da Captain Wilding nicht gewillt gewesen war, sie ihm aus freien Stücken zu gewähren, hatte er eben selbst die Weichen dafür gestellt. Bislang war sein Plan ein voller Erfolg gewesen.

Berauscht von der Woge der Euphorie, die ihn durchtoste, verfolgte er den Kurs der *Joker* im Schwarm, und jede Sekunde, die er warten musste, bis das Notfallprotokoll endlich griff, wurde ihm zur Qual. Sie sollte endlich verschwinden, sie sollte endlich den Weg für die *Ace* freimachen! Nur die Erinnerung an die ängstlich verzerrte Stimme des Gamblers, mit der er die Fehlfunktion des Holoradars gemeldet hatte, half ihm, sich so weit zu beherrschen, dass er Lieutenant Aston nicht schärfstens anmahnte, bei der Berechnung der Sprungkoordinaten gefälligst ein bisschen mehr Einsatz zu zeigen, immerhin stand das Schicksal der Erde auf dem Spiel.

Seine Lippen pressten sich fest aufeinander und bogen sich verächtlich nach oben. Er gönnte dem Mistkerl den Schrecken. Es war längst Zeit geworden, dass ihm klar wurde, dass auch er Grenzen besaß.

Das Programm, das Thad in die *Joker* eingespeist hatte, war inzwischen einmal durchgelaufen, wie er den Äußerungen der Missgeburt hatte entnehmen können. Das Ausmaß der Ausfälle würde, anders als der Gambler in seiner erbärmlichen Feigheit vermutete, nicht noch schlimmer werden - schließlich wollte er ihn und die Crew nicht wirklich in Gefahr bringen -, aber sie würden auch nicht verschwinden, bis er gelandet war, sonst kam der Kerl noch auf die Idee, im Schwarm zu bleiben und den Helden zu spielen. Er war so erpicht darauf, den Ruhm für sich allein zu ernten, dass man ihn schon mit sanfter Gewalt zwingen musste, davon abzulassen, und sein Programm war genau das richtige Werkzeug dazu. Die Ausfälle würden sich im gleichbleibenden Rhythmus wiederholen: Erst eine Zehntelsekunde Tabula rasa, dann eine halbe, dann eine ganze, und anschließend begann es von vorn. Das sollte eigentlich reichen, um den Gambler in seine Schranken zu weisen.

„Die *Joker* hat den Schwarm verlassen", meldete Lieutenant Aston über Funk. „Lieutenant Thornsburg, halten Sie sich bereit, Ihr Sprung erfolgt in Tminus15."

„Aye, Sir“, erwiderte er zackig und umfasste entschlossen seine Kontrollen. Endlich würde er es sein, der den Schwarm zerstörte. Niemand konnte ihm den Sieg jetzt noch nehmen.

Während der Computer mit dem Countdown begann, wickelte Thad in fiebriger Erwartung die Manöver ab, die dem Sprung vorausgingen. Es waren die gleichen, die der Gambler stets vornahm, und es ärgerte ihn, dass er ihn kopieren musste, aber es war nun einmal die beste Vorgehensweise.

Dann sprang die *Ace*, und von einer Sekunde zur anderen erschienen die Hewitts auf den Schirmen. Es waren so viele, dass er für einen Augenblick wie erstarrt war. Er hörte, wie Alexander Dow einen erschrockenen Schrei ausstieß, und riss sich gewaltsam zusammen. Mit wilden, ruckartigen Manövern zwang er die *Ace* durch den Schwarm. Die Strahlenbahnen der Geschütze fraßen sich wie der entfesselte Zorn Gottes in die Reihen der Hewitts, ließen sie in chaotischen Wolken durcheinanderwirbeln und in blinder Furcht davonstieben. Thad knurrte triumphierend, doch plötzlich kam die hektische Bewegung abrupt zum Stillstand, und nur einen Atemzug später begann eine gewaltige, brodelnde Wand, sich von allen Seiten auf die *Ace* zuzuwälzen.

„Schießt, schießt!“, schrie er seinen Kanonieren zu, als sich die Amöboiden immer dichter um das Schiff schlossen. „Verdammt, haltet sie uns vom Hals!“

Seine Crewmitglieder antworteten nicht, aber er konnte ihr angsterfülltes Keuchen hören. Er fluchte über ihre Schwäche und wechselte von einem Kurs zum nächsten, so schnell er es vermochte. Seine halsbrecherischen Ausweichmanöver verlangten ihm alles ab. Er kam nicht mehr dazu, die *Ace* so zu drehen, dass seine Kanoniere möglichst viele der widerwärtigen Schleimbälle mit ihrem Geschützfeuer erfassen konnten, er konnte sie nicht einmal aus der Nähe des Schiffes heraushalten.

„Es sind zu viele!“, rief Alexander Dow panisch.

Thad hörte ihn kaum. Sein Herz hämmerte ihm mit schmerzhafter Gewalt gegen die Rippen, in seinen Ohren rauschte das Blut, und es gelang ihm kaum, das Zittern, das sich in seinem Inneren auszubreiten drohte, unter Kontrolle zu halten. Mit eiserner Willenskraft klammerte er sich an seiner Konzentration fest, aber sein Flug war längst verzweifelt. Ein ums andere Mal schaffte er es erst im allerletzten Moment, das Schiff herumzureißen und den heranjagenden Amöboiden zu entfliehen, und jedes Mal griff pure, grauenhafte Angst nach seinem Herzen. Bald ließ sie ihn gar nicht mehr los.

Er schrie auf, als eins seiner unkontrollierten Manöver die *Ace* direkt in einen dichten Hewittpulk hineinkatapultierte.

„Ein Hewitt!", gellte Johns Stimme durch das Schiff, und der Schuss einer Strahlenwaffe fauchte auf.

„John?", keuchte Gary Kaley erschrocken.

Thad schwieg entsetzt.

Eine Sekunde blieb es still, dann kreischte Fähnrich Raff triumphierend. „Ich habe ihn! Ich habe den Bastard erwischt!"

„Hier ist auch einer!", schrie Robert Connay. Seine Stimme zitterte vor Angst. „Er ist in meiner Kapsel!"

Auch er schoss. Thad fuhr sich mit der Zunge über die spröden Lippen. Schweiß lief ihm in Strömen über seine Stirn, brannte ihm in den Augen.

Robert schrie nicht noch einmal. Seine Stimme klang ruhig und gefasst. „Vorbei."

„Robert!", rief Alexander verzweifelt.

Seine Stimme mischte sich mit der des Computers. „Achtung, Verlust des Beta-Geschützes."

Irgendwer stöhnte wimmernd, Thad selbst brachte keinen Ton hervor. Ohne dass er es verhindern konnte, begann in seinem Kopf eine Uhr zu ticken. Sechs Minuten. Er hatte nur sechs Minuten, um Lieutenant Connay zu retten. Trotzdem zögerte er, die entsprechende Schaltung vorzunehmen.

„Sir, Sie müssen sofort den Notsprung aktivieren!", kreischte Gary Kaley hysterisch. „Wir müssen hier raus!"

„Den Teufel werde ich tun", brüllte Thad ihn an. „Wer soll die Hewitts aufhalten, wenn wir es nicht tun?"

Entsetztes Schweigen antwortete ihm, aber er achtete nicht darauf. Verbissen flog er weiter. Er musste diesen Schwarm stoppen, koste es, was es wolle.

20. Kapitel

Nachdem Danny von der Funkleitzentrale die Koordinaten für den Notsprung erhalten und der schreckliche Albtraum endlich ein Ende gefunden hatte, machte er sich niedergeschlagen auf den Rückflug zur Erdorbitalstation. Obwohl er sich fühlte, als habe er der Besatzung der *Ace* gerade eigenhändig die Henkersschlinge um den Hals gelegt, wusste er doch, dass er keine andere Wahl gehabt hatte. Die *Joker* befand sich nicht mehr in einem kampftauglichen Zustand. Es wäre Wahnsinn gewesen, unter diesen Bedingungen den Einsatz fortzusetzen, denn niemand konnte wissen, ob das Holoradar nicht plötzlich gänzlich seinen Dienst quittierte, und das hätte mit absoluter Gewissheit ihrer aller Tod bedeutet.

Er schluckte hart und presste in ohnmächtiger Wut die Lippen aufeinander, während er sich langsam der Erdorbitalstation näherte. Auch die vier Mädchen schwiegen. Vermutlich verfolgten sie wie er selbst auf ihren Monitoren den verzweifelten Flug der *Ace*.

Wieder flackerte das Holoradar und fiel für einen Sekundenbruchteil in sich zusammen, dann abermals, und noch einmal. Danny erstarrte. Die Blackouts hatten exakt die gleiche Länge und den gleichen zeitlichen Abstand zueinander besessen wie bei den ersten drei Malen. Er keuchte auf, als er begriff, was das zu bedeuten hatte. Hastig beugte er sich vor, um eine Funkverbindung mit Captain Wilding herzustellen, als die Schreie von der *Ace* aufklangen. Eine eisige Klaue umklammerte seine Kehle, während er atemlos mitverfolgte, wie John Raff den Angriff des eingedrungenen Hewitts abwehrte. Bevor seine Furcht jedoch in Erleichterung umschlagen konnte, wurde auch Robert attackiert, und als er Roberts traurige, beinahe melancholische Stimme hörte, setzte sein Herz einen Schlag aus.

„Vorbei."

„Nein", flüsterte Danny entsetzt. Seine Gedanken rasten. Der Hewitt hatte Robert berührt. Er *musste* ihn berührt haben, und Robert würde sterben, wenn Thornsburg ihn nicht augenblicklich zur Station zurückbrachte. Aber das konnte er nicht. Die *Ace* durfte den Einsatz nicht abbrechen, oder es war kein Schiff mehr da, das den Schwarm vernichten konnte.

„Den Teufel werde ich tun", hörte er Lieutenant Thornsburg unbeherrscht brüllen. „Wer soll die Hewitts aufhalten, wenn wir es nicht tun?"

Danny brauchte keine Sekunde, um die Situation in allen Einzelheiten zu erfassen. Es gab nur eine Antwort auf Thornsburgs Frage. Er fasste einen ebenso schnellen wie einsamen Entschluss, wendete die *Joker* in einer engen Kurve und nahm mit der Funkleitzentrale Kontakt auf.

„Captain Wilding, schicken Sie mich zurück in den Schwarm. Ich werde die Hewitts stoppen."

„Bist du wahnsinnig geworden?", kreischte Val, ohne sich darum zu scheren, dass man in der Funkleitzentrale jedes Wort mithören konnte. „Du wirst uns alle umbringen!"

Er beachtete sie nicht einmal, sondern wartete angespannt auf die Antwort des Captains. Sie zögerte lange, und als sie schließlich reagierte, klang ihre Stimme belegt.

„Das kann ich nicht zulassen, Fähnrich. Sie bleiben auf Kurs zur Station."

„Aber Lieutenant Connay wird sterben, wenn Sie die *Ace* nicht zurückholen - und das können Sie nur dann tun, wenn die *Joker* den Einsatz wieder übernimmt."

„Ich kann das nur verantworten, wenn die Holografie wieder funktionstüchtig ist. Ist sie das, Fähnrich?"

Er konnte ihrer Stimme anhören, wie sehr sie es hoffte. Er biss sich auf die Lippe.

„Nein, das ist sie nicht. Ich bin mir jetzt jedoch sicher, dass die Ausfälle nicht noch schlimmer werden. Ich kann sie kompensieren."

In Gedanken setzte er ein 'vielleicht' hinzu, aber er ließ nicht zu, dass sein Zweifel in seiner Stimme hörbar wurde. Es stand zu viel auf dem Spiel.

„Wenn Sie sich irren, werden Sie sich und Ihre Besatzung in den Tod fliegen", sagte Captain Wilding dumpf.

„Die Einschränkungen der *Ace* wiegen weitaus schwerer als die der *Joker*, Captain. Lieutenant Thornsburg hat nicht die geringste Chance, den Einsatz erfolgreich abschließen zu können. Zwei seiner Geschützkanzeln sind durch Strahlschüsse beschädigt, und er hat einen Kanonier verloren. Wenn er sich nicht sehr bald aus dem Schwarm zurückziehen kann, wird nicht nur Lieutenant Connay, sondern die gesamte Crew der *Ace* sterben. Meine Mannschaft und ich haben die besseren Chancen, selbst mit einem gestörten Holoradar. Übertragen Sie mir die Sprungkoordinaten. Bitte!"

Captain Wilding schwieg. Mehrere kostbare Minuten, in denen Roberts Rettung noch möglich war, waren bereits verstrichen.

Danny schüttelte unwillig den Kopf. „Es ist keine Zeit für lange Überlegungen", erklärte er entschieden und wandte sich über Funk direkt an Lieutenant Aston. „Lieutenant, bringen Sie die *Ace* aus dem Schwarm heraus, wenn Sie nicht wollen, dass sie mir dort in die Quere kommt. Ich werde den Einsatz wieder übernehmen."

Er würde sich durch nichts und niemanden davon abhalten lassen. Wenn es nötig war, würde er es sogar ohne Captain Wildings Segen tun. Er war nicht darauf angewiesen, dass sie ihm Koordinaten für einen Sprung übermitteln ließ. Der erste Schwarm hatte sich für die *Arrow* geöffnet, also würde es dieser auch für die *Joker* tun. Er konnte direkt einfliegen.

„Weißt du genau, was du da tust?“, fragte ihn Mady leise.

Die Angst in ihrer Stimme schmerzte ihn, und er wünschte, nicht gerade sie hätte seine Entscheidung in Frage gestellt.

„Natürlich weiß ich das“, gab er schroff zurück. Er war nicht bereit, über diese Angelegenheit zu diskutieren, nicht einmal mit ihr. Die Konsequenzen, die sich für ihn daraus ergaben, selbst wenn er die *Joker* heil zurückbrachte, waren ihm auch so klar genug. Dennoch hatte er keine andere Wahl, als den dornigen Pfad weiter voranzuschreiten, wohin er ihn auch immer am Ende führen mochte.

„Lieutenant Thornsburg, Sie erhalten die Koordinaten für den Notsprung“, schnitt plötzlich Captain Wildings frostige Stimme durch die kleine Kabine. „Und Sie, Fähnrich Sims, halten sich für Ihren Rücksprung in den Schwarm bereit.“

Danny seufzte erleichtert, froh darüber, dass sie ihn nicht zwang, sich ihrem Befehl zu widersetzen. Erneut beschleunigte sich sein Herzschlag, als er seine Konzentration auf den unmittelbar bevorstehenden Kampf fokussierte und die Sekunden sich zu Ewigkeiten dehnten, Ewigkeiten, in denen die Angst vor dem drohenden Tod wie mit kalten Fingern in seinen Gedärmen wühlte und er energisch darum bemüht war, die nagende Stimme des Zweifels in seinen Gedanken nicht die Oberhand gewinnen zu lassen.

„Die *Ace* ist draußen“, meldete Tom Aston endlich.

Danny sah es in seinem Holoradar, dann war er wieder einmal für eine Zehntelsekunde blind. Er biss sich auf die Unterlippe, bis er Blut schmeckte.

Die *Joker* sprang, und im gleichen Moment waren sie erneut inmitten der Hewitts. Danny hörte eines der Mädchen stöhnen, aber er hatte keine Zeit, darauf zu achten. Er peitschte sich an, flog wilder, schneller und präziser als je zuvor und hoffte inständig, dass er sich hinsichtlich der Ausfälle der Holografie nicht geirrt hatte. Sein Blick brannte sich in die wirbelnden Lichtfunken vor seinen Augen, sein Geist öffnete sich weit, wurde eins mit dem ätherischen, sinnverwirrenden Tanz der Hewitts, mit den komplexen, flüchtigen Figuren, die sie mit beiläufiger Eleganz ins Vakuum woben. Ihm war klar, dass er und seine Crew nur dann eine Chance hatten, diesen Einsatz heil zu überstehen, wenn es ihm so rasch wie möglich gelang, das Bild, das sich vor seiner unglückseligen Flucht aus dem Schwarm bereits in ihm zu formen begonnen hatte, zu vervollständigen und die Bewegungsmuster der Amöboiden zu antizipieren, sobald die Holografie das nächste Mal versagte.

Sie erlosch, bevor er dazu in der Lage war. Er flog auf gut Glück weiter, verbrachte eine halbe Sekunde mit angehaltenem Atem, dann war die taktische Darstellung wieder da. Schweiß trat ihm auf die Stirn, ausgetrieben von seiner Angst und dem Booster-Effekt. Hitzewellen rasten über seinen Körper, und die Kopfschmerzen, die außerhalb des Schwarms bereits nachgelassen hatten, legten sich wie eine stählerne Klammer um seinen Schädel und pressten unbarmherzig gegen seine Knochen. Auch der Injektor sprach an und pumpte ihm eine Glucose-Dosis in die Blutbahn.

Danny achtete nicht darauf. Die Hewitts waren jetzt, da die Schüsse ihre Reihen schon beträchtlich dezimiert hatten, in hellem Aufruhr. Es wurde immer schwieriger, ihnen auszuweichen, selbst ohne eine defekte Ortungsanzeige. Angespannt zählte er die Sekunden ab, die ihm bis zum nächsten Ausfall des Holoradars blieben, und fügte diese Zeit als neue Variable in seinen Flug ein. Wann immer ein erneuter Blackout bevorstand, brachte er die *Joker* so weit wie möglich von dichten Ansammlungen der Amöboiden fort. So überstand er den nächsten und auch den übernächsten Ausfall, und dann war das Bild plötzlich da. Er sah es vor sich, als wäre es ihm seit Jahrzehnten vertraut, ein unendlich kompliziertes Gewebe voll wilder, überschäumender Dynamik und doch von einer Schönheit und Symmetrie, dass er sich verwundert fragte, wie ihm eine solch faszinierende Struktur die ganze Zeit über hatte verborgen bleiben können.

Entschlossen trieb er die *Joker* auf einen Kurs, der den Mädchen die meisten Ziele bieten würde. Die Holografie fiel wieder aus, aber er flog weiter, als sei nichts geschehen. Die Stelle, die in seinem Cockpit für eine grausame Ewigkeit dunkel blieb, füllte er mit seiner Vorstellung, und als das Holoradar ihm wieder seine Umgebung zeigte, musste er seinen Kurs nur geringfügig korrigieren.

Er atmete tief durch. Er hatte sich nicht geirrt! Wenn sich keine weiteren Komplikationen ergaben, konnte er es schaffen, seine Crew trotz aller Widrigkeiten lebend durch den Kampf zu bringen.

Es musste ihm einfach gelingen. Viel mehr als nur ihr Leben hing davon ab.

* * *

Nachdem sie Professor Hewitt informiert hatte, dass er und sein Notfallteam in den nächsten Minuten mit Lieutenant Connays Eintreffen rechnen konnten, stapfte Elaine wie ein gereizter Eber in der Funkleitzentrale herum, knirschte mit den Zähnen und spürte, wie ihre Schultermuskulatur immer härter und angespannter wurde. Zwar hatte ihr der Professor versichert, dass sämtliche medizinischen Vorbereitungen rechtzeitig abgeschlossen sein würden, doch sie zweifelte schon jetzt an seinem Erfolg. Seit dem Eindringen des Hewitts in die Geschützkanzel der

Ace war einfach zu viel Zeit vergangen, und wenn Fähnrich Sims nicht so energisch darauf bestanden hätte, in den Schwarm zurückzukehren, hätte es vermutlich überhaupt keine Hoffnung mehr für Lieutenant Connay, geschweige denn für den Rest der Besatzung der *Ace* gegeben.

Der Gedanke daran krampfte ihr den Magen zusammen, trotzdem würde sie sich, noch einmal vor die gleiche Wahl gestellt, nicht anders entscheiden. Danny Sims war einfach zu wertvoll für die Erde, viel wertvoller als Lieutenant Thornsburg und die übrige Besatzung der *Ace*; deshalb war es ihre Pflicht, ihn vor allen anderen zu schützen, insbesondere da sie weniger denn je in der Lage war, das Handeln von Regierung und Admiralität rational nachzuvollziehen und auf die Weisheit der von ihnen getroffenen Entschlüsse zu vertrauen. Sie hätte sogar in Kauf genommen, dass die Reste des Schwarms erneut bis zur Erde vorstießen, wenn es ihr nur gelang, Danny Sims' phänomenale Gamblerfähigkeiten für die Verteidigung der Menschheit zu erhalten - eine Entscheidung, die ihr nicht leichtgefallen und auch nicht besonders moralisch, aber nichtsdestotrotz unumgänglich gewesen wäre. Er war im Augenblick und auf unbestimmbare Zeit ihr einziger Trumpf im Kampf gegen die Hewitts, und sie hatte nicht vor, dieses Ass leichtfertig aus der Hand zu geben.

Sherman Hewitt hätte vermutlich erstaunt den Kopf geschüttelt, hätte er ihre Gedanken gekannt, die den seinen so sehr glichen, doch weder war sich der gute Professor der hässlichen ethischen Implikationen seiner hitzigen Anschuldigungen bewusst noch würde er die fundamentalen Unterschiede zwischen den gesundheitlichen Problemen des Fähnrichs während seines letzten Einsatzes und der momentanen Situation erkennen. Bei seinem damaligen Flug hatte sie darauf gesetzt, dass er die Zähne zusammenbiss und durchhielt, denn sie hatte zuvor genug von ihm gesehen, um auf seine Fähigkeiten und seinen eisernen Willen vertrauen zu können. Heute allerdings lag der Fall gänzlich anders. Ein technischer Fehler war unberechenbar und unkontrollierbar, selbst für ihn.

Sie fluchte unterdrückt, weil ihr trotzdem nichts anderes übrig geblieben war, als den jungen Gambler in den Schwarm zurückzuschicken. Mit seiner dreisten Eigenmächtigkeit hatte er ihr völlig ungeniert die Pistole auf die Brust gesetzt, und so sehr sie ihn für seinen Mut bewunderte, so sehr war ihr auch danach, ihm gehörig den Kopf zu waschen. Sein Handeln kam einer direkten Befehlsverweigerung gleich, und es war durchaus möglich, dass selbst seine Erfolge die Admiralität nicht davon abbringen würden, ihn ohne viel Federlesens aus der Erdflotte zu werfen, sollte sie davon erfahren. Aus diesem Grund hatte sie keine andere Wahl gehabt, als seine Entscheidung im Nachhinein abzusegnen, wollte sie seine Auflehnung nicht für alle offensichtlich werden lassen.

Elaine stieß ein zorniges Knurren aus. Wieso zum Teufel hatte er den großen Rahmen aus den Augen verloren? Das hätte sie nicht von ihm erwartet, nachdem er bislang mehr Vernunft gezeigt hatte als alle anderen.

Doch während die Minuten verrannen, verrauchte ihr Zorn langsam. Danny Sims kam gut zurecht. Er hatte nicht übertrieben, als er ihr versichert hatte, er könnte die Ausfälle kompensieren. Hätte sie es nicht besser gewusst, wäre sie niemals auf die Idee gekommen, an Bord des Tetraederschiffes eine technische Störung zu vermuten, so präzise war sein Flug. Allein die Tatsache, dass er sich ab und an aus der Nähe der Hewitts zurückzog und die *Joker* bewusst in ausgedünnte Bereiche des Schwarms führte, zeugte von den Ausfällen der Holografie, mit denen er zu kämpfen hatte.

Doch obwohl im Augenblick alles danach aussah, als würde er auch dieses Mal wieder erfolgreich sein, waren ihre Hände noch immer schweißfeucht, und auch ihr Pulsschlag hatte sich noch nicht beruhigt. Denn eins war gewiss: Sollten sich die Störungen in der Ortungsanlage der *Joker* verschlimmern oder das Gerät gar komplett seinen Geist aufgeben, würde auch ein Danny Sims mit all seinen überlegenen Fähigkeiten nichts mehr ausrichten können. Allein der Gedanke daran ließ erneut heiße Wut in ihr hochkochen. Der Junge war ein viel zu großes Risiko eingegangen, und bei Gott, sie würde ihm eindringlich klarmachen, was sie von einem solchen Benehmen hielt - vorausgesetzt natürlich, er wurde nicht vorher zusammen mit den vier Mädchen von den Hewitts massakriert.

„Captain Wilding?", durchbrach Lieutenant Astons gedämpfte Stimme ihre düsteren Grübeleien.

Sie fuhr zusammen, und es kostete sie erhebliche Mühe, ihren grimmigen Blick von der Holografie zu lösen.

„Was gibt es?"

„Die *Ace* ist soeben in die Schleuse eingeflogen."

Ihr Magen verkrampfte sich. „Danke, Lieutenant. Commander, Sie haben das Kommando. Ich will dabei sein, wenn Professor Hewitt die *Ace* in Empfang nimmt."

Ohne ein weiteres Wort zu verlieren, stürmte sie durch das Schott, das die Funkleitzentrale mit dem Hangar verband. Sherman Hewitt, seine Assistentin Melba Zaykan und zwei Pfleger warteten bereits in der Halle. Sie beachteten sie gar nicht, als sie mit steinerner Miene zu ihnen trat, sondern starrten voll angespannter Nervosität auf das gewaltige Innenschott der Schleuse, das sich gerade zu öffnen begann.

Sowohl der Professor als auch seine Assistentin umklammerten eine der kleinen Apparaturen, mit deren Hilfe der Hewitt von Lieutenant Connays Stirn entfernt werden sollte. Es handelte sich um eine Art Saugglocke, die auf die Haut gesetzt werden konnte. Danach wurde ein leichter Unterdruck erzeugt, der, wie sich bei früheren Befallenen gezeigt hatte, den Amöboiden zwar nicht von seinem Opfer lösen, ihn aber so weit verformen konnte, dass er nicht mehr flach am Körper des Berührten anlag, sondern sich wie eine Halbkugel darüber wölbte.

Nur so konnte man ihn mit einem gezielten Strahlschuss außer Gefecht setzen, ohne gleichzeitig auch das Opfer durch den Energiestrahl zu gefährden. Um das Risiko so gering wie möglich zu halten, war die Laserwaffe ein integrierter Bestandteil der Glocke. Sie steckte in einer Führung, die verhinderte, dass der Abstrahlpol anders als parallel zur Haut ausgerichtet werden konnte. Natürlich wurde die Glocke durch den Schuss, den man auf den Hewitt abgab, zerstört, aber das kümmerte niemanden. In der Krankenstation gab es genug davon, dafür hatte Sherman Hewitt beizeiten selbst gesorgt.

Als der turmhohe Leib der *Ace* sich mit einem harten Ruck aus der Schleusenkammer schob und unsanft auf dem quaderförmigen Startsockel niederging, kam plötzlich Leben in den Professor. Während er mit ausgreifenden Schritten auf das gelandete Raumschiff zustürmte, wandte er den Kopf über die Schulter und winkte seiner Assistentin.

„Halten Sie Ihre Glocke bereit, Melba. Vielleicht treffe ich beim ersten Schuss nicht richtig."

Melba Zaykan nickte stumm und hastete ebenfalls der *Ace* entgegen. Auch die Pfleger blieben an ihrer Seite, bereit, Robert Connay aus seiner Kapsel zu holen, sobald die *Ace* endgültig zur Ruhe gekommen war. Elaine blieb hinter ihnen zurück. Sie konnte nichts tun. Sie konnte nur zusehen und darauf hoffen, dass ein Wunder geschah. Und so hoffte sie.

21. Kapitel

Thad hätte den gesamten Rückflug zur Erdorbitalstation über schreien können, und allein der Gedanke, dass ihn jeder in der Funkleitzentrale, seine eigene Besatzung und natürlich auch die Crew der *Joker* hören konnte, hielt ihn davon ab. Und so blieb sein Zorn ungebrochen, pulsierte in ihm wie der heiße Gasball einer Sonne und schickte glühende Ströme in jede Faser seines Körpers, während bittere Galle in seine Kehle schoss und ihn würgen ließ.

Wie hatte sich sein Schicksal nur derart grausam gegen ihn wenden können? Wieder war es ihm verwehrt worden, seine überragenden fliegerischen Qualitäten und seine jahrelange Erfahrung als Offizier der Erdflotte unter Beweis zu stellen, und wieder würde es der Gambler sein, der ihn seines größten Triumphes beraubte und statt seiner die Lorbeeren erntete. Und um den Stachel der Schmach noch tiefer in sein Fleisch zu bohren, hatte er vielleicht sogar ein Besatzungsmitglied an die verfluchten Hewitts verloren.

Thad knirschte in ohnmächtiger Wut mit den Zähnen. Sollte Robert Connay tatsächlich sterben, hatte der Gambler allen Grund, sich auf die Schulter zu klopfen, denn dann hätte er Captain Wilding endgültig von seiner Unersetzbarkeit überzeugt, und sie würde bei den nächsten Einsätzen mit Sicherheit nicht noch einmal auf einen *menschlichen* Piloten zurückgreifen. Das aber durfte nicht geschehen! Das durfte *niemals* geschehen!

Allein deshalb zitterte Thad um das Leben des jungen Lieutenants, während er mit der *Ace* in halsbrecherischer Geschwindigkeit der Erdorbitalstation entgegenjagte. Zwar hatte der Notsprung sein Raumschiff verhältnismäßig dicht an die Station herangebracht, aber auch der restliche Weg und das Einschleusen würden Zeit brauchen, Zeit, die Robert Connays Tod mit jeder verstreichenden Sekunde mehr zur unbarmherzigen Gewissheit machte.

Als die *Ace* endlich gelandet war, stürzte er in fliegender Hast aus der Pilotenkapsel, und noch während der Korb ihn dem Boden entgegentrug, sah er, wie zwei weiß gekleidete Sanitäter den Körper des Lieutenants aus seiner Geschützkanzel ins Freie hievten. Sherman Hewitt, der mit angespannter Miene und nach vorne gereckten Schultern wie ein Hundertmetersprinter kurz vor dem Startschuss am Fuße des mächtigen Sockels gewartet hatte, kniete augenblicklich neben der reglosen Gestalt des Befallenen nieder und stülpte ihm ein seltsames, glockenförmiges Instrument auf die Stirn.

Thad schluckte voller Ekel, als er die weißlich schimmernde Masse entdeckte, die wie ein Klumpen geronnener Milch auf der Haut des Lieutenants klebte. Sie wurde von der durchsichtigen Glocke vollständig umschlossen, und noch ehe Thad gänzlich realisierte, was geschah, drückte der Professor irgendeinen Knopf, und der schleimige Batzen wölbte sich ruckartig auf, als werde er von starken Händen in die Höhe gezerrt. Keinen Wimpernschlag später wurde die Glocke von einem grellen Lichtblitz erfüllt, es gab ein knirschendes Geräusch, und mit einem Mal liefen gezackte Risse wie Spinnweben über das halbkugelförmige Gebilde.

Sherman Hewitt warf die Reste des zerstörten Apparates achtlos beiseite, und sofort bückten sich die beiden Sanitäter, hoben Robert Connay auf die bereitstehende Trage und eilten mit ihm aus dem Hangar. Der Professor, seine Assistentin und Captain Wilding folgten ihnen.

Erst als sich das Schott hinter ihnen schloss, bemerkte Thad Alexander, Gary und John, die inzwischen ebenfalls ihre Kapseln verlassen hatten und zu ihm getreten waren. Alexander strömten die Tränen haltlos über seine bleichen Wangen, Gary hatte seine Hände zu Fäusten geballt und die Lippen zu einem dünnen, blutleeren Strich zusammengepresst, und Johns Gesicht war zu einer Maske der Furcht erstarrt, während er Flüche wie ein finsteres Gebet vor sich hinmurmelte. Thad spürte, wie sich sein Magen in einen harten, pochenden Stein verwandelte und ein eisiger Finger langsam sein Rückgrat hinunterglitt. Es gelang ihm nicht, ihren fragenden Blicken standzuhalten. Schnell wandte er sich wieder von ihnen ab und beobachtete stumm das Schott zur Krankenstation, als könne er darin irgendeine Form des Trostes finden.

„Sie werden ihn sicher wiederbeleben“, sagte Gary Kaley leise.

Thad schaute in seine Richtung. Gary hatte Alexander eine Hand auf die Schulter gelegt und sah ihn aufmunternd an, doch Alexander schüttelte so heftig den Kopf, dass Thad schon befürchtete, die Bewegung könnte den jungen Fähnrich wie eine zerbrochene Puppe zu Boden werfen. „Es ist zu spät“, schluchzte er und schniefte jämmerlich.

Niemand widersprach, auch Thad nicht. Alexander hatte recht. Nur ein Wunder konnte Robert Connay jetzt noch retten.

Plötzlicher Hass loderte in ihm auf, als sein Blick den leeren Startsockel der *Joker* streifte. Wenn die verfluchte Missgeburt ihm nicht von Anfang an seinen Platz streitig gemacht hätte und er schon früher einen Einsatz hätte fliegen können, wäre alles ganz anders gekommen. Simulationen waren einfach nicht dasselbe wie ein echter Schwarm, waren nichts als ein kümmerlicher Abklatsch der Wirklichkeit und nicht im Mindesten geeignet, einen Ausnahmeoffizier wie ihn an sein wahres Potenzial heranzuführen.

Hätte Captain Wilding ihm bereits beim letzten Mal das Vertrauen ausgesprochen und ihn anstelle des Gamblers in den Kampf geschickt, hätten ihn die heutigen Hewitts nicht derart kalt erwischt. Denn dann hätte er über authentische Erfahrungswerte verfügt, auf die er hätte zurückgreifen können, und Robert Connay wäre niemals in Gefahr geraten. Aber natürlich hatte das Zirkusbalg wieder einmal alle geblendet und von seiner Unersetzbarkeit überzeugt, und einzig diese Ignoranz, die blinde, hirnlose Anbetung eines genetischen Monstrums, das sich als neuer Messias aufspielte, konnte den unglücklichen Lieutenant nun das Leben kosten.

Mit geballten Fäusten und einer mörderischen Wut im Bauch, die ihn innerlich zu zerreißen drohte, stapfte Thad im Hangar auf und ab, versuchte, sich durch die Bewegung abzureagieren und wieder einen klaren Kopf zu bekommen. Doch so sehr er sich auch bemühte, die sengende Flamme in seinem Herzen in kalte Entschlossenheit zu verwandeln und zu der ihm eigenen abgeklärten Professionalität zurückzufinden, es wollte ihm einfach nicht gelingen. „Hör endlich auf zu greinen", fauchte er Alexander an, als ihn sein Zorn schließlich übermannte.

Der Fähnrich zuckte zusammen, wandte sich von ihm ab und weinte lautlos weiter.

Thad tat einen Schritt auf ihn zu, abgestoßen von dem unwürdigen Schauspiel und nicht gewillt, eine derartige Disziplinlosigkeit noch länger zu tolerieren, aber da war plötzlich Gary Kaley neben ihm. „Sir, lassen Sie ihn in Ruhe", knurrte er.

Thad prallte zurück, als hätte ihm der Fähnrich gerade ins Gesicht gespuckt. Er starrte ihn an, unfähig zu glauben, was er da sah, und doch konnte er es nicht leugnen. Gary Kaley gab *ihm* die Schuld an dem Debakel im Schwarm! Er erdreistete sich, *ihm* Befehle zu erteilen, als sei er nicht mehr als eine dahergelaufene Küchenschabe, die zufällig in die Uniform eines Lieutenants gekrochen war, und kein erfahrener und höchstqualifizierter Offizier der Erdflotte, der sich mit Leib und Leben dem Dienst an der Menschheit verschrieben hatte. Das war zu viel.

„Ich kann nichts dafür, dass Lieutenant Connay berührt worden ist", zischte er, kaum in der Lage, seine Fäuste daran zu hindern, den impertinenten Fähnrich an der Gurgel zu packen und ihm seine Frechheiten eigenhändig in den Rachen zu stopfen. „Ich habe mein Bestes getan, um uns heil nach Hause zu bringen!"

John Raff trat an Gary Kaleys Seite und schüttelte mit regloser Miene den Kopf. „Offensichtlich war das nicht genug." Seine Worte troffen vor Verachtung, und seine Haltung wirkte angespannt, fast drohend.

Nun fand auch Alexander Dow seine Stimme wieder, wenn sie auch immer noch von Tränen halb erstickt wurde. „Wir hätten nie in den Schwarm hineinfliegen dürfen! Danny ist der Einzige, der ..."

„Fähnrich Sims ist ein *Gambler*", brüllte Thad. „Natürlich kann er besser fliegen als ein normaler Mensch! Aber heute hat er es *nicht* getan! Er hat uns alle im Stich gelassen!"

Gary zog eine Augenbraue hoch und wechselte einen Blick mit John. John Raff war es dann auch, der antwortete.

„Das ist doch Blödsinn - Sir. Wenn Danny nicht trotz seiner defekten Holografie in den Schwarm zurückgekehrt wäre, wären wir jetzt vermutlich alle tot!"

Gary nickte zustimmend, Alexander ebenfalls. Wie eine Wand standen ihm die drei gegenüber, eine schroffe, eisige Mauer der Ablehnung, die ihm deutlicher als alle Worte zu verstehen gab, wie sehr selbst seine eigene Mannschaft bereits dem unheilvollen Bann des Gamblers verfallen war und wie perfide es der Missgeburt gelang, jeden an Bord der Erdorbitalstation gegen ihn aufzuhetzen.

Es traf ihn bis ins Mark, den kalten Vorwurf in ihren Augen zu sehen. Eine eiserne Faust quetschte seinen Brustkorb zusammen, sodass er kaum noch Luft bekam. Er keuchte wie ein Ertrinkender, wankte einen Schritt zurück, doch da trieben ihm seine Gedanken den rettenden Strohhalm zu. „Falls es die Fehlfunktion überhaupt gab", stieß er triumphierend hervor.

Damit hatte er ihre volle Aufmerksamkeit. Selbst Alexander sah mit tränenfeuchten Augen zu ihm hoch und schien zu überlegen, was es mit seiner geheimnisvollen Bemerkung für eine Bewandtnis haben mochte.

„Wie meinen Sie das, Sir?", fragte John Raff lauernd. Also war er doch noch nicht rückhaltlos von der ach so noblen Gesinnung des Gamblers überzeugt.

Thad streckte den Rücken durch. Daran musste er anknüpfen. Die Worte kamen ihm wie von selbst in den Sinn, gleichzeitig verschwand die Enge in seiner Brust. „Ich glaube nicht an diese ominöse Fehlfunktion. Und ich glaube ebenso wenig, dass der Gambler so selbstlos war, sich für uns in Gefahr zu begeben."

Denn er *wusste*, dass die Störung des Radars sich nicht mehr nachweisen lassen würde, sobald die *Joker* erst einmal gelandet war - dank des kleinen Virusprogramms, das er erneut über die Funkleitzentrale eingespeist hatte und das beim Auftauchen des Schwarms automatisch aktiviert worden war.

Thad frohlockte, als er die Gesichter seiner Kanoniere sah. Gary stieß einen knurrenden, tierhaften Laut aus, und John fletschte die Zähne wie ein Wolf, der gerade zum Sprung auf seine nächste Beute ansetzt.

„Sie meinen, er könnte gelogen haben?"

„Wäre das wirklich so erstaunlich? Es mag ja bisher niemandem aufgefallen sein, aber unser wundersamer Retter der Menschheit ist noch ein *Kind*! Ich habe von Anfang an bezweifelt, dass er für ernsthafte Kampfeinsätze geeignet sein würde, und meine Bedenken haben sich heute auf bitterste Weise bestätigt. Ich gehe jede Wette darauf ein, dass unser Superheld einfach nur die Hosen voll hatte und die Fehlfunktion lediglich *vorgetäuscht* hat. Er konnte den Anblick der Hewitts wohl nicht länger ertragen."

Thad atmete schwer. Genauso wäre es über kurz oder lang gekommen, das stand völlig außer Frage, selbst wenn er nicht mit seinem kleinen Programm eingegriffen und den Gambler zu seinem feigen Rückzug gezwungen hätte. Vielleicht hätte es der Mistkerl noch geschafft, dem heutigen Schwarm die Stirn zu bieten und sich selbst und alle anderen über seine wahre Gesinnung hinwegzutäuschen, doch spätestens beim nächsten oder beim übernächsten Schwarm wäre er unter seiner Furcht und Unerfahrenheit unweigerlich zusammengebrochen. Er besaß einfach nicht die psychische Konstitution, um gegen einen Feind wie die Hewitts auf Dauer bestehen zu können, und wäre Captain Wilding nicht so sehr vom penetranten Heiligenschein ihres Wunderknaben geblendet gewesen, dass sie Wahrheit und Lüge nicht mehr zu unterscheiden vermochte, hätte sie der Missgeburt mit Sicherheit niemals den ersten Platz in der Verteidigung der Erde überlassen, und sie hätte nicht jene von sich gestoßen, denen sie *wirklich* vertrauen konnte.

„Das nehme ich Ihnen nicht ab, Sir", rief Alexander heftig, und zornige rote Flecken erschienen auf seinen bleichen Wangen. „Danny würde uns niemals im Stich lassen! Er ist auch jetzt da draußen, weil er uns retten wollte."

Voll echter Verachtung verzog Thad die Lippen. „Das denke ich nicht. Allein sein schlechtes Gewissen war es, das ihn in den Schwarm zurückgetrieben hat."

„Wenn das wahr ist ...", knurrte John und warf einen langen Blick auf das gewaltige Schleusenschott, durch das die *Joker* nach erfolgreichem Einsatz wieder in die Station einfliegen würde. Ein harter Glanz trat in seine Augen, und seine Gesichtszüge, ohnehin schon verkrampft und von Furcht gezeichnet, gefroren zur völligen Reglosigkeit.

„Es *ist* wahr", erwiderte Thad schnell. Seine Stimme sank zu einem verschwörerischen Flüstern herab. Das hier war *die* Chance, Gary und John endgültig von jeder unangemessenen Heldenverehrung zu heilen, und er würde sie nicht ungenutzt verstreichen lassen.

„Vielleicht ist es sogar noch schlimmer. Vielleicht hat der Gambler das alles von vornherein geplant. Er ist auf der Erdorbitalstation nicht besonders beliebt, und für seine Leute gilt das Gleiche. Er weiß das, was also könnte ihm gelegener kommen als die Möglichkeit, seinen Heldenmut zu beweisen? Er ist mit einem angeblich gestörten Radar in den Schwarm zurückgekehrt, um seine Kameraden vor einem schrecklichen Tod zu bewahren. Wie *ehrenvoll*!"

Seine Stimme klang, als habe er gerade ein Stück verdorbenes Fleisch ausgespien. John und Gary sogen zischend Luft ein.

Mit einem kalten Lächeln trieb Thad den Stachel des Zweifels noch tiefer in ihre Herzen. „Das gäbe eine gute Schlagzeile. Eine *viel* zu gute, wenn ihr mich fragt."

Alexander starrte ihn mit großen Augen an. Er glaubte ihm kein einziges Wort; bei seinen beiden Teamkollegen sah die Sache anders aus.

„Falls er tatsächlich gelogen hat, ist er nicht das geringste Risiko eingegangen, als er in den Schwarm zurückgekehrt ist", murmelte Gary grimmig. „Es wäre nichts weiter als ein billiger Trick, um doch noch die Lorbeeren zu ernten und seine Feigheit zu vertuschen."

„Lieutenant Connay könnte seinetwegen sterben!", rief Thad anklagend. „Und beinahe wäre er nicht der Einzige geblieben!"

John Raff zuckte zusammen. Seine Hände ballten sich zu Fäusten, doch Thad sah, dass sie zitterten. „Das habe ich nicht vergessen."

„Hört auf damit!", mischte sich Alexander wütend ein. „Ihr wisst doch gar nicht, was an Bord der *Joker* passiert ist. Ihr könnt Danny doch nicht allein aufgrund einer *Annahme* verurteilen!"

John fuhr zu ihm herum; in seinen Augen loderte ein düsteres Feuer. „Wir werden erfahren, ob die *Joker* eine Fehlfunktion hatte oder nicht. Falls der Gambler die Wahrheit gesagt hat, sind wir ihm zu Dank verpflichtet. Falls er allerdings gelogen hat ..."

Er ließ den Rest offen, aber seine finstere Miene und seine noch immer geballten Fäuste sprachen eine mehr als deutliche Sprache, waren eine unmissverständliche Warnung an die Adresse der feisten Missgeburt.

Thad triumphierte innerlich, enthielt sich jedoch jeglichen Kommentars und ließ, scheinbar tief in Gedanken versunken, seinen Blick durch die weite Halle schweifen. Er hatte den Boden bereitet; nun konnte er in aller Ruhe abwarten, bis die Saat des Misstrauens erste Früchte trug und Gary Kaley und John Raff erfuhren, dass der Gambler nicht in der Lage war, einen Beweis für das angeblich defekte Holoradar der *Joker* zu erbringen. Nur der weinerliche Alexander Dow konnte ihm jetzt noch einen Strich durch die Rechnung machen und den beiden Fähnrichen mit seiner unbedarften Lobpreisung des Mutantengezüchts erneut die Sinne vernebeln, aber der junge Mann achtete gar nicht auf seine Kameraden, sondern starrte auf das Schott zur Krankenstation.

„Captain Wilding kommt zurück", rief er mit ängstlich vibrierender Stimme.

Augenblicklich herrschte zwischen ihnen atemlose Spannung. Captain Wilding sah in ihre Richtung; ein Ruck ging durch ihre schlanke Gestalt, ihre Schultern strafften sich, dann setzte sie sich in Bewegung und kam mit steifen Schritten zu ihnen hinüber. Ihr Gesicht war bleich und wirkte ausgezehrt. Deutlicher als alle Worte vermittelte es ihnen die schreckliche Botschaft, noch bevor sie schließlich vor ihnen stand und traurig den Kopf schüttelte.

„Es tut mir leid. Lieutenant Connay hat es nicht geschafft."

Thad schrie auf, ein Schrei, der sich aus dem tiefsten Inneren seiner Seele seinen Weg bahnte, ihn innerlich verbrannte und ausgehöhlt und leer zurückließ. Nur sein Hass blieb.

Alexander brach erneut in Tränen aus. Gary und John sagten gar nichts. Regungslos starrten sie Captain Wilding an.

„Begeben Sie sich in Ihre Kabinen", sagte sie leise. „Das war ein harter Tag für Sie. Ich werde später mit Ihnen über den heutigen Einsatz sprechen."

Thad wankte zurück, als hätte sie ihm gerade ihre Faust in den Magen gerammt. Sie wollte eine nachträgliche Analyse des heutigen Fluges durchführen? Gab sie ihm etwa die Schuld daran, dass er Lieutenant Connay nicht rechtzeitig zurückgebracht hatte?

Er stammelte eine Erklärung, versuchte ihr sein Handeln verständlich zu machen, doch sie winkte mit einer müden Geste ab.

„Beruhigen Sie sich, Lieutenant. Niemand macht Ihnen einen Vorwurf. Ich kann Ihr Dilemma gut verstehen. Sie haben Ihr Möglichstes getan, um die Hewitts aufzuhalten."

„Danke, Captain", presste er hervor.

„Captain, wie ist es der *Joker* ergangen?", fragte Alexander zaghaft, schwankend zwischen Hoffnung und Angst.

Captain Wilding atmete tief durch. „Fähnrich Sims und sein Team befinden sich noch immer im Schwarm. Zum Glück hat es trotz der technischen Probleme bisher keine weiteren Opfer gegeben. Hoffen wir, dass es auch dabei bleibt."

„Werden Sie überprüfen lassen, wie es zum Versagen des Holoradars kommen konnte?", fragte John Raff.

Captain Wilding warf ihm einen erstaunten Blick zu. Sie schien den Tonfall, in dem er gesprochen hatte, nicht recht deuten zu können. „Natürlich, Fähnrich Raff. Ein derartiger Fehler darf sich auf gar keinen Fall wiederholen. Ich brauche Ihnen nicht zu sagen, dass unter den Bedingungen, wie sie im Schwarm herrschen, ein defektes Radar sehr schnell für die komplette Mannschaft den Tod bedeuten kann - auch wenn es im Moment danach aussieht, als käme Fähnrich Sims dank seiner Gamblerfähigkeiten mit der veränderten Situation ganz gut zurecht."

Thad spürte, wie seine Muskeln vor Wut zu zittern begannen. Lieutenant Connay lag nur wenige Meter von hier entfernt kalt und leblos auf seiner Bahre, da fing Captain Wilding bereits wieder an, vor dem Mistkerl und seinen Mutantentricks auf die Knie zu fallen und ihm in hirnloser Verzückung die Stiefel zu lecken.

Nur mühsam beherrscht warf er einen raschen Blick in die Runde. Alexander, dieser rückgratlose Kretin, strahlte natürlich schon wieder über das ganze Gesicht, saugte die Worte des Captains in sich auf wie eine göttliche Offenbarung; Garys und Johns Mienen waren erfreulicherweise noch immer vollkommen reglos, wirkten wie aus Granit gemeißelt.

Thad presste die Zähne aufeinander, bis sie protestierend knirschten und sich seine Kiefermuskulatur verkrampfte. Er würde den Teufel tun und dem verdammten Monstrum auch nur einen Funken Respekt zollen. Der Bastard verdiente es einfach nicht, von aller Welt wie ein König hofiert zu werden. Doch dieses Mal würde dem Gambler sein Triumph im Halse stecken bleiben. Wenn die Techniker Captain Wilding mitteilten, dass das Holoradar nicht die geringste Störung aufwies, dass es einwandfrei hätte funktionieren müssen, würde sich das Blatt wenden und das lächerliche Possenspiel ein Ende haben. Und sollten der Captain und ihr Admiral die Dreistigkeit besitzen, die Inkompetenz des Mutanten erneut vertuschen und der Öffentlichkeit Sand in die Augen streuen zu wollen, würde der Gambler zu spüren bekommen, was es hieß, sich mit Soldaten der Erdflotte anzulegen.

22. Kapitel

Obwohl es keine weiteren Komplikationen mehr gab, kam es Danny wie eine Ewigkeit vor, bis das Schirmfeld endlich erlosch und der Schwarm auseinander platzte. Er nahm sich nicht die Zeit aufzuatmen, sondern wendete die *Joker* in einer engen Kurve und jagte hinter einem dichten Pulk der Amöboiden her.

Auch die Jäger griffen nun ein, und zusammen mit ihnen war die wilde Hatz auf die in alle Richtungen davonstiebenden Hewitts schnell erledigt. Als das letzte der unheimlichen Wesen in einem grellen Energiestrahl verglühte und die hungrigen Geschütze der kleinen Raumschiffe plötzlich keine Ziele mehr fanden, schien es für einen Augenblick, als hielte das Universum selbst den Atem an.

War nach dem Sieg über den letzten Schwarm noch ein ohrenbetäubender, frenetischer Jubel auf allen Kanälen losgebrochen, hatten sich Jägerpiloten und Kanoniere gegenseitig mit ausgelassenen Glückwünschen überhäuft und ihrer Erleichterung durch spontane Gesangsdarbietungen Ausdruck verliehen, so war es heute, als habe sich unvermittelt eine düstere Wolke auf sie herabgesenkt, die alle Laute erstickte. Eine tiefe, grabesähnliche Stille breitete sich aus, während die Raumschiffe langsam, beinahe widerwillig den Rückweg zur Erdorbitalstation antraten.

Danny war ebenso wenig nach Feiern zumute, nicht nur, weil ihm jegliche Art von Freude angesichts der bangen Frage, ob Robert überlebt hatte, völlig deplatziert erschien, sondern auch, weil ihn schier unerträgliche Kopfschmerzen peinigten. Selbst ohne ein defektes Holoradar stellte ein Kampf gegen die Hewitts mörderische Anforderungen an Konzentration und Reaktionsgeschwindigkeit, die heutigen Probleme jedoch, gepaart mit seiner Todesangst und seiner nicht minder quälenden Furcht, diesmal zu viel riskiert zu haben, hatten den Booster-Effekt angefacht wie ein Blasebalg einen schwelenden Kabelbrand.

Die Kühlung des Anzugs kam ihm bei Weitem nicht ausreichend vor, war nicht mehr als ein schwacher Luftzug in einer glühenden Wüste. Schweiß lief ihm in Strömen über seinen Körper, und der Atem, der seine Lungen verließ, schien geradewegs aus den Triebwerksdüsen der *Joker* zu kommen. Trotz aller Unpässlichkeiten war sein geistiger Fokus aber während des gesamten Einsatzes erstaunlich stabil geblieben, und er hatte sich nicht wie beim letzten Mal die ganze Zeit dem wirbelnden Strudel der Ohnmacht entgegenstemmen müssen, der ihn mit sich in die Dunkelheit hatte reißen wollen. So gesehen gab es keinen Grund zum Jammern, auch wenn sich sein Kopf anfühlte, als wolle er bei der nächstbesten Gelegenheit in tausend Teile zerspringen. Dennoch würgte er die Frage hervor, die außer ihm offenbar niemand zu stellen wagte. Er musste es wissen.

„Captain Wilding, wie geht es Lieutenant Connay?"

Commander Morley antwortete. „Captain Wilding hält sich derzeit nicht in der Funkleitzentrale auf, Fähnrich. Sie wird Sie über alles informieren, sobald Sie zurück auf der Station sind."

Danny schluckte hart. Sein Magen zog sich schmerzhaft zusammen, als er überlegte, wie lange Lieutenant Thornsburg für den Rückflug gebraucht haben mochte. Selbst bei einer Überschlagsrechnung war das Ergebnis nicht besonders ermutigend.

Mühsam unterdrückte er den Impuls, Vollschub zu geben und mit Höchstgeschwindigkeit auf die Erdorbitalstation zuzujagen. Abgesehen davon, dass es ein grober Verstoß gegen die Vorschriften gewesen wäre und er keine besondere Lust verspürte, Captain Wilding noch mehr gegen sich aufzubringen, als er es bisher schon getan hatte, hätte es ohnehin nichts genützt. Nur Professor Hewitt konnte jetzt noch ein Wunder geschehen lassen.

Als die *Joker* endlich in den Hangar einschwebte, lag die große Halle wie ausgestorben vor ihm. Sein Blick huschte über die Bildschirme, die er, ohne es bewusst wahrzunehmen, in der Schleusenkammer anstelle des widerspenstigen Holoradars aktiviert hatte, doch es gab tatsächlich nicht die allerwinzigste Bewegung, die seine Aufmerksamkeit hätte einfangen können. Ebenso wie die Jägerpiloten und die vier Mädchen an den Geschützen schienen auch die Soldaten an Bord der Erdorbitalstation in ihrem Schrecken erstarrt zu sein, und offensichtlich stand im Moment nicht einmal den Technikern des Wartungspersonals der Sinn danach, ihn nach seinem zweiten Sieg über die Hewitts persönlich in Empfang zu nehmen; lediglich die *Ace* ragte einsam und verloren auf ihrem Startsockel zu den grellen Sonnen der Deckenlampen empor, ein trauriges Mahnmal der Tragödie, die sich wahrscheinlich erst vor wenigen Minuten hier abgespielt hatte.

Danny lief ein eisiger Schauer den Rücken hinab, und sein Herzschlag, der mit dem allmählichen Abklingen des Booster-Effekts wieder zur Normalität zurückgefunden hatte, beschleunigte sich erneut. Unvermittelt überkam ihn das beklemmende Gefühl, als würden sich die Tore eines gewaltigen Mausoleums mit einem dumpfen Knirschen hinter ihm schließen, und während er die *Joker* punktgenau auf ihrem Landesockel niedersinken ließ, war ihm, als könne er die leeren Blicke der Toten, die sich jenseits des Hangars in den endlosen, kahlen Korridoren der Erdorbitalstation stapelten, beinahe körperlich auf seiner Haut spüren. Energisch versuchte er, seine Gedanken in eine andere Richtung zu zwingen, ehe die Wirklichkeit vollends verblasste und er sich gänzlich in seinen düsteren Fantasien verlor, doch die Furcht war hartnäckig und ließ sich nicht so leicht vertreiben.

Kaum war das Summen und Vibrieren in den elektronischen Eingeweiden des mächtigen Raumschiffs verstummt und jeglicher Datenstrom zum Erliegen gekommen, löste er seine Sicherheitsgurte, streifte seinen Helm zurück und trennte sich von den Lebenserhaltungssystemen der *Joker*. In fliegender Hast stürzte er zur Ausstiegsluke und sprang in den stählernen Korb, der sich augenblicklich in Bewegung setzte und ihn zum Boden hinuntertrug.

Auf dem gesamten Weg nach unten hing sein Blick am Schott zur Krankenstation, gefangen in Hilflosigkeit und lähmendem Entsetzen. Erbittert presste er die Zähne aufeinander, bemüht, den Kummer, der ihm wie ein Messer in den Magen schnitt und seine Adern mit Eiskristallen zu fluten schien, nicht nach außen dringen zu lassen.

Das Aufklappen der Einstiege beim Alpha- und beim Beta-Geschütz sprengte die würgende Klammer aus Angst und Ungewissheit und lenkte seine bewusste Aufmerksamkeit - zumindest vorübergehend - auf ein anderes Problem. In dem Moment, in dem sein Korb am Boden ankam, verließen Mady und Val ihre Kapseln. Mady sah blass aus und war offensichtlich den Tränen nahe. Dennoch kämpfte sie auf eine beinahe rührende Weise darum, dem Schreck, der ihr in allen Gliedern stecken musste, mit einer Haltung gefasster Würde zu begegnen. Obwohl ihre Lippen bedenklich zitterten, war ihr Kopf hoch erhoben und ihr Rücken gerade durchgedrückt, und ihre schmalen Hände hatten sich zu Fäusten geballt, als wolle sie mit grimmiger Entschlossenheit verhindern, von ihren aufgewühlten Emotionen davongespült zu werden. Val hatte sich wie üblich weniger gut in der Gewalt. Ihr Gesicht verzerrte sich zu einer hasserfüllten Grimasse, und sie stürzte auf ihn zu, kaum dass sie seiner gewahr wurde.

„Du ... du ..."

Sie verschluckte das Wort, aber Danny wusste natürlich, was sie hatte sagen wollen. Er wich ihr aus, als sie nach ihm zu greifen versuchte. Zwei Schritte von ihr entfernt blieb er stehen.

Val versuchte es noch ein paar Mal, dann sah sie ein, dass sie ihn nicht zu fassen bekommen konnte, hielt schwer atmend inne und starrte ihn mit schmalen, Zorn sprühenden Augen an, als wolle sie ihn allein mit der Hitze ihrer Wut zu Asche verbrennen. „Wie konntest du es wagen, mit einer defekten Holografie in den Schwarm zurückzufliegen?", zischte sie. „Wolltest du uns umbringen?"

Obwohl ihn ihre Reaktion nicht im Mindesten überraschte, spürte er, wie auch in ihm der Zorn zu brodeln begann. In Anbetracht der entsetzlichen Ereignisse des Morgens und ihrer nicht weniger beängstigenden Implikationen wirkten Vals von Abscheu und selbstgerechter Borniertheit durchtränkte Vorwürfe noch lächerlicher und deplatzierter, als es ohnehin schon der Fall gewesen war. Herausfordernd reckte er das Kinn vor. „Du lebst doch noch, oder etwa nicht?"

„Wir hätten *sterben* können!", schrie sie mit sich überschlagender Stimme.

Danny lächelte dünn. „Dieses Risiko bist du eingegangen, als du dich an der Akademie beworben hast. Oder hast du geglaubt, ein Raumkampf wäre ein *Spiel*?"

„Du verdammter Gambler", kreischte Val und trat erneut einen schnellen Schritt auf ihn zu.

Danny tänzelte zurück, hielt sie auf Abstand. Verglichen mit dem tödlichen Hewittschwarm, mit dem er es eben noch zu tun gehabt hatte, waren Vals Bewegungen so ungelenk und behäbig wie die einer trächtigen Seekuh, und er hätte ihnen selbst im Vollsuff noch mühelos ausweichen können.

Val fletschte die Zähne. „Du hast nicht einmal den Befehl des Captains abgewartet, du elender Mistkerl!"

„Dazu war keine Zeit."

„Du hattest nicht das Recht, für uns zu entscheiden!"

„Doch, das hatte ich. Ich bin euer Pilot, und Captain Wilding hat mir die Befehlsgewalt über euch übertragen."

Wieder versuchte Val, nach ihm zu greifen, wieder wich er ihr aus. Aus dem Augenwinkel sah er, dass Jenn, Mady und Ellie dicht vor der *Joker* stehen geblieben waren und mit betroffenen Gesichtern zu ihnen herüberschauten. Keiner von ihnen sagte etwas oder griff ein, nicht einmal Mady. Es versetzte ihm einen Stich, sie schweigen zu sehen, obwohl er nichts anderes hatte erwarten dürfen. Er selbst hatte ihr vor nicht allzu langer Zeit mit stummen Gesten bedeutet, dass er es vorzog, für sich selbst zu sprechen, und es schien, als respektiere sie seinen Wunsch. Oder steckte etwas anderes dahinter? Griff sie deshalb nicht ein, weil sie Val insgeheim recht gab?

Der Zweifel lähmte ihn für eine Sekunde, dann grub er die Zähne in seine Unterlippe, und heißer Zorn überflutete ihn. Er hatte richtig gehandelt, ganz gleich, was Val, Mady oder sonst irgendjemand dachte!

„Außerdem hattest *du* nicht das Recht, für die Menschen auf der Erde oder die Crew der *Ace* zu entscheiden", schleuderte er Val seine Wut entgegen. „Sie wären von den Hewitts abgeschlachtet worden, wären wir ihnen nicht zu Hilfe gekommen, das solltest selbst du begreifen!"

„Ich begreife nur, dass du uns opfern wolltest!"

Er schnaubte verächtlich. „Ich habe das Risiko abgeschätzt, und ich wusste, dass wir eine gute Chance hatten. Und habe ich mich etwa geirrt? *Habe ich mich geirrt?*"

Seine Stimme war immer lauter geworden, seine Worte glichen Peitschenhieben, zerschnitten mit kristallener Schärfe die Stille in der weiten Halle. Er hatte genug von Vals dummem Geschwätz, ihren Vorurteilen und Anschuldigungen, gerade weil er wusste, dass es durchaus auch anders hätte ausgehen können. Dennoch war er bereit gewesen, diese Verantwortung zu tragen, der Gefahr und seiner Todesangst die Stirn zu bieten und zu tun, was getan werden musste. Natürlich erwartete er keine Dankbarkeit, aber ein klitzekleines Fünkchen Verständnis hätte ihm die Last auf seinen Schultern doch ein wenig leichter gemacht. Stattdessen musste er sich mit Neid, Missgunst und dumpfem Fanatismus herumschlagen, die die Bedrohung durch die Hewitts fast zu einer unbedeutenden Randerscheinung der gegenwärtigen Ereignisse degradierten. Allein der Gedanke daran gab seinem Zorn neue Nahrung.

Val glotzte ihn an, als habe die Ungeheuerlichkeit seiner Frage ihn endgültig als Ausgeburt des Satans entlarvt. Sie spannte ihre Muskeln, zweifellos, um sich abermals auf ihn zu stürzen. Ehe sie allerdings ihrer Absicht Taten folgen lassen konnte, trat plötzlich Ellie zwischen sie. Danny blinzelte überrascht, doch Ellie beachtete ihn überhaupt nicht, sondern wandte sich direkt an Val.

„Lass es gut sein, Val", sagte sie ruhig; lediglich der zittrige Unterton in ihrer Stimme verriet, wie es tatsächlich in ihr aussah.

„Das kann ich nicht!", brüllte Val. „Der Dreckskerl wollte uns an die Hewitts verfüttern!"

Ellie schüttelte den Kopf; ihr hageres Gesicht wirkte ungewöhnlich ernst. „Du redest Unsinn. Danny hatte gar keine Wahl. Er hat mit allem, was er gesagt hat, völlig recht. Außerdem hat er Lieutenant Thornsburg das Leben gerettet. Ist dir das gar nichts wert?"

„Auf welcher Seite stehst du eigentlich?", fauchte Val.

Ellie ließ ihren Blick bedeutungsvoll über ihre kleine Gruppe wandern. „Wir alle fliegen gemeinsam gegen die Hewitts. Damit gibt es nur eine Seite, auf der ich stehen kann."

„Es freut mich, dass Sie das endlich begriffen haben, Fähnrich Craine."

Sie fuhren wie ein Mann herum und fanden sich Captain Wilding gegenüber, die unbemerkt zu ihnen getreten war.

Ellie wurde rot und sah verlegen zu Boden. Captain Wilding nickte ihr freundlich zu, warf dann Val einen fragenden Blick zu. Val presste verstockt die Lippen aufeinander, klug genug, die Worte, die ihr zweifellos auf der Zunge lagen, für sich zu behalten. Elaine Wilding runzelte die Stirn, und Linien der Bitterkeit und Enttäuschung gruben sich in ihre Mundwinkel. Dann richtete sich ihr Blick unvermittelt auf ihn.

Danny zuckte zusammen, als er den Zorn in ihren Augen sah. Es war ihm klar, dass sie beide noch einen Strauß auszufechten hatten, bevor dieser Tag zu Ende ging; doch im Moment gab es Wichtigeres.

„Hat Lieutenant Connay überlebt?", fragte er leise.

Die Wut in ihren Augen schwand. Trauer ersetzte sie. „Es tut mir leid. Professor Hewitt hat sein Möglichstes versucht, aber es war zu spät. Er konnte ihn nicht mehr retten."

Danny schloss unwillkürlich die Augen und sog tief Luft ein. Seine Hände ballten sich zu Fäusten, aber er bemerkte es kaum. Roberts Gesicht schälte sich vor ihm aus der Dunkelheit, ein lachender junger Mann, der das Leben geliebt hatte, voller Hoffnungen und Träume, die nun niemals mehr Wirklichkeit werden konnten. Und alles nur, weil er zu lange gezögert hatte, weil er nicht sofort in den Schwarm zurückgekehrt war, sondern sich von Captain Wilding in fruchtlose Diskussionen hatte hineinziehen lassen. Wäre er nicht so ein feiger Zauderer gewesen, hätte sich die *Ace* schneller in Sicherheit bringen können, und dann ...

„Fähnrich Sims?"

Es war Captain Wildings besorgte Stimme, die der Realität um ihn herum wieder Substanz verlieh. Er öffnete die Augen.

„Ist alles in Ordnung mit Ihnen?"

Er nickte knapp und mit starrer Miene. Der Kummer, der in ihm tobte, ging niemanden etwas an. Er musste allein damit fertig werden.

Mady und Jenn hatten ihre Gefühle weniger gut im Griff. Ihre Augen füllten sich mit Tränen, und ein ersticktes Schluchzen entrang sich ihren Kehlen, während sie mit leerem Blick zu Boden starrten. Ellie, die bleich wie ein Bettlaken neben ihnen stand, schüttelte immer wieder den Kopf, als könne sie der brutalen Endgültigkeit des Todes auf diese Weise ihren Schrecken nehmen, und selbst Vals massige Gestalt wirkte plötzlich eingefallen und kraftlos wie die einer alten Frau. Roberts grausames Schicksal hatte sie alle bis ins Mark getroffen, aber noch schockierter wären sie wohl gewesen, hätten sie gewusst, welchen entsetzlichen Verdacht er hegte. Das war der einzige Grund, warum er nicht sofort damit herausplatzte. Er wollte seine Crew schützen, soweit es nur ging. Captain Wilding allerdings musste so schnell wie möglich davon erfahren, sollte der nächste Kampfeinsatz nicht erneut in einer Katastrophe enden.

„Captain, ich muss mit Ihnen sprechen."

Augenblicklich kehrte das zornige Blitzen in ihre Augen zurück. „Oh ja, Fähnrich, wir *werden* uns unterhalten, darauf können Sie sich verlassen! Aber dazu ist später noch Zeit."

„Es ist wichtig, Captain", sagte er eindringlich.

„Es ist auch wichtig, dass Sie sich in die Krankenstation begeben und von Professor Hewitt untersuchen lassen. Wir müssen wissen, ob die Vorkehrungen gegen den Booster-Effekt ausreichend waren."

„Wenn es nicht so wäre, stünde ich kaum noch auf meinen Füßen. Es geht mir gut!“

„So sehen Sie aber nicht aus.“

„Ich habe ein wenig Kopfschmerzen, aber *das* ist mein geringstes Problem!“

„Es reicht, Fähnrich! Sie werden sofort die Krankenstation aufsuchen!“

„Aber ...“

„Das war keine freundschaftliche Aufforderung, sondern ein Befehl!“

Danny versteifte sich. „Captain, bitte. Ich muss *sofort* mit Ihnen sprechen! Ich würde Ihnen auch sagen, worum es geht, aber der Hangar ist nicht der richtige Ort, um das zu erörtern.“

Captain Wilding blickte ihn lange schweigend an, und er konnte sehen, wie der Zorn über seine Insubordination wie eine düstere Wolke ihre Miene verdunkelte.

Er schaute zu Boden, zu müde, zu erschüttert und zu erschöpft, um ihrem energischen Blick länger standhalten zu können. Wenn sie unbedingt darauf bestand, dass er sich ihrem Willen beugte, konnte er es nicht ändern. Dann würde er schweigen, bis sie ihn zu sich zitierte, allein schon deshalb, um seine Crew nicht zu ängstigen. Dennoch täte sie besser daran, auf seine Bitte einzugehen, sonst erfuhr sie vielleicht erst zu spät, welche Hintergründe hinter dem Ausfall des Holoradars steckten. Aber das wäre dann nicht sein Verschulden.

Doch der Wutausbruch, den er instinktiv befürchtet hatte, blieb aus. Stattdessen wandte sich der Captain ruckartig von ihm ab und winkte ihm.

„Also schön, Fähnrich. Folgen Sie mir in meinen Bereitschaftsraum und erzählen Sie mir, was Sie auf dem Herzen haben. Aber ich rate Ihnen eins: Es sollte besser *wirklich* wichtig sein.“

Danny atmete erleichtert auf. „Das ist es, Captain.“

23. Kapitel

„Da seht ihr es! Da seht ihr es!“, schrie Val außer sich, nachdem Danny und Captain Wilding den Hangar verlassen hatten und ihre kleine Gruppe allein in der weiten, leeren Halle zurückgeblieben war. „Dieser verdammte Gambler kann sich einfach alles erlauben! Er tanzt dem Captain auf der Nase herum, wie es ihm beliebt, und sie lässt es ihm durchgehen! Kein Wunder, dass er seine eigenen Kameraden wie Dreck behandelt!“

Sie holte tief Luft, um mit ihrer Schimpftirade fortzufahren, doch Mady schnitt ihr das Wort ab. „Val, tue uns bitte allen einen Gefallen und halte den Mund.“

Sie zitterte am ganzen Leib, Kälteschauer jagten über ihre Haut, und noch immer schwammen ihre Augen in Tränen. Es war ihr einfach unerträglich, Vals hirnlosem Gezänk auch nur einen Moment länger zuzuhören, ohne ihr eigenhändig den Hals umzudrehen.

„Du hast mir gar nichts zu befehlen, Mady, du wirklich nicht! Du steckst ohnehin mit dem Gambler unter einer Decke. Von dir können wir keine objektive Meinung erwarten.“

„Ach, und du hast natürlich den vollen Durchblick?“, fauchte Mady sie an.

„Offensichtlich mehr als du. Ich habe mich jedenfalls noch nicht von dem scheinheiligen Getue dieser Miss...“

Es klatschte laut, als Mady vorsprang und Val mit der flachen Hand ins Gesicht schlug. „Wage es nicht, ihn noch einmal so zu nennen!“

Val wurde erst weiß, sodass sich die Abdrücke der Finger deutlich auf ihrer Wange abzeichneten, dann lief sie tiefrot an wie ein Krebs auf der Pfanne. Sie ballte die Fäuste. „Das büßt du mir, Madelaine!“, brüllte sie und stürzte los.

Mady presste grimmig die Lippen aufeinander und erwartete ihren Ansturm. Sie war Val körperlich unterlegen, aber das war ihr egal. Wenn es außer ihr niemanden gab, der zu Danny stand, musste sie es eben übernehmen, Val Vernunft einzuhämmern. Alle Anspannung, die der gerade vergangene Kampf mit all seinen schrecklichen Folgen in ihr hinterlassen hatte, sammelte sich in ihrem Inneren und trieb sie mit einem Wutschrei auf den Lippen voran. Doch plötzlich waren Jenn und Ellie zwischen ihr und Val. Jenn fing sie ab, während Ellie Val grob am Arm packte und ihn ihr mit einer einzigen geschmeidigen Bewegung auf den Rücken drehte. Val keuchte auf, und nur der Schmerz hielt sie davon ab, in Ellies Griff zu toben; ihre Augen aber rollten wild hin und her, schienen von der heißen Woge blinder Zerstörungswut, die in ihr zum Ausbruch drängte, beinahe aus ihren Höhlen gequetscht zu werden.

„Nimm deine dreckigen Hände von mir!“, zischte sie.

Mady war genauso wenig begeistert davon, festgehalten zu werden. Sie kämpfte gegen Jenns Umklammerung an, nicht gewillt, Val mit ihren unflätigen Pöbeleien so einfach davonkommen zu lassen. „Lass mich los, Jenn!"

Sie schaffte es, Jenn von sich zu stoßen. Ihre Kameradin stolperte und plumpste unsanft auf ihren verlängerten Rücken. Schmerz blitzte in ihren Augen auf.

Mady hielt erschrocken inne. Das hatte sie nicht gewollt. Val hatte es verdient, dass man ihr wehtat, aber nicht Jenn.

Jenn kam etwas mühsam wieder auf die Beine. „Ihr wollt euch also tatsächlich schlagen?", fuhr sie Mady und Val an. „Bitte schön, dann tut es doch! Vielleicht schafft ihr es ja, euch gegenseitig so sehr zu verletzen, dass ihr beim nächsten Flug gegen die Hewitts auf der Krankenstation liegt! Dann wärt ihr aus dem Schneider. Ist es das, was ihr wollt? Wollt ihr uns im Stich lassen?"

Mady schauderte, als Jenn sie direkt ansah. „Willst du *Danny* im Stich lassen?"

Die unheilvolle Anspannung in ihrem Inneren löste sich plötzlich, und die Tränen, die bisher nicht hatten fließen wollen, strömten ihr nun haltlos über die bleichen Wangen. Jenn trat zu ihr und legte tröstend den Arm um sie. Mady gab sich ihrem Kummer hin und bemerkte kaum, dass Ellie Val unsanft aus dem Hangar bugsierte. Erst als sich das Schott hinter Val geschlossen hatte, fand sie ihre Beherrschung wieder. Sie löste sich von Jenn und blickte beschämt zu Boden. Sie wagte nicht, zu Ellie, die nun wieder zu ihnen trat, oder Jenn aufzusehen.

„Es ... es tut mir leid", murmelte sie leise und warf einen beklommenen Blick zur Krankenstation hinüber. „Nebenan liegt Roberts Leiche. Ich hätte für meinen Streit mit Val wohl kaum einen unpassenderen Ort und eine unpassendere Zeit wählen können."

Jenn verzog grimmig das Gesicht. „Wo du recht hast, hast du recht."

Mady schniefte unterdrückt. „Ich konnte es nicht länger mit anhören, wie Val über Danny herzog. Er hat so viel geleistet, so viel riskiert, um Robert zu retten, aber sie ..." Sie stockte. Nur mit Mühe konnte sie die Tränen, die ihr schon wieder in die Augen zu steigen drohten, zurückhalten. „Ich hatte solche Angst", flüsterte sie zitternd.

Jenn wurde grau im Gesicht, und auch Ellies Züge wirkten kantiger als gewöhnlich.

„Damit stehst du nicht allein", erwiderte sie langsam. „Es war purer Wahnsinn von ihm, in den Schwarm zurückzufliegen."

Mady schaute sie erschrocken an. „Dann verurteilst du ihn doch dafür?"

Ellie hob abwehrend die Hände. „Das käme mir nicht in den Sinn. Ich stehe zu dem, was ich vorhin zu Val gesagt habe. Danny hatte keine Wahl."

„Heißt das, du wirst dich nicht mehr gegen ihn stellen?"

„Nein, ganz bestimmt nicht. Der erste Einsatz hat mir bereits zu denken gegeben. Ich habe Danny bislang nicht gerade objektiv gesehen, das ist wahr, aber ich bin nicht so verbohrt, dass ich nicht begriffen hätte, dass allein seine Gambler-Fähigkeiten uns heil aus dem Schwarm herausgebracht haben. Und was den heutigen Flug angeht: Beim Gedanken daran, dass Danny zeitweilig blind geflogen ist, dreht sich mir jetzt noch der Magen um. Es war eine unglaubliche Leistung, dass er uns trotzdem sicher zur Erdorbitalstation zurückgebracht hat."

„Die *Ace* und die Erde sollten wir auch nicht ganz vergessen", ergänzte Jenn mit schwachem Lächeln.

Ellie nickte. „Das habe ich nicht. Ich hätte nie gedacht, dass ich das einmal sagen würde, aber Danny hat mehr Mut bewiesen, als ich selbst jemals gezeigt hätte. Niemand hätte von ihm verlangt, mit einem defekten Raumschiff in den Schwarm zurückzukehren, aber er hat es trotzdem getan. Und, wie Val ganz richtig bemerkt hat, er hat Captain Wilding dabei eine ziemlich lange Nase gedreht, obwohl ihm klar gewesen sein muss, dass sie davon nicht begeistert sein würde. Soviel zu den Gerüchten, die Gambler seien nichts als eine Bande kaltschnäuziger, verantwortungsloser Egoisten, die nur ihre dämlichen Spiele und ihren eigenen Vorteil im Kopf haben." Sie grinste schief. „Von heute an bin ich jedenfalls von allen Vorurteilen gegen Danny und seine Leute gründlich kuriert, das könnt ihr mir glauben!"

Mady umarmte sie stürmisch, zitternd vor Erleichterung und Dankbarkeit.

Ellie ließ es sich gefallen, schob sie dann aber verlegen von sich. „Komm schon, du Küken, du willst doch jetzt nicht sentimental werden, oder?"

Mady schluckte. Sie war noch immer so aufgewühlt von Roberts Tod und dem Streit mit Val, dass tatsächlich nicht viel gefehlt hätte, und sie wäre erneut in Tränen ausgebrochen. Energisch rief sie sich zur Ordnung. Es war sonst nicht ihre Art, derart die Fassung zu verlieren. Leider musste sie zugeben, dass die Ereignisse des Tages sie hart an ihre Grenze herangeführt hatten. Sie fühlte sich wie eine Glocke nach einem zweistündigen Sturmgeläut, durchdröhnt vom Nachhall der Vibrationen und kurz davor, jeden Augenblick mit einem lauten Knall in tausend Teile zu zerspringen. Doch wenn sie selbst schon so empfand, wie musste sich erst Danny fühlen? Er hatte die wichtigen Entscheidungen getroffen, er hatte alles riskiert und sie trotz allem sicher nach Hause gebracht.

Der Gedanke an ihn gab ihr einen Bezugspunkt, an den sie sich klammern konnte. Sie zog sich daran aus dem Strudel ihrer aufgepeitschten Emotionen heraus. Als sie wieder einigermaßen klar denken konnte, erinnerte sie sich an Dannys seltsames Verhalten, nachdem die *Joker* gelandet war, und an die Furcht in seinen Augen. Das war nicht die Angst vor den Hewitts gewesen, denn die hatte er souverän besiegt. Sie musste eine andere Ursache haben.

„Könnt ihr euch vorstellen, was Danny mit Captain Wilding besprechen wollte?“, fragte sie stockend, nachdem sie sich erfolglos das Hirn zermartert hatte.

Ellie zuckte mit den Schultern. „Ich habe nicht die geringste Ahnung. Es muss wohl wichtig sein.“

Jenn nickte zustimmend. „Er hat sich jedenfalls sehr darum bemüht, Captain Wilding davon zu überzeugen.“ Sie fluchte unterdrückt. „Es gefällt mir nicht, dass er allein mit ihr reden wollte.“

Mady spürte, wie sie zusammenzuckte, doch sie schaffte es gerade noch, die scharfe Erwiderung, die ihr auf der Zunge lag, herunterzuschlucken. Sie würde noch paranoid werden, wenn sie in jeder harmlosen Bemerkung einen Angriff auf Danny witterte.

„Mir wäre auch wohler, wenn ich wüsste, worum es geht“, erklärte sie beherrscht.

Jenn lächelte ihr zu. „Er hatte sicher gute Gründe, es nicht offen herauszuposaunen.“ Sie seufzte tief. „Leider ist es genau das, was mir Sorge bereitet.“

Ellie legte die Stirn in Falten. „Jenn hat recht. Danny handelt nicht, ohne die Angelegenheit vorher genau zu durchdenken. Wenn er entschlossen hat, unter vier Augen mit dem Captain zu sprechen, muss es mindestens um die Sicherheit des Schiffes gehen, vielleicht sogar um mehr.“

Mady fror, als Ellies Worte eine dumpfe Kälte in ihrer Seele heraufbeschworen. „Ich werde versuchen, mit ihm zu reden, sobald er vom Captain zurückkommt. Vielleicht erzählt er mir, was los ist.“

Jenn schüttelte den Kopf. „Ich würde an deiner Stelle nicht zu fest damit rechnen. So wie ich das sehe, hat er auch einen Grund dafür, *uns* gegenüber zu schweigen.“

„Das glaube ich nicht“, platzte Mady heraus. „Wieso sollte er das tun?“

Jenn machte eine unbestimmte Handbewegung. „Vielleicht ist er sich noch nicht sicher.“

Mady presste die Lippen zusammen. Sie spürte, dass Jenn noch andere Gedanken hegte, aber sie fragte nicht weiter nach. Wenn sie erst mit Danny reden konnte, würde sich alles aufklären.

24. Kapitel

Als Elaine mit steinerner Miene und ausgreifenden Schritten durch die Funkleitzentrale rauschte, den jungen Fähnrich im Schlepptau wie eine von Professor Hewitts ferngesteuerten Roboterdrohnen, schauten Lieutenant Aston und Commander Morley überrascht von ihren Konsolen auf, doch sie ignorierte sie vollständig, schob ihren Ärger vor sich her wie eine Gewitterwolke, die sich jeden Augenblick zu entladen drohte und der man besser nicht in den Weg geriet.

Das änderte sich auch nicht, als sie schließlich den Bereitschaftsraum erreichten und die Tür mit leisem Zischen hinter ihnen zuglitt. Elaine marschierte um ihren Schreibtisch herum, verschwendete keinen Gedanken daran, sich in ihren Sessel zu zwingen - dazu war sie viel zu aufgebracht -, sondern klatschte beide Hände lautstark auf die Tischplatte, beugte sich weit vor und funkelte Danny Sims, der in respektvollem Abstand mitten im Raum stehen geblieben war und schicksalsergeben die dräuende Strafpredigt zu erwarten schien, zornig an.

„Bevor Sie reden, Fähnrich, lassen Sie mich eins sagen: Sie haben sich sowohl während der Kampfsituation als auch eben im Hangar meinem Befehl widersetzt, und Sie haben mich durch Ihren Ungehorsam genötigt, bereits erteilte Anweisungen zurückzunehmen und eine militärische Operation nach Ihrem Gutdünken umzugestalten. Damit haben Sie Ihre Kompetenzen weit überschritten. Meine Entscheidungen sind für Sie bindend, ist das klar?"

Danny Sims fuhr zusammen, hielt ihrem Blick jedoch verbissen stand. „Sie kannten nicht alle Parameter, Captain, und es war keine Zeit für lange Erklärungen. Nur deshalb musste ich auf eigene Faust handeln."

„Das tut überhaupt nichts zur Sache", fauchte Elaine ihn an. „Wären Sie ein gewöhnlicher Soldat, Fähnrich, und wären Sie nicht so verdammt unersetzbar für uns, würde ich Ihnen jetzt die Hölle heißmachen! Ich kann es nicht dulden, dass Sie Ihre eigenen Entscheidungen treffen und damit die gesamte Verteidigungsstrategie untergraben. Ist Ihnen eigentlich klar, was Sie heute riskiert haben? Ist Ihnen bewusst, welche Folgen es hätte haben können?"

„Ja, Captain."

Seine ruhige Abgeklärtheit fachte ihren Zorn neu an, doch dann sah sie, wie bleich er war, und dass er zitterte. Abrupt wies sie auf den Sessel, der ihrem Schreibtisch gegenüberstand.

„Setzen Sie sich endlich, Fähnrich! Mir steht nicht der Sinn danach, Ihnen ein Fläschchen Riechsalz unter die Nase zu halten, nur weil Sie unbedingt den starken Mann spielen müssen."

„Aye, Captain", erwiderte er und ließ sich sichtlich erleichtert in den Sessel gleiten.

Elaine lächelte freudlos. „Es ist schön zu sehen, dass Sie wenigstens noch einigen meiner Befehle gehorchen", knurrte sie, und irgendwie schaffte sie es, sich selbst in ihren Sessel zu zwingen.

Fähnrich Sims machte ein unglückliches Gesicht. „Es tut mir leid, Captain. Ich wollte nicht den Anschein erwecken, dass mir die Befehlshierarchie der Station gleichgültig ist."

„Dafür, dass Sie das nicht wollten, ist es Ihnen aber hervorragend gelungen."

Er senkte den Kopf. „Ich weiß. Aber glauben Sie mir, ich hatte gute Gründe für mein Handeln."

„Hätten Sie vielleicht auch die Güte, mich darüber aufzuklären? Das war es doch sicher, worüber Sie mit mir sprechen wollten."

Fähnrich Sims atmete tief durch, hob langsam den Kopf und sah sie an. „Die *Joker* wurde sabotiert."

Elaine riss die Augen auf, fuhr hoch und starrte ihn, schon wieder halb über den Tisch gebeugt, entgeistert an. „Das ist nicht Ihr Ernst!"

Er schüttelte traurig den Kopf. „Ich würde mit so etwas ganz bestimmt keine Späße treiben. Angesichts von Lieutenant Connays Tod wäre das auch reichlich unangemessen."

Elaine ließ sich in ihren Sessel zurückfallen. „Wie ... wie kommen Sie nur darauf?", fragte sie stammelnd. Sie war so schockiert, dass sie es nicht fertigbrachte, ihre Gefühle besser zu verbergen. Aber ihm hätte sie vermutlich ohnehin nichts vormachen können.

Danny Sims' Blick schien sich auf eine seltsame Weise nach innen zu richten, und für einen kurzen Moment war es, als würde sein Geist in seine Erinnerung eintauchen wie in ein tiefes, dunkles Gewässer, die versunkenen Reichtümer hervorholen und wieder zur Oberfläche emporgleiten. „Die Aussetzer des Holoradars folgten einem klaren Muster. Der erste Ausfall dauerte genau eine Zehntelsekunde, der zweite eine halbe und der dritte eine ganze Sekunde. Zwischen ihnen lagen einmal dreißig und einmal zwanzig Sekunden, in denen keine Störung auftrat. Nach dem letzen Ausfall war das Bild anderthalb Minuten lang stabil, danach begann der Zyklus von Neuem."

Elaine runzelte unwillkürlich die Stirn. „Diese Zeiten konnten Sie so exakt bestimmen?"

Danny Sims hob die Schultern. „Das war nicht weiter schwer, immerhin liegt das Chronometer genau in meinem Blickfeld. Außerdem habe ich ein gutes Zeitgefühl."

„Ist es so gut entwickelt wie Ihre Fähigkeit, sich anhand dreidimensionaler Karten zu orientieren?"

„Ja, Captain, zumindest wenn ich eine gewisse Aufmerksamkeit darauf verwende - und das habe ich getan."

„Wenn das wahr ist ...“, flüsterte Elaine. Sie hatte lediglich laut gedacht, und es war eher der Schreck über seine Worte als der Zweifel an ihnen, der sie bewegte, doch der Fähnrich schien sie misszuverstehen.

„Ich irre mich nicht, Captain“, versicherte er überraschend heftig.

Elaine winkte ab. „Ich weiß, Fähnrich. Mir ist inzwischen klar geworden, dass Sie sich nicht irren *können*.“

Plötzlich wirkte er verwirrt. „Sie wissen also, dass es damals die Veränderung in den Startroutinen tatsächlich gegeben hat? Sie glauben nicht mehr, dass ich etwas gesehen habe, das nicht da war?“

„Das denke ich schon lange nicht mehr. Professor Hewitts Untersuchungen über Ihr eidetisches Gedächtnis lassen nur einen einzigen Schluss zu: Die Veränderung *war* da.“ Sie seufzte schwer. „Ich habe es leider versäumt, Ihnen das mitzuteilen, Fähnrich. Über die ganze Aufregung, die der letzte Schwarm verursacht hat, habe ich es schlichtweg vergessen.“

Und sie hatte bis eben nicht mehr daran gedacht. In Gedanken versetzte sie sich einen heftigen Tritt.

Danny Sims sackte in seinem Sessel zurück und schloss für eine Sekunde die Augen. Sie fürchtete, er könnte vor Erschöpfung aus dem Stuhl fallen, aber als er die Lider wieder hob, war es vor allem Erleichterung, die ihr entgegenschlug.

„Ich bin sehr froh, dass Sie meinen Fähigkeiten Vertrauen schenken.“

Zum ersten Mal an diesem Tag lächelte Elaine. „Sie haben oft genug unter Beweis gestellt, dass das Vertrauen in Sie mehr als gerechtfertigt ist.“ Doch gleich darauf knirschte sie mit den Zähnen, und das Lächeln verschwand aus ihrem Gesicht. „Ich wünschte, ich könnte das Gleiche über den Rest meiner Leute sagen.“

Danny Sims zögerte kurz, und sie konnte sehen, wie es hinter seiner Stirn arbeitete, bevor er erneut das Wort ergriff. „Ich möchte niemanden zu Unrecht beschuldigen, Captain. Leider kann der Vorfall mit den Startroutinen nur auf zweierlei Weise erklärt werden: Entweder hat Chief Prent den Fehler entdeckt und ihn entfernt, Ihnen gegenüber aber angegeben, er hätte nicht existiert, oder ...“

„... oder ein anderer hat den Fehler absichtlich in das Programm eingefügt, fest damit gerechnet, dass Sie ihn entdecken und melden würden, und dafür gesorgt, dass er anschließend nicht mehr nachweisbar ist“, beendete Elaine den Satz für ihn.

„In dem Fall wäre die Fehlfunktion der Holografie bereits die zweite Sabotage an der *Joker*“, schloss Danny Sims.

Für einen Moment schwiegen sie beide, und Elaine sah, wie sehr dem jungen Fähnrich die Angelegenheit an die Nieren ging. Er versuchte zwar, seine Furcht hinter einer Maske kühler Beherrschung zu verbergen, aber seine Miene war zu starr und bleich, um ein Ausdruck echter Ruhe zu sein, und seine Augen huschten nervös im Raum umher, als fühle er selbst in ihrer Gegenwart die lauernden Blicke unsichtbarer Gegner auf sich lasten.

Sie verstand ihn nur zu gut. Selbst ihr eigener Magen war hart wie ein Stück Gussmetall, als sie die Konsequenzen der Sabotage überdachte. Wer auch immer die *Joker* sabotiert hatte, wollte Danny Sims bloßstellen und ihn aus der Verteidigung der Erde herausdrängen. Dafür hatte er in Kauf genommen, dass der Fähnrich, sein Team und auch die Besatzung der *Ace* im Einsatz gegen die Hewitts zu Schaden kam, von den vielen Toten, die es auf der Erde hätte geben können, gar nicht erst zu reden. Ein derart blindwütiger, irrationaler Hass überstieg bei Weitem ihre Vorstellungskraft.

Wie recht ihr Albtraum doch gehabt hatte! Es gab tatsächlich Menschen, die dumm und fanatisch genug waren, um Danny Sims' Blut über dem Altar ihrer Vorurteile auszugießen - ungeachtet aller Konsequenzen. Und solche skrupellosen Subjekte lebten unerkannt mitten unter ihnen, lachten und scherzten zusammen mit ihren Kameraden, und doch würden sie nicht zögerten, ihnen kaltblütig ein Messer in den Rücken zu stoßen, wenn es sie ihren menschenverachtenden Zielen näherbrachte!

Würgende Übelkeit ließ Elaine die Kehle eng werden. Vergessen war ihr Zorn auf den jungen Fähnrich, vergessen ihr Bedürfnis, ihn ob seiner Befehlsverweigerung zusammenzustauchen. Er hatte - wieder einmal - recht behalten. Ihr waren tatsächlich nicht alle relevanten Parameter der Situation bekannt gewesen, deshalb hatte nur er die richtige Entscheidung treffen können. Und er hatte nicht damit gezögert, hatte ihr und dem gesamten militärischen Führungsstab der Erde die Stirn geboten und war ungeachtet der möglichen Folgen und der düsteren Implikationen des angeblich defekten Holoradars in den Schwarm zurückgekehrt, um seinen Kameraden beizustehen.

Heftiger Ärger brodelte in ihr empor, doch dieses Mal galt er nicht Danny Sims, sondern dem unbekannten Saboteur. „Ich werde mich darum kümmern", erklärte sie grimmig. „Ich werde nicht noch einmal zulassen, dass die *Joker* von einem verblendeten Fanatiker manipuliert wird. Und ich werde alles daran setzen, um herauszufinden, wer das getan hat."

Er sah sie an, und die Zweifel in seinem Blick schmerzten sie. Leider waren sie nur allzu berechtigt, denn bislang war es ihr nicht einmal gelungen, herauszubekommen, wer den Medien vor dem Auftauchen des zweiten Schwarms Informationen über die Vorkommnisse im Training zugespielt hatte. Wie also konnte sie annehmen, dass sie mehr Erfolg dabei hatte, den Saboteur zu finden?

Aber sie musste ihn finden! Heute hatte sein Hass nur ein Menschenleben gefordert, aber wenn sie dem unseligen Treiben nicht

Einhalt gebot, konnte die Angelegenheit beim nächsten Mal weitaus weniger glimpflich ausgehen. Und sie zweifelte nicht daran, dass es ein nächstes Mal geben würde.

Fähnrich Sims dachte in die gleiche Richtung, das konnte sie ihm ansehen.

Sie fluchte im Stillen und glaubte, dass es wirklich nicht mehr schlimmer kommen konnte. Doch sie irrte sich, das wurde ihr klar, als der Fähnrich sein Schweigen brach.

„Captain, Sie sollten sich besser darauf einstellen, dass die Fehlfunktion des Holoradars nicht nachweisbar sein wird. Der Saboteur hat beim ersten Mal versucht, mich zu diskreditieren, deshalb liegt es nahe, dass er heute wieder das gleiche versucht hat. Und wenn die Medien erfahren, dass das Holoradar augenscheinlich in Ordnung war ..."

Er brach ab, senkte den Kopf und ließ die Schultern hängen.

Elaine war für lange Sekunden wie erstarrt, nur ihre Gedanken tobten und wirbelten in einem unheilvollen Tanz durcheinander. Der Fähnrich musste nicht aussprechen, was dann geschehen würde. Es war offensichtlich.

„So eine Information wird niemals an die Presse gelangen", knirschte sie. „Das werde ich unter allen Umständen verhindern."

Er nickte lediglich schwach, und er sah bei Weitem nicht so erleichtert aus, wie sie es sich gewünscht hätte. Dunkle Ringe lagen unter seinen Augen, und sein Gesicht wirkte hohlwangig.

„Ich bin jetzt über alles genau im Bilde, Fähnrich. Es wird Zeit für Sie, die Krankenstation aufzusuchen."

Dieses Mal widersprach er ihr nicht. Er erhob sich mit beängstigend langsamen Bewegungen und salutierte. „Aye, aye, Captain."

Er wollte sich abwenden, doch sie hielt ihn zurück. „Machen Sie sich keine Sorgen, Mr. Sims. Ich nehme die Angelegenheit in meine Hände, und ich werde nicht eher Ruhe geben, bis sie aufgeklärt worden ist. Sobald meine Nachforschungen etwas ergeben haben, werde ich Sie darüber informieren, und Sie können sicher sein, dass ich jede erdenkliche Maßnahme treffen werde, um eine fehlgeleitete Berichterstattung in den Medien zu verhindern."

Der Junge versuchte ein Lächeln. „Danke, Captain."

Doch als er ihr Büro verließ, hingen seine Schultern noch immer herab, und er ging gebeugt und schlurfend wie ein alter Mann, der in seinem Leben schon zu viel Schlimmes mit angesehen hatte, um noch auf das Gute im Menschen vertrauen zu können.

Elaine fluchte unterdrückt. Es war offensichtlich, dass Danny Sims allmählich die Grenzen seiner Kraft erreichte. Wenn es so weiterging wie bisher, war es nur eine Frage der Zeit, bis er unter seiner Verantwortung und der Last des Hasses, mit dem ihm begegnet wurde, zusammenbrach.

25. Kapitel

Elaine wartete zwei Minuten - eine Zeit, die es Fähnrich Sims selbst in seinem angeschlagenen Zustand ermöglichen sollte, die Funkleitzentrale zu durchqueren und auf der anderen Seite zu verlassen -, dann stürzte sie aus ihrem Bereitschaftsraum und eilte zu Lieutenant Aston hinüber.

„Zeigen Sie mir eine vollständige Karte dieser Sektion sowie der übrigen militärischen Bereiche, Lieutenant. Ich möchte wissen, wie viele Zugänge sie untereinander und zum zivilen Teil der Station besitzen."

Die Finger des Lieutenants glitten über die Tastatur vor ihm, und nur wenig später leuchtete auf einem der Bildschirme seiner Konsole eine grafische Darstellung der vom Militär kontrollierten Sektoren der Erdorbitalstation auf, in der sich die einzelnen Schotte und Aufzüge, durch kräftige rote und gelbe Markierungen gesondert hervorgehoben, wie ein schimmernder Sternenteppich vor Elaine ausbreiteten.

Sie schluckte, als sie sah, wie viele es waren. Im Augenblick jedoch galt es, zunächst einmal die wichtigsten Variablen zu reduzieren; um alles andere konnte sie sich später kümmern. Als Erstes musste sie sicherstellen, dass sich der Saboteur nicht heimlich aus dem Staub machte, im zivilen Teil der Station untertauchte oder sich dort mit einer Kontaktperson traf, um diskreditierende Informationen über Danny Sims zur Erde zu schmuggeln. Darüber hinaus bestand eine gute Chance, dass sich der Täter noch immer in dieser Sektion aufhielt, und wenn das der Fall war, musste sie unbedingt dafür sorgen, dass er bis auf Weiteres auch dort blieb.

Nachdenklich runzelte Elaine die Stirn, während sie in Gedanken ihre Optionen durchging. Die regulären Eingänge sowohl zur Sektion als auch zum militärischen Bereich insgesamt waren leicht zu kontrollieren; ganz anders sah es allerdings mit den vielfältigen Wartungstunneln und Röhren aus, die die komplette Erdorbitalstation wie ein Spinnennetz durchzogen und die geradezu dazu prädestiniert waren, um schnell und unbemerkt an jeden beliebigen Ort zu gelangen. Wenn sie nur die normalen Zugänge verriegelte, war damit noch lange nicht garantiert, dass sie den Saboteur auch wirklich in dieser Sektion einschloss oder ihn am Verlassen der militärischen Zone hinderte.

Einem plötzlichen Impuls folgend beugte sie sich nach vorn und starrte mit brennenden Augen auf den Bildschirm. Es *gab* eine Möglichkeit, auch die Tunnel und Wartungsgänge vom Rest der Station abzutrennen! Jeder der Tunnel besaß eine Vielzahl von Schotten, dicht hintereinander aufgereiht wie die Perlen auf einer Schnur, die sich schlossen, falls der Luftdruck in den einzelnen Sektionen unter eine bestimmte Grenze fiel.

„Ich glaube, es wird wieder einmal Zeit für eine Leckübung", erklärte sie sinnend. „Lieutenant Aston, aktivieren Sie das entsprechende

Sicherheitsprogramm und erhalten Sie es so lange aufrecht, bis ich Ihnen den gegenteiligen Befehl dazu gebe."

Sie erläuterte ihm die notwendigen Spezifikationen und lauschte seinen Worten, als er über die Rundsprechanlage bekannt gab, dass sowohl Sektion 45U-H im Besonderen als auch die übrigen dem Militär unterstellten Sektoren insgesamt bis zum noch unbestimmten Ende der Übung vom Rest der Station isoliert waren.

„Captain, wäre es nicht sinnvoll, die Lecküburg mit einem Ausfall der Kommunikationsverbindungen zu den anderen Bereichen der Erdorbitalstation zu verknüpfen?", fragte Commander Morley beflissen.

Elaine nickte ihm lächelnd zu. Er hatte offensichtlich begriffen, warum es ihr ging. „Das ist eine gute Idee, Commander. Unterrichten Sie die Kommunikationszentrale über die Parameter unserer Übung, danach trennen Sie alle Verbindungen."

„Aye, aye, Captain."

Wenig später griffen ihre Maßnahmen. Weder eine Person noch eine Nachricht konnte nun noch die Sektion verlassen oder, falls dies schon geschehen sein sollte, über den militärisch kontrollierten Teil der Station hinaus- und zu den sensationshungrigen Reportern auf die Erde gelangen. Elaine atmete auf. Wenn der Saboteur nach dem Ende des Einsatzes nicht gerade mit Lichtgeschwindigkeit zur nächsten Funkanlage gestürzt war, um den Medien seine Version der Ereignisse darzulegen, müsste sie es eigentlich geschafft haben, dem Wolf, der mitten unter ihnen sein Unwesen trieb, fürs Erste die Zähne zu ziehen. Dadurch hatte sie Zeit gewonnen - die Zeit, die sie benötigte, um Admiral Jennings von den Geschehnissen in Kenntnis zu setzen.

Ohne ein weiteres Wort zu verlieren, kehrte sie in ihren Bereitschaftsraum zurück, umging mit Hilfe der auf sie zugeschnittenen Kommandoprotokolle die Blockade der Komkanäle und nahm Kontakt mit ihrem Adjutanten auf. Bevor sie allerdings den Mund öffnen konnte, unterbrach er sie und sagte rasch, als hätte er ihre Gedanken gelesen: „Der Admiral erwartet Ihren Anruf bereits, Captain. Eine Verbindung zur Erde steht."

Elaine nickte knapp. Halb hatte sie bereits damit gerechnet. Auch auf der Erde hatte man schließlich Augen im Kopf. Keine zwei Sekunden später erschien Lloyd Jennings' Gesicht auf dem Schirm. Der Admiral blickte ungewöhnlich finster drein.

„Es gibt Probleme", sagte er, noch bevor Elaine ihn begrüßen konnte.

Sie spürte, wie ihre Schultermuskulatur sich schmerzhaft zusammenzog, und holte tief Luft. „Ja, Sir. Haben Sie den Kampf gegen die Hewitts über die Ortung verfolgt?"

„Das habe ich, und ich kann nur hoffen, dass die Angelegenheit nicht so ernst ist, wie es den Anschein hat."

Elaine schluckte hart. „Ich muss Sie leider enttäuschen, Sir. Die Lage ist *sehr* ernst. Wir haben einen Mann verloren."

Der Admiral fuhr zusammen. „Etwa Danny Sims?", rief er erschrocken, und seine Selbstbeherrschung war bei Weitem nicht mehr so gut, wie sie es üblicherweise von ihm kannte.

Es tat ihr gut zu sehen, dass auch er Nerven hatte. Sie schüttelte den Kopf. „Nein, es traf einen Kanonier der *Ace*, Lieutenant Robert Connay. Er starb nach der Berührung mit einem Hewitt."

Die Züge des Admirals glätteten sich wieder. „Das ist sehr bedauerlich - und es verschärft die Situation erheblich. Weitaus mehr Menschen, als uns lieb sein kann, konnten von der Erde aus mitverfolgen, dass die *Joker* den Schwarm vorzeitig verlassen hat. Ich hoffe, es gibt eine sinnvolle Erklärung dafür, andernfalls wird man Fähnrich Sims' Rückzug als Feigheit vor den Hewitts auffassen und ihm die Schuld an Lieutenant Connays Tod geben."

Elaine erschrak, als sie begriff, dass das das eigentliche Ziel des Saboteurs gewesen war. Er musste nicht einmal Informationen zur Erde durchsickern lassen. Der Ablauf des Kampfes sprach für sich, solange die Menschen nichts Genaueres wussten. Ohnmächtiger Zorn kochte in ihr hoch.

Sie berichtete dem Admiral ausführlich, was sich während des Einsatzes zugetragen hatte. „Fähnrich Sims ist überzeugt davon, dass die *Joker* sabotiert wurde, und ich glaube ihm", schloss sie ihre Darstellung. „Angesichts der regelmäßigen Ausfälle des Holoradars ist das die einzige vernünftige Erklärung."

Lloyd Jennings' Gesicht blieb, wie so oft, vollkommen reglos, dennoch genügte ein einziger Blick in seine eisgrauen Winteraugen, um jeglichen Zweifel an seinen Gedanken und Gefühlen hinfortzuwischen. Es schien, als hätten ihre Worte in seinem Inneren ein düsteres, unheimliches Feuer entfacht, eine kalte, tödliche Entschlossenheit, die umso bedrohlicher wirkte, da sie sogar durch die Maske kühler Selbstbeherrschung, die er nach außen hin zur Schau stellte, so deutlich zu spüren war, dass Elaine sich unwillkürlich ein Stück zurücklehnte, um ein wenig mehr Abstand zwischen sich und der grimmigen Präsenz auf ihrem Schreibtisch zu bekommen. Mit belegter Stimme schilderte sie dem Admiral, welche Überlegungen sie und Danny Sims hinsichtlich der veränderten Startroutinen angestellt hatten und welchen Schluss das auf die heutigen Ereignisse zuließ. „Fähnrich Sims befürchtet, dass unsere Techniker keine Ursache für die Fehlfunktion des Radars entdecken werden, und ich schließe mich dem an."

Für einige Sekunden herrschte Schweigen zwischen ihnen, dann sagte der Admiral langsam und mit einer Kontrolliertheit, die angesichts der Gefährlichkeit der Lage geradezu übermenschlich anmutete: „Es sieht so aus, als wüsste der Saboteur genau, an welchen Stellen er den Hebel ansetzen muss, um Fähnrich Sims' Ansehen in den Augen der Öffentlichkeit derart zu ruinieren, dass wir gar keine andere Wahl hätten, als ihn wie einen räudigen Hund nach Hause zurückzujagen. Wir müssen daher mit Sicherheit davon ausgehen, dass er versuchen wird, einen der irdischen Nachrichtensender zu kontaktieren und seine Lügengeschichten publik zu machen. Aus diesem Grund hat die Kontrolle der Informationen, die von der Erdorbitalstation aus nach draußen gelangen, oberste Priorität. Das Problem ist, dass eine Durchsetzung von DSA vor dem Flottenoberkommando - ungeachtet der Tatsache, dass die Admiralität unter den gegebenen Umständen gar keine andere Wahl hat, als meinem Antrag zuzustimmen - in jedem Fall eine gewisse Zeit in Anspruch nehmen wird. Wenn wir Pech haben und der Saboteur schnell ist, könnte ihm selbst dieses knappe Zeitfenster bereits genügen, um seine Nachricht auf den Weg zu bringen."

Elaine schüttelte energisch den Kopf. „Dazu wird es nicht kommen. Unmittelbar nach dem Gespräch mit Fähnrich Sims habe ich eine umfassende Leckübung mit Ausfall aller Kommunikationsverbindungen angeordnet. Wenn sich der Saboteur immer noch hier in der Sektion befindet - was ich für wahrscheinlich halte, da er vermutlich zum technischen Personal um die *Joker* und die *Ace* gehört und deshalb darauf achten muss, sich nicht verdächtig zu machen -, ist er in ihr genauso gefangen wie alle anderen und kann nichts unternehmen."

Der Admiral nickte, als habe er nichts anderes erwartet. „Dann haben wir tatsächlich eine gute Chance, das Schlimmste zu verhindern. Und sobald DSA erst einmal in Kraft getreten ist, brauchen wir uns zumindest um das Informationsleck bis auf Weiteres keine Sorgen mehr zu machen."

Damit hatte er recht. Kein Soldat, kein Techniker und kein noch so unbedeutender Arbeiter würde nach Ausrufung von DSA noch dazu in der Lage sein, sich mit irgendjemandem außerhalb der Station oder auch nur außerhalb des militärischen Bereichs in Verbindung zu setzen. Jegliche Privatpost und anderweitige private Kommunikation wurde unterbunden, außerdem wurden alle Urlaube, Ausgänge und Ausflüge zur Erde, in den nichtmilitärischen Bereich der Station oder zu anderen Planeten auf unbestimmte Zeit gestrichen. Auf diese Weise konnte wirksam verhindert werden, dass erneut Informationen an die Presse gelangten, die falsch, unvollständig oder böswillig erlogen waren. Jeder Kontakt nach draußen würde unweigerlich über ihr Büro laufen, ihren persönlichen Identifikationscode tragen und nur durch diesen abgerufen werden können. Das sollte fürs Erste reichen, um dem Saboteur gehörig Kopfschmerzen zu bereiten.

Trotzdem war sie noch nicht beruhigt. „Es wird nicht genügen, wenn wir die Station von der Öffentlichkeit abschneiden", sagte sie ernst. „Das könnte sogar den Eindruck erwecken, als wollten wir etwas vertuschen. Wir müssen den Medien eine vernünftige Erklärung für den Verlauf des heutigen Einsatzes der *Joker* liefern."

„Das werden wir auch", erwiderte Lloyd Jennings, und die Andeutung eines Lächelns spielte um seine Lippen. „Ich beabsichtige, in Kürze vor die Presse zu treten und die genauen Geschehnisse an Bord der *Joker* und der *Ace* darzulegen."

Elaine hob überrascht die Augenbrauen. „Sie wollen von der Sabotage berichten?"

Der Admiral schüttelte den Kopf. „Nein, natürlich nicht. Wir würden den Schuldigen kaum zu fassen bekommen, wenn wir ihn auf diese Weise bloßstellten. Für die Reporter und die Öffentlichkeit wird der Ausfall des Radars nichts weiter als eine technische Störung sein, alle anderen Details werden jedoch der Wahrheit entsprechen. Fähnrich Sims hat heute große Umsicht und noch größeren Mut bewiesen, und ich werde dafür sorgen, dass er die Anerkennung erhält, die ihm zusteht." Er beugte sich vor, und seine grauen Augen schimmerten hypnotisch. „Wir werden einen so strahlenden Helden aus ihm machen, dass selbst dem letzten Schreihals die Luft ausgeht! Niemand wird danach noch auf die Idee kommen, sein Engagement für die Erde in Zweifel zu ziehen oder die Gambler weiterhin mit Dreck zu bewerfen!"

Elaine lächelte grimmig. „Es scheint, als hätte uns der Saboteur unfreiwillig einen Gefallen getan. Durch seine Manipulation wurde der Fähnrich in eine Lage gebracht, in der er beweisen musste, wie ernst es ihm tatsächlich mit seinem Willen zur Verteidigung der Menschheit ist, und sein Verhalten hat gezeigt, dass er ohne zu zögern bereit ist, sein Leben dafür zu geben. Nicht einmal der bornierteste Reporter wird jetzt noch behaupten können, dass er den Einsatz gegen die Hewitts als Spiel ansieht. Allerdings" - sie starrte düster auf den Monitor vor sich, und ihre Hände ballten sich unter der Tischplatte zu Fäusten - „wird uns die ganze Öffentlichkeitsarbeit nichts nützen, wenn der Saboteur erneut zuschlägt und abermals eine Katastrophe heraufbeschwört."

Der durchdringende Blick des Admirals bohrte sich wie ein Laserskalpell in ihre Seele, und seine Augen glitzerten so hart und kalt wie geschliffener Diamant. „Sie müssen diesen Verrückten unbedingt finden und ausschalten!"

Elaine schnaufte frustriert. „Darüber bin ich mir völlig im Klaren. Allerdings wird die Sache nicht leicht werden. Es arbeiten weit über hundert Menschen in der Sektion 45U-H. Jeder von ihnen könnte der Saboteur sein, und es wäre auch durchaus denkbar, dass jemand aus einer anderen Sektion dafür verantwortlich ist."

„Schränken wir zunächst den Kreis der Verdächtigen ein und gehen davon aus, dass sich der Täter im unmittelbaren Umfeld des Fähnrichs befindet. Jemand, der in mehr oder weniger engem Kontakt mit Mr. Sims steht, vielleicht zusammen mit ihm arbeitet, ihm auf den Korridoren über den Weg läuft, bei den Mahlzeiten in der Messe am Nachbartisch sitzt. Je größer die alltäglichen Berührungspunkte, desto mehr wird dadurch auch der Hass auf die Gambler geschürt. Um jedoch in dieser Hinsicht die Variablen soweit wie möglich zu kontrollieren, sollten wir als Erstes dafür sorgen, dass der Zugang zur Sektion für alle, die nichts in ihr zu suchen haben, auch für die Zeit nach Ihrer Leckübung dauerhaft gesperrt bleibt. Programmieren Sie die Aufzüge und Schotten, die die Sektion mit anderen verbinden, so um, dass sich die Türen nur noch vor dem sektionseigenen Personal öffnen. Sollte danach erneut jemand versuchen, sich an der *Joker* zu schaffen zu machen, wissen wir, dass der Saboteur nur aus Ihrer Sektion kommen kann."

Elaine nickte nachdenklich. Das war zweifellos eine gute Idee, zudem recht einfach durchzuführen. Es war ohnehin nicht so, dass die Sektion bislang jedermann offengestanden hätte - immerhin befand sie sich tief im militärischen Teil der Erdorbitalstation -, aber spezielle Sicherheitsvorkehrungen, wie sie etwa für die Bereiche existierten, in denen sich die Waffensysteme der Station oder der Energiekern befanden, hatte es nicht gegeben.

„Ich werde die entsprechenden Änderungen sofort im Anschluss an unser Gespräch vornehmen", erwiderte sie. Waren die Modifikationen erst einmal in die Programmroutinen der Sektion eingefügt, würde nur noch das Personal, das für die Wartung der *Joker* und der *Ace*, für den Betrieb der Krankenstation und der Funkleitzentrale nötig war, Zutritt erlangen können. Allein in Ausnahmefällen, wie etwa einem medizinischen Notfall, in dem das aktive Personal der kleinen Krankenstation nicht mehr ausreichend war, wäre es sektionsfremden Soldaten dann noch möglich, die Sektion ohne Elaines vorherige Zustimmung zu betreten. Es war zwar nur ein erster Schritt, aber immerhin ein Anfang. Leider half ihnen das nicht im Geringsten bei der Lösung des eigentlichen Problems.

Ratlos hob sie die Schultern. „So weit, so gut. Aber wie sollen wir weitere Manipulationen an der *Joker* verhindern? Ich weiß nicht, wem ich noch trauen kann. Jeder, der näher mit der *Joker* zu tun hatte, könnte der Saboteur sein, und ich kann die Techniker nicht von ihr fernhalten. Das Schiff muss gewartet und auf die Einsätze vorbereitet werden."

Die Miene des Admirals verfinsterte sich. „Das ist in der Tat ein Problem. Solange wir keinen Anhaltspunkt haben, wer hinter den Anschlägen steckt, ist jeder verdächtig. Man kann leider niemandem ansehen, wie er über die Gambler denkt."

„Vielleicht sollte das Personal der Sektion in dieser Hinsicht einmal gründlich durchleuchtet werden. Es wäre doch möglich, dass der eine oder andere sich bereits früher als Gegner der Gambler hervorgetan hat. Eine solche Information könnte uns bei der Suche nach dem Saboteur weiterhelfen."

„Ich werde das sofort veranlassen. Allerdings ist nicht gesagt, dass jemand, der irgendwann einmal an Aktionen gegen die Gambler teilgenommen hat, auch jetzt wieder versucht, ihnen zu schaden."

„Das ist mir bewusst, Sir, aber einen anderen Ansatzpunkt haben wir im Augenblick nicht."

Admiral Jennings schaute sie sinnend an. „Wie steht es mit diesem Lieutenant Thornsburg? Könnte er nicht hinter der Sabotage stecken?"

Elaine überlegte kurz. Thornsburg war äußerst ehrgeizig, und er hatte sich aufgrund dessen bereits einmal dazu hinreißen lassen, die *Joker* zu manipulieren, doch das war im Verlauf einer Übung geschehen und nicht bei einem echten Angriff. „Ich weiß nicht. Der Lieutenant und sein Team sind durch die Sabotage in akute Lebensgefahr geraten. Sie hätten alle sterben können. Somit hätte es Lieutenant Thornsburg keinerlei Vorteile erbracht, die *Joker* zu sabotieren."

„Vielleicht hat er sich selbst überschätzt. Wenn er geglaubt hat, Fähnrich Sims' Stelle einnehmen zu können, hätte er durchaus ein Motiv für die Sabotage."

Dieses Mal schüttelte Elaine sofort den Kopf. „Das kann ich mir nicht vorstellen. Lieutenant Thornsburg ist zwar ehrgeizig, aber er ist nicht dumm. Die Ergebnisse, die die *Joker* und die *Ace* im Training erzielt haben, sprechen eine viel zu deutliche Sprache. Dem Lieutenant *muss* klar gewesen sein, dass er an die Leistungen des Jungen nicht im Mindesten heranreichen kann."

Admiral Jennings zuckte mit den Schultern. „Wahrscheinlich haben Sie recht, Captain Wilding. Es ist wohl sinnlos, den Saboteur allein aufgrund von Überlegungen finden zu wollen. Das Wichtigste ist, eine erneute Manipulation der *Joker* zu verhindern."

„Aber wie? Solange völlig unklar ist, wer die vorherigen Sabotagen begangen hat, kann ich niemanden konkret überwachen lassen, und bei den Technikern und Programmierern ist mir das ohnehin nicht möglich. Ich verstehe nicht genug vom Innenleben der *Joker*, um eine Sabotage verhindern zu können. Ich könnte direkt neben dem Saboteur stehen und ihm zuschauen, ohne zu bemerken, was er vorhat."

Der Admiral schwieg für einen Moment, und Elaine konnte die Gedanken hinter seiner Stirn förmlich rattern hören. Sein Blick schien sich kurz nach innen zu richten, dann sagte er bedächtig: „Es ist nicht nötig, dass Sie persönlich jeden Zentimeter der *Joker* beaufsichtigen. Wir sollten auf eine gegenseitige Kontrolle der Techniker setzen. Teilen Sie die Arbeiter neu ein. Lassen Sie die Techniker der Sektion Doppelschichten fahren und sorgen Sie dafür, dass selbst Arbeiten, die von einer Person hätten ausgeführt werden können, ab sofort stets von zweien übernommen werden."

Elaine beugte sich interessiert vor. „Sie meinen, wenn sich die Arbeiter gegenseitig auf die Finger schauen, wird das vielleicht einen neuen Sabotageversuch im Keim ersticken?"

Der Admiral nickte. „Das hoffe ich. Aber darauf allein müssen wir uns nicht verlassen. Beordern Sie eine Wachmannschaft in die Sektion. Sie soll im Hangar Aufstellung beziehen und die beiden Schiffe nicht mehr aus den Augen lassen. Die Soldaten sind zwar keine Spezialisten, was die technischen Belange der Prototypen angeht, aber sie können die Augen offen halten, und bereits ihre bloße Präsenz mag abschreckend wirken. Wer auch immer die *Joker* sabotiert hat, soll sehen, dass wir nicht gewillt sind, derartige Machenschaften noch länger hinzunehmen."

„Hoffen wir, dass er nicht erkennt, wie wenig wir derzeit dagegen unternehmen können", gab Elaine missmutig zurück.

„Diese Maßnahmen müssen fürs Erste ausreichen. Es können schließlich nicht alle Menschen gegen die Gambler sein, und selbst die, die eine gewisse Abneigung hegen, werden doch nicht das Risiko eingehen, die Erde zu gefährden. Nach dem Debakel der *Ace* muss allen klar geworden sein, welche Folgen es haben kann, Fähnrich Sims zu schaden."

„Es reicht leider, wenn ein einziger Fanatiker skrupellos genug ist, Menschenleben zu opfern, nur um die Gambler zu diskreditieren", meinte Elaine düster.

„Das ist wahr." Der Admiral holte tief Luft. „Wenigstens können wir durch die Konferenz Fähnrich Sims aus der Schusslinie bringen. Es wäre fatal, wenn sein Erfolg über den letzten Schwarm durch die Irrsinnstat eines Einzelnen wieder zunichtegemacht werden würde." Er lehnte sich in seinem Stuhl zurück, ein unübersehbares Zeichen, dass er das Gespräch beenden wollte. „Kümmern Sie sich um die Veränderungen in der Sektion, Captain Wilding, während ich dafür sorge, dass DSA ausgerufen wird. Ich melde mich bei Ihnen, sobald ich die Zustimmung des Flottenoberkommandos erhalten habe."

„Aye, aye, Sir."

Der Schirm erlosch. Elaine ließ sich genau eine Minute Zeit, dann setzte sie die Maßnahmen, die der Admiral vorgeschlagen hatte, in die Tat um. Aber damit waren ihre Pflichten noch nicht erfüllt. Mit gemischten Gefühlen rief sie Chief Prent zu sich und schilderte ihm die Störung, die das Holoradar der *Joker* gezeigt hatte. Anschließend gab sie ihm seine Befehle.

„Sie werden die Ursache für den Ausfall der Holografie finden und beseitigen. Falls Sie nichts entdecken - und damit müssen Sie rechnen -, suchen Sie nach Spuren, die Ihnen einen Hinweis darauf liefern, auf welche Weise die *Joker* manipuliert worden ist. Außerdem halte ich es für möglich, dass weitere, derzeit inaktive Programme in den Computer des Schiffs eingegeben worden sind und zu einem späteren Zeitpunkt wirksam werden könnten. Suchen Sie auch danach! Es darf auf gar keinen Fall noch einmal passieren, dass es bei der *Joker* während eines Einsatzes zu Fehlfunktionen kommt."

Der Chief runzelte verwirrt die Stirn, aber er fragte nicht, sondern nickte nur. „Aye, aye, Captain."

Er wollte sich abwenden, aber sie hielt ihn zurück. „Nehmen Sie noch mindestens einen weiteren Programmierer mit, der Ihnen hilft. Außerdem wird Ihnen der Chefmechaniker der *Joker* zur Hand gehen. Es wäre immerhin möglich, dass das Problem nicht in der Software, sondern in der Hardware zu suchen ist."

Es war eine Ausrede, und er mochte es erkennen, aber das war ihr gleichgültig. Sie hatte nicht vor, ihn noch einmal unbeaufsichtigt an der *Joker* arbeiten zu lassen. So sehr sie auch verabscheute, es zugeben zu müssen, konnte sie doch nicht die Wahrheit leugnen. Es war, wie Admiral Jennings bereits vor geraumer Zeit angedeutet hatte: Wenn es um Danny Sims ging, konnte sie ihren vormals zuverlässigsten Leuten nicht mehr trauen.

26. Kapitel

Danny sah nicht ein einziges Mal auf, während er den kurzen Weg vom Bereitschaftsraum des Captains zur Krankenstation zurücklegte. Schwere, trübsinnige Gedanken erfüllten ihn und lasteten wie ein Joch auf seinen Schultern. Er spürte, wie sie immer weiter nach unten sanken und wusste, dass es besser gewesen wäre, sich ihrem Gewicht nicht so bereitwillig zu ergeben, aber er schaffte es einfach nicht, seine Gestalt wieder zu straffen und den Kopf zu heben. Er war zu müde, viel zu müde.

Als er die Station betrat, eilte ihm Sherman Hewitt entgegen. Das sorgenvolle Gesicht des Wissenschaftlers war wie eine Klinge, die sich geradewegs in sein Herz bohrte.

„Da sind Sie ja endlich, Mr. Sims! Wie geht es Ihnen?"

Danny brachte nur ein einziges Wort heraus. „Gut."

„Gut?" Der Professor furchte die Stirn. „Sie müssen vor mir keine Stärke beweisen. Ihr Kampf ist vorbei, also lassen Sie sich helfen." Er winkte Danny, ihm in den hinteren Teil der Krankenstation zu folgen. Als sie an den gläsernen Fenstern der Behandlungskabinen vorbeikamen, spürte Danny, wie sich sein Magen zu einem eisenharten Klumpen verkrampfte und sein Herz schmerzhaft gegen seine Rippen zu hämmern begann. Als hätte er einen eigenen Willen, glitt sein Blick suchend in jede der Kabinen hinein, forschte nach dem Schrecklichen, das niemals hätte geschehen dürfen - und wurde fündig.

Sein Schritt stockte; langsam hob er die Hände, presste sie gegen die Scheibe und starrte voll Grauen auf die reglose Gestalt, die still in einem der Betten lag. Sie war vollständig mit einem Laken bedeckt.

Wie in Trance registrierte er, dass Sherman Hewitt neben ihn getreten war und ihm tröstend eine Hand auf die Schulter legte. „Ich wünschte, wir hätten mehr für Lieutenant Connay tun können", murmelte er dumpf.

Danny hörte seine Worte kaum. Mechanisch setzte er sich in Bewegung und betrat das Behandlungszimmer. Er musste Robert ansehen. Er musste ihn sehen, sonst würde er niemals glauben können, dass er tatsächlich tot war.

Die Geräte am Kopfende des Bettes waren abgeschaltet, die Lichter der Kontrollen und Displays erloschen. Eine unnatürliche Stille lastete in der Kabine. Sie war so tief, dass er kaum zu atmen wagte.

Dicht vor dem Bett hielt er inne, holte zitternd Luft - und zog das Laken zur Seite. Er versuchte, vorbereitet zu sein, aber er war es trotzdem nicht. Roberts Anblick traf ihn wie ein Schlag. Er keuchte erstickt auf, als er das bleiche, leblose Gesicht des Lieutenants sah. Die gesunde Färbung seiner vormals sonnengebräunten Haut war nicht mehr zu erkennen, sie wirkte jetzt stumpf, fast wie Wachs, und auf Roberts Stirn leuchtete als düsteres Fanal ein tiefroter Fleck. Dort musste ihn der Hewitt berührt haben.

Danny senkte den Kopf und nahm stumm Abschied von seinem Freund. Robert war tatsächlich sein Freund gewesen, einer der wenigen, die er gehabt hatte. Und obwohl die Sabotage Robert das Leben gekostet hatte, war er selbst doch auch für seinen Tod mitverantwortlich.

Die Gedanken, die er im Hangar noch, wenn auch nur mit Mühe, hatte kontrollieren können, holten ihn ein. Sie brachen mit derartiger Macht über ihn herein, dass er sich ihrer nicht mehr erwehren konnte.

Er hätte es wissen müssen! Er hätte damit rechnen müssen, dass die Fehlfunktion auf eine Sabotage zurückging, und statt sofort angsterfüllt das Weite zu suchen, hätte er innehalten und nur einen Augenblick nachdenken müssen. Dann hätte er erkannt, was die angebliche Fehlfunktion in Wirklichkeit war und welche Motive hinter der Manipulation der *Joker* steckten. Das Schlimmste war, dass die Veränderung an sich nicht schwerwiegend gewesen war. Wenn er nur ruhig geblieben wäre und die Entwicklung noch ein wenig länger beobachtet hätte, wäre ihm aufgefallen, dass die Ausfälle sich nicht verschlimmerten, sondern einem bestimmten Rhythmus folgten. Dann hätte er den Einsatz nicht abbrechen müssen und Robert wäre jetzt noch am Leben.

Beschämt dachte er an den ersten Ausfall und seine Reaktion darauf zurück. Er war alles andere als ruhig geblieben. Der Aussetzer des Holoradars hatte ihm solches Entsetzen eingeflößt, dass er überhaupt nicht nachgedacht hatte. Stattdessen hatte er nichts Besseres zu tun gehabt, als Captain Wilding die Ohren voll zu heulen, und für einen kurzen, erbärmlichen Moment hatte er sich nichts mehr gewünscht, als dass sie ihn abbrechen ließ. In dieser Sekunde hatte er nicht daran gedacht, dass Lieutenant Thornsburg im Schwarm keine Chance besaß.

Und als der Gedanke daran endlich den Nebel der Furcht durchdrungen hatte, war es bereits zu spät gewesen. Captain Wilding hatte ihm befohlen, den Schwarm zu verlassen, und er hatte es getan, obwohl er gewusst hatte, dass es falsch war. Er hätte niemals zulassen dürfen, dass die *Ace* für die *Joker* übernahm. Die Katastrophe war leider nur allzu vorhersehbar gewesen.

Seine Rückkehr in den Schwarm war deshalb nicht heroisch, sie war nichts weiter als der verzweifelte Versuch, sein vorheriges Versäumnis wiedergutzumachen. Dabei tröstete es ihn auch nicht, dass er die restliche Crew der *Ace* und vermutlich eine Menge Leute auf der Erde vor einem schrecklichen Tod bewahrt hatte, denn das war von Anfang an seine Aufgabe gewesen, eine Pflicht, von der er sich heute allzu schnell und bereitwillig hatte abbringen lassen.

Ein bohrender Schmerz erfüllte seine Brust, während er stumm auf Roberts leblosen Körper herabblickte. Aber selbst wenn er heute schneller und weitsichtiger gehandelt hätte, musste er doch einer hässlichen Wahrheit ins Gesicht sehen: Die *Joker* war nur deshalb manipuliert worden, weil er ein Gambler war. Wer auch immer der Saboteur war, musste ihn aus tiefster Seele hassen, und solange er nicht gefasst war, war es noch nicht vorbei. Trotz aller Versicherungen von Captain Wilding konnte sich der Täter jederzeit wieder an der *Joker* zu schaffen machen. Er hatte es bisher geschafft, unerkannt zu bleiben, also würde ihm das auch weiterhin gelingen. Und damit war nicht nur sein eigenes, sondern auch das Leben der Mädchen in Gefahr.

Danny erstarrte innerlich und bemerkte kaum, dass Sherman Hewitt irgendwann zu ihm trat. Die Worte des Professors, mit denen er ihn zur Untersuchung holte, konnten nicht wirklich zu ihm durchdringen. Schweigend ließ er die Prozedur über sich ergehen, sagte nur dann etwas, wenn der Wissenschaftler ihn direkt ansprach, aber selbst dann waren seine Antworten mechanisch. Seine Gedanken waren weit fort und zeichneten ihm ein Bild von dem Weg, der vor ihm lag. Er gefiel ihm nicht, und doch würde er ihn gehen müssen.

27. Kapitel

Unruhig lief Mady auf dem zentralen Korridor der Sektion auf und ab. Sie hatte geduscht, sich umgezogen und war danach zu Dannys Kabine hinübergegangen, aber er hatte sich auf ihr Signal hin nicht gemeldet. Er musste noch beim Captain oder in der Krankenstation sein, deshalb hatte sie beschlossen, ihn auf dem Korridor abzupassen. Alles in ihr drängte sie danach zu erfahren, was er entdeckt haben mochte, denn eins wusste sie schon jetzt: Es war mit Sicherheit nichts Gutes.

Während Anspannung und Furcht ihre Krallen immer tiefer in ihren Magen gruben und sich ihre Kehle mehr und mehr in eine ausgedörrte Wüste verwandelte, flehte sie inständig, Danny möge endlich auftauchen. Sie hielt die Ungewissheit allmählich nicht mehr aus.

Als sich schließlich das Schott zur Funkleitzentrale öffnete und Dannys schmale Gestalt im Korridor erschien, seufzte sie erleichtert auf, doch ihre Freude währte nur kurz. Statt den Weg zu seiner Kabine einzuschlagen, verschwand er sofort wieder in der Krankenstation. Er hatte sie nicht einmal bemerkt.

Mady fluchte leise vor sich hin. Mit heftig klopfendem Herzen und schweißfeuchten Händen nahm sie ihre unruhige Wanderung wieder auf, während die Sekunden und Minuten mit zermürbender Langsamkeit wie dicke Wassertropfen auf einer Scheibe an ihr vorbeirannen. Einmal steckte Jenn den Kopf aus ihrem Quartier und sah zu ihr heraus. Ihr Blick war eine einzige Frage. Mady zuckte hilflos mit den Schultern und wies stumm in Richtung Krankenstation. Jenn verzog das Gesicht und verschwand wieder hinter ihrem Schott.

Dann, endlich, öffnete sich die Tür zu Sherman Hewitts Reich, und Danny trat heraus. Er trug jetzt nicht mehr seinen Raumanzug, sondern eine seiner blauen Uniformen. Sie waren genau auf seine Größe zugeschnitten, und noch vor wenigen Tagen hatten sie ihm perfekt gepasst, aber heute schien ihm die Uniform plötzlich zu groß zu sein. Sie hing zerknittert und schlaff an seinem Körper, und Mady erkannte erschrocken, dass Danny seit seiner Ankunft auf der Station merklich dünner geworden war.

Er war stets schmal gewesen, doch nun wirkte er zerbrechlich, beinahe ausgemergelt, als könne ihn selbst der leiseste Windhauch wie ein welkes Blatt zu Boden schleudern und mit sich davontragen. Sein Gesicht war eingefallen, sodass seine Wangenknochen ungewöhnlich deutlich hervortraten, seine Augen lagen tief in den Höhlen und wurden von dunklen Schatten umrahmt. Sein schwarzes, leicht gewelltes Haar hatte seinen schimmernden Glanz verloren. Stumpf und feucht von dem Schweiß, der in feinen Tropfen auch von seiner Stirn perlte, lag es dicht an seinem Kopf an.

Es schnürte ihr die Kehle zu, ihn so zu sehen, und das dumpfe Gefühl des Unheils, das ihren Magen wie eine stählerne Klammer umschlossen hielt, wurde von einem grellen Schmerz durchzuckt.

„Danny", rief sie, so rau und krächzend, dass sie ihre Stimme selbst fast nicht erkannte.

Erst jetzt sah er auf, hob den Kopf so langsam, als hätte er kaum noch die Kraft dazu. Mady wollte auf ihn zustürzen, ihn berühren, ihm irgendwie Trost spenden, doch sein Blick bannte sie auf der Stelle. Er war hart und verschlossen, sein Gesicht wie aus Stein gemeißelt.

„Danny", flüsterte sie noch einmal.

Er kam auf sie zu, gelangte mit ihr auf gleiche Höhe - und ging an ihr vorbei. Mady brauchte fast zwei Sekunden, um zu begreifen, dass er nicht stehen bleiben würde, dann warf sie sich herum und eilte an seine Seite. Eine Aura der Erschöpfung und Anspannung umgab ihn. Sie schauderte, als sie darin eintauchte, und der Schmerz in ihrer Körpermitte wurde noch stärker.

„Wie geht es dir?", fragte sie leise, zaghaft.

Danny zuckte zusammen, nur ganz leicht, aber sie spürte es trotzdem. „*Mir* geht es gut."

Die Schärfe der Selbstanklage in seinen Worten erschreckte sie zutiefst. „Du hast getan, was du konntest", erwiderte sie hastig, und es gelang ihr nur mit äußerster Mühe, das Zittern, das ihr Innerstes erfüllte, nicht nach außen dringen zu lassen.

Er antwortete nicht, sondern ging, den Blick stur auf den Boden gerichtet, weiter.

Doch so schnell gab Mady nicht auf. „Du hast viel mehr getan, als jeder andere hätte tun können."

Sein Gesicht wurde noch starrer. „Wie willst du das wissen?"

„Ich kenne dich."

Ein erstickter Laut drang über seine Lippen, und plötzlich ging er schneller. Es schien fast so, als wolle er vor ihr davonlaufen. Aber das würde sie nicht zulassen. Sie nahm ihn beim Arm, ging langsamer und zwang ihn, sich ihrem Tempo anzupassen. Andernfalls hätte er sich schon gewaltsam von ihr losreißen müssen. Er tat es nicht, aber er weigerte sich noch immer, sie anzusehen.

Mady blieb stehen und verstärkte ihren Griff um seinen Arm. „Danny, was ist da draußen wirklich passiert?"

Danny war ebenfalls stehen geblieben, hielt sich aber so weit von ihr entfernt, wie ihr Arm es zuließ. „Es ist nichts", murmelte er kaum verständlich.

„Nichts?"

„Nichts, was du wissen müsstest."

„Captain Wilding hast du es erzählt."

„Sie ist der Captain."

„Und ich fliege mit dir gegen die Hewitts. Wenn es etwas gibt, das Captain Wilding unbedingt erfahren musste, dann wird es für Ellie, Jenn, Val und mich ebenfalls von Interesse sein. Wir sind der Gefahr immerhin sehr viel näher, als Captain Wilding es je sein wird."

„Das habe ich nicht vergessen."

„Dann erzähl mir, was los ist."

„Nein."

„Bitte."

„Nein!"

„Aber wir müssen die Fakten kennen, sonst finden wir keine ruhige Minute mehr!"

Er sah ruckartig auf, und sie zuckte unwillkürlich zusammen, als sein schmerzerfüllter Blick sie traf. „Und du glaubst wirklich, das würde sich ändern, wenn du Bescheid weißt?", rief er verbittert.

„Natürlich. Wenn man Bescheid weiß, kann man auch handeln."

„Ihr habt mit der Sache nichts zu tun, und ihr könntet auch nicht handeln. Captain Wilding wird alles tun, was nötig ist."

Irgendwie klang das nicht besonders überzeugend, und er glaubte selbst nicht daran, das konnte sie ihm ansehen. Er wirkte hilflos, resigniert und auf eine bedrückende Weise abgeschnitten von der sprühenden, konzentrierten Vitalität und seiner ruhigen, selbstsicheren Gelassenheit, die sie schon so oft an ihm bewundert hatte. Nie zuvor hatte sie ihn in einem derart bemitleidenswerten Zustand erlebt, und allmählich bekam sie wirklich Angst um ihn.

Angesichts seiner inneren Qual, die heiß wie Fieber von ihm ausstrahlte, schrumpfte die Frage, was sich vorhin während des Einsatzes tatsächlich an Bord der *Joker* abgespielt hatte, schlagartig zu einem Häufchen Staub zusammen, wurde beiseite gefegt von der schockierenden Erkenntnis, dass Danny geradewegs auf einen seelischen und körperlichen Kollaps zusteuerte. Sie streckte auch ihre andere Hand nach ihm aus, wollte ihn berühren, ihn vielleicht umarmen, doch er schreckte heftig vor ihr zurück, die Augen angstvoll geweitet, so als dachte er, sie wolle ihn angreifen.

Verwirrt hielt sie inne, lockerte unwillkürlich den Griff um seinen Arm. Er schien nur darauf gewartet zu haben. Mit einem Ruck löste er sich von ihr und trat hastig zwei Schritte von ihr fort. Es schnürte ihr das Herz ein.

„Danny, was ist bloß los mit dir?"

Er rang mit seiner Angst. Der Kampf spiegelte sich in seiner Mimik wider, und er verlor ihn. Plötzlich zitterte er, nur seine Stimme war noch kontrolliert. „Nichts."

„Aber das ist nicht wahr! Glaubst du, ich habe keine Augen im Kopf? Glaubst du, ich sehe nicht, was für schreckliche Angst du hast? Können wir unsere Sorgen nicht teilen?“

Er schrak noch weiter vor ihr zurück. „Nein.“

„Warum nicht?“

„Es geht nicht.“

„Nenn mir nur einen guten Grund!“

Dannys Haltung verkrampfte sich plötzlich. „Es geht dich nichts an.“

„Aber ...“

„Nichts aber. Die Angelegenheit betrifft mich allein. Du und die anderen habt nichts damit zu tun.“

„Das glaube ich nicht.“

„Glaube, was du willst. Das ist nicht mein Problem.“ Seine Stimme war auf einmal kalt wie Eis.

Mady zuckte zusammen. „Warum tust du das?“, fragte sie leise. „Ich ... ich dachte, wir wären Freunde.“

„Wenn du wirklich ein Freund wärst, würdest du mich in Ruhe lassen. Kannst oder willst du nicht begreifen, dass ich allein sein will?“

Tränen traten ihr in die Augen. „Ich wollte dir doch nur helfen.“

„Ich brauche deine Hilfe nicht. Ich komme sehr gut allein zurecht.“

Damit wandte er sich ab und ging steif die letzten Schritte bis zu seiner Kabinentür. Mady sah ihm wie erstarrt hinterher, unfähig, etwas zu sagen oder sich zu rühren. Dafür drehte sich Danny noch einmal zu ihr um, bevor er in seiner Kabine verschwand.

„Du brauchst mich nachher nicht zum Essen abzuholen. Ich ziehe es vor, auch im Speisesaal in Zukunft für mich zu bleiben.“

Sie erhielt keine Gelegenheit, etwas darauf zu erwidern, so schnell verschwand er in seinem Quartier. Aber selbst wenn er noch gezögert hätte, hätte sie geschwiegen. Danny hatte ihr unmissverständlich klargemacht, wie die Dinge zwischen ihnen standen. Die Welt schien von ihr abzurücken, wurde flach und tot wie eine verblichene Fotografie, und ihre Gedanken verwehten in der Stille, die sich schwer und betäubend auf sie herabsenkte. Sie bemerkte nicht einmal die Tränen, die über ihre Wangen liefen.

* * *

Danny taumelte, kaum dass sich das Schott hinter ihm geschlossen hatte. Er sackte in die Knie, schlang sich die Arme um den Leib und stöhnte voller Qual. Der Schmerz in seinem Herzen war schier unerträglich, und mit jeder Faser drängte es ihn, aufzuspringen, auf den Korridor zu laufen und Mady um Vergebung zu bitten. Mehr als alles andere wünschte er sich, er könnte ihr Angebot annehmen, ihre Berührung, ihre Umarmung und den Trost, den sie ihm spenden wollte, akzeptieren. Sie hätte vielleicht den dunklen Schatten der Angst gelichtet und das Zittern aus seinen Gliedern vertreiben können, und vielleicht hätte seine Nähe auch ihr helfen können.

Trotzdem rührte er sich nicht von der Stelle. Der Schmerz, so grausam mit Mady gesprochen zu haben, brannte wie Feuer in seiner Seele, und viel lieber hätte er sich selbst ein Messer in die Brust gestoßen, als ihr Kummer zuzufügen, aber er hatte keine Wahl gehabt. Wenn er sie jetzt nicht von sich wies, hätte er später nicht mehr die Kraft dazu - und auch nicht den Willen, das wusste er. Er mochte sie, und es war unübersehbar, dass sie für ihn das Gleiche empfand; gerade deshalb aber musste er sie auf Abstand halten. Wenn er es nicht tat, würde der Hass, der im Augenblick noch ihm allein galt und trotzdem schon ein unschuldiges Opfer gefordert hatte, unweigerlich auch sie treffen, und das konnte er nicht zulassen - auch dann nicht, wenn das bedeutete, dass er ihr wehtun musste.

Und er *hatte* sie verletzt. Er hatte ihre fassungslose Miene gesehen, ihre Enttäuschung und ihre Tränen. Genau das hatte er erreichen wollen. Er hatte dafür gesorgt, dass sie von nun an keine Freunde mehr waren.

Ein erstickter Schluchzer bahnte sich den Weg bis in seine Kehle und wurde von der Stille seiner Kabine verschluckt. Von nun an würde er wirklich allein sein.

28. Kapitel

Sekunden wurden zu Minuten, Minuten zu Stunden, während Mady reglos auf das Schott zu Dannys Quartier starrte. Ein Teil von ihr wollte mit den Fäusten gegen seine Tür trommeln, wollte schreien und zetern, bis er gar nicht anders konnte, als sie hereinzulassen und ihr Rede und Antwort zu stehen; ein anderer aber machte ihr mit schonungsloser Härte klar, dass Danny alles gesagt und es auch genauso gemeint hatte. Daran hätte sie höchstens dann zweifeln können, wenn er zu ihr zurückgekommen wäre. Aber er kam nicht, das Schott blieb verschlossen und sie allein. Eine Ewigkeit schien zu vergehen. Es war, als flösse der Zeitstrom plötzlich an ihr vorbei, während sie einsam und vergessen auf dem Korridor stand.

Als sich ihr mit einem Mal eine Hand auf die Schulter legte, zuckte sie so stark zusammen, als hätte sie einen elektrischen Schlag erhalten.

„Es tut mir leid", klang Jenns Stimme hinter ihr auf. „Ich wollte dich nicht erschrecken. Ich wollte dich nur fragen, wie es gelaufen ist."

Mady drehte sich wie in Zeitlupe zu ihr um. Jenns Augen weiteten sich, als sie ihr ins Gesicht sah, und erst jetzt bemerkte Mady die Tränen, die ihr die Wangen hinabliefen. Sie schluckte heftig und hob hastig die Hand, um sie fortzuwischen, aber es gelang ihr nicht. Kaum waren die einen fort, kamen andere nach. Hilflos ließ sie die Hand wieder sinken.

Jenn schüttelte bekümmert den Kopf. „Ich sehe schon, euer Gespräch hat keine frohe Wendung genommen." Sie nahm sie beim Arm. „Komm, Mady, lass uns in meine Kabine gehen. Dort kannst du mir genau erzählen, was Danny gesagt hat." Sie warf einen schnellen Blick den Korridor hinauf und hinunter. „Hier ist ohnehin nicht der rechte Ort, um das zu besprechen."

Mady schrak ein zweites Mal zusammen und sah sich ebenfalls hastig um. Hatte noch jemand außer Jenn ihre Tränen bemerkt? Erleichtert nahm sie zur Kenntnis, dass der Gang leer war. Das aber musste nicht mehr lange so bleiben, und das Letzte, wonach ihr im Moment der Sinn stand, waren neugierige Fragen oder gehässige Kommentare von Val oder einem ihrer rassistischen Spießgesellen. Plötzlich fühlte sie sich wie ein Kaninchen auf freiem Feld, das gerade den Schatten eines jagenden Habichts vor sich über das Gras gleiten sieht, und nur zu gerne folgte sie dem beruhigenden Zug von Jenns Hand bis zu ihrer Kabinentür. Gleich darauf betraten sie Jenns kleines Reich. Ihre Kameradin bugsierte sie zu einem Stuhl und zwang sie mit sanftem Druck, dort Platz zu nehmen.

„Möchtest du etwas trinken?"

Mady nickte stumm.

Jenn ließ für sie beide einen Saft kommen, den sie ein paar Sekunden später aus einem kleinen Ausgabefach, das denen an den Tischen in der

Messe glich, entnahm. Mady nahm ihr Glas dankbar entgegen, umklammerte es wie einen Rettungsanker. Sie trank in kleinen, zaghaften Schlucken, und endlich löste sich die enge Klammer um ihren Hals ein wenig. Sie beruhigte sich sogar so weit, dass ihre Tränen versiegten.

„Möchtest du mir jetzt erzählen, was zwischen dir und Danny vorgefallen ist?", fragte Jenn nach einer Weile. Ihr Tonfall war nicht drängend, sondern bot Verständnis an, falls sie noch schweigen wollte.

Doch Mady wollte es nicht für sich behalten. Sie musste mit jemandem darüber reden. Vielleicht konnte Jenn es begreifen, vielleicht konnte sie ihr erklären, was in Danny vorgegangen war. Dabei hoffte sie so sehr auf Jenns Rat, wie sie ihn fürchtete. Was war, wenn Jenn noch mehr Salz in die Wunde streute, wenn sie voller Verachtung über Danny zu sprechen begann und ins gleiche Horn stieß wie das unüberschaubare Heer jener, die in Gamblern nichts anderes sahen als eine Bande gewissenloser, egomanischer Soziopathen und die begierig auf jeden Anlass lauerten, um dem unüberwindlichen Bollwerk ihrer Vorurteile einen weiteren Stein hinzuzufügen? Noch mehr Angst jedoch machte ihr die Möglichkeit, dass sie selbst das Gleiche zu denken beginnen könnte. Er war eben so grausam zu ihr gewesen.

Ein scharfer Schmerz schnürte ihr den Magen ein. Alles in ihr lehnte sich dagegen auf, solchen Gedanken Raum zu geben, doch dann sah sie wieder sein hartes, abweisendes Gesicht vor sich, und Zweifel grub sich in ihr Herz. Sie blickte Jenn flehend an, und langsam, stockend berichtete sie ihr, was Danny zu ihr gesagt hatte. Jenn hörte schweigend zu, wickelte sich versonnen ein paar ihrer kleinen Zöpfe um die Fingerspitzen.

„Ich verstehe ihn einfach nicht", schloss Mady nach einer Weile und schniefte elend. „Wieso schiebt er uns plötzlich von sich? Bin ich denn so ein abstoßender Mensch, dass meine Gesellschaft derart unerträglich für ihn ist?" Abermals musste sie gegen die Tränen ankämpfen, die ihre Augen zu überschwemmen drohten.

Jenn löste ihre Finger aus ihrem Haar und schüttelte nachdrücklich den Kopf. „Mit Sicherheit nicht. Ich bin davon überzeugt, dass auch ihm im Moment nicht nach Feiern zumute ist." Sie seufzte. „Ehrlich gesagt hatte ich befürchtet, dass so etwas passieren würde. Hätte er uns in seine Gedanken einweihen wollen, hätte er es im Hangar getan. Und du weißt selbst, wie stur Danny sein kann, wenn er sich einmal etwas in den Kopf gesetzt hat."

Mady wischte sich über ihre feuchten Augen und schluckte mühsam. „Ich wollte doch nur, dass er seine Sorgen mit uns teilt. Captain Wilding ist der Captain; wir sind seine Freunde. Sollte das nicht schwerer wiegen?"

Jenn hob die Schultern. „Vielleicht ist genau das das Problem. Versetz dich nur einmal in seine Lage. Er hat heute einen Freund verloren, und er musste zwei weitere Freunde - dich und mich - bei dem Versuch, Robert zu retten, in tödliche Gefahr bringen. Er hätte uns alle verlieren können, und sein eigenes Leben stand auch auf dem Spiel. Glaubst du nicht, dass ihn das so sehr erschreckt haben könnte, dass er sich vorerst von uns zurückzieht?"

„Ich ... ich weiß nicht."

„Also mir würde es so ergehen, und Danny ist, trotz all seiner überlegenen Fähigkeiten, auch nur ein Mensch." Sie lächelte und zwinkerte Mady aufmunternd zu. „Warst du es nicht, die immer wieder unermüdlich darauf hingewiesen hat?"

Mady presste die Lippen aufeinander. „Mir ist nicht zum Scherzen zumute."

Jenns Lächeln verschwand. „Mir auch nicht, glaube mir. Ich wollte dir nur klarmachen, dass du Danny nicht verurteilen solltest. Lass ihm einfach ein wenig Zeit."

Mady senkte den Kopf. „Ich begreife nicht, warum er sich selbst die Schuld an Roberts Tod gibt. Schließlich ist er trotz des kaputten Holoradars in den Schwarm zurückgekehrt. Niemand anderer hätte so viel Mut gehabt."

„Genau daraus wird man ihm vermutlich einen Strick drehen."

Mady hob den Blick und schaute Jenn stirnrunzelnd an. „Wieso das?"

„Er ist ein Gambler und damit die willkommene Zielscheibe für bösartige Verleumdungen, hast du das schon vergessen? Nach unserem ersten Erfolg ist es zwar etwas ruhiger geworden, aber die Kluft ist noch längst nicht geschlossen. Und jetzt könnten die ersten, zarten Brücken der Verständigung wieder eingerissen werden." Sie schnippte mit den Fingern. „Du kennst doch die Reporter, Mady! Was gestern war, ist vergessen, wenn heute eine fette Schlagzeile winkt! Und was wäre einfacher, als Danny zu beschuldigen, er hätte in angeblich unverantwortlicher Weise seine Crew, also uns, in Gefahr gebracht. Val hat das bereits getan, und sie wird sicher nicht die Einzige bleiben. Ich fürchte, die Medien werden Danny in der Luft zerreißen."

Mady erschrak. „Die Presse weiß noch nichts über den Vorfall."

„Du irrst dich. Alle Schiffe, die sich derzeit im Sonnensystem aufhalten, haben den Kampf mitverfolgen können, und mit ziemlicher Sicherheit waren darunter auch einige Presseschiffe, die live zur Erde und in die Kolonien gesendet haben."

„Die Sache mit dem defekten Holoradar können sie aber nicht wissen!", beharrte Mady trotzig.

„Um so schlimmer. Da sie den Funkverkehr zwischen der Funkleitzentrale und der *Joker* nicht hören konnten, werden sie erst recht einen Grund haben, über Danny herzufallen." Jenn lächelte freudlos. „Der Gambler hat sich selbst überschätzt, bekommt Fracksausen und rennt vor der Gefahr davon; das Ersatzschiff muss eingreifen, ihn packt die Reue, er versucht von seinen Fellen zu retten, was noch zu retten ist. Klingt nicht sehr heldenhaft, wenn du mich fragst!"

„Aber so war es nicht!", fuhr Mady auf. „Danny ist nicht feige!"

Jenn seufzte erneut. „Ich weiß das, und du weißt es auch, aber eine Menge andere Leute werden nicht so leicht davon zu überzeugen sein."

„Captain Wilding wird das nicht zulassen. Sie wird der Öffentlichkeit erklären, was im Schwarm wirklich geschehen ist."

„Das will ich hoffen, denn wenn bekannt wird, dass Robert heute den Tod gefunden hat, bevor Captain Wilding zu Dannys Verhalten Stellung genommen hat, war der Medienrummel vor unserem ersten Einsatz nichts gegen das, was ihn dann erwartet. Und er weiß das."

Ein eisiger Windhauch schien über Madys Haut zu streichen und ließ sie frösteln. „Ich wünschte, ich könnte ihm irgendwie helfen", murmelte sie bedrückt. „Warum muss er nur immer alles mit sich alleine ausmachen? Geteiltes Leid ist schließlich halbes Leid, oder nicht?"

„Du bist der Grund."

„Ich?"

„Ja, und ein klein wenig auch Alexander, Ellie und ich. Es wird auf jeden Fall übles Gerede in der Sektion geben, und ich denke, er will uns da heraushalten."

Mady schaute Jenn verständnislos an. „Aber jeder hier kennt doch die Wahrheit! Warum sollte es Gerede geben?"

Jenn verzog abfällig das Gesicht. „Glaubst du wirklich, das wird die Leute daran hindern, sich das Maul über Danny zu zerreißen? Er ist immerhin in den Schwarm zurückgekehrt. Das wird denen, die gegen ihn sind, als Beweis genügen, dass es eigentlich keinen Grund zum Abbruch gegeben hat."

Mady ballte in ohnmächtigem Zorn die Fäuste. „Das ist nicht fair!"

„Mit Fairness hat das leider nicht das Geringste zu tun. Es ist vollkommen gleichgültig, wie Danny handelt, ob es richtig ist oder nicht. Das ist das Schöne an Vorurteilen: Man braucht sich nicht um irgendwelche lästigen Fakten zu kümmern." Sie schnitt eine Grimasse, als hätte sie in etwas Saures gebissen. „Ich kann verstehen, dass er nicht besonders scharf darauf ist, sich heute in der Messe sehen zu lassen. Wäre ich an seiner Stelle, würde ich mir die spitzen Bemerkungen und skeptischen Blicke der Techniker auch ersparen. Außerdem scheint er, wie gesagt, auch uns nicht damit belasten zu wollen - vor allem dich."

„Was soll das heißen - vor allem mich?"

Jenn lachte. „Komm schon, Mady, versuch nicht, mir etwas vorzumachen! Zwischen dir und Danny hat es von Anfang an geknistert."

Mady spürte, wie ihr heißes Blut in die Wangen schoss. „Wie ... wie kommst du denn darauf?"

„Na, ich habe schließlich Augen im Kopf. Jeder, der auch nur ein ganz klein wenig auf so etwas achtet, konnte sehen, wie du ihn anhimmelst."

„Ich habe ihn nicht angehimmelt!", rief Mady empört.

„Mag sein, das ist nicht gerade das beste Wort dafür, aber Fakt ist, dass du kaum deine Augen von ihm nehmen kannst."

Mady starrte konzentriert auf ihre Fußspitzen und verwünschte sich selbst, weil ihre Wangen noch immer glühten. „Ich bewundere seine Fähigkeiten, das gebe ich zu."

„Seine Fähigkeiten?" Jenn gluckste amüsiert. „Am Anfang - vielleicht; mittlerweile - nie und nimmer! Du bist in ihn verliebt, meine Teuerste!"

Mady schwindelte. Natürlich hatte sie längst bemerkt, in welche Richtung sich ihre Gefühle zu Danny entwickelten, aber ihr war nicht klar gewesen, dass sie ihr offenbar in leuchtenden roten Lettern auf der Stirn geschrieben standen. Sie hätte sie lieber für sich behalten, doch wenn Jenn ihr Geheimnis schon entdeckt hatte, musste es Danny auf jeden Fall aufgefallen sein. Der Gedanke daran ließ sie noch tiefer als zuvor erröten.

Jenn beugte sich zu ihr herüber und legte ihr kameradschaftlich eine Hand auf den Arm. „Ich wollte nicht grob zu dir sein, Mady, und unter anderen Umständen hätte ich deine Gefühle nicht so unbarmherzig ans Licht gezerrt. Ich will nur, dass du verstehst, dass Danny dich zu schützen versucht."

Mady blickte zaghaft auf. „Meinst du wirklich?"

„Und ob ich das meine", bekräftigte Jenn. „Du bist ihm nicht gleichgültig. Vermutlich mag er dich sogar genauso sehr wie du ihn. Er kann es zwar besser verbergen als du, aber einer Frau mit ausgefahrenen Beziehungsantennen kann er trotzdem nichts vormachen." Sie zwinkerte Mady schelmisch zu. „Wann immer wir alle zusammen sind, rückt er so dicht an dich heran, als würde er dir am liebsten im nächsten Moment auf den Schoß hüpfen, und in der Messe sitzt er dir stets gegenüber und saugt dich mit seinen Blicken förmlich auf, wenn er glaubt, dass keiner ihn beobachtet. Außerdem hat er dir mehr von sich erzählt als jedem anderen von uns. Also ich finde, das kann einen schon ins Grübeln bringen!"

Mady starrte ihre Freundin mit großen Augen an. Ihre Gedanken rasten, als sie sich an viele kleine Gelegenheiten erinnerte, die Jenns Worte bestätigten, und ganz plötzlich, so als würde der Metallbolzen eines Schlosses einrasten, begriff sie alles. Sie sprang auf. „Es ist mir egal, was andere über mich sagen, und es ist mir egal, ob sie in der Messe über mich tuscheln oder mich genauso feindselig begaffen wie Danny. Ich würde noch viel mehr tun, wenn ich ihm damit nur zeigen kann, dass ich auf seiner Seite stehe."

Jenn lächelte schwach. „Davon brauchst du mich nicht zu überzeugen. Es ist noch nicht lange her, da hättest du mit Val am liebsten den Hangarboden aufgewischt."

„Sie hätte es verdient", knurrte Mady.

„Sicher hätte sie das, aber ich fürchte, du wärst diejenige gewesen, die Prügel bezogen hätte. Hast du überhaupt eine Ahnung, warum Val so kräftig aussieht?"

„Nein, und es interessiert mich auch nicht."

„Das sollte es aber, wenn du vorhast, dich noch einmal derartig mit ihr anzulegen. Val hat auf der Akademie das Team der Kickboxer angeführt. Du hättest dir in einem Kampf gegen sie weit mehr als eine blutige Nase einfangen können, vor allem, nachdem du sie so wütend gemacht hast. Du kannst von Glück sagen, dass Ellie auch ein paar Tricks und Kniffe auf Lager hat, ansonsten hättest du wahrscheinlich die Nacht auf der Krankenstation verbracht."

In diesem Licht betrachtet, war Mady tatsächlich froh darüber. Sie ließ sich schwer auf ihren Stuhl zurückplumpsen. Ihre Knie waren ihr auf einmal verräterisch weich geworden. An ihrer Entschlossenheit änderte das jedoch nichts. „Wir dürfen nicht zulassen, dass er sich von uns zurückzieht", rief sie leidenschaftlich. „Danny kann das nicht allein durchstehen. Es muss unerträglich für ihn sein, erst einen Freund zu verlieren und dann auch noch damit rechnen zu müssen, dass man ihm die Schuld daran gibt."

Jenn nickte ernst. „Ich sehe, allmählich verstehst du, worum es geht."

Mady fühlte sich plötzlich, als sei gerade ein Zentnergewicht von ihrer Brust gewichen. Sie stand auf, ging zu Jenn und umarmte sie spontan. „Danke. Ich ... ich war so enttäuscht über Dannys Verhalten, dass ich nicht mehr klar denken konnte."

Jenn drückte sie ebenfalls herzlich, dann zwinkerte sie ihr zu. „Es heißt nicht umsonst, dass Liebe blind macht."

Mady öffnete den Mund, um zu protestieren, aber Jenn ließ sie nicht zu Wort kommen.

„Außerdem war ich Danny noch einiges schuldig. Ich habe nicht vergessen, was Captain Wilding nach dem ersten Flug gegen die Hewitts zu mir gesagt hat, und ich wollte mir nicht noch einmal vorwerfen lassen müssen, dass ich keinen Schimmer habe, was auf der Station vor sich geht." Sie grinste. „Deshalb habe ich heute lieber gleich gründlich nachgedacht."

Mady senkte den Kopf und wünschte, sie hätte das Gleiche getan. Aber noch war es nicht zu spät. „Du bist also auch dafür, dass wir nicht tatenlos zusehen, wie sich Danny in seinem Loch verkriecht und die Tür hinter sich zuschlägt?"

„Darauf kannst du wetten."

Mady wandte sich in Richtung Tür. „Ich werde gleich mit ihm reden."

Sie hatte das Schott schon beinahe erreicht, als Jenn sie am Arm packte. „Immer mit der Ruhe. Lass ihm Zeit, um Robert zu trauern und sich zu erholen. Solange er völlig erschöpft und in derart schlechter psychischer Verfassung ist, wird er dich kaum an sich heranlassen. Das bessert sich aber bestimmt, wenn er erst einmal ein paar Stunden geschlafen hat."

Mady seufzte. „Vielleicht hast du recht."

„Das habe ich."

„Heißt das, dass wir ihn heute auch nicht zum Essen abholen?"

„Du hast es erfasst. Ich bin mir sicher, dass er nicht wirklich allein sein will, und wenn er glaubt, dass du seinen Wunsch tatsächlich respektierst und ihn in Ruhe lässt, wird er unter Garantie wieder auftauen und dir sein Herz öffnen."

Mady atmete tief durch. „Also schön, ich werde warten. Aber gleich nach dem Abendessen werde ich mit ihm reden, und dieses Mal wird er mich nicht so leicht wieder los!"

Jenn grinste. „Falls du allein keinen Erfolg hast, können wir ihm immer noch gemeinsam auf den Pelz rücken. Ob er will oder nicht, er hat uns als Freunde gewonnen, und wie Freunde werden wir uns auch verhalten."

Mady streckte den Rücken durch und schaute Jenn fest in die Augen. „Ich werde Danny niemals im Stich lassen."

Jenns Grinsen wuchs in die Breite. „Dann solltest du besser nicht noch einmal mit Val in den Ring steigen."

Mady stieß einen empörten Laut aus, sprang vor, riss das Kopfkissen von Jenns Bett und warf es nach ihr. Jenn duckte sich kichernd und hob es sogleich wieder auf, als es hinter ihr zu Boden fiel, dann schickte sie es auf gleichem Weg zurück. Mady fing es geschickt in der Luft auf, und so flog es mehrmals hin und her, bis sie sich beide vor Lachen bogen und keiner von ihnen mehr die Luft noch die Kraft besaß, es wieder aufzuheben.

29. Kapitel

Während des gesamten Nachmittags versuchte Thad, eine Verbindung zu seiner Schwester auf der Erde herzustellen, gelangte jedoch schnell zu der ernüchternden Erkenntnis, dass er nicht in der Lage war, seine Nachricht nach draußen zu bringen. Zuerst hinderte ihn die erweiterte Leckübung daran, und als Captain Wilding sie endlich beendete, rief sie im gleichen Atemzug Defense-Status-Alpha aus und schnitt den militärischen Teil der Erdorbitalstation damit endgültig auf unbestimmte Zeit von der Außenwelt ab. Selbst mit dem Generalschlüssel käme er an diesen Maßnahmen nicht vorbei, ohne Spuren zu hinterlassen, die zu ihm führen könnten - und das konnte er nicht riskieren. Er musste die Situation hinnehmen, wie sie war.

Thad knirschte in ohnmächtiger Wut mit den Zähnen und war kurz davor, sein Computerterminal mit einem frustrierten Aufschrei von seinem Schreibtisch zu fegen und so lange darauf herumzustampfen, bis sich der Nebel aus Hass und Enttäuschung in seinem Kopf so weit gelichtet hatte, dass er wieder einen klaren Gedanken fassen konnte. Leider war ihm nur allzu deutlich bewusst, dass er im Augenblick keinerlei Möglichkeiten mehr besaß, seine Darstellung der Geschehnisse an die Medien weiterzuleiten. Die verfluchte Bande hatte ihm vollständig die Hände gebunden, während Captain Wilding ihrerseits genau kontrollieren konnte, welche Informationen an die Presse gingen - ein strategischer Vorteil, den sie im Laufe des Tages bereits bis an die Schmerzgrenze ausgespielt hatte.

Mit einem Gefühl übelkeitserregender Hilflosigkeit dachte er an die Pressekonferenz des Admirals, die dieser keine zwei Stunden nach dem Angriff der Hewitts auf der Erde gegeben und die seine schlimmsten Befürchtungen auf schockierendste Weise bestätigt hatte. Natürlich war sich der verdammte Kerl nicht zu schade gewesen, die widerwärtige Missgeburt in den Himmel zu heben, ihren Mut und ihre Opferbereitschaft zu preisen und immer wieder darauf herumzureiten, welch wundersamer Heldentat die Menschheit heute die Ehre hatte beiwohnen zu dürfen. Und die Presse, dieser jämmerliche Haufen flachnasiger Primaten, war dem dreisten Lügenmärchen voll auf den Leim gegangen und offenbar unwiderruflich ins Lager des Gamblers übergewechselt. Es war einfach ungeheuerlich, aber so positive Schlagzeilen wie heute hatte das Monstrum noch nie gemacht. Nur einige wenige Sender bewahrten sich einen winzigen Rest Misstrauen und wagten vorsichtig Zweifel anzumelden, doch angesichts des überwältigenden Jubelsturms war das nicht mehr als ein einzelner Lichtstrahl in einem Meer aus Finsternis.

Zitternd vor Wut drosch Thad mit der Faust gegen die Wand seiner Kabine und grub die Zähne in seine Unterlippe, bis er Blut auf seiner Zunge schmeckte. Wie konnten diese Narren nur so dumm sein? Sahen sie denn nicht, dass sie von der Admiralität wie Schafe an der Nase herumgeführt wurden? Warum sonst hätte Captain Wilding DSA über die Station verhängen sollen, wenn nicht, um zu verhindern, dass die Wahrheit über die feige Flucht des Gamblers ans Licht kam und ihr strahlender Held vom Thron gestürzt und in die Wüste geschickt wurde? Es war ein Albtraum, und er wollte und wollte kein Ende nehmen.

Als der qualvolle Nachmittag schließlich in den Abend überging, verließ Thad sein Quartier und machte sich auf den Weg zur Messe. Obwohl es noch immer in ihm rumorte und er sich am liebsten irgendeinen herumlungernden Fähnrich oder Techniker gegriffen und ein wenig Dampf abgelassen hätte, bezwang er seine aufgepeitschten Emotionen und setzte eine in langen Jahren antrainierte Miene distanzierter Geschäftsmäßigkeit auf, die jedem schon von Weitem zeigte, dass er ein hochrangiges Mitglied der Erdflotte vor sich hatte.

So betrat er schließlich den Speisesaal, tauchte ein in das brodelnde Stimmengewirr und spähte mit raschen Blicken in die Runde. Zum Glück war die verhasste Missgeburt nirgends zu entdecken, dafür erkannte er Gary Kaley und John Raff, die mit finsteren Gesichtern an einem ansonsten freien Tisch saßen und sich von dem quirlenden Leben ringsum abhoben wie eine heraufziehende, schwarze Gewitterwolke vor sommerlich-klarem Himmel.

Schnell lenkte er seine Schritte in ihre Richtung. Er musste unbedingt mit ihnen sprechen. Normalerweise hätte er bis nach dem Abendessen damit gewartet oder darauf vertraut, dass sie von sich aus auf ihn zukamen, aber so wie die Dinge lagen, duldete die Angelegenheit keinen Aufschub mehr.

Als sie ihn erblickten, erhoben sie sich von ihren Plätzen und nickten ihm zu. In der Messe galten zwar im Grunde keine Ränge, deshalb salutierten sie nicht vor ihm, doch immerhin brachten sie ihm mit ihrer Geste trotzdem den Respekt entgegen, den er verdiente.

„Haben Sie die Pressemeldungen verfolgt?“, fragte er mit wohldosiertem Groll in der Stimme.

Gary Kaley presste die Lippen aufeinander, bis sie zu einem einzigen weißen Strich verschmolzen, und nickte stumm.

John Raff ballte die Hände zu Fäusten und stieß einen knurrenden Laut aus. „Das haben wir. Sie haben sich genau so entwickelt, wie Sie es vorhergesagt haben, Sir.“

„Das war nicht schwer zu erraten. Admiral Jennings hat auch schon vorher deutlich gemacht, woher der Wind weht.“

„Haben Sie bereits erfahren, welche Fehlfunktion es auf der *Joker* gegeben hat?"

Thad zuckte betont mit den Schultern. „Bisher noch nicht. Die Informationen fließen im Augenblick nicht besonders gut."

„Defense-Status-Alpha", kommentierte Fähnrich Kaley grimmig, und ein angewiderter Ausdruck erschien auf seinem Gesicht, als habe er gerade ein Stück rohes Fleisch seine Kehle hinuntergewürgt.

Thad nickte ernst.

„Es lässt tief blicken, dass man uns nur die gleichen Informationen zukommen lassen will wie der Presse." John Raffs Stimme zitterte vor mühsam unterdrückter Wut, und seine Augen glitzerten gefährlich wie bei einem hungrigen Raubtier auf der Jagd nach Beute.

Thad lächelte schmal. „Ich denke, Captain Wilding wird gute Gründe für ihre Geheimhaltung haben."

„Das glaube ich Ihnen aufs Wort." Der Blick des Fähnrichs wurde noch bedrohlicher als zuvor, loderte in kaltem Hass und höhnischer Verachtung.

Noch während er sprach, öffnete sich das Schott. Thad wandte sich um, und einen Moment lang dachte er, der Gambler würde hereinkommen, aber es war nur ein Soldat in der schlichten, beigefarbenen Uniform des technischen Stabes, der die Messe betrat. Eine Sekunde später erkannte Thad den Mann, und seine Lippen kräuselten sich triumphierend. Das Schicksal meinte es heute Abend wahrhaftig gut mit ihm. Rasch drehte er sich wieder zu den beiden Fähnrichen um, senkte seine Stimme zu einem verschwörerischen Flüstern und deutete mit dem Daumen über die Schulter.

„Da kommt Chief Prent", raunte er und schaute seine Mannschaftskameraden vielsagend an. „Vermutlich hat er bis eben an der *Joker* gearbeitet."

Die Fähnriche wechselten einen schnellen Blick, dann straffte John Raff seine Gestalt, hob die Hand und winkte dem Chief, als der bullige Mann sich ihrem Tisch näherte.

„Chief", rief er und lächelte gezwungen. „Haben Sie einen Augenblick Zeit? Wir würden Sie gerne etwas fragen!"

Der Chief blieb stehen und rieb sich mit einer müden Geste den kräftigen Stiernacken. „Fragen Sie, Fähnrich. Nach einer Schicht wie dieser macht das auch keinen Unterschied mehr."

John Raff musterte ihn abschätzend. „Die *Joker* muss es ja ziemlich schlimm erwischt haben, wenn es so lange gedauert hat, sie zu reparieren. Verdammt üble Sache, was?"

Thad hielt unwillkürlich den Atem an. Chief Prent war ein guter Programmierer. Er *konnte* etwas gefunden haben. Wenn er nur die nötige

Aufmerksamkeit und gedankliche Mühe investiert hatte, konnte ihm die richtige Idee gekommen sein.

Doch der Chief schüttelte mürrisch den Kopf. „Es gab nichts, was ich hätte reparieren müssen."

Thad ließ erleichtert die Luft entweichen, Gary Kaley versteifte sich, und Fähnrich Raff fixierte den Chief wie die Schlange das Kaninchen. „Sie meinen, es gab keine Ursache für den Ausfall der Holografie?"

„Ich habe zumindest keine gefunden. Captain Wilding hat mich den gesamten Nachmittag über ein Phantom jagen lassen."

Thad fand es an der Zeit für einen wohlbedachten Einwurf. „Sie scheint nicht die Einzige zu sein, die derzeit Phantome sieht."

Der Chief schnaubte verächtlich. „Ich glaube kaum, dass es hier um eine *Sinnes*täuschung geht."

Thad legte seine Stirn in versonnene Falten, enthielt sich aber jeglicher Antwort, sondern ließ die spöttische Bemerkung des Chiefs unkommentiert im Raum stehen. Es war offensichtlich, dass die beiden Fähnriche wie Raubfische nach dem Köder schnappten, den ein glücklicher Zufall ihm zugespielt hatte.

John Raff, weiß vor Zorn und ganz eindeutig am Rande seiner Beherrschung, nickte dem Programmierer knapp zu und rang sich ein verständnisvolles Lächeln ab. „Danke, Chief. Wir möchten Ihre Zeit nicht länger in Anspruch nehmen. Sie haben sich Ihren Feierabend redlich verdient."

Sie warteten, bis der Chief sich so weit von ihrem Tisch entfernt hatte, dass das Stimmengewirr ringsum ihre Worte übertönte, dann sagte Gary Kaley dumpf: „Jetzt wissen wir, was wir wissen wollten."

„So ist es." John Raff nickte langsam; seine Augen waren plötzlich kalt und hart wie Kieselsteine, und seine Miene wirkte glatt und undurchdringlich wie eine Maske aus Finsternis. Er wandte sich an Thad. „Entschuldigen Sie uns, Sir. Uns ist der Appetit vergangen."

„Gewährt", erwiderte er und ließ ein mitfühlendes Lächeln auf seinen Lippen erscheinen.

Die beiden Fähnriche hatten es ziemlich eilig, die Messe zu verlassen. Es sah ganz danach aus, als hätten sie etwas Wichtiges zu erledigen. Thad schaute ihnen einen Moment lang aufmerksam hinterher, dann grinste er zufrieden. Die Lawine war ins Rollen gekommen, und sie würde die widerliche Missgeburt mit sich in die Tiefe reißen.

30. Kapitel

Am Abend ging Mady zusammen mit Jenn und Ellie zur Messe. Sie hatten eigentlich auch Alexander mitnehmen wollen, aber der weigerte sich, sein Quartier zu verlassen, und sie mochten ihn nicht drängen, seine Meinung zu ändern. Robert war sein Freund gewesen.

Danny fragten sie gar nicht erst, so wie sie es abgesprochen hatten, aber als Mady im Gang seine Kabinentür sah, kamen ihr doch wieder Zweifel.

„Bist du sicher, dass wir ihn in Ruhe lassen sollten?“, fragte sie Jenn. „Es hat sich immerhin einiges im Verlauf des Nachmittags getan. Wir haben richtig gute Nachrichten für ihn. Es wäre doch schön, wenn er sie jetzt schon hört.“

Die Pressemitteilungen hatten sich tatsächlich ganz anders entwickelt, als sie alle befürchtet hatten, und das hatten sie vor allem Admiral Jennings zu verdanken. Der Admiral hatte sich in beispielhafter Weise hinter Danny gestellt und keinerlei Zweifel daran aufkommen lassen, wie man seinen Einsatz zu bewerten hatte. Er hatte das Wort *Held* als Erster benutzt, und nach kurzem Zögern hatten es die Medien gierig aufgegriffen.

„Er würde sich bestimmt darüber freuen“, meinte sie hoffnungsvoll.

Jenn grinste. „Das denke ich auch. Trotzdem solltest du bis nach dem Essen damit warten. Dann kannst du ihm die frohe Kunde überbringen.“ Sie zwinkerte ihr zu. „Wir würden da doch nur stören.“

Mady zuckte zusammen und sah schon vor ihrem inneren Auge, wie Ellie indigniert eine Augenbraue hob und sie voller Herablassung musterte. Doch als sie sie anschaute, tat Ellie nichts dergleichen, sondern nickte ihr lediglich lächelnd zu. Zum zweiten Mal an diesem Tag war Mady überrascht vom Gesinnungswandel ihrer blasierten Teamkollegin, die sich bisher so wenig bemüht hatte, ihre geringschätzigen Kommentare über den Charakter anderer Leute und - was noch viel schlimmer war - Dannys Eignung als Pilot der *Joker* für sich zu behalten.

Es schien unglaublich, aber Ellie war offenbar tatsächlich von ihrem hohen Ross heruntergestiegen und bereit, ihre Vorurteile und kleingeistigen Ressentiments über Bord zu werfen und den Gamblern mit dem Respekt zu begegnen, den sie verdienten. Das gab Anlass zu vorsichtigem Optimismus und weckte die Zuversicht in Mady, dass nicht die komplette Menschheit aus verblödeten Strohköpfen bestand, sondern die Fähigkeit und der Wille zum Lernen durchaus vorhanden waren - wenn man es schaffte, bis zu diesem Kern moralischer Integrität vorzustoßen und ihn von dem Schutt zu befreien, unter dem er so oft begraben lag.

Sie seufzte, warf noch einen letzten sehnsüchtigen Blick auf Dannys Kabinentür und wandte sich ab. Es fiel ihr schwer, das vor sich selbst zuzugeben, aber Jenn hatte recht. Sie wollte *tatsächlich* mit Danny allein sein. Der Gedanke daran ließ sie erröten wie ein Schulmädchen vor ihrem ersten Rendezvous.

„Also schön", murmelte sie und versuchte, das belustigte Schimmern in den Augen ihrer Kameradinnen würdevoll zu ignorieren.

Sie setzten ihren Weg fort. Als sie die Messe fast erreicht hatten, kamen ihnen Gary Kaley und John Raff entgegengestampft. Ihre Mienen waren angespannt und von düsterem Grimm erfüllt, und eine Aura schroffer, feindseliger Ablehnung strahlte von ihnen aus wie eisiger Nebel. Im Vorbeigehen schleuderten sie zornige Blicke wie Dolche nach Mady und ihren Begleiterinnen.

„Was ist denn in die gefahren?", rief Mady, als die beiden hinter der nächsten Ecke verschwunden waren.

„Denen schmecken wohl die Nachrichten nicht", vermutete Ellie.

Jenn schüttelte verärgert den Kopf. „Manche lernen es eben nie. Sie giften uns an, als wären *wir* ihre Feinde und nicht die Hewitts, dabei haben auch wir heute Morgen dazu beigetragen, ihren undankbaren Arsch zu retten!"

Ellie hob die Schultern. „Es wird immer Menschen geben, die nur das sehen, was sie sehen wollen. Der Gedanke, dass ihr mich mit diesen beiden Hohlbirnen in einen Topf geworfen habt, ist wahrlich nicht sehr schmeichelhaft. Selbst ich habe inzwischen bemerkt, dass ich mich in Danny geirrt habe."

„Du hast unter deiner rauen Schale eben doch einen guten Kern", neckte Jenn.

Ellie und Jenn lachten, Mady jedoch blieb stumm und sah über die Schulter zurück in die Richtung, in die John und Gary verschwunden waren. Ein eigenartiges Gefühl der Beklemmung kroch ihr wie ein kalter Luftzug den Rücken hinauf, und ihre Haut kribbelte plötzlich, als habe ihr gerade jemand mit einer Messerspitze über den Nacken gestrichen.

Als sie die Messe betraten, wurde sie zum Glück schnell von ihrer bedrückenden Stimmung abgelenkt. Die Pressekonferenz des Admirals hatte auch an Bord der Erdorbitalstation ihre Wirkung nicht verfehlt. Viele Soldaten und Techniker sprachen sie an, gratulierten ihnen zu ihrem Flug, und es wurde sogar häufig nach Danny gefragt. Das war eine echte Verbesserung, und Mady bedauerte zutiefst, dass Danny nicht hier war, um sie erleben zu können. Doch wenn es eine beständige Veränderung war, würde er auch morgen noch Zeit haben, sie zu genießen; und mochte er sich auch mit Händen und Füßen dagegen sträuben, sie würde schon dafür sorgen, dass er sich zum Frühstück wieder in der Messe blicken ließ.

Das Abendessen verlief, trotz der schrecklichen Ereignisse des Morgens, in einer freundschaftlichen und gelösten Atmosphäre, doch irgendwann packte Mady die Ungeduld, und sie drängte zum Aufbruch. Jenn und Ellie begleiteten sie, bis sie vor Dannys Tür standen, und lächelten ihr aufmunternd zu.

„Viel Glück", wünschte Jenn, und Ellie schloss sich ihr an, indem sie mit ihren Fingern grinsend ein Victoryzeichen formte.

Mady umarmte sie beide. „Danke."

Sie nickten ihr noch einmal zu, dann zogen sie sich zurück. Mady wartete, bis sie in ihren Kabinen verschwunden waren, bevor sie zaghaft, beinahe schüchtern den Signalgeber neben Dannys Tür berührte. Nervös lauschte sie auf eine Antwort, doch nichts regte sich. Sie holte tief Luft und versuchte es noch einmal - wieder ohne Erfolg.

Ein Knoten bildete sich in ihrem Magen. Ignorierte Danny ihr Signal absichtlich? Eine Spur Enttäuschung keimte in ihr auf, aber sie drängte sie sofort entschlossen zurück. Sie würde sich nicht so leicht abwimmeln lassen.

Sie wiederholte ihr Klingelzeichen noch ein paar Mal, doch als wieder keine Reaktion erfolgte, wurde sie langsam unruhig. Wenn Jenn mit ihrer Prognose recht hatte, müsste sich Danny in den langen, einsamen Stunden des Nachmittags eigentlich längst selbst so weich gekocht haben, dass er seine sture, ablehnende Haltung nicht länger aufrechterhalten konnte und sich möglicherweise sogar freute, ein vertrautes Gesicht zu sehen. Außerdem würde ihr kleiner Besuch ihm zeigen, dass sie ihm seine Schroffheit von vorhin nicht übel nahm und seine Beweggründe verstand. Oder hielt er sich vielleicht gar nicht in seinem Quartier auf? Nein, das war unwahrscheinlich, bedachte man die Stimmung, in der sie ihn bei ihrer letzten Begegnung angetroffen hatte.

Ihre Stirn legte sich in tiefe, besorgte Falten, als sie sich nicht nur an sein ruppiges Auftreten, sondern auch an seine körperliche Verfassung erinnerte, in der er sich nach ihrem Kampf gegen die Hewitts präsentiert hatte. Er war vollkommen erschöpft gewesen, geradezu jämmerlich anzusehen, und jetzt meldete er sich nicht.

Allmählich bekam sie es mit der Angst zu tun. War es zu unvorhergesehenen Komplikationen gekommen? War er vielleicht nicht in der Lage, ihr zu antworten?

Die Möglichkeit jagte einen Schauer Eiskristalle durch ihren Körper und ließ ihren Puls augenblicklich in besorgniserregende Höhen hinaufschnellen. Sie versuchte ein letztes Mal, ihn mit dem Signalton zu erreichen, aber als wieder nichts geschah, traf sie eine Entscheidung.

Hastig schaute sie sich um. Der Korridor lag menschenleer und still vor ihr - was auch gut war, denn das, was sie vorhatte, verstieß gegen mindestens ein halbes Dutzend Vorschriften und war zu allem Überfluss noch nicht einmal besonders moralisch. Sie wollte nicht unbedingt dabei beobachtet werden, auch wenn ihre Furcht um Dannys Gesundheit einen - hoffentlich - hinreichend akzeptablen Legitimationsgrund für ihre zwielichtige Aktion darstellte.

Entschlossen beugte sie sich herab und presste ihre Hand auf eine kleine, beinahe unsichtbar in die Wand neben dem Schott eingelassene Klappe. Sie öffnete sich geräuschlos und legte die Überbrückungseinheit für die Tür zu Dannys Kabine frei. Jede Kabine, gleichgültig ob für einen einfachen Fähnrich, einen Lieutenant oder den Captain persönlich, verfügte über einen manuellen Öffnungsmechanismus für Notfälle; Mady betätigte ihn rasch, drückte die Klappe wieder zu und richtete sich auf.

Als das Schott vor ihr zurückglitt, huschte sie schnell in die Kabine hinein. Gedämpftes Licht empfing sie. Es war viel dunkler als das auf dem Korridor, trotzdem sah sie Danny sofort. Er lag, noch mit seiner Uniform bekleidet, reglos auf seinem Bett, die Augen geschlossen.

Augenblicklich schlug ihr das Herz bis zum Hals. Erschrocken eilte sie an seine Seite, doch als sie die tiefen Atemzüge sah, unter denen sich seine Brust hob und senkte, blieb sie erleichtert stehen. Danny schlief.

Plötzlich wurden ihre Knie weich wie Butter. Sie ließ sich leise auf den einzigen Stuhl im Raum sinken und fuhr sich mit zittrigen Händen über die Stirn. Ihre Sorge schien zum Glück überflüssig gewesen zu sein.

Ein Lächeln stahl sich auf ihre Lippen, während sie Danny schweigend betrachtete, es verschwand jedoch, als sie die Spuren des Tages bemerkte, die selbst im Schlaf nicht von ihm wichen. Sein Gesicht war angespannt und von wächserner Blässe, und tiefe Linien hatten sich in seine Mundwinkel gegraben, als kämpfe er sogar in seinen Träumen gegen einen übermächtigen inneren Schmerz, der sich durch das Bollwerk seines Willens einen Weg nach draußen fraß.

Obwohl er bereits seit Stunden hier liegen musste - er hatte sich nicht einmal die Mühe gemacht, seine Schuhe abzustreifen, sondern sich, so wie er war, aufs Bett geworfen - wirkte er nicht wesentlich ausgeruhter als unmittelbar nach dem Einsatz. Die Erschöpfung schien sich wie Säure in sein Fleisch geätzt zu haben, eine Erschöpfung, die auch tausend Stunden Schlaf nicht würden vertreiben können. Solange Angst und Verzweiflung ihn innerlich verzehrten und er glaubte, die Menschen, denen er etwas bedeutete, wie Fremde behandeln zu müssen, würde sein Körper niemals die Erholung finden, derer er so dringend bedurfte, und auch seine Seele würde mehr und mehr erkalten, bis er sich gänzlich in seiner Einsamkeit verloren hatte.

Es war eine grauenhafte Vorstellung, und Mady schwor sich, alles zu tun, um dieses schreckliche Schicksal von ihm abzuwenden. Sie saß ganz still da und wagte kaum, Atem zu holen. Sie wollte ihn nicht stören, aber sie hoffte insgeheim, dass er vielleicht von selbst erwachte. Er sollte merken, dass sie jede Mauer, die er zwischen ihnen zu errichten versuchte, niederzureißen gedachte und dass sie sich weder von seinen Sorgen und Befürchtungen noch von ein paar hirnlosen Dummköpfen davon abhalten lassen würde, ihm ihre Zuneigung zu schenken.

Das Lächeln kehrte auf ihre Lippen zurück, als sie zum ersten Mal die zarten, sehnsuchtsvollen Gedanken, die sie erfüllten, seit sie Danny kannte, in voller Bewusstheit zuließ. Sie wollte ihn berühren, wollte ihm nahe sein. Sie erwischte sich sogar bei der heimlichen Frage, wie es wohl sein mochte, in seinen Armen zu liegen und ihn leidenschaftlich zu küssen.

Heißes Blut schoss ihr in die Wangen, und plötzlich war sie gar nicht mehr so erpicht darauf, in Dannys wache, aufmerksame Augen zu blicken, denen niemals etwas zu entgehen schien. Warum war er nur so ein elend guter Beobachter? Sie wusste nicht, ob sie wirklich den Mut haben würde, ihm das gesamte Ausmaß ihrer Gefühle zu offenbaren; das Problem war nur, dass sie ihr mittlerweile wahrscheinlich derart deutlich ins Gesicht geschrieben standen, dass sie gar keine andere Wahl mehr haben würde, sobald er erst einmal erwacht war.

Mady blieb lange in Dannys Kabine, doch irgendwann machte sich ihre eigene Müdigkeit bemerkbar. Sie stand langsam auf, streckte eine Hand nach ihm aus, zog sie jedoch wieder zurück, bevor sie ihn berührte. Mit einem letzten wehmütigen Blick auf seine schlafende Gestalt beschloss sie, zu gehen und selbst etwas Ruhe zu suchen.

„Schlaf gut", flüsterte sie leise. „Morgen warten gute Neuigkeiten auf dich."

Damit wandte sie sich endgültig ab und verließ schweren Herzens sein Quartier. Als sie sich allerdings gleich darauf in der einsamen Stille ihrer eigenen Kabine auf ihrem Bett ausstreckte, wollte der Schlaf nicht kommen, und die Dunkelheit um sie herum war voller Bilder und wirrer Fantasien, die jeden Gedanken an Entspannung illusorisch machten. Zuviel war in zu kurzer Zeit auf sie eingestürmt und forderte nun seinen Tribut.

Sie seufzte leise. Wenn sie ihren Kopf nur an Dannys Schulter hätte betten können, wäre das sicher anders gewesen.

31. Kapitel

Es war tief in der Nacht, als Danny erwachte. Es war ein mühsames, zähes Auftauchen aus einem eher auslaugenden als erholsamen Schlaf, und er tat nichts dazu, um es zu beschleunigen - bis ihm klar wurde, dass Licht durch seine Lider drang. Im gleichen Moment spürte er die Enge der Uniform, die er nach wie vor trug. Er musste eingenickt sein, ohne es zu merken. Das Letzte, woran er sich erinnern konnte, war, dass er sich auf seinem Bett ausgestreckt hatte und in unheilvollen Grübeleien versunken war. Als der Schlaf ihn nun aus seinem eisernen Griff entließ, kehrten sie sofort zu ihm zurück. Die Erinnerung an Madys Tränen, für die er verantwortlich war, fuhr ihm wie ein Hammer in den Magen. Er fühlte sich elend und hätte viel darum gegeben, jetzt mit ihr reden zu können.

Er brachte nicht die Kraft auf, sich aufzusetzen oder sich gar umzuziehen. Eine bleierne Schwere saß ihm nach wie vor in allen Gliedern und zog ihn wenig später erneut in die Dunkelheit des Schlafs zurück, doch dieses Mal währte er nicht lange. Das leise Zischen, mit dem sich das Schott öffnete, weckte ihn.

Noch immer schlaftrunken und verwirrt blinzelte er, glaubte erst, er hätte nur geträumt, doch als sich ihm plötzlich schnelle Schritte näherten, fuhr er erschrocken im Bett hoch und riss die Augen auf. In der gleichen Sekunde zischte es dicht vor seinem Gesicht, und ein feuchtes Aerosol schlug ihm in einer ätzenden Wolke entgegen. Im Reflex schloss er die Lider und riss die Arme hoch, um seine Augen zu schützen, aber es war zu spät. Die Flüssigkeit brannte sich wie Säure in sie hinein, noch bevor er seine Umgebung erkennen konnte.

Danny schrie auf und fiel schwach vor Schock und Schmerz in sein Kissen zurück, seine Hände vor die Augen gepresst. Tränen drangen zwischen seinen Fingern hindurch, versuchten, die Chemikalie fortzuspülen - erfolglos. Sie haftete in seinem Gesicht, an seinen Wimpern, an seinen Lidern und brannte auf der Hornhaut seiner Augen wie Feuer. Er nahm die Hände fort, blinzelte, riss die Lider weit auf, blinzelte noch einmal, doch alles, was er sah, war ein diffuser, heller Schimmer. Das Aerosol hatte ihn blind gemacht!

Panik sprang ihn an, so als wäre er unversehens in einen Schwarm der Hewitts geraten. Angestrengt konzentrierte er sich auf die ihm verbleibenden Sinne. Er hörte Schritte. Zwei Personen befanden sich in seinem Zimmer, und er erkannte sie sofort. Die Art, wie sie sich bewegten, war unverwechselbar. Das war der Moment, in dem ihm klar wurde, dass er nicht nur für den Gesichtssinn, sondern offenbar auch für jede andere Wahrnehmung ein unfehlbares Gedächtnis besaß. Leider nützte ihm diese Erkenntnis im Augenblick herzlich wenig, im Gegenteil - sie brachte ihn in große Gefahr. Seine Angreifer hatten ihn mit dem Aerosol blenden wollen, und sie sprachen nicht miteinander, beides Zeichen dafür, dass sie unter gar keinen Umständen erkannt werden wollten. Er musste sie in dem Glauben lassen, dass ihnen das gelungen war.

Eine nie zuvor gekannte Angst griff nach ihm. Er musste nicht lange darüber nachdenken, warum die beiden mitten in der Nacht in seine Kabine eingedrungen waren. Noch hielten sie sich sorgsam mehrere Schritte von ihm entfernt, aber das würde nicht mehr lange so bleiben. Vermutlich warteten sie nur, bis sich das Aerosol gänzlich verzogen hatte. Noch hing es in einer schweren Wolke dicht über seinem Bett, aber sein beißender Geruch wurde bereits deutlich schwächer. Wenn es sich erst verflüchtigt hatte, würden sie handeln. Er musste ihnen zuvorkommen.

Mit zittrigen, unsicheren Bewegungen richtete er sich in seinem Bett auf und schwang sich herum. In jeder Sekunde erwartete er einen Angriff. Das Herz krachte mit harten, abgehackten Schlägen gegen seine Rippen, Blut rauschte in seinen Ohren und machten ihn halb taub für seine Umgebung. Nichts geschah. Sie ließen zu, dass er die Füße auf den Boden setzte. Vielleicht dachten sie, dass er durch die Blendung so gehandicapt war, dass er ihnen nicht mehr entkommen konnte. Aber da hatten sie sich geirrt.

Er schloss aus leisen Geräuschen, wo seine Angreifer standen, sprang abrupt auf und hetzte zwischen ihnen hindurch in Richtung Tür, bevor sie reagieren konnten. Er benötigte seine Augen nicht, um sich orientieren zu können. Er lief geradewegs auf das Schott zu, horchte, ob es aufglitt, doch es blieb geschlossen, obwohl er den Sensorpunkt längst überschritten hatte. Erschrocken versuchte er, seinen Lauf zu verlangsamen, aber er wusste sofort, dass er nicht rechtzeitig stehen bleiben konnte. Hastig streckte er die Arme nach vorn und fing sich ab, so gut es ging, trotzdem prallte er hart gegen das Schott, das ebenso gut eine Wand hätte sein können. Seine Angreifer hatten es blockiert.

Die Wucht des Aufpralls fuhr ihm schmerzhaft durch die Handgelenke und Ellenbogen bis in die Schultern hinauf, traf ihn hart an der Stirn und trieb ihm die Luft aus den Lungen. Für einen Moment tanzten blitzende Lichter vor seinen verschleierten Augen, dennoch erfasste er sofort die restlichen Alternativen, die ihm nun noch blieben. Er musste Hilfe rufen oder sich die Angreifer vom Hals halten.

Ein hässliches, knirschendes Geräusch erfüllte plötzlich die Kabine. Ein Metallstab hatte die kleine, tragbare Kommunikationseinheit zermalmt, die er auf der Konsole neben seinem Bett abgelegt hatte. Ein ähnlicher Ton folgte gleich darauf, dieses Mal traf es die Kommunikationseinheit, die stationär in der Konsole verankert war. Damit war er vollständig vom Rest der Station abgeschnitten.

Der Booster-Effekt setzte ein, verstärkte seine Reaktionen und seine Wahrnehmungen. Der Schmerz, der von seinen malträtierten Augen und gestauchten Gliedern ausging, wuchs sprunghaft an und saugte ihm die Kraft aus dem Leib. Er zitterte vor Angst, als er seine zusehends zusammengeschrumpften Alternativen bedachte. Jetzt blieb ihm nur noch das Bad. Wenn er es erreichen und sich dort einschließen konnte, mussten seine Gegner abziehen.

Aber er wusste, dass sie das Gleiche dachten, und konnte hören, wie einer von ihnen vor der Tür Aufstellung bezog. Der andere kam auf ihn zu.

Danny wich ihm aus, so gut er es vermochte. Das Adrenalin in seinem Blut trieb ihn an, ließ ihn schneller werden, als der andere es je sein konnte. Die Geräusche, die er von sich gab, sobald er sich bewegte, vermittelten Danny einen klaren Eindruck davon, wo er sich befand. Er behielt einen möglichst großen Abstand zu ihm bei, mied gleichzeitig die Ecken, in die er ihn zu treiben versuchte, und hoffte auf eine Chance, an dem anderen vorbeizuschlüpfen.

Er hoffte vergebens. Sein Gegner blieb starr auf seiner Stelle stehen und schlug nur dann nach ihm, wenn er ihm zu nahe kam. Nur seinen übermenschlich schnellen Reaktionen verdankte er es, dass sie ihn bislang noch nicht mit Prügeln eingedeckt hatten. In Gedanken verfluchte er die Tatsache, dass alle Möbel direkt an den Wänden standen. Er konnte keines zwischen sich und seine Angreifer bringen.

Seine Flucht wurde immer verzweifelter. Er konnte den beiden nicht auf Dauer entgehen, dazu war die Kabine viel zu klein. Wenn sich der zweite irgendwann entschloss, in die Hatz einzugreifen, war er ihnen hilflos ausgeliefert.

Als hätte man seine angstvollen Gedanken erkannt, sprang der zweite Eindringling plötzlich vor. Danny konnte ihm gerade noch ausweichen, geriet aber durch die hastige Bewegung viel zu nahe an den anderen heran. Ein brutaler Hieb traf ihn an der linken Schulter, warf ihn nach vorn und schleuderte ihn zu Boden. Danny stürzte benommen aufs Gesicht. Der Booster-Effekt verstärkte den Schmerz so sehr, dass er beinahe ohnmächtig geworden wäre.

Verzweifelt kämpfte er gegen die Schwärze an und versuchte, wieder auf die Beine zu kommen. Sie ließen ihn gewähren. Mit zittrigen Händen tastete er nach der Bettkante, die er dicht neben sich wusste, und zog sich hoch. Seine Schulter protestierte gegen jede Bewegung mit heißem Schmerz.

Ein Rascheln warnte ihn. Er warf sich zur Seite. Ein Luftzug glitt über sein Gesicht, ließ ihn ahnen, wo ihn der nächste Schlag hätte treffen sollen. Hastig wich er bis an die Wand zurück, griff dorthin, wo er den Stuhl wusste, doch als seine Finger die Lehne ertasteten, riss ein harter Ruck den Stuhl fort. Er schlitterte krachend durch den Raum.

Der Lärm überdeckte das leise Vibrieren des Metallstabes, mit dem er durch die Luft fuhr. Danny hörte ihn nicht kommen, spürte aber instinktiv die Gefahr und duckte sich. Das Metall krachte hinter ihm an die Wand. Einer der Angreifer stand jetzt ganz dicht vor ihm. Danny blieb keine Wahl mehr. Er warf sich mit aller Kraft nach vorn, stieß den anderen zur Seite und sprang mit einem riesigen Satz über ihn hinweg, rannte auf das Bad zu.

Fast hatte er es erreicht, als ihn ein Schlag in die Nierengegend traf. Er keuchte erstickt auf, als der Schmerz in seinem Leib explodierte, und sackte in die Knie. Auf Händen und Knien versuchte er, die einzige Sicherheit, die ihm noch blieb, zu erreichen, aber so angeschlagen, wie er jetzt war, war er viel zu langsam. Ein gnadenloser Tritt in die Seite schleuderte ihn auf den Rücken. Gleich ein Dutzend Rippen schienen plötzlich in Flammen zu stehen.

Hilflos versuchte er, die Arme um den Kopf zu legen, um wenigstens ihn zu schützen, aber der nächste Schlag kam bereits, krachte gegen seine Schläfe und riss ihm den Kopf herum. Unsägliche Pein drang auf ihn ein, und warmes Blut rann ihm über die Stirn. Mit krampfhaft zusammengebissenen Zähnen kämpfte er darum, von seinen Gegnern wegzukommen, aber sie ließen es nicht zu. Wann immer er sich regte, traf ihn erneut ein brutaler Schlag und ertränkte ihn in einem Ozean der Qual. Wie ein wütender Hagelschauer prasselten die Hiebe auf ihn herab. Er schaffte es nicht mehr zu schreien, sich zu schützen oder sich gar zu wehren, er konnte sich nicht einmal mehr rühren. Seine Gedanken und sein Wille versickerten in der Dunkelheit, die wie eine gierige, kalte Woge über ihm zusammenschlug. Er verlor das Bewusstsein.

32. Kapitel

Als Danny wieder zu sich kam, zuckte er voller Angst, dass ihn gleich wieder Hiebe treffen könnten, zusammen, eine Bewegung, die sofort eine neue Welle der Pein über ihn hereinbrechen ließ. Sein Herz raste, wummerte mit schmerzhafter Gewalt gegen seine Rippen, und jeder einzelne Pulsschlag war wie eine Klinge, die sich durch seinen Schädel geradewegs in sein Gehirn fräste und lodernde Flammen durch seinen Körper jagte. In Panik riss er die Augen auf, konnte aber nichts erkennen. Lediglich ein Hauch von Licht drang durch die dichten Schleier vor seinen Augen, die seine Umgebung zu verwaschenen, unstrukturierten Schemen verschwimmen ließen.

Mit Gewalt zwang er sich zur Ruhe und lauschte. Seine Kabine war still. Obwohl sein eigenes Blut ihm so stark in den Ohren rauschte, dass er nicht wirklich sicher sein konnte, ob er nicht doch ein leises Geräusch überhörte, ahnte er bald, dass er wieder allein war. Seine Angreifer hatten endlich von ihm abgelassen.

Ein qualvoller Laut drang ihm über die Lippen, wurde jedoch halb von dem Blut erstickt, das seinen Mund und seine Kehle füllte und ihm an Wangen, Stirn und Schläfen klebte. Sein gesamter Körper schmerzte unerträglich. Jeder Knochen, jeder Muskel war von Schlägen malträtiert worden. Die beiden Angreifer mussten noch auf ihn eingeprügelt haben, lange nachdem er bewusstlos geworden war.

Das Blut in seiner Kehle ließ ihm die Luft knapp werden. Vorsichtig versuchte er, etwas tiefer einzuatmen, doch ein jähes Reißen in seinem Brustkorb war der einzige Erfolg, den er damit erzielte. Wie glühende Lava fraß es sich in seine linke Seite.

Er stöhnte erneut und blieb minutenlang liegen, ohne sich auch nur um einen Deut zu rühren. Er konnte es nicht. Und seine Angst wuchs. Obwohl er ganz still dalag, drehte sich der Boden unter ihm heftig. Der Schwindel raubte ihm jegliche Orientierung, und zum ersten Mal in seinem Leben vermochte er nicht zu sagen, welche Lage er zu dem ihn umgebenden Raum einnahm. Er war sich nicht einmal mehr sicher, ob er sich noch in seinem Quartier befand. Aber er musste noch immer dort sein. Es war kaum anzunehmen, dass man sich die Mühe gemacht hatte, ihn an einen anderen Ort zu bringen.

Das grausame Hämmern, das in seinem Kopf wütete, wurde immer schlimmer, und die stechenden Schmerzen in seiner Körpermitte tobten mit jedem Atemzug heftiger. Seine Eingeweide fühlten sich an, als müssten sie im nächsten Augenblick zerreißen. Vielleicht waren sie das auch schon.

Trotz des dichten Nebels, der seine Gedanken zu verschlingen drohte, begriff Danny, wie kritisch seine Situation war. Er brauchte Hilfe, und er brauchte sie bald. Nur wie sollte er jemanden auf sich aufmerksam machen? Die Kommunikationseinheit war zerstört. Er würde seine Kabine verlassen müssen.

Tränen traten ihm in die Augen. Er wusste nicht, wo sich die Tür befand, und selbst wenn er es gewusst hätte, konnte er sie doch nicht erreichen. Er konnte sich nicht einmal aufrichten.

Kalte Angst griff nach ihm und ließ sein Herz noch schneller schlagen. Im Rhythmus seines Pulses schwankte die Welt um ihn.

Übergangslos erschien das Gesicht seiner Mutter vor ihm im Nebel. Jetzt wusste er, was sie unausgesprochen gelassen hatte, als er an jenem schicksalhaften Tag vor noch nicht einmal einem Monat mit dem Datenpad und der Nachricht der Admiralität in der Hand vor sie getreten war und mit so viel grimmiger Entschlossenheit verkündet hatte, für die Erde und ihre Bewohner in die Schlacht ziehen zu wollen. Sie hatte befürchtet, dass er geradewegs in sein Verderben lief – und dass es nicht die Hewitts sein würden, die in der Dunkelheit auf ihn lauerten und genüsslich ihre blutigen Messer wetzten.

Aus seiner tiefsten Seele brach ein trotziger Schrei hervor, er stieß ihn jedoch nicht aus, sondern hielt ihn in seiner Brust zurück, nährte seine Kraft, bis Trotz in Wut umschlug. Seine Mutter durfte nicht recht behalten. Er wollte nicht sterben! Er wollte nicht sterben, nur weil einige Fanatiker die Gambler und ganz besonders ihn zu hassen gedachten!

Zorn erfüllte ihn, klärte seinen Geist und half ihm, sich gegen den Schmerz aufzulehnen. Er fand zu seiner Entschlossenheit zurück, griff nach ihr und richtete sie gegen den Schwindel. Er stieß durch ihn hindurch, erfasste die Schwerkraft, die ihn am Boden festhielt, und nutzte sie mit all seiner verbleibenden Kraft als Ankerpunkt für seine Orientierung. Schweiß trat ihm auf die Stirn, und sein Atem ging keuchend, während er angestrengt jede Bewegung aus seinem Gedächtnis abrief, die er gemacht hatte, bevor er bewusstlos geworden war. Er fügte sie zusammen, formte daraus in seinen Gedanken ein Bild von seiner Kabine - und fand die Tür.

Erleichterung überflutete ihn, wurde aber sofort von einer viel stärkeren Verzweiflung fortgespült. Das Schott zu finden war nur der erste Schritt gewesen, der leichteste dazu. Verbissen rang er mit seinen Schmerzen um die Kontrolle über seinen Körper. Die Gegenwehr war stark, aber er ließ nicht locker. Um dem Schmerz Substanz zu verleihen, die er greifen konnte, rief er sich das Bild eines Schwarms der Hewitts vor Augen. Die körperliche Qual war genauso sein Feind wie die Amöboiden. In seinen Gedanken vermischten sie sich, Schmerzen wurden zu Hewitts, Hewitts zu Schmerzen. Er rief sich in Erinnerung, wie die Strahlen der Geschütze in ihre Reihen einschlugen, sah, wie sie vernichtet wurden, hielt eisern an dem Bild fest und nutzte es, um nach und nach seine Wahrnehmungen auszuschalten, so wie die Hewitts vergingen.

Sein Körper wurde seltsam taub, aber er gewann seine Bewegungsfähigkeit zurück. Vorsichtig bewegte er seine Arme und Beine und schrie auf, als neue Qualen ihn wie Messerstiche durchfuhren. Immer hart am Rande einer Ohnmacht drängte er auch sie zurück und zwang seine Hände, sich erneut zu bewegen. Sie tasteten über den Boden und fanden neben seinem Kopf Halt, dann spannte er die Armmuskulatur an und stemmte sich hoch. Es waren mechanische Bewegungen, mit kaum mehr als einem Funken bewussten Willens angetrieben, während er mit der Dunkelheit rang.

Wankend wie ein Schiff bei schwerer See kam er auf die Beine, doch als er endlich stand, wusste er nicht, wie er es geschafft hatte. Seine Erinnerung war inzwischen genauso lückenhaft wie seine Wahrnehmung, aber das war ihm gleichgültig, solange er sich nur auf den Füßen halten konnte. Taumelnd setzte er einen Schritt vor, dann noch einen. Nach dem dritten hörte er ein Geräusch. Das Schott glitt auf.

Ein nachträglicher, aber nichtsdestotrotz heftiger Anfall von Panik warf ihn beinahe wieder zu Boden. Die Tür hätte noch immer verriegelt sein können!

Am Türrahmen fanden seine zittrigen Hände Halt. Er umklammerte die Kante, die sich seinen Fingern bot, zog sich daran entlang aus der Tür, dann lag der Gang vor ihm. Er konnte ihn nicht sehen, aber seine Erinnerung an ihn genügte ihm. Er wandte sich nach rechts. Madys Kabine lag seiner am nächsten.

Seine bewusste Wahrnehmung setzte wieder aus, und als er sie zurückgewann, hatte er über einen Meter zurückgelegt. Sein Körper hatte ihn nicht im Stich gelassen. Er stolperte wie ein Schlafwandler vorwärts, ohne rechtes Bewusstsein und doch zielstrebig.

Nach einer Ewigkeit ertastete seine Hand den Rufknopf. Er betätigte ihn und ließ die Hand darauf liegen, solange er sie kontrollieren konnte. Es gelang ihm genau fünfzehn Sekunden lang, dann fiel sein Arm herab, als gehöre er nicht länger zu ihm.

Seine Knie gaben nach, und er sackte zu Boden. Wabernde Finsternis griff mit tausend gierigen Klauen nach ihm, als er hart auf dem Boden aufschlug. Verzweifelt klammerte er sich an den letzten Rest Bewusstheit, der ihm noch geblieben war.

„Mady“, flüsterte er erstickt. „Hilf mir.“

* * *

Das Signal riss Mady aus einem unruhigen, leichten Schlaf. Ihre Pulszahl verdoppelte sich augenblicklich, noch während sie in ihrem Bett auffuhr.

„Licht!", rief sie dem Computer zu und war längst auf den Beinen, bevor es aufflammte. Erst als ihre nackten Füße den Boden berührten, begriff sie, dass nicht die Sirenen sie geweckt hatten, sondern jemand an ihrer Tür stand und um Einlass ersuchte. Und wer auch immer es war, es musste dringend sein, denn der Glockenton klang mehrfach hintereinander auf. Ihr Besuch musste seine Finger auf dem Rufknopf liegen gelassen haben.

Doch noch ehe sie sich darüber wundern oder gar ärgern konnte, brach das Signal ab. Stille kehrte in ihr Quartier zurück, aber sie war nicht beruhigend, sondern eher alarmierend. Wieder machte ihr Herz einen wilden Satz. Sie nahm sich nicht die Zeit, sich etwas überzuziehen, sondern hastete im Schlafanzug zum Schott. Als es vor ihr zurückglitt, fiel ihr Blick augenblicklich auf Danny, der zusammengekrümmt neben ihrem Schott auf dem Boden des Korridors lag.

„Danny!", schrie sie entsetzt und fiel neben ihm auf die Knie.

Blut, überall war Blut. Es verklebte seine Haare, verkrustete seine Schläfen und Wangen und glänzte feucht auf seiner Kleidung.

Mady biss sich auf die Lippe, bis sie selbst einen metallischen Geschmack auf der Zunge fühlte. Ihr Herz raste jetzt so schnell, als müsste es im nächsten Moment zerspringen. Wie betäubt starrte sie auf Danny herab. Dunkle, blaue Flecken verunstalteten sein Gesicht, ein Auge war beinahe zugeschwollen, über dem anderen die Haut aufgeplatzt. Seine Lippen waren ebenfalls eingerissen und blutig, und sein Atem ging flach und keuchend.

„Danny", rief sie noch einmal, streckte die Hand nach ihm aus, berührte ihn.

Ein Schauder überlief ihn, dann öffnete er langsam, ganz langsam die Augen.

„Mady?", hauchte er.

„Ich bin hier", erwiderte sie schluchzend. „Ich bin hier."

Dannys Augen richteten sich auf sie und starrten doch blind an ihr vorbei. Das Weiße in ihnen war blutunterlaufen, die vormals durchsichtige Hornhaut getrübt.

„Deine Augen ...", rief Mady erschrocken.

Danny streckte eine Hand nach ihr aus. Sie kam ihm zu Hilfe, fasste nach seiner blutverschmierten Hand und hielt sie fest. Seine Finger schlossen sich um die ihren, waren jedoch beunruhigend kraftlos.

„Ich ... ich brauche Hilfe", keuchte er gepresst. Sein Gesicht war kalkweiß, und dicke Schweißtropfen standen auf seiner Stirn. Er musste schreckliche Schmerzen haben.

„Ich hole welche", versprach Mady unter Tränen.

Doch sie konnte es nicht über sich bringen, ihn loszulassen, und auch er lockerte seinen schwachen Griff um ihre Finger nicht, sondern verstärkte ihn.

„Mady, Captain Wilding … darf das nicht bekannt geben. Sag ihr das. Sag ihr, dass sie meine Eltern … nicht … informieren darf." Seine Stimme wurde immer leiser, war kaum mehr als ein heiseres Wispern, das in der Stille des Korridors verwehte.

„Aber ..."

„Bitte!"

Sein gequältes, verzweifeltes Krächzen erstickte ihren Widerspruch. „In Ordnung", erklärte sie weinend. „Ich werde es ihr ausrichten. Ich verspreche es."

Er antwortete nicht. Seine Augen fielen zu, und seine Hand glitt schlaff aus der ihren.

Sie zögerte noch eine Sekunde, dann peitschte ihre Furcht um ihn sie auf die Beine. So schnell sie konnte rannte sie in den Nebengang, in dem sie Sherman Hewitts Zimmer wusste, blieb am ganzen Leib zitternd vor dem Schott stehen und presste ihre Finger auf den Signalgeber.

„Professor, wachen Sie auf!", schrie sie mit überkippender Stimme. Jähe Panik grub sich in ihren Magen und ließ ihre Knie so heftig schlottern, dass sie wie ein Schilfrohr in einem plötzlichen Sturm zu schwanken begann. Was war, wenn der Professor heute gar nicht in der Sektion war? Wenn alle Türen verschlossen blieben und niemand kam, um ihr zu helfen?

Sie presste ihre Finger noch fester auf die Taste.

„Ist ja gut, ich komme ja schon", scholl ihr plötzlich die verschlafen klingende Stimme Sherman Hewitts aus der Sprechanlage entgegen. „Wer ist da?"

„Fähnrich Thompson", sprudelte Mady hervor. „Bitte, kommen Sie schnell, Danny ist ... er ist ..."

Tränen erstickten jedes weitere Wort.

Sherman Hewitt gab keine Antwort, dafür glitt das Schott vor ihr zurück. Im Pyjama trat der Professor auf den Gang, und als er sie sah, weiteten sich seine Augen.

„Was ist passiert? Sind Sie verletzt?"

Mady brauchte eine Sekunde, bis sie begriff, dass er auf das Blut an ihren Händen anspielte. Sie schüttelte heftig den Kopf. „Das ist Dannys Blut", schluchzte sie.

Sherman Hewitt wurde bleich. „Wo ist er?"

Statt einer Antwort packte sie ihn am Arm und zerrte ihn mit sich. Als er Danny sah, machte er sich von ihr los, beugte sich zu ihm herab und untersuchte ihn hastig. Mady stand schweigend neben ihm. Der Schock machte sich allmählich bemerkbar. Eiseskälte kroch ihr in alle Glieder, und sie zitterte zum Gotterbarmen. Hilflos schlang sie sich die Arme um den Leib, doch auch das half nichts gegen das Grauen, das sich von Sekunde zu Sekunde tiefer in ihre Seele fraß. Ihre Zähne schlugen hart aufeinander, erzeugten hohle, klappernde Laute in der Stille des Korridors, die wie das schaurige Lachen von Totenschädeln von den kahlen Wänden widerhallten.

Sherman Hewitt blickte zu ihr auf. „Hören Sie zu, Fähnrich Thompson, Sie müssen meine Assistentin und zwei Männer aus meinem Ärzteteam wecken. Sagen Sie ihnen, dass sie eine Trage bereit machen sollen. Und Melba soll mir meine Notfallausrüstung bringen."

Trotz seines drängenden Tonfalls blieb Mady stocksteif stehen und sah wie erstarrt auf Danny herab, sah das Blut, hörte seinen abgehackten, keuchenden Atem. Ihre Beine schienen plötzlich in einem zähen Morast eingesunken zu sein. Sie konnte sich einfach nicht rühren.

Sherman Hewitt wartete nur zwei Sekunden, dann brüllte er sie aus Leibeskräften an. „Setzen Sie sich in Bewegung, Fähnrich!"

Das half. Mady stolperte einen Schritt zurück, dann warf sie sich herum und begann zu laufen. Wieder eilte sie in den Gang, der parallel zum Hauptkorridor der Sektion verlief, da sich dort auch die Quartiere der Pfleger und der Assistentin des Professors befanden. Mady war froh darüber, dass die Kabinen von außen mit Namen versehen waren, aber sie hätte auch nicht gezögert, alle Personen in diesem Gang aus dem Schlaf zu reißen, wenn es nötig gewesen wäre.

Wenig später waren die Pfleger und Melba Zaykan auf den Beinen. Mady schilderte ihnen die Lage. Die beiden Männer hetzten in die Krankenstation, während die Frau ihr mit einer dicken Tasche in der Hand zum Professor und Danny folgte. Er sah ihnen ungeduldig entgegen. „Ich brauche eine Kommunikationseinheit!"

Mady hatte ihre in ihrer Kabine liegen lassen, doch Melba Zaykan hatte ihre zur Hand. Sie reichte sie dem Professor. Er nahm sie entgegen und öffnete einen Kanal.

„Professor Hewitt an Militärklinik. Melden Sie sich!"

Die Schroffheit in seiner Stimme machte deutlicher als alle Worte klar, wie sehr ihm jede vergeudete Sekunde unter den Nägeln brannte. Abermals musste Mady gegen ihre Tränen kämpfen.

„Hier spricht Lieutenant Hall von der Nachtschicht. Was liegt bei Ihnen an, Professor?"

„Wir haben einen medizinischen Notfall in der Sektion Omega 45U-H. Mein Team und ich bringen den Patienten mit Fahrstuhl 11-8 auf Ebene 02D. Sorgen Sie dafür, dass wir dort mit einem schnellen Transportmittel abgeholt werden. Es eilt!"

„Ich werde es sofort veranlassen. Auf welche Art Verletzung soll sich das Notfallteam einrichten?"

Sherman Hewitt schilderte dem Lieutenant Dannys Zustand, während er gleichzeitig mit Melba Zaykans Unterstützung Danny Erste Hilfe leistete. Seine Stimme war ernst und dumpf, schien aus der staubigen Dunkelheit eines Grabes an ihre Ohren zu dringen. Das allein hätte schon gereicht, um ihr einen Schauer über den Rücken laufen zu lassen, doch als Mady den Professor von Prellungen, Frakturen und inneren Blutungen sprechen hörte, presste sie sich beide Hände vor den Mund, um nicht laut zu schreien. Erst als Sherman Hewitt die Verbindung unterbrach, hatte sie sich wieder einigermaßen unter Kontrolle. Verwirrt runzelte sie die Stirn. „Warum bringen Sie Danny nicht in Ihre Krankenstation? Sie liegt doch gleich nebenan!"

„Dort sind wir nur darauf vorbereitet, Hewittopfer zu behandeln", erklärte Hewitt, ohne seine Arbeit zu unterbrechen oder auch nur zu ihr aufzusehen. „Mr. Sims' Verletzungen könnten wir dort nur unzureichend versorgen. Er muss in die Klinik, und das sofort!"

Mady schrak zusammen. Erneut traten Tränen in ihre Augen und ließen ihren Blick auf Dannys zerschundenen Körper verschwimmen. Er regte sich nicht mehr und gab auch sonst kaum noch ein Lebenszeichen von sich.

„Wird er sterben?", hauchte sie.

Professor Hewitt antwortete ihr nicht, sondern spähte an ihr vorbei den Gang hinunter, auf dem sich die beiden Pfleger mit der Trage näherten. Mit knappen Gesten wies er sie an, Danny vom Boden aufzuheben. Er fasste selbst mit an, stützte Dannys Kopf und ließ ihn dann vorsichtig auf das weiche Polster sinken. Dann explodierte er vor Aktivität.

„Schnell", rief er den anderen zu, während er die Trage auf ihrem fahrbaren Gestell in Richtung Fahrstuhl zerrte. „Wenn wir uns nicht beeilen, werden wir ihn verlieren!"

Die beiden Pfleger folgten ihm dichtauf, Melba Zaykan benötigte noch einen Moment länger, um die Instrumente der Notfallausrüstung zusammenzusuchen, dann lief sie den anderen hinterher und erreichte den Lift gerade noch, bevor sich die Türen wieder schlossen. Es gab keinen Laut, als die Schotthälften aufeinandertrafen und Danny ihren Blicken entzogen, trotzdem zuckte Mady zusammen, als hätten sich für einige wenige Sekunden die Tore der Unterwelt vor ihr geöffnet und seien nun mit einem dumpfen Knall wieder zugeschlagen worden, um sie allein und einsam in der Welt der Lebenden zurückzulassen. Für einen endlosen Moment war sie wie erstarrt, dann sackte sie mit einem erstickten Schrei auf den Lippen in die Knie. Danny konnte *sterben*!

Heiße Tränen liefen über ihre Wangen und tropften von ihrem Kinn auf ihren Schlafanzug hinab. Noch immer zitterte sie am ganzen Leib, und obwohl sie kaum einen klaren Gedanken fassen konnte, wusste sie doch eines genau: Irgendjemand hatte versucht, Danny umzubringen!

Es dauerte eine geraume Weile, bis sie sich einigermaßen beruhigt hatte und das Beben in ihrem Inneren so weit nachließ, dass sie es schaffte, sich wieder auf die Beine zu kämpfen. Die feuchten Spuren ihrer Tränen auf ihrem Gesicht waren noch nicht gänzlich getrocknet, und am liebsten hätte sie sich herumgeworfen und wäre zurück in ihr Zimmer geflohen, hätte sich auf ihrem Bett zusammengerollt, die Hände vor die Augen gepresst und sich mit dem Kopf unter ihrem Kissen versteckt, um die schrecklichen Bilder des Albtraums, der mit so grausamer und unvermittelter Vehemenz über sie hereingebrochen war, zumindest für ein paar wenige tröstliche Momente nicht mehr ertragen zu müssen. Doch diese Wahl hatte sie nicht. Sie musste etwas tun, und sie musste es *schnell* tun. Die Kerle, die Danny angegriffen hatten, konnten noch immer ganz in der Nähe sein!

Der Gedanke richtete ihre Nackenhaare auf und ließ eine Gänsehaut über ihren Rücken und ihre Arme wandern, gleichzeitig beschwor er einen eisigen Zorn herauf. Wer auch immer Danny das angetan hatte, durfte nicht unbehelligt davonkommen! Der oder die Täter mussten gefunden und bestraft werden! Und damit das geschehen konnte, musste Captain Wilding umgehend von dem Vorfall erfahren. Es war an Mady, dafür zu sorgen, denn Sherman Hewitt war im Augenblick gewiss zu beschäftigt, um daran zu denken.

Ruckartig wandte sie sich ihrer Kabine zu, erstarrte jedoch mitten in der Bewegung, als sie neben dem Türrahmen, direkt an der Stelle des Rufknopfes, eine dunkle Spur auf dem hellen Kunststoff entdeckte. Und auch auf dem Korridor vor der Tür verdunkelte Blut den Boden - Dannys Blut.

Überstürzt hastete sie in ihre Kabine. Sie hatte ihre Komplakette wie üblich auf der Konsole neben ihrem Bett abgelegt. Sie nahm sie auf, zitterte jedoch so sehr, dass sie sie wieder fallen ließ. Erst beim zweiten Versuch bekam sie sie zu fassen, und obwohl sie befürchtete, dass sie kein einziges Wort herausbringen würde, zögerte sie nicht länger. Je schneller sie den Captain informierte, desto größer waren die Chancen, dass die Schläger gefasst werden konnten.

33. Kapitel

Es war bereits tief in der Nacht, trotzdem saß Elaine noch immer in ihrem Büro. Die Ausrufung von DSA bedeutete für sie eine Menge zusätzlicher Arbeit, da alle Berichte, die vom militärischen Bereich der Erdorbitalstation abgesendet wurden, zuvor über ihren Schreibtisch gehen mussten. In den vergangenen Stunden hatte sie mehr oder weniger vergeblich versucht, dem anwachsenden Datenberg Herr zu werden.

Erschöpft hielt sie für einen Moment inne und rieb sich die Stirn. Auf Dauer konnte das nicht so weitergehen, denn obwohl sie ihrem Adjutanten die Hälfte der Berichte zur Durchsicht zugeteilt hatte, war sie noch lange nicht am Grund des Stapels, der sich auf ihrem Tisch häufte, angelangt, und neue Meldungen kamen schneller hinzu, als sie die alten durchlesen und absegnen konnte. Über kurz oder lang musste sie die Arbeit an andere delegieren, damit sie ihren eigentlichen Pflichten nachkommen konnte. Aber wer sollte sie entlasten? Ian Fellmer vertraute sie. Sie wusste, dass er niemals Informationen herausgeben oder durchlassen würde, die Danny Sims' Einsatz gefährden konnten, aber auf die Verlässlichkeit aller anderen Soldaten auf der Station hätte sie zurzeit keine Wetten mehr abgeschlossen.

Verbittert presste sie die Lippen aufeinander. Die Sabotage der *Joker* hatte ihr das Vertrauen in ihre Untergebenen gründlich genommen, und dass es Chief Prent nicht gelungen war, den Grund für die Fehlfunktion zu finden, machte das Bild komplett. Sie war überzeugt davon, dass er, wenn er nur intensiv genug darüber nachgedacht hätte, sicher hätte herausfinden können, wie die *Joker* manipuliert worden war, doch der Programmierer zog es vor, Danny Sims wieder einmal eine Halluzination - oder Schlimmeres - zu unterstellen. Sie dachte ernsthaft daran, Mr. Prent ablösen zu lassen. Das wäre vermutlich für alle das Beste.

Müde ließ sie den Kopf in ihre Hände sinken. Die Sabotage der *Joker* hatte sie zutiefst erschreckt, und sie saß ihr noch immer in den Gliedern. So vieles hatte sich durch Danny Sims' Ankunft auf der Station geändert, leider fast alles zum Schlechteren. Ihm konnte man jedoch keinen Vorwurf machen, er war lediglich der Auslöser für eine Entwicklung gewesen, die schon zuvor dicht unter der Oberfläche geschwelt haben musste. Seine Anwesenheit hatte Fronten aufgeworfen und vieles, was bisher selbstverständlich schien, untergraben, unter anderem auch das uneingeschränkte Vertrauen in ihre Leute. Und das Schlimmste war, dass die Angelegenheit immer bedrohlicher wurde. Ihr Instinkt sagte ihr, dass der Saboteur nicht zum letzten Mal versucht hatte, die *Joker* zu manipulieren. Sie mussten ihn unbedingt aufspüren, bevor es ihm wieder gelang, bevor er Fähnrich Sims, seiner Crew und damit auch den Menschen der Erde ernsthaften Schaden zufügte.

Der Signalton ihrer Sprechanlage platzte in die gedankenschwere Stille ihres Büros. Elaine zuckte zusammen und spürte, wie ihr ein Schauder den Rücken hinaufkroch, die düstere Vorahnung einer neuen Schreckensmeldung.

Energisch mahnte sie sich zur Ruhe. Ian Fellmer hatte sich in den vergangenen Stunden mehrfach bei ihr gemeldet, um sich mit ihr abzusprechen. Sein Anruf musste nichts zu bedeuten haben.

Sie beugte sich vor und betätigte die Taste der Anlage. „Was gibt es, Ian?"

Als sein Gesicht auf dem kleinen Bildschirm erschien, wurde ihr Frösteln stärker. Ihr Adjutant wirkte besorgt. „Captain, Fähnrich Thompson möchte Sie sprechen. Sie sagt, es sei dringend."

Elaine unterdrückte den leisen Fluch, der ihr auf den Lippen lag. Ihre Vorahnung verdichtete sich. „Stellen Sie sie zu mir durch!"

„Aye, Captain."

Sein Abbild auf dem Schirm erlosch, aber kein anderes erschien, lediglich ein blinkendes Signal kündete von der geöffneten Verbindung. Fähnrich Thompson sprach über die Kommunikationseinheit in ihrer Identifikationsplakette.

„Ich höre, Fähnrich", sagte Elaine, als es nach einigen Sekunden noch immer still auf der anderen Seite blieb.

„Fähnrich Thompson spricht", antwortete ihr eine zittrige Stimme.

Elaine ballte unwillkürlich die Hände zu Fäusten. Ihre junge Gesprächspartnerin hörte sich so bemitleidenswert verängstigt an, als stünde sie unter einem mittelschweren Schock.

„Was ist geschehen?", fragte sie und bemühte sich redlich, ruhig zu sprechen.

„Fähnrich Sims ist überfallen worden."

Elaine sprang aus ihrem Sessel auf. „Das ist nicht Ihr Ernst!"

Nun hatte sie doch geschrien.

Ein Schluchzen drang aus der Sprechanlage. „Man hat ihn brutal zusammengeschlagen."

„Wo ist er jetzt? Wer kümmert sich um ihn?"

„Professor Hewitt und sein Team haben ihn in die Militärklinik gebracht."

„Verdammt", knurrte Elaine. Wenn Sherman Hewitt den Fähnrich nicht in der Krankenstation der Sektion behandelte, sondern in die Klinik einlieferte, musste es schlimm um ihn stehen.

„Was wissen Sie über seinen Zustand, Fähnrich Thompson?", presste sie die drängendste Frage hervor.

Wieder war ein Schluchzen zu hören. „Professor Hewitt sprach davon, dass Fähnrich Sims ... dass Danny ... er ... er könnte sterben."

Elaine schloss die Augen, während ihre Gedanken ihr das gesamte Ausmaß der Katastrophe offenbarten, dann riss sie die Lider wieder auf und schlug mit beiden Fäusten unbeherrscht auf ihre Tischplatte ein. Ihr war danach, jemanden zu erwürgen, und sie wusste auch schon wen. Wenn sie die Angreifer zu fassen bekam ...

„Wo sind Sie im Augenblick, Fähnrich?"

„In meiner Kabine."

„Und wo hat der Überfall stattgefunden?"

„In dem Quartier von Fähnrich Sims. Er hat danach noch die Kraft gefunden, zu mir zu kommen und sich bemerkbar zu machen. Wenn ihm das nicht gelungen wäre ..."

Fähnrich Thompson brach ab, doch Elaine konnte sich die Folgen, die sich daraus ergeben hätten, selbst ausmalen. Ihr Zorn wuchs.

„Ich komme sofort zu Ihnen", erklärte sie energisch und war bereits auf dem Weg zur Tür. „Sie werden vor dem Schott zu Fähnrich Sims' Quartier Aufstellung beziehen und darauf achten, dass niemand den Raum betritt. Die Spuren dürfen nicht verwischt werden."

„Aye, aye, Captain", erklang die schwache Bestätigung.

Elaine hörte sie kaum noch. Sie stürzte aus ihrem Büro, kümmerte sich nicht um Ian Fellmers irritierten Blick, sondern eilte an ihm vorbei durchs Vorzimmer in den Korridor und sprang auf das schnellste Transportband, das sie finden konnte. Während es sie dem nächstgelegenen Fahrstuhl entgegentrug, schlugen ihre Gedanken wilde Kapriolen. Sie konnte es einfach nicht fassen, dass Danny Sims angegriffen worden war! Welcher Idiot wagte es, den Jungen zu verletzen, der bereits zweimal sein Leben riskiert hatte, um die Erde zu beschützen?

Nie zuvor in ihrem Leben war sie derart zornig gewesen, gleichzeitig fluchte sie über sich selbst. Sie war so unglaublich naiv gewesen! Noch immer hatte sie viel zu viel Vertrauen in ihre Soldaten gesetzt. Sie hätte damit rechnen müssen, dass Danny Sims in Gefahr geraten würde, nachdem sie und Lloyd Jennings den Plan des Saboteurs, den jungen Gambler in Verruf zu bringen, durch die Verhängung von DSA vereitelt und die Medien ihn zum Helden des Tages erklärt hatten. Wie hatte sie nur glauben können, er sei aus der Schusslinie?

Die Antwort war offensichtlich. Ein bitterer, galliger Geschmack legte sich auf ihre Zunge. Sie hatte nicht erwartet, dass man den Jungen direkt angriff. So etwas lag jenseits ihrer Vorstellungskraft. Jeder an Bord der Station, vor allem aber die Menschen in Sektion 45U-H, musste wissen, welche zentrale Bedeutung Danny Sims für die Verteidigung der Erde besaß. Ihm zu schaden kam Hochverrat gleich.

Angetrieben von ihrem Zorn auf die Attentäter und auf sich selbst legte sie den Weg zur Sektion schneller zurück als jemals zuvor, lediglich der Aufzug hielt sie wieder einmal über jede Gebühr auf. Sie war dicht davor, gegen die Kabinentür zu treten, als sich endlich die Schotten vor ihr öffneten. Sie stürzte auf den Gang und entdeckte sofort Fähnrich Thompson, die, ängstlich und verloren wirkend, vor Fähnrichs Sims' Quartier stand. Und sie sah auch die Blutspuren an der Wand und auf dem Boden.

Wie ein Sturmwind brauste sie zu Fähnrich Thompson hinüber und baute sich vor ihr auf. „Erzählen Sie mir alles, was Sie über den Überfall wissen, Fähnrich!"

Madelaine Thompson kam ihrem Befehl so gut es ging nach. Sie wusste nicht viel, das stellte sich schnell heraus, trotzdem unterbrach Elaine sie ungeduldig, noch bevor sie ihren Bericht abschließen konnte.

„Hat Fähnrich Sims irgendetwas zu Ihnen gesagt, bevor er das Bewusstsein verlor? Hat er die Angreifer gesehen? Hat er sie gar erkannt?"

„Ich weiß es nicht, Captain. Er hat keine Namen genannt, aber ich glaube nicht, dass er jemanden erkannt hat. Irgendetwas war mit seinen Augen nicht in Ordnung. Ich hatte den Eindruck, als könne er mich kaum sehen. Aber er sagte, ich solle Ihnen mitteilen, dass Sie diesen Vorfall nicht bekannt geben dürften. Er sagte auch, Sie sollten seine Eltern nicht informieren."

Es verschlug Elaine die Sprache. Trotz seines schlechten Zustands hatte der junge Gambler wieder einmal alle Implikationen der Situation genau erfasst. Er hatte erkannt, dass sie den Überfall unter gar keinen Umständen der Öffentlichkeit bekannt geben durfte. Wenn sie es täte, wäre jede Hoffnung, weitere Gambler für die Verteidigung der Erde oder anderer Kolonien zu gewinnen, endgültig dahin, und die noch immer angespannte Stimmung zwischen Gamblern und dem Rest der Bevölkerung könnte innerhalb kürzester Zeit einen neuen Siedepunkt erreichen. Die Folgen wären unabsehbar, und deshalb hätte Elaine seine Eltern nicht einmal dann informiert, wenn er sie unter Tränen darum gebeten hätte. Indem er von ihr Stillschweigen forderte, übernahm er die Last einer Entscheidung, die einzig auf ihren eigenen Schultern hätte liegen sollen. Seine Weitsicht machte es ihr wieder einmal leicht, das Notwendige vom Moralischen zu trennen und Maßnahmen zu ergreifen, die nicht auf jedes Gesicht ein verständnisvolles Lächeln zaubern würden, und sie zollte ihm im Stillen ihren tiefen Respekt dafür.

Wahrhaftig, Danny Sims würde wirklich einen verdammt guten Offizier abgeben. Einen besseren hatte sie nie gehabt. Und jetzt bestand die Gefahr, dass sie ihn verlor!

Erneut kochte heißer Zorn in ihr hoch. Der Angriff auf Fähnrich Sims' Leben durfte nicht ungestraft bleiben. Doch wie sollte sie die Schuldigen finden? Allein konnte sie den Vorfall nicht untersuchen, aber wie konnte sie sicher sein, dass die Soldaten, die sie mit der Spurensicherung beauftragte, ihrer Pflicht auch gewissenhaft nachkamen? Jeder in der Sektion konnte in den Anschlag verwickelt sein oder zumindest ein Interesse daran haben, die Täter zu decken, indem er ihre Spuren verwischte.

Mit Mühe zwang sie sich zur Ruhe. So kam sie nicht weiter. Sie musste die Angelegenheit Schritt für Schritt angehen. Sie aktivierte ihre Komplakette und nahm Kontakt mit dem Offizier auf, der derzeit in der kleinen Funkleitzentrale Dienst tat. Er meldete sich sofort, und sie wies ihn an, alle Eingänge und Ausgänge der Sektion einschließlich der Wartungstunnel und Röhren bis auf Weiteres zu verschließen. Er bestätigte ihren Befehl, erklärte ihr jedoch, dass sich Melba Zaykan gerade auf dem Rückweg in die Sektion befand.

„Soll ich den Lift aufhalten?"

„Nein, lassen Sie sie zu mir durch. Ich muss mit ihr reden."

„Aye, aye, Captain."

Elaine fuhr herum und starrte die Tür zum Aufzug an wie ein Raubtier auf dem Sprung. Es dauerte eine halbe Ewigkeit, bis sie sich endlich öffnete und Melba Zaykan aus der Kabine trat. Als sie Elaine sah, kam sie sofort auf sie zu.

„Captain Wilding", grüßte sie knapp.

Elaine hielt sich erst gar nicht mit Förmlichkeiten auf. „Wie geht es Fähnrich Sims? Wieso sind Sie wieder hier? Müssen Sie Professor Hewitt nicht helfen?"

Nur am Rande ihrer Aufmerksamkeit nahm sie wahr, dass sich tiefe Sorgenfalten in Melba Zaykans Gesicht gegraben hatten, die so gar nicht zu der kühlen, distanzierten Miene passten, die sie für gewöhnlich aufsetzte. Es war, als hätte sie eine Maske abgelegt, unter der nun ihr wahres Ich zum Vorschein kam.

„Es geht dem Fähnrich nicht besonders gut. Die Einzelheiten kann Ihnen Professor Hewitt besser erklären, aber Sie sollten ihn im Moment nicht anrufen und danach fragen. Er hat alle Hände voll zu tun, denn Fähnrich Sims' Zustand ist leider sehr ernst. Er muss operiert werden." Sie hob die Schultern an, eine ebenso bedauernd wie entschuldigend wirkende Geste. „Ich besitze keine Qualifikation als OP-Schwester, deshalb bin ich dem Professor im Augenblick nicht mehr von Nutzen."

Elaine schluckte hart, dann tastete sie nach ihrer Komplakette. „Ich werde sofort die leitenden Ärzte der Klinik aus dem Bett werfen. Fähnrich Sims muss die bestmögliche Behandlung erhalten!"

„Das wird er, Captain", erklärte Melba Zaykan müde. „Professor Hewitt hat bereits dafür gesorgt, dass die fähigsten Spezialisten der Station zu der Operation hinzugezogen werden."

Elaine wagte aufzuatmen, aber wirklich beruhigt war sie nicht. „Wie lange wird die Operation dauern? Wann kann ich Genaueres über die Folgen des Überfalls erfahren?"

„Das lässt sich schwer sagen, Captain. Wenn ich Professor Hewitt richtig verstanden habe, rechnet er mit einem Minimum von vier bis fünf Stunden. Sofern keine unvorhergesehenen Komplikationen auftreten, natürlich. Es ist schwierig, eine genaue Prognose zu geben."

„Jemand muss in die Klinik gehen und die Angelegenheit im Auge behalten", meinte Elaine grimmig. Sie konnte es nicht selbst tun. Ihre Aufgabe war es, die Täter zu finden.

Ihr Blick fiel auf Fähnrich Thompson, die bleich und schweigend neben ihr stand. „Fähnrich, Sie werden sich sofort in Ihre Kabine begeben und sich umziehen. Anschließend suchen Sie die Klinik auf und bleiben dort. Ich möchte unverzüglich unterrichtet werden, falls sich eine gravierende Änderung in Mr. Sims' Zustand ergibt."

Madelaine Thompson wurde noch eine Nuance bleicher.

Elaine lächelte ihr beruhigend zu. „Fassen Sie Mut, Fähnrich", sagte sie und wunderte sich selbst darüber, wie mitfühlend sie klingen konnte. „Professor Hewitt und die anderen Ärzte werden für Ihren Piloten alles tun, was in ihrer Macht steht. Er wird wieder genesen, verlassen Sie sich darauf."

Fähnrich Thompson sah sie an; Zweifel und nahe Tränen standen in ihren Augen, doch sie versuchte wenigstens, Haltung zu bewahren. „Ich ... ich mache mich sofort auf den Weg, Captain."

Elaine nickte beifällig und entließ sie. Die junge Frau verschwand in ihrer Kabine, tauchte aber gleich darauf - nun in Uniform gekleidet - wieder auf und eilte zum Fahrstuhl. Elaine informierte den Offizier in der Funkleitzentrale, damit er die Blockade der Aufzüge kurzzeitig aufhob und Fähnrich Thompson die Sektion verlassen konnte.

Melba Zaykan sah ihr nach, dann wandte sie sich an Elaine. „Ich nehme an, dass Sie sich persönlich um die Ermittlung der Täter kümmern werden", vermutete sie.

Elaine fletschte die Zähne, und ihre Hände ballten sich zu Fäusten. „Und ob ich das werde! Diese Schweinehunde werden mit ihrer Teufelei nicht ungestraft davonkommen!"

Das klang so sicher. Sie stöhnte im Stillen und wünschte, sie könnte auch nur halb so viel Zuversicht empfinden, wie sie mit ihren Worten zum Ausdruck gebracht hatte.

„Ich möchte Ihnen helfen, Captain Wilding", sagte Melba Zaykan.

Überrascht hob Elaine die Augenbrauen, zog sie über der Nasenwurzel zusammen und durchbohrte ihr Gegenüber mit ihren Blicken. Nie zuvor hatte sie sich so intensiv gewünscht, ergründen zu können, was hinter der Stirn eines Menschen vorging.

Melba Zaykan hielt ihrem prüfenden Blick gelassen stand. „Ich kann mir nicht vorstellen, dass Sie eine große Kommission mit der Untersuchung des Falles betrauen möchten. Das würde nur wenig Sinn machen. Wenn Sie die Täter fassen wollen, müssen Sie schnell handeln, und je weniger Leute daran beteiligt sind, desto besser."

Elaine schwieg. Sherman Hewitts Assistentin hatte recht, dennoch zögerte sie, ihr Angebot anzunehmen. Der Überfall hatte ihr endgültig den Rest gegeben. Jetzt konnte sie niemandem mehr trauen. Aber eine Wahl hatte sie im Grunde nicht. Irgendjemand *musste* ihr helfen, ansonsten wären ihre Bemühungen von vornherein zum Scheitern verurteilt gewesen. Sie hatte ja nicht einmal eine Idee, wie sie am besten vorgehen sollte. In ihrer Not entschloss sie sich zur Offenheit.

„Es fällt mir schwer, Ihnen zu vertrauen, Ms. Zaykan. Wie soll ich sicher sein, dass Sie nicht gegen mich arbeiten werden?"

Melba Zaykan sah ihr geradewegs in die Augen. „Sie würden mich das nicht fragen, wenn sie den Jungen vorhin gesehen hätten. Wer auch immer ihn angegriffen hat, muss erbarmungslos auf ihn eingedroschen haben. Vielleicht wollten sie ihn nicht so schwer verletzen, wie sie es getan haben, aber sie wollten ihn ohne jeden Zweifel quälen, und das hat er nicht verdient - nicht nach allem, was er bereits für die Erde geleistet hat!"

Elaine fühlte, wie sich ihr Magen zu einem harten Knoten zusammenzog. „Sie haben recht, Ms. Zaykan. Das hat er wirklich nicht verdient, und ich will, dass die Schuldigen dafür büßen."

„Das will ich auch", erklärte Sherman Hewitts Assistentin fest.

Elaine spürte, dass sie es ernst meinte, und gab sich einen Ruck. „Also schön. Sie sind mit von der Partie."

„Danke, Captain."

Sie winkte ab. „Lassen Sie uns überlegen, wie wir die Mistkerle dingfest machen. Ich fürchte, es wird kaum etwas nützen, in der Kabine nach Fingerabdrücken zu scannen. Fähnrich Thompsons Beschreibung nach haben die Täter Fähnrich Sims geblendet, damit er sie nicht erkennt, sie werden folglich kaum so dumm gewesen sein, derart offensichtliche Spuren zu hinterlassen."

„Das fürchte ich leider auch."

„Könnte es erfolgreich sein, die Menschen in der Sektion auf Verletzungen der Hände zu überprüfen? Die Kerle müssen fest zugeschlagen haben, um den Fähnrich so übel zuzurichten, und das dürfte auch an ihren eigenen Händen nicht spurlos vorbeigegangen sein."

„Ich glaube nicht, dass sie mit Fäusten auf ihn losgegangen sind. So wie seine Verletzungen aussahen, entstanden sie durch Schlagwerkzeuge."

„Sie meinen, sie hätten Metallstangen benutzt?", fuhr Elaine zornig auf.

„Das halte ich für wahrscheinlich. Deshalb werden wir sie nicht anhand von Verletzungen an ihren Händen aufspüren können, und auch die Stangen dürften längst im nächsten Abfallkonverter verschwunden sein."

Elaine fluchte unterdrückt.

„Aber vielleicht gibt es noch eine andere Möglichkeit", erklärte Melba Zaykan. „Die Angreifer konnten sicher nicht verhindern, dass sie in der Kabine des Fähnrichs Haare und Hautzellen verlieren. Mit einer einzigen Probe könnte ich sie identifizieren."

„Sie denken an eine DNA-Analyse?"

„Ja. In der medizinischen Kartei unserer Krankenstation sind die DNA-Sequenzen der Besatzungen der *Joker* und der *Ace* gespeichert, und in dem Archiv der Klinik finden sich derartige Informationen über alle Personen, die sich derzeit an Bord der Erdorbitalstation aufhalten. Wenn die Täter also noch nicht geflohen sind, werden wir sie entlarven."

„Sie können nicht fliehen. Ich habe die Sektion sperren lassen, und der Defense-Status-Alpha hält sie im militärischen Bereich der Station fest. Niemand kann ihn ohne meine Zustimmung verlassen."

„Dann werden wir sie finden", lächelte Ms. Zaykan zuversichtlich.

„Sind Sie tatsächlich in der Lage, eine einzelne Zelle aufzuspüren?", fragte Elaine zweifelnd.

„Natürlich. Der Professor und ich haben im Verlauf unserer Forschungen bereits nach weitaus kleineren Organismen gesucht. Ich kann das entsprechende Instrumentarium zur Verfügung stellen."

„Sehr gut. Holen Sie Ihre Ausrüstung. Je eher wir beginnen, desto besser."

Melba Zaykan nickte und hastete über den Gang davon. Elaine sah ihr nach, und ein winziger Funke Hoffnung begann zaghaft in ihr zu glimmen und sie mit neuer Entschlossenheit zu erfüllen. Vielleicht würde der Albtraum dieser Nacht doch noch ein gutes Ende finden.

34. Kapitel

Nur wenige Minuten später kehrte Melba Zaykan zu Elaine zurück. In ihren Händen hielt sie eine Fernbedienung, und neben ihr auf dem Boden suchte sich ein kleiner Roboter, stur den Kommandos folgend, die ihn über die Funksignale erreichten, surrend seinen Weg. Er lief auf acht Rädern, die in Paaren an vier beweglich aufgehängten, stark gefederten Achsen saßen, und wirkte robust und geländegängig.

Über dem Fahrwerk befanden sich ein runder, zum Teil durchsichtiger Sammelbehälter und der gedrungene Motorblock samt Empfänger für die Steuersignale, an dem zwei einsame Lämpchen blinkten. Von der Front der Maschine ausgehend ragte ein beweglicher Arm nach vorn und pendelte wie ein Rüssel in schwingenden Bewegungen über den Boden. An seinem vorderen Ende hing eine kleine, komplex anmutende Ansaugvorrichtung.

Melba Zaykan brachte den Roboter vor Elaine zum Stehen. „Ich habe ihn bereits darauf programmiert, in der Kabine ausschließlich nach menschlichem Gewebe, Haaren oder einzelnen Zellen zu suchen. Sobald ich ihm den endgültigen Befehl erteile, wird er selbstständig die gewünschten Proben sammeln."

Zweifelnd sah Elaine auf die unscheinbare Maschine herab. „Wie lange wird er dazu benötigen?"

„Da ich eine derart klare Vorgabe gemacht habe, kann der Suchvorgang vermutlich innerhalb einer Stunde abgeschlossen sein."

„Das ist gut. Ich hatte schon befürchtet, dass es weitaus länger dauern könnte."

Melba Zaykan lächelte. „Die Wunder der modernen Technik sind grenzenlos, Captain. Leider werden wir, während der Roboter im Einsatz ist, die Kabine nicht betreten dürfen."

Elaine winkte ab. „Das dachte ich mir bereits. Wir würden der Maschine nur im Weg stehen und selbst unweigerlich Zellen und Haare verlieren. Ich habe keine Lust, den Tätern durch meine Ungeduld auch noch in die Hände zu arbeiten."

Melba Zaykan nickte. „So ist es."

„Dann lassen Sie uns keine Zeit mehr verlieren. Schicken Sie Ihren kleinen Helfer ins Feld."

Die Assistentin des Professors lenkte den Roboter in Richtung Schott. Elaine wartete, bis er dicht davor war, dann zog sie aus einer Tasche ihrer Uniform ihren Codegeber hervor, richtete ihn auf die Sensorscheibe neben dem Schott und aktivierte ihn. Auf einem Infrarotstrahl wurde der Code übermittelt, der ihr auf der Station alle Türen öffnete, wenn sie es nur wollte. Auch das Schott zu Danny Sims' Quartier fuhr ohne Zögern auf. Melba Zaykan hob leicht die Augenbrauen an, sagte jedoch nichts. Elaine nickte ihr zu, daraufhin startete die Frau den automatischen Suchmodus des Roboters. Er verschwand leise surrend in der Kabine.

Elaine sah ihm nicht nach, sondern verschloss die Tür wieder, richtete sich auf, verschränkte die Arme vor der Brust und lehnte sich neben dem Schott an die Wand.

„Sie wollen hier warten?", fragte Melba Zaykan.

„Ich werde mich nicht von der Stelle rühren."

„Ich verstehe." Melba Zaykan nahm ebenfalls eine abwartende Haltung ein. Danach schwiegen sie.

Elaine hielt die Untätigkeit nicht lange aus. Sie löste sich von der Wand und begann, unruhig den Korridor auf- und abzuwandern, wobei sie sich jedoch nie mehr als zehn Schritte von Danny Sims' Quartier entfernte. Nach ein paar Minuten blieb sie stehen und öffnete einen Kanal zu Fähnrich Thompson.

„Captain Wilding an Fähnrich Thompson. Gibt es etwas Neues?"

„Nein, Captain. Fähnrich Sims wird noch immer operiert."

„Hat man Ihnen gesagt, wie lange es noch dauern wird?"

„Nein."

„In Ordnung, Fähnrich, bleiben Sie dran."

„Aye, aye, Captain."

Als sich der Kanal wieder schloss, fluchte Elaine leise. Bereits eine Ewigkeit schien vergangen zu sein, seit Fähnrich Thompson ihr von dem Überfall berichtet hatte, dabei war das kaum eine halbe Stunde her. Sie hatte nicht wirklich erwarten können, dass man ihr schon jetzt Näheres über den Zustand des jungen Gamblers sagen konnte. Vermutlich hatte die Operation erst vor wenigen Minuten begonnen.

„Keine Nachricht ist immer noch besser als eine schlechte", bemerkte Melba Zaykan.

„Eine gute wäre noch besser", gab Elaine gereizt zurück.

Die Assistentin des Professors seufzte. „Ich kann verstehen, wie Ihnen zumute ist. Mir gefällt es auch nicht, warten zu müssen. Aber vielleicht können wir während der Sammelphase des Roboters doch etwas tun."

„Und das wäre?"

„Wir könnten versuchen herauszufinden, auf welchem Weg die Angreifer in die Kabine eingedrungen sind." Sie bedachte Elaine mit einem eigentümlichen Blick, und für einen Moment hatte sie das Gefühl, nicht seiner Assistentin, sondern Sherman Hewitt selbst gegenüberzustehen. „Nach Ihrem kleinen Zauberschlüssel werde ich in den Souvenirläden der Station vermutlich vergeblich suchen, nehme ich an."

Zumindest war sie diplomatisch genug, ihre leise Kritik nicht wie die Anklage eines göttlichen Strafgerichts klingen zu lassen, wofür ihr Elaine in der augenblicklichen Situation durchaus dankbar war. Sie schüttelte den Kopf. „Das ist richtig. Es gibt nur sechs Personen, die über einen solchen Codegeber verfügen, mich eingeschlossen. Alle gehören zum Führungsstab der Station. Ich glaube kaum, dass einer der Träger ihn missbraucht hat.“ Allerdings war sie sich in dieser Hinsicht nicht so sicher, wie sie es noch vor ein paar Tagen gewesen wäre. Dennoch - diese Möglichkeit musste ausscheiden. Aber es gab durchaus andere Wege, auf denen die Täter sich Zutritt zu Fähnrich Sims' Kabine verschafft haben konnten - immer vorausgesetzt natürlich, er hatte ihnen in seiner Arglosigkeit nicht selbst die Tür geöffnet und sie hereingelassen. Das jedoch war wenig wahrscheinlich, bedachte man, mit welcher Umsicht und Raffinesse die Angreifer zu Werke gegangen waren. Es war nicht einfach, einen Gambler zu überwältigen, und sie hätten das Überraschungsmoment niemals leichtfertig aufs Spiel gesetzt, indem sie ihn zuerst aus dem Schlaf klingelten und ihm die Gelegenheit gaben, richtig wach zu werden, bevor sie mit ihren Keulen über ihn herfielen.

„Ich denke, ich kenne die Antwort“, sagte sie.

Melba Zaykan wirkte erstaunt. „Tatsächlich?“

„Ja.“ Elaine trat dicht neben die Tür und beugte sich herab. „Passen Sie auf.“

Sie suchte mit den Augen den Umriss eines Rechtecks, fand ihn und legte eine Hand genau in dessen Mitte auf die Wand. Unter dem leichten Druck ihrer Finger entstand ein Spalt. Sie fasste zu und zog die Klappe gänzlich auf. Dahinter kam eine einfache Schaltung zum Vorschein.

Mit gerunzelter Stirn blickte Melba Zaykan auf die Kabel, Platinen und Kontrolldioden herab und wies auf einen kleinen Schalter. „Damit lässt sich die Tür öffnen?“

Statt einer Antwort legte Elaine den Schalter um. Die Tür glitt auf.

Ein Ausdruck schockierten Unglaubens erschien auf Melba Zaykans Gesicht. „Sehe ich das richtig, Captain? Es ist jederzeit möglich, in die Kabine eines anderen einzudringen?“

Elaine nickte knapp.

„Und was ist mit der Privatsphäre? Wird die denn gar nicht geschützt?“

„Wir sind hier nicht in einem Strandhotel, sondern im militärischen Bereich der Erdorbitalstation“, knurrte Elaine. „Die Soldaten besitzen jeder ein Quartier für sich, das ist bereits weitaus mehr Privatsphäre, als sie es von der Akademie her gewöhnt sind oder auf Raumschiffen und anderen Flottenstützpunkten erwarten dürften.“

Melba Zaykan schnitt eine Grimasse. „Ich glaube, ich sollte bei meinem nächsten Abstecher in den Orbit einen Safe im Handgepäck haben.“

Elaine zuckte mit den Schultern und betätigte den Schalter ein zweites Mal. Die Tür schloss sich wieder. „Tun Sie, was Sie möchten, aber es wird nicht nötig sein. Diebstähle und andere Vorkommnisse, die verschlossene

Türen erforderlich machen, gibt es unter den Soldaten im Allgemeinen nicht."

„*Im Allgemeinen*", wiederholte Melba Zaykan betont.

Elaine ignorierte ihren Einwurf. Über das Offensichtliche brauchten sie nun wirklich nicht zu diskutieren.

Ein Schatten glitt über Melba Zaykans Gesicht, dann richtete sie ihren Blick fragend auf Elaine. „Wozu existiert diese Schaltung? Ich nehme nicht an, dass sie blanker Willkür entspringt."

Erfreut nahm Elaine zur Kenntnis, dass die Assistentin des Professors offenbar mit bedeutend mehr praktischem Sachverstand gesegnet war als der bornierte Meister, dem sie diente. Sie lächelte flüchtig. „Das tut sie tatsächlich nicht. In manchen Situationen kann es für den Bewohner eines Quartiers von lebenswichtiger Bedeutung sein, dass man die Tür auch von außen öffnen kann. Stellen Sie sich vor, ein Unfall passiert, Feuer bricht aus oder ein Leck entsteht. Wird die Person innerhalb einer Kabine dabei so schwer verletzt, dass sie sich nicht mehr bewegen und den Öffnungsmechanismus von eigener Hand betätigen kann, um ihre Helfer hereinzulassen, wäre sie ohne eine solche manuelle Überbrückungsmöglichkeit in tödlicher Gefahr."

„Das leuchtet ein", murmelte Melba Zaykan. Gleich darauf wurde sie plötzlich lebhaft. „Wer weiß von der Sicherheitsschaltung, Captain? Kann es nicht sein, dass wir auf diese Weise herausfinden könnten, wer Fähnrich Sims angegriffen hat?"

Elaine schüttelte den Kopf. „Nein. Die Sicherheitsschaltung an den Türen ist jedem Soldaten, der auf der Erdorbitalstation Dienst tut, bekannt, schließlich kann man im Notfall oft nicht darauf warten, dass zufällig ein höherer Offizier in der Nähe ist."

„Wir müssen also doch die Untersuchung des Roboters abwarten."

„Es sieht ganz so aus."

Sie versanken erneut in brütendes Schweigen, und dieses Mal dauerte es an, bis sich das Schott zu Fähnrich Sims' Kabine wieder öffnete und der Roboter herausrollte. Melba Zaykan trat auf ihn zu, überprüfte die Anzeigen an dem kastenförmigen Aufbau und nickte zufrieden.

„Das Sammeln der Proben ist erfolgreich abgeschlossen worden. Ich werde den Inhalt des Behälters sofort in das Labor bringen und eine genaue Analyse vornehmen."

Elaine seufzte. „Ich schätze, es wird Zeit für die nächste Kaffeepause."

Melba Zaykan nickte bedauernd. „Ich werde so schnell arbeiten, wie ich kann."

„Tun Sie das. Es ist mir unerträglich, tatenlos herumzusitzen, während diese Mistkerle frei auf meiner Station herumlaufen."

Elaine nickte ihr zu, dann eilte die hochgewachsene Frau davon. Der Roboter folgte ihr wie ein treues Hündchen den Gang hinunter. Elaine sah ihnen nicht lange nach, sondern betrat Fähnrich Sims' Kabine. Die automatische Spurensuche in allen Ehren, aber sie wollte sich den Tatort mit eigenen Augen anschauen. Vielleicht konnte sie einen wichtigen Hinweis auf die Angreifer entdecken.

Doch sie fand nichts, nur Spuren des Kampfes und noch mehr Blut.

Voller Sorge um den jungen Fähnrich verließ sie die Kabine und fuhr in die Militärklinik hinab. Sie konnte jetzt doch nichts mehr tun - außer warten.

35. Kapitel

Auf dem Weg in die Klinik stellte Elaine die Verbindung zu ihrem Adjutanten her und trug ihm auf, Admiral Jennings zu informieren, dass seine Anwesenheit auf der Station unbedingt erforderlich war, ohne ihm aber den Grund dafür zu nennen. Es schien ihr nicht klug, auch nur ein einziges Wort über den Angriff auf Danny Sims verlauten zu lassen, auch wenn die Funksignale, mit denen Ian Fellmer Kontakt zum Admiral aufnehmen würde, auf komplizierte Weise vor unerwünschten Zuhörern abgeschirmt werden würden.

In der Klinik angekommen, traf sie auf Lieutenant Hall, der an der Rezeption Dienst tat. Er konnte ihr keine Auskunft darüber geben, wie es um Danny Sims stand, wies ihr jedoch den Weg zu dem Warteraum, in den er auch Fähnrich Thompson geschickt hatte. Elaine fand ihn auf Anhieb. Madelaine Thompson kauerte mit angezogenen Beinen auf einem der beiden Sofas im Raum, hielt beide Knie mit den Armen umschlungen und starrte mit gesenktem Kopf vor sich hin, zuckte jedoch heftig zusammen, als Elaine eintrat, und blickte zu ihr auf. Ihr Mienenspiel verriet Elaine mehr als viele Worte.

„Ich nehme an, Sie können mir noch keine neue Meldung machen."

Fähnrich Thompson schüttelte den Kopf und machte Anstalten aufzustehen, aber Elaine winkte ab. „Bleiben Sie sitzen, Fähnrich. Uns steht im Zweifelsfall noch eine lange Wartezeit bevor."

Ein verräterisches Glitzern trat in die ohnehin noch rot geweinten Augen der jungen Frau. Elaine sah fort, um sie nicht in Verlegenheit zu bringen. Es war nicht der richtige Zeitpunkt, um auf militärische Disziplin und Härte zu pochen. Wenn sie an der Stelle des Fähnrichs gewesen wäre, wäre ihr selbst zum Weinen zumute gewesen. Dass ein Kamerad den anderen derartig verletzte, war ungeheuerlich, schockierend und beängstigend, und sie wünschte fast, sie wäre in der Position, ähnliche Gefühle zulassen zu können wie der Fähnrich. Nun, obwohl sie der Captain war, war sie dennoch von heißem Zorn erfüllt, und sie dachte nicht daran, ihn zu unterdrücken. So war nun einmal ihr Temperament. Alles, was sie nicht kontrollieren konnte, machte sie wütend, und sie schwor sich, die Situation so schnell wie möglich unter ihren Einfluss zurückzubringen. Die derzeitigen Verhältnisse auf der Erdorbitalstation waren einfach untragbar.

Mürrisch und mit wachsendem Unmut über die ihr aufgezwungene Untätigkeit wanderte Elaine im Warteraum auf und ab. Ihre Überlegungen eilten der Zeit weit voraus. Sie fasste mehrere Entschlüsse, die die Täter und ihre Bestrafung betrafen, und machte sich Gedanken um die Zukunft der Crew der *Joker*. Im Zentrum ihrer Aufmerksamkeit stand jedoch Danny Sims. Ihm musste sie ihr besonderes Augenmerk schenken, denn solange die Täter nicht gefasst waren, war er weiterhin in Gefahr, und selbst wenn es ihr tatsächlich gelang, die Schuldigen zu entlarven und hinter Schloss und Riegel zu bringen, besaß sie keine Gewähr dafür, dass sich ein derartiger Vorfall nicht wiederholte. Der junge Gambler brauchte Schutz, was nichts anderes bedeutete, als dass sie Wachen abstellen musste, die ihn vor weiteren Übergriffen bewahrten. Aber wen konnte sie dafür einsetzen? Wem konnte sie Danny Sims' Leben anvertrauen?

Sie wälzte die quälende Frage in ihren Gedanken hin und her, wog verschiedene Alternativen ab und verwarf sie wieder. Eine Ewigkeit verstrich, ohne dass sie zu einem Ergebnis kam. Irgendwann glitt endlich das Schott auf und ein Arzt trat ein. Mit zwei schnellen Schritten stürzte sie auf den Mediziner zu, während hinter ihr Fähnrich Thompson auf die Beine sprang.

„Wie geht es Fähnrich Sims?"

„Wie geht es Danny?", fragte Madelaine Thompson in der gleichen Sekunde mit zittriger Stimme.

„Sie können vorerst aufatmen, Captain Wilding", sagte der Arzt. „Die Operation ist, soweit sich das jetzt schon sagen lässt, erfolgreich verlaufen und hat auch nicht ganz so lange gedauert, wie wir das zunächst befürchtet hatten."

Unwillkürlich sah Elaine auf ihr Armbandchronometer. Fast drei Stunden waren bereits vergangen, seit sie von dem Überfall erfahren hatte - eine verdammt lange Zeit, wenn man sie mit dem Versuch verbrachte, einen Menschen von der Schwelle des Todes ins Leben zurückzuholen.

„Sagen Sie mir, wie es um den Fähnrich steht", forderte sie ungeduldig

„Professor Hewitt möchte das übernehmen. Er schickt mich, damit ich Sie zu ihm führe."

„Wo ist er?"

„Bei Fähnrich Sims auf der Intensivstation."

„Worauf warten wir dann noch?"

„Aye, Captain." Er wollte sich eben in Bewegung setzen, als sich Fähnrich Thompson zu Wort meldete.

„Captain?"

Sie sagte nur dieses eine Wort, aber es war im Grunde eine komplette Frage. Elaine verstand sie natürlich, entschied sich sofort und winkte der jungen Frau. „Kommen Sie, Fähnrich."

Ein erleichtertes Lächeln erschien auf Fähnrich Thompsons Lippen. „Danke, Captain."

Der Arzt führte sie in eine gesonderte Abteilung der Klinik. Als sich das Schott vor ihnen öffnete, gab es ihnen den Weg in einen großen, halbmondförmigen Raum frei, in dem nur gedämpftes Licht herrschte. Die gewölbte Wand war auf der gesamten Fläche in der oberen Hälfte verglast, sodass man in jede der zwanzig kleineren, für sich abgeschlossenen Behandlungskabinen, die an den Raum angrenzten, hineinsehen konnte. Sie glichen denen in Professor Hewitts Krankenstation, waren jedoch mit deutlich mehr technischem Gerät ausgestattet. Elaine entließ den Arzt, als sie in einer der Kammern Sherman Hewitt entdeckte, und betrat hastig die Kabine. Fähnrich Thompson folgte ihr dichtauf.

Obwohl Elaine klar war, dass Danny Sims noch unter Narkose stand und nicht etwa nur schlief, trat sie unwillkürlich leiser auf als zuvor. Sherman Hewitt warf ihr nur einen flüchtigen Blick zu, und seine Miene verschloss sich.

Sie ignorierte ihn ihrerseits und schob sich dicht an das Lager des Fähnrichs heran. Danny Sims bot ein erbarmungswürdiges Bild. Sein Gesicht war kreidebleich, fast wachsfarben. Dunkle Blutergüsse, die die Schläge auf seinem Gesicht hinterlassen hatten, schufen einen schauerlichen Kontrast zu seiner weißen Haut. Über seiner linken Augenbraue klebte ein Pflaster, auf der rechten Schläfe ebenfalls. Seine dunklen Haare hingen ihm wirr und zerzaust in die Stirn, an einigen Stellen waren sie abrasiert worden, dort klebten weitere Pflaster. Seine Arme lagen ausgestreckt auf der dünnen Decke, die man über seinen schmalen, reglosen Körper gebreitet hatte. Ein Katheter steckte in einer Vene seines linken Arms und verband ihn mit zwei Infusionsbeuteln, und sein rechtes Handgelenk wurde von einer Manschette umschlossen, in die gleich mehrere Elektroden integriert waren, die seinen Zustand überwachten. Ihre Signale liefen an den Monitoren, die Sherman Hewitt mit einem Auge ständig musterte, zusammen.

Elaine schluckte, als sie den Jungen so sah, und es fiel ihr schwer, nicht angesichts des ohnmächtigen Zorns, der sie erfüllte, die Beherrschung zu verlieren. Und sie war nicht die Einzige. Ein kurzer Blick auf Fähnrich Thompson zeigte ihr, dass das Mädchen dicht davor stand, abermals in Tränen auszubrechen.

„Professor?“, fragte sie mit rauer Stimme. „Wie geht es ihm?“

Er warf einen langen, prüfenden Blick auf seine Instrumente, dann stand er auf und winkte ihr.

„Ich werde draußen mit Ihnen darüber reden“, erklärte er, sah jedoch beinahe durch sie hindurch. Es war offensichtlich, dass er seine Gedanken noch gänzlich auf seinen Patienten gerichtet hielt und in ihr nicht viel mehr als eine lästige Störung sah, die es möglichst schnell zu beseitigen galt, damit er sich wieder den wirklich wichtigen Dingen zuwenden konnte.

Elaine drängte ihn nicht noch einmal, sondern wandte sich Fähnrich Thompson zu, die Danny Sims wie erstarrt musterte.

„Bleiben Sie hier, Fähnrich. Es wäre gut, wenn Mr. Sims ein vertrautes Gesicht sieht, sobald er aufwacht."

„Aye, Captain", bestätigte Madelaine Thompson sofort und mit offenkundiger Erleichterung in der Stimme.

Vermutlich wäre sie auch ohne den Befehl nicht von Danny Sims' Seite gewichen. Sie war einer der wenigen Menschen an Bord der Erdorbitalstation, die ihm von Anfang an uneingeschränkt positiv gegenübergestanden hatten. Sie war für ihn ein echter Kamerad, ein Freund - vielleicht sogar noch mehr.

Sherman Hewitt verließ die Kabine mit Elaine im Schlepptau und stellte sich vor das Fenster, das ihm den Blick auf Danny Sims' Krankenbett ermöglichte. Seine Hände ruhten auf der Leiste, die das Glas von dem undurchsichtigen Teil der Wand trennte, während er reglos Fähnrich Thompson beobachtete, die auf dem Sitz Platz nahm, den er eben erst verlassen hatte. Auch die Monitore behielt er aufmerksam im Blick.

„Ich erwarte Ihren Bericht, Professor", sagte Elaine und versuchte, möglichst geduldig zu klingen.

Ein Schauder überlief Sherman Hewitt, und sie sah, wie sich seine Finger so fest um die Leiste schlossen, dass seine Knöchel und Sehnen weiß unter seiner sonnengebräunten Haut hervortraten. „Möchten Sie eine genaue Liste seiner Verletzungen, Captain?", fragte er tonlos und ohne sie anzusehen.

Sein Verhalten irritierte sie ein wenig, trotzdem nickte sie. „Ich bitte darum."

Der Professor behielt auch jetzt seinen seltsam emotionslosen Tonfall bei. „Die Prellungen und Quetschungen in seinem Gesicht haben Sie gesehen. Sein gesamter Körper ist damit bedeckt. Am Kopf ist die Haut unter den Schlägen an einigen Stellen aufgeplatzt. Wir mussten dort nähen. Außerdem hat er eine schwere Gehirnerschütterung. Es war großes Glück, dass er nicht auch noch Gehirnblutungen erlitten hat."

„Und die Operation?"

„Die Attentäter haben ihm drei Rippen gebrochen, und ein Knochensplitter ist durch weitere Schläge in die Milz eingedrungen und hat dort einen tiefen Riss verursacht. Hätten wir Mr. Sims nicht operiert, wäre er innerlich verblutet."

Elaine fror plötzlich. Genau das wäre geschehen, hätte sich Danny Sims nicht nach dem Angriff mit letzter Kraft zu Fähnrich Thompsons Kabine geschleppt. Wenn er nicht auf sich aufmerksam gemacht hätte, hätte man ihn wohl erst am Morgen vermisst - und in seiner verwüsteten Kabine seine blutverschmierte, geschundene Leiche entdeckt. Die Gänsehaut auf Elaines Armen wurde stärker.

Hastig rief sie sich zur Ordnung. Der Junge *hatte* sich bemerkbar gemacht und war vorerst in Sicherheit. Aber ein Rest Zweifel blieb.

„Schwebt er noch immer in Lebensgefahr?", fragte sie.

Der Professor schüttelte den Kopf. „Ich denke nicht. Die Milzrekonstruktion ist gut gelungen. Noch vor fünfzig Jahren hätte das Organ bei einer derartigen Verletzung nicht gerettet werden können, aber heute sind wir dazu glücklicherweise in der Lage. Auch seine Rippen werden wieder heilen. Wir haben sie gerichtet und mit einem Knochenwachstumsstimulans behandelt."

„Was ist mit seinen Augen? Fähnrich Thompson sagte mir, Mr. Sims habe auf sie den Eindruck gemacht, als könne er nicht richtig sehen. Ich vermutete deshalb, die Angreifer könnten ihm eine Chemikalie in die Augen gesprüht haben, um nicht erkannt zu werden."

„Sie vermuten richtig. Die Substanz ließ ihn sofort erblinden."

„Wird das von Dauer sein?", fragte Elaine erschrocken.

Da ruckte Sherman Hewitts Kopf plötzlich zu ihr herum. „Das wäre eine Katastrophe, nicht wahr, Captain?" Er sprach ihren Rang mit so viel Verachtung aus, als hielte sie unter ihrer Uniformjacke eine blutige Metallstange versteckt, die sie gerade noch selbst auf den unglückseligen Fähnrich hatte niedersausen lassen. „Wenn er blind bleibt, könnten Sie ihn nicht mehr gegen die Schwärme schicken. Sie und der Admiral hätten dann Ihre kostbare Schachfigur verloren."

Der Umschwung in Sherman Hewitts Verhalten kam so unvermittelt, dass es Elaine schwerfiel, sich darauf einzustellen. „Was soll das, Professor? Ich dachte, diese Diskussion hätten wir längst abgeschlossen."

Das Gesicht des Professors wurde hart und abweisend. „Sagen Sie das Ihrem Fähnrich. Er wird sich bestimmt freuen, das zu hören." Er deutete mit einem schroffen Kopfnicken in Richtung der Behandlungskabinen. „Und sagen Sie ihm auch gleich, wie sehr Ihnen das Wohl aller Ihrer Soldaten am Herzen liegt."

„Es reicht, Professor", knurrte Elaine.

Sherman Hewitt lächelte dünn. „Wie schade, dass sich nicht jedes Problem mit einem einfachen Befehl aus der Welt schaffen lässt, nicht wahr, Captain? Sie haben den Jungen ins Zentrum der allgemeinen Aufmerksamkeit gerückt und Ihren Nutzen daraus gezogen, aber es war Ihnen gleichgültig, was mit ihm geschieht. Sie haben nicht einmal darüber *nachgedacht*, andernfalls hätten Sie irgendetwas unternommen, um ihn vor dem hirnlosen Mob zu schützen. Ob Sie es leugnen oder nicht, es ist *Ihre* Schuld, dass er derart schwer verletzt wurde!"

Für eine Sekunde war Elaine wie erstarrt, dann brodelte heißer Zorn in ihr hoch. „Es steht Ihnen nicht zu, derartige Schuldzuweisungen vorzunehmen."

„Haben Sie solche Angst davor, der Wahrheit ins Gesicht zu blicken, Captain?" Sherman Hewitt stieß verächtlich Luft aus. „Wann begreifen Sie endlich, dass man Ihren kostbaren Piloten beinahe *umgebracht* hätte?"

„Glauben Sie wirklich, das ist mir nicht bewusst? Ich weiß, dass Fähnrich Sims' Leben heute am seidenen Faden hing, und ob Sie es glauben oder nicht, ich bin darüber genauso entsetzt wie Sie."

„Weil Sie nicht wissen, wen Sie als Nächstes für Ihre Zwecke missbrauchen können, falls Sie Danny Sims verlieren", knurrte der Professor und wandte sich voller Abscheu von ihr ab. „Andere Gambler waren schlau genug, sich von Ihnen und der Erdorbitalstation fernzuhalten."

Elaine schnappte kurz nach Luft, dann packte sie Sherman Hewitt am Arm, riss ihn herum und zwang ihn, sie anzusehen. „Ich bin es leid mit Ihnen, Mr. Hewitt", zischte sie. „Sie sind müde, Sie sind besorgt und Sie sind zornig. Ich kann das gut verstehen, denn mir geht es genauso, aber das gibt Ihnen noch lange nicht das Recht, mir meine Menschlichkeit abzusprechen. Da drinnen liegt ein Junge, der von einem oder mehreren Kameraden brutal niedergeknüppelt wurde. Glauben Sie, das lässt mich kalt? Ich schwöre Ihnen, wenn ich die Schuldigen in die Finger bekomme, werden sie sich wünschen, niemals geboren worden zu sein, aber solange ich sie nicht kenne, kann ich nichts tun, außer zu hoffen. Natürlich sagt mir mein Verstand, dass wir Fähnrich Sims unbedingt für die Verteidigung der Erde brauchen, aber das ist mir im Augenblick völlig egal. Ich will nur, dass er überlebt und wieder gesund wird." Sie funkelte den Professor grimmig an. „Dieser Junge dort hat mehr Mut und Integrität im Leib als die meisten Admiräle und Offiziere, die ich kenne, und das, obwohl ihm seit seiner Ankunft auf der Station nichts als Engstirnigkeit, Borniertheit und Fanatismus entgegengeschlagen sind. Und obwohl Sie so vehement für ihn Partei ergreifen und mir wüste Beschuldigungen an den Kopf werfen, bilden Sie keine Ausnahme, Professor. Für wie dumm halten Sie Fähnrich Sims eigentlich, wenn Sie glauben, er ließe sich von *irgendjemandem* als Schachfigur missbrauchen?"

Sherman Hewitt antwortete nicht, sondern starrte sie mit großen Augen an.

Elaine zitterte vor Wut. Ihre Finger hatten sich tief in den Arm des Professors gegraben, jetzt ließ sie ihn ruckartig los und trat einen Schritt von ihm zurück. „Sie sollten endlich die Augen aufmachen und Mr. Sims so sehen, wie er tatsächlich ist, statt ihn als Stichwortgeber für Ihre eigenen kleinen Dramen zu benutzen", knurrte sie ihn an.

Dann wandte sie sich von ihm ab, verschränkte die Arme vor der Brust und sah durch das Fenster auf Danny Sims' reglose Gestalt.

Sherman Hewitt schwieg lange, doch schließlich war er es, der zuerst das Wort ergriff. „Wir konnten die Chemikalie anhand von Spuren auf Mr. Sims' Uniform identifizieren und die geeignete Behandlung einleiten. Er wird in ein paar Tagen wieder völlig normal sehen können."

Elaine schloss kurz die Augen, spürte, wie eine Woge der Erleichterung sie überlief, und atmete tief durch. „Danke, Professor."

Er murmelte etwas Unverständliches und kehrte in das Behandlungszimmer zurück. Als sie ihm folgte, sah sie, dass er ihrem Blick sorgsam auswich, und da wusste sie, dass sie gewonnen hatte.

Sie brachte nicht einmal ein Lächeln darüber zustande; zu ernst war die Situation. Danny Sims' Augen würden sich erholen und auch seine anderen Verletzungen würden ausheilen, doch ob sich alle Wunden schließen ließen, bezweifelte sie. Das würde sich erst zeigen, wenn der Junge aus der Narkose erwachte.

* * *

Fest entschlossen zu warten, bis Fähnrich Sims wieder zu sich kam oder sie von Melba Zaykan eine Nachricht über das Ergebnis der Gen-Analyse erhielt, wachte Elaine zusammen mit Madelaine Thompson und Sherman Hewitt am Bett des Jungen, doch es kam anders. Es waren erst wenige Minuten vergangen, seit sie und der Professor in die Behandlungskabine zurückgekehrt waren, als sich ihr Adjutant bei ihr meldete.

„Captain Wilding, Admiral Jennings ist auf der Station eingetroffen und fragt nach Ihnen. Soll ich ihn zu Ihnen schicken?"

Elaine seufzte und schüttelte den Kopf. Die Intensivstation war nicht der richtige Ort, um dem Admiral die Lage zu erklären. „Das ist nicht nötig, Ian. Sagen Sie ihm, dass ich in meinem Büro zu ihm stoßen werde."

„Aye, Captain."

Der Kanal wurde geschlossen. Elaine warf noch einen Blick auf Danny Sims, bevor sie schweren Herzens aufstand. Es konnte jetzt nicht mehr lange dauern, bis er aus der Narkose erwachte, und sie wäre lieber bei ihm gewesen, wenn es geschah. Außerdem war ihr nicht wohl dabei, ihn aus den Augen zu lassen. Sie musste dafür sorgen, dass die Raubtiere keine Gelegenheit erhielten, sich noch einmal an ihre Beute heranzupirschen.

„Professor", sprach sie Sherman Hewitt an. „Es wäre in unser aller Interesse, wenn Sie Fähnrich Sims' Zustand ständig überwachen."

Er hob den Blick zu ihr, und für eine Sekunde leuchtete Trotz in seinen Augen, aber er verschwand ebenso schnell wieder, wie er gekommen war. Statt ihr zu widersprechen oder erneut Vorhaltungen zu machen, nickte er. „Ich werde mich nicht vom Fleck rühren."

„Gut. Fähnrich Thompson?"

Die junge Frau sah zu ihr auf und wirkte für einen Moment verwirrt. Sie hatte ihrem Gespräch mit dem Professor offenbar nicht zugehört. „Captain?"

„Sie werden bis auf Weiteres in der Krankenstation bleiben. Halten Sie mich auf dem Laufenden, und bleiben Sie vor allem stets an der Seite Ihres Piloten. Haben Sie mich verstanden?"

Fähnrich Thompsons Augen wurden groß. Sie *hatte* verstanden. „Ja, Captain."

Elaine sah zwischen ihr und Danny Sims hin und her und bedachte den weiblichen Fähnrich mit einem letzten eindringlichen Blick, um ihre stumme Botschaft noch ein wenig länger wirken zu lassen.

Madelaine Thompsons Gestalt straffte sich plötzlich, ein Teil der Trauer fiel von ihr ab, dafür wuchs ihre Anspannung, und ihre Augen versprachen entschlossene Wachsamkeit.

Elaine nickte ihr zu, dann verließ sie den Raum. Als sie einige Minuten später ihr Büro betrat, erwartete der Admiral sie bereits. Er begrüßte sie mit einem knappen Kopfnicken und ergriff sofort das Wort. „Ich bin so schnell gekommen, wie es mir möglich war, Captain Wilding. Was ist geschehen?"

„Nehmen Sie erst einmal Platz, Sir. Über manche Dinge sollte man lieber im Sitzen reden."

Admiral Jennings ignorierte die Geste ihrer Hand, mit der sie auf den Sessel vor ihrem Schreibtisch wies. Sein Gesicht wurde starr. „Es geht um Fähnrich Sims."

Er formulierte es nicht als Frage, aber natürlich gab es kaum eine andere Möglichkeit. Nahezu alles, was in diesen Tagen auf der Erdorbitalstation geschah, hatte in der einen oder anderen Form mit dem jungen Gambler zu tun.

Elaine seufzte. „Ja, Sir. Leider." Sie berichtete ihm, auf welche Weise der Fähnrich verletzt worden war, welcher Art seine Verletzungen waren und was Professor Hewitt unternommen hatte, um ihm zu helfen. Er hörte ihr schweigend zu, und je länger sie sprach, desto verschlossener wurde seine Miene. Als sie geendet hatte, waren seine Züge vollends zu einer bleichen, steinernen Maske geworden, schien das Grau seiner Augen endgültig zu Wintereis gefroren zu sein. Elaine kannte ihn jedoch gut genug, um zu wissen, dass gerade diese Ausdruckslosigkeit, dieses unnatürliche, beinahe gespenstische Fehlen selbst der winzigsten emotionalen Regung ein untrügliches Zeichen für die Gefühle war, die unter der unbewegten, kontrollierten Oberfläche brodelten. Er wandte sich abrupt von ihr ab und drehte ihr den Rücken zu. Beinahe eine Minute lang blieb er schweigend so stehen, während sich seine Finger zu Fäusten ballten, öffneten und wieder schlossen und ein Schauder wie Schüttelfrost über seine starre Gestalt lief.

Dann fuhr er plötzlich ebenso ruckartig wieder zu ihr herum. „Wer hat das getan?"

Elaine schüttelte den Kopf und spürte einmal mehr, wie ohnmächtiger Zorn in ihr zu pochen begann. „Ich weiß es nicht - noch nicht. Professor Hewitts Assistentin analysiert noch immer die Proben, die ihr Roboter in Fähnrich Sims' Kabine gesammelt hat. Sie wollte mich informieren, sobald sie etwas herausgefunden hat."

„Können wir ihr vertrauen?"

„Ich bin überzeugt davon, dass sie sich ehrlich bemühen wird, eine Spur der Täter zu finden."

„Hoffentlich lässt Sie Ihre Menschenkenntnis nicht im Stich, Captain Wilding."

„Das wird sie nicht", sagte Elaine bestimmt.

Der Admiral musterte sie für lange Sekunden intensiv, dann nickte er. „Also schön, überlassen wir es Ms. Zaykan, die Hinweise auszuwerten." Sein Blick glitt kurz in die Ferne, und ein Schatten legte sich auf seine Züge. „Wer ist im Moment bei Fähnrich Sims?"

„Professor Hewitt und Fähnrich Thompson."

„Das ist nicht mehr als ein Notbehelf."

Elaine hob entschuldigend die Schultern. „Ich bin mir dessen bewusst, Sir, aber vorerst schien es mir die beste Lösung zu sein. Es wird Zeit brauchen, weitere Maßnahmen zu treffen. Fähnrich Sims muss vor weiteren Übergriffen geschützt werden, nur leider weiß ich derzeit noch nicht, wen ich mit dieser Aufgabe betrauen kann. Ich fürchte, ich kann erst dann eine sichere Auswahl treffen, wenn die Täter gefasst worden sind und ich Klarheit über ihre Motive gewonnen habe."

Das Gesicht des Admirals verfinsterte sich. „Ich weiß bereits mehr über ihre Motive, als mir lieb ist", erklärte er mit einer Stimme, der man den Zorn deutlich anhörte, „und ich will sie unschädlich machen, bevor der Fähnrich wieder zu sich kommt. Ich würde mich wohler fühlen, wenn ich ihm gleich nach seinem Erwachen mitteilen könnte, dass er nicht mehr in Gefahr ist."

Elaine lächelte schwach. „Für ihn gilt sicher das Gleiche."

Der Admiral setzte zu einer Antwort an, aber ein Signalton unterbrach ihn. Ian Fellmer meldete, dass Melba Zaykan im Vorzimmer eingetroffen war und sie zu sprechen wünschte.

„Endlich!", entfuhr es Elaine erleichtert. Sie nickte dem Admiral grimmig zu. „Jetzt werden wir sehen, ob Ihr Wunsch in Erfüllung geht. Ian, lassen Sie Ms. Zaykan herein."

Gleich darauf betrat die Assistentin des Professors den Raum. Sie hielt sich nicht lange mit einer formellen Begrüßung auf, obwohl sie den Admiral bislang noch nicht persönlich kennengelernt hatte. „Admiral Jennings, Captain Wilding, ich habe leider keine guten Nachrichten. Alle Proben, die der Roboter in Fähnrich Sims' Quartier gesammelt hat, stammen von ihm selbst und von Fähnrich Thompson."

Der Admiral sog scharf Luft ein. „Was hat das zu bedeuten? Hat *sie* ihn angegriffen?“

„Das ist äußerst unwahrscheinlich“, antwortete Elaine, ohne zu zögern. „Fähnrich Thompson steht uneingeschränkt auf der Seite von Mr. Sims. Wenn sie in seiner Kabine war, dann heißt das nicht, dass sie ihn überfallen hat, sondern ist wohl eher ein Zeichen dafür, dass sich zwischen den beiden eine Beziehung entwickelt hat, die über normale Kameradschaft hinausgeht. Außerdem hat er ihr vertraut, sonst hätte er sich nicht nach dem Überfall an sie gewandt, und das bedeutet, dass wir das Gleiche tun können.“

Der Admiral ballte schon wieder die Hände zu Fäusten. Er schien es nicht einmal zu bemerken. „Das bedeutet, wir haben keinerlei Hinweis auf die Täter.“

„Es tut mir sehr leid, aber genauso sieht es aus“, erwiderte Melba Zaykan bekümmert. „Ich war mir so sicher, dass ich etwas finden würde, aber es scheint, als hätten die Attentäter von vornherein mit der Möglichkeit einer DNA-Untersuchung gerechnet und entsprechende Vorkehrungen dagegen getroffen.“

„Heißt das, sie haben hermetisch abgeschlossene Kleidung getragen?“, hakte der Admiral nach.

Melba Zaykan nickte. „Ja, Sir.“

„Raumanzüge“, sagte Elaine. Ihre Gedanken rasten.

Auch Admiral Jennings wirkte plötzlich abwesend, während Melba Zaykan hilflos die Schultern hob. „Ich fürchte, wir sind mit unseren Nachforschungen ernstlich in eine Sackgasse geraten. Es sieht so aus, als hätten die Täter tatsächlich an alles gedacht.“

Aber das hatten sie nicht, Elaine spürte es genau. Sie versuchte, ihre Gedanken in Worte zu fassen, doch der Admiral kam ihr zuvor. Seine Gestalt straffte sich plötzlich, und seine Augen funkelten gefährlich.

„Es gibt noch eine Möglichkeit. Die Täter müssen die Anzüge geschlossen getragen haben, ansonsten wären trotz allem Haare und Hautpartikel von ihnen zu finden gewesen, und ich glaube nicht, dass sie sich die Mühe gemacht haben, externe Tanks anzuschließen. Damit wären sie zu unbeweglich und auch zu auffällig gewesen, außerdem ist es unnötig. Die Luft in den regenerativen Einheiten der Anzüge reicht für eine gute Stunde. Diese Zeit hat für ihr Vorhaben sicherlich ausgereicht.“

„Damit können wir sie überführen!“, rief Elaine begeistert und schlug geräuschvoll mit der linken Faust in ihre rechte Handfläche. „So viele Raumanzüge gibt es in dieser Sektion nicht, und es ist kaum wahrscheinlich, dass die Täter von außerhalb gekommen sind, da ich die Sektion für unbefugtes Personal gesperrt habe. Es müsste uns also möglich sein, diejenigen Anzüge aufzuspüren, deren regenerative Einheiten nicht vollständig aufgeladen sind - und mit Hilfe der DNA-Analyse können wir genau feststellen, wer sie getragen hat!“

Admiral Jennings nickte. „Richtig. Aber wir müssen uns beeilen. Die regenerativen Einheiten erneuern sich automatisch, sobald ein Anzug an ein externes Lebenserhaltungssystem angekoppelt wird. Wenn das geschieht, geht unser Beweis verloren.“

Elaine sah unwillkürlich auf ihr Chronometer. Die Nacht war fast vorbei und die neue Tagschicht rückte näher. Selbst wenn sie die *Joker* und die *Ace* heute nicht zum Training ins All schickte, war es doch möglich, dass der oder die Täter die Zeit fanden, die Einheiten aufzuladen.

„Hoffentlich haben sie nicht auch diese Möglichkeit bedacht“, murmelte sie düster.

„Wir müssen darauf vertrauen, dass sie sich über ihr Versäumnis nicht im Klaren sind“, erwiderte der Admiral entschlossen. „Deshalb müssen wir auch behutsam vorgehen. Wenn zu schnell bekannt wird, wonach wir suchen, erhalten die Täter vielleicht die Gelegenheit, ihre Spuren zu verwischen.“

„Rufen Sie das gesamte Personal der Sektion in der Messe zusammen“, schlug Elaine vor. „Berichten Sie ihnen von dem nächtlichen Überfall auf Fähnrich Sims und halten Sie sie mit dem Vorwand, nach Zeugen zu suchen, im Speisesaal fest.“

„Während Sie die Raumanzüge in den Kabinen der Crewmitglieder der *Joker* und der *Ace* und die Anzüge im Hangar überprüfen“, führte er ihren Plan fort.

Elaine nickte.

„Einverstanden“, stimmte Admiral Jennings zu. „Gehen wir an die Arbeit!“

36. Kapitel

Elaine wartete zusammen mit Melba Zaykan in der kleinen Funkleitzentrale darauf, dass die Bewohner der Sektion 45U-H dem Aufruf des Admirals folgten und sich in der Messe versammelten. Nur Commander Morley und Lieutenant Aston blieben davon ausgenommen. Sie gehörten zu der arg geschrumpften Gruppe derjenigen Menschen, denen sie noch ihr Vertrauen schenken konnte, deshalb hatte sie die beiden Offiziere noch vor dem Rundspruch kurzerhand aus ihren Betten geworfen, in die Zentrale beordert und das Personal, das zuvor dort Dienst getan hatte, in die Messe geschickt. Der erfahrene Commander und der junge Lieutenant hatten sofort ihre Plätze eingenommen und widmeten sich ihren Kontrollen, obwohl es im Grunde nichts für sie zu tun gab. Sie stellten auch keine Fragen, obwohl Elaine die Sorge in ihren Gesichtern sah.

Sie war ihnen dankbar dafür, und sie war auch froh darüber, dass der Admiral es übernehmen würde, die Besatzung der Sektion über die Vorfälle aufzuklären. Sie war ganz eindeutig nicht in der Stimmung, um lange Reden zu halten. Sie wollte endlich handeln.

Ihre Hände umklammerten das Geländer rings um die schimmernde Kugel der Holografie voller Ungeduld, und ihr Herz wummerte ihr vor Zorn so hart gegen die Rippen, als sei es der Schlegel einer gewaltigen Glocke, die alle Nichtsnutze, Mörder und Verbrecher, die sich in den finsteren Winkeln ihrer Station verkrochen, zum Tag des Jüngsten Gerichts zusammenrief, um die ganze liederliche Bande mit einem energischen Tritt aus der nächsten Luftschleuse zu befördern. In Gedanken stieß sie einen Fluch nach dem anderen aus, wünschte den Angreifern die Pest an den Hals und zürnte allen, die in Vergangenheit und Gegenwart zugelassen hatten, dass sich der Hass auf die Gambler in brutalen Akten der Gewalt entlud. Wenigstens würde es auf der Erdorbitalstation dergleichen in Zukunft nicht mehr geben, dafür würde sie mit aller Macht, die ihr als Captain zur Verfügung stand, sorgen.

„Wie lange dauert das denn noch?“, knurrte sie ungehalten, als sich der Admiral lange Minuten nach dem Rundspruch noch immer nicht bei ihr gemeldet hatte.

Das Schicksal hatte ein Einsehen mit ihr. Ihre Komplakette sprach an, und Lloyd Jennings' Stimme erklang aus dem Lautsprecher.

„Captain Wilding, Sie können jetzt beginnen.“

„Aye, Sir.“ Elaine löste sich ruckartig vom Geländer und hastete zum Schott. Melba Zaykan folgte ihr wie ein Schatten. Ihre Aufgabe in der nun bevorstehenden Suche nach den Tätern war einfach. Sie fungierte als Zeuge.

Auf dem Gang wandte sich Elaine in Richtung Hangar. Die Raumanzüge dort waren jedem in der Sektion frei zugänglich. Es war am wahrscheinlichsten, dass sie dort fündig wurden.

Doch sie täuschte sich. Keiner der Anzüge war außer der Reihe benutzt worden. Damit schränkte sich ihr Suchradius stark ein. Es blieben nur noch die Anzüge in den Quartieren der Besatzungen der *Joker* und der *Ace*. Elaine biss sich auf die Lippe. Sie hatte nicht wirklich damit gerechnet, dass sie dort nach den Angreifern suchen musste, und die Implikationen, die sich daraus ergeben mochten, gefielen ihr ganz und gar nicht.

Fähnrich Dows Kabine lag dem Hangar am nächsten und wurde somit ihr erstes Ziel. Entschlossen bückte sie sich, betätigte die Sicherheitsschaltung und trat energisch ein, als die Tür vor ihr zurückfuhr, hielt dann jedoch unwillkürlich inne. Das Licht der Deckenlampe fiel auf mehrere Bilder, die gleich neben der Kommunikationseinheit auf der Konsole standen. Eine gutmütig wirkende Frau lächelte dem Betrachter auf einem davon entgegen, auf einem anderen war der freundliche Gruß eines Mannes eingefangen worden, und auf dem dritten lachte ein junges Mädchen voller Übermut und streckte die Arme aus. Sie wirkte so lebendig, als wolle sie den Betrachter des Bildes im nächsten Moment umarmen.

Mit gerunzelter Stirn ordnete Elaine die Personen auf den Bildern den Eltern und der Freundin des Fähnrichs zu, ließ dann ihren Blick weiterschweifen. Neben den Fotos lag ein Datenpad, keines, das innerhalb der Station benutzt wurde, sondern ein Buch. Das Bett des Fähnrichs war nicht gemacht. Das Laken knüllte sich zerknautscht auf der Matratze, war an ihrem Fußende beinahe bis zum Boden heruntergestrampelt und schien jeden Augenblick in Gefahr, gänzlich hinunterzurutschen, und das Kissen zeigte noch den Abdruck des Kopfes. Der Schlafanzug lag ungefaltet zwischen Kissen und Laken, so als wäre er in großer Eile und völlig achtlos dorthin geworfen worden.

Elaine fühlte sich plötzlich wie ein Eindringling, wie ein schmieriger kleiner Voyeur, der sich heimlich in die Schlafzimmer anderer Leute schlich, um sich dort an Dingen zu delektieren, die niemals für seine Augen bestimmt gewesen waren. Nun, in gewisser Weise war sie das auch, außer dass es ihr nicht das geringste Vergnügen bereitete, in der Intimsphäre ihrer Untergebenen herumzuschnüffeln und ihnen Geheimnisse zu entreißen, die sie weder als Privatperson noch als Captain der Erdorbitalstation etwas angingen, denen sie aber auch nicht entfliehen konnte, wenn sie finden wollte, weswegen sie gekommen war. Die Attentäter ließen ihr in dieser Hinsicht leider keine Wahl. Mit grimmiger Miene setzte sie auch diesen Punkt auf die Rechnung.

Danach zögerte sie nicht länger. Sie trat an den Schrank heran, in dem der Raumanzug verstaut war, öffnete die Tür und nahm den Anzug heraus. Mit geschickten Bewegungen, die durch jahrelange Übung reine Routine waren, zog sie den Saum auf und schlug die beiden Seiten des Brustteils auseinander, sodass sie auf die Innenseite des Rückenteils blicken konnte. Die regenerativen Einheiten waren flach, klein und tief in das Material des Anzugs eingearbeitet. Man konnte ihre Umrisse kaum sehen, wenn man nicht genau wusste, wo sie sich befanden. An einer Stelle war jedoch ein kleines Fenster ausgespart worden, sodass sie die Anzeige direkt ablesen konnte. Sie stand auf hundert Prozent.

Elaine stieß hörbar die Luft aus, die sie unbewusst in ihren Lungen zurückgehalten hatte. Als sie Melba Zaykans fragendes Gesicht sah, schüttelte sie den Kopf.

„Nichts."

Sie wusste nicht, ob sie es bedauern oder begrüßen sollte. Ihre zwiespältigen Gefühle spiegelten sich auch auf der Miene von Melba Zaykan wider.

Elaine beeilte sich, den Anzug wieder zusammenzufalten und in den Schrank zurückzulegen, dann winkte sie der Assistentin des Professors. Sie verließen den Raum und wandten sich sofort der nächsten Kabine zu.

Lieutenant Thornsburgs Quartier ließ sich genauso leicht öffnen wie das des Fähnrichs. Elaine trat hastig ein - und war für einen Moment verwirrt. Der Raum war so ordentlich, als wäre er nie benutzt worden. Das Bett war gemacht, das faltenfreie Kissen und Laken wie mit dem Lineal auf der Matratze drapiert, die Konsole neben dem Kopfende wie leer gefegt. Es gab im gesamten Raum kein einziges, frei herumliegendes Utensil, weder ein Bild noch ein Buch noch ein Kleidungsstück. Was auch immer der Lieutenant an privaten Gegenständen mit auf die Station gebracht hatte, musste er in den Schränken verstaut haben. Vielleicht hatte er aber auch gar keine persönlichen Dinge. Angesichts der Sterilität des Raums hätte sie sich nicht darüber gewundert.

Elaine hielt sich nicht lange mit der Betrachtung der Kabine auf, sondern wiederholte die Kontrollprozedur, ohne jedoch etwas zu finden. Auch Thornsburgs Anzug war nicht außerhalb der *Ace* getragen worden.

An der nächsten Tür ging sie vorbei. Das Schild neben dem Schott zeigte noch immer den Namen des gefallenen Lieutenant Connay.

In Gary Kaleys Quartier wiederholte Elaine die Prozedur zum dritten Mal - und erstarrte, als ihr Blick auf die Anzeige fiel. Ihr Gesicht wurde heiß vor Zorn.

Melba Zaykan musterte sie angespannt. „Haben Sie etwas gefunden, Captain?"

„Ja", knurrte Elaine. „Einen Mann, der niemals in die Erdflotte hätte aufgenommen werden dürfen."

Melba Zaykan trat hinter sie und warf einen Blick auf die Anzeige. „Einundvierzig Prozent", las sie ab und sog scharf Luft ein. „Dann war Gary Kaley einer der Angreifer."

Elaine schloss den Anzug vorsichtig und drückte ihn der Assistentin des Professors in die Hand. „Passen Sie gut darauf auf. Der Anzug ist unser einziges Beweisstück, und Sie werden erst noch bestätigen müssen, ob tatsächlich Gary Kaley ihn getragen hat."

„Zweifeln Sie daran?"

„Wie sollte ich das nicht?", platzte Elaine wütend heraus. „Fähnrich Sims hat Gary Kaley und der restlichen Crew der *Ace* das Leben gerettet. *Ich* hätte meinem Retter auf andere Weise gedankt."

Melba Zaykan schwieg, und Betroffenheit zeichnete sich auf ihren Zügen ab. Elaine rauschte grimmig an ihr vorbei. Es gab noch mehr Quartiere, die auf sie warteten.

In Fähnrich Raffs Kabine wurde sie ein zweites Mal fündig, die Anzüge der Mädchen waren hingegen unbenutzt.

In tiefem Schweigen eilten Elaine und Melba Zaykan in das kleine Labor der Krankenstation. Jetzt war die Assistentin des Professors an der Reihe. Elaine verschränkte die Arme vor der Brust und ging mit steifen Schritten in dem Räumchen auf und ab, während Melba Zaykan die Ausschlussanalyse vornahm. Ihr Puls raste vor Zorn, in ihren Ohren rauschte das Blut, und je länger sie warten musste, desto schlimmer wurde es.

Erst nach einer halben Ewigkeit blickte Melba Zaykan endlich von ihren Geräten auf. Ihr Gesicht war ernst.

„Wir haben die Täter."

„Gary Kaley und John Raff?"

„Ja, Captain."

Eine eisige Ruhe überkam Elaine plötzlich. Ihre Wut hatte endlich ein Ziel gefunden. Nichts konnte sie nun noch davon abhalten, sie dort mit vernichtender Wucht einschlagen zu lassen.

37. Kapitel

Der Admiral stand am Kopfende des hoffnungslos überfüllten Speisesaals, dicht neben dem Schott und mit Blick auf die nachdenklichen, verschlafen und besorgt dreinschauenden Mienen des Personals, als Elaine eintrat. Er hatte gerade noch zu den anderen gesprochen, unterbrach sich nun jedoch mitten im Satz und wandte ihr seine gesamte Aufmerksamkeit zu.

„Haben Sie etwas gefunden, Captain?"

Plötzlich wurde es in der Messe so still, dass man eine Stecknadel hätte fallen hören können. Das Raunen leiser Gespräche verklang, und nicht ein einziger Stuhl wurde noch verrückt. Die Augen der Menschen hefteten sich auf sie, und niemand wagte noch zu atmen.

Elaine nahm sich Zeit mit einer Antwort. Ihre Schritte hallten in der angespannten Stille von den Wänden wider, als sie vortrat, sodass alle sie gut sehen konnten. Dicht neben Admiral Jennings blieb sie stehen, stemmte die Hände in die Hüften und ließ ihren Blick einmal in die Runde schweifen. Wut und Abscheu füllten ihre Gedanken, als sie nach den Gesichtern der beiden Täter suchte, und es gab nur wenige im Saal, die nicht betreten zu Boden sahen, wenn ihre Augen ihn streiften.

Dann erspähte sie John Raff und Gary Kaley. Sie standen weit hinten im Raum. Fähnrich Haver bildete eine Gruppe mit ihnen, was Elaine nicht besonders überraschte. Sie bedachte das Mädchen mit einem vernichtenden Blick. Gnade ihr Gott, wenn sich herausstellen sollte, dass auch sie etwas mit dem Angriff auf Danny Sims zu tun hatte!

Elaine streckte den Rücken durch und erhob ihre Stimme über die Köpfe der Menschen im Saal. „Fähnrich Raff, Fähnrich Kaley, treten Sie vor!"

Die beiden Angesprochenen rührten sich nicht, dafür ging eine Bewegung wie eine Welle über die Soldaten in der Messe. Sie wichen zurück, öffneten eine Gasse zwischen ihr und den beiden Fähnrichen, und die, die nahe bei ihnen standen, gingen hastig auf Abstand. Nur Valerie Haver zögerte. Ihr Gesicht wurde aschfahl, ihre Augen weiteten sich, während sie die beiden fassungslos anstarrte, dann zog auch sie sich mehrere Schritte zurück, bis sie in die Reihen der anderen eintauchte. John Raff und Gary Kaley blieben allein in der Mitte des Gangs zurück.

Elaine winkte zwei Soldaten an ihre Seite. „Fähnrich John Raff, Fähnrich Gary Kaley, ich stelle Sie wegen Ihres tätlichen Angriffs auf Fähnrich Danny Sims mit sofortiger Wirkung unter Arrest. Crewmen, führen Sie die beiden ab!"

Gary Kaley schien angesichts ihres kompromisslosen Auftretens und der Kälte in ihrer Stimme augenblicklich der Mut zu verlassen. Seine Schultern sanken herab, und der Blick seiner Augen wurde stumpf, während er den auf sie zukommenden Soldaten furchtsam entgegensah.

Fähnrich Raff indes schien sich nicht so ergeben in sein Schicksal fügen zu wollen. Seine Miene verkrampfte sich, seine Hände ballten sich zu Fäusten, und ein wildes Feuer begann in seinen Augen zu lodern. Brüsk schlug er die Hand des Soldaten, der nach ihm greifen wollte, beiseite und wich zurück.

„Sie wollen uns einfach so festnehmen, ohne uns die Chance zu geben, unsere Handlungsweise zu erklären, Captain?", rief er quer durch den Saal. Selbstgerechter Zorn und ungläubige Empörung vibrierten in seiner Stimme, ließen sie scharf und anklagend klingen.

Elaine musterte ihn, wie sie eine Schmeißfliege gemustert hätte, die gerade über ihren Kuchen krabbelte. „Sie werden Ihre Chance bekommen - vor einem Kriegsgericht."

Fähnrich Kaley zuckte zusammen und ließ den Kopf hängen, John Raff hingegen begegnete ihrem Blick mit verächtlicher Herausforderung. Er richtete sich gerade auf, schob trotzig sein Kinn vor, und ein höhnisches Lächeln grub sich in seine Züge.

„Sie können uns verurteilen, Captain, und Sie können uns einsperren, aber das ändert nichts an der Wahrheit! Die *Joker* hatte überhaupt keine Fehlfunktion, das wissen Sie doch ganz genau! Der Gambler hat in voller Absicht Lieutenant Connays Tod verschuldet. Gary und ich haben nichts weiter getan, als unseren Kameraden zu rächen!"

Ein unruhiges Raunen ging durch die wartende Menge, und der Soldat, der John Raff ergreifen sollte, blieb unsicher stehen und sah zwischen ihr und dem Fähnrich hin und her. Plötzlich war sie es wieder, der die ungeteilte Aufmerksamkeit aller im Raum galt.

Ein bitterer Geschmack stieg in ihrer Kehle auf, als sie die Wahrheit in den Gesichtern der Menschen erkannte. Fast jeder im Saal würde lieber eine Schuld des Gamblers annehmen, als die Fähnriche für ihre schändliche Tat zu verurteilen oder auch nur ihre Deutung der Ereignisse in Zweifel zu ziehen. Angesichts dessen waren Danny Sims' selbstloser Einsatz und Heldenmut leider ebenso schnell wieder vergessen wie ein Wassertropfen, der für einen flüchtigen Moment über eine heiße Herdplatte tanzte, und Dummheit und Fanatismus würden abermals an ihre Stelle treten - sofern sie den wuchernden Vorurteilen nicht endlich mit ein paar wohldosierten Schlägen ihre hässlichen Wurzeln kappte und ein für alle Mal klar machte, wo auf diesem schäbigen kleinen Schlachtfeld tatsächlich die Fronten verliefen.

Ihr vormals heißer Zorn wurde eiskalt, brannte aber noch immer mit gleicher Intensität in ihr. Sie ging mit betont gesetzten Schritten auf John Raff zu, sich der unzähligen Augen bewusst, die jeder ihrer Bewegungen folgten. Der Fähnrich wich nicht vor ihr zurück, sondern blieb hoch aufgerichtet stehen. Elaine trat so dicht an ihn heran, bis sie ihm beinahe auf den Zehen stand, verletzte bewusst seinen persönlichen Raum, den jeder Mensch instinktiv vor Eindringlingen zu schützen versucht, und durchbohrte ihn mit ihrem Blick.

„Es gibt tatsächlich jemanden, der für Lieutenant Connays Tod verantwortlich ist. Aber das ist nicht Fähnrich Sims."

„Wer denn sonst?", rief John Raff hitzig, und zornige rote Flecken erschienen auf seinen Wangen. „Chief Prent kann bezeugen, dass die Holografie der *Joker* während des gesamten Einsatzes intakt war. Der Gambler hat den Einsatz ohne Grund abgebrochen und damit Robert zum Tode verurteilt - bewusst und berechnend. Und was geschieht? Nichts! Im Gegenteil, Sie heften dem verdammten Kerl einen Orden an die Brust und erwarten von uns *Dankbarkeit* für seine großartige Heldentat!"

Er lachte abfällig. „Aber wofür sollten wir denn dankbar sein? Etwa dafür, dass er einen Kameraden geopfert hat, nur um sich vor allen als Retter aufspielen zu können? Oder für den Großmut, mit dem er uns für ein paar Sekunden an seinen ach so wundersamen Gambler-Fähigkeiten hat teilhaben lassen?" Seine Stimme troff vor Hohn. „Sie machen uns nichts mehr vor, Captain. Der Gambler spielt hier auf der Station genauso seine Spielchen, wie er es in seinem Zirkus getan hat, und Sie decken ihn auch noch! Durch Sie hätte er niemals die Strafe erhalten, die er verdient, deshalb haben wir es in die eigene Hand genommen, ihn zur Rechenschaft zu ziehen."

Irgendwo hinter Elaine wurde ein unterdrückter Fluch laut, und die Unruhe in der Messe nahm mit einem Mal sprunghaft zu. John Raff spürte es ebenfalls und sah sich mit triumphierenden Blicken um.

„Hättet ihr nicht ähnlich gehandelt?", rief er den anderen im Saal zu. „Hättet ihr den Tod eines Kameraden ungesühnt gelassen?"

Elaine musste nur einen Blick in die Gesichter ringsum werfen, um zu erkennen, dass sie etwas tun musste, etwas Eindringliches, Drastisches - und sie tat es nur zu gern. Sie trat einen Schritt zurück, wandte sich halb von Fähnrich Raff ab, schnellte dann in einer einzigen, fließenden Bewegung zu ihm herum und schlug ihm ins Gesicht. Der Hieb überraschte ihn völlig, brachte ihn aus dem Gleichgewicht und warf ihn zu Boden. Mit einer Hand rieb er sich das Kinn, während er schockiert zu ihr aufblickte.

Sie baute sich vor ihm auf und sah angewidert auf ihn herab. „Sie sind eine Schande für die Erdflotte, Mr. Raff. Sie glauben also, Fähnrich Sims hätte Ihren Kameraden auf dem Gewissen?" Sie stieß verächtlich Luft aus. „Ich werde Ihnen sagen, wie die Dinge wirklich liegen. Hören Sie mir gut zu." Sie hob den Kopf und funkelte die Soldaten an, die sie und den Fähnrich umringten. „*Sie alle* sollten mir gut zuhören."

Sie machte eine Pause, in der sie alle Blicke auf sich zog, dann begann sie zu sprechen. Ihre Stimme war klarer und tragender als je zuvor, drang in jeden Winkel der Messe und erreichte alle.

„Viele von Ihnen sind gegen Fähnrich Sims' Einsatz. Sie trauen ihm nicht, weil Sie den Gerüchten über die Gambler Glauben schenken, statt die Augen aufzumachen und Fähnrich Sims aufgrund seiner Handlungen zu beurteilen. Manche von Ihnen sind ihm sogar mit offenem Hass begegnet, und wohin das führt, haben Mr. Kaley und Mr. Raff uns gezeigt. Aber sie waren nicht die Ersten, die Fähnrich Sims angegriffen haben. Der erste Anschlag auf sein Leben, und auf das seiner Crew, fand bereits gestern statt. Die *Joker* wurde *sabotiert*!"

Augen weiteten sich ungläubig, hier und da schüttelte jemand fassungslos den Kopf.

„Wissen Sie, was das bedeutet? Ahnen Sie es?", rief Elaine herausfordernd in die atemlose Stille hinein.

Niemand antwortete, aber die Mienen ringsum sprachen Bände. Nicht einmal Fähnrich Raff widersprach; ihr unerbittlicher Blick nagelte ihn am Boden fest, sengte sich durch die Mauern aus Engstirnigkeit und Fanatismus und zwang ihn, der Wahrheit, die er mit so viel zorniger Vehemenz von sich gestoßen hatte, endlich offen ins Gesicht zu blicken.

„Ich will es Ihnen gern erklären", knurrte Elaine. „In unserer Mitte befindet sich ein Mensch, der ohne jeden Skrupel den Tod eines Kameraden in Kauf genommen hat, nur um Fähnrich Sims zu schaden. Er ist nicht einmal davor zurückgeschreckt, die Erde der todbringenden Bedrohung durch die Hewitts auszusetzen, und Sie, Fähnrich Raff und Fähnrich Kaley, haben dem Saboteur genau in die Hände gearbeitet und sein Werk vollendet. Sie haben den Menschen, dem Sie Ihr Leben verdanken, beinahe getötet und die Erde des einzigen Schutzes beraubt, den sie besessen hat. Eins dürfen Sie niemals vergessen: Die Opfer, die der nächste Angriff der Hewitts fordern wird - und es wird *viele* Tote geben, darauf können Sie sich verlassen - gehen allein auf Ihr Konto."

John Raff versteifte sich, und Gary Kaley wurde bleich. Beide schienen die Wahrheit in ihren Worten zu spüren, und der Schock des Begreifens ließ die Flammen ihres Zorns und trotzigen Aufbegehrens so jäh und vollständig in sich zusammenfallen, als hätte man sie kopfüber in ein Becken voller Hewitts getaucht.

Elaine musterte beide mit leidenschaftlicher Verachtung. „So weit haben Sie offensichtlich nicht gedacht, aber genau das werden die Konsequenzen Ihres Handelns sein. Ich hoffe, Sie können damit leben."

Gary Kaley schlug, noch immer kalkweiß im Gesicht, die Augen nieder, und auch John Raff wich nun ihrem Blick aus. Elaine beugte sich zu ihm herab, packte ihn am Kragen und riss ihn unsanft auf die Beine, dann stieß sie ihn in Richtung des Soldaten, der ihn abführen sollte.

„Schaffen Sie mir die beiden aus den Augen."

„Aye, aye, Captain", bestätigten die Soldaten eilig und zogen die Fähnriche mit sich. Als sie an Admiral Jennings vorbeikamen, gab er ihnen genauere Anweisungen, wie sie mit den Gefangenen verfahren sollten. Elaine achtete nicht darauf. Eins war noch unvollendet geblieben.

„Chief Prent!"

Ihr Ruf war scharf wie ein Peitschenknall. Gleich ein Dutzend Männer und Frauen zuckten zusammen, andere sahen sich hastig um.

Nur Sekunden später stand der Chief allein, so wie die beiden Schläger kurz zuvor. Elaine ging drohend auf ihn zu. „Sie sind genauso schuldig wie Fähnrich Raff und Fähnrich Kaley", herrschte sie ihn an. „Sie waren zu borniert und voreingenommen, um ernsthaft nach dem Saboteur zu suchen. Statt gewissenhaft Ihre Pflicht zu tun, haben Sie den leichteren Weg gewählt und Fähnrich Sims von Anfang an als Projektionsfläche für Ihre Vorurteile und kleinlichen Ressentiments benutzt. Und als wäre das nicht bereits schlimm genug, haben Sie Informationen weitergegeben, die nicht nur falsch waren, sondern bewusst von Ihnen entstellt wurden. Sind Sie zufrieden mit der Wirkung, die Sie erzielt haben? Hat es Ihnen gefallen, dass man Danny Sims beinahe zu Tode geprügelt hat?"

„Ich ... ich wollte nicht ...", begann der Chief stockend.

Elaine unterbrach ihn brüsk. „Sparen Sie sich das. Glauben Sie, ich nehme Ihnen ab, dass Sie nicht ganz genau gemerkt haben, in welcher Stimmung sich Fähnrich Raff und Fähnrich Kaley befanden, als sie sich bei Ihnen nach dem Reparaturstand der *Joker* erkundigten? Besitzen Sie wenigstens den Anstand zuzugeben, dass Sie die beiden bewusst gegen Fähnrich Sims aufgehetzt haben!"

Der Chief sagte nichts, sondern presste die Lippen aufeinander, bis sie nur noch ein schmaler Strich waren.

„Leute wie Sie widern mich an, Mr. Prent", spie Elaine ihm ins Gesicht, „und ich werde nicht zulassen, dass Sie noch weiteren Schaden anrichten. Ihre Arbeit an der *Joker* ist mit sofortiger Wirkung beendet. Man wird Sie aus der Sektion geleiten und in einer Kabine im Kernbereich unter Arrest stellen. Ob Sie wie Fähnrich Raff und Fähnrich Kaley mit einem Kriegsgerichtsverfahren rechnen müssen oder mit einem Disziplinarverfahren davonkommen werden, will und werde ich jetzt noch nicht entscheiden, denn das wird davon abhängen, wie viele Menschen beim nächsten Angriff der Hewitts den Tod finden werden. Eins werde ich jedoch jetzt schon tun: Ihr Rang wird Ihnen mit sofortiger Wirkung aberkannt und Sie sind von jeglichem Dienst innerhalb des militärischen Bereichs der Erdorbitalstation suspendiert. Und ganz gleich, was die Zukunft für Sie bereithält, Mr. Prent, auf eins können Sie sich verlassen: Ich werde nicht dulden, dass Sie noch einmal Ihren Fuß auf die Station setzen."

Chief Prent wurde schnell und ohne Zwischenfälle abgeführt, dann wandte sich Elaine an seinen Stellvertreter, einen noch jungen Mann, dem der Schrecken über die Ereignisse der Nacht deutlich ins Gesicht geschrieben stand.

„Mr. Serrault, Sie übernehmen ab sofort Chief Prents Aufgaben, und ich lege Ihnen ans Herz, sie mit mehr Verantwortungsgefühl und Eifer zu erfüllen als Ihr Vorgänger. Vielleicht gelingt es Ihnen herauszufinden, auf welche Weise die *Joker* manipuliert wurde. Mr. Prent fehlte dazu offensichtlich der Wille und die Initiative."

Der dunkelhaarige Mann salutierte. „Ich werde mein Bestes tun, Captain", versprach er ernst.

Elaine verzog das Gesicht. „Eigentlich sollte das selbstverständlich sein, aber seit die Hewitts aufgetaucht sind, gelten die alten Tugenden anscheinend nicht mehr viel. Beweisen Sie mir das Gegenteil, Mr. Serrault. Beweisen Sie mir, dass es außer Fähnrich Sims noch jemanden gibt, bei dessen Anblick ich mich nicht schämen muss, der Captain dieser Station zu sein."

Betroffenes Schweigen senkte sich über die Messe. Elaine ließ es ein paar unheilvolle Augenblicke lang wirken, dann entließ sie die Soldaten, damit sie ihre unterbrochene Nachtruhe wiederaufnehmen oder an ihre Arbeit zurückkehren konnten.

„Vergessen Sie niemals, was heute hier passiert ist", gab sie ihnen eindringlich mit auf den Weg, „und denken Sie daran, wenn es Ihnen das nächste Mal in den Sinn kommt, leichtfertig ein Urteil über einen anderen Menschen zu fällen."

Beschämte Männer und Frauen schlichen an ihr vorbei aus dem Saal. Manche mieden derart betont ihren Blick, dass sie vermutlich guten Grund dazu hatten und es Elaine reizte, ihnen einen deftigen Tritt in den Hintern zu verpassen, doch sie begnügte sich damit, sie lediglich zornig anzublitzen und sie so viel von ihrer Verachtung spüren zu lassen, wie sie verdienten. Wenig später war sie mit Admiral Jennings allein.

Mit einem Blick auf die Tür, durch die die anderen Soldaten soeben verschwunden waren, schüttelte er langsam den Kopf. Er wirkte müde und abgespannt.

„Ich wünschte, es wäre vorbei."

Die Wahrheit in seinen Worten schmerzte Elaine. Es war noch nicht vorbei, nicht, solange sich der Saboteur auf freiem Fuß befand. Danny Sims war noch immer in Gefahr.

Ihre Schultern sanken herab, gebeugt von der schweren Last, die auf ihnen ruhte. „Der Junge wird nicht sicher sein, solange es Leute gibt, die den Gerüchten über die Gambler derart bereitwillig Glauben schenken."

Admiral Jennings' Miene nahm wieder einmal maskenhafte Züge an. „Es gibt nur wenig, was wir dagegen tun könnten."

Elaine wollte widersprechen, doch das Signal ihrer Komplakette unterbrach sie.

„Captain Wilding?", meldete sich Sherman Hewitts fragende Stimme.

Sofort vergaß sie alles andere. „Ich höre, Professor. Was gibt es?"

„Wir müssen reden, Captain. Bitte kommen Sie so schnell wie möglich in die Militärklinik."

Elaine blieb vor Schreck fast das Herz stehen. Musste sie sich schon wieder auf eine Hiobsbotschaft gefasst machen?

Mit einem Ruck setzte sie sich in Bewegung. „Ich bin auf dem Weg."

Admiral Jennings folgte ihr dichtauf.

38. Kapitel

Das rhythmische Piepen des Pulsmessers erfüllte das Zimmer im Takt von Dannys Herzschlag. Die Frequenz war stetig, doch etwas zu hoch, um natürlich zu sein. Mady saß dicht neben Dannys Bett. Ihre Hände waren um die Kante der Sitzfläche ihres Stuhls gekrallt, und sie hatte ihren Oberkörper leicht nach vorn gebeugt, eine unbequeme Haltung, die ihr längst Schmerzen im Rücken bereitete, die sie aber dennoch nicht änderte. Angespannt starrte sie in Dannys Gesicht. Sie wagte nicht einmal zu blinzeln. Täte sie es, könnten ihr die ersten Anzeichen seines Erwachens entgehen.

Sie wartete schweigend. Sherman Hewitt, der ihr gegenüber auf der anderen Seite des Bettes saß, nahm sie nur ganz am Rande ihrer Aufmerksamkeit wahr, und ihr war auch nicht danach, mit ihm zu plaudern. Sie wollte mit niemandem reden, und sie wollte um gar keinen Preis ihren Blick von Danny abwenden. Er lag so still, dass es ihr Angst machte. Nur wenn sie ganz genau hinsah, konnte sie erkennen, dass er atmete.

Das grellweiße Licht des Behandlungszimmers stach von der Decke herab und ließ die Falten in Dannys Bettzeug als harte Kanten hervortreten. Sie gaben dem weichen Stoff das schaurige Aussehen einer Marmorplatte, die über einen offenen Sarkophag geschoben worden war, kurz bevor der geliebte Mensch nach einem letzten Moment des Abschieds endgültig in der finsteren Erde versank. Das künstliche Licht hob gnadenlos jede Einzelheit in Dannys zerschundenem Gesicht hervor, jede Schramme, jede Schwellung und jeden Bluterguss. Die schlimmeren Wunden waren nun von Pflastern verdeckt, dennoch sah sie sie in ihrer Erinnerung deutlich vor sich, als Danny blutend und mit furchtbaren Schmerzen vor ihrer Kabine gelegen hatte.

Ein erstickter Schrei der Verzweiflung, Wut und Hilflosigkeit pulsierte durch ihre Seele wie ein heißer Blitz, aber über ihre Kehle drang kein Laut. Reglos blickte sie auf Danny, der mit geschlossenen Augen vor ihr lag. Schon zum zweiten Mal sah sie ihn heute so, doch welch ein Unterschied! Beim letzten Mal hatte sie sich wegen der Anspannung, die ihn selbst im Schlaf nicht losließ, gesorgt, doch nun waren sein Gesicht und sein Körper von einem gewaltsamen, sinnlosen Verbrechen gezeichnet, grausame Fanale von blindem Hass und Fanatismus.

Mady sank in sich zusammen und barg das Gesicht in den Händen. Wenn sie doch nur länger bei ihm geblieben wäre! Warum hatte sie nicht gewartet, bis er erwachte? Ihre Anwesenheit hätte die Angreifer davon abhalten können, ihm etwas anzutun. Sie hätte Danny *beschützen* können!

Doch sie war ihrer Müdigkeit gefolgt, zu dumm und naiv, um zu begreifen, in welcher Gefahr er schwebte. Dabei hätte sie es wissen oder wenigstens ahnen müssen. Hatte Jenn ihr nicht erklärt, dass es Gerede in der Sektion geben würde, dass nicht alle Dannys Rückkehr in den Schwarm als Zeichen seines großen Mutes und seines bedingungslosen Einsatzes für die Erde interpretieren würden?

Wenn sie nur einen Moment innegehalten und nachgedacht hätte, hätte sie begriffen, dass neue Gerüchte nicht das Einzige waren, das Danny drohte. Robert war gestorben. Das war ein Auslöser, der Fanatiker zu sehr viel krasseren Taten motivieren konnte, als lediglich mit dummem Geschwätz Unruhe zu stiften.

„Ist alles in Ordnung mit Ihnen, Fähnrich?"

Mady schrak heftig zusammen, hob ruckartig den Kopf und starrte Sherman Hewitt einen Moment lang verwirrt an, erst dann erinnerte sie sich wieder daran, dass sie nicht allein mit Danny gewesen war. Sie würgte an der engen Klammer, die ihren Hals umschlossen hielt.

„Es ... geht mir gut."

Der Professor sagte nichts, sondern nickte nur, aber sein Blick haftete noch immer auf ihr, und sie sah die Fragezeichen in seinen Gedanken als kleine Irrlichter in seinen Augen tanzen. Hastig wandte sie sich ab. Es lag ihr nichts daran, ihm Antworten zu liefern, außerdem hatte er sich sicher längst ein Urteil gebildet, und das wollte sie erst recht nicht erfahren. Ihre Gefühle zu Danny gingen ihn nichts an, die gingen *niemanden* etwas an, außer sie selbst und natürlich Danny.

Eine Welle der Trauer drohte sie zu überwältigen, und ihr Blick verschwamm, als sie wieder in sein malträtiertes Gesicht sah. Noch vorhin war sie wütend auf ihn gewesen, enttäuscht und verletzt, doch jetzt wünschte sie sich nichts mehr, als mit ihm reden zu können, ihm offenbaren zu können, was sie für ihn empfand.

Ein scharfer Schmerz krampfte ihren Magen zusammen. Wenn er gestorben wäre, hätte er es nie erfahren, und es wäre allein ihre Schuld gewesen. Sie fühlte schon lang etwas für ihn. Warum hatte sie es ihm nur nicht gesagt? Warum hatte sie gezaudert? Angst vor Zurückweisung? Oder gar Angst vor der Reaktion anderer?

Sie ballte die Hände zu Fäusten. Jetzt war es ihr gleichgültig, was andere über sie dachten oder tuschelten. Sie wollte Danny nahe sein. Jede Faser ihres Herzens schrie danach, seine Hand zu nehmen und sie festzuhalten, damit er ihr nicht entgleiten konnte, und mit ihm zu reden, bis er endlich aus der Finsternis der Ohnmacht zurückfand. Und so nahm sie seine Hand, doch alle Worte, die sie hätte sagen können, wurden von der Anwesenheit des Professors erstickt. Sie starrte ihn an und wünschte, er würde gehen.

„Hätte Danny nicht längst aufwachen müssen?", fuhr sie ihn lauter als nötig an.

Sherman Hewitts Blick glitt unwillkürlich zu seinem Armbandchronometer, dann zuckte er mit den Achseln. „Es ist noch nicht viel Zeit seit der Operation vergangen“, erwiderte er.

Seine Worte klangen etwas zu neutral, um Mady zu beruhigen. „Wie lange dauert es noch, bis die Narkose nachlässt?“

„Das weiß ich nicht genau. Ich könnte es nur schätzen.“

„Dann schätzen Sie!“

„Bei Gamblern dauert es länger als bei anderen Menschen.“

„Wie viel länger?“

Statt einer Antwort stand Sherman Hewitt auf, trat dicht neben Dannys Bett und prüfte mit einem kleinen Leuchtstab seine Pupillenreflexe. Mady blieb fast das Herz stehen, als sie sah, wie sich seine Stirn umwölkte.

„Was ist los?“, fragte sie und konnte nur mit Mühe das zittrige Beben, das ihren Körper erfasst hatte, aus ihrer Stimme heraushalten.

Sherman Hewitt winkte ab. „Es ist nichts. Sie müssen sich keine Gedanken machen.“

In ihrem Kopf begannen sämtliche Alarmglocken zu schrillen. Mit weit aufgerissenen Augen sah sie zwischen Danny und dem Professor hin und her.

Hewitt wich ihrem Blick aus und verbarg seine Gefühle hinter einer Miene kühler Geschäftigkeit. „Ich werde zur Sicherheit einen kleinen Test durchführen“, murmelte er, griff nach einer Spritze und entnahm Danny eine Blutprobe. Als er fertig war, hielt er die gläserne Ampulle gegen das Licht. Das rote Blut wirkte im grellen Schein fast schwarz.

„Ich werde die Probe ins Labor bringen“, erklärte er. „Sie bleiben bei Mr. Sims?“

Mady nickte stumm, unfähig, etwas zu sagen.

Sherman Hewitt wirkte zufrieden und reichte ihr einen Signalgeber. „Nehmen Sie das, damit können Sie mich jederzeit erreichen. Informieren Sie mich, falls sich auch nur die kleinste Änderung in Mr. Sims’ Zustand zeigt.“

„Ja, Sir“, presste Mady mühsam hervor.

Er ging, ließ sie mit Danny allein. Mady umklammerte Dannys Finger fester. Etwas war nicht in Ordnung. Sie spürte es, auch wenn der Professor es nicht zugab.

Verzweifelt heftete sie ihren Blick auf Dannys blasses Gesicht.

„Danny, hörst du mich?“

Er rührte sich nicht.

„Wach auf!“

Danny blieb reglos.

Sie rief noch ein paar Mal seinen Namen, strich über die kühle Haut seiner Hand und berührte vorsichtig sein Gesicht, doch nichts geschah.

„Bitte, Danny, wach endlich auf", flüsterte Mady verzweifelt. Ihr Kopf sank nach vorn, bis ihre Stirn Dannys Hand berührte. Tränen rannen ihr über die Wangen.

„Ich liebe dich!"

39. Kapitel

Als Elaine und Admiral Jennings den halbkreisförmigen Raum betraten, an den sich die Behandlungskabinen der Intensivstation anschlossen, empfing sie eine tiefe Stille. Ihre Schritte hallten als hohle und gespenstische Echos von den kahlen Wänden wider, während sie den Admiral zur Kabine des jungen Gamblers hinüberführte, und unvermittelt hatte Elaine das Gefühl, in eine kalte, düstere Gruft hinabgestiegen zu sein, in ein Mausoleum des Todes und der Vergängnis, wo die Spinnweben verlorener Träume wie ein trauriger Willkommensgruß über ihre Seele strichen und die ruhelosen Geister jener, die gekämpft hatten und doch gestrauchelt waren, mit lautlosen Stimmen in der Dunkelheit wisperten.

Fröstelnd rieb sie sich die Unterarme und versuchte, ihre unheilvollen Fantasien entschlossen auf den Boden der Realität zurückzuzwingen. Dies war eine Klinik, kein Friedhof. Danny Sims war operiert worden und befand sich außer Lebensgefahr, der Professor hatte es selbst gesagt. Oder hatte er sich geirrt? War es zu unvorhersehbaren Komplikationen gekommen?

Sie knirschte mit den Zähnen, verfluchte einmal mehr ihre Hilflosigkeit und schickte sich an, in durchaus ungebührlicher Hast in die Behandlungskabine zu stürmen, als sie bemerkte, dass der Admiral draußen vor dem Fenster stehen geblieben war. Langsam, fast behutsam, als wolle er jede überflüssige Bewegung vermeiden, die den geschundenen Fähnrich möglicherweise hätte aufschrecken lassen können, legte er seine Hände auf die Leiste zwischen dem unteren, festen Teil und dem oberen, durchsichtigen Teil der Wand und näherte sein Gesicht der Scheibe so weit, dass sein Atem in rhythmischen Abständen einen trüben Schleier auf dem Glas hinterließ. Elaine trat an seine Seite. Schweigend blickten sie in das Krankenzimmer.

Danny Sims lag - nach wie vor angeschlossen an Infusionen und Geräte, die seinen Zustand überwachten - regungslos in seinem Bett. Seine Augen waren geschlossen. Fähnrich Thompson saß dicht bei ihm, hatte seine Hand ergriffen und sprach leise auf ihn ein, während Sherman Hewitt mit sorgengefurchter Stirn auf der anderen Seite des Bettes saß und die beiden beobachtete. Ein ungutes Gefühl beschlich Elaine, aber ein Teil von ihr war froh darüber, den Jungen überhaupt noch vorzufinden. Sherman Hewitts Worte hätten *alles* bedeuten können.

Hastig warf sie Admiral Jennings einen Blick zu, aber er erwiderte ihn nicht, sondern betrachtete die Szenerie in dem kleinen Zimmer mit unverwandter Aufmerksamkeit. In seinem Gesicht regte sich nichts, doch seine Augen waren weiter geöffnet als gewöhnlich, die Brauen bildeten eine gerade, konzentrierte Linie, und die Lippen waren zu einem schmalen, grimmigen Strich aufeinandergepresst. Er schien mit einem einzigen Blick alle Details und Implikationen der Situation vollständig zu erfassen und innerhalb von Sekunden seine Schlüsse daraus zu ziehen. Offensichtlich kam er zu einem Urteil, das für übertriebenen Optimismus wenig Anlass bot.

Der Professor wurde plötzlich auf sie aufmerksam. Er erhob sich und verließ mit schweren Schritten die Kabine. Sein Gesicht war gezeichnet von Müdigkeit und Sorge, seine Lider hingen herab, als wollten sie im nächsten Moment gänzlich zufallen, und um seine Mundwinkel lag ein angespannter, harter Zug.

„Wie geht es Fähnrich Sims?“ Der Admiral hatte die Frage gestellt, bevor Elaine noch ihren Mund öffnen konnte.

„Sie sind über die Einzelheiten informiert?“

„Ja.“

Der Professor holte tief Luft. „Sein Zustand hat sich stabilisiert. Seinen physiologischen Daten zufolge ist er nicht mehr in Lebensgefahr. Die inneren Blutungen sind gestoppt, die Operation scheint erfolgreich gewesen zu sein, und die Behandlung seiner Augen hat, soweit ich das im Moment beurteilen kann, ebenfalls angeschlagen.“

Obwohl das an und für sich beruhigende Nachrichten waren, spürte Elaine, wie sich ein Knoten in ihrem Magen bildete. Die Worte des Professors klangen verdächtig nach einem *aber*.

„Was stimmt nicht mit dem Jungen, Professor?“

Sherman Hewitt seufzte schwer. „Es hat sich im Verlauf der Operation eine unvorhergesehene Komplikation ergeben. Wir haben sie nicht sofort bemerkt, das Problem ist mir erst klar geworden, als ich vergeblich darauf gewartet habe, dass er aus der Narkose erwacht.“

Elaine riss erschrocken die Augen auf. „Er ist noch immer nicht zu sich gekommen?“

„Bisher noch nicht.“

„Aber die Betäubung hätte doch längst nachlassen müssen!“

„Im Normalfall schon. Bedauerlicherweise hat das Wort *normal* bei Mr. Sims nur eine sehr eingeschränkte Gültigkeit.“

„Was soll das heißen, Professor?“

Er fuhr sich mit der Zunge über die Lippen, und die Linien der Anspannung um seine Mundwinkel vertieften sich. „Ich muss ein wenig ausholen, um das zu erklären. Als ich Mr. Sims kurz nach seiner Ankunft auf der Station für den Tiefenscan in Narkose versetzt habe, habe ich bemerkt, dass er auf das Betäubungsmittel recht empfindlich reagiert. Ich habe deshalb der Anästhesistin empfohlen, für die Operation ein Medikament aus einer anderen Chemikaliengruppe zu verwenden. Leider hat das Mittel ebenfalls unglückliche Auswirkungen gehabt.“

Elaine ballte zornig die Fäuste. Als wenn es nicht schon schlimm genug gewesen wäre, dass der Junge mit Misstrauen verfolgt, gedemütigt und geschlagen wurde. Ein ärztlicher Kunstfehler machte das Maß wirklich voll.

„Wenn Sie von Fähnrich Sims' negativer Reaktion auf ein Betäubungsmittel gewusst haben, wieso haben Sie dann keine Testreihe durchgeführt, um festzustellen, welches für ihn verträglich ist?", schnauzte sie den Professor an.

Er hob abwehrend die Hände. „Das habe ich. Das Medikament, das ich empfohlen habe, hätte aufgrund der Bluttests für ihn am besten verträglich sein müssen. Leider hat das Gambler-Hormon wieder einmal nach seinen eigenen Regeln gespielt."

„Wie soll ich das verstehen?"

Der Professor sah sie ernst an. „Als Mr. Sims angegriffen wurde, ist er aufgrund seiner Angst und der Schmerzen, die ihm zugefügt wurden, in den geboosteten Zustand übergegangen, und als wir ihn operiert haben, war das Gambler-Hormon noch immer in hoher Konzentration in seinem Blut vorhanden. Es ist mit dem Narkosemittel eine unvorhergesehene, unheilvolle Verbindung eingegangen. Das Gambler-Hormon hat es stabilisiert, sodass es durch Enzyme des Körpers kaum noch abgebaut werden kann." Er hob die Schultern, eine gleichsam ratlose und verzweifelte Geste. „Ich weiß nicht, was ich dagegen unternehmen kann. Andere Mittel zu spritzen, um die Reaktion rückgängig zu machen, ist mir zu riskant. Das könnte alles nur noch verschlimmern."

„Das bedeutet, Sie müssen abwarten, bis Fähnrich Sims von allein aufwacht?"

„Ich fürchte, etwas anderes wird uns nicht übrig bleiben."

„Und wie lange wird das dauern?"

„Ich weiß es nicht. Es lässt sich nicht vorherbestimmen, wie stabil die chemische Verbindung zwischen dem Medikament und dem Gambler-Hormon sein wird. Uns fehlen einfach die Vergleichswerte. Vielleicht wird sie in ein paar Stunden abgebaut sein, vielleicht erst in ein paar Tagen - oder in mehreren Wochen."

„*Wochen*?", schrie Elaine. „Das ist nicht Ihr Ernst!"

„Ich würde niemals mit so etwas scherzen."

„Ist es wenigstens sicher, dass er überhaupt irgendwann von allein wieder erwachen wird?"

„Ich hoffe es."

Elaine stöhnte. Ihr Blick fiel unvermittelt durch die Scheibe auf Fähnrich Thompson, die sich noch immer um den jungen Gambler bemühte. „Wieso spricht sie mit ihm?"

„Ich habe es ihr aufgetragen. Ich hoffe, dass ihre Stimme sich günstig auswirken wird."

„Sie weiß also Bescheid?"

„Nein. Sie hegt zwar einen gewissen Verdacht, dass etwas nicht in Ordnung ist, aber ich habe ihr gesagt, dass es für Gambler nicht ungewöhnlich ist, so lange in Narkose zu bleiben. Ich wollte sie nicht unnötig beunruhigen."

Ein Blick in das Gesicht des Mädchens zeigte, dass das Bestreben des Professors keinerlei Erfolg gehabt hatte. Elaine sah den Admiral fragend an. Er nickte kaum wahrnehmbar.

„Sagen Sie ihr die Wahrheit, Professor", forderte Elaine.

Sherman Hewitt wirkte überrascht, nickte aber sofort. „Wie Sie meinen, Captain."

Elaine seufzte und wünschte, der Professor käme ihren Anweisungen immer derart bereitwillig nach.

40. Kapitel

Mady sah auf, als jemand die Behandlungskabine betrat, erkannte Sherman Hewitt unter den drei Gestalten in der Tür und umklammerte Dannys Finger unwillkürlich fester. Die Angst um ihn schnürte ihr den Magen ein, als sie den Professor mit stummen, eindringlichen Blicken darum bat, ihr endlich zu sagen, was mit Danny nicht stimmte. Wenn sie Bescheid wusste, konnte sie vielleicht wieder Hoffnung schöpfen, doch solange er sie im Ungewissen ließ, war ihre Furcht wie eine dichte, dunkle Wolke, die sie auf allen Seiten umgab, jedes Licht verhüllte und mit endgültiger Finsternis drohte.

Nach ein paar endlosen, zähen Sekunden begriff sie plötzlich, dass sie sich nicht nur dem Professor, sondern auch Captain Wilding und sogar dem Admiral gegenüberfand. In der Akademie anerzogene Reflexe riefen ihr zu, dass sie aufstehen und salutieren sollte, aber sie brachte es nicht fertig, die dafür notwendigen Bewegungen zu koordinieren. Die Impulse, die von ihrem Gehirn ausgingen, schienen irgendwo in ihren Nerven zu versickern, bevor sie ihren Bestimmungsort erreichten. Statt aufzustehen verkrampfte sich ihre Haltung, und sie legte auch ihre zweite Hand um Dannys Finger. Mit großen Augen starrte sie den Admiral an, der sie seinerseits eindringlich musterte. Der Blick seiner eisgrauen Augen bohrte sich in ihr Herz und ließ sie frieren. Es war, als könne er jeden ihrer Gedanken lesen, ihr direkt in ihre Seele sehen.

„Sir", würgte sie einen leicht abgespeckten Gruß hervor.

Er trat zu ihr, ohne seine Aufmerksamkeit von ihr zu nehmen, dann legte er ihr plötzlich eine Hand auf die Schulter. Es war eine beruhigende, tröstende Geste, doch Mady war so sehr davon überrascht, dass sie trotzdem heftig zusammenzuckte. Admiral Jennings nahm seine Hand wieder fort, und als er jetzt auf sie herabsah, war sein Blick nicht mehr eindringlich, sondern wirkte gedankenverloren.

„Fähnrich, Professor Hewitt wird Sie jetzt in ein paar wichtige Einzelheiten einweihen", erklärte er ihr.

Angespannt wartete sie darauf, dass er noch mehr sagte, ihr befahl, was sie mit den neuen Informationen tun oder nicht tun sollte, aber er schwieg und nickte dem Professor lediglich auffordernd zu.

In den nächsten Minuten erfuhr sie, wie es um Danny stand, und ihr Herz wurde immer schwerer. Und doch ging es ihr besser als zuvor. Ihre substanzlose, unheilschwangere Furcht hatte Gestalt angenommen, und der konnte sie sich entgegenstellen.

„Er *wird* doch wieder aufwachen, nicht wahr?", fragte sie und legte all ihre Hoffnung in ihre Worte.

Sherman Hewitt zögerte, dann nickte er. „Das wird er sicher. Ich kann nur nicht vorhersagen, wann das sein wird."

Erleichterung fuhr Mady wie eine erfrischende Brise in die Glieder und ließ sie für einen kurzen Augenblick ihre Angst vergessen, doch gleich darauf tauchten bereits die nächsten dunklen Wolken am Horizont auf. Unsicher sah sie zwischen Danny, Captain Wilding und Admiral Jennings hin und her. Die Komplikation mit dem Narkosemittel machte jede Hoffnung, Danny könnte bis zum nächsten Angriff der Hewitts wieder auf den Beinen sein, zunichte. Ohnehin wäre es pures Wunschdenken gewesen, daran zu glauben.

Sie begann zu zittern, als sich zu der bangen Sorge um Danny die Furcht um ihr eigenes Leben gesellte. Ungebeten und unerwünscht tauchte die Erinnerung an Lieutenant Thornsburgs Versagen im Schwarm in ihrer Erinnerung auf.

Mady schluckte hart. „Wer wird unser Pilot sein, solange Danny nicht bei Bewusstsein ist?"

„Machen Sie sich darüber keine Gedanken, Fähnrich", erwiderte Captain Wilding sofort. „Sie und die anderen Kanoniere Ihrer Crew werden nicht ohne Fähnrich Sims fliegen."

Mady blinzelte verwirrt, und ihr Herz klopfte vor Aufregung hart gegen ihre Rippen. Brennende Fragen lagen ihr auf der Zunge, aber sie bekam keinen Ton heraus. Zum Glück verstand Captain Wilding sie auch ohne Worte.

„Wir alle wissen, wie gering die Chancen der Teams mit anderen Piloten sind, deshalb werden Sie sich nicht an dem nächsten Einsatz gegen die Hewitts beteiligen. Ich könnte nicht für Ihre Sicherheit garantieren, und ich will auf gar keinen Fall riskieren, dass das Team der *Joker* auseinandergerissen wird. Mr. Sims soll seine Crew in gewohnter Form vorfinden, wenn er wieder zum Einsatz bereit ist."

Mady atmete tief durch und schickte Danny im Stillen ihren tief empfundenen Dank. Er rettete sie selbst dann noch, wenn er nicht bei Bewusstsein war. Aber andere besaßen dieses Glück nicht.

„Und die *Ace*?", fragte sie beklommen und dachte vor allem an Alexander.

„Die *Ace* wird unter Lieutenant Thornsburg gegen den nächsten Schwarm kämpfen. Für Robert Connay wird ein Ersatzmann in die Crew aufgenommen. Der Rest der Mannschaft bleibt unverändert."

Beim letzten Satz war Captain Wildings Stimme plötzlich so hart geworden, dass Mady unwillkürlich aufhorchte. „Gäbe es denn einen Grund, die Kanoniere auszuwechseln?"

„Das kann man wohl sagen", erwiderte Captain Wilding bitter. „Wir haben inzwischen die Männer identifiziert, die Fähnrich Sims angegriffen haben. Es waren Gary Kaley und John Raff."

Mady riss schockiert die Augen auf und umklammerte Dannys Hand wieder fester. Ihre Gedanken rasten. Zuvor unwichtige Details tauchten in ihrer Erinnerung auf und fügten sich unvermittelt zu einem Bild zusammen. Die giftigen Blicke, die ihr die beiden zugeworfen hatten, als sie ihnen zusammen mit Jenn und Ellie am letzten Abend auf dem Gang vor der Messe begegnet war, ergaben mit einem Mal einen Sinn. Warum hatte sie dem nur keine Beachtung geschenkt? Wenn sie es getan hätte, wäre ihr vielleicht aufgefallen, dass der Hass der beiden eine neue Dimension erreicht hatte. Wenn sie es doch nur geahnt hätte, wäre sie nicht mehr von Dannys Seite gewichen.

Das Schuldgefühl drückte sie nieder, warf sie fast zu Boden. Sie konnte nur hoffen, beten, dass Danny ihr verzieh. Aber dazu musste er erst einmal erwachen.

Plötzlich quoll heißer Zorn in ihr empor. Ruckartig sah sie zu Captain Wilding auf. „Werden Sie sie bestrafen?"

Captain Wilding nickte mit grimmiger Miene. „Das werde ich, aber nicht, bevor nicht die Bedrohung durch die Hewitts ein Ende gefunden hat. Gary Kaley und John Raff sind dafür verantwortlich, dass Fähnrich Sims beim Angriff des nächsten Schwarms vermutlich noch nicht wieder diensttauglich sein wird, und dadurch gerät nicht nur die Erde, sondern natürlich auch die Crew der *Ace* in akute Gefahr. Ich sehe nicht ein, warum ich zwei Ersatzmänner in die *Ace* bringen und sie einer Bedrohung aussetzen sollte, die durch die Tat der beiden Fähnriche so enorm vergrößert worden ist, während sie sich in der Arrestzelle an ihrer Sicherheit erfreuen."

„Es wäre nicht recht, die Fähnriche für ihren Überfall auf Mr. Sims auch noch zu belohnen", ergänzte Admiral Jennings mit steinernem Gesicht. „Die beiden werden kämpfen, gleichgültig, ob sie wollen oder nicht."

Mady begriff, und sowohl im Herzen als auch mit dem Verstand stimmte sie den beiden hohen Offizieren zu. Dann gingen ihre Gedanken weiter. „Wird es ein Ersatzschiff geben, falls die *Ace* in Schwierigkeiten geraten sollte?"

„Leider sind die Tetraederschiffe, die gleich nach dem Auftauchen des ersten Schwarms in Auftrag gegeben worden sind, noch immer nicht fertiggestellt worden", antwortete ihr Captain Wilding. „Aber Sie haben natürlich recht. Es muss ein Ersatzschiff bereitstehen. Die *Joker* wird mit einer neuen Crew bemannt und übernimmt dann diese Aufgabe. Lieutenant Yate und sein Team haben seit dem ersten Angriff der Amöboiden im Simulator trainiert. Mit ein wenig Weltraumerfahrung in der *Joker* dürften sie in kurzer Zeit für den Einsatz bereit sein."

Mady senkte beklommen den Kopf. Sie kannte Lieutenant Yate noch von den ersten Übungsmissionen im Simulator. Sie war oft genug mit ihm geflogen, um zu wissen, dass er für einen Kampf gegen die Hewitts genauso wenig fit gemacht werden konnte wie Lieutenant Thornsburg.

Keiner der beiden besaß die Fähigkeiten, die im Schwarm das Überleben der Crew hätten garantieren können. Wenn Danny nicht bald wieder zu sich kam, würden die *Joker* und die *Ace* noch öfter neu bemannt werden müssen.

41. Kapitel

Die Nacht ging irgendwann endgültig vorbei, der nächste Vormittag ebenfalls, ohne dass Danny erwachte. Sherman Hewitt hatte das Behandlungszimmer am Morgen verlassen, Mady lediglich den Signalgeber, mit dem sie ihn rufen konnte, in die Hand gedrückt, und auch Captain Wilding und Admiral Jennings blieben fort, kamen nicht noch einmal, um nach Dannys Zustand zu fragen.

Und so saß Mady allein an seiner Seite, wachte, hoffte auf eine Regung, und sei sie noch so klein - vergebens. Doch sie gab ihren Platz nicht auf, auch wenn Sherman Hewitt ihr bereits vor Stunden geraten hatte, sich auszuruhen oder wenigstens etwas zu essen. Sie konnte es nicht. Ihr Magen hatte nach dieser langen, furchtbaren Nacht alle Eigenschaften eines formlosen Stückes Gussmetall angenommen, und ihrer Müdigkeit mochte sie sich nicht ergeben, obwohl ihre Lider immer wieder schwer herabsanken und in ihren Gliedern eine dumpfe, bleierne Erschöpfung pochte.

Wie könnte sie Danny allein lassen, solange er noch nicht wieder erwacht war? Wie könnte sie sich in ihrer Kabine an einem erholsamen Schlaf erquicken, nachdem Captain Wilding ihr auch von der Sabotage an der *Joker* erzählt hatte? Solange der Saboteur frei auf der Station herumlief, war Danny in Gefahr, denn wenn er sich das nächste Mal gegen ihn wandte, würde er sich vielleicht nicht damit begnügen, das Schiff zu beschädigen, sondern ihn direkt angreifen, so wie Gary und John es getan hatten.

Gähnend sah sie durch das Fenster und streifte die Schatten, die die beiden Soldaten neben dem Schott auf die Scheibe warfen, mit einem kurzen Blick. Sie waren irgendwann an diesem Morgen aufgetaucht und hatten ihre stumme Wache vor Dannys Krankenzimmer aufgenommen, aber Mady fand darin keinen Trost. Sie kannte die Männer nicht, wusste nicht, wie sie über Danny dachten. Gary und John waren Teil ihres Teams gewesen und hatten Danny trotzdem angegriffen. Wie also könnte sie sich darauf verlassen, dass Soldaten, die ihn nicht näher kannten und nie mit ihm zusammengearbeitet hatten, die Motivation besaßen, ihn zu schützen?

In dieser Hinsicht traute sie nur noch einem einzigen Menschen - sich selbst. Deshalb konnte sie nicht gehen, und sie hoffte inständig, dass Danny wieder zu sich kam, bevor der Schlaf, der längst auf ein Nachlassen ihrer Anspannung lauerte, sie endgültig überwältigte.

Wann immer sie spürte, dass ihr Kopf nach vorn zu sinken begann, bohrte sie sich ihre Fingernägel in die Handfläche. Der beißende Schmerz vertrieb ihre Müdigkeit wirkungsvoll, aber der Effekt hielt nie lange vor.

Wie ein Bumerang schlug die Erschöpfung nur Minuten später erneut nach ihr, und ihr Kopf kippte erneut nach vorn.

Ein Ruf ließ sie zusammenschrecken. Sie riss die Augen auf, die ihr nun doch zugefallen sein mussten, und fuhr aus dem Stuhl hoch, jede Faser ihres Körpers kampfbereit. Ihr Herz schlug heftig gegen ihre Rippen, ihr Blick huschte wild durch den Raum. Panik umklammerte sie wie eine eisige Faust und lockerte sich erst, als sie erkannte, wer die Kabine betreten hatte.

„Val", stieß sie verächtlich hervor.

Val stand dicht neben der Tür, setzte ihre gedrungene Gestalt nun aber in Bewegung. Sofort trat Mady ihr in den Weg. Val blieb stehen.

„Es tut mir leid, wenn ich dich erschreckt habe", erklärte sie zögernd.

Mady verzog das Gesicht. „Tatsächlich?"

Val nickte eilig - zu eilig, wie Mady fand.

„Seit wann bist du um Rücksichtnahme bemüht, Valerie?", fragte sie beißend. „Das ist doch sonst so gar nicht dein Stil gewesen."

Val hob abwehrend die Hände. „He, mein Stil ist nicht so schlimm, wie du vielleicht denken magst."

Mady ließ ihren Blick langsam von oben nach unten über Vals Statur gleiten, dann noch einmal in umgekehrter Richtung. Die Bewegung stoppte, als sie ihr geradewegs in die Augen sah. „Ich kann nur das beurteilen, was ich sehe."

Val wich ihrem Blick aus, schaute zu Boden, dann zu Dannys Lager hinüber.

Mady verstellte ihr die Sicht auf Danny und fixierte sie. „Was willst du hier, Valerie?"

„Wir ... wir wollten Danny besuchen."

„*Wir?* Ich sehe nur *dich*."

„Ellie und Jenn warten in der Vorhalle der Klinik. Ich habe sie gebeten, mich allein vorgehen zu lassen. Ich wollte mit dir reden."

„Ich wüsste nicht, was wir miteinander zu bereden hätten."

„Ich wollte dir ein Friedensangebot machen."

„Wozu? Bisher war dir auch nicht daran gelegen."

„Man sagt, lieber eine späte Einsicht als überhaupt keine."

Mady zog geringschätzig eine Augenbraue hoch. „So? Sagt man das?"

Val nickte ein wenig überhastet. „Ja."

Mady verschränkte die Arme vor der Brust. „Das kümmert mich, ehrlich gesagt, nicht im Mindesten."

„Aber du warst doch diejenige, die von Anfang an darauf gedrungen hat, dass wir ein echtes Team bilden sollen. Hast du deine Meinung geändert?"

Mady schluckte und warf einen Blick über die Schulter auf Dannys reglose Gestalt. „Es hat sich eine Menge geändert."

„Ich mich auch“, versicherte Val. „Ich werde mich nicht mehr gegen Danny wenden.“

„Dafür ist es ein bisschen spät, findest du nicht?“, fuhr Mady sie an.

Val versteifte sich. „Warum machst du es mir so schwer?“

„Oh, entschuldige“, höhnte Mady. „Es ist wirklich ausgesprochen egoistisch von mir, dass ich dir nicht sofort voller Freude um den Hals falle. Man hat Danny fast umgebracht, und ich habe die gesamte Nacht über kein Auge zugetan, weil ich nicht wusste, ob er die Operation überlebt oder ob nicht irgendein Irrer auftaucht, der ihm den Rest geben will, aber ich hätte selbstverständlich noch die Energie aufbringen müssen, dich mit einem Blumenstrauß zu empfangen.“

„So habe ich das doch nicht gemeint.“

„Es ist mir gleichgültig, was du meinst, Val. Du hast deine Meinung in den vergangenen Tagen oft genug deutlich zum Ausdruck gebracht, und ich habe mehr als genug davon.“

„Ich weiß, dass ich Mist gebaut habe. Deshalb bin ich hier. Ich will mich entschuldigen, und da Danny mich im Augenblick nicht hören kann, wende ich mich an dich.“

„Wenn du Absolution willst, bist du bei mir an der falschen Adresse. Du hast Danny von Anfang an wie ein Stück Dreck behandelt, du hast ihn beleidigt und beschimpft, wolltest ihn beim Captain in Verruf bringen, und vielleicht wärst du sogar auf ihn losgegangen.“

„Das wäre ich nicht!“

„Tatsächlich nicht? Du bist nicht besser als Gary und John.“

„Das ist nicht wahr! Ich hätte Danny niemals geschlagen!“

„Du scheinst ein ziemlich kurzes Gedächtnis zu haben, Val. Ich kann mich an mindestens zwei Situationen erinnern, in denen du eindeutig darauf aus warst, Danny zu fassen zu bekommen.“

„Das war etwas ganz anderes. Ich war wütend auf ihn, aber das heißt nicht, dass ich ihn tatsächlich verletzt hätte. Ich hätte mich vielleicht mit ihm gebalgt, aber nicht mehr.“

„Und das soll ich dir glauben? Jenn hat mir erzählt, welchen Sport du in deiner Freizeit treibst. Was hätte dich davon abhalten sollen, Danny die Nase platt zu kicken?“

„Nur weil ich auf der Akademie im Kickboxerteam war, bin ich noch lange kein hirnloser Schläger! Ob du es glaubst oder nicht, in unserem Verein gilt Ehre noch etwas.“

„Es ist schon reichlich seltsam, dieses Wort aus deinem Mund zu hören. Dein Verhalten Danny gegenüber war alles andere als ehrenvoll, oder willst du das bestreiten?“

„Nein, das will ich nicht, aber ich will, dass du mir einen Moment zuhörst. Der Admiral hat uns erzählt, wie Gary und John gegen Danny vorgegangen sind - dass sie ihn erst geblendet und dann mit

Schlagstöcken bearbeitet haben. Ich habe mich Danny gegenüber wie ein Idiot benommen, das will ich gar nicht leugnen, aber *das* habe ich ihm nicht gewünscht! In meinem Team kämpfen wir Mann gegen Mann, unter gleichen Bedingungen. Das ist ein ehrenvoller Kampf, aber das, was Gary und John getan haben, war feige und grausam. So etwas hätte ich *niemals* getan!"

„Es fällt mir schwer, das zu glauben. Du hast doch die ganze Zeit mit Gary und John zusammengehockt, hast ihre Vorurteile angestachelt, deine eigenen von ihnen aufputschen und deine Abneigung gegen Danny in jeder Beziehung wuchern lassen, genauso wie sie."

„Ich bin *nicht* wie die beiden", begehrte Val heftig auf. „Ich könnte mir selbst nicht mehr ins Gesicht sehen, wenn es so wäre."

Mady zuckte mit keiner Wimper. „Ich dachte immer, Gleich und Gleich gesellt sich gern."

Val wurde rot im Gesicht. „Verdammt, Mady, hör auf damit! Ich versuche, mich zu entschuldigen, und du wirfst mich mit Gary und John in einen Topf. Das ist nicht fair!"

„Was weißt du schon von Fairness?", schrie Mady sie an. Ihre Hände zitterten auf einmal. „War es fair, als du Danny eine Missgeburt genannt hast?"

„Nein, aber ..."

„Und warum glaubt du, du hättest das Recht, auf eine bessere Behandlung zu bestehen, als du ihm zugestanden hast?"

Val holte tief Luft und öffnete den Mund, doch dann klappte sie ihn wieder zu und schwieg.

Mady funkelte sie zornig an. „Du solltest jetzt besser gehen. Ich kann auf deine Gesellschaft gut verzichten, und wenn Danny wieder aufwacht, wird er es sicher begrüßen, nicht ausgerechnet *dein* Gesicht sehen zu müssen."

Damit wandte sie sich abrupt ab, nahm ihren Platz an Dannys Seite wieder ein und griff nach seiner Hand. Es war ihr gleichgültig, was Val darüber denken mochte. Betont wandte sie Danny ihre gesamte Aufmerksamkeit zu, ignorierte Val, lauschte aber doch darauf, ob sich das Schott öffnete.

Doch Val blieb. Fast zwei Minuten lang stand sie schweigend da, dann sagte sie stockend: „Als Danny gestern trotz der Fehlfunktion in den Schwarm zurückgeflogen ist, dachte ich, unser letztes Stündlein hätte geschlagen, und ich habe ihn dafür gehasst, dass er uns keine Wahl gelassen hat. Als wir wieder sicher im Hangar angekommen waren, hätte ich erleichtert sein sollen, aber ich konnte an nichts anderes denken als daran, dass ich hätte sterben können, und ich machte Danny dafür verantwortlich. Deshalb bin ich so wütend auf ihn geworden, und deshalb hätte ich mich beinahe mit dir geprügelt."

Val machte eine Pause, erwartete vielleicht, dass sie etwas dazu sagte. Mady schwieg, sah nicht einmal zu ihr hin.

„Nachdem Ellie mich aus dem Hangar geworfen hatte und ich mich allein auf dem Gang wiederfand, habe ich plötzlich am ganzen Leib angefangen zu zittern, und die Knie wurden mir weich. Da wurde mir klar, wie viel Angst ich im Schwarm gehabt hatte und noch immer habe. In dem Moment hätte ich alles dafür getan, wenn ich nur die Station hätte verlassen, mich irgendwo verkriechen und den Kopf in den Sand hätte stecken können." Sie seufzte schwer. „Ich war immer stolz auf mich, dachte, ich sei kein Feigling, aber ich habe mich geirrt. Als Danny zurückflog, war es mir egal, dass er Thornsburg und seine Crew retten wollte, es war mir auch egal, dass er die Menschen auf der Erde schützen wollte, ich dachte nur an mein eigenes Leben. So war es von Anfang an, obwohl ich großspurige Reden geschwungen habe. Deshalb war Danny ein rotes Tuch für mich. Sein Mut hat mir den Spiegel vorgehalten und es mir immer schwerer gemacht, an meine eigene Tapferkeit zu glauben. Jetzt, da ich weiß, wie feige ich wirklich bin, habe ich keinen Grund mehr, ihn zu hassen."

Damit ging sie. Mady starrte reglos auf Dannys Gesicht, bis sie hörte, dass sich das Schott wieder geschlossen hatte, dann hob sie den Kopf und sah Val mit tief gerunzelter Stirn nach.

42. Kapitel

Es waren Schmerzen, die zuerst den Schleier der Bewusstlosigkeit durchdrangen. Danny spürte sie, noch bevor er einen einzigen klaren Gedanken fassen konnte. Sie bohrten in seinem Bauch, in seinem Kopf und in seinen Rippen. Sie brachten die Erinnerung zurück.

Angst griff nach ihm. Sein Pulsschlag beschleunigte sich, seine Atemfrequenz nahm zu und das Gambler-Hormon wurde frei. Es veränderte seine Wahrnehmung, machte sie feiner, differenzierter - und verstärkte die körperliche Pein. Danny stöhnte gequält auf.

„Danny?", rief plötzlich eine fragende Stimme.

Er hörte sie kaum. Die Qual war zu stark, zu allgegenwärtig. Er wollte sich zusammenkrümmen, um sie zu mildern, aber bereits der Ansatz der Bewegung ließ einen scharfen Schmerz in seinem Leib explodieren. Er schrie.

„Danny!"

Wieder diese Stimme. Sie rief ihn, rief jetzt sogar ohne Unterlass. Er rang mit der Dunkelheit, die ihn noch immer fest umklammert hielt.

Eine unvermittelte Berührung erschreckte ihn. Er zuckte zusammen, sein Herz begann zu rasen. Der Schmerz wurde noch schlimmer, unerträglich. Seine Schreie wurden zu einem qualvollen Wimmern.

„Danny, ich bin es, Mady! Du musst keine Angst haben. Du bist in Sicherheit, hörst du? Niemand wird dir wehtun."

Ein kleiner Funke wachen Verstandes teilte ihm mit, wer Mady war, ließ ihn erkennen, dass er von ihr nichts zu befürchten hatte. Aber sie war nicht allein. Er hörte Schritte und andere Geräusche, die ihm sagten, dass noch jemand im Raum war. Angestrengt kämpfte er darum, die Augen zu öffnen. Es war schwer. Die Lider waren verklebt, kamen kaum auseinander. Und als er es endlich geschafft hatte, sie voneinander zu lösen, konnte er doch nichts sehen. Die Dunkelheit war noch zu nahe. Er starrte in eine undurchdringliche Schwärze.

Ein taubes Gefühl hielt seinen Kopf umfangen, zerrte an ihm. Seine Lider fielen wieder zu, ohne dass er es verhindern konnte, die Finsternis wurde noch dichter, zu dicht für einen bewussten Gedanken.

Doch dann spürte er wieder Madys Berührung. „Danny, du musst wach bleiben", rief sie eindringlich, ängstlich. „Bitte, wach endlich auf!"

Er konnte nicht antworten, konnte keine Reaktion zeigen. Er war zu schwach, viel zu schwach. Dämmerung umfing ihn, ließ ihn nicht los.

„Können Sie nicht irgendetwas tun, um ihm zu helfen?"

Mehr automatisch als bewusst ordnete Danny die verzweifelte Frage Mady zu.

„Nein", erwiderte die zweite Person im Raum. „Er muss von selbst zu sich kommen."

Sherman Hewitt - Danny erkannte ihn jetzt. Hewitt und Mady - sie waren keine Gefahr für ihn. Hewitt war Arzt - und Mady war ...

Seine Gedanken versickerten, aber seine Angst schwand. Sein Puls verlangsamte sich, und er konnte wieder ruhiger atmen. Beinahe wäre er in den Schlaf zurückgeglitten, aber sie ließen es nicht zu. Jemand drückte seine Hand.

„Danny?"

Mady.

„Hörst du mich? Bist du noch wach?"

Er war so müde, so entsetzlich müde.

„Gib mir ein Zeichen. Du musst nicht die Augen öffnen, aber tu irgendetwas. Zeig mir, dass du mich hörst. Bitte!"

Er begriff, wie besorgt und verängstigt sie war. Ihr Gesicht tauchte in seiner Vorstellung auf, weiche Züge, die ihm ein liebevolles Lächeln schenkten, und Augen, die Verständnis und Anteilnahme versprachen. Ihr Antlitz erfüllte die Dunkelheit mit einem sanften Schimmer. Zum ersten Mal bemerkte er das Licht, das durch seine Lider drang. Beinahe verwundert hielt er daran fest, das Einzige, was er vorerst tun konnte. Trübe Nebelschleier verwischten den Eindruck der Helligkeit immer wieder, drohten, ihn in die Ohnmacht zurückzudrängen. Die Dunkelheit lockte. Dort war er sicher. Dort gab es keine Schmerzen, keine Angst, keine Notwendigkeit, Entscheidungen zu treffen.

Jemand anders berührte ihn an der Schulter. „Sie können es schaffen", rief Sherman Hewitt. „Kämpfen Sie! Wachen Sie auf!"

Danny schrak zusammen. Erinnerungen brachen über ihn herein, tanzende, geisterhafte Schemen, Roberts lebloses Gesicht, das Echo der Wucht brutaler Schläge. Verstört wich er davor zurück. Er wollte nicht kämpfen. Er wollte in Ruhe gelassen werden. Und er wollte nicht aufwachen.

Der Druck von Madys Fingern verstärkte sich plötzlich. „Er weint."

Im gleichen Moment spürte er die warme Feuchtigkeit, die seinen Augen entsprang und über seine Wangen lief. Sie benetzte seinen Hals und das Kissen, auf dem sein Kopf lag. Mady legte ihm eine Hand auf die Wange, strich eine Träne fort. Die zärtliche Berührung holte ihn weiter aus der Bewusstlosigkeit.

Er weinte heftiger. Er wollte nicht aufwachen, nicht jetzt, nicht einmal für sie.

„Danny, wach auf. Bitte!"

Eine andere Botschaft schwang in ihren Worten mit. Er hörte sie, verstand sie. Ein Teil seines Herzens antwortete ihr, der Rest blieb von Schmerz umwölkt, machte ihn stumm. Doch die Erinnerung an Madys Gesicht änderte sich. Schatten der Sorge und Angst legten sich auf ihre

Züge, ihre Augen glitzerten unter nahen Tränen. Es war seine Schuld. Er konnte es ändern. Er konnte erwachen.

Sein Verstand begann langsam zu arbeiten. Ein zweites Gesicht tauchte in seinen Gedanken auf, das blasse, durchscheinende Antlitz seiner Mutter. Wusste sie Bescheid? Grämte sie sich aus Sorge um ihn zu Tode? Und sein Vater?

Aber sie sollten es nicht wissen. Das hatte er Mady gesagt. Hatte sie auf ihn gehört?

Angst griff nach ihm, und sofort nahm die physische Pein zu, quälte ihn, machte Madys Erfolg zunichte, doch dieses Mal hielt er entschlossener an dem Licht fest. Jetzt konnte er nicht mehr schlafen, sich nicht mehr in die schützende Dunkelheit hinabgleiten lassen. Er musste es erfahren. Seine Tränen waren versiegt.

Angestrengt kämpfte er gegen das Dunkel, zwang seine Lider in die Höhe. Die Helligkeit wuchs an, Schemen schälten sich aus ihr heraus, wurden zu Gesichtern. Mady sah auf ihn herab, ebenso der Professor. Danny blinzelte einmal, zweimal. Trübe Schlieren waberten vor seinen Augen, beeinträchtigten seine Wahrnehmung.

„Er wacht auf", jubelte Mady. „Er kommt tatsächlich zu sich!"

Sie klang so erleichtert, dass er nun erst recht nicht mehr lockerlassen konnte. Er richtete seine Augen auf ihr Gesicht, schloss die Lider noch einmal, versuchte, tiefer zu atmen, ließ es aber wieder sein, als der Schmerz in seinem Bauch schlagartig zunahm. Doch als er seine Augen wieder öffnete, war sein Blick klar geworden. Er sah Mady an.

Tränen der Freude standen in ihren Augen. „Danny." Mehr brachte sie nicht hervor.

Er versuchte zu sprechen, doch sein Hals war eng und trocken. Er bekam keinen Laut heraus. Professor Hewitt begriff seine Lage sofort. Er stand auf, holte einen Becher mit Wasser, schob ihm eine Hand unter den Kopf, hob ihn leicht an und setzte ihm den Becher an die Lippen. Danny trank, aber es war nur ein einziger Schluck, der in seine Kehle rann. Zu mehr fand er nicht die Kraft.

Sherman Hewitt ließ seinen Kopf auf das Kissen zurücksinken und stellte den Becher fort. Danny versuchte es erneut. Seine Finger umklammerten Madys, die seine Hand noch immer festhielt.

„Meine Eltern", stieß er nach einigen erfolglosen Anläufen hervor.

„Sie sind nicht hier", sagte Sherman Hewitt mit eigenartiger Betonung. „Captain Wilding hat ..."

Mady unterbrach ihn. „Ich habe dem Captain gesagt, worum du mich gebeten hast, und sie hat sich daran gehalten. Deine Eltern wissen nicht, was mit dir geschehen ist. Niemand außerhalb der Station weiß das."

Zutiefst erleichtert schloss Danny die Augen. Mehr hatte er nicht wissen wollen, und Mady war beruhigt. Jetzt konnte die Dunkelheit ihn zurückholen. Aber sie stellte sich nicht mehr so bereitwillig ein wie zuvor. Er blieb wach, nicht zuletzt wegen der grellen Schmerzen, die in jeder Faser seines Körpers glühten. Gequält verzog er das Gesicht.

„Haben Sie schlimme Schmerzen?“, fragte der Professor.

Danny öffnete die Augen wieder, nickte stumm.

Sherman Hewitt stieß einen Fluch aus und hob ratlos die Schultern. „Ich wünschte, ich könnte Ihnen ein Medikament geben, das die Schmerzen betäubt, aber ich wage es nicht, sonst fallen Sie vielleicht erneut in ein Koma.“

Mühsam versuchte Danny, die Worte des Professors zu ordnen. Er verstand nicht alles, dazu gehorchten ihm seine eigenen Gedanken noch viel zu wenig, nur eins begriff er. „Wie lange?“, hauchte er.

„Sechs Tage“, antwortete Mady anstelle Sherman Hewitts. „Du warst sechs lange Tage ohne Bewusstsein.“ Während sie sprach, drückte sie mehrfach seine Hand. Sie schien noch nicht recht daran glauben zu können, dass er tatsächlich aufgewacht war.

Trotz seiner Schwäche erkannte er sofort, was das bedeutete. Ein neuer Schwarm konnte bald auftauchen. Etwas in ihm versteifte sich. Er schloss die Augen. „Müde“, flüsterte er.

Sherman Hewitt legte ihm eine Hand auf die Schulter. „Ich kann mir vorstellen, wie Sie sich fühlen müssen, aber Sie sollten trotzdem nicht sofort wieder einschlafen. Versuchen Sie, wenigstens eine Stunde lang wach zu bleiben.“

Danny presste die Lippen aufeinander. Eine Stunde war lang, viel zu lang. Zuviel Zeit für Gedanken. Er wollte sie nicht, wollte lieber schlafen. Er öffnete die Augen nicht, reagierte nicht.

„Bitte, Danny, versuch es“, bat Mady flehend. „Du musst wieder auf die Beine kommen.“

Erbittert presste Danny die Lider noch fester zusammen. Mady wollte, dass er wach blieb und gesund wurde. Ein Teil von ihm wollte es auch, ihretwillen und um ihr nahe zu sein, aber er schreckte dennoch davor zurück. Andere würden viel mehr fordern, und er konnte dem nicht nachgeben, nicht mehr. Er mochte nicht einmal daran denken.

Doch sie würden ihn daran erinnern. Sie würden keine Ruhe geben, das wusste er. Verzweifelt nahm er all seine Kraft zusammen, öffnete die Augen, sah Mady flehend an. „Ich ... ich muss allein sein“, würgte er hervor. „Ich will niemanden sehen.“

„Es wäre besser, wenn jemand bei Ihnen bleibt, um Sie wach zu halten“, erklärte Sherman Hewitt. „Es dürfte schwer für Sie ...“

Mady unterbrach ihn. „Es ist in Ordnung, Danny. Wir werden dich allein lassen. Aber bleibe wach. Willst du es versuchen?“

Danny nickte schwach, um ihre Sorge zu mildern, und damit sie endlich gingen.

Madys Finger lösten sich von seiner Hand und nahmen ihre warme, tröstliche Nähe mit sich fort. Für eine Sekunde drängte es ihn danach, sie aufzuhalten, aber der Impuls versank in tiefer Verzweiflung. Er schwieg.

Gleich darauf glitt das Schott zischend vor Mady und dem Professor auf. Sherman Hewitt ging zuerst hinaus, Mady zögerte noch.

„Ich werde dir Captain Wilding und den Admiral so lange es geht vom Hals halten", versprach sie.

Der Dank erstickte in seiner engen Kehle, dann war es zu spät. Er war allein.

* * *

Als Mady aus der Behandlungskabine trat, wurden ihre Knie weich, und sie musste mit zitternden Händen an der Wand Halt suchen. Ihr Magen war flau vor Erleichterung, doch jede Faser ihres Herzens bebte unter einer eisigen Kälte. Wie dumm, wie naiv sie doch gewesen war! Die langen Tage, in denen Danny im Koma gelegen hatte, hatte sie all ihre Hoffnung darauf gerichtet, dass er endlich erwachen möge. Sie hatte geglaubt, wenn das geschah, würde alles wieder in Ordnung kommen.

Aber jetzt war Danny wieder wach, und nichts war in Ordnung. Sie hatte es in seinem Gesicht gesehen, in seinen Augen. Das Feuer war fort, und wo früher Willensstärke und Entschlossenheit geglüht hatten, gab es jetzt nur noch Angst und Schmerz.

Mit Tränen in den Augen trat sie vor die Scheibe und sah zu Danny hinein. Sein schmaler, ausgezehrter Körper zeichnete sich deutlich unter der Decke ab. Er lag völlig reglos, als sei er noch immer bewusstlos.

Sie ließ den Kopf sinken. Sie hatte sich so sehr geirrt. Der Albtraum war für ihn mit seinem Erwachen nicht zu Ende, er begann jetzt erst, und es gab nichts, was sie dagegen hätte tun können.

Voller Zorn dachte sie an Gary und John. Ihr war danach, die beiden ohne Schutzanzug aus der nächsten Luftschleuse zu stoßen. Die brutalen Schläger hätten es weiß Gott verdient.

Professor Hewitt stand neben ihr, folgte kurz ihrem Blick, dann machte er Anstalten, seine Komplakette zu aktivieren.

„Was haben Sie vor?", fuhr Mady ihn schroff an.

Hewitt hielt mitten in der Bewegung inne und hob überrascht die Augenbrauen. „Ich wollte Captain Wilding verständigen."

„Wenn Sie das tun, wird Captain Wilding sicherlich schneller hier auftauchen, als Sie blinzeln können. Wollen Sie das? Danny hat gesagt, dass er allein sein möchte. Wollen Sie seinen Wunsch ignorieren?"

„Vom ärztlichen Standpunkt aus gesehen dürfte ich seinem Wunsch ohnehin nicht entsprechen. Er muss eine Weile wach bleiben, und das wird er vermutlich nur schaffen, wenn jemand bei ihm ist und mit ihm spricht."

„Aber das muss doch nicht ausgerechnet Captain Wilding sein!"

„Natürlich nicht, aber ich habe ihr gegenüber auch eine gewisse Verpflichtung. Und wenn ich mich recht entsinne, haben Sie ebenfalls den Befehl erhalten, eine gravierende Veränderung sofort zu melden." Sherman Hewitt sah durch das Glas, bevor er seinen Blick wieder auf sie heftete. „Sie werden mir wohl zustimmen, dass die Veränderung gravierend genug ist."

„Ja, aber ..."

„Captain Wilding ist bereits informiert", mischte sich plötzlich einer der Wachposten ein. „Als wir sahen, dass Fähnrich Sims erwachte, haben wir mit ihr Kontakt aufgenommen. Sie wird in wenigen Minuten hier sein."

Mady fluchte heftig und strafte den Soldaten mit einem vernichtenden Blick. „Konnten Sie nicht wenigstens ein paar Sekunden damit warten?"

Die Wache quittierte ihren Zorn wenig beeindruckt mit einem Schulterzucken. „Meine Befehle gleichen den Ihren, Fähnrich, und *ich* habe nicht vor, ihren Wortlaut großzügig zu interpretieren."

„Ich würde das auch nicht tun, wenn es nicht nötig wäre", knurrte Mady und sah von dem Posten zu Sherman Hewitt und weiter zum zweiten Soldaten. Dachte denn niemand daran, wie sich Danny jetzt fühlen musste? Begriffen sie nicht, dass trotz Dannys Erwachen noch längst nicht sicher war, ob sie ihn nicht als Pilot für die *Joker* verloren hatten - und ob er nicht auch für sie selbst verloren war?

Aber nein, das ahnten sie offenbar nicht. Wie sollten sie auch? Sie hatten sich sicher nie die Mühe gemacht, sich in Danny hineinzuversetzen. Sie aber fühlte, wie es in ihm aussah, und es machte ihr Angst. Ein Blick in seine Augen hatte genügt, um ihr einen tieferen Schrecken einzujagen als all die Verletzungen, die er bei dem Überfall erlitten hatte.

Entschlossen ballte sie die Hände zu Fäusten, streckte den Rücken durch und wappnete sich geistig für die Begegnung mit Captain Wilding. Sie konnte nicht viel für Danny tun, aber sie würde das Versprechen halten, das sie ihm gegeben hatte.

Keine zwei Minuten später stieß Captain Wilding zu ihnen. Admiral Jennings, der seit dem Angriff auf Danny die Station nicht wieder verlassen hatte, schritt neben ihr. Ihre Gesichter waren voller Freude und Hoffnung. Mady krampfte sich der Magen zusammen.

Ihr Gruß geriet ausgesprochen fahrig, als sie vor den beiden Offizieren salutierte, aber weder Captain Wilding noch der Admiral achteten darauf. Sie nickten ihr lediglich knapp zu, dann traten sie zu ihr an die Scheibe und sahen zu Danny hinein.

„Er ist tatsächlich wieder wach?“, fragte Elaine Wilding mit einem nachdenklichen Blick auf Dannys reglose Gestalt.

„Das ist er“, versicherte Professor Hewitt, „aber es war ein qualvoller Kampf, bis es soweit war.“

Admiral Jennings nickte verständig, Captain Wilding verzog bekümmert das Gesicht. Mady nahm erleichtert zur Kenntnis, dass sie noch keine Anstalten machten, in das Krankenzimmer zu stürmen.

„Wie geht es ihm?“, fragte Admiral Jennings nach einer Weile.

„Er hat ziemlich starke Schmerzen“, erklärte Sherman Hewitt. „Sein verbessertes Nervensystem ist im Augenblick für ihn von Nachteil. Er spürt jeden Schmerz weitaus heftiger als ein gewöhnlicher Mensch.“

Admiral Jennings schüttelte den Kopf. „Das weiß ich, Professor, und das habe ich auch nicht gemeint. Wie ist seine *psychische* Verfassung?“

Mady zuckte zusammen und sah zu Danny hinein. Alle anderen taten es ihr gleich. Nach einer halben Minute des Schweigens hob Sherman Hewitt in einer ratlosen Geste die Schultern.

„Ich kann es nicht genau sagen“, murmelte er.

Mady presste verbittert die Lippen aufeinander. Die Antwort lag auf der Hand, man musste Danny nur genau anschauen, um sie zu erhalten. Obwohl er reglos war, war sein Gesicht doch viel zu angespannt, als dass er erneut eingeschlafen sein könnte. Seine Augen waren zwar geschlossen, aber selbst durch die Scheibe konnte sie erkennen, dass er sie willentlich zusammenpresste. Es war ihm sehr ernst damit gewesen, als er gesagt hatte, er wolle niemanden sehen.

„Haben Sie ihm gesagt, dass er in Sicherheit ist?“, fragte Admiral Jennings den Professor.

„Ich habe es ihm gesagt“, erwiderte Mady sofort.

Lloyd Jennings bemaß sie mit einem wohlwollenden Blick. „Gut. Das wird ihm helfen.“

„Da bin ich mir nicht so sicher. Ich bin nicht dazu gekommen, ihm zu erklären, wer die Angreifer waren, und dass sie sich in Haft befinden. Vermutlich hätte er das alles ohnehin nicht verstanden. Er war noch ziemlich benommen, als wir mit ihm sprachen.“

Eine sorgenvolle Falte grub sich in Admiral Jennings' Stirn. „Er hat nicht von sich aus nach den Angreifern gefragt oder selbst angedeutet, wer ihn überfallen hat?“

„Nein. Danny hat kaum gesprochen. Er wollte nur wissen, ob seine Eltern informiert sind. Ich glaube, er war erleichtert, als ich ihm sagte, dass sie nichts von dem Überfall wissen.“

Captain Wilding schüttelte energisch den Kopf. „Ich schätze, ich sollte mit ihm reden und ihm die Angelegenheit genauer auseinandersetzen.“

Mady erschrak, trat hastig einen Schritt vor, als Captain Wilding sich in Richtung Schott wandte, und schob sich ihr in den Weg. „Bitte warten Sie, Captain."

Captain Wilding hielt inne. Ihre Augen weiteten sich erst überrascht, dann blitzte es zornig in ihnen auf. „Was hat das zu bedeuten, Fähnrich?"

„Danny sagte, er wolle allein sein. Es ist für ihn besser, wenn er nicht gestört wird."

„Er wird es kaum als Störung empfinden, wenn ich ihn unter den Lebenden begrüße."

„Doch, das wird er. Bitte, Captain, Sie müssen versuchen, es zu verstehen. Ihr Anblick wird ihn sofort an den Überfall erinnern, an die Schwärme und all das andere. Geben Sie ihm die Chance, seine Gedanken und Gefühle erst einmal zu ordnen."

„Ihre Fürsorge für Mr. Sims in allen Ehren, Fähnrich Thompson, aber Sie gehen ein bisschen zu weit", knurrte Captain Wilding.

Mady zuckte zusammen, blieb jedoch auf der Stelle stehen und wich ebenso wenig Captain Wildings hartem Blick aus.

„Gehen Sie zur Seite, Fähnrich", befahl Captain Wilding scharf.

Mady rang die Hände. „Lassen Sie ihm noch etwas Zeit. Bitte!"

„Ich könnte Ihr Verhalten als Befehlsverweigerung auffassen, Fähnrich, und ich werde es auch tun, wenn Sie sich nicht gleich eines Besseren besinnen. Ich sage es zum letzten Mal: Geben Sie den Weg frei!"

Mady warf einen verzweifelten Blick in Dannys Kabine. Seine Haltung war noch immer starr, sein Körper und seine Seele wie eine Saite bis zum Zerreißen gespannt. Viel fehlte nicht, und die Saite würde tatsächlich reißen - wenn es nicht ohnehin bereits zu spät war.

Tränen traten ihr in die Augen. „Sie könnten ihn für immer verlieren, wenn Sie ihn jetzt unter Druck setzen", rief sie erstickt.

Captain Wilding schüttelte den Kopf. „Ich habe nicht vor, ihn unter Druck zu setzen."

„Das können Sie gar nicht verhindern. Sie stehen für die Menschen, denen er helfen wollte und die ihn fast umgebracht haben."

„Fähnrich, es reicht. Verlassen Sie sofort ..."

„Warten Sie, Captain", mischte sich plötzlich Admiral Jennings ein. „Ich glaube, Fähnrich Thompson hat recht."

Captain Wildings Augen wurden groß. „Sir?"

Er beachtete sie nicht, sondern wandte sich an Mady. Sie schauderte, als sein intensiver Blick sie traf und, wie schon einmal, tief in sie einzudringen schien.

„Hat sich Fähnrich Sims nach seinem gesundheitlichen Zustand erkundigt?"

„Nein, Sir."

„Er hat nicht gefragt, ob er körperlich bald wieder dazu in der Lage sein wird zu fliegen?“

„Nein, Sir.“

„Als er nach dem Abklingen des Booster-Effekts wieder zu sich gekommen ist, war das das Erste, was er wissen wollte“, warf Professor Hewitt ein.

„Heute nicht“, erklärte Mady noch einmal steif.

„Heißt das, er will nicht mehr für die Erde fliegen?“, rief Captain Wilding schockiert.

„Es heißt, dass er Zeit braucht, um seine Position nach dem Überfall neu zu überdenken“, sagte der Admiral.

Mady nickte stumm, und Lloyd Jennings legte ihr eine Hand auf die Schulter. „Fähnrich Thompson hat das erkannt. Deshalb wollten Sie Mr. Sims selbst vor uns abschirmen, nicht wahr?“

Wieder nickte Mady; ihr Hals war zu eng, um ein Wort hervorzuquetschen.

„Steht es so schlimm um ihn?“, fragte Captain Wilding viel leiser als gewöhnlich.

„Schlimmer“, sagte Mady tonlos.

Captain Wilding atmete tief durch. „Ich kann nur hoffen, dass Sie zu schwarz sehen, Fähnrich. Warten wir ab, wie sich die Angelegenheit entwickelt. Vielleicht erholt sich Fähnrich Sims schneller, als es im Augenblick den Anschein hat.“

Die Erinnerung an die Angst in Dannys Augen ließ Mady daran zweifeln. Sie senkte den Blick.

„Es liegt an uns, ihm das zu ermöglichen“, erklärte der Admiral bestimmt. „Wir müssen uns ihm gegenüber behutsam verhalten. Sagen Sie nichts zu ihm, was ihn unter Druck setzen könnte. Antworten Sie ihm, wenn er Sie etwas fragt, aber drängen Sie ihm keine Informationen auf, die er nicht haben möchte. Sprechen Sie nicht von dem Überfall, außer er tut es, und tragen Sie ihm keine Schreckensszenarien vor, die die Abwehr eines Schwarms ohne seine Mithilfe beschreiben. Ich möchte nicht, dass er, in welcher Form auch immer, bedrängt wird.“

Captain Wilding öffnete den Mund, um etwas zu sagen, aber Admiral Jennings ließ sie nicht zu Wort kommen.

„Das war ein Befehl.“

„Aye, aye, Sir“, erwiderte Captain Wilding steif. Ungeduld und Furcht zeichneten ihre Miene.

Mady tat es ihr gleich, sowohl erleichtert als auch verblüfft. Admiral Jennings hatte sie verstanden. Obwohl sie nicht damit gerechnet hatte, war sie dennoch froh über seine Schützenhilfe. Sie warf ihm einen dankbaren Blick zu. Er musterte sie eindringlich.

„Ich nehme an, Sie werden auch weiterhin in Fähnrich Sims' Nähe bleiben wollen, Fähnrich Thompson."

„Ja, Sir."

„Gut, tun Sie das, und sorgen Sie dafür, dass er seine Ruhe hat. Sie und Professor Hewitt sollten vorerst die Einzigen sein, mit denen er Kontakt hat. Die Mitglieder Ihrer Crew werden sich gedulden müssen, bis der Fähnrich von sich aus zu erkennen gibt, dass er sich nach Gesellschaft sehnt. Das gilt auch für Sie, Captain Wilding."

Sie nickte sofort, obwohl Mady ihr ansah, dass es ihr nicht gefiel. „Aye, Sir."

Lloyd Jennings nickte zufrieden, dann wurde seine Miene sehr ernst. „Mehr können wir nicht tun. Wir müssen abwarten."

Mady schluckte und wünschte, er hätte mehr Hoffnung anklingen lassen. Aber daran hätte sie ebenso wenig geglaubt wie an ihre eigenen, fruchtlosen Versuche, sich Mut zuzusprechen. Selbst der Gedanke, dass Admiral Jennings ohne jeden Zweifel fest auf Dannys Seite stand, stimmte sie eher traurig als froh. Danny konnte nicht wissen, wie lang die Liste derer, die zu ihm hielten, inzwischen geworden war, und es war gut möglich, dass es ihn auch nicht mehr interessierte.

43. Kapitel

Nachdem Mady gegangen war, versuchte Danny verzweifelt, sich in den Schlaf zu flüchten, aber es gelang ihm nicht. Die Müdigkeit war von ihm abgerückt und sein Verstand klar geworden, viel klarer, als es ihm lieb war. Gedanken und Erinnerungen drängten an die Oberfläche, suchten ihn heim; es gab kein Entkommen. Die Augen hielt er nach wie vor geschlossen. Er wollte nichts sehen. Es interessierte ihn nicht, wo er sich befand oder ob er gut versorgt war. Zweifellos hatten Sherman Hewitt und sein Team alles getan, um ihm zu helfen.

Vielleicht sollte er darüber beruhigt sein, oder auch besorgt ob der Schmerzen, die er noch empfand, aber er fühlte nichts dergleichen. In ihm herrschte eine tiefe, dunkle Leere, die all seine Emotionen verschluckt hatte, und er nährte sie entschlossen. Sie war jetzt seine einzige Zuflucht, sein einziger Schutz.

Dennoch schaffte er es nicht, seine Erinnerungen darin zu versenken; nicht einmal seine sinnlichen Wahrnehmungen fielen in die Finsternis hinab, sondern tanzten durch seinen Geist wie närrische Schmetterlinge über dem Trichter eines Wirbelsturms, marterten und verhöhnten ihn mit ihrer Existenz, ohne dass er es zu verhindern vermochte. Eine schob sich immer wieder in den Vordergrund, so energisch, so unerbittlich, dass er nicht umhin kam, sie irgendwann zu beachten. Weißes Licht strahlte von den Lampen in seinem Krankenzimmer auf ihn herunter, sickerte durch seine Lider und brannte sich in seine Augen. Es war zu grell, viel zu grell. Er versuchte, die Lider noch fester zu schließen, aber der Schimmer drang weiter unbeirrt zu ihm durch, ein grausames Feuer, das seine Augäpfel in ihren Höhlen zu kochen und sich durch seine Netzhäute geradewegs in sein Gehirn zu sengen schien.

Er stöhnte leise, hob dann langsam den rechten Arm. Den linken hielt er angestrengt still, da er, ohne es zu wollen, die Kanüle spürte, die in seiner Vene steckte. Zentimeter für Zentimeter kam sein Arm nach oben, eine langwierige, qualvolle Prozedur, da jede Faser seiner Muskulatur gegen die Bewegung protestierte und ihm zuflüsterte, sich seiner Schwäche zu ergeben, endlich die Sinnlosigkeit seiner Kämpfe und all seines Strebens zu akzeptieren und geschehen zu lassen, was auch immer die Welt an boshaften Nackenschlägen und Fallstricken für ihn bereithalten mochte. Einmal entglitt der Arm seinem Willen, fiel ein Stück herab, aber er fing ihn auf, froh über die Ablenkung, die die mühsame Regung ihm bot.

Am Ende wusste er nicht, wie lange er benötigt hatte, um seinen Arm quer über sein Gesicht zu legen, und es interessierte ihn auch nicht. Sein untrügliches Zeitgefühl wollte ihm die Antwort zuraunen, aber er blockte den Impuls ab. Das war nicht wichtig. Nichts war jetzt noch wichtig.

Endlich starrte er in eine Dunkelheit, die der in seinem Inneren entsprach. Er versuchte, ganz in ihr aufzugehen, doch seine Gedanken stemmten sich zäh gegen den Sog der Leere. Sie ließen sich nicht einfach verscheuchen oder kontrollieren; ein Teil seines Verstandes hatte sich sogar bereits auf seinen Körper gerichtet und begann, mit zwanghafter wissenschaftlicher Akribie dessen Zustand zu analysieren.

Einmal, zweimal versuchte Danny, seine Aufmerksamkeit davon abzuziehen und auf etwas anderes zu lenken, aber es gab nichts anderes, nur Gefühle, die er aus gutem Grund jenseits der Leere gefangen hielt. Besser war es, seinen Verstand gewähren zu lassen, und so fügte er sich schließlich ins Unvermeidliche und schickte seine Sinne auf die Reise, sandte sie auf eine trostlose Expedition in eine Welt, die früher einmal ein vitaler, gut funktionierender Körper gewesen war.

Als Erstes realisierte er, dass die Schmerzen nachgelassen hatten. Sie waren zu einem erträglichen, dumpfen Pochen, das in seinem Kopf, in seinem Bauch und an einigen anderen Stellen rumorte, herabgesunken, und da er das grausame Licht der Deckenlampen nun mit Hilfe seines Arms in Schach hielt, waren auch die glühenden Dolche verschwunden, die noch Sekunden zuvor eine feurige Spur durch seine Synapsen gefräst hatten. Nur in seiner Seite spürte er neben dem diffusen, verschwommenen auch einen scharfen, stechenden Schmerz. Pflaster klebten dort auf seinem Bauch, kitzelten ihn auf der Haut und spannten sich unter jedem Atemzug an. Er erschrak, als er ihre Bedeutung begriff. Der Tritt in die Seite musste ihn so schwer verletzt haben, dass eine Operation nötig geworden war.

Danny biss sich heftig auf die Lippen, als er bemerkte, wohin ihn seine Gedanken getragen hatten. Hastig riss er seine Aufmerksamkeit von der Erinnerung fort und setzte die Bestandsaufnahme seiner körperlichen Unpässlichkeiten fort.

Ihm war leicht schwindelig, nicht sehr, aber doch spürbar. Der Schwindel zeugte von einer abklingenden Gehirnerschütterung, und hätte er versucht aufzustehen, hätte ihm das vermutlich arge Schwierigkeiten bereitet. Im Augenblick stand ihm danach allerdings kaum der Sinn.

Ein Teil seiner Wunden schien sich bereits geschlossen zu haben. Die Haut über seinen Wangenknochen und an seiner linken Augenbraue spannte zwar noch ein wenig, aber sie war zweifellos verheilt. Natürlich war sein gesamter Körper steif und verkrampft, doch das war wohl vor allem eine Folge des langen Liegens in Bewusstlosigkeit.

Für eine Weile lag er völlig still, regungslos im Körper wie im Geist, aber bald fingen seine Gedanken wieder an zu wandern. Mady hatte gesagt, dass er sechs Tage lang bewusstlos gewesen war. Das war eine lange Zeit, allein mit seinen Verletzungen und der Operation nicht zu erklären.

Das Rätsel band seine Aufmerksamkeit vorerst, aber für ihn war es natürlich nicht schwer zu lösen. Nur eine einzige Sache unterschied ihn von anderen Menschen. Er war ein Gambler. Alle Komplikationen, die aufgetreten waren, mussten sich darauf zurückführen lassen. Schon einmal hatte er empfindlich auf ein Narkosemittel reagiert. War das wieder geschehen?

Das Gambler-Hormon musste dafür verantwortlich sein. Während des Überfalls war er geboostet gewesen, und da er vermutlich relativ zügig operiert worden war, musste das Hormon noch in hohen Dosen in seinem Blut vorgelegen haben und hatte ihn wohl durch eine unschöne Wechselwirkung mit dem Narkosemittel so lange in Bewusstlosigkeit gehalten. Nicht, dass er etwas dagegen gehabt hätte. Er wünschte, er könnte auch jetzt wieder in einem schützenden, traumlosen Schlaf versinken. Solange er schlief, konnte man nichts von ihm fordern.

Doch jetzt war er erwacht. Ein heißer Schrecken pulste durch seine Adern, als er daran dachte, dass Captain Wilding bald zu ihm kommen würde, gleichzeitig stieg ein bitterer Geschmack in seiner Kehle auf. Er wollte sie nicht sehen, er wollte *niemanden* sehen. Die Menschen hassten ihn. Sie hassten ihn für das, was er war, und was sie nie sein konnten - ein Gambler.

Die Ketten, mit denen er seine Emotionen umschlungen hatte, rissen plötzlich. Seine Gefühle brachen mit der Wucht eine Flutwelle über ihn herein, rissen ihn mit sich, peitschten wilde, verzweifelte Bilder durch seinen Geist, quälten ihn. Mit einem erstickten Laut krümmte er sich unter ihrem Ansturm zusammen.

Seine Mutter und all die anderen an Bord der *Gambler-Circus* hatten Recht gehabt. Sie hatten von dem Hass gewusst und ihn zu warnen versucht, aber er hatte nicht auf sie hören wollen. Er war so dumm gewesen, so entsetzlich dumm, als er geglaubt hatte, man würde ihn mit offenen Armen aufnehmen, so dumm, als er dachte, mit seinen Leistungen könne er jede Ablehnung überwinden.

Dabei hätte er die abweisenden, misstrauischen Blicke, die ihm überallhin folgten, Thornsburgs Geschrei und seine intriganten Anwandlungen, Vals und Ellies Anfeindungen und die negative Einstellung der Presse sogar noch ertragen können. Er hatte das alles von Anfang an wahrgenommen und es akzeptiert. Er hatte es akzeptiert, um seinem Ziel zu folgen. Aber Gary und John waren zu weit gegangen. Sie hatten versucht, ihn umzubringen! Er wäre *gestorben*, wenn es ihm nicht gelungen wäre, Mady auf sich aufmerksam zu machen, ermordet von den Menschen, denen er zu helfen versucht hatte.

Eine eisige Kälte kroch in sein Herz und brachte die Erinnerung an die grauenhafte Angst mit sich, die in den Augen seiner Mutter gestanden hatte, als er ihr mitgeteilt hatte, wohin er gehen wollte. Jetzt endlich begriff er. Sie hatte gewusst, was ihm widerfahren würde, weil sie es selbst erlebt hatte. Menschen mussten auch sie angegriffen und ihr nach dem Leben getrachtet haben. Und er hatte für diese Leute kämpfen wollen, hatte sogar sein Leben für sie geben wollen!

Ein Schwarm der Hewitts tauchte vor seinem inneren Auge auf. Ihm wurde schlecht.

„Nein", würgte er hervor.

Er konnte nicht mehr für die Erde fliegen, nicht nach dem, was sie ihm angetan hatten.

Die Kälte in seinem Herzen wurde schlimmer. Es half ihm nicht, das zu wissen, denn er konnte nicht zurück in sein altes Leben. Wie könnte er je wieder die *Gambler-Circus* betreten? Er hatte dort keine Freunde gehabt, bevor er gegangen war, und jetzt durfte er erst recht nicht mehr erwarten, jemals welche in den Reihen seiner Leute zu finden. Sie würden ihn kopfschüttelnd ansehen, und in ihren Blicken würde er erkennen, was sie von ihm dachten. Dass er ein Idiot gewesen war, dass er sein gesamtes Leben lang einem Hirngespinst gefolgt war, einem Traum, den er niemals hätte haben dürfen.

Hatten sie es ihm nicht gezeigt? Hatten sie ihm durch ihre Ablehnung nicht klarmachen wollen, dass er in die falsche Richtung ging? Er hätte auf sie hören sollen, doch statt dessen hatte er sich benommen wie ein trotziges kleines Kind, hatte Merwyn Gaze mit einer Selbstgerechtigkeit und Arroganz die Stirn geboten, wie es nur jemand vermochte, der sich selbst für unfehlbar hielt, hatte sich dreist über all seine Regeln und Vorschriften hinweggesetzt und mit stolz erhobenem Haupt der *Gambler-Circus* den Rücken gekehrt. Falls sie ihn wieder aufnahmen, wäre das ein Gnadenbrot, ein Almosen, das er nicht verdient hatte. Womit auch? Er hatte sie verraten.

Aber selbst wenn er die mitleidigen Blicke der anderen und die ständige Erinnerung an das Scheitern seiner Träume auf sich genommen hätte, durfte er nicht zurückkehren. Falls er es tat, würde seine Mutter erfahren, was mit ihm geschehen war, und er war sich nicht sicher, ob sie das ertragen konnte. Sie war so zerbrechlich, so voller Angst.

Zorn flammte plötzlich in ihm auf. Ihre Schwäche war etwas, das sie den Menschen zu verdanken hatte. Was auch immer man ihr angetan hatte, sie litt noch immer darunter, genau wie sein Vater. Deshalb hatten sie nie mit ihm darüber gesprochen, deshalb hatten sie ihn von den normalen Menschen fernzuhalten versucht. Er hatte das viel zu spät erkannt.

Eine tiefe Verzweiflung legte sich über ihn, fraß seine Wut und jedes andere Gefühl und ließ ihn leer und ausgebrannt zurück. In seinem blinden Eifer, für sich selbst eine sinnvolle Aufgabe zu finden, hatte er die einzige Heimat aufgegeben, die er je gehabt hatte und je haben konnte. In seiner Naivität hatte er geglaubt, eine neue jederzeit finden zu können, doch er hatte sich geirrt. Die Menschen wollten ihn nicht, das wusste er jetzt. Sie hatten ihn nie gewollt, bestenfalls hatten sie ihn und seine überlegenen Fähigkeiten benutzen wollen. Das war in Ordnung gewesen, solange sich ihre Ziele mit den seinen deckten, doch damit war es jetzt vorbei. Er wollte, er konnte nicht mehr.

Und da er nicht zur *Gambler-Circus* zurückkehren konnte, gab es auf einmal überhaupt keinen Platz mehr für ihn. Als er zur Erde ging, hatte er alles gewagt - und alles verloren.

44. Kapitel

Die Erschöpfung überwältigte Danny, während er tief in seiner Verzweiflung und seinem Schmerz versunken war, und so nahm er beides in seine Träume mit. Er fand sich auf einem langen, einsamen Korridor wieder, der keinen Anfang und kein Ende zu besitzen schien. Angst saß ihm im Nacken. Er spürte, dass jemand hinter ihm war, doch wenn er sich umschaute, war niemand zu sehen. Lediglich dunkle Schatten tanzten über den glatten Boden des Ganges.

Zutiefst beunruhigt ging er weiter. Er wusste, wer er war und wo er sich befand, und er wusste auch, dass er hier nicht mehr erwünscht war. Die Andeutung eines höhnischen Lachens hallte aus einer unbestimmbaren Richtung zu ihm herüber. Er fuhr mit klopfendem Herzen herum - und war noch immer allein. Aber er konnte die anderen spüren. Sie kamen näher, und sie waren ihm nicht freundlich gesonnen. Sie waren die Jäger, er die Beute.

Seine Füße rannten, ohne dass er den Befehl dazu gegeben hätte, trotzdem kam er nicht recht von der Stelle. Die Luft war zäh und stemmte sich ihm entgegen, und der Boden zerrte an seinen Fußsohlen wie klebriger Morast. Jeder Schritt war mühsam, und doch war kein Laut zu hören, wenn sich seine Sohlen widerwillig vom Boden lösten. Absolute Stille umgab ihn, allein durchbrochen von den harten Pulsschlägen seines Herzens. Sie war beängstigend, unnatürlich, als schwebe er im All, wo keine Luft die Geräusche tragen konnte. Und auch die Wände, die Schotten und Türen waren weit von ihm entfernt, so wie die glitzernden Sterne im kalten Schwarz des Weltraums, die er zwar sehen, aber niemals berühren konnte. Er versuchte es erst gar nicht, sondern lenkte seine gesamte Kraft darauf, sein unbekanntes Ziel zu erreichen. Er wusste nicht, was es war, wo es lag, er wusste nur, es war nicht hier. Er musste die Station verlassen, um zu ihm zu gelangen.

„Du willst schon gehen?", höhnte plötzlich eine Stimme dicht neben ihm. Danny erschrak heftig, fuhr herum - und fand sich Auge in Auge mit Gary Kaley wieder. Er schreckte vor ihm zurück, stolperte beinahe. Verzweifelt ruderte er mit den Armen, um sein Gleichgewicht zu wahren, aber kaum hatte er es wiedererlangt, versetzte ihm jemand einen harten Stoß.

„Wir sind noch nicht fertig mit dir", knurrte ein zweiter Mann - John Raff.

Danny fiel. Schmerzen peitschten durch seinen malträtierten Körper, als er hart auf dem Boden aufschlug. Er schrie auf. John und Gary sahen mitleidlos auf ihn herab. Ihre Augen waren kalt, verrieten dennoch ein klares Ziel - sie wollten seinen Tod!

Mit weit aufgerissenen Augen starrte er zu den beiden hoch, unfähig, sich zu rühren, sah zu, wie sie langsam zwei lange Schlagstöcke hervorzogen und sie in gleichmäßigem Takt in ihre leeren Handflächen klatschen ließen. Die dumpfen Laute breiteten sich in Wellen in der viskosen Luft aus und trafen Danny wie elektrische Schläge. Verzweifelt versuchte er, sich aufzurichten, seine Flucht fortzusetzen, aber die Blicke seiner beiden Gegner banden ihn wie mit schweren Fesseln.

„Missgeburt", zischte Gary.

„Feigling", knurrte John.

„Du verdienst es nicht anders", schrien dann beide, hoben ihre Stöcke.

Danny krümmte sich entsetzt zusammen, spürte schon den Schmerz, den sie ihm gleich zufügen würden. Sie trafen ihn am Kopf, an der Seite. Sengende Qual explodierte in seinem Leib, während er wie eine Puppe durch den Gang geschleudert wurde. Halb ohnmächtig vor Angst und Schmerz zog er beide Arme vors Gesicht, schrie, schrie um Hilfe, eine reine Reflexreaktion, in dem kein Glauben an eine Antwort mitschwang.

Doch sein Ruf wurde gehört. „Lasst ihn sofort in Ruhe!", brüllte jemand aus Leibeskräften.

Die nächsten Schläge blieben aus. Danny ließ zögernd die Arme sinken, blickte zu seinen Peinigern auf, sah, dass sie ihre Aufmerksamkeit von ihm abgewandt hatten. Er blickte in die gleiche Richtung, erkannte Mady. Mit zornesgeröteten Wangen kam sie auf ihn und die anderen zu.

„Mady", keuchte er erstickt.

Sie eilte zu ihm, kniete sich neben ihn. Dann nahm sie ihn in den Arm und sah gleichzeitig wütend zu den beiden anderen auf. „Dazu habt ihr kein Recht. Verschwindet!"

Gary und John schauten sich gegenseitig an. Für einen kurzen Moment glaubte Danny, sie könnten nachgeben, doch dann entdeckte er das spöttische Glitzern in ihren Augen. Angst krallte sich in sein Herz.

„Mady, du musst ..."

Sie legte ihm ihre Finger auf die Lippen, bevor er seine Warnung aussprechen konnte. Er spürte, wie sie zitterte, vor Zorn, vielleicht auch vor Angst, als sie ihn noch fester als zuvor hielt. Ihr Blick fand den seinen.

„Ich gehe nicht weg. Ich werde nicht zulassen, dass sie dir wieder etwas antun!"

Gary lachte abgehackt. Die harten Laute fuhren Danny durch Mark und Bein.

„Überlege dir genau, was du tust", zischte John und starrte Mady drohend an. „Willst du dich uns in den Weg stellen?"

Danny spürte, wie Mady sich versteifte. „Ja, das will ich."

„*Gambler-Freundin*", spie Gary aus.

„Wenn du ihn schützt, bist du nicht besser als er", sagte John kalt.

Danny zuckte zusammen, sah Mady an. „Bitte, Mady, geh! Lass mich allein."

Sie schüttelte heftig den Kopf. „Nein."

„Du solltest besser auf ihn hören", warnte John.

„Niemals", erwiderte Mady stur.

Wieder wechselten Gary und John einen Blick. Danny lief es eiskalt den Rücken herunter. Er versuchte, sich von Mady freizumachen, sie aus der Gefahrenzone zu stoßen, aber er war viel zu langsam.

„Dann musst du auch die Konsequenzen tragen." John holte aus und drosch ihr den Schlagstock mit brutaler Wucht gegen die Schläfe. Warmes Blut spritzte auf, traf Danny im Gesicht. Mady wurde von ihm weggerissen und krachte hart auf den Gang.

„Mady!", schrie er entsetzt.

Sie regte sich nicht. John setzte ihr nach, den Stock schon wieder erhoben.

„Nein", kreischte Danny mit schriller, panikerfüllter Stimme, kämpfte sich auf die Beine, wollte zu ihr, aber Gary war noch bei ihm. Er stieß ihn zu Boden, warf sich mit seinem gesamten Gewicht auf ihn und hielt ihn fest. Hilflos musste er zusehen, wie John erneut auf Mady einschlug, sie traf, und traf und ...

... und dann erwachte er von seinen eigenen Schreien. Er saß halb aufrecht im Bett, stemmte sich gegen zwei Hände an, die ihn ins Kissen drücken wollten, kämpfte, schrie, war außer sich. Stechende Schmerzen tobten durch seinen Körper, doch er hörte nicht auf, sich mit aller Vehemenz, zu der er fähig war, zur Wehr zu setzen. Er schlug um sich, wurde die Hände jedoch nicht los.

„Danny, Danny, um Gottes willen, komm zu dir!", schrie ihn jemand an. Mady, es war Mady!

Danny erstarrte, sein Blick klärte sich, klärte sich immerhin für eine Sekunde, sodass er erkennen konnte, wo er sich befand - im Krankenzimmer. Und Mady war bei ihm. Sie hielt ihn fest. Sie war unversehrt!

Seine Gegenwehr erstarb. Er fiel kraftlos in sein Bett zurück, keuchte, zitterte am ganzen Leib. Er hatte die Augen weit aufgerissen, wagte nicht, sie zu schließen. Wenn er es tat, kehrte der Albtraum zurück. Er wusste, er war noch da, lauerte dicht am Rand seiner Aufmerksamkeit.

„Danny", rief Mady erneut, umklammerte noch immer seine Schultern, ließ jetzt den Kopf nach vorn sinken, bis ihre Stirn seine Brust berührte. Er spürte, dass sie weinte, wegen ihm, um ihn.

Jede Faser seines Herzens schrie ihm zu, ihre Nähe zu akzeptieren, in ihr Trost und Schutz zu suchen, aber er konnte es nicht. Sein Albtraum schuf eine unüberwindbare Barriere zwischen ihnen. Es war nicht nur ein Traum gewesen, es war eine mögliche Wahrheit. So könnte es geschehen.

Die Menschen hassten ihn, und nicht nur Gary und John hatten versucht, ihn zu töten. Der Saboteur hatte es ebenfalls in Kauf genommen, und andere würden ihnen folgen. Nicht auszudenken, was passieren konnte, wenn er Madys Nähe zuließ. Er brachte sie in Gefahr.

Der Albtraum kehrte wie ein Bumerang zu ihm zurück. Er erlebte ihn noch einmal, obwohl seine Augen weit offen standen. Die Schreckensbilder überlagerten jede andere Wahrnehmung, er schrie wieder, hörte erst auf, als Mady ihn schüttelte. Ihre Stimme löste den Bann.

„Danny, es ist nur ein Traum, nur ein Traum! Rede mit mir! Sprich mit mir, dann wird er vergehen!"

Die Bilder schwanden, aber trotzdem hatte Mady unrecht. Danny zuckte unter einem heftigen Schauder zusammen. Mit Mady zu reden, löste sein Problem nicht, im Gegenteil, es machte seine Angst um sie nur noch größer. Wie lange war sie schon hier? Wie lange saß sie an seiner Seite? Die gesamten sechs Tage seines Komas? Und jetzt? Wollte sie auch jetzt bei ihm bleiben?

Das durfte sie nicht, nicht, wenn sie nicht als *Gambler-Freundin* gelten sollte, eine Bezeichnung, die ebenso wenig schmeichelhaft sein würde wie die Beschimpfung als Missgeburt.

„Geh", presste er erstickt hervor.

Madys Finger bohrten sich in seine Schultern. „Das werde ich nicht."

„Geh!"

„Nein!"

Es war wie in seinem Traum. Sie würde nicht gehen. Sie würde nicht von seiner Seite weichen. Aber das musste sie!

„Danny, bitte erzähle mir, was du geträumt hast."

Er sah sie kurz an, ein Blick, der für einen Moment von jedem Schleier befreit war, und er erkannte, was er tun musste. Er presste die Augenlider zusammen und biss die Zähne aufeinander. Er würde nichts zu ihr sagen, nicht antworten, keine Reaktion zeigen, nicht jetzt und nicht später. Vielleicht ging sie dann. Vielleicht verlor er dann auch seine Bedrohung für die Menschen, die ihn hassten, wenn er einfach nur dalag, ein zu Stein erstarrter Wasserspeier, der von den ersten Strahlen der Sonne zur Bewegungslosigkeit verdammt worden war.

Da er die Station nicht verlassen und nicht zur *Gambler-Circus* zurückkehren konnte, musste er zumindest den Eindruck erwecken, als sei er nicht mehr da. Es war ein verzweifeltes, vielleicht sinnloses Unterfangen, aber er musste es wenigstens versuchen. Das war das Einzige, das er jetzt noch tun konnte.

45. Kapitel

Mit schweren Schritten und gesenktem Kopf folgte Mady einem der langen Korridore der Militärklinik. Sie war allein, nur ab und an kam ihr ein Patient oder ein Arzt entgegen, denn es war bereits spät. Sie sprach niemanden an, hob nicht einmal den Blick, um die anderen anzusehen. Ihre Gedanken eilten ihr voraus, eilten zu Danny. Sie flogen auf den Flügeln der Angst.

Nach einer Weile kam sie an die Abzweigung, die zur Intensivstation der Klinik führte, doch sie ging daran vorbei, ohne sie zu beachten. Danny war, da inzwischen sicher war, dass er nicht wieder in einen komatösen Zustand abgleiten würde, von Professor Hewitt in ein anderes Zimmer verlegt worden, in eine Umgebung, in der er sich besser erholen konnte als im sterilen Ambiente der Intensivstation - zumindest theoretisch. Praktisch gesehen machte es keinen Unterschied, wo er sich befand.

Mady schniefte leise und spürte, wie ihre Schritte langsamer wurden. Drei Tage waren vergangen, seit Danny aus dem Koma erwacht war, drei lange Tage, in denen sich nichts verändert hatte. Natürlich hegte sie die Hoffnung, dass es nach den drei Stunden, die sie von seiner Seite gewichen war, um zu Abend zu essen, zu duschen, sich umzuziehen und eine Stunde zu schlafen, anders um ihn stand, aber ihre Verzweiflung wuchs, und je mehr Zeit verstrich, desto schwerer wurde es für sie, den Glauben daran aufrechtzuerhalten.

Als sie schließlich in den Korridor einbog, in dem sich auch die Tür zu Dannys Zimmer befand, sah sie schon von Weitem die beiden Wachen, die zu seinem Schutz auf dem Gang patrouillierten. Es waren insgesamt acht Männer und Frauen, die Captain Wilding mit dieser Aufgabe betraut hatte. Sie wechselten sich in vier Schichten ab, und da Mady die meiste Zeit des Tages in der Klinik verbrachte, kannte sie mittlerweile alle Gesichter der Posten. Sie hatte sie mit misstrauischer Wachsamkeit studiert, in der verzweifelten, irrationalen Hoffnung, allein durch einen Blick ergründen zu können, ob die Soldaten loyal genug waren, um Danny tatsächlich zu schützen, falls es nötig werden sollte. Natürlich hatte sie es so nicht erfahren können. Sie musste darauf vertrauen, dass der Captain eine gute Wahl getroffen hatte. Leicht fiel ihr das nicht, und so hielt sie, wann immer es möglich war, selbst bei Danny Wache.

Das Gewicht einer zentnerschweren Last senkte sich auf ihre Schultern herab. Sie wünschte inständig, damit wären alle Probleme gelöst, aber das waren sie nicht, nicht einmal im Ansatz. Sie konnte gar nichts tun, nur warten.

Die beiden Männer, die derzeit vor Dannys Tür standen, nickten ihr freundlich zu, als sie sich ihnen näherte. Mady antwortete mit einem ängstlichen Blick.

„Es ist nichts Ungewöhnliches geschehen", erwiderte eine der Wachen verständnisvoll.

Was soviel bedeutete, dass niemand versucht hatte, Danny umzubringen.

Mady atmete einmal tief durch. Eigentlich sollte sie erleichtert sein, doch jetzt, da sie direkt vor Dannys Tür stand, wuchs ihre Nervosität sprunghaft an. Hoffnung rang mit ihrer Angst. Keine der beiden Seiten gewann, aber sie fühlte, dass die Furcht immer stärker wurde.

Hastig gab sie sich einen Ruck und trat auf das Schott zu. Den Signalgeber betätigte sie nicht. Danny hatte bislang noch nie auf den Ruf reagiert, und falls er schlief, würde sie ihn wecken, und das wollte sie nicht, obwohl es manchmal vielleicht sogar das Beste für ihn wäre.

Ein Schauder stellte ihr die Haare auf den Armen auf, ließ sie beinahe innehalten, doch sie zwang sich voran. Das Schott glitt vor ihr zurück. Ihr Blick huschte hindurch, suchte Danny, fand ihn. Er lag regungslos in seinem Bett, die Augen geschlossen.

Der Knoten in ihrem Magen gewann eine weitere Schlinge hinzu. Mady schüttelte sich, ging weiter, bis sich das Schott hinter ihr schloss.

„Ich bin es", sagte sie zaghaft, damit er sie erkannte und nicht erschrak.

Danny reagierte nicht, gab mit nichts zu erkennen, ob er sie gehört hatte; sie hatte jedoch lange genug an seiner Seite gesessen, um sehen zu können, dass er nicht schlief.

Mady ging auf sein Bett zu, ließ aber ihren Blick wie gewöhnlich erst einmal aufmerksam durch den Raum schweifen. Das Zimmer war im Grunde für zwei Personen gedacht, aber man hatte das andere Bett entfernt, damit Danny ungestört blieb. Die warme, beige Farbe der Wände glomm im Licht der leicht gelblich getönten Deckenlampe in einem goldenen Schimmer, der sich beruhigend über den gesamten Raum legte. Neben dem Bett standen ein Tisch und drei Stühle. Über einem hing ein Morgenmantel für den Fall bereit, dass Danny aufstehen wollte. Bislang war er unberührt.

Dem Bett gegenüber hingen mehrere Bilder an den Wänden, holografische Aufnahmen wunderschöner Landschaften der Erde und der Kolonien. Eine Aufnahme der berühmten Kaskadenwasserfälle des Planeten *Cascade* im Licht der drei Monde zog ihren Blick immer wieder magisch an. Sie wünschte, ein wenig von dem Frieden, der auf dem Bild eingefangen worden war, könnte auch in diesen Raum Einzug halten.

Zwischen den Bildern nahm ein großer, flacher Monitor einen guten Teil der Wand ein. Auf ihm konnten diverse Programme der Erdorbitalstation, der Erde und der Kolonien empfangen werden. Im Augenblick war er dunkel, aber sie hatte es sich zur Gewohnheit gemacht, ihn jeden Tag für eine Weile anzuschalten, auch wenn Danny nicht hinsah. Natürlich informierte sie sich zuvor stets genau, was auf den Programmen lief. Es wäre ihr nicht damit gedient, wenn sie Danny eine Sendung vorführte, in der die Gambler wieder einmal miesgemacht wurden. Das geschah zwar kaum noch, aber sie wollte kein Risiko eingehen.

Heute Abend jedoch war das Hintergrundgesäusel seichter Unterhaltungssendungen, die mit ihrer bunten, sterilen Heile-Welt-Fassade einen auf grausame Weise schmerzlichen Kontrast zu der lastenden, deprimierenden Atmosphäre im Inneren von Dannys Krankenzimmer schufen, mehr, als sie ertragen konnte. Sie schaltete sogar die leise Musik aus, die sie angestellt hatte, als sie Danny vor drei Stunden verlassen hatte. Ihr Hals wurde eng, als sie daran dachte, wo sie die sanften Melodien das erste Mal gehört hatte. Es war im Speisesaal der Erdorbitalstation gewesen, bei ihrem ersten Essen nach ihrer Ankunft auf der Station. Sie hatte sie sofort als äußerst wohltuend empfunden, und sie hatte so sehr gehofft, es könnte Danny gut tun, nicht die ganze Zeit in dieser dumpfen, grabesähnlichen Stille zu verharren, aber allmählich musste sie sich eingestehen, dass das naives Wunschdenken war. Mit der Realität hatte es nichts zu tun.

Mutlos ließ sie sich auf den Stuhl neben Dannys Bett sinken, seufzte schwer, rückte sich zurecht und sah in Dannys starres Gesicht. Wie von selbst kamen ihr Captain Wildings Worte in den Sinn. Sie hatte eben mit ihr gesprochen, nachdem sie sich in Sektion 45U-H zufällig begegnet waren. Sie und der Admiral hatten beschlossen, der Presse vorab eine Erklärung zu liefern, warum Danny beim nächsten Angriff der Hewitts nicht zur Verfügung stand. Das war unbedingt notwendig, denn wenn der nächste Angriff nicht abgeschlagen werden konnte, weil Danny nicht flog, würden die Medien in ihm den Schuldigen dafür suchen. Admiral Jennings hatte heute auf einer Konferenz erklärt, dass Danny erkrankt sei. Von dem Überfall hatte natürlich niemand etwas erfahren, und dabei sollte es auch bleiben.

Auch seinen Eltern war eine gleichlautende Nachricht übermittelt worden, zusammen mit dem Hinweis, dass sich Danny bereits wieder auf dem Weg der Besserung befand und kein Grund zur Sorge bestand.

Mady ließ den Kopf sinken und schlug die Hände vors Gesicht. Danny war zwar erwacht, aber er befand sich *nicht* auf dem Weg der Besserung und es *bestand* Grund zur Sorge. Er hatte noch immer nicht auf ihre Anwesenheit reagiert, weder die Augen geöffnet noch etwas gesagt. All ihre Bemühungen, zu ihm durchzudringen, waren in den vergangenen Tagen erfolglos geblieben. Er war in vollkommener Apathie gefangen, kapselte sich völlig ab und aß nicht einmal. Er musste über Infusionen ernährt werden. Sherman Hewitt kam einmal am Tag zu ihm und versuchte, ihn dazu zu überreden, sich aufzurichten, vielleicht sogar aufzustehen, damit seine Genesung voranschreiten konnte, doch genauso gut hätte er auch mit einem Stein reden können.

Aber noch erschreckender waren die Phasen, in denen Danny nicht still blieb, die Zeit seiner Träume. Kalter Schweiß trat ihr auf die Stirn, wenn sie nur daran dachte. Ein schrecklicher Albtraum suchte Danny immer wieder heim, quälte ihn bis aufs Blut. Bereits am ersten Tag nach seinem Erwachen war er mehrfach schreiend aus dem Schlaf hochgefahren, hatte wild um sich geschlagen und sich die Kanüle für die Infusionen aus den Venen gerissen.

Allein seiner Schwäche war es zu verdanken, dass sie ihn hatte festhalten und verhindern können, dass er sich noch schlimmer verletzte. Sherman Hewitt hatte daraufhin eine andere Kanüle angebracht, eine, die sich sofort vom zuführenden Schlauch löste, falls ein heftiger Ruck erfolgte. Mehr konnte er nicht tun. An einen Einsatz von Beruhigungsmitteln war, da Danny stets geboostet war, wenn panischer Schrecken seinen Schlaf beendete, nicht zu denken, und so lag es an ihr, ihn aus seiner Albtraumwelt zu reißen.

Heute Morgen hatte sie fast eine halbe Stunde auf ihn einreden müssen, bis seine hektische Atmung langsamer wurde und sich seine verkrampfte Haltung löste. Die Zeit, die sie dazu benötigte, wurde immer länger, die Abstände zwischen seinen Albträumen kürzer. Sie wusste, dass sie ihn längst auch dann verfolgten, wenn er wach war. Es fehlte nicht viel, und er würde sich gänzlich in ihnen verlieren.

Verzweifelt spähte sie zwischen ihren Fingern hindurch auf sein blasses, angespanntes Gesicht. Sie wollte ihm so gern helfen, aber sie konnte es nicht. Sie war sich nicht einmal sicher, ob es gut war, dass sie an seiner Seite blieb, denn genau das war es, was er fürchtete. Sie wusste, worum es in seinen Albträumen ging, denn wenn er schlief, sprach er und schrie. Oft war es ihr Name, er rief sie zu Hilfe, doch dann überschlug sich seine Stimme vor Angst, Angst um sie.

Deshalb hatte er sie aufgefordert zu gehen. Nach dem Angriff auf sein Leben musste er befürchten, dass es das nächste Mal auch sie treffen könnte, weil sie ihm so nahe war. Er wollte sie und sich selbst schützen, indem er seine Genesung boykottierte und keine der Fähigkeiten, die ihn als Gambler auszeichneten, nutzte. Allein deshalb hielt er so eisern an seinem Schweigen fest. Die Beharrlichkeit, mit der sie an seiner Seite blieb, musste ihn darin noch bestärken. Sicher hoffte er, sie so früher oder später vertreiben zu können. Er musste denken, dass sie erst dann außer Gefahr war.

Tränen traten ihr in die Augen. Eigentlich hätte es sie freuen sollen, dass er sich so um sie sorgte, hieß es doch, dass er ihre Gefühle erwiderte, aber so wie die Dinge lagen, trennte es sie voneinander, anstatt sie näher zu bringen. Sie wagte nicht einmal, ihm zu sagen, dass sie ihn liebte. Das hätte ihn nur noch tiefer in seine Katatonie hineingetrieben. Und so blieb ihr nichts anderes, als ebenfalls zu schweigen.

In der Stille verrannen die Minuten wie zähe Tropfen, ein endloser, träger Fluss ohne Anfang und Ende. Nur ein einziges Mal wurde er durchbrochen, als Sherman Hewitt hereinkam, Dannys Zustand überprüfte und ihr einen fragenden Blick zuwarf. Sie schüttelte stumm den Kopf, die gleiche Antwort, die sie auch in den vergangenen drei Tagen gegeben hatte. Sherman Hewitt nahm es ebenso schweigend zur Kenntnis. Seine Miene verriet, dass er nichts anderes erwartet hatte.

Der Professor blieb nicht lange. Als er ging, sah Mady ihm nach, jede Faser ihres Körpers bis zum Zerreißen gespannt. Fast wäre sie aufgesprungen und ihm hinterhergelaufen, um mit ihm zu reden, um mit *irgendjemandem* zu reden, doch sie unterdrückte den Impuls gewaltsam. Sie konnte, sie *durfte* Danny nicht allein lassen.

Die Zeit verging, und die Nacht brach herein. Sie wurde müde, doch sie ließ nicht zu, dass der Schlaf nach ihr griff. Stattdessen lauschte sie angestrengt auf Dannys Atem. Als seine Atemzüge länger und tiefer wurden, hielt sie unwillkürlich die Luft an und krallte ihre Hände um die Lehnen ihres Stuhls. Sie starrte ihn an, wagte kaum noch zu blinzeln, sondern erwartete voller Angst den ersten Ausdruck des Schreckens in seiner Miene. Ein paar Minuten schlief er friedlich, doch dann veränderte sich plötzlich alles. Seine Augäpfel begannen unter seinen Lidern heftig zu rollen, seine Hände zuckten, schlossen sich krampfhaft um das Laken, nur um es gleich wieder loszulassen, sein Körper krümmte sich zusammen, bebte.

Als sich sein Mund zum ersten Schrei öffnete, sprang Mady vom Stuhl, packte Danny grob an beiden Schultern und schüttelte ihn.

„Wach auf, wach auf", schrie sie ihn an.

Er fuhr zusammen, stöhnte, dann riss er die Augen auf. Er blickte sie an, zum ersten Mal seit Tagen. Mady prallte zurück, als sie den Schrecken, dem sie ihn zu entreißen versucht hatte, in seinen Augen sah, sah, dass der Albtraum weiterging, obwohl sie ihn geweckt hatte, ja sogar noch schlimmer wurde, als er sie erblickte. Sie schluchzte erstickt auf, warf sich auf dem Absatz herum und floh aus dem Zimmer. Auf dem Korridor stürmte sie an den Wachen vorbei, ohne sich um die verblüfften und erschrockenen Rufe der Soldaten zu kümmern, rannte, bis ihr die Luft knapp wurde und ihre Seiten schmerzten, dann sackte sie schwer gegen eine Wand, sank zu Boden und schlang sich die Arme um den Leib. Heiße Tränen liefen ihr über die Wangen, und ihre Schultern zuckten, als ein heftiger Weinkrampf sie schüttelte.

Es war ihr Glück, dass es so spät war, denn so blieb sie mit ihrem Kummer allein. Es dauerte sehr lange, bis sie sich wieder beruhigte, und noch länger, bis sie den Antrieb dazu fand, aufzustehen und zu Danny zurückzukehren. Als sie durch die verlassenen, in nächtlicher Stille liegenden Korridore schlich, waren ihre Schritte so schleppend wie nie zuvor. Verzweiflung hielt ihr Herz fest umklammert, zerrte an ihren Nerven, fraß ihre ohnehin schon gering gewordene Hoffnung und nagte selbst an ihrer Zuneigung und Liebe. Wenn nicht bald etwas geschah, würde sie die Kraft, zu Danny zu gehen und ihm beizustehen, verlieren.

46. Kapitel

Drei weitere Tage vergingen. Danny verbrachte sie in eisernem Schweigen, und allein Madys Nähe bewahrte ihn davor, sich gänzlich in seinem quälenden Albtraum zu verlieren, obwohl sie sowohl Inhalt als auch Auslöser dafür war. Doch solange sie da war, solange sie an seiner Seite saß, wusste er wenigstens, dass es ihr gut ging. Wann immer sie den Raum verließ, stand er eine Angst nach der anderen aus, hoffte, flehte, dass sie bald zu ihm zurückkam. Längst sah er ihr nach, wenn sie ging, und manchmal wünschte er, sie würde sich umdrehen und ihn dabei ertappen. Dann würde sie vielleicht zu ihm kommen, mit ihm reden und nicht lockerlassen, bis er mit ihr sprach.

Aber das geschah nicht, und in den vergangenen drei Tagen war die Zeit, die sie in seinem Zimmer verbrachte, stetig kürzer geworden. Er brauchte nicht einmal auf sein untrügliches Zeitgefühl zurückzugreifen, um das zu erkennen, er wusste es auch so, da jede Minute ihrer Abwesenheit eine schmerzliche Lücke in ihm hinterließ. Und er fürchtete den Tag, an dem sie gar nicht mehr zu ihm kam.

Auch im Augenblick war er allein, schon seit mehreren Stunden. Er lag ihm Bett, die Augen offen, und spannte die Muskeln in Armen und Beinen an. Aufzustehen wagte er nicht, da Mady oder Sherman Hewitt jederzeit hereinkommen konnten, und der Signalgeber würde ihn nicht warnen, da sie ihn aufgrund seiner Apathie nicht benutzten. Aber das starre Liegen fiel ihm schwer, und es fiel ihm auch schwer, sein Schweigen aufrechtzuerhalten. Natürlich hatte er Mady dadurch fernhalten wollen, doch jetzt, wo er sein Ziel fast erreicht zu haben schien, wünschte er, er könnte es ungeschehen machen. Wenn sie das nächste Mal zu ihm kam, würde er vielleicht mit ihr reden. Wenn er es tat, blieb sie sicher bei ihm.

Doch wann immer er das dachte, wuchs seine Furcht um sie erneut. Er durfte sie nicht in Gefahr bringen, und genau das würde geschehen, wenn er sich ihr öffnete. Solange es Menschen gab, die die Gambler hassten, würde sich daran nichts ändern.

Deshalb musste er weiter schweigen und zulassen, dass sie sich von ihm abwandte. Ihm blieb nur, ihre Angst zu mildern.

Ein kalter Schauer rann ihm den Rücken hinab, als er an die Nacht vor drei Tagen zurückdachte. Mady war bei ihm gewesen, als er einzuschlafen begann und der Albtraum nach ihm griff. Sie hatte ihn aus dem Schlaf gerissen, die Augen voller Furcht und Schmerz. Und dann war sie aus dem Zimmer gelaufen.

In dieser Nacht hatte er fast nicht mehr daran geglaubt, dass sie zu ihm zurückkehrte, und so schlimm der Albtraum auch war, angesichts dieser Möglichkeit verblasste er zu einem lächerlichen Nichts. Seitdem kämpfte er gegen den Schrecken seines Schlafs an, ließ nicht mehr zu, dass er ihn derart überwältigte, allein um ihretwillen. Es gelang ihm sogar leidlich, und je besser er die Träume unter seine Gewalt brachte, desto mehr zweifelte er an seiner Entscheidung, Mady von sich zu stoßen, auch wenn die Sorge um sie blieb.

Aber es gab etwas, das ihn trotzdem zum Schweigen verurteilte. Der nächste Schwarm konnte zu jeder Stunde auftauchen. Zwar hatte Mady ihm erzählt, dass sie und die anderen Mädchen nicht fliegen würden, solange er krank war, doch wenn er seine Starre aufgab und Captain Wilding erfuhr, wie er sich entschieden hatte, würde sie seiner Crew einen neuen Piloten zuteilen.

Ein bitterer Geschmack stieg in seine Kehle. Daran hatte sich nichts geändert, trotz der Gefühle, die er für Mady hegte. Er wollte nicht mehr fliegen. Jede Faser seines Körpers lehnte sich allein bei dem Gedanken daran auf, und im Augenblick wäre er ohnehin nicht in der Verfassung dazu gewesen, selbst wenn er es gewollt hätte. Indem er schwieg und nichts zu seiner Gesundung beitrug, verlängerte er die Galgenfrist, die Mady und den anderen blieb. Vielleicht konnte er im Krankenrevier bleiben, bis die Hewitts irgendwann einmal nicht mehr wiederkehrten. Im Grunde war der nächste Schwarm seit zwei Tagen überfällig; vielleicht war das bereits der erste Hinweis darauf, dass die Bedrohung abnahm. Möglicherweise kamen sie überhaupt nicht mehr wieder.

Daran glaubte er jedoch selbst nicht. Die Hewitts würden zurückkommen, und irgendwann würde Captain Wilding Mady und die anderen wieder in den Kampf schicken. Auf Dauer konnte sie nicht auf so gute Kanoniere verzichten. Damit gerieten die vier Mädchen jedoch in große Gefahr. Niemand konnte sie sicher durch einen Einsatz bringen - niemand außer ihm.

Danny ballte unwillkürlich die Hände zu Fäusten. Der Gedanke, dass Mady bei einem Einsatz sterben könnte, trieb ihm kalten Schweiß auf die Stirn, aber es gab nur eine einzige Möglichkeit, wie er das hätte verhindern können. Er müsste selbst wieder fliegen.

Sein Magen krampfte sich schmerzhaft zusammen. Er konnte es nicht. Er konnte es einfach nicht mehr tun. Wann immer er versuchte, auf die glühende Entschlossenheit zurückzugreifen, die ihn zur Erdorbitalstation geführt hatte, fand er nichts als kalte Asche. Er fühlte sich leer, wie ausgehöhlt, und wenn er so flog, wäre er auch keine Hilfe, das wusste er. Dann konnte er für das Leben seiner Crew nicht mehr Garantie übernehmen als irgendein anderer Pilot.

Er war nicht einmal mehr dazu in der Lage, darüber wütend zu sein. Auch sein Zorn war erloschen; geblieben war ihm nur die Gewissheit, dass er seine Heimat verloren hatte. Das aber war nicht einmal das Schlimmste. Wenn er nicht wieder flog, ließ er Mady im Stich. Er ließ zu, dass sie in tödliche Gefahr geriet, und sie wusste es. Sein Schweigen konnte sie vielleicht noch verstehen, es, wenn er Glück hatte, sogar verzeihen, aber wenn er das Vertrauen, das sie in ihn gesetzt hatte, verriet, indem er sich weigerte, den Kampf gegen die Hewitts wiederaufzunehmen, würde er ihre Zuneigung verlieren - endgültig und unwiderruflich. Und ihre Liebe war die Einzige, auf die er jemals hatte hoffen dürfen.

Unter den Gamblern gab es keinen Partner für ihn, dazu hatte er sich schon früher viel zu weit von ihnen entfernt, und als er die *Gambler-Circus* verließ, hatte er ihnen endgültig den Rücken gekehrt. Und unter den übrigen Menschen brauchte er gar nicht erst zu suchen. Mady war anders, einzigartig. Er konnte nicht erwarten, dass ihm jemals wieder jemand derart unvoreingenommen begegnete, vor allem wenn er durch sein Aufgeben die Erde und ihre Bewohner hilflos der Bedrohung durch die Hewitts aussetzte. Wie sollte ihm das jemals jemand verzeihen können? Wie sollte *Mady* es ihm verzeihen können?

Es war ein unsägliches Dilemma. Es quälte ihn, ließ ihn in keiner Sekunde los, und je mehr Zeit verstrich, desto unruhiger wurde er. Er fand einfach keine Lösung. Er wollte mit Mady sprechen, wünschte sich nichts mehr als ihren Rat, aber wenn er seine Starre brach, verpflichtete ihn das. Dann musste er auch wieder fliegen. Jeder würde das von ihm erwarten, einschließlich er selbst.

Aber was war, wenn er es nicht mehr konnte? Wenn er aufstand und zu Kräften kam, aber der Anblick der *Joker* ihn kalt ließ? Die Steuerung ohne Leben für ihn blieb? In dem Fall brachte er Mady und die anderen erst recht in Gefahr. Und wie sollte er vergessen, dass die Menschen, denen er bloß hatte helfen wollen, ihn zu töten versucht hatten?

Seine Gedanken bewegten sich immer wieder im Kreis. Er fand keinen Anfang, kein Ende und erst recht keinen Ausweg. Er fühlte sich, als sei er an Händen und Füßen gefesselt und zwischen zwei Gleitern aufgehängt worden, von denen einer in die eine und der andere in die entgegensetzte Richtung flog. Jeder von ihnen zerrte an ihm, ein beständiges Reißen, das immer unerträglicher wurde.

Danny war so tief in seinen Grübeleien gefangen, dass er erschrocken zusammenzuckte, als die Komanlage des Zimmers anschlug. Er riss die Augen auf und fuhr im Bett hoch, noch bevor er begriff, dass er sich bewegt hatte. Captain Wildings angespannte Stimme brach die ewige Stille seines Zimmers.

„Achtung, dies ist keine Übung! Ein neuer Schwarm ist aufgetaucht. Lieutenant Yate, Lieutenant Thornsburg, bringen Sie sofort Ihre Schiffe aus dem Hangar. Commander Takana, starten Sie Ihr Abfanggeschwader."

Er hörte die Bestätigungen, und das Herz schlug ihm bis in den Hals. Ein neuer Schwarm!

Die Erinnerung an Roberts blasses, lebloses Gesicht tauchte ungebeten vor seinem inneren Auge auf. Der rote Fleck auf der Stirn seines gefallenen Kameraden grinste ihn an, verhöhnte ihn. Er grub die Fingernägel tief in seine Handflächen, so tief, dass sie in seine Haut schnitten und warmes Blut über seine Fingerkuppen lief. Er versuchte, seine Finger zu lockern, aber es gelang ihm nicht.

Seine Gedanken rasten noch schneller als sein Puls, obwohl sich alles in ihm dagegen sträubte, sich auszumalen, was die Hewitts anrichten konnten. Aber das musste er nicht einmal. Er wusste es. Er hatte Thornsburgs letzten Flug gegen die Amöboiden nicht vergessen.

Mit einem erstickten Laut schlang sich Danny die Arme um den Leib. Er sah Szenen vor sich, die sich im Augenblick im Hangar abspielen mussten, sah, wie die neue Crew der *Joker* und die Besatzung der *Ace* zu ihren Schiffen eilten und sie startklar machten.

Und wieder sah er Robert vor sich, krümmte sich unter der Trauer. Robert war im Kampf gefallen, und es würde wieder geschehen. Der Schwarm würde erneut Opfer fordern. Auch Alexander flog mit der *Ace* nach draußen. Vielleicht erwischte es ihn.

„Nein!", stieß Danny verzweifelt hervor, und ein heftiges Zittern erfasste ihn. Er wollte nicht, dass jemand starb. Und er musste wissen, ob Thornsburg und Lieutenant Yate das verhindern konnten. Vielleicht gelang es ihnen ja, die Hewitts aufzuhalten. Dann wäre alles gut. Aber wenn nicht ...

Danny zögerte nicht länger. Er richtete sich gänzlich auf, schwang die Füße über die Bettkante und stand langsam auf. Im ersten Moment fühlte es sich seltsam an, nach so vielen Tagen des Liegens wieder auf den Beinen zu stehen, aber er verschwendete nicht einen Funken Aufmerksamkeit darauf, sondern konzentrierte sich allein auf seine Bewegungen. Er schob seine Füße in die warmen Pantoffeln, die unbenutzt vor seinem Bett standen, und griff mit einer Hand nach dem Morgenmantel, der über der Lehne eines Stuhls hing. Mit der anderen Hand hielt er sich am Bettpfosten fest, denn er traute der Tragfähigkeit seiner Beine nicht recht. Seine Knie fühlten sich weich und zittrig an.

Ein Anflug von Zorn quoll in ihm empor. Auf seine Schwäche konnte er jetzt keine Rücksicht nehmen. Er musste unbedingt in die Funkleitzentrale. Die Zeit, sich umzuziehen, nahm er sich nicht. Er wusste nicht, ob es überhaupt eine Uniform im Schrank für ihn gab, außerdem kam der Schwarm mit jeder Sekunde näher. Der Kampf konnte sehr bald beginnen. Er musste ihn sehen. Er durfte keinen einzigen Moment versäumen.

Entschlossen löste er seine Hände vom sicheren Halt und setzte sich in Richtung Tür in Bewegung. Seine ersten Schritte gerieten unsicher, waren schwankend, aber er biss die Zähne zusammen und verstärkte seine Kontrolle über seine kraftlosen Glieder. Er erreichte das Schott.

Die beiden Wachen auf dem Gang rissen verblüfft die Augen auf, als sie ihn kommen sahen.

„Wohin wollen Sie?“, fragte einer der Männer. Es klang eher überrascht als unfreundlich.

Danny antwortete ihm nicht, sondern schlurfte einfach an ihm vorbei.

„Wollen Sie in diesem Aufzug durch die Station marschieren?“, rief der andere hinter ihm her.

Danny kümmerte sich nicht darum. Er warf einen Blick auf die Wand, suchte nach der Kennzeichnung des Zimmers und fand sie. Bisher hatte er nicht gewusst, wo er sich befand, da er bei seiner Verlegung die Augen geschlossen gehalten hatte, doch ein Blick genügte ihm, um das Versäumte nachzuholen. Die Karte der Station entstand in seiner Vorstellung. Er ging weiter.

Die beiden Soldaten kamen hinter ihm her, schlossen zu ihm auf.

„Ich weiß nicht, was Sie vorhaben, Fähnrich“, sagte eine der Wachen, „aber Sie sollten bedenken, dass Sie noch nicht wieder genesen sind. Sie könnten sich überanstrengen.“

Als Danny ihm noch immer nicht antwortete, stieß er einen lauten Fluch aus. „Verdammt, Captain Wilding wird uns die Hölle heißmachen, wenn Ihnen etwas zustößt!“

Danny hielt inne, stützte sich mit einer Hand gegen die nächste Wand. „Ich gehe zu ihr.“

Die Wachen starrten ihn mit großen Augen an. „Jetzt? Wieso?“

„Die Hewitts.“

Ein verwirrter Ausdruck erschien auf ihren Gesichtern, und sie sahen einander ratlos an. Wussten sie etwa nicht, dass ein Schwarm aufgetaucht war? Dann fiel ihm plötzlich auf, dass auf dem Korridor kein Alarm zu hören war. Er verstand, aber das änderte nichts.

„Ich muss in die Funkleitzentrale in Sektion Omega 45U-H“, erklärte er eindringlich.

Die beiden Soldaten zögerten.

„Es ist wichtig.“

„Werden Sie das denn schaffen?“, fragte der eine unbehaglich. „Ich meine, Sie sind lange Zeit nicht auf den Beinen gewesen.“

Danny atmete tief durch. „Ich werde vielleicht Ihre Hilfe brauchen.“

Sein Gegenüber musterte ihn prüfend, dann nickte er und fasste Danny stützend am Arm. „In Ordnung, Fähnrich. Kommen Sie.“

Auch der andere Soldat fasste zu. Sich ihrem sicheren Griff anvertrauend, setzte Danny seinen Weg fort.

47. Kapitel

Als Danny mit seinen Begleitern auf den Hauptkorridor der Sektion 45U-H trat, lag der Gang wie leer gefegt vor ihm. Trotz der Stille knisterte die Luft noch unter dem Echo der Alarmsirenen, und er konnte sich lebhaft vorstellen, wie noch vor wenigen Minuten die Männer und Frauen der Sektion eilends auf ihre Posten gelaufen waren. Ein rotes Licht blinkte am Ende des Korridors und warf seinen hektischen Schein über den gesamten Gang. Danny folgte dem Licht bis zum Schott der Funkleitzentrale, atmete einmal tief durch, dann trat er ein. Das dämmrige Halbdunkel der Zentrale empfing ihn, aber anders als gewöhnlich war es nicht beruhigend, sondern wirkte geladen, wie elektrisiert. Im grünlichen Schein der Holografie erkannte er Lieutenant Aston, Commander Morley, Captain Wilding und Admiral Jennings.

„Fünfzehn Sekunden bis zum Sprung der *Ace*", verkündete der Lieutenant gerade.

Danny spürte, wie sich sein Magen zusammenzog, und machte einen weiteren Schritt.

Da drehte sich der Admiral um, entdeckte ihn, und seine Augen weiteten sich. „Fähnrich Sims!"

Augenblicklich wandten sich ihm alle Gesichter in der Zentrale zu. Lieutenant Aston und Commander Morley wirkten verblüfft, und Captain Wilding machte ein Gesicht, als wolle sie die Hände über dem Kopf zusammenschlagen, doch nur eine Sekunde später hatte sie sich wieder gefangen und bemaß die Wachen, die ihn begleitet hatten, mit einem strengen Blick.

„Was hat das zu bedeuten?"

„Es war Fähnrich Sims' eindringlicher Wunsch, die Zentrale aufzusuchen", erwiderte einer der Soldaten rasch.

„In diesem Aufzug?"

„Wir konnten es ihm nicht ausreden."

Der Admiral mischte sich ein. „Es ist gut, meine Herren", sagte er. „Warten Sie bitte draußen."

Die beiden Soldaten salutierten und zogen sich zurück. Ihrer Unterstützung beraubt, sah sich Danny hastig nach einem sicheren Halt um. Der Weg war lang gewesen und anstrengend. Mit zittrigen Knien ging er auf einen der Beobachtersessel zu.

Admiral Jennings war bereits neben ihm, fasste ihn beim Arm und bugsierte ihn mit sanftem Druck in die gleiche Richtung.

„Setzen Sie sich, Fähnrich."

Danny nickte nur, ließ sich in einen der Sitze sinken, dann starrte er mit brennenden Augen zur großen Holografie hinüber. Die *Ace* und der

Schwarm kamen sich unaufhaltsam näher, während der Computer den Countdown zum Sprung herunterzählte. Nur noch drei Sekunden.

„Sprung", schrie der Lieutenant gleich darauf.

Danny hielt die Luft an.

Eine Sekunde später gab Lieutenant Aston eine neue Meldung. „Der Sprung ist geglückt. Die *Ace* ist im Schwarm."

Es begann.

Danny beugte sich leicht nach vorn, umklammerte die Lehnen des Sitzes mit beiden Händen und verfolgte angespannt die Manöver der *Ace*. Er sah es sofort. Lieutenant Thornsburg war nicht besser geworden. Die Hewitts brachten die *Ace* augenblicklich in Bedrängnis.

„Nach links", flüsterte Danny. „Ihr müsst nach links ausweichen!"

Dort entstand eine Lücke. Es war so offensichtlich!

Die Lücke tat sich auf, aber die *Ace* folgte einem Kurs, der sie davon wegführte. Ein dichter Pulk Hewitts schoss auf das Schiff zu.

Seine Finger bohrten sich tief in die Polsterung der Sessellehnen, und eine eisige Kälte fraß sich in sein Herz.

„Sie haben nicht die geringste Chance", murmelte er mit wachsendem Entsetzen.

Admiral Jennings, der neben ihm Platz genommen hatte, hörte seine Worte. Er sah ihn an, die grauen Augen dunkler als je zuvor, sein Gesicht eine starre Maske. „Sie müssen es schaffen", erwiderte er ebenso leise. „Sie müssen den Schwarm aufhalten."

Danny schüttelte stumm den Kopf. Dreißig Sekunden waren vergangen, seit die *Ace* in den Schwarm gesprungen war, dreißig Sekunden, in denen das Schiff mehrfach nur um Haaresbreite einer Berührung mit den tödlichen Wesen entronnen war. Hunderte der Hewitts fielen den Kegelstrahlen der vier Geschütze zum Opfer, aber es hätten Tausende sein müssen. Die Effizienz der *Ace* war nicht einmal annähernd so gut, wie es nötig gewesen wäre.

Eine Minute verrann, dann eine zweite. Danny starrte in die Holografie, wünschte, er könnte der *Ace* helfen. Die Hewitts drangen, von den Verlusten aufgepeitscht, von allen Seiten auf das Schiff ein.

„Vorsicht!", schrie er, als ein Pulk die *Ace* beinahe erwischte. Erst im letzten Sekundenbruchteil drehte Thornsburg ab, eine Reaktion, die eher auf Glück als auf Können zurückging.

Es hielt Danny nicht mehr in seinem Sitz. Er sprang auf.

Admiral Jennings tat es ihm gleich, stand neben ihm.

Die *Ace* wand sich zuckend durch den Schwarm, schlug Haken wie ein Tier auf der Flucht, aber ihre Manöver waren viel zu langsam, zu ungelenk verglichen mit dem ätherischen Tanz der Amöboiden.

Dann geschah es. Die Reihen der Hewitts verdichteten sich, formten eine Falle, bereit, zuzuschnappen und das Opfer einzuschließen.

Danny eilte an Captain Wildings Seite. „Captain, sagen Sie Thornsburg, er muss die *Ace* um die z-Achse rotieren lassen und gleichzeitig auf der y-Achse nach vorn kippen und beschleunigen. Die Hewitts schließen ihn sonst ein."

Captain Wilding reagierte sofort. Sie setzte sich mit dem Lieutenant in Verbindung, schrie ihm die Anweisungen zu, aber Thornsburg zögerte, und dann waren die Hewitts bereits heran.

„Verlust des Delta-Geschützes", verkündete die neutrale Stimme des Computers.

„Verdammt!", fluchte Captain Wilding lautstark.

Danny schwieg. Eine eiserne Klammer schnürte ihm die Brust ein, nahm ihm die Luft zum Atmen. Hilflos starrte er auf das Abbild der *Ace*, während Thornsburgs Stimme schrill durch die Zentrale schallte.

„Ich aktiviere die Notsprungsequenz!"

Lieutenant Aston antwortete ihm sofort. „Die Berechnung läuft. Die Koordinaten stehen in ..."

Ein unartikulierter Schrei des Lieutenants unterbrach ihn. Danny biss sich auf die Lippen, bis er Blut schmeckte. Wieder war es Thornsburg nicht gelungen, einem heranrückenden Pulk der Hewitts auszuweichen, und obwohl die Geschütze ihre gleißenden Strahlen wild in den Raum versprühten, erwischten sie doch nicht alle Amöboiden.

„Verlust des Gamma-Geschützes", erklärte der Computer monoton.

„Wo bleiben die Koordinaten?", brüllte Thornsburg.

„Sprung in fünfzehn Sekunden", sagte Tom Aston mit gezwungener Ruhe.

Danny umklammerte das Geländer um die Holografie, bis seine Knöchel weiß hervortraten.

Admiral Jennings trat an seine Seite und setzte sich mit der Krankenstation in Verbindung. „Professor Hewitt, wir werden Sie brauchen."

„Wir sind bereit."

„Es gibt zwei Opfer."

„Zwei?" Ein heftiger Fluch folgte. Nach einer Pause fügte er leise hinzu: „Das war wohl nicht anders zu erwarten."

Danny zuckte zusammen, und Admiral Jennings senkte den Kopf.

„Hoffen wir, dass es nicht noch mehr werden."

Captain Wilding warf ihm einen wilden Blick zu, dann öffnete sie einen Kanal zur *Joker*. „Lieutenant Yate, halten Sie sich bereit. Sie gehen in den Schwarm, sobald die *Ace* draußen ist."

Lieutenant Yates Stimme klang belegt. „Aye, aye, Captain."

„Rücksprung der *Ace* ist erfolgt", meldete Tom Aston.

„Dann ist es jetzt an Ihnen, *Joker*", rief Captain Wilding. „Viel Glück."

„Der Sprung der *Joker* erfolgt in Tminus10", verkündete Lieutenant Aston.

Danny starrte angestrengt auf den Marker der *Joker*, sah, wie der Lichtpunkt kurz aufblitzte und dann übergangslos inmitten des Schwarms auftauchte. Als er die ersten Manöver des Piloten sah, stöhnte er verzweifelt auf, und Admiral Jennings schüttelte betreten den Kopf.

Die *Joker* hielt sich noch schlechter als die *Ace*. Lieutenant Yate kam überhaupt nicht zurecht. Er vermochte es nicht, den Kanonieren dichte Ballungen der Hewitts als Ziele zu bieten, er war nicht einmal dazu in der Lage, einen sicheren Kurs zu finden.

„Ich schaffe es nicht", gellte seine Stimme aus der Kommunikationsanlage. „Es sind zu viele!"

Die *Joker* war nicht einmal zwei Minuten im Schwarm, als der erste Verlust gemeldet wurde.

„Es hat Allan erwischt", schrie Lieutenant Yate hysterisch. „Was soll ich tun? Was soll ich bloß tun?"

„Aktivieren Sie die Notsprungsequenz." Captain Wildings Stimme war rau. „Bringen Sie die *Joker* heraus."

„Aber der Schwarm ..."

„Tun Sie es!", schrie Captain Wilding. Ihr Gesicht war aschfahl geworden.

Ein Schluchzen drang aus den Lautsprechern.

„Die Notsprungsequenz ist aktiviert worden", meldete Lieutenant Aston. „Die Berechnung der Koordinaten läuft."

Danny starrte mit tränenden Augen in die Holografie, verfolgte entsetzt den verzweifelten Flug der *Joker*. Er sah, was geschehen würde, noch bevor die anderen es ahnten. Die ungeschickten, panischen Ausweichmanöver brachten die *Joker* in eine hoffnungslose Lage. Sekunden, nachdem die Notsprungsequenz aktiviert worden war, raste das Schiff in eine der dichtesten Ballungen im Inneren des Schwarms.

Ein furchtbarer Schrei drang aus den Lautsprechern der Zentrale, dann ein zweiter, gefolgt von der Entladung zweier Energiewaffen. Stille folgte.

„*Joker*, was ist passiert?", schrie Captain Wilding. „Die Koordinaten sind in wenigen Sekunden verfügbar. Halten Sie durch!"

„Captain, das hat keinen Sinn", sagte Commander Morley stockend. „Sie sind alle berührt worden."

„Die gesamte Crew?", fragte Captain Wilding ungläubig.

„Ja, Ma'am."

Dieses Mal erstickte der Fluch auf Captain Wildings Lippen.

Für einen Moment drehte sich alles um Danny, als habe man ihm den Boden unter den Füßen weggezogen.

„Jetzt bleibt uns nur noch das Jägergeschwader", sagte Admiral Jennings in die Stille hinein. „Commander Takana?"

„Wir sind bereit, Sir", meldete der Geschwaderführer. „Ich werde meinen Leuten Anweisung geben, nacheinander in den Schwarm zu springen. Ich selbst mache den Anfang."

Danny schrak zusammen und fuhr zum Admiral herum. „Das darf er nicht tun! Die Jäger dürfen nicht einzeln hineinspringen!"

Der Admiral nickte, aber Captain Wilding starrte ihn entgeistert an.

„Die Jäger können im Schwarm nicht richtig operieren", erklärte Danny ihr hastig. „Sie besitzen keinen Semiautopiloten. Wenn sie sich der Geschwindigkeit des Schwarms anpassen, würde sie jedes noch so vorsichtige Manöver über die Grenzen des Schwarms hinaustragen, oder sie werden ... sie werden am Schild zerschellen."

Captain Wilding riss entsetzt die Augen auf. Zum ersten Mal, seit er sie kannte, war ihr Gesicht eine Maske der Verzweiflung und Hilflosigkeit. Ihre Lippen formulierten eine stumme Frage.

Danny überdachte die Lage blitzschnell, aber Admiral Jennings kam ihm zuvor. Er wandte sich an die Jäger und beantwortete damit auch Captain Wildings Frage.

„Commander, Sie und Ihre Jäger werden Ihre jetzige Formation nicht aufgeben. Springen Sie im Pulk dicht hinter den Schwarm, richten Sie Ihre Flugvektoren exakt auf den Kurs des Schwarms aus und beschleunigen dann, um in ihn einzudringen. Nachdem Sie den Schild durchquert haben, müssen Sie nur noch Ihre Geschwindigkeit an den Schwarm anpassen, damit Sie in seinem Inneren bleiben. Sie dürfen keine Kursveränderungen vornehmen, dazu ist der Raum innerhalb des Schwarms zu eng."

Commander Takana schwieg ungewöhnlich lange, bevor er antwortete. „Aye, aye, Sir. Wünschen Sie uns Glück."

Das Gesicht des Admirals wurde noch eine Nuance starrer. „Stellen Sie Ihre Geschütze auf automatisches Feuer", befahl er ausdruckslos.

Danny fror. Commander Takana und die anderen Jägerpiloten gingen auf ein Himmelfahrtskommando.

„Die Rücksprungdaten der *Joker* stehen", rief Lieutenant Aston plötzlich.

Captain Wilding blickte zu Boden. „Was nützt das jetzt noch?"

„Ich kann den Sprung von meinem Platz aus auslösen. Mr. Serrault hat diese Änderung vorgenommen, damit wir Situationen wie diese in den Griff bekommen können. Wenn die *Joker* aus dem Schwarm heraus ist, ist sie den Jägern nicht im Weg."

„Tun Sie es", befahl der Admiral, bevor Captain Wilding etwas erwidern konnte, und wandte sich an Commander Morley. „Schicken Sie ein Reparaturschiff raus. Sie sollen versuchen, die *Joker* einzufangen. Wir brauchen das Schiff noch."

„Aye, aye, Sir."

Von der Besatzung der *Joker* sprach niemand. Sie war verloren, das stand unverrückbar fest.

„Die *Ace* ist soeben gelandet", meldete Tom Aston wenige Sekunden später. „Fähnrich Dow und Fähnrich Kaley werden bereits behandelt."

„Alexander", murmelte Danny. Sein Herz setzte einen Schlag aus.

„Ich schicke ein weiteres Jägergeschwader gegen den Schwarm", rief Captain Wilding und gab die entsprechenden Befehle.

Danny sah betroffen von ihr zum Admiral. Wie er selbst hatten die beiden hohen Offiziere nur wenig Hoffnung für Commander Takana und seine Leute.

Das Geschwader startete nach nur zwei Minuten, gleichzeitig beendeten Commander Takana und seine Jägerpiloten ihr Rendezvousmanöver mit dem Schwarm. Danny hielt unwillkürlich den Atem an, als sich das Energiefeld der Hewitts vor den kleinen Raumschiffen öffnete und sie einließ. Der Schwarm schluckte das Geschwader.

Die tödlichen Energiestrahlen der Jäger brachen über die Hewitts herein. Sie waren schärfer gebündelt als die der *Joker* und der *Ace*, besaßen dafür aber eine wesentlich größere Reichweite. Sie durchdrangen den Schwarm beinahe vollständig. Tausende Hewitts wurden in den Tod gerissen, während der Schwarm weiter unaufhaltsam auf die Erde zuraste.

Doch auch die Hewitts griffen an und schossen blitzschnell auf die kleinen Jäger zu. Hunderte von ihnen gerieten beim Anflug in den Wirkungsbereich der todbringenden Energiestrahlen, aber es gab genug, die daran vorbeiglitten, ob durch Zufall oder aus Berechnung, war nicht zu erkennen. Wenig später gab es keinen Jäger mehr, der noch nicht von ihnen berührt worden war.

Die Schiffe sendeten keine Funkbotschaften mehr. Sie feuerten noch immer, aber das hatte nichts zu sagen. Commander Takana hatte lediglich den Befehl des Admirals befolgt und auf Dauerfeuer umgeschaltet. Einige der Jäger trudelten leicht, sodass sich die Fläche, die ihre Geschütze bestrahlten, vergrößerte, ansonsten blieb die Formation unbelebt.

„Hier spricht Lieutenant Commander Cohen", meldete sich der Staffelführer des zweiten Geschwaders mit rauer Stimme zu Wort. „Soll ich meine Piloten ebenfalls in den Schwarm schicken?"

Danny warf einen Blick auf die Holografie. Im Schwarm wäre durchaus noch genug Platz für weitere Jäger, solange sie sich an die besprochene Taktik hielten und in stabiler Formation einflogen, doch viel Sinn machte das jetzt nicht mehr. Der Schwarm hatte die Erde fast erreicht.

„Der Schirm wird jeden Augenblick erlöschen", erklärte er Captain Wilding.

Sie nickte, wandte sich dann an Lieutenant Commander Cohen. „Sie werden nicht in den Schwarm eindringen. Das Energiefeld müsste sich bald auflösen, und danach werden die Hewitts versuchen, in die Atmosphäre der Erde einzutauchen. Sie und Ihre Piloten müssen das verhindern. Schießen Sie sie ab, bevor sie die Erdoberfläche erreichen!"

„Aye, aye Captain."

Die Sekunden verrannen quälend langsam. Jeder in der Zentrale hielt den Atem an, dann schrie plötzlich Commander Morley auf. „Der Schild ist erloschen!"

Der Schwarm platzte auseinander.

Danny ballte die Hände zu Fäusten. Eine irrationale Hoffnung erfüllte ihn, ließ ihn darauf warten, dass die Staffel unter Commander Takana sich der Verfolgung der Hewitts anschloss, aber die Jäger des ersten Geschwaders behielten ihren Kurs bei. Ihre Geschütze feuerten noch immer.

Danny wankte für eine Sekunde. Er hatte es geahnt, doch jetzt wurde es grausige Gewissheit. Nicht ein einziger Pilot aus Commander Takanas Geschwader hatte den Einsatz überlebt.

Aber es blieb keine Zeit für Trauer, denn die Bedrohung war noch nicht vorüber. Mit weit aufgerissenen Augen verfolgte Danny die verzweifelte Jagd des zweiten Geschwaders. Sie hatten nicht mehr viel Zeit, die Hewitts noch abzufangen.

Sie reichte nicht. Etliche Pulks der Amöboiden entgingen den Jägern, stießen zur Erde hinab, zerstreuten sich dort und forderten neue Opfer.

Währenddessen trieben die Schiffe des ersten Geschwaders auf die Atmosphäre zu, tauchten mit großer Geschwindigkeit in sie ein und verglühten unter der Eintrittshitze.

Danny konnte die Augen nicht von dem schrecklichen Geschehen abwenden. Ihm war so kalt, als würde ihm die Luft in den Lungen gefrieren. Die Besatzung der *Joker* war tot, die Piloten der Jäger waren tot, und viele hunderte, vielleicht sogar tausende Menschen auf der Erde würden noch sterben. Weder Lieutenant Thornsburg noch Lieutenant Yate hatten die Hewitts aufhalten können. Kein Pilot der Erdflotte war dazu in der Lage, keiner - außer ihm selbst.

Ein stiller Schrei gellte durch seine Gedanken. Der Schwarm hatte heute unzählige Opfer gefordert, weil er aufgrund des Überfalls dienstuntauglich gewesen war. Heute war es Garys und Johns Schuld gewesen, doch wenn er an seinem Entschluss festhielt, nicht mehr für die Erde zu fliegen, wäre es seine Verantwortung.

Stumm schüttelte er den Kopf, und ein wilder Sturm der Verzweiflung fegte durch seine Seele, fand einen letzten glühenden Funken der Entschlossenheit und entfachte ein neues Feuer in ihm. Eine solche Last konnte er nicht tragen. Er durfte nicht all die Menschen auf der Erde im

Stich lassen, nur weil zwei von ihnen ihn angegriffen hatten. Selbst dass man seine Mutter irgendwann einmal überfallen und schwer verletzt haben musste, durfte keine Rolle spielen. Das alles waren die Taten einzelner gewesen, aber die Menschen, die durch die Hewitts starben, die Menschen, deren Familien durch die Amöboiden auseinandergerissen wurden, waren nicht dafür verantwortlich. Sie traf keine Schuld.

„Captain", krächzte er, um ihre Aufmerksamkeit auf sich zu ziehen.

Sie wandte sich ihm zu, ihr Gesicht eine Maske der Trauer. Auch Lieutenant Aston und Commander Morley sahen von ihren Kontrollen auf. Eine tiefe Stille senkte sich über die Zentrale.

„Das wird nicht noch einmal geschehen", sagte Danny leise. „Ich werde alles tun, um wieder auf die Beine zu kommen. Ich werde wieder fliegen. Ich werde den nächsten Schwarm aufhalten."

Heiße Tränen brannten in seinen Augen, aber er ließ nicht zu, dass sie seine Wangen benetzten.

„Ich werde nicht zulassen, dass noch einmal so viele Menschen sterben müssen."

Für ein paar lange Sekunden sagte niemand etwas, dann atmete Lieutenant Aston so tief durch, dass es wie ein Stoßgebet anmutete. Captain Wilding sagte kein Wort, sondern griff nach dem Geländer, suchte nach einem Halt. Danny sah, dass sie zitterte.

Plötzlich wurde er sich des Admirals bewusst, der dicht neben ihm stand und ihn eindringlich musterte.

„Sind Sie sicher, dass Sie das wollen, Fähnrich?", fragte er leise.

Danny nickte. „Ja, Sir. Das bin ich."

Er hatte überhaupt keine Wahl, wollte er sich nicht den Rest seines Lebens für sich selbst schämen. Zum Teufel mit den Menschen, die ihn hassten. Um die ging es hier nicht. Es war nie um sie gegangen.

Der Admiral sah ihm lange in die Augen. Er blieb ernst, sein Gesicht starr. „Sie ahnen gar nicht, welch schwere Bürde Sie mir von den Schultern nehmen, Fähnrich."

Danny sagte nichts dazu, dachte nur im Stillen, dass sich der Admiral irrte. Er wusste es. Nie zuvor hatte er seine Verantwortung so klar gespürt wie im Augenblick, und nie zuvor hatte die Flamme der Entschlossenheit so rein und hell seine Seele erfüllt. Er würde wieder fliegen. Nichts und niemand würde ihn jetzt noch davon abhalten können.

Zum ersten Mal, seit er aus seiner Bewusstlosigkeit erwacht war, konnte er wieder frei durchatmen.

48. Kapitel

Unendlich erleichtert klammerte sich Elaine an dem Geländer fest. Noch nie hatte sie einen Halt so sehr gebraucht wie in diesem Augenblick. Die engen Fesseln, die ihr Herz in den vergangenen Tagen umschlungen hatten, zerrissen, und gleichzeitig lichteten sich die dunklen Wolken, die sich düster und bedrohlich am Horizont der Zukunft aufgetürmt hatten. Sie hatte ihren Piloten wieder, und - was mindestens genauso wichtig war - Danny Sims hatte ins Leben zurückgefunden.

Mit großen Augen sah sie ihn an. Was für eine Veränderung war mit ihm vorgegangen! Als er vorhin die Funkleitzentrale betreten hatte, war seine Haltung gebeugt gewesen, sein Gesicht von Verletzungen und Schmerz gezeichnet, der Blick seiner Augen noch unsicher, schwankend zwischen dem Wunsch, sich wieder zu öffnen, und der Angst, die ihm riet, sich aus allem herauszuhalten.

Jetzt stand er hoch aufgerichtet vor ihr, die Schultern gestrafft und größer wirkend als der Junge, den sie vor einigen Wochen kennengelernt hatte. Seine Züge hatten ihr knabenhaftes Aussehen verloren, wirkten härter und markanter als je zuvor, und seine kristallklaren, blauen Augen leuchteten so intensiv, wie sie es nicht einmal nach dem Test, dem sie ihn nach seiner Ankunft auf der Station unterzogen hatte, erlebt hatte. Sie spürte seine unbeugsame Entschlossenheit, spürte, dass er die Krise überwunden und gestärkt daraus hervorgegangen war.

Es war kaum vorstellbar, dass er mit der bemitleidenswerten Person, die sechs Tage reglos in der Militärklinik vor sich hinvegetiert hatte, identisch sein sollte. Aber wenn sie es sich recht überlegte, war er das auch nicht. Der Fähnrich Sims, der sich vor seiner Umgebung, ja sogar vor Fähnrich Thompson verschlossen hatte, war ein Mensch bar jeden Antriebs gewesen, der Fähnrich Sims jedoch, der ihr jetzt gegenüberstand, besaß ein klares Ziel und die flammende Bereitschaft, es mit aller Macht zu verfolgen.

Sie war für diese Wandlung so dankbar, wie sie es nie zuvor gewesen war, und ihr Dank galt ihm allein, denn nur er selbst hatte sie vollziehen können. Er hatte sich aus eigener Kraft wieder aus dem Sumpf gezogen, in den der Überfall ihn gestoßen hatte.

Für eine Sekunde dachte sie daran, wie dicht er davor gewesen war, darin zu versinken, und schauderte. Gleichzeitig wuchs ihre Erleichterung. Sie legte Danny Sims eine Hand auf die Schulter, eine Geste der Nähe, die sie sich sonst nie gegenüber einem Untergebenen gestattet hätte, aber sie konnte einfach nicht anders.

„Fähnrich, die Erde wird ewig in Ihrer Schuld stehen", sagte sie rau.

Der Farbton seiner Augen wurde noch intensiver, seine Haltung noch gerader, als er leicht den Kopf schüttelte. „Dafür tue ich es nicht, Captain."

Elaine lächelte. „Ich weiß."

Ein paar Sekunden ließ sie ihre Hand noch auf seiner Schulter liegen, dann zog sie sie zurück und musterte den Jungen eindringlich von Kopf bis Fuß. In seinem Morgenmantel bot er einen reichlich ungewöhnlichen Anblick, und das erinnerte sie daran, dass er eigentlich noch ins Bett gehörte.

„Gehen Sie in die Klinik zurück, Fähnrich Sims, und ruhen Sie sich aus. Für heute waren Sie lange genug auf den Beinen."

Er zögerte. „Ich muss so schnell wie möglich wieder zu Kräften kommen", sagte er dann mit fester Stimme, in dem vergeblichen Bemühen, sie nicht seine Schwäche sehen zu lassen.

Elaine setzte eine strenge Miene auf, die kaum dem entsprach, was sie wirklich empfand. „Das werden Sie auch, aber nur dann, wenn Sie sich nicht überfordern. Sie haben Zeit."

Es war eine Lüge, und er wusste das genauso gut wie sie. Trotzdem nickte er.

„Ich werde gehen."

Der Blick, den er bei diesen Worten in die Runde warf, sprach Bände. Er hatte alles erfahren, was er wissen musste - fast alles zumindest.

„Könnten Sie mir Bescheid geben, wenn Sie etwas über Fähnrich Dows Zustand erfahren haben?", bat er.

Nach Fähnrich Kaley fragte er nicht, aber das konnte sie ihm nicht verdenken. Sie nickte sofort. „Natürlich."

Danny Sims lächelte dankbar, und plötzlich wirkte er wieder müde. „Danke, Captain."

Sie winkte ab, und er ging. Sie sah ihm nach, bis er die Funkleitzentrale verlassen hatte, dann schüttelte sie langsam den Kopf und wandte sich wieder ihren eigentlichen Aufgaben zu. In den nächsten Minuten rief sie das Jägergeschwader zurück, verfolgte die Bergung der *Joker*, die zu ihrer großen Erleichterung problemlos gelang, und lobte Lieutenant Aston, der trotz des Schreckens einen klaren Kopf behalten und gute Arbeit geleistet hatte. Nur weil er sie darauf hingewiesen hatte, dass er die *Joker* ferngesteuert aus dem Schwarm herausholen konnte und den Rücksprungpunkt des Schiffs so bemessen hatte, dass der Bergungstender genug Zeit bekam, um die *Joker* einzufangen, war sie nicht wie die Jäger aus Commander Takanas Geschwader in die Atmosphäre der Erde gestürzt, und das war gut so. Elaine konnte es sich nicht leisten, dieses wertvolle Schiff zu verlieren.

Eine halbe Stunde nach dem Ende des Angriffs betrat Sherman Hewitt die Zentrale. Sein Gesicht war ungewöhnlich blass, als er zu ihr kam und ihr Bericht erstattete.

„Es gibt eine gute und eine schlechte Nachricht", erklärte er dumpf und fuhr sich müde über die Augen. „Welche möchten Sie zuerst hören?"

„Die gute“, erwiderte Elaine sofort. Schlechte hatte sie heute bereits genug bekommen.

„Fähnrich Dow wird überleben.“

„Und Fähnrich Kaley?“

„Er hat es nicht geschafft. Er ist zuerst berührt worden, und als die *Ace* eintraf, war es für ihn bereits zu spät.“

Elaine senkte betroffen den Kopf, doch die Trauer, die sie bei Robert Connays Tod empfunden hatte, blieb aus. Fähnrich Kaley war einer der Männer, die Danny Sims überfallen hatten. Zusammen mit John Raff war er dafür verantwortlich, dass heute so viele Menschen hatten sterben müssen. Der Gedanke, dass er dieses Ende verdient hatte, kam schnell, auch wenn er nicht besonders moralisch war. Es fiel ihr schwer, sich in dieser Hinsicht über ihre Emotionen klar zu werden, nur eins wusste sie: Sie trauerte nicht um ihn, so wie sie es bei Lieutenant Connay getan hatte.

Sie beschloss, ihre Gefühle nicht tiefer auszuloten. „Wie schnell wird sich Fähnrich Dow erholen?“, fragte sie.

Professor Hewitt seufzte. „Das lässt sich nicht genau sagen, aber ich hoffe, dass er bereits in wenigen Tagen wieder auf den Beinen sein wird. Außerdem hinterlässt die Berührung durch einen Hewitt, wenn die Behandlung nur früh genug erfolgt, keinerlei Spuren, das kann ich jetzt schon mit Sicherheit sagen.“

Elaine atmete auf. „Das ist auch eine gute Nachricht.“

Der Professor nickte, bereit zum Gehen.

Sie hielt ihn zurück. „Sobald Sie etwas Zeit erübrigen können, sollten Sie bei Fähnrich Sims vorbeischauen. Ich denke, er erwartet Sie bereits.“

„Er hat seine Apathie überwunden?“, fragte Hewitt ungläubig.

„Mehr als das. Er war hier, als die Hewitts angriffen.“

Augenblicklich erschien ein verärgerter Zug im Gesicht des Professors. „Sie haben ihn doch nicht etwa holen lassen?“

„Nein, er ist aus eigenem Antrieb gekommen. Er hat versucht zu helfen.“

Sherman Hewitt zog die Stirn in Falten und musterte sie düster. „Vermutlich will er auch wieder für Sie fliegen.“

„Nicht für mich, Professor, für die Erde! Für die Menschen!“

„Das verstehe, wer will. Wieso will er diese Verantwortung freiwillig tragen?“

Statt einer Antwort nahm Elaine ihn am Arm, führte ihn zu ihrem Kontrollpult und wies auf das Display, auf dem die steigende Zahl der Opfer eingeblendet war. Professor Hewitt schluckte.

„Offenbar hat er keine andere Wahl.“

Elaine nickte grimmig. „Gehen Sie zu ihm, sobald es Ihre Zeit zulässt, und helfen Sie ihm, wieder auf die Beine zu kommen. Außerdem sollte jemand darauf achten, dass er sich nicht übernimmt.“

„Ich werde dafür sorgen“, erklärte Sherman Hewitt ernst.

„Ich verlasse mich auf Sie, Professor“, erwiderte sie und entließ ihn. Kaum hatte Sherman Hewitt die Zentrale verlassen, stand plötzlich Admiral Jennings neben ihr.

„Ich habe gehört, wie Sie mit dem Professor gesprochen haben. Er scheint noch immer zu glauben, dass wir Fähnrich Sims wie eine Schachfigur nach unserem Belieben herumschieben.“

„Seine ablehnende Haltung gegenüber der militärischen Hierarchie wird langsam schwächer, aber gänzlich werden sich seine Zweifel an unserem Vorgehen wohl nie legen“, antwortete sie und versuchte gleichzeitig, in der Miene des Admirals zu lesen. Es gelang ihr nicht. Seine Züge waren verschlossen wie eh und je. Sie beschloss, direkter zu werden.

„Ich muss zugeben, dass mir allmählich selbst Zweifel kommen“, fügte sie mit Bedacht hinzu.

Ihre Bemerkung verschaffte ihr sofort die ungeteilte Aufmerksamkeit des Admirals. „Erklären Sie sich, Captain.“

„Wie kommt es, dass Fähnrich Sims von dem Angriff wusste? Es ist nicht üblich, dass in der Klinik die Alarmsirenen schrillen und die Patienten aus ihrem Genesungsschlaf reißen.“

„Das ist auch heute nicht geschehen.“

„Sie haben die Komanlage in Fähnrich Sims' Zimmer präpariert?“

„Ich habe sie so geschaltet, dass er im Falle eines Angriffs die Sirenen und Ihre Anweisungen an das Personal der Sektion hören konnte.“

„Wieso?“

„Liegt das nicht auf der Hand?“

Elaine stieß lautstark Luft aus. „Bei allem Respekt, Sir, Sie hätten damit auch genau den gegenteiligen Effekt erzielen können. Fähnrich Sims ist ziemlich clever. Er hat sicher bemerkt, dass der Alarm nur in seinem Zimmer zu hören war, und er hat bestimmt die richtigen Schlüsse daraus gezogen. Wenn er Ihre Handlung als Manipulation interpretiert hätte, hätte er sich noch tiefer in seine Apathie zurückziehen können, und ich weiß nicht, wie wir dann je wieder zu ihm hätten durchdringen können.“

„Wussten wir denn zuvor eine Lösung?“, fragte der Admiral und sprach gleich selbst weiter. „Fähnrich Sims befand sich in einem Zustand, in dem wir ihm nicht helfen konnten. Er hat die Isolation selbst gewählt, und nur er konnte sie wieder beenden, doch mit Reden allein hätten wir ihn nicht davon überzeugen können, das zu tun. Wenn wir es versucht hätten, hätte er immer das Gefühl gehabt, dass wir ihn unter Druck setzen wollen. Der Alarm an sich ist jedoch neutral. Er beschreibt lediglich die Situation, nicht mehr und nicht weniger. Natürlich habe ich gehofft, dass die Sirene ihn zum Handeln zwingt. Ich habe einfach darauf vertraut, dass sein Einsatzwille lediglich unter seiner Furcht begraben lag und nicht gänzlich erloschen war.“

„Und wenn es nicht so gewesen wäre?"

„Dann wäre er für uns als Pilot ohnehin verloren gewesen, ganz gleich, ob er den Alarm hört oder nicht."

Elaine schwieg betroffen.

Admiral Jennings straffte seine Gestalt, und die unsichtbare Last, die seine Schultern eben noch heruntergedrückt hatte, verschwand. „Wenn Fähnrich Sims' Genesung gut voranschreitet, können wir beim nächsten Angriff der Hewitts wieder auf seine überlegenen Fähigkeiten zählen. Allein das ist von Bedeutung."

Elaine nickte. Dem konnte sie nun wirklich nicht widersprechen.

49. Kapitel

Danny war müde und erschöpft, als er in sein Krankenzimmer in der Klinik zurückgekehrt war, trotzdem war er viel zu aufgewühlt, um sich hinlegen zu können, und ganz davon abgesehen hatte er in den letzten Tagen ohnehin mehr als genug Stunden im Bett verbracht. Aus eigener Entscheidung, wie er sehr wohl wusste. Jetzt bedauerte er es. Er hätte die Zeit nutzen können, um seine Genesung aktiv zu unterstützen. Jede Stunde konnte ausschlaggebend sein, denn zwischen den Angriffen der Schwärme vergingen nie mehr als zehn oder elf Tage. Das war die Zeitspanne, die ihm blieb, um wieder auf die Beine zu kommen, und noch stand in den Sternen, ob ihm das gelingen würde.

Tiefe Entschlossenheit stieg in ihm empor, und er schwor, alles zu geben, um bis zum nächsten Einsatz wieder fit zu sein. Er musste es einfach schaffen.

Bedächtig ging er ein paar Mal im Zimmer auf und ab, prüfte und beobachtete den Zustand seiner geschwächten Glieder, ließ sich schließlich auf der Bettkante nieder und aktivierte den Bildschirm. Er musste nicht lange suchen, um einen Sender zu finden, der über den Angriff berichtete; alle taten es, und jeder brachte Bilder des Schreckens und blendete die ersten offiziellen Opferzahlen ein. Die Zahl der Toten stieg schnell, aber nicht so schnell, wie er es befürchtet hatte. Zum Glück war man auf der Erde darauf vorbereitet gewesen, dass Hewitts bis zur Erdoberfläche gelangten.

Überall waren bewaffnete Gleiter den Amöboiden entgegengeflogen und hatten sie in den tieferen Schichten der Atmosphäre in Empfang genommen, dort, wo die Jäger nicht mehr mit voller Effizienz operieren konnten. Nur deshalb hatte es weit weniger Opfer gegeben, als Hewitts in die Atmosphäre eingedrungen waren. Dennoch - die Zahl der Toten hatte die fünfzigtausend bereits überschritten und stieg weiter. Erst eine Stunde, nachdem sich der Schwarm über der Atmosphäre der Erde aufgelöst hatte, lag die endgültige Zahl der Opfer vor. Knapp fünfundsechzigtausend Menschen waren ums Leben gekommen.

Danny verfolgte noch immer die Berichte über den Angriff, als sich plötzlich das Schott öffnete. Er wandte sich schnell um, und sein Herz machte einen heftigen Sprung, als er Mady erkannte. Sie starrte ihn mit weit aufgerissenen Augen an und blieb mitten in der Tür stehen, sodass sich das Schott nicht schließen konnte. Danny deaktivierte hastig den Bildschirm, stand auf und ging zu ihr herüber. Sie sagte nichts, als sie ihn kommen sah, sagte auch nichts, als er sie sachte bei der Hand nahm und ein paar Schritte ins Zimmer hineinführte; erst als sich das Schott hinter ihr schloss, kam ein Laut über ihre Lippen.

„Danny", flüsterte sie und schüttelte ungläubig, fassungslos und verwirrt den Kopf. In ihren Augen spiegelten sich die Angst und Verzweiflung wider, die sie in den letzten Tagen durchlitten hatte, Gefühle, die so stark waren, dass sie selbst jetzt noch nicht von ihr wichen, Gefühle, für die er allein verantwortlich war.

Ein scharfer Schmerz bohrte sich in seinen Magen, und für einen Moment sah er zu Boden, beschämt über das Leid, das er ihr zugefügt hatte. Er hatte zwar geglaubt, richtig zu handeln, aber das änderte nichts an seiner Schuld. Mit einem engen Gefühl im Hals blickte er wieder auf und sah ihr tief in die Augen.

„Es ... es tut mir leid. Ich hätte längst aufstehen sollen. Ich hätte dich nicht so lange ..."

Er brach ab, als Mady eine Hand hob und ihm zwei Finger auf die Lippen legte. Ihre Augen glitzerten unter nahen Tränen, doch gleichzeitig strahlten sie, und ihr Mund lächelte.

„Sag nichts", hauchte sie.

Danny schauderte unter ihrer Berührung, tastete mit einer Hand nach der ihren, nahm sie behutsam von seinen Lippen fort und legte sie auf sein Herz.

„Du verzeihst mir?"

Zwei einsame Tränen rannen über Madys Wangen. Sie hob die andere Hand, strich ihm eine kleine Haarsträhne aus der Stirn, streichelte sein Gesicht. Auf seiner Wange kamen ihre Finger zur Ruhe.

„Es gibt nichts zu verzeihen."

Für eine Sekunde schloss Danny zutiefst erleichtert die Augen, dann öffnete er sie wieder und sah Mady zärtlich an. Auch er hob jetzt die Hand, strich die Spuren ihrer Tränen fort. Madys Hand berührte ihn noch immer an der Wange, die andere drückte er weiterhin auf seine Brust. Sie musste spüren, wie wild sein Herz schlug.

Die Pupillen ihrer Augen wurden weit und dunkel. Er hatte das Gefühl, in tiefe Seen zu schauen, Seen, in denen er sich verlieren konnte. Ihr Blick war fragend, bittend und sehnsüchtig zugleich. Danny klopfte das Herz bis in den Hals, als er sein Gesicht dem ihren näherte. Madys Pupillen wurden noch weiter. Sie legte leicht den Kopf in den Nacken und streckte sich ihm entgegen. Als ihre Lippen sich trafen, durchlief ein Schauder ihre schmale Gestalt. Danny spürte es und zog sie sanft näher an sich heran, fühlte die Wärme und Nähe ihres Körpers auf seiner Haut, während seine Lippen die ihren erkundeten. Sie küssten sich lange, sanft und zärtlich, und doch voller Hingabe. Dann hielten sie inne, sahen sich tief in die Augen.

Mady zog ihre Hand unter der seinen hervor, schlang ihm beide Arme um den Hals und schmiegte sich eng an ihn. Er umarmte sie seinerseits, streichelte ihren Rücken, ihren Nacken, ihr Haar, während ihre weichen Lippen einen zweiten Kuss von ihm empfingen.

Nach einer Weile barg sie, ein wenig außer Atem, den Kopf an seiner Schulter, er vergrub sein Gesicht in ihrem Haar, atmete ihren Duft und fühlte, wie sich sein Herz mit einer nie gekannten Freude füllte. Sie innig umschlungen haltend schwor er, sich in Zukunft weder durch Angst noch durch Albträume oder andere Menschen jemals wieder von ihr trennen zu lassen.

50. Kapitel

In den folgenden Tagen fiel es Danny schwer, sich an Captain Wildings Rat zu halten und sich nicht zu überanstrengen, denn die Zeit drängte. Er stand auf, sooft Sherman Hewitt es zuließ, aß vernünftig und ging in Gedanken verschiedene Trainingsmissionen und die beiden echten Einsätze gegen die Hewitts immer wieder durch. So konnte er sich auf seine Aufgabe einstimmen, auch wenn er noch in der Klinik lag.

Drei Tage nach dem Auftauchen des letzten Schwarms wurde er endlich entlassen und konnte in die Sektion Omega 45U-H zurückkehren. Mady und die drei anderen Mädchen seiner Crew kamen, um ihn abzuholen. Sie trugen es ihm nicht nach, dass er sich ihnen gegenüber tagelang ausgeschwiegen hatte. Sie sprachen nicht einmal darüber, und selbst Val hielt es ihm nicht vor.

Ihr Verhalten hatte sich ohnehin stark verändert. Wenn sie ihn ansah, war es nicht mehr Verachtung, die in ihren Augen stand, sondern eher Unsicherheit, und meist wich sie seinen Blicken aus. In der Messe setzte sie sich nun zu ihm an den Tisch, genauso wie der Rest der Crew und auch Alexander, der sich sehr schnell von der Berührung durch den Hewitt erholt hatte.

In den nächsten fünf Tagen trainierte Danny wieder zusammen mit seinem Team im Weltraum. Pro Tag flogen sie zwei Missionen. Wenn er darüber hätte entscheiden können, wären es mehr gewesen, aber Captain Wilding hielt seine Übungszeit streng begrenzt. Sie befürchtete noch immer, dass er sich überanstrengte und ein Rückfall ihn in seiner Genesung zurückwarf, und er musste ihr Recht geben, so wenig ihm das auch behagte. Denn obwohl er sich nach Kräften bemühte, seine alte Form wiederzuerlangen, war er noch weit davon entfernt. Er ermüdete schnell, und ab und an hatte er auch noch Schmerzen.

Zwar waren die Blutergüsse und Prellungen, die er durch die Schläge davongetragen hatte, weitgehend verschwunden und ausgeheilt, doch die gebrochenen Rippen brauchten trotz des Stimulans einige Zeit, um wieder zusammenzuwachsen, und die Nachwirkungen der Operation spürte er ebenfalls noch, auch wenn sich die äußerlich sichtbaren Schnitte geschlossen hatten. Sherman Hewitt hatte ihm erklärt, dass die rekonstruierte Milz noch über Wochen ein eher instabiles Gebilde sein würde und er sich schonen musste, wenn er keine Komplikationen in Form innerer Blutungen riskieren wollte, und die unangenehmen Reizschmerzen, die in seiner linken Seite noch viel zu häufig pochten, mahnten ihn ebenfalls zur Vorsicht. Er sehnte den Tag herbei, an dem er sie nicht mehr spüren würde.

Auch der sechste Tag nach seiner Entlassung aus der Klinik verlief nach dem üblichen Schema. Seine Crew flog eine Übungsmission am

Vormittag und eine am frühen Nachmittag und trainierte mit dem neuen Geschwader die Verteidigungsformation ein. Später am Nachmittag suchte Danny Sektion 23D-H auf, die nach dem Ebenbild von 45U-H erschaffen worden war. Dort lebten die Besatzungen der beiden neuen Tetraederschiffe, die vor drei Tagen endlich fertiggestellt, noch am gleichen Tag auf die Erdorbitalstation gebracht und in einem feierlichen Festakt auf die Namen *Arrow II* und *Wing T* getauft worden waren. Die Namen sollten an die Besatzung der *Arrow*, die im Kampf gegen den ersten Schwarm ihr Leben gelassen hatte, und an die Piloten des Jägergeschwaders unter Commander Takana, die sich beim letzten Angriff für die Erde geopfert hatten, erinnern.

Seine Aufgabe war es, den zehn Crewmitgliedern der neuen Schiffe Tipps zu geben, wie sie am besten gegen die Hewitts vorgehen konnten. Er versuchte es redlich, beobachtete mehrere Stunden lang ihr Training und griff immer wieder helfend ein, erreichte aber dennoch nicht viel. Da die beiden Piloten keine Gambler waren, konnten sie von den Ratschlägen, die er ihnen gab, nur wenig umsetzen. Seine Stimmung sank, und das Wissen um die allzu schnell verstreichende Frist bis zum nächsten Angriff erfüllte ihn mit tiefem Unbehagen und unheilvollen Gedanken.

Beim Abendessen traf er sich wie gewohnt mit Mady, dem Rest seiner Crew und Alexander in der Messe. An den vorherigen Tagen hatte er ihre Gesellschaft sehr genossen und sich, da er endlich Teil einer Gemeinschaft geworden war, auf seltsame Weise lebendig gefühlt und ungewöhnlich viel geredet, heute jedoch lauschte er schweigend den Unterhaltungen der anderen. Jenn versuchte zum wiederholten Mal aus Alexander herauszubekommen, wie es gewesen war, von einem Hewitt berührt zu werden, aber da er durch die Berührung augenblicklich bewusstlos geworden war, konnte er ihr nicht viel sagen, was dazu führte, dass sich Jenn, Ellie und Val in wüste Spekulationen verstrickten. Danny beteiligte sich nicht daran, und auch Mady blieb überwiegend stumm. Sie saß neben ihm, und ihr Blick umwölkte sich besorgt, sobald sie ihn ansah. Er bat sie mit stummen Gesten, ihn nicht darauf anzusprechen, zumindest nicht hier, vor den anderen. Die Mädchen und Alexander bemerkten nichts von ihrem lautlosen Zwiegespräch, Mady jedoch nickte kaum merklich.

Nach dem Essen verabschiedeten sie sich von den anderen und gingen gemeinsam zu den Kabinen zurück. Mady ignorierte ihr eigenes Quartier und folgte ihm in seines. Die Wachen, die ihn nach wie vor ständig im Auge behielten, sagten nichts dazu. Sie hatten sich längst daran gewöhnt, denn Mady und er hatten seit dem letzten Angriff der Hewitts jede nur erdenkliche Minute Seite an Seite verbracht.

Nachdem sich die Kabinentür geschlossen hatte, knöpfte Danny seine Uniformjacke auf, zog sie aus und legte sie über den Stuhl, streifte die

Stiefel ab und streckte sich auf seinem Bett aus. Mady folgte seinem Beispiel, legte sich zu ihm, schlang einen Arm um ihn und schmiegte sich eng an ihn. Er erwiderte ihre Umarmung und versuchte, sich ganz ihrer tröstlichen Nähe hinzugeben, aber bohrende Fragen beunruhigten ihn zu stark. Auf dem Rücken liegend starrte er an die Decke, das Herz schwer, die Gedanken düster. Mady musste es gespürt haben, denn sie hielt ihn nun noch fester, doch statt sich durch ihre liebevolle Berührung zu entspannen, verkrampfte er sich.

Mady löste sich von ihm, richtete sich in eine sitzende Haltung auf und sah ihn fragend an.

„Was ist los?"

Ihr Blick war so voller Liebe und Zuneigung, dass er einem spontanen Impuls folgend ihre Hand ergriff und ihre Fingerspitzen küsste. Sie lächelte kurz, dann wurde ihr Gesicht wieder ernst.

„Du machst dir Sorgen?"

Er nickte stumm. Sein Mund fühlte sich auf einmal an, als sei er mit Sand gefüllt.

Mady streichelte seine Wange. „Mach dir keine Gedanken. Du erholst dich zusehends, das merke ich dir an, und Professor Hewitt hat das Gleiche gesagt."

„Ich weiß", erwiderte Danny gepresst.

„Aber?"

„Ich bin noch nicht wieder in Form, und bis zum nächsten Schwarm bleibt vermutlich nicht mehr viel Zeit."

Für einen Moment blitzte Furcht in ihren Augen auf. Sie war schnell wieder verschwunden, trotzdem hatte er sie gesehen, daran änderte auch der energische Tonfall nichts, den sie nun anschlug.

„Du bist längst wieder fit genug, um den Hewitts in den Hintern treten zu können."

Er seufzte schwer. „Ich wünschte, es wäre so, doch die Wahrheit ist, dass ich noch deutlich langsamer bin als vor dem Überfall. Es wird noch Tage dauern, bis ich zu meiner alten Form zurückgefunden habe."

„Das mag stimmen, aber du bist nicht schlechter als bei deinem ersten Flug gegen die Hewitts. Damals hat es gereicht, und das wird es sicher wieder. Außerdem wissen wir gar nicht, wann der nächste Schwarm kommt. Vielleicht hast du noch die Zeit, dich gänzlich zu erholen, bevor es soweit ist."

Danny senkte betrübt den Kopf. „Ein 'vielleicht' ist zu unsicher, wenn es um die Hewitts geht." Er stockte, biss sich auf die Lippen. „Ich ... ich möchte euch nicht in Gefahr bringen."

Mady drückte seine Hand. „Das tust du nicht. Du wirst es schaffen, da bin ich mir sicher. Niemand kann so fliegen wie du."

Er zuckte zusammen. „Ich wünschte, es wäre anders."

„Willst du doch lieber fortgehen?“, fragte Mady erschrocken.

Abrupt richtete sich Danny in seinem Bett auf. „Nein, natürlich nicht. Darum geht es auch nicht.“

„Aber worum geht es dann?“

Es fiel ihm schwer, seine Gedanken in Worte zu fassen. Sie bargen einen zu großen Schrecken. „Stell dir vor, ich mache einen Fehler und einer von euch wird berührt. Ich müsste den Einsatz abbrechen, um denjenigen von euch retten zu können.“

„Warum ängstigt dich das? Wenn jemand dazu in der Lage ist, die *Joker* in sechs Minuten in die Erdorbitalstation zurückzubringen, dann du.“

„Das weiß ich, aber was ist mit dem Schwarm? Wer soll die Hewitts aufhalten, wenn ich in den Hangar zurückkehre?“

Plötzlich wurde Mady blass. „Die ... die *Ace* wird für dich übernehmen.“

„Das ist keine Lösung. Lieutenant Thornsburg hat bei jedem Flug gegen die Hewitts einen Mann verloren, und es hätten sogar noch mehr Verluste pro Einsatz sein können. Besser vermag er nicht zu fliegen, deshalb wird er sehr bald ebenfalls abbrechen müssen, und damit hätten wir eine Situation wie beim letzen Angriff.“

Ein Schauder überlief ihn, als er daran dachte, wie die Jäger des ersten Geschwaders nach und nach aus der Ortung verschwunden waren, und auch auf Madys Arm sah er eine Gänsehaut. Trotzdem versuchte sie, ihm zu widersprechen.

„Das ist nicht richtig. Wir haben jetzt die *Arrow II* und die *Wing T*. Sie sind eine zusätzliche Reserve. Sie können den Einsatz zu Ende führen und sie werden bestimmt ...“

„Genau daran zweifle ich“, fiel Danny ihr ins Wort. „Denk nur an das, was mit Lieutenant Yate und seiner Crew geschehen ist. Sie haben nicht einmal drei Minuten im Schwarm überlebt. Wie sollte ich also darauf vertrauen können, dass es selbst mit drei weiteren Tetraederschiffen möglich sein wird, den Schwarm aufzuhalten, falls ich den Einsatz abbrechen muss?“

Mady erstarrte.

Danny zitterte, als er ihr seine qualvollsten Gedanken offenbarte. „Ich glaube, dass ich den Schwarm aufhalten kann, auch wenn einer der Kanoniere ausgefallen ist, und deshalb muss ich mir gut überlegen, was ich tue, falls das tatsächlich einmal geschehen sollte. Wenn ich nicht umkehre, wird derjenige von euch, der berührt worden ist, sterben. Kehre ich um, werden nacheinander Verluste in den Besatzungen der *Ace*, der *Arrow II* und der *Wing T* und schließlich im Begleitgeschwader auftreten. Im schlimmsten Fall könnten wieder Tausende Menschen auf der Erde sterben. Ganz gleich wie ich mich entscheide, es wird Tote geben." Er hielt inne, schluckte hart und ließ die Schultern hängen. „Es ist meine Wahl."

In Madys Augen glänzte es verräterisch, aber noch bewahrte sie ihre Selbstbeherrschung, als sie ihn bei den Schultern nahm. „Das ist nicht wahr, Danny", sagte sie eindringlich. „Die Entscheidung liegt beim Captain. Sie wird dir sagen, was du tun musst."

Ihre Berührung und ihre Worte spendeten ihm nur wenig Trost. Seine Hände krallten sich in das Bettlaken.

„Glaubst du, ich könnte mich in dieser Angelegenheit hinter einem Befehl verstecken? Glaubst du, ich würde mich besser fühlen, dich, Jenn, Val oder Ellie oder die Besatzungsmitglieder der anderen Schiffe sterben zu lassen, nur weil der Captain mir gesagt hat, dass ich es tun muss?"

Mady senkte betroffen den Blick.

„Captain Wilding fliegt nicht gegen die Hewitts", rief Danny mit rauer Stimme. „Sie kann mir zwar Anweisungen geben und Befehle erteilen, doch was im Schwarm geschieht, unterliegt ganz allein meiner Verantwortung. Niemand kann mich davon befreien."

Das stimmte nicht ganz. Ein anderer Gambler könnte es, aber es gab keinen, der dazu bereit gewesen wäre. Nicht ein einziger Gambler hatte sich aufgrund des Aufrufs des Admirals bei der Erdflotte gemeldet, und er glaubte auch nicht daran, dass das noch geschehen könnte. Dabei hatte der letzte Angriff endgültig offenbart, dass die Menschen den Planeten nicht selbst verteidigen konnten.

Ein bitterer Geschmack füllte seine Kehle. Seine Leute kümmerte es offensichtlich nicht, was mit den Bewohnern der Erde geschah. Sie blieben, wo sie waren, verkrochen sich in ihren Gambler-Vereinigungen und hofften vermutlich, dass sich die Angelegenheit von selbst erledigte. Er verstand nicht, wie sie es mit ihrem Gewissen vereinbaren konnten, aber Fakt war, dass er der einzige Gambler in der Flotte war und wohl auch bleiben würde.

„Ich kann das nicht", rief er verzweifelt. „Ich kann keinen von euch sterben lassen. Aber ich kann auch nicht die anderen dem sicheren Tod preisgeben!"

Mady verlor die Beherrschung und schlang heftig die Arme um ihn. „Warum quälst du dich damit?", schluchzte sie. „Du bist besser als jeder andere Pilot. Du wirst keinen Fehler machen. Du wirst diese Wahl niemals treffen müssen."

Danny vergrub das Gesicht an ihrer Schulter. „Und wenn doch?", flüsterte er erstickt. „Die Hewitts werden immer wiederkommen, und wir werden immer wieder gegen sie kämpfen müssen. Beim nächsten Mal und beim übernächsten Mal werde ich vielleicht keinen Fehler machen, vielleicht auch nicht die nächsten dreißig Male, aber irgendwann könnte es passieren."

„Vielleicht finden Captain Wilding und Admiral Jennings einen Weg, die Gefahr durch die Hewitts zu bannen“, entgegnete Mady schwach.

„Wie denn? Wir wissen bislang ja nicht einmal, woher die verfluchten Viecher kommen und was sie von den Menschen wollen. Wie sollten wir sie da endgültig vertreiben können? Wir können sie nur abwehren, wenn sie im Sonnensystem auftauchen. *Ich* muss sie abwehren!“

Mady blieb stumm, zitterte in seinen Armen.

„Was soll ich bloß tun?“, flüsterte Danny verzweifelt.

Mady antwortete nicht sofort, sondern lag eine Weile still. Schließlich holte sie tief Luft, ein schwerer, gequälter Laut, und sagte: „Wir sind Soldaten.“

Ihre Worte fassten alles zusammen, brachten auf den Punkt, wie die Wahl lauten musste, doch sie sah ihn nicht an und ließ auch nicht zu, dass er sie musterte, sondern umarmte ihn so heftig, dass er sich schon mit sanfter Gewalt von ihr hätte lösen müssen. Aber das versuchte er erst gar nicht. Er umklammerte sie seinerseits. Wie Erfrierende hielten sie sich eng umschlungen, versuchten Trost und Hoffnung aus der Nähe und Wärme des anderen zu ziehen, während sich dunkle Wolken am Horizont der Zukunft zusammenbrauten und ein bitterkalter Wind von drohendem Unheil kündete.

51. Kapitel

Tags darauf flog Danny zusammen mit seiner Crew am Vormittag erneut eine Trainingsmission. Er strengte sich an und versuchte alles, um an seine alten Ergebnisse heranzureichen. Es gelang ihm beinahe, und so war er mit sich zufrieden, als er den Mädchen über die Sprechverbindung mitteilte, dass die *Joker* zur Station zurückkehren würde.

Nachdem er das Schiff auf den Heimweg gebracht hatte, schloss er kurz die Augen. Sie tränten leicht, so wie sie es stets nach den Übungen in den vergangenen Tagen getan hatten. Früher waren sie nicht so empfindlich gewesen.

Danny seufzte, öffnete die Augen wieder, blinzelte einmal und konzentrierte sich auf die Holografie, beobachtete die Schiffe, die sich außer ihnen im System bewegten, und bedachte vor allem die Erdorbitalstation mit einem langen Blick. Ihre Markierung erschien in der lichterzeugten Projektion als besonders deutlicher Punkt, da sie viel größer war als alle anderen Schiffe. Gegen sie waren die *Joker*, die *Ace*, die beiden neuen Tetraederschiffe oder gar die Jäger nichts weiter als kleine Staubkörnchen im All.

Eine neue Markierung erschien übergangslos in der Holografie. Das war an und für sich nichts Ungewöhnliches, da sich das Auftauchen von Schiffen aus dem Hyperraum nie vorher ankündigte, doch der neue Fleck war groß, viel zu groß für ein einfaches Raumschiff. Trotzdem war es vor allem die Farbe des Spots, die Danny alarmierte. Sie war gelb, und gelb stand für die Hewitts.

„Ein Schwarm!", schrie er, und nur einen Sekundenbruchteil später sprach der Funk an.

„*Joker*, ein Schwarm ist in das Sonnensystem eingedrungen", meldete Lieutenant Aston. „Ich berechne die Daten für den Sprung. Halten Sie sich bereit."

„Ich bin bereit", gab Danny augenblicklich zurück. Aber das stimmte nicht. Er war *nicht* bereit!

Sein Magen verschlang sich zu einem harten, eisigen Knoten. Die schlimmste aller Möglichkeiten war eingetreten. Er war müde, erschöpft von der Trainingsmission. Wie sollte er die Hewitts besiegen? Wie sollte er Mady und die anderen sicher zur Station zurückbringen?

Angst schnürte ihm die Kehle zu und schüttelte ihn durch wie eine Katze, die ihr Opfer längst im tödlichen Nackenbiss gepackt hatte, aber noch mit ihm zu spielen gedachte. Sie lähmte ihn, ließ seine Hände zittern. Nur mit Mühe gelang es ihm, die *Joker* auf Kurs zu bringen. Sein Schiff eilte allen voraus in Richtung des Schwarms, während die *Ace*, die *Arrow II* und die *Wing T* sich hinter ihnen zu einem Dreieck formierten und ihrerseits noch vor den Jägern des Geschwaders unter Lieutenant Commander Cohen den Amöboiden entgegenrasten.

Danny schlug das Herz bis in den Hals, während er auf den Countdown für den Sprung wartete. Auch seine Atemfrequenz ging hoch und seine Haut wurde warm - der Booster-Effekt kündigte sich an. Doch obwohl ihm jeder Schlag heißes Blut durch die Adern trieb, schlotterte er vor Kälte.

„Danny?"

Mady. Sie hatte Angst, große Angst sogar.

Trotz quoll aus seiner tiefsten Seele empor. Er nährte ihn verbissen, drängte seine eigene Furcht zurück. Mady verließ sich auf ihn. Sie baute darauf, dass er sein Bestes gab, und das konnte er nicht, wenn er sich in sinnloser Panik verlor.

Die Menschen auf der Erde kamen ihm in den Sinn. Längst mussten sie über die Nachrichtensender von dem Auftauchen des Schwarms erfahren haben. Wie sehr mussten erst sie sich fürchten? Sie konnten sich nicht verteidigen, konnten nichts tun, außer abzuwarten und zu hoffen, dass man die Hewitts aufhielt, dass *er* die Hewitts aufhielt!

Mit aller Macht kämpfte er seine Müdigkeit nieder, straffte energisch seine Gestalt und richtete jede Faser seines Körpers auf den bevorstehenden Kampf ein.

„Wir werden es schaffen", rief er Mady und den anderen über Funk zu.

Sie zögerten.

„Wir werden es schaffen", rief er erneut, lauter, bestimmter.

Da nahmen sie seinen Ruf auf und wiederholten ihn, sodass er vierstimmig durch den Äther scholl - ein Schlachtruf.

„Sprung in Tminus15", erklärte Lieutenant Aston.

„Wir sind bereit", erwiderte Danny, und dieses Mal stimmte es.

Aufs Äußerste angespannt verfolgte er den Countdown und gab die Anweisungen, die ihm längst in Fleisch und Blut übergegangen waren. Die Mädchen hätten zwar auch ohne sie gewusst, was zu tun war, aber ein eingespieltes Ritual sollte man besser nicht verändern. Es half, der Angst eine Richtung zu geben.

Der Countdown verstrich.

„Sprung."

Tobende Energien explodierten im Leib der *Joker* und katapultierten das Schiff in einem Sekundenbruchteil in den Schwarm. Augenblicklich füllten die Hewitts die Holografie aus. Danny preschte mit der *Joker* durch ihre Reihen, noch bevor sie auf die Anwesenheit des Schiffes reagieren konnten, und ließ es dabei um mehrere Achsen zugleich rotieren. Die breiten Kegelstrahlen der Geschütze rissen tiefe Schneisen der Vernichtung quer durch den Schwarm. Von einer Sekunde zur anderen gerieten die Amöboiden in hellen Aufruhr und schossen von allen Seiten auf das Schiff zu. Geballter als je zuvor drangen sie auf die *Joker* ein.

Danny sah sie kommen, doch sein erschrockener Schrei erstickte auf seinen Lippen. Dafür hatte er keine Zeit. In einem abrupten, für seine Verhältnisse ungewöhnlich kantigen Manöver riss er die *Joker* auf einen neuen Kurs. Sie entging den Angreifern nur um Haaresbreite.

Er stöhnte leise. Das Herz hämmerte hart gegen seine Rippen und ließ sie unter seinen Schlägen erzittern. Dumpfe Schmerzen breiteten sich in seinem Brustkorb aus, und es kostete ihn einige Mühe, sie zu ignorieren.

Energisch schwor er jeden Funken Konzentration auf die Holografie und den Kampf ein und flog weiter. Trotzdem zeigten sich kaum Erfolge. Die Hewitts waren schneller, wendiger und wirkten zielstrebiger als die der früheren Schwärme. Es gelang ihm nicht, das Muster ihrer Bewegungen zu erkennen, so sehr er sich auch bemühte.

Seine Augen brannten vor Überanstrengung. Tränen rannen ihm über die Wangen, ein hilfloser Versuch seines Körpers, die Schmerzen zu lindern. Er musste ständig blinzeln, um klar sehen zu können. Zu allem Überfluss wuchsen sich die zuvor kaum spürbaren Reizungen der Milz langsam aber sicher zu einem scharfen, übelkeitserregenden Stechen aus.

Danny stöhnte auf. Seine Augen tränten immer stärker, eine Folge der körperlichen Qual. Er biss die Zähne zusammen. Sie rieben mahlend aufeinander, als sich seine Kiefermuskulatur verkrampfte. Der Booster-Effekt hatte längst seine volle Stärke erreicht. Er spürte es an der Hitze, die mit jedem Ausatmen seinen Körper verließ, spürte es an dem Druck, der sich hinter seiner Stirn gesammelt hatte und an dem tauben Gefühl, das allmählich seinen Nacken hinaufkroch. Trotzdem war er nicht so schnell wie früher und nicht schnell genug für die Hewitts. Sie kamen dem Schiff immer wieder viel zu nahe.

Die Schrecken, die er sich in den letzten Tagen in Gedanken ausgemalt hatte, drohten Wirklichkeit zu werden.

„Nein!“

Das durfte er nicht zulassen! Er durfte nicht versagen! Er musste den Schwarm aufhalten!

Verzweifelt riss er die *Joker* von Sekunde zu Sekunde in eine andere Richtung, versuchte, Lücken im Schwarm zu finden, leere Stellen, an denen er und seine Crew einen kurzen Moment verschnaufen konnten. Er sah sie, und er steuerte darauf zu, doch die Hewitts füllten sie wieder, bevor er sie erreichen konnte. Die Schmerzen in seiner Seite wurden immer schlimmer. Sie nährten das taube Gefühl, das sich mit kaltem, saugendem Griff um seine Gedanken legte.

Mit eisernem Willen hielt er seine Konzentration aufrecht. Er musste nur noch eine kurze Weile durchhalten. Der Schwarm begann bereits zu schrumpfen. Die Mädchen machten ihre Sache gut. Sie erfassten unzählige der Amöboiden mit ihren Energiestrahlen und feuerten sich mit triumphierenden Schreien gegenseitig an.

Danny unterstützte sie, so gut er konnte, brachte dichte Pulks vor ihre Geschütze, aber obwohl er es immer wieder versuchte, gelang es ihm einfach nicht, das Muster hinter den Bewegungen der Hewitts zu erkennen. Vielleicht fehlte ihm dazu heute die Kraft, vielleicht gab es aber auch in diesem Schwarm kein Muster. Er war wilder, unberechenbarer als die anderen.

Die sprunghaften, unvorhersehbaren Manöver der Amöboiden zwangen ihn schließlich, jeden Funken Aufmerksamkeit allein auf die Sicherheit der *Joker* zu richten. Er geriet in die Defensive, aus dem Jäger wurde der Gejagte.

Und dann geschah es. Mehrere Pulks der Hewitts verfielen übergangslos in eine Synchronbewegung, schossen blitzartig aus sieben verschiedenen Richtungen heran, so schnell, dass Danny einen Sekundenbruchteil zu spät erkannte, in welch großer Gefahr sich die *Joker* befand. Verzweifelt riss er das Schiff in einer unglaublichen Kehre herum und stieß in die einzige Richtung vor, die ihnen noch nicht von den Hewitts verstellt worden war, aber auch die letzte Lücke schloss sich bereits. Sie war klein, viel zu klein für die *Joker*. Er drehte das Schiff, richtete Vals Geschütz nach vorn. Val feuerte ohne Unterlass. Der Durchschlupf wurde wieder größer, aber die Hewitts folgten noch immer ihrem synchronen Bewegungsmuster, drangen unbeirrt weiter auf die *Joker* ein. Einige von ihnen entkamen den Strahlen, einer davon bei Vals Geschütz.

Sie schrie auf, schrill, voller Angst.

„Val?“, rief Danny erschrocken und befürchtete schon, gleich die Verlustmeldung des Computers zu hören.

Stattdessen drang ein abgehacktes Keuchen durch den Äther. „Er ist wieder fort“, krächzte Val rau. „Der Hewitt war in meiner Kapsel, aber er ist einfach an mir vorbeigesaust und in der Wand verschwunden.“

Sie klang auf beinahe kindliche Weise erleichtert, aber Danny gefror das Blut in den Adern. Der Hewitt musste noch im Schiff sein, sonst hätte er ihn auf der Holografie gesehen. Aber wo war er?

Nur einen Sekundenbruchteil später bekam er die Antwort. Ein weißer Schemen schob sich aus der Decke seiner Kapsel. Er sah die Bewegung aus dem Augenwinkel. Vor Schreck setzte sein Herzschlag einmal aus, doch seine Gedanken rasten. Der Energiestrahler steckte in einer Halterung neben dem Sitz. Er konnte ihn sicher noch erreichen, bevor der Hewitt zu ihm herabstieß, aber dazu hätte er die Steuerung loslassen müssen.

Ein Blick auf die Holografie, und er entschied sich dagegen. Wenn die *Joker* den gegenwärtigen Kurs beibehielt, würde sie direkt in die dichteste

Ballung der Hewitts hineinrasen. Wenn er das zuließ, würde es ihnen so ergehen wie Lieutenant Yate und seiner Crew.

„Der Hewitt ist bei mir", rief er, um die Mädchen zu informieren, gleichzeitig führte er ein kompliziertes Manöver aus. Die *Joker* driftete an den Hewitts vorbei. Eine ungewöhnlich leere Stelle tat sich in nicht allzu großer Entfernung vor ihr auf. Danny gab der *Joker* den entsprechenden Richtungsimpuls.

„Schieß auf ihn!", schrie Mady.

„Noch nicht", flüsterte Danny. Noch war die *Joker* nicht außer Gefahr. Sekundenbruchteile dehnten sich zur Ewigkeit, als sich der Hewitt von der Decke löste und in Bewegung setzte. Er raste auf ihn zu wie ein hungriges Raubtier.

Danny zwang die *Joker* nach vorn. Ihm blieb nicht mehr viel Zeit. Der Hewitt kam näher, war fast da. Dann, endlich, hatte er es geschafft. Mit einem letzten, unerhört komplexen Manöver brachte er das Schiff aus der Falle heraus. Von einer Sekunde zur anderen stand es fast in leerem Raum. Sofort ließ er die Steuerung los, griff nach dem Strahler, doch als er eben den Kolben berührte, durchdrang der Hewitt seinen Helm und klatschte auf seine Stirn.

Seine Berührung war wie ein Speer aus Eis, der erst seine Haut, dann den Schädelknochen durchstieß und tief in sein Gehirn eindrang. Danny schrie, wollte den Helm öffnen und den Hewitt mit bloßen Händen wegreißen, aber er konnte sich nicht mehr bewegen. Grausame Kälte sickerte durch seine Stirn in jede Faser seines Körpers, lähmte sie, stahl ihnen die Kraft. Hilflos war er dem tödlichen Angriff ausgeliefert.

Der Speer stieß weiter vor, drehte sich und entsandte eisige Spitzen durch seinen Schädel. Auf ihren Spuren drang der Hewitt in seinen Geist ein.

Danny schrie noch immer, versuchte, sich zu wehren, dem psychischen Angriff etwas entgegenzusetzen, aber er konnte es nicht. Der Hewitt bohrte sich in ihn hinein, schob sich bis in den tiefsten Grund seiner Seele. Er riss alle Barrieren und Schranken nieder, die er ihm in den Weg zu stellen versuchte, schmetterte sie beiseite wie dünnes Plastik, das unter Kälteschock brach. Danny wurde zurückgetrieben, flüchtete vor dem Hewitt in die äußersten Winkel seines Bewusstseins, aber auch dort war er nicht sicher. Die Präsenz des Hewitts folgte ihm unerbittlich, nahm alle Teile seines Geistes, die er berührte, in einem stählernen Netz gefangen, sodass sich Danny nicht mehr dorthin zurückziehen konnte. Immer tiefer drängte er ihn zurück, so weit, bis es keinen Ausweg mehr gab, nur noch die Flucht nach vorn. Verzweifelt sammelte Danny den Rest seines schon fast geschlagenen Willens und warf sich dem Hewitt entgegen.

Das Wesen erwartete ihn. Ein Kaleidoskop aus Farben, Formen und Mustern explodierte in seinem Kopf und riss Danny mit sich fort.

* * *

„Danny, Danny!", schluchzte Mady verzweifelt. Tränen quollen ihr aus den Augen, bedeckten heiß und salzig ihre Wangen.

„Danny, *bitte*!"

Ihre Worte brachen, versiegten in der Enge ihrer Kehle.

Er antwortete nicht, aber seine Schreie füllten den Äther, kurze, verzerrt klingende Laute, Ausdruck höchster Qual. Mady fuhr zusammen, einmal, zweimal, ein drittes und ein viertes Mal und wünschte zitternd, er würde endlich aufhören zu schreien, doch als dem vierten Schrei kein fünfter folgte, zuckte sie noch heftiger zusammen.

„Danny ist berührt worden!", kreischte Val schrill in die beängstigende Stille hinein.

Die Worte trafen Mady wie Schläge, hatten aber auch die Wirkung einer kalten Dusche. Energisch drängte sie ihre Angst beiseite. Sie musste ruhig bleiben, sonst war Danny verloren - und sie und die anderen ebenfalls.

„Du musst die Notsprungsequenz aktivieren", herrschte sie Val an.

„Das habe ich bereits getan", schluchzte Val.

„Die Berechnung der Koordinaten läuft", bestätigte keine Sekunde später Lieutenant Aston. „Halten Sie solange durch, *Joker*."

„Aber wie?" Val war einer Hysterie gefährlich nahe. „Ich kann nicht so fliegen wie Danny. Wir werden alle sterben!"

Mady blickte auf ihre Holografie. Panik griff nach ihrem Herzen, aber sie schüttelte sie ab, ließ nicht zu, dass sie sie lähmte. Danny hatte sie schon so oft gerettet. War es zu viel verlangt, dass sie einmal für ihn das Gleiche taten?

Zutiefst entschlossen, ihn nicht im Stich zu lassen, setzte sie sich mit Val in Verbindung. „Danny hat uns in eine relativ ruhige Zone gebracht. Du musst uns hier halten, Val."

„Das kann ich nicht!"

„Doch, du kannst! Du musst!"

Val fluchte erstickt, aber sie reagierte. Die *Joker* wurde langsamer und flog enge Schleifen, die sie in dem ausgedünnten Teil des Schwarms hielten. Aber die Hewitts waren bereits wieder in Bewegung geraten. Es konnte sich nur um Sekunden handeln, bis sie von überall her auf die *Joker* einstürmten. Mady machte sich nichts vor. Ohne Danny konnten sie einem derartigen Angriff nicht lange standhalten. Sie mussten auf dem schnellsten Weg aus dem Schwarm heraus. Aber ohne die Koordinaten für den Rücksprung ...

Ein irrwitziger Gedanke schoss ihr plötzlich durch den Kopf. Danny hatte einmal eine Alternative zum Sprung vorgeschlagen. Es war an der Zeit, sie auszuprobieren.

„Val, setze die *Joker* auf direkten Kurs zum Schirmfeld", wies sie ihre Kameradin an. „Drehe das Schiff dabei so, dass du mit einer Flanke vorausfliegst, und kippe dein Geschütz nach vorn. Jenn, Ellie, ihr tut es ihr gleich, ich werde den Rückzug decken."

„Du willst durch den Schild?", fragte Jenn ängstlich.

Der Zweifel in der Stimme ihrer Kameradin raubte ihr fast den Mut. Es war Wahnsinn, was sie hier versuchten! Aber sie hatten keine Wahl.

„Das ist vermutlich unsere einzige Chance", beschwor sie die anderen.

Die Erdorbitalstation mischte sich nicht ein, obwohl Captain Wilding und ihre Offiziere mithören konnten. Überließen sie ihr die Entscheidung?

Mady konnte das nur recht sein. „Val?"

„Wir sind auf Kurs."

Die *Joker* flog einen weiten Bogen, wich in letzter Sekunde einem Pulk heranrückender Hewitts aus und stieß gleich darauf in gerader Linie auf das Schirmfeld zu. Die Entfernung schmolz beängstigend schnell zusammen.

„Lasst eure Kegelstrahlen sich leicht überlappen", befahl Mady den anderen, während sie selbst auf die Hewitts schoss, die ihnen folgten. „Val, versetze die *Joker* in eine leichte Rotation, damit die Strahlen einen möglichst großen Bereich auf der Innenseite des Feldes bestreichen."

„Aye, aye, Mady", antworteten die anderen mit großem Ernst.

Mady fühlte sich seltsam davon berührt, aber sie hatte keine Zeit, darüber nachzudenken. Der Schild kam rasend schnell näher. Val ging ein großes Wagnis ein. Natürlich musste sie mit hoher Geschwindigkeit fliegen, da die Hewitts ihnen nachsetzten und von allen Seiten auf sie eindrangen, aber es war fraglich, ob sie bei dem Tempo die *Joker* noch abfangen konnte, falls es ihnen nicht gelang, den Schild von innen lokal aufzulösen.

Mady umklammerte ihre Geschützsteuerung fester. Sie kam nicht mehr dazu, Angst zu empfinden. Die Hewitts verlangten ihr jedes Fünkchen Konzentration ab. Sie schoss ohne Pause, und da alle anderen Geschütze nach vorn gerichtet waren, war es allein an ihr, das Schiff vor seitlichen Angriffen zu bewahren. Eine fast unlösbare Aufgabe.

„Ich kann sie uns nicht mehr lange vom Hals halten", schrie sie in höchster Not.

„Wir sind gleich da", erwiderte Val mit gepresster Stimme.

Mady schluckte hart.

Endlich geriet das Schirmfeld in den Bereich der Kegelstrahlen. Val verlangsamte, um der Energie mehr Zeit zu geben, ihre vernichtende Wirkung zu entfalten, gleichzeitig versetzte sie das Schiff in eine leichte

Spiralbewegung, sodass eine Fläche von mehr als fünfhundert Metern Durchmesser auf der Innenseite des Feldes von den Strahlen erfasst wurde. Die Hewitts vergingen in Sekundenbruchteilen.

Mady wagte nicht, ihre Aufmerksamkeit von den Hewitts zu nehmen, die ihnen folgten, sah nicht, ob sie Erfolg hatten oder nicht, bis Jenn plötzlich aufschrie.

„Es klappt!"

Dannys Plan funktionierte tatsächlich. Je mehr Hewitts starben, desto dünner wurde der Schild. Ein kreisrundes Loch entstand, und plötzlich lag der freie Weltraum in greifbarer Nähe. Die *Joker* schoss darauf zu, doch auch die Amöboiden auf der Innenseite des Schildes gerieten in Bewegung. Sie eilten, immer der Krümmung des Feldes folgend, auf das Loch zu, versuchten, die Verluste auszugleichen und den Riss zu schließen, aber auch sie verglühten in den Strahlen der *Joker*.

Das Schiff raste mit irrwitziger Geschwindigkeit auf die Lücke zu. Val, Ellie und Jenn hielten ihre Geschütze auf die Ränder des Loches gerichtet und verhinderten, dass es sich wieder schließen konnte, doch jetzt strömten auch Hewitts aus dem Inneren des Schwarms herbei, um die Lücke aufzufüllen. Mady konnte sie nicht alle abschießen, doch sie kümmerten sich zum Glück nicht um die *Joker*, sondern eilten an ihr vorbei auf das Schirmfeld zu.

„Das Loch schrumpft", schrie Jenn voller Angst.

Doch die Hewitts kamen zu spät. Die *Joker* schoss durch die Bresche im Energiefeld in den freien Raum hinaus. Die Hewitts blieben hinter ihnen zurück.

Val stieß einen triumphierenden Schrei aus, Jenn jubelte und Ellie atmete erleichtert auf. Nur Mady konnte sich nicht freuen. Sie selbst mochten in Sicherheit sein, aber für Danny galt das ganz bestimmt nicht. Sie blickte auf ihr Chronometer, fragte sich, wie lange die Berührung zurückliegen mochte, aber sie wusste es nicht.

„Lieutenant Aston, wo bleiben die Sprungkoordinaten?" Die Verzweiflung ließ ihre Stimme schwanken.

„Ich bin gleich soweit", erwiderte der Offizier angespannt. Sekunden später stieß er einen erleichterten Seufzer aus. „Sprung in Tminus15."

Erst jetzt gelang es ihr, ihre verkrampften Finger von der Geschützsteuerung zu lösen. In Gedanken zählte sie den Countdown mit, drängte, betete, dass er schneller zu Ende ging, während nicht weit von ihnen entfernt die *Ace* Stellung bezog. Ein galliger Geschmack füllte plötzlich ihre Kehle. Lieutenant Thornsburg hatte keine Chance, die Piloten der *Wing T* und der *Arrow II* genauso wenig.

Tränen traten ihr in die Augen, als sie daran dachte, dass Danny genau vor dieser Situation Angst gehabt hatte. Und doch war ihm die Wahl, die er nicht hatte treffen wollen, abgenommen worden. Oder hatte er gewählt? Hatte er zugelassen, dass er berührt wurde, nur um keinen von ihnen opfern zu müssen?

Ein Schauder lief über ihre Gestalt und ließ sie zittern.

„Wann springen wir denn endlich?", schrie sie sich ihre Furcht und ihre Verzweiflung von der Seele, obwohl sie den Countdown des Computers hörte.

„Sprung", meldete die neutrale Stimme. Die Holografie erlosch und die Schirme ebenfalls. Es wurde dunkel in der *Joker*, doch gleich darauf waren die Abbildungen wieder da, und die Erdorbitalstation war ein gutes Stück näher gekommen.

Mady schaffte es nicht mehr, ihre Tränen und ihre Angst zu bezähmen. „Bring uns rein, Val", schluchzte sie.

Val antwortete nicht, aber sie beschleunigte und hielt mit einem halsbrecherischen Tempo auf die Station zu. Mady hoffte, dass sie nicht zu spät kamen.

52. Kapitel

Die grauenvollen Schreie des jungen Gamblers gellten Elaine noch immer in den Ohren, als sie durch das Schott der Funkleitzentrale in den Hangar stürzte. Admiral Jennings folgte ihr dichtauf, und sie hatten noch keine drei Schritte in die Halle hinein getan, als sich die Tür zur Krankenstation öffnete, Sherman Hewitt und sein Team herausstürmten und zu ihnen eilten. Gemeinsam liefen sie zum Startsockel der *Joker*, auf dem das Schiff bald landen musste. Es befand sich bereits in der Schleuse.

„Es war zu früh", murmelte Sherman Hewitt, seine Züge blass und angespannt. „Wir hätten ihn nicht fliegen lassen dürfen."

Elaine fuhr herum. „Keine Vorwürfe, Professor, bitte, dieses Mal nicht!", zischte sie, ihre Stimme dünn wie eine Saite, die zu reißen drohte.

Sherman Hewitt verstummte sofort, blickte lediglich hilflos auf die Schleusentore.

Admiral Jennings sagte gar nichts. Sein Gesicht war starr wie nie zuvor.

Elaine zitterte. Sie bangte um Danny Sims, doch noch gab es Hoffnung. Es waren noch keine sechs Minuten vergangen. Die Mädchen hatten hervorragend reagiert. Sie hatten sich an Fähnrich Sims' Vorschlag erinnert, einen Vorschlag, den alle anderen vergessen hatten, und sie hatten ihn im Vertrauen auf seine Fähigkeiten in die Tat umgesetzt. Nur deshalb hatten sie die *Joker* so schnell aus dem Schwarm bringen können, und das hatte ihnen allen vermutlich das Leben gerettet.

Derzeit schlug sich die *Ace* mit den Hewitts herum, doch das hatte Elaine nicht davon abhalten können, den Hangar aufzusuchen, und auch Admiral Jennings hatte nicht einen Moment lang gezögert, das Kommando Commander Morley zu übertragen. Es war ohnehin überdeutlich, was zu tun war. Falls die *Ace* versagte, würde die *Wing T* ihren Einsatz beginnen, danach die *Arrow II* und dann das Geschwader.

Ein kalter Schauder lief Elaine den Rücken hinab. Sie hoffte, betete, dass es nicht dazu kam, während sie mit geballten Fäusten auf das Schleusentor starrte. Endlich öffnete es sich, und die *Joker* schwebte daraus hervor, noch bevor die Schotthälften gänzlich zur Ruhe gekommen waren. Das war ein eklatanter Verstoß gegen die Sicherheitsvorschriften, trotzdem wünschte Elaine, Fähnrich Haver würde noch mehr von ihnen brechen. Die *Joker* kroch geradezu durch den Hangar.

Als das Schiff nach einer halben Ewigkeit auf den Startsockel sank, stieß Admiral Jennings den Krankenpfleger, der Danny Sims aus seiner Kanzel holen sollte, beiseite, sprang selbst in den Korb und ließ sich die Flanke der *Joker* hinauftragen. Wenig später erreichte er die Luke und entschwand ihren Blicken. Elaine sah ihm nach, drängte ihn in Gedanken, sich zu beeilen, und tatsächlich erschien Lloyd Jennings viel schneller wieder in der Luke, als sie für möglich gehalten hätte. In seinen Armen hielt er Danny Sims' reglosen Körper.

Elaine fluchte heftig und rückte ein Stück von dem Platz ab, an dem der Korb gleich zur Ruhe kommen musste, damit Sherman Hewitt genug Raum zum Handeln bekam. Der Professor hielt die Glocke bereit, mit dem der Hewitt entfernt werden sollte. Auch Melba Zaykan hatte eine zur Hand, ließ ihrem Vorgesetzten jedoch den Vortritt.

Aus dem Augenwinkel sah sie die Mädchen der Crew. Sie kamen mit bleichen Mienen und angstvoll geweiteten Augen näher, Fähnrich Thompson klammerte sich mit beiden Händen an Fähnrich Goddards Arm fest und schwankte, als würden ihr gleich die Knie unter dem Leib nachgeben. Elaine bedauerte sie. Es war schon schlimm genug, einen Kameraden zu verlieren, aber den Menschen, den man liebte ...

Ihre Miene versteinerte, und sie winkte die Fähnriche beiseite, damit sie nicht im Weg standen. Im gleichen Moment hatte der Korb den Boden erreicht. Admiral Jennings kletterte trotz seiner Last erstaunlich behände heraus und ließ den reglosen Jungen sofort auf das Deck gleiten. Der weißliche Körper des Hewitts hob sich deutlich von seiner Stirn ab. Er wogte und waberte unruhig, und das Licht der Deckenlampen ließ ihn wie eine unförmige Seifenblase schimmern. Sherman Hewitt trat einen schnellen Schritt auf Danny Sims zu, doch noch bevor er die Glocke über das Wesen stülpen konnte, geriet es plötzlich in Bewegung. Der Professor sprang mit einem erschrockenen Schrei auf den Lippen zurück und starrte fassungslos auf den Amöboiden. Der flache Körper des Hewitts wölbte sich auf, zog sich zusammen und formte eine Kugel, die gleich darauf nur noch an einer einzigen winzigen Stelle mit der Haut des Fähnrichs in Berührung stand. Ein saugendes Geräusch durchdrang die atemlose Stille, als sich der Hewitt endgültig ablöste und aufstieg.

Panik brach aus. Sherman Hewitt stolperte und fiel über seine eigenen Beine, als der Amöboid dicht an ihm vorbeischoss, die Mädchen wichen hastig zurück, behinderten sich jedoch gegenseitig, und irgendjemand rempelte Elaine an. Sie fuhr herum, erkannte Melba Zaykan neben sich, sah die Glocke, die sie noch immer in der Hand hielt, und riss sie an sich. Ihre Finger schlossen sich fest um den Griff der Energiewaffe, die in der Glocke steckte, dann visierte sie über den Lauf den Hewitt an und verfolgte seine Bahn, konnte aber nicht schießen, ohne jemanden zu verletzen.

„Hinlegen!", schrie sie, froh wie nie zuvor über ihre laute Kommandostimme.

Augenblicklich warfen sich alle Menschen im Hangar zu Boden. Elaine bekam freies Schussfeld, zögerte nicht länger und löste die Waffe aus. Die Glocke zersprang, als der Strahl aus ihr hervorbrach, eine glühende Schneise durch die Luft des Hangars brannte, sein Ziel jedoch verfehlte.

Der Hewitt war im letzten Moment ausgewichen, raste jetzt wie ein Irrwisch durch die Halle und näherte sich unaufhaltsam der Decke.

„Nur über meine Leiche", knurrte Elaine. Es war nicht auszudenken, was alles geschehen konnte, wenn das Wesen entkam und in der Station frei sein Unwesen treiben konnte.

Sie zielte erneut, nahm sich Zeit, obwohl ihr Herz so schnell schlug, dass es zu bersten drohte, dann schoss sie ein zweites Mal. Der Hewitt hatte die Hangardecke beinahe erreicht, als der Strahl ihn erfasste. Die vernichtende Energie fraß ihn in Sekundenschnelle, setzte seinen Weg fort und hinterließ ein tiefes Loch in der Decke.

Elaine stieß einen tiefen Seufzer aus, für mehr Erleichterung gab es weder Zeit noch Anlass. Sie eilte zu Sherman Hewitt, der noch immer wie gelähmt auf dem Boden hockte, und zerrte ihn auf die Beine.

„Helfen Sie Fähnrich Sims!", herrschte sie ihn an.

Das holte ihn aus seiner Starre. Er lief zu dem Jungen, der nach wie vor ohne jede Regung auf dem Boden lag, und ging neben ihm in die Knie. Rasch tastete er nach seinem Puls, und seine Augen weiteten sich erst ungläubig, dann voller Freude.

„Er lebt! Ich weiß nicht wieso, aber er lebt."

Elaine schüttelte fassungslos den Kopf. Noch niemand hatte die Berührung mit einem Hewitt ohne Behandlung überlebt, und sie wollte sich nicht darauf verlassen, dass Danny Sims der Erste wäre.

„Tun Sie endlich etwas für ihn", knurrte sie, nur mühsam den Impuls bezwingend, ihn mit mehr als nur mit Worten zur Eile anzutreiben.

Der Professor beachtete sie gar nicht. „Wir bringen Mr. Sims sofort auf die Krankenstation", wies er seine Helfer an. „Wir müssen ihn gründlich untersuchen, bevor ..."

Mehr sagte er nicht, da die beiden Pfleger Danny Sims bereits auf die Trage hoben, die sie aus der Station mitgebracht hatten, und ihn im Eilschritt aus dem Hangar trugen. Sherman Hewitt hielt sich dicht bei ihnen, Melba Zaykan ebenfalls, und zwei Schritte hinter ihnen folgte Admiral Jennings. Auch die Crew der *Joker* wollte sich in Bewegung setzen, aber Elaine zog sofort mit einer schnellen Geste die Aufmerksamkeit der Mädchen auf sich.

„Gehen Sie in Ihre Quartiere", befahl sie barsch. Es klang härter, als sie beabsichtigt hatte, aber sie wollte einfach nicht riskieren, dass jemand im Weg stand, während der Professor Danny Sims behandelte.

Fähnrich Thompson weinte, und ihre Blicke galten allein dem Schott, hinter dem die hastige Prozession gerade verschwunden war. Elaine fluchte im Stillen und versuchte, ihre eigene Sorge aus ihrer Stimme herauszuhalten.

„Professor Hewitt wird alles für Ihren Piloten tun, was in seiner Macht steht. Fähnrich Sims wird es schaffen. Er war rechtzeitig hier, nicht zuletzt dank Ihrer großartigen Reaktion. Wenn er durchkommt, hat er Ihnen allen zu danken. Und er *wird* durchkommen!"

Sie sprach so energisch, als würde sie einen Befehl erteilen, doch die Angst schwand nicht aus den Gesichtern der vier Fähnriche, ebenso wenig wie aus ihrem eigenen Herzen.

„Gehen Sie", wies sie die Mädchen noch einmal an. „Ich werde Ihnen sofort Bescheid geben, wenn sich Mr. Sims' Zustand verbessert."

Die vier gingen, wortlos, lediglich Fähnrich Haver bestätigte ihren Befehl leise. Fähnrich Goddard und Fähnrich Craine hatten Madelaine Thompson in ihre Mitte genommen, hielten sich dicht bei ihr. Die Schultern der jungen Frau zuckten, ihr Kopf war herabgesunken.

Elaine fluchte noch einmal, dann wandte sie sich um und betrat die Krankenstation. Admiral Jennings stand vor einer der Behandlungskabinen und sah mit regloser, blasser Miene hinein. Elaine gesellte sich zu ihm und beobachtete Sherman Hewitt und Melba Zaykan, die sich mit konzentrierten Gesichtern ihrem Patienten widmeten.

„Was geschieht nur mit ihm?", murmelte sie leise.

„Der Junge ist stark geboostet", erwiderte der Admiral ebenso gedämpft.

Elaine fuhr zusammen. Sie hatte nicht bemerkt, dass sie ihre Gedanken laut ausgesprochen hatte.

„Woran erkennen Sie das?", fragte sie.

Lloyd Jennings wies mit einer knappen Geste auf die Anzeigen der Geräte, die Fähnrich Sims' Vitalfunktionen überwachten. Sie waren auch durch die Scheibe gut abzulesen.

„Sein Puls liegt bei über 200 Schlägen pro Minute, seine Atemfrequenz ist hoch und seine Körpertemperatur beträgt 40,5°C. Das sagt alles."

Elaine runzelte die Stirn und sah auf ihr Armbandchronometer. Inzwischen waren einige Minuten vergangen, seit Fähnrich Sims berührt worden und der Kampf damit für ihn zu Ende gewesen war. „Müsste der Effekt nicht bald nachlassen?", fragte sie besorgt.

Der Admiral starrte unbewegt ins Zimmer. „Ja. Der Booster-Effekt hätte längst abklingen müssen."

Elaine erschrak, sah auf den reglosen Jungen, sah auch, dass Melba Zaykan und Sherman Hewitt tatenlos an seiner Seite standen. Sie fuhr herum und eilte ins Behandlungszimmer.

„Wollen Sie nicht irgendetwas unternehmen? Ich dachte, Sie hätten eine Therapie gegen die Berührung eines Hewitts entwickelt. Wenden Sie sie endlich an! Helfen Sie dem Jungen!"

Der Professor schüttelte den Kopf. „Ich halte es für besser, abzuwarten. Mr. Sims' Symptome sind ganz anders als die der bisherigen Opfer. Er hat keinen Herzstillstand erlitten, und es sind auch keine Lähmungen aufgetreten. Außerdem ist es bislang noch nie geschehen, dass sich ein

Amöboid von selbst wieder von einem Opfer abgelöst hat. Das ist vielleicht ein gutes Zeichen."

„*Vielleicht* ist mir bei Weitem nicht sicher genug, Professor. Fähnrich Sims ist nicht bei Bewusstsein, das sieht mir alles andere als vielversprechend aus."

„Glauben Sie, das weiß ich nicht?", entgegnete Sherman Hewitt heftig. „Ich will ihm genauso sehr helfen wie Sie, aber wenn ich auf ihn die gleiche Behandlung anwende wie auf einen normalen Menschen, obwohl er auf die Berührung ganz anders reagiert hat, könnte das schwerwiegende Folgen haben. Er ist ein Gambler, Captain, das dürfen Sie nie vergessen. Sein Nervensystem ist anders als das gewöhnlicher Menschen, und ich habe keinerlei Erfahrungen, wie sich die Behandlung auf ihn auswirken könnte."

„Wieso haben Sie sich nicht längst damit befasst?", knurrte Elaine. „Ihnen muss doch klar gewesen sein, dass auch Fähnrich Sims einmal berührt werden könnte."

„Ich habe mich mit dem Problem auseinandergesetzt, Captain, aber ich konnte es nicht lösen. Das Gambler-Hormon besitzt noch immer viele Aspekte, die ich nicht vollständig durchschaue, und wenn der Booster-Effekt hinzukommt, werden meine Voraussagen nicht nur ungenau, sondern haltlos. Ich weiß einfach nicht, was geschehen wird, wenn ich meine Behandlungsmethode auf Mr. Sims anwende. Ich *weiß* aber, dass ich vorsichtig sein muss. Denken Sie nur an die Narkose, die ihn für sechs Tage ins Koma hat fallen lassen. Wollen Sie, dass so etwas noch einmal passiert?"

„Nein, natürlich nicht, aber können Sie nicht wenigstens ..."

„Lassen Sie es gut sein, Captain Wilding", unterbrach sie Admiral Jennings, der hinter ihr ins Krankenzimmer getreten war. „Professor Hewitt hat Recht. Fähnrich Sims ist stärker geboostet als je zuvor. Vermutlich ist das die direkte Reaktion auf die Berührung durch den Hewitt, und es könnte anzeigen, dass er auf dem richtigen Weg ist, selbst damit fertig zu werden. Wenn wir in den Prozess eingreifen, könnten wir seinen Erfolg gefährden."

„Aber wir wissen doch gar nicht, ob er die Berührung tatsächlich aus eigener Kraft überwinden kann! Der Booster-Effekt könnte auch ein Zeichen dafür sein, dass er einfach nur langsamer stirbt als andere Menschen. Und selbst wenn Sie Recht haben, ist er in großer Gefahr, denn dann wird er vermutlich so lange im geboosteten Zustand bleiben, bis die Auswirkungen der Berührung auf seinen Organismus nachlassen, und das kann dauern. Können Sie dafür garantieren, dass er nicht innerlich ausbrennt? Können Sie verhindern, dass sein Herz nicht vor Überanstrengung stehen bleibt?"

Ihre Fragen waren an Professor Hewitt gerichtet, und er war es auch, der sie beantwortete. Seine Augen waren dunkel vor Sorge, strahlten aber auch Entschlossenheit aus.

„Eine endgültige Garantie gibt es nicht. Aber im Gegensatz zu der ungewissen Reaktion auf eine Behandlung haben wir die Symptome des Booster-Effekts einigermaßen unter Kontrolle. Ich denke, wir können ihn am Leben erhalten, solange er mit den Nachwirkungen der Berührung ringt."

„Wie sicher ist das?"

„Sicherer als alles andere."

Der Admiral nickte stumm. Elaine bebte innerlich, als sie von ihm zu Sherman Hewitt sah. Zuletzt fiel ihr Blick auf Danny Sims. Der Junge war bleich, sein Gesicht von dem inneren Kampf gezeichnet, der sich hinter seiner Stirn abspielen musste. Sherman Hewitt folgte ihrem Blick.

„Vertrauen Sie mir, Captain. Ich werde alles tun, um ihn zu retten."

Elaine blitzte ihn an. „Ich werde Sie beim Wort nehmen."

„Das können Sie", erwiderte der Professor fest.

Elaine atmete tief durch, versuchte, ihre rasenden Gedanken und aufgewühlten Emotionen unter Kontrolle zu bringen. Ihre langjährige Routine und die ihr eigene Verbissenheit halfen ihr dabei. Sie schüttelte alles Störende ab, fand zu dem zurück, was eigentlich wichtig war.

„Ich gehe in die Funkleitzentrale zurück. Rufen Sie mich sofort, wenn sich eine Änderung zeigt."

Der Professor nickte.

Elaine wandte sich um, sah Lloyd Jennings fragend an.

„Gehen Sie", sagte er leise. „Ich werde noch eine Weile in Fähnrich Sims' Nähe bleiben."

Elaine furchte nachdenklich die Stirn, konnte aber wie so oft keinen Ausdruck in den Zügen des Admirals entdecken, der ihr Aufschluss über das gegeben hätte, was ihn bewegte. Sie gab es schnell wieder auf und verließ hastig die Krankenstation. Auf dem Weg zur Funkleitzentrale versuchte sie, sich mental gegen eine erneute Katastrophe zu wappnen.

53. Kapitel

Als Thad von Commander Morley die Anweisung erhielt, sich für den Sprung in den Schwarm bereitzuhalten, wusste er nicht, ob er lachen oder weinen sollte. Jetzt war es also tatsächlich geschehen. Der Gambler hatte versagt!

Von Anfang an hatte er es vorausgesehen. Er hatte gewusst, dass es soweit kommen würde. Ironischerweise war der Gambler selbst und nicht etwa eines der anderen Crewmitglieder berührt worden. Diesmal hatte ihm seine Feigheit nicht den Hals gerettet, diesmal hatte er selbst die Konsequenzen seines Unvermögens zu spüren bekommen.

Thad fluchte leise, während ihm Galle in die Kehle aufstieg und ihn eine eisige Kälte im Genick packte. Ungebeten drängten sich seine letzten beiden Einsätze im Schwarm in seine Erinnerung. Durch den Ausfall der Missgeburt gerieten er und seine Crew in höchste Gefahr.

Die Niederlagen der letzten beiden Flüge steckten ihm noch tief in den Knochen. Er hatte Angst wie nie zuvor in seinem Leben. Er wollte nicht fliegen. Er wollte nicht mehr in den Schwarm. Die Einsätze gegen die Hewitts mochten Ruhm und Ehre verheißen, aber er hatte bislang nichts außer Erniedrigung und Schmähungen hinnehmen müssen. Warum also sollte er sein Leben riskieren?

Der Flug konnte ihm tatsächlich den Tod bringen - noch ein beunruhigender Schluss, den er aus dem Versagen des Gamblers ziehen musste. Zuvor hatte er angenommen, dass die Piloten, die sich immerhin tief im Inneren der Schiffe aufhielten, nur wenig gefährdet waren. Er hatte sich geirrt.

„Tminus15 bis zum Sprung“, verkündete Lieutenant Aston unvermittelt. „Halten Sie sich bereit, Lieutenant Thornsburg.“

Thad schluckte krampfhaft und umklammerte hart seine Steuerung. In ihm rangen Furcht und Zorn um die Vorherrschaft seiner Gefühle, Furcht vor den Hewitts und Zorn auf Lieutenant Aston. Der Lieutenant erteilte ihm Befehle, als sei es das Selbstverständlichste auf der Welt, dabei war er jünger, sowohl was sein Alter als auch was seine Dienstjahre anging. Trotzdem gab er sich wie ein alteingesessener Offizier, protzte arrogant mit seiner Ruhe angesichts des Feindes. Wie leicht hatte er es doch! Er saß tief im Inneren der Station, verfolgte die Hewitts lediglich auf seinen Schirmen, während er andere in die Höhle des Löwen schickte und sich über deren Furcht amüsierte.

Thad ballte die Fäuste um die Steuerung. Die *Ace* machte einen unkontrollierten Satz nach vorn. Ein mehrstimmiger, protestierender Schrei drang aus dem Funk.

„Ich hoffe, ihr seid aufgewacht“, knurrte er seine Besatzungsmitglieder an.

Alexander Dow murmelte eine verhaltene Bestätigung, John brummte unwirsch, und die beiden Ersatzmänner gaben einige unverständliche Bemerkungen von sich, die ihrem Klang nach zu urteilen keineswegs freundlicher Natur waren. Ihr Unmut galt ihm, das spürte er, dann aber besann er sich eines Besseren. Natürlich waren es die Hewitts, denen der Zorn aller galt.

Der Countdown wurde langsam heruntergezählt. Bei jeder Durchsage des Computers zuckte Thad zusammen wie unter einem Peitschenhieb. Neben der Computerstimme hörte er nur noch das Rauschen seines Blutes in seinen Adern, und er vergaß, die notwendigen Anweisungen zu geben, die für die Vorbereitungen der Mission nötig waren. Erst als Alexander sein Geschütz bereits auf die Flanke einschwenkte, die ihm seit Beginn des Trainings zugewiesen worden war, wurde ihm sein Versäumnis bewusst und er gab hastig die entsprechenden Befehle, natürlich nicht ohne seine Crew zu höchster Eile anzutreiben. Nur Sekunden vor dem Ende des Countdowns erreichte die *Ace* ihre volle Gefechtsbereitschaft.

Zwei Herzschläge später verschwanden jäh die Sterne von den Schirmen und die Holografie setzte für einen Sekundenbruchteil aus, doch genauso schnell, wie sie verschwunden war, tauchte die holografische Darstellung wieder auf - und zeigte nun das Innere des Schwarms. Tausende Hewitts wogten in dichten Pulks rund um die *Ace*, führten skurrile, hypnotische Tänze auf und verhöhnten das Schiff, das sich in ihre Nähe gewagt hatte. Ihre Bewegungen glichen denen großer Schneeflocken im Sturm - betörend, sinnverwirrend, tödlich.

Wie gelähmt starrte Thad in das brodelnde Treiben der Amöboiden, wagte kaum zu atmen, als könne er so die Zeit anhalten und damit das Unvermeidliche hinauszögern. Er hielt zwar die Steuerung umklammert, aber er rührte sich nicht, gab der *Ace* keinen Impuls, der sie in die eine oder andere Richtung geführt hätte.

Von den Geschützen her flammten die Kegelstrahlen auf. Ohne Regung und ohne Emotion verfolgte er ihre zerstörerische Wirkung mit Hilfe des Holoradars, so als wäre er ein unbeteiligter Beobachter. Und noch immer stand die *Ace* still.

Die Zeit gefror, bis plötzlich John Raff wütend knurrte: „Sir, was ist los bei Ihnen? Wieso rührt sich die *Ace* nicht vom Fleck?"

Das Eis zerbarst, zersprang in tausend kleine Splitter, die in alle Richtungen davonstoben. Thad fuhr zusammen, als hätte ihm jemand eine Faust in den Magen gerammt, seine Blicke huschten wild über seine Instrumente, und erst jetzt begriff er, dass seit dem Eintauchen der *Ace* in den Schwarm bereits eine merkliche Zeit verstrichen war. Die Amöboiden mussten ihn hypnotisiert haben.

Heißer Zorn stieg ihm angesichts der erneuten Demütigung ins Gesicht, gleichzeitig pochte sein Herz vor Angst hart gegen seine Rippen.

Die *Ace* hätte in arge Bedrängnis geraten können, und nur weil sie nach dem Sprung in einem Teil des Schwarms herausgekommen waren, in dem sich nur wenig Hewitts aufhielten, war das nicht geschehen. Nun aber rückten die Amöboiden aus anderen Bereichen heran. Er starrte sie an, noch immer unfähig, auch nur einen Finger zu rühren. In seinen Gedanken gellte ein panischer Schrei, beschwor den Schrecken rasender Hewitts herauf, die sich wie tollwütige Hunde auf ihn stürzten, doch dann begriff er, dass das Bild auf seinen Schirmen nicht dem in seiner Vorstellung entsprach. Im Gegensatz zu den beiden vorangegangenen Einsätzen waren die Bewegungen der Amöboiden langsam, fast träge. Und genau das war ihre Chance!

„Die *Ace* bleibt, wo sie ist", brüllte er ins Mikrofon. „Wenn die Hewitts uns haben wollen, sollen sie uns holen!"

Es hätte ohnehin keinen Sinn gemacht, mit wilden Manövern durch den Schwarm zu preschen. Die Missgeburt war dazu vielleicht in der Lage, aber heute war sie gescheitert, also sollte niemand von ihm verlangen, dass er es ihr gleich tat.

„Schießt auf jeden Hewitt, der sich der *Ace* nähert", schrie er seine Crew an. „Haltet sie uns vom Leib!"

Ganz gewiss war das nicht die schnellste Methode, um den Schwarm aufzulösen, aber es war bei Weitem die sicherste, und allein darauf kam es an. Wenn die Kanoniere keinen Fehler machten, konnten sie überleben. Heute hingen ihr Leben und ihr Erfolg von ihren eigenen Leistungen ab und nicht von ihm selbst. Wenn sie versagten, war es ihre Schuld, nicht seine.

Die teuflischen Amöboiden strömten zu Tausenden herbei, streckten ihre weißlichen Leiber gierig in Richtung der *Ace*, verwoben in einem Tanz, der noch immer den Tod verhieß. Aber die Vernichtung ereilte sie selbst und nicht die *Ace*. Unzählige Hewitts vergingen in den Strahlen der Geschütze; nur ab und an gelang es einem Pulk, dem Schiff gefährlich nahe zu kommen, doch Thad wich ihnen jedes Mal aus und brachte die *Ace* in einen leeren Bereich des Schwarms, obwohl seine Hände so stark zitterten, dass er kaum noch Kontrolle über sie besaß.

Doch je stärker die Zahl der Hewitts schrumpfte, desto ruhiger wurde er, und bald war er sogar in der Lage, seinen Kanonieren noch tatkräftiger als bisher unter die Arme zu greifen. Er drehte das Schiff auf der Stelle, ließ es um mehrere Achsen kreisen, so wie es auch der Gambler getan hätte, und verbreiterte damit die Flächen, die von den Energiestrahlen der Geschütze bestrichen wurden. Schließlich wurde in einer noch recht großen Entfernung zur Erde die kritische Masse unterschritten.

„Das Schirmfeld erlischt!", jubelte John Raff.

Thad sah es im gleichen Moment. Die schillernde Energiehülle, die den Schwarm vor Angriffen von außen schützte, löste sich auf, und die

Hewitts stoben auseinander wie eine Herde verschreckter Tiere. Der Erfolg puschte ihn auf, mischte Zorn, Triumph und Furcht zu einer berauschenden Droge, die sein Herz schneller schlagen ließ.

„Ihnen nach", knurrte er und wurde von einem Moment zum anderen sehr lebendig. Er umfasste die Steuerung fester und jagte die *Ace* hinter einer der größten Ansammlungen der Hewitts her. Die Kegelstrahlen fraßen sie alle.

„Ich werde nicht einen von euch entkommen lassen", schwor Thad und fletschte die Zähne. Das war seine Rache, seine Rache für das Totenlied, mit dem sie ihn in die Knie hatten zwingen wollen. Jetzt schlug er zurück. Sie hätten besser für sich selbst gesungen.

Erste Jubelrufe drangen über Funk an sein Ohr, begeisterte Schreie der Jägerpiloten, die jeden Treffer begleiteten. Auch die *Wing T* und die *Arrow II* beteiligten sich an der Jagd. Gemeinsam gelang es ihnen, die Hewitts restlos auszulöschen, lange bevor sie die Erde erreichten.

Als der letzte in einem Energiestrahl der *Ace* verging, schrie Thad triumphierend. Die Menschen der Erde waren gerettet! *Er* hatte sie gerettet! Stolz erfüllte seine Brust, ließ sein Herz beinahe bersten. Er hatte es geschafft! Er hatte den Schwarm aufgehalten, eine Tat, die man bislang nur dem Gambler zugetraut hatte. Aber ihm war es heute ebenfalls gelungen, während der Gambler versagt hatte. Er hatte gewonnen!

„Das war großartige Arbeit, Lieutenant Thornsburg", meldete sich Captain Wilding über Funk zu Wort. Sie klang erleichtert.

Thad richtete sich unwillkürlich in seinem Sitz auf, streckte die Brust heraus. „Ich habe nur meine Pflicht getan, Captain."

Ein geringschätziges Schnauben drang aus dem kleinen Kopfhörer an sein Ohr. Er konnte nicht erkennen, wer es ausgestoßen hatte, aber im Grunde war ihm das auch gleichgültig. Heute war endlich sein großer Tag. Er allein hatte die Erde vor der Bedrohung durch die Hewitts bewahrt, und niemand würde ihm diesen Sieg jetzt noch nehmen können.

54. Kapitel

Die Stunden nach der Vernichtung des Schwarms brachten eine Fülle von Anfragen von der Erde, die Elaine beantworten musste. Zusammen mit dem Admiral arbeitete sie eine offizielle Version der Geschehnisse aus, die der Presse unterbreitet werden sollte. Sie beschlossen, nicht zu verheimlichen, dass Danny Sims berührt worden war, wodurch Lieutenant Thornsburg, der den Schwarm aufgehalten hatte, zum Helden des Tages avancierte.

Sie gönnte es ihm, auch wenn ihr klar war, dass er vermutlich kaum eine Chance gehabt hätte, wenn Fähnrich Sims nicht schon den größten Teil der Hewitts vernichtet hätte. So war für den Lieutenant nur wenig zu tun geblieben. Seine Idee, im Schwarm stillzustehen und die Hewitts herankommen zu lassen, war allerdings sehr gut gewesen und hatte der Crew der *Ace* wahrscheinlich das Leben gerettet, genauso wie seine Versuche, Danny Sims bei seinen beiden vorherigen Einsätzen nachzueifern, zwei Kanonieren den Tod gebracht hatten.

Derartige Überlegungen erfuhren die Medien natürlich nicht, und über Fähnrich Sims' derzeitigen Zustand wurden sie ebenfalls nicht aufgeklärt. Es hieß lediglich, dass er die Berührung mit dem Hewitt überlebt hatte.

Elaine seufzte. Der Wortlaut der Presseverlautbarung stellte zwar keine Lüge dar, aber die ganze Wahrheit enthielt er ebenso wenig. Sie durften nicht riskieren, dass sich die Erdbevölkerung beunruhigte, und sie wäre ganz sicher *sehr* beunruhigt gewesen, wenn sie alles gewusst hätte. Der Zustand des jungen Gamblers war nach wie vor unklar. Als sie das letzte Mal bei Sherman Hewitt nachgefragt hatte, war er noch immer ohne Bewusstsein gewesen. Das war bedenklich und deutete auf Komplikationen hin, denn Fähnrich Dow war, nachdem man ihn wiederbelebt hatte, relativ schnell wieder zu sich gekommen.

Nur das Flottenoberkommando bekam eine ungeschminkte Version der Ereignisse zu hören, und die Admiräle waren, ihren grimmigen Mienen nach zu urteilen, über Danny Sims' erneuten Ausfall ebenso wenig erbaut wie sie selbst. Admiral Jennings versuchte zwar, die positiven Aspekte der Situation zu betonen, indem er immer wieder darauf hinwies, dass der Fähnrich nicht hatte reanimiert werden müssen, doch seine Worte besaßen wenig Überzeugungskraft, und sie vermutete, dass er ihnen selbst nur wenig Glauben schenkte.

Ein paar Stunden verstrichen, während sie und der Admiral erst gemeinsam und schließlich getrennt ihren Pflichten nachgingen. Ihre Aufgaben beruhten vor allem auf Defense-Status-Alpha, der nach wie vor über der Station lag. Zwar hatte Elaine inzwischen nicht nur Ian Fellmer in ihren engsten Stab der Getreuen aufgenommen, sondern auch noch eine Handvoll weiterer Männer und Frauen bestimmt, die ihr ein Gros der

Meldungen und Berichte abnehmen konnten, doch für sie selbst blieb noch immer genug Arbeit.

Darüber vergaß sie für eine Weile, sich nach Fähnrich Sims' Befinden zu erkundigen, erst als sie die letzte Aktennotiz beiseitegelegt und die letzte Nachricht abgesegnet hatte, fiel ihr Blick plötzlich wie von selbst auf die Komanlage. Ein starker Impuls drängte sie, sie zu aktivieren, um mit Sherman Hewitt Kontakt aufzunehmen, aber sie folgte ihm nicht. Wenn sich etwas Neues ergeben hätte, hätte der Professor sie mit Sicherheit informiert.

Sie atmete tief durch und schloss für eine Sekunde ihre überanstrengten Augen, in denen die unzähligen Botschaften, die sie hatte durchlesen müssen, genauso brannten wie die Stunden fehlenden Schlafs. Mit geschlossenen Lidern konnte sie ihnen ein wenig Ruhe gönnen, doch als sie so plötzlich von visuellen Reizen abgeschnitten war, konzentrierte sie ihre Aufmerksamkeit unwillkürlich auf ihr Gehör und lauschte. Viel zu hören gab es jedoch nicht. Die Lüftung summte leise, und alle Hintergrundgeräusche der Station waren nicht mehr als ein unterschwelliges Vibrieren, das wie zarte, flüchtige Spinnweben in der Luft schwebte. Man konnte sie zwar berühren, aber sobald man es getan hatte, waren sie auch schon fort.

Die tiefe Stille zerrte schon bald an ihren Nerven. Sie öffnete die Augen wieder, rieb sie kurz, obwohl sie wusste, dass sie es dadurch nur noch schlimmer machte, und starrte auf ihren Schreibtisch, der ausnahmsweise einmal aufgeräumt wirkte. Sie hatte in den vergangenen Stunden wirklich hart gearbeitet.

Trotzdem war sie unruhig. Sie spürte, dass nicht alles getan worden war. Eine Frage ging ihr nicht aus dem Kopf. Warum war Fähnrich Sims berührt worden? War es ihre Schuld? Hatte sie seine Genesung falsch eingeschätzt und ihn zu früh in den Schwarm geschickt?

Sherman Hewitt hatte das gesagt, und obwohl sie früher nicht dazu geneigt hatte, seinen Anschuldigungen recht zu geben, war sie heute in Zweifel. Sie wusste doch, wie der Junge fliegen konnte! Im Vollbesitz seiner Kräfte wäre ihm niemals ein Fehler unterlaufen.

Sie schüttelte sinnend den Kopf, als sie an ihre erste Begegnung mit ihm zurückdachte. Er hatte ihr gegenübergestanden, hier in diesem Büro, und steif und fest behauptet, bei seiner Show stets makellos geflogen zu sein. Sie hatte ihm nicht geglaubt, doch heute wusste sie, dass er nicht übertrieben hatte. Er machte keine Fehler, und wenn doch, dann nur, weil Fehler anderer dem vorausgegangen waren.

Entschlossen beugte sie sich nach vorn und speiste die Ortungsdaten der Funkleitzentrale in den Holoprojektor in ihrem Büro ein. Sie musste es wissen. Sie musste wissen, wer den Fehler gemacht hatte und warum. Nur so konnte ein ähnliches Debakel in Zukunft vermieden werden. Falls es eine Zukunft für Fähnrich Sims gab.

Die Holografie in ihrem Büro war viel kleiner als die in der Zentrale. Nur einen halben Meter Durchmesser besaß die Kugel, die unvermittelt über ihrem Schreibtisch aufflammte. Elaine ließ sich den Ablauf des Einsatzes vorspielen, während sie die Stimmen aus dem Funk über die Lautsprecher hinzublendete. Ihre Anspannung wuchs, und als der Hewitt Fähnrich Havers Strahlen entkam, sprang sie ruckartig aus dem Sessel hoch.

„Darstellung stoppen", rief sie dem Computer zu, beugte sich weit nach vorn und tauchte mit dem Gesicht fast in die Holografie ein.

„Vergrößere die direkte Umgebung der *Joker*."

Das Bild veränderte sich. Die *Joker*, bisher nur ein kleiner Punkt inmitten des Schwarms, wuchs heran. Die Darstellung war sehr genau. Sie konnte sogar den Schriftzug Alpha auf Fähnrich Havers Geschützkapsel ablesen, und sie sah auch den Hewitt, der, auf einem bogenförmigen Kurs eingefroren, dicht vor der Wandung der Kanzel schwebte.

Elaine ließ den Ablauf in Zeitlupe um eine halbe Minute vor und dann um eine halbe Minute zurücklaufen. Sie sah sich das Stück immer wieder an, aber das Ergebnis blieb das gleiche.

Mit einem Ächzen ließ sie sich in ihren Sessel zurückfallen, schüttelte den Kopf und spürte, wie dumpfer Zorn in ihr zu brodeln begann. Sie hatte eine Antwort bekommen, aber sie gefiel ihr nicht.

„Warum hat er das getan?", flüsterte sie grimmig.

Der Signalgeber schlug plötzlich an. Elaine fuhr im Sessel herum, hoffte, es möge Sherman Hewitt sein, um ihr neue Nachrichten über Fähnrich Sims zu bringen, aber es war Admiral Jennings, der auf ihre Aufforderung hin eintrat. Sein Blick fiel sofort auf die eingefrorene Holografie.

„Werten Sie den Einsatz aus, Captain Wilding?"

„Ja, Sir", knurrte sie.

Für eine Sekunde weiteten sich seine Augen überrascht, aber der Eindruck war zu flüchtig, als dass sie sich hätte sicher sein können. Als er weitersprach, klang er beherrscht wie eh und je. „Haben Sie etwas herausgefunden?"

„Das habe ich."

„Besteht Grund zur Sorge?"

Statt einer Antwort betätigte Elaine die Kontrollen und fuhr die Darstellung bis zu einem Zeitpunkt eine halbe Minute vor dem Kontakt des Schiffs mit dem Hewitt zurück und spielte dann eine volle Minute ab. Der Admiral sah zu, musterte sie anschließend abwartend.

„Ist Ihnen etwas aufgefallen?", fragte sie ihn.

„Nur das, was ich bereits vermutet habe."

„Und was wäre das?"

„Eine Verkettung unglücklicher Umstände hat dazu geführt, dass Fähnrich Sims berührt wurde."

„So?", rief Elaine impulsiv. „Das sehe ich ganz anders!"

„Klären Sie mich auf, Captain."

„Fähnrich Sims hat es absichtlich getan. Er hat zugelassen, dass ihn der Hewitt berührte. Vorhin ist es mir nicht aufgefallen, weil ich zu sehr in Sorge war, aber als ich mir die Aufzeichnung angehört habe, ist mir klar geworden, dass er nicht einmal *versucht* hat, auf den Hewitt zu schießen. Dabei ist zwischen dem Zeitpunkt, zu dem er gemeldet hat, dass der Hewitt in seine Kanzel eingedrungen ist, und dem Beginn seiner Schreie mehr als genug Zeit verstrichen. Seine überlegenen Reaktionen hätten es ihm auf jeden Fall ermöglicht, die Waffe zu ziehen, bevor er berührt wurde, und ich glaube auch nicht, dass er vorbeigeschossen hätte. Aber er hat es vorgezogen, *nicht* zu schießen."

Admiral Jennings bedachte sie mit einem nachdenklichen Blick. „Fähnrich Sims' Handlung enttäuscht Sie", stellte er sachlich fest.

„Natürlich tut sie das", fuhr Elaine wütend auf. „Ich habe den Jungen für einen guten Soldaten gehalten, und ich habe darauf vertraut, dass er die richtigen Entscheidungen trifft. Weiß der Teufel, was ihn geritten hat, als er sich nicht gegen den Hewitt zur Wehr setzte."

„Er hatte gute Gründe", erklärte der Admiral unbeeindruckt von ihrer Wut und wies auf die Darstellung. „Beachten Sie die Ballungen rund um die *Joker*. Was wäre geschehen, wenn Mr. Sims die Steuerung losgelassen hätte, um den Hewitt abzuwehren?"

Elaine erkannte sofort, worauf er hinauswollte, aber das milderte ihren Zorn nicht. „Ich sehe ein, dass das Schiff dann in eine ziemlich prekäre Lage geraten wäre, aber das ändert nichts daran, dass Fähnrich Sims die falsche Entscheidung getroffen hat. Schön, er hat verhindert, dass eins der Mädchen berührt wurde, doch so edelmütig das auch sein mag, es war dumm. Ihm sollte eigentlich klar sein, dass er sein eigenes Leben an allererster Stelle schützen muss. Die Kanoniere können wir ersetzen, ihn jedoch nicht. Indem er sich berühren ließ, ist er das Risiko eingegangen, dass wir ihn verlieren. Sein Anfall von Opferbereitschaft hätte auf der Erde vielen Menschen das Leben kosten können, und ich will gar nicht davon reden, was geschehen wird, wenn er bis zum nächsten Schwarm nicht wieder auf den Beinen ist. All das muss ihm in der Sekunde, in der er sich entschloss, nicht auf den Hewitt zu schießen, bewusst gewesen sein, denn wenn jemand die Konsequenzen seines Handelns in jeder Beziehung abschätzen kann, dann ist er es."

„Das sehen Sie völlig richtig, Captain Wilding. Trotzdem tun Sie dem Jungen unrecht."

„Das glaube ich nicht. Ich weiß, dass er Angst davor gehabt hat, dass eins seiner Crewmitglieder berührt werden und er gezwungen sein könnte, es zu opfern, um den Schwarm zu besiegen, aber ich hatte wirklich angenommen, dass er damit klarkommt. Und ganz sicher hätte ich nicht damit gerechnet, dass er sich dieser Entscheidung entzieht, indem er sich selbst berühren lässt."

„Das hat er nicht getan", erwiderte der Admiral bestimmt.

„Wie können Sie sich nur so *sicher* sein?", fragte Elaine verärgert.

„Weil ich ebenfalls bereits eine Analyse des Einsatzes durchgeführt habe. Ich werde Ihnen zeigen, zu welchem Schluss ich gekommen bin. Sehen Sie genau hin, vielleicht ändern Sie dann Ihre Meinung." Er beugte sich vor. „Ich fahre die Darstellung zu der Sekunde vor, in der Fähnrich Sims den Hewitt in seiner Kapsel gemeldet hat." Die Holografie veränderte sich, und Lloyd Jennings gab neue Anweisungen.

„Computer, zeige den Kurs der *Joker* an, den das Schiff genommen hätte, wenn keinerlei Steuerungsimpulse mehr erfolgt wären."

Eine weiße Linie erschien, stach wie ein Pfeil mitten in die dichteste Ballung der Hewitts.

Elaine verschränkte die Arme vor der Brust. „Das wusste ich bereits."

„Das mag sein, aber eins haben Sie nicht bedacht. Computer, was wäre geschehen, wenn die *Joker* diesem Kurs gefolgt wäre?"

Der Antwort kam sofort. „Mit einer Wahrscheinlichkeit von 92% wären alle Kanoniere und der Pilot von Hewitts berührt worden."

„Aber ... aber Fähnrich Sims hätte auch weitere Hewitts abschießen können, die zu ihm vorgedrungen wären", stammelte Elaine verwirrt.

„Das hätte er", bestätigte der Admiral ruhig, „aber seine Crew ist dazu nicht in der Lage, jedenfalls nicht so sicher wie er. Denken Sie an die vergangenen Einsätze. Die *Ace* hat insgesamt zwei Besatzungsmitglieder verloren, zwei konnten sich durch Schüsse vor den Hewitts retten. Das ist eine Trefferquote von 50%, für mich nichts weiter als Glück. Das Schicksal von Lieutenant Yate und seiner Crew weist in die gleiche Richtung. Sie alle waren bewaffnet, doch nicht einem einzigen von ihnen ist es gelungen, den eingedrungenen Amöboiden abzuwehren. Fähnrich Sims wusste das, und er wusste auch, dass vermutlich nicht nur einer, sondern gleich mehrere Hewitts in jede Geschützkanzel vorgedrungen wären, falls er die Steuerung losgelassen hätte. Die Mitglieder seiner Crew wären ohne Ausnahme berührt worden."

„Wäre es nicht ausreichend gewesen, wenn er bei Bewusstsein bleibt?"

„Wie stellen Sie sich das vor, Captain? Ohne Kanoniere wäre die *Joker* den Hewitts schutzlos ausgeliefert gewesen, und es hätte Fähnrich Sims auch nicht viel geholfen, dass er die Geschütze von seiner Kanzel aus bedienen kann. Er ist zwar gut, aber auch er kann nicht den Ausfall der gesamten Mannschaft ausgleichen. Was glauben Sie, wie wahrscheinlich es gewesen wäre, dass er im Schwarm überlebt hätte, bis die Sprungkoordinaten berechnet worden wären?"

Elaine schluckte, blieb stumm.

„Die Wahrscheinlichkeit liegt nicht einmal bei zehn Prozent", erklärte der Admiral. „Wenn er so gehandelt hätte, wie Sie es von ihm erwartet haben, wären seine Crew und er selbst mit größter Sicherheit jetzt nicht mehr am Leben. Es wäre ihnen ergangen wie Lieutenant Yate und seiner Besatzung."

Elaine starrte mit großen Augen in die Holografie, dann schüttelte sie den Kopf. „Sie meinen, er hat gewusst, was passieren könnte, wenn er sich zu wehren versucht?"

„Worauf Sie sich verlassen können. Fähnrich Sims kann die Wahrscheinlichkeiten vielleicht nicht so exakt berechnen wie ein Computer, aber ihre Größenordnung erfasst er genauso schnell. Er wusste genau, was er tat, und soweit es mich angeht, hat er die einzige Entscheidung getroffen, die ihm überhaupt möglich war. Er hat die *Joker* an einen sicheren Ort gebracht und den Mädchen damit die Zeit gegeben, sich neu zu orientieren."

„Ich schätze, ich sehe das jetzt genauso." Elaine hob entschuldigend die Schultern. „Ich hätte wohl besser wie Sie den Computer befragen sollen, statt mich allein auf den Eindruck zu verlassen, den mir meine Augen vermittelten."

Der Admiral winkte ab, ein Zeichen, dass die Angelegenheit für ihn vergessen war.

Für Elaine waren jedoch noch nicht alle Fragen geklärt. „Ich habe versucht herauszufinden, warum der Hewitt überhaupt bis zur *Joker* vordringen konnte", sagte sie. „Ich weiß, dass Fähnrich Haver den Hewitt nicht abgeschossen hat, also ist es ihr Fehler, aber ich frage mich trotzdem, wie es dazu kommen konnte. Fähnrich Sims hat es auch früher verstanden, sich auf die langsameren Reaktionen seiner Kanoniere und deren mögliche Unzulänglichkeiten einzustellen. Wieso ist ihm das heute nicht gelungen?"

Lloyd Jennings senkte leicht den Kopf, der stärkste Ausdruck des Bedauerns, den sie jemals bei ihm gesehen hatte. „Das ist es, was ich vorhin als eine Verkettung unglücklicher Umstände bezeichnet habe. Zum einen hat der Booster-Effekt die Schmerzen, die Mr. Sims noch immer aufgrund des Überfalls verspürt, mehr verstärkt, als wir vorausgesehen haben. Ich konnte in der Aufzeichnung erkennen, dass er nicht so sicher und vor allem nicht so vorausschauend geflogen ist wie bisher. Zum anderen waren die Mädchen ziemlich nervös. Sie haben vermutlich mit Schwierigkeiten gerechnet, und das hat sie gehemmt. Ihre Trefferquote war geringer als früher. Der Unterschied war nicht groß, doch in diesem Fall entscheidend. Hinzu kommt die Aggressivität der Hewitts. Dieser

Schwarm war besonders wild. Der Angriff, der letztlich zu Fähnrich Sims' Ausfall geführt hat, wurde synchron von mehreren Seiten aus gestartet. Es hat fast den Anschein, als hätten sich die einzelnen Pulks abgesprochen."

„Ich dachte bisher, die Hewitts wären nicht intelligent", rief Elaine erschrocken. Die Vorstellung, dass sie sich geirrt haben könnte, war beängstigend.

Admiral Jennings hob die Schultern. „Wer kann das schon mit Sicherheit sagen? Wir wissen noch immer viel zu wenig über sie."

Elaine stieß einen Fluch aus. „Offenbar ist Lieutenant Thornsburgs Leistung noch größer, als ich bisher angenommen hatte. Wenn der Schwarm so angriffslustig war, wie Sie sagen, ist es umso erstaunlicher, dass er ihn abwehren konnte."

Doch Admiral Jennings schüttelte sofort den Kopf. „Dem kann ich nicht zustimmen. Der Schwarm war zwar tatsächlich aggressiv, aber das gilt nur für den Zeitraum, *bevor* Fähnrich Sims berührt wurde."

„Wie soll ich das verstehen?"

Lloyd Jennings ließ die Sequenz durchlaufen, die sich an Danny Sims' Berührung durch den Hewitt anschloss. Elaine sah den Ausbruch der *Joker* aus dem Schwarm und den Beginn des Einsatzes der *Ace* und zog irritiert die Augenbrauen hoch.

„Ist das eine verlangsamte Darstellung?"

„Keineswegs."

„Seltsam."

„Sie sehen, was geschehen ist. Die Hewitts greifen bei Weitem nicht mehr so forciert an wie zuvor, und ihre Bewegungen sind deutlich langsamer geworden. Es kommt mir fast so vor, als wüssten sie plötzlich nicht mehr, ob sie tatsächlich versuchen sollten, die Menschen in der *Joker* und später die in der *Ace* zu erreichen. Selbst der Schwarm als Ganzes hat seine Geschwindigkeit reduziert."

Elaine stöhnte auf. „Ich weiß bald nicht mehr, was ich von der Sache halten soll. Diese verdammten Hewitts sind mir ein Rätsel. Nur eins ist sicher: Was auch immer mit dem Schwarm geschehen ist, muss etwas mit Fähnrich Sims zu tun haben. Als die Hewitts Lieutenant Connay, Fähnrich Kaley und Fähnrich Dow berührt haben, sind keine vergleichbaren Effekte aufgetreten. Wir müssen herausfinden, was es damit auf sich hat."

„Es gibt nur einen, der uns die nötigen Antworten geben kann."

„Fähnrich Sims."

Lloyd Jennings nickte.

Elaine war bereits auf dem Weg zur Tür. „Gehen wir zu ihm. Vielleicht ist er inzwischen aufgewacht."

Admiral Jennings' Gesicht verdüsterte sich. „Das hoffe ich."

Seine dumpfen Worte schwebten wie eine unheilvolle Wolke über ihnen, als sie gemeinsam das Büro verließen.

* * *

Als Elaine und Lloyd Jennings die Krankenstation betraten, fanden sie den jungen Gambler dort nicht mehr vor. Einer der Pfleger teilte ihnen mit, dass Sherman Hewitt und seine Assistentin den Fähnrich zu genaueren Untersuchungen in die Klinik gebracht hatten. Elaine war sich nicht sicher, ob das eine gute oder eine schlechte Nachricht war.

Sie suchten die Klinik auf, fragten nach Fähnrich Sims' Verbleib, und als man ihnen mitteilte, dass er auf der Intensivstation lag, presste sie sorgenvoll die Lippen aufeinander. Also eine schlechte Nachricht.

Als sie die Intensivstation betraten, sahen sie, dass der Fähnrich in genau dem Zimmer untergebracht worden war, in dem er auch nach dem Überfall gelegen hatte. Elaine nahm es bekümmert zur Kenntnis. Sie hatte von Herzen gehofft, ihn nie wieder an diesem trostlosen Ort wiedersehen zu müssen. Sie und Lloyd Jennings traten an die Scheibe heran. Danny Sims lag mit geschlossenen Augen im Bett und rührte sich nicht. Also war er noch immer ohne Bewusstsein. Die Hoffnung, dass er lediglich schlief, hatte sie nicht.

Sherman Hewitt und Melba Zaykan umsorgten den Jungen. Als der Professor sie bemerkte, verließ er die Kabine und kam zu ihnen. Sein angespanntes Gesicht sprach Bände.

„Mr. Sims ist seit der Berührung mit dem Amöboiden noch nicht wieder zu sich gekommen", erklärte er ohne Umschweife. „Ich habe ihn in die Klinik verlegen lassen, weil ich hier bessere Möglichkeiten habe herauszufinden, was der Grund dafür ist. Ich muss Ihnen leider mitteilen, dass es nicht gut um ihn steht."

Elaine erschrak. „Sie haben bereits eindeutige Ergebnisse erzielt?"

„Ja, und sie haben mir ganz und gar nicht gefallen."

„Reden Sie endlich!", knurrte Elaine und ballte vor Sorge und Hilflosigkeit die Fäuste.

„Es gibt eine positive Nachricht. Der Booster-Effekt ist abgeklungen, das heißt, Mr. Sims' Herzschlag hat sich normalisiert, seine Atemfrequenz ist auf ein erträgliches Maß zurückgegangen, und auch seine Körpertemperatur ist nicht mehr bedrohlich." Hewitt seufzte. „Das kam gerade noch zur rechten Zeit. Sein Fieber war trotz unserer Gegenmaßnahmen auf ein beängstigend hohes Niveau geklettert. Ich hätte nicht gewusst, wie ich es hätte aufhalten können, und der beschleunigte Puls hätte sein Herz früher oder später zur Aufgabe gezwungen. Zum Glück ist *diese* Gefahr vorbei."

„Und welche bleibt bestehen?"

„Die Berührung mit dem Amöboiden hat einige beunruhigende Veränderungen in Mr. Sims' Organismus ausgelöst. Ich kann sie beobachten, aber ich kann weder absehen, welche Folgen das für ihn haben wird, noch es stoppen. Der gesamte Vorgang ist mir völlig unverständlich."

Er machte eine Pause, schien zu warten, bis seine unheilschwangeren Worte ihre volle Wirkung bei ihnen entfaltet hatten. Elaine hätte ihn am liebsten gepackt und geschüttelt, aber bevor sie sich zu irgendwelchen Unbesonnenheiten hinreißen lassen konnte, verlor der Admiral die Geduld.

„Sprechen Sie weiter!" Seine Stimme klang beherrscht, aber sie kannte ihn gut genug, um die Anspannung darin zu erkennen.

Der Professor fuhr sich mit der Zunge über die Lippen, schien sich in Gedanken eine Rangfolge für seine Hiobsbotschaften zurechtzulegen. „Nun, meine Ergebnisse gründen sich auf einen Tiefenscan. Ich habe ..."

„Sie haben den Jungen narkotisiert?", unterbrach Elaine ihn erbost.

Hewitt hob abwehrend die Hände. „Nein, natürlich nicht. Das Risiko würde ich niemals eingehen. Außerdem war auch keine Betäubung nötig. Es war abzusehen, dass Mr. Sims im Verlauf des Scans nicht zu sich kommen würde."

Elaine holte tief Luft und rief sich energisch zur Ordnung. „Entschuldigen Sie, Professor. Was haben Sie herausgefunden?"

Die Sorgenfalten auf seiner Stirn vertieften sich, und mit einem Mal spürte Elaine die Furcht, die ihn erfüllte und die er bisher hinter einer Maske aus wissenschaftlicher Professionalität verborgen gehalten hatte. Noch einmal befeuchtete er mit der Zunge seine Lippen, unübersehbares Anzeichen seiner Nervosität und Unsicherheit. „Nichts Gutes, fürchte ich. Das Gehirn des Fähnrichs befindet sich in einem Prozess der Umstrukturierung. Synapsen lösen sich zu Hunderten und bilden sich neu. Im Grunde ist das ein ganz gewöhnlicher Vorgang, aber bei Mr. Sims geschieht es in einem Ausmaß, das ich nie zuvor erlebt habe und das alles andere als normal ist. Außerdem ist er ein Gambler. Meine bisherigen Untersuchungen haben ergeben, dass seine Synapsenverbindungen viel stabiler und dauerhafter sind als die anderer Menschen, doch jetzt scheint genau das Gegenteil der Fall zu sein. Wenn der Vorgang in gleichem Umfang weitergeht wie bisher, wird kaum eine Verbindung bestehen bleiben. Alles verändert sich. Impulse rasen durch seine Nervenbahnen, ohne dass ich einen Grund dafür erkennen könnte. Sein gesamtes Großhirn ist in hellem Aufruhr."

Elaine starrte ihn entsetzt an. „Liegt er deshalb im Koma?"

Professor Hewitt schüttelte den Kopf. „Als Koma kann man seinen Zustand eigentlich nicht bezeichnen. Seine Gehirnströme entsprechen denen eines Schlafenden in der Traumphase, im REM-Schlaf. Mr. Sims weist alle typischen neuronalen Aktivitäten auf, die für diesen Schlafabschnitt charakteristisch sind. Sie ähneln denen des Wachseins.

Außerdem treten bei ihm die heftigen Augenbewegungen auf, nach denen die REM-Phase benannt wurde. Im Gegensatz allerdings zum normalen REM-Schlaf, der nur etwa acht bis dreißig Minuten andauert, befindet sich der Fähnrich seit der Berührung mit dem Amöboiden in diesem Zustand, und es ist nicht abzusehen, wann er enden wird."

Elaine runzelte die Stirn. Ihre Gedanken rasten, suchten verzweifelt nach etwas, das der erschreckenden Eröffnung des Professors ein wenig von ihrer düsteren Bedrohlichkeit zu nehmen vermochte. „Wenn sein Zustand dem des Schlafs so ähnlich ist, müssten Sie ihn doch eigentlich wecken können", wandte sie ein.

Sherman Hewitt hob hilflos die Schultern. „Das ist nicht so einfach, wie es scheint. Selbst normale Schläfer sind aus den REM-Phasen des Schlafs deutlich schwerer zu wecken als aus den Non-REM-Abschnitten, und Mr. Sims reagiert überhaupt nicht auf äußere Reize. Wir haben es mit Geräuschen versucht und mit Berührungen, wir haben ihm sogar leichte Schmerzen zugefügt, aber nichts von alledem hat geholfen. Zu rabiateren Methoden möchte ich vorerst nicht greifen. Das könnte ihm mehr schaden als nützen."

Elaine schloss für einen Moment die Augen und knirschte mit den Zähnen. Wieder einmal war sie zum untätigen Warten verurteilt, und was es noch schlimmer machte, war, dass es keine Gewähr dafür gab, dass der Albtraum mit dem Erwachen des jungen Fähnrichs tatsächlich vorüber sein würde.

Admiral Jennings sprach ihre Gedanken aus. „Nehmen wir einmal an, Fähnrich Sims wacht bald wieder auf. Wie werden sich die Veränderungen in seinem Gehirn bemerkbar machen? Wird er sich noch normal bewegen können? Wird seine Wahrnehmung gestört sein? Und wie ist es mit den Körperprozessen, die ebenfalls von der Steuerung des Nervensystems abhängig sind? Besteht die Gefahr, dass der Hewitt all das zerstört hat?"

Der Professor machte eine beschwichtigende Geste. „So schlimm ist es zum Glück nicht. So wie es im Augenblick aussieht, werden sämtliche vegetativen Funktionen, seine motorischen und sensorischen Fähigkeiten völlig unbeeinträchtigt bleiben. Aber er wird ... er ..."

Er brach ab.

Elaine ahnte jedoch nur zu gut, was er hatte sagen wollen. „Wird Fähnrich Sims noch die gleiche Person sein wie zuvor, wenn er wieder zu sich kommt?"

Sherman Hewitt sah sie unglücklich an. „Ich ... ich weiß es nicht. Ich kann dazu nur sagen, dass jeder Mensch in seinem Gehirnstrommuster typische, unverwechselbare Abschnitte besitzt. Bei Mr. Sims haben sie sich bereits verändert, und sie tun es auch weiterhin."

„Verdammt!“ Elaine ballte die Fäuste. Ihr war danach, irgendetwas in Trümmer zu schlagen, ihrer Sorge und ihrer Wut auf irgendeine drastische Weise Ausdruck zu verleihen. „Warum er? Warum hat der Hewitt ausgerechnet ihn derart verändert? Fähnrich Dow ist nichts dergleichen geschehen, warum musste das bei Fähnrich Sims anders sein? Warum?“

Admiral Jennings antwortete ihr. „Weil er ein Gambler ist. Das, was mit ihm geschieht, muss von vornherein das Ziel der Hewitts gewesen sein, wohin auch immer es führen mag. Sie haben es vermutlich auch mit den anderen Menschen zu tun versucht, doch deren Nervensystem war für diese Art der Veränderung nicht geeignet. Professor, Sie haben selbst gesagt, dass die Personen, die berührt wurden, einen Kollaps erlitten. Es wurden mehr Botenstoffe an den Synapsen ausgeschüttet, als sie regenerieren konnten, deshalb kam es zu den Lähmungen und dem Herzstillstand. Aber Fähnrich Sims' Nervensystem ist *anders*. In ihm werden Botenstoffe sehr viel schneller regeneriert als bei gewöhnlichen Menschen, und seine Nerven können mehr Impulse aufnehmen und sie schneller leiten, als es bei jedem anderen Menschen der Fall ist. Außerdem befand er sich in geboostetem Zustand, als der Hewitt ihn traf, und sein Nervensystem arbeitete auf einem Level, das weit oberhalb von demjenigen anderer Menschen lag. Deshalb haben die Hewitts in ihm ihr erstes geeignetes Opfer gefunden, und wer weiß, ob der restliche Schwarm nicht deswegen seine Zielstrebigkeit verloren hat, weil die Amöboiden gespürt haben, dass sie ihr Ziel bei Fähnrich Sims erreichen konnten.“

„Aber was soll diese ... Transformation? Was haben die Hewitts mit ihm vor? Was werden sie aus ihm machen?“

Elaine war elend zumute. Auch wenn Danny Sims überlebt hatte, sah es doch so aus, als würden sie ihn unwiderruflich verlieren.

Admiral Jennings zuckte hilflos mit den Schultern. Er wusste es nicht. Niemand wusste es.

55. Kapitel

Der scharfe, sterile Geruch des Krankenzimmers reizte die Schleimhäute ihrer Nase und ihrer Kehle, wann immer Mady bei Danny wachte, doch sie tat es schon so lange, dass sie ihn kaum noch wahrnahm. Vier elend lange Tage waren vergangen, vier Tage, in denen sie an Dannys Bett gesessen, gehofft und gebetet hatte, ohne Erfolg.

Wie so oft brannten ihre Augen, als sie sein regloses, bleiches Gesicht betrachtete. Seine Haut wirkte fahl und durchscheinend wie das Licht des halb vollen Mondes, der helle Schein der Deckenlampe zeichnete tiefe Schatten auf seine eingefallenen Wangen, und sein Körper war nichts weiter als ein hagerer Schemen unter der Bettdecke.

Tränen drängten sich in ihre Augenwinkel und ließen ihren Blick verschwimmen, als sie nach Dannys Hand griff und sie vorsichtig streichelte. Die Fingerknochen lagen dicht unter der Haut, traten kantig hervor, und er reagierte nicht auf ihre Berührung; nur ab und an stöhnte er leise, und dann zuckten seine Finger leicht, so als wolle er nach ihr greifen. Aber das war nicht der Fall. Der Traum der Hewitts hielt ihn eisern gefangen, und jede Regung galt den Schreckgestalten, die sie auf seine Psyche losgelassen hatten, nicht ihr.

Mady schluckte hart an ihren Tränen, ließ sie nicht heraus. Sie hatte nicht mehr geweint, seit Captain Wilding sie nach der Landung aus dem Hangar geschickt hatte. Ihren Kummer zu zeigen wäre so, als gäbe sie Danny bereits verloren. Das war er nicht - noch nicht.

Hastig umfasste sie seine Hand fester, umklammerte sie, als wäre ihre Berührung der einzige Anker, der ihn im Leben festhielt. Sie wusste nicht, ob es so war, sie wusste nur, dass sie Professor Hewitts beruhigenden Worten nicht vertraute. Für Danny bestehe keine unmittelbare Gefahr, hatte er gesagt. Aber wie konnte sie das glauben? Wie konnte sie es glauben, während Danny unter ihren Augen immer mehr an Substanz verlor? Es hätte sie nicht einmal überrascht, wenn seine abgemagerte Gestalt plötzlich so flüchtig geworden wäre, dass sie ihn überhaupt nicht mehr zu berühren vermochte.

Doch außer ihr schien niemand die Gefahr zu erkennen. Sherman Hewitt sah zwar mehrfach am Tag nach Danny, aber er tat nichts, versuchte nicht einmal, Dannys Zustand zu verändern. Seine beschönigenden Worte halfen nicht. Es mochte ja richtig sein, dass jede Behandlung Danny auch schaden konnte, aber war es nicht wahrscheinlich, dass er sehr viel größeres Leid durch den Hewitt erfahren hatte, auch im Augenblick erfuhr und noch erfahren würde, wenn sie es zuließen? Seit die Amöboiden über der Erde aufgetaucht waren, hatten sie nichts als Unglück und Tod verbreitet, wie also konnte jemand im Ernst annehmen, dass das, was sie Danny antaten, *nicht* schlimm sein könnte?

Während sie Stunde um Stunde an seinem Lager verbrachte, kaum Schlaf fand und nur wenig aß, wuchs ihre Verzweiflung, und im gleichen Maß brodelte heißer Zorn immer heftiger in ihr. Sie verfluchte die Hewitts, die ihr den Mann zu nehmen drohten, den sie liebte, verfluchte Captain Wilding, die Danny trotz seiner noch nicht abgeschlossenen Genesung in den Schwarm geschickt hatte und nun zuließ, dass Sherman Hewitt untätig blieb, verfluchte den Professor ob seines Unwillens oder seiner Unfähigkeit, Danny zu helfen, und je länger sie warten musste, desto größer wurde der Kreis derer, auf die sich ihre Wut richtete. Wilder Zorn und tiefe Verzweiflung wechselten sich abrupt in ihrem Fühlen ab, machten sie sprunghaft und unnahbar, und sie wusste, dass sie Jenn und die anderen durch ihr Verhalten verschreckte, aber es war ihr gleichgültig.

Allein Danny bekam ihren Zorn nicht zu spüren, aber er hätte ihn ohnehin nicht bemerkt. Trotzdem redete sie lange Stunden mit ihm, oft solange, bis sie heiser wurde. Sie sprach über alles, was ihr gerade in den Sinn kam, erzählte ihm von ihrer Kindheit, von ihren Eltern, von allem, was ihr außer ihm wichtig war, und hoffte, dass sie so ein Licht entsenden konnte, das irgendwie zu ihm gelangte und ihm einen Weg aus der Finsternis wies, in die ihn die Hewitts gestoßen hatten. Einmal war es ihr auf diese Weise bereits gelungen, ihm zu helfen, also hielt sie daran fest, da es sonst nichts gab, was sie hätte tun können.

Auch heute sprach sie zu ihm, und schon bald hatte sie jedes Zeitgefühl verloren, da die Minuten nur zäh verrannen und sich Stunden zu Ewigkeiten ausdehnten. Sie redete unermüdlich und brach erst ab, als sie das Zischen des Schotts hörte. Langsam, fast widerwillig wandte sie den Kopf. Ärger flackerte in ihr empor, denn sie erwartete wieder einmal, Sherman Hewitt zu sehen, doch das Gesicht des Mannes, der in den Raum trat, gehörte einem Fremden.

Mady starrte ihn für eine Sekunde mit großen Augen an. Ihr Herz setzte einen Schlag aus, dann sprang sie abrupt von ihrem Stuhl auf. Jede Faser ihres Körpers spannte sich, bereit, einen möglichen Angriff abzuwehren.

Ihr Gegenüber blieb dicht beim Schott stehen und musterte sie offen. Mady erwiderte den Blick, aber ihrer war kühl, distanziert und abschätzend. Der Mann war groß und schlank, mochte etwa vierzig Jahre alt sein, wie seine glatten, weichen Züge verrieten, doch seine grauen Augen wirkten älter, wissend. Es schien, als könne er jedes Detail von ihr in Sekundenschnelle erfassen, als wären alle Geheimnisse ihrer Seele nichts weiter als die Seiten eines Buches, das er ohne die geringste Anstrengung aufzuschlagen und zu lesen verstand. Sie kannte einen solchen Blick. Danny hatte sie so angeschaut, als sie ihm zum ersten Mal begegnet war.

Hastig sah sie zwischen Dannys regloser Gestalt und dem Fremden hin und her. Dannys Haar war schwarz und nur leicht gewellt, das des Fremden dunkelbraun und lockiger. Seine Augen zeigten ein helles, klares Blau, die des Mannes einen dunkleren, intensiveren Ton, aber ihre Züge ähnelten sich auf verblüffende Weise. In den Momenten, in denen Dannys Miene von Strapazen und Konzentration gespannt war, schwand der Eindruck der ihm fehlenden Jahre dahin, und dann hätte man sie durchaus miteinander verwechseln können.

Der schlanke Mann neigte den Kopf knapp in ihre Richtung. „Ich bin Tray Sims. Dannys Vater", sagte er.

Seine Stimme war dunkel und besaß einen warmen, vollen Klang wie die eines geübten Sängers. Mady hätte jetzt aufatmen sollen, immerhin ging von Tray Sims keine Gefahr für Danny aus. Trotzdem blieb ihre Anspannung bestehen, und sie sagte kein Wort.

Dannys Vater trat zwei Schritte näher, eine fließende, überaus geschmeidige Bewegung, die ihn endgültig als Gambler verriet. Er warf nur einen kurzen Blick auf Danny, wieder ein Blick, der alles auf einmal erfasste, dann wandte er ihr seine gesamte Aufmerksamkeit zu.

„Und Sie sind?"

„Fähnrich Madelaine Thompson", erwiderte Mady steif und eher aus Reflex als aus bewusstem Antrieb.

Erkennen blitzte in den Augen ihres Gegenübers auf. Er hatte ihren Namen also schon vorher gewusst. Irgendwie machte es sie wütend. Sie presste die Lippen zusammen.

„Sind Sie mit Danny geflogen, Ms. Thompson?", fragte Tray Sims.

Ihr Zorn wuchs. Wieso fragte er, wenn er es ohnehin schon wusste? Aber es wäre doch allzu unhöflich gewesen, gar nicht zu antworten. „Ja, das auch", gab sie einsilbig zurück.

Zwei kleine, parallele Falten erschienen auf der Stirn ihres Gegenübers. „Danny hat uns von Ihnen geschrieben, Ms. Thompson."

„So?"

„Er sagte, Sie seien sehr freundlich und als eine der wenigen darum bemüht, ihn nicht aufgrund der Gerüchte, die über uns Gambler kursieren, zu beurteilen."

Mady biss sich noch stärker auf die Lippe, und ein enger Ring legte sich um ihre Kehle. „Hat er noch mehr geschrieben?", fragte sie dumpf. Es hätte ihr nicht gefallen. Sie hatte nicht das Gefühl, dass ihre Liebe jemand anderen außer sie selbst etwas anging, und das schloss auch Dannys Eltern mit ein.

Tray Sims musterte sie eindringlich. „Seine Briefe brachen ab, als er krank wurde. Seitdem haben wir nichts mehr von ihm gehört, bis uns Captain Wilding vor ein paar Tagen informierte, dass Danny von einem Hewitt berührt worden sei."

„Hat sie Sie auf die Station gerufen?"

„Ja, sie hat uns angeboten, uns mit einem Truppentransporter zur Erde bringen zu lassen."

Mady schürzte die Lippen. Bei Danny war der Captain nicht so zuvorkommend gewesen.

„Ich nehme an, Ihre Reise hat mehrere Tage gedauert."

„Zwei, um genau zu sein."

Mady starrte ihn an. Tray Sims hob leicht die Schultern. „Ich wäre gern früher aufgebrochen, aber ich habe zunächst versucht, meine Frau dazu zu bewegen, mich zu begleiten." Er seufzte. „Leider vergeblich, wie Sie sehen können."

Mady blieb stumm.

Dannys Vater schaute sie noch einen langen Augenblick an, dann trat er an das Lager seines Sohnes, sah auf ihn herab und strich ihm eine Haarsträhne aus dem Gesicht.

Mady rückte unwillkürlich dichter an Danny heran und beobachtete Tray Sims argwöhnisch über das Bett hinweg, das zwischen ihnen stand. Wie von selbst tastete ihre Hand nach Dannys, fand sie und umschloss seine schmalen, kalten Finger. Tray Sims' Hand ruhte nun auf Dannys Schulter. Kummervolle Schatten umrahmten plötzlich seine dunklen Augen.

„Wie geht es ihm?", fragte er leise, ohne den Blick von seinem Sohn zu nehmen.

Seine Frage war schlicht, nur zu verständlich und berechtigt, trotzdem entfachte sie die Flamme des Zorns in ihr. „Hat Professor Hewitt Ihnen nicht alle medizinischen Fakten präsentiert?", platzte sie heraus.

„Das hat er. Ich hatte jedoch gehofft, von jemandem eine Einschätzung der Lage zu bekommen, der Danny mehr mit dem Herzen sieht."

„Und Sie glauben, ich tue das?"

Er sah von Danny auf und blickte ihr direkt in die Augen. „Wären Sie sonst an seiner Seite?"

Mady umklammerte Dannys Hand fester. „Ich bin nicht die Einzige, die dort stehen sollte."

„Ich weiß. Deshalb bin ich hier."

Während er sprach, drückte er behutsam Dannys Schulter. Ein scharfer Schmerz schnitt Mady durch den Magen.

„Es ist zu spät", presste sie mühsam hervor.

Tray Sims zuckte zusammen. Seine Augen wurden groß, sein Gesicht bleich. „Wie meinen Sie das?"

„Ist das nicht offensichtlich?", fuhr sie ihn an. „Der Hewitt hat Danny berührt, ihn *verändert*. Mit jedem Tag gleitet er tiefer in die Traumwelt der Amöboiden hinab, und je länger er darin gefangen ist, desto weiter entfernt er sich von uns."

„Aber ... Professor Hewitt meinte, es sei nicht sicher, ob Dannys Persönlichkeit durch die Berührung tatsächlich in Mitleidenschaft gezogen wird. Er könnte völlig unbeschadet daraus hervorgehen."

Mady stieß verächtlich Luft aus. „Er *könnte* ... Ich glaube das nicht, und Sie tun es auch nicht, sonst wären Sie nicht hier. Trotzdem kommen Sie zu spät. Wenn Sie Ihren Sohn noch einmal unbeschadet hätten sehen wollen, hätten Sie früher kommen müssen - *viel* früher."

Sie musste an die Tage vor dem letzten Schwarm denken, daran, wie sehr sich Danny mit dem Gedanken gequält hatte, dass er einen Fehler machen und gezwungen sein könnte, einen von ihnen zu opfern. Nur deshalb hatte er sich bis an die Grenze seiner Belastbarkeit getrieben und seine Genesung gefährdet, und nur deshalb war er gegen die Hewitts geflogen, obwohl er noch immer unter den Nachwirkungen des Überfalls litt.

Der Gedanke öffnete ein Tor zu ihrem Zorn, ließ ihn aus ihrem Inneren hervorbrechen wie eine Flutwelle, die die letzten begrenzenden Dämme gesprengt hatte. „Warum sind Sie nicht früher gekommen?", schrie sie Dannys Vater an. „Captain Wilding hat Ihnen mitgeteilt, dass Danny krank war. Warum sind Sie nicht gekommen, um nach ihm zu sehen? Wenn Sie es getan hätten, hätten Sie gewusst, dass er noch nicht bereit war, wieder gegen die Hewitts zu fliegen. Aber er musste es tun, weil sonst niemand da war, der die Erde hätte retten können."

Tray Sims wurde noch bleicher und sagte kein einziges Wort. Mady hätte ihm ohnehin nicht die Gelegenheit dazu gelassen.

„Sagen Sie nicht, dass Sie es nicht wussten. Sie sind ein Gambler. Spätestens, nachdem Lieutenant Thornsburg das zweite Mal im Kampf gegen die Hewitts versagt hatte, hätten Sie erkennen müssen, dass nur ein Gambler die Erde vor den Schwärmen schützen konnte. Danny hätte seinen letzten Flug nicht machen müssen, wenn Sie zu ihm gestanden hätten. Er hätte warten können, bis er genesen war, wenn jemand da gewesen wäre, der sich die Verantwortung für den Schutz der Erde mit ihm teilt. Aber es war niemand da. Sie haben ihn im Stich gelassen. Wenn Sie schon nicht für die Erde fliegen wollten, hätten Sie es wenigstens für Danny tun können. Er ist einer von Ihnen. Er ist Ihr *Sohn*. Sie hätten ..."

Jedes weitere Wort erstickte an ihren Tränen, aber es war auch alles gesagt worden. Bebend vor Zorn und Kummer krallte sie ihre Hände in Dannys Laken, suchte dort Halt. Tray Sims starrte sie noch immer mit großen Augen an. Als er sprach, klang seine Stimme rau.

„Ich hoffe, Sie können mir vergeben, Ms. Thompson. Ich selbst werde es niemals tun können."

Mady brauchte zwei Sekunden, um den Sinn seiner Worte zu begreifen, zu begreifen, dass er ihr nicht einmal zu widersprechen versuchte, dann schluchzte sie erstickt auf, und plötzlich rannen ihr die

Tränen übers Gesicht, die sie so lange zurückgehalten hatte. Hilflos in ihrem Kummer sackte sie auf ihren Stuhl. Tray Sims eilte an ihre Seite, bot ihr mit einer Umarmung Trost. Sie akzeptierte ihn, zu schwach und aufgewühlt, um ihn ablehnen zu können.

„Ich ... ich will ihn nicht verlieren", schluchzte sie.

Tray Sims strich ihr beruhigend übers Haar, aber auch seine Stimme schwankte. „Ich weiß. Mir ergeht es genauso. Leider können wir nur hoffen."

Mady weinte heftiger. Ihr Vorrat an Hoffnung hatte sich irgendwann in den vergangenen fünf Tagen erschöpft.

„Hoffen Sie für uns beide", presste sie kaum hörbar hervor.

Da straffte sich Tray Sims' Gestalt. Er nahm sie bei den Schultern, schob sie eine Armeslänge von sich und sah sie mit der gleichen Entschlossenheit an, die sie auch von Danny kannte.

„Das werde ich."

56. Kapitel

Anfangs waren es nur wirre, undeutliche Schemen, Schatten und Farben, die von allen Seiten auf Danny eindrangen. Sie machten ihm Angst, und so zog er sich vor ihnen zurück, kroch in den äußersten Winkel seines Geistes, ohne ihnen jedoch entkommen zu können.

Die bizarren Formen umschlangen ihn in einem wilden Tanz und wechselten so schnell, dass er keine von ihnen hätte erkennen können, selbst wenn sie eine sinnvolle Gestalt besessen hätten. Er schrie, doch es war kein Laut zu hören. Jeder Ton wurde von der tiefen Finsternis, aus der die Schatten in jedem Sekundenbruchteil aufs Neue geboren wurden und in der sie genauso schnell wieder verschwanden, verschluckt. Sie umhüllte ihn, füllte seinen Geist mit Schwärze und unterband wirkungsvoll jede Regung, mit der er der grausamen Umklammerung vielleicht zu entfliehen vermocht hätte. Grelle Lichtblitze mischten sich immer wieder unter die wirbelnden Figuren, blendeten ihn, schickten ihr Feuer mitten durch seinen Geist, hinterließen dort sengende Spuren und brannten sich bis in die letzte Faser seines Seins hinein.

Danny hätte geweint, wenn er dazu in der Lage gewesen wäre, aber der Zugang zu seinen körperlichen Funktionen war ihm längst verloren gegangen. Er wusste nicht einmal, wo sich sein Körper befand, denn er konnte ihn nicht spüren. Er war nicht mehr als ein Bewusstsein, das von dem Sturm, der durch seinen Kopf toste, wie ein welkes Blatt herumgewirbelt wurde. Trotzdem versuchte er noch immer, sich aufzulehnen, dem Fremden, das von ihm Besitz zu ergreifen drohte, Widerstand entgegenzusetzen, aber es war viel zu stark für ihn. Seine geistige Kraft erschöpfte sich zusehends, und im gleichen Maß verlor er seine Hoffnung. Er war zu schwach, um standhalten zu können. Es war, als müsste er allein gegen einen gewaltigen Chor ansingen, eine Aufgabe, die unmöglich zu lösen war. Der Chor verschlang seine einzelne Stimme.

Danny gab auf. Es war keine bewusste Entscheidung, sondern er ließ seinen Widerstand einfach fahren, unfähig, ihn noch länger aufrechtzuerhalten. Augenblicklich erreichte das Tosen um ihn herum einen neuen Höhepunkt, und die Lichtblitze brachen in einer Frequenz über ihn herein, die ihm zuerst den Atem und schließlich auch sein Bewusstsein raubte. Er ertrank in der Finsternis.

Die Dunkelheit dauerte ewig, und als er wieder zu sich kam, war es noch immer finster um ihn. Doch nun war er sich wieder seiner Selbst bewusst, der geistige Sturm hatte nachgelassen und die Macht, die ihn zu zerreißen gedroht hatte, war verschwunden. Ungebrochene, friedvolle Stille erfüllte ihn; kein Raunen, kein Wispern, nichts war in ihm außer ihm selbst.

Vorsichtig und ängstlich begann er, seinen bewussten Verstand wieder zusammenzufügen. Er befürchtete, auch nur die kleinste geistige Regung könnte den Hewitt, oder was auch immer in ihn eingedrungen war, wieder auf ihn aufmerksam machen, doch als es ruhig blieb, wurde er mutiger und ballte sein Selbst zu einer Kugel zusammen. Auch darauf erfolgte keine Reaktion, und so entspannte er sich schließlich. Sogar seinen Körper konnte er wieder fühlen. Er versuchte, sich zu bewegen, und es gelang ihm auch, aber irgendetwas stimmte nicht.

Gleich darauf begriff er, was falsch war. Er schwebte ohne Kontakt zu einer anderen Fläche oder einem anderen Gegenstand in der Dunkelheit, so allein, als befände er sich mitten im Weltraum.

Beunruhigt versuchte er zu ertasten, ob er einen Raumanzug trug, aber er spürte nichts dergleichen. Dafür sah er die kleinen, glänzenden Lichtpunkte, die sich nach und nach aus der Düsternis schälten - Sterne.

Sein Herz machte einen wilden Sprung, und für einen Moment ruderte er hilflos mit den Armen, zutiefst erschrocken. Er hing tatsächlich regungslos im All. Aber das konnte nicht sein! Ohne schützenden Anzug müsste er ersticken und erfrieren! Doch er atmete ruhig, und ihm war angenehm warm.

Energisch rief er sich zur Ordnung und versuchte, seine Lage zu analysieren. Währenddessen verstrichen unbestimmbare Minuten. Sein Zeitgefühl arbeitete nicht mehr, gab ihm keinen genauen Aufschluss darüber, wann er war - oder wo.

Plötzlich bewegte sich das Bild vor seinen Augen. Die Sterne huschten blitzartig an ihm vorbei, doch noch bevor er darüber erschrecken konnte, standen sie bereits wieder still, und sein Blick war endgültig klar geworden. Myriaden funkelnder Sonnen bedeckten das samtschwarze Firmament, formten ein milchiges Band, das den Himmel in zwei Hälften spaltete, und bildeten filigrane Konstellationen, die wie Diamantdiademe glitzerten. Erleichtert atmete er durch, als er sie erkannte. Er befand sich im Sonnensystem. Die Erde musste nahe sein.

Sein Körper drehte sich, brachte den blau-weiß marmorierten Planeten in Sicht. Er war gar nicht so weit von ihm entfernt, fast so, als müsste er nur die Hand ausstrecken, um ihn zu erreichen. Neben der Erde zog in trauter, nimmer endender Zweisamkeit der Mond seine Bahn durch das All, und die kleine Scheibe, die nicht allzu hoch über der schimmernden Atmosphäre der Erde stand und das Licht der Sonne gleißend reflektierte, musste die Erdorbitalstation sein.

Jetzt, da er sich nicht mehr unmittelbar bedroht fühlte, betrachtete er die Erde nachdenklich und fragte sich, wie er wohl in den Weltraum gekommen sein mochte. Er wusste noch, dass er gegen die Hewitts geflogen und berührt worden war, aber das konnte nicht erklären, warum er jetzt allein im All schwebte und wieso er ohne Anzug überleben konnte.

Das alles ließ nur einen einzigen Schluss zu: Nichts von dem, was er vor sich sah, war real. Er musste träumen. Ab und an hatte er es bereits früher erlebt, dass er sich innerhalb seiner Träume seines Schlafens bewusst geworden war, und daher kannte er das seltsam substanzlose Körpergefühl, das er auch jetzt verspürte.

Sonderbar blieb seine Situation dennoch. Der Eindruck der geistigen Macht, die nach der Berührung mit dem Hewitt in ihn eingedrungen war, hatte in seinem Inneren ein leichtes Vibrieren hinterlassen, ein Echo der Angst, die noch nicht gänzlich verklungen war. Wieso hatte der Hewitt von ihm abgelassen, nachdem er ihn bereits besiegt hatte? Und was war aus dem Schwarm geworden?

Eine unerwartete Strömung griff nach ihm und riss ihn so schnell mit sich fort, dass sein Blick verschwamm. Als er genauso plötzlich wieder zur Ruhe kam und wieder klar sehen konnte, schrie er entsetzt auf. Er befand sich mitten in einem Schwarm!

Instinktiv suchten seine Hände nach den Kontrollen der *Joker*, fanden sie aber natürlich nicht.

Jähe Panik brachte sein Herz zum Rasen, und er musste sich mit Gewalt zur Ruhe zwingen. Er war nicht in Gefahr. Das alles war nur ein Traum, er selbst nur ein substanzloser Geist in einer von seiner eigenen Psyche erschaffenen Welt.

Aber stimmte das tatsächlich? Die Hewitts tanzten rings um ihn einen betörenden Reigen. Sofort erkannte er das Muster wieder, erkannte die synchronen Bewegungen der Pulks, die von sieben Seiten auf ein Zentrum zuströmten. Und dort stand die *Joker*. Er las den Schriftzug auf ihrem glänzenden Leib ab, obwohl er eigentlich viel zu weit von dem Schiff entfernt war, so als hätte sich für einen Sekundenbruchteil seine Perspektive verändert und ihn dicht an das Schiff herangetragen. Es wirkte so plastisch, so unglaublich detailliert. Er entdeckte sogar Unebenheiten und Schrammen auf ihrer Hülle, die jedem unaufmerksamen Beobachter entgangen wären. Das war die *Joker*, die echte *Joker*!

Starr vor Staunen verfolgte er die Manöver, an die er sich nur zu gut erinnerte. Eine Ewigkeit schien seitdem vergangen zu sein, oder auch nur eine Sekunde. Die *Joker* wob ihre komplexen Pirouetten spiegelbildlich zu den Bewegungen der Hewitts, schoss dann aus der Falle hervor in einen leeren Bereich. Dort kam sie zu relativer Ruhe, der Augenblick, in dem er die Steuerung losgelassen hatte und von dem Hewitt berührt worden war. Es geschah wieder, obwohl er nicht begriff, wie er gleichzeitig in der *Joker* und im All sein konnte.

Fasziniert und verwirrt verfolgte er die kommenden Geschehnisse. Sie liefen viel schneller ab, als das eigentlich der Fall hätte sein dürfen, aber er sah trotzdem, wie sich die *Joker* durch den Schild aus dem Schwarm herausbohrte und die *Ace* ihren Platz übernahm, wunderte sich über Lieutenant Thornsburgs Taktik, ahnte aber schnell, dass sie für ihn die einzig Richtige war. Die Strahlen der Geschütze dezimierten den Schwarm beträchtlich.

Gleich darauf wurde er wieder von der geheimnisvollen Strömung erfasst und dicht an die *Ace* herangetragen. Als er sah, wie sich ein Geschütz direkt auf seine Position ausrichtete, riss er angstvoll die Hände hoch, doch als der vernichtende Strahl heranraste und ihn zu verschlingen drohte, sprang sein Bewusstsein plötzlich an eine ganz andere Stelle des Schwarms.

Kurze Zeit später erlosch der Schild, und die Hewitts stoben in die unterschiedlichsten Richtungen davon. Die *Ace*, die beiden anderen Tetraederschiffe und die Jäger folgten ihnen. Wieder jagten gleißende Energiestrahlen auf ihn zu, und wieder befand er sich übergangslos an einem ganz anderen Ort des Sonnensystems als noch Sekundenbruchteile zuvor.

Da begriff er endlich. Er schwebte nicht mit seinem eigenen Körper durchs All, sondern er erlebte den Angriff so, wie die Hewitts ihn gesehen hätten, und sobald das Wesen, aus dessen 'Augen' er sah, vernichtet wurde, klinkte sich sein Verstand in ein anderes ein.

Die Hewitts strebten noch immer auf die Erde zu, wurden jedoch immer weniger. Einer nach dem anderen fiel den Jägern zum Opfer; manchmal vergingen sie gleich zu Hunderten. Eigentlich hätte ihn der Anblick freuen sollen. Stattdessen wurde er traurig. Es tat ihm weh, die Hewitts sterben zu sehen. Seine Perspektive wechselte immer schneller, und dann war es plötzlich vorbei. Das Bild erlosch, und er befand sich erneut in dichter, strukturloser Finsternis. Die Hewitts waren tot. Nicht ein einziger hatte überlebt.

Das Herz wurde ihm schwer vor Kummer, und seine eigene Entschlossenheit, die Hewitts zu vernichten, zerfaserte wie eine kleine Wolke im Sturmwind. Es war nicht richtig. Die Amöboiden wollten nichts Böses.

Eine warnende Stimme erhob sich in seinem Hinterkopf, raunte ihm zu, dass es nicht förderlich sein konnte, Mitleid mit dem Feind zu haben, aber es fiel ihm schwer, die Hewitts noch immer als solchen zu sehen. Sie lebten und fühlten auf ihre ganz eigene, unvergleichliche Art. Er wusste nicht, woher er das Wissen darüber bekommen hatte, es war einfach da, und er konnte es nicht ignorieren.

Und er wusste auch, dass seine anfängliche Einschätzung der Situation falsch gewesen war. Er fühlte sich zwar wie in einem Traum, aber das, was er eben erlebt hatte, war ohne jeden Zweifel real gewesen. Die Stellung der Hewitts im Schwarm hatte der entsprochen, die er vor sich gesehen hatte, kurz bevor er berührt worden war. Das konnte kein Zufall sein, und er glaubte auch nicht, dass er in seinem Traum auf sein eidetisches Gedächtnis zurückgegriffen hatte, denn das, was nach der Berührung folgte, hatte er nicht mehr sehen können, und trotzdem hatte er miterlebt, was aus dem Schwarm geworden war.

Natürlich war es möglich, dass seine Traumfantasie ihm einen Streich spielte, aber zwei Dinge sprachen dagegen: Zum einen hätte er nie damit gerechnet, dass Lieutenant Thornsburg versuchte, durch einen relativen Stillstand zum Schwarm seine Chancen zu erhöhen, zum anderen war ebenso wenig für ihn vorauszusehen gewesen, dass sich die Mädchen an den Vorschlag erinnerten, den er kurz nach seiner Ankunft auf der Station gemacht hatte, der aber nie besonders großen Anklang gefunden hatte. Es war höchst unwahrscheinlich gewesen, dass sie gerade auf diese Weise den Hewitts zu entkommen versuchen würden, und genauso unwahrscheinlich war es, dass er im Traum gleich zwei ungewöhnliche Ereignisse miteinander verknüpfte. Viel sinniger wäre es gewesen, wenn er die Vernichtung des Schwarms so gesehen hätte, wie er sie selbst in unzähligen Trainingsmissionen und bei den echten Angriffen durchgeführt hatte, doch genau das war nicht geschehen.

Wenn er jedoch nicht schlief und auch nicht träumte, musste der geistige Zustand, in dem er sich derzeit befand, durch die Berührung mit dem Hewitt verursacht worden sein. Anders als bei normalen Menschen war sein Nervensystem unter dem Einfluss der Berührung nicht kollabiert. Was auch immer der Hewitt mit ihm vorgehabt hatte, war ihm gelungen.

Für einen Moment schwoll das Echo der Angst in ihm an, aber er war viel zu aufgeregt, als dass er ihr Beachtung geschenkt hätte. Hatte er sich eben nicht gefragt, was aus dem Schwarm geworden war? Und hatte er nicht gleich darauf die Antwort bekommen?

Die Hewitts hatten sie ihm gegeben. Sie hatten es ihm gezeigt.

So musste es sein! Die Berührung hatte ihm nicht geschadet, im Gegenteil, durch sie offenbarte sich ihm eine Chance, auf die er niemals zu hoffen gewagt hatte.

„Wer seid ihr? Woher kommt ihr?“, formulierte er einen kraftvollen Gedanken. „Zeigt es mir!“

Ein Lächeln erfüllte seine Seele, als die Strömung erneut nach ihm griff. Dieses Mal hatte er sie erwartet, erschrak nicht, sondern genoss den schnellen Ritt durch die von Schemen belebte Dunkelheit.

Als er aus dem Sog auftauchte und seine Bewegung stoppte, entfaltete sich dicht vor ihm das strahlende Licht einer gewaltigen, fahlblauen Sonne. Es war so hell und rein, dass er für einen Moment den Blick abwenden musste; erst als er ein zweites Mal hinsah, konnte er Einzelheiten erkennen. Eine flexible, hauchzarte Hülle umgab den leuchtenden Stern wie eine Atmosphäre. In ihr brodelte es vor unzähligem Leben.

„Hewitts“, flüsterte Danny atemlos.

Sie waren es. Er erkannte sie trotz seiner Entfernung zu ihnen, sah ihre winzigen, weißlichen Leiber, die wild durcheinanderwirbelten und trotz ihrer unermesslichen Anzahl so durchscheinend waren, dass sie den Schein der Sonne nicht zu schwächen vermochten. Ihre blassen Schemen schienen nicht einmal genug Substanz zu besitzen, um einen Platz im Universum beanspruchen zu können.

Hastig schaute er sich um, suchte mit seinen Augen den Himmel nach bekannten Konstellationen ab, fand aber keine. Die blaue Sonne musste sehr, sehr weit von der Erde entfernt sein. Aber er konnte sie sehen! Er war hier, wenn auch nur im Geiste.

Aufgeregt gab er einen gedanklichen Impuls, schwebte sofort dichter an die Sonne heran und nahm neugierig alle Einzelheiten in sich auf. Gebannt verfolgte er die Tänze der Amöboiden, die sich in rasender Geschwindigkeit vollzogen und doch von geradezu ätherischer Eleganz waren, und sah zu, wie aus der Hülle des Sterns ein Schwarm geboren wurde.

Eine vielstrahlige Bewegung deutete die Entwicklung an. Von überall strömten Millionen Hewitts auf ein Zentrum zu, vereinigten sich dort zu einem massiven Wirbel und stiegen in inniger Umarmung verwoben hoch über die anderen ihrer Rasse auf. Für eine Weile tanzten sie wie die Windhose eines Tornados über ihre Artgenossen hinweg, zogen noch mehr in ihre Reihen, dann löste sich der Wirbel von dem Urschwarm und schoss in den freien Raum hinaus.

Anfangs war er noch sehr dicht und unstrukturiert und besaß die Form eines lang gestreckten Pfeils, doch je weiter er sich von der Sonne entfernte, desto schneller bildete sich die Struktur heraus, die Danny von den Schwärmen kannte, die im System der Erde aufgetaucht waren. Mehr als zweihunderttausend der kleinen Wesen entfalteten ein kugelförmiges Netz rund um den Schwarm und strebten ein vollkommen harmonisch verteiltes Muster an. Als sie es erreicht hatten, flammte der energetische Schild auf. Auch im Inneren des Schwarms flirrte es vor Bewegung. Tausende Pulks entstanden, wuchsen und schrumpften rhythmisch, so als wäre jede Bewegung im Schwarm nichts weiter als ein tiefer Atemzug eines kollektiven, gigantischen Lebewesens. Immer schneller entfernte er sich von der Sonne, dann kräuselte sich plötzlich die Schwärze des Alls direkt vor ihm, und nur einen Wimpernschlag später war der Schwarm verschwunden. Die Hewitts waren gesprungen, eilten nun im Hyperraum einem unbekannten Ziel entgegen.

Fasziniert schob sich Danny näher an den Urschwarm heran, doch noch bevor er ihn erreichte, überholte ihn ein Schwarm, der übergangslos in der Nähe der Sonne aufgetaucht war. Diese Hewitts kehrten zurück.

Auf der zuvor tadellos gewölbten Schale des Urschwarms bildete sich ein Dorn heraus, der dem ankommenden Schwarm entgegenwuchs. Gleichzeitig erlosch das Schirmfeld des Schwarms, er verlor seine kugelförmige Gestalt und zog sich zu einem schlanken Pfeil auseinander. Die beiden Spitzen trafen sich, umwanden sich spiralig und durchdrangen einander, ein Tanz, der die Heimkehrenden willkommen hieß. Wie eine schäumende Welle fluteten die Hewitts in den Urschwarm zurück und gingen gänzlich in ihm auf.

Gleich darauf wölbte sich auch ihm ein Dorn aus mehreren Millionen Hewitts entgegen, und erst jetzt begriff er, dass er selbst, sein Bewusstsein, Teil eines zurückkehrenden Schwarms war. Wie die anderen Wesen an seiner Seite tauchte er mit jubilierendem Herzen in den Urschwarm ein, von einem berauschenden Gefühl der Freude erfüllt. Unzählige Hewitts schwebten von allen Seiten auf ihn zu, berührten ihn und entsandten strahlende, klare Blitze durch seine Seele. Nur beim ersten Mal zuckte er verunsichert davor zurück, doch als er erkannte, dass sie ihn nicht verbrannten, gab er sich den Berührungen nur zu gern hin und sog all das in sich auf, was die Hewitts ihm gaben. Und sie gaben viel, wenn er auch noch nicht verstand, was es war.

Immer tiefer sank er in den Schwarm hinein und tanzte einen pulsierenden Reigen des Lebens mit den Amöboiden. Doch obwohl ihre Anzahl schier unermesslich war, trauerte er plötzlich um all jene Hewitts, die er getötet hatte. Selbst die größte Zahl ließ sich dezimieren, und wenn noch mehr der Schwärme, die zu anderen Welten aufbrachen, auf ähnlichen Widerstand trafen wie die, die zur Erde geflogen waren, konnte die blaue Sonne irgendwann einmal ihre seltsamen Begleiter verlieren.

Eine heftige Bewegung ließ Danny herumwirbeln und trug ihn zu einer Stelle, an der mehrere Hewitts dicht beisammenstanden. Sie fielen ihm sofort auf, weil sie größer waren als gewöhnlich und die anderen nicht versuchten, sie zu berühren, sondern Abstand zu ihnen wahrten und so einen Hohlraum um sie herum schufen. Die einsam stehenden Hewitts pulsierten heftig, veränderten ihre Form von Sekunde zu Sekunde, während die Amöboiden um sie herum immer aufgeregter wurden. Dann glitt plötzlich ein heller Schimmer über die Leiber der Hewitts, sie zogen sich schlagartig in die Länge, und beide Enden begannen sich zu drehen, das eine im Uhrzeigersinn, das andere in die andere Richtung. Zwei gegenläufige Spiralen liefen über die Körper der Amöboiden, trafen in der Mitte aufeinander und sogen rasend schnell Substanz von ihnen ab. Die Hewitts schnürten sich tief ein, bis sie nur noch an einem dünnen Faden aneinanderhingen, und auch dieser riss. Die Spiralen entrollten sich, die länglichen Körper formten blasse Ovale, und plötzlich standen je zwei Hewitts dort, wo zuvor nur einer existiert hatte.

Danny atmete beruhigt auf. Die Hewitts konnten sich vermehren. Sie würden niemals ausgelöscht werden.

Für eine unbestimmte Zeit trieb er durch den Urschwarm. Einmal war er Teil eines Dorns, der sich einem hereinkommenden Schwarm entgegenreckte. Die Berührungen mit diesen Hewitts waren viel intensiver als die mit anderen im Urschwarm, sie erschütterten ihn bis ins Mark und nährten eine alte, doch noch immer brennende Sehnsucht.

Wie oft hatte er die Menschen beneidet, die auf den großen Pionierschiffen die Weiten des Weltalls erkunden konnten! Sie waren in Bereiche der Milchstraße vorgestoßen, die kein Mensch vor ihnen gesehen hatte, doch letztlich hatten sie sich nie weiter als ein paar hundert Lichtjahre von der Erde entfernt. Seine Distanz zu ihr war viel größer, das wusste er, und er konnte mehr sehen, viel mehr als jeder andere vor ihm, wenn er es nur wollte.

Und er wollte es, wünschte es sich mehr als alles andere in seinem Leben. Prickelnde Erregung stob durch seine Seele, als er sich einem Schwarm anschloss, der sich zum Aufbruch versammelte, und gemeinsam mit ihm in den unendlichen Raum vorstieß. Der bläuliche Stern blieb hinter ihm zurück.

Als der Schwarm sprang, verschwanden die Sterne. Undurchdringliche Finsternis waberte außerhalb des schimmernden Energieschildes, flößte ihm bange Furcht ein, aber die Hewitts umgaben ihn sofort mit einem beruhigenden Raunen und Flüstern, das ihm Schutz und Geborgenheit versprach. Er entspannte sich wieder.

Eine Ewigkeit schien zu verstreichen, dann blitzten ganz plötzlich ringsum die Sterne auf. Eine Sonne strahlte besonders hell. Sie war das Ziel. Der Schwarm hielt genau auf sie zu, und auf seinem Weg durch das System schälten sich schimmernde Planeten aus der Schwärze des Alls heraus. Die Hewitts passierten einen gewaltigen, atemberaubend gezeichneten Gasplaneten, einen grünlichen Riesen mit einem zierlichen Ringsystem und eine kalte, steinige Welt, deren Oberfläche von unzähligen Meteoreinschlägen zernarbt und zerklüftet war.

Als sie der Sonne noch näher kamen, schob sie sich aus dem Zentrum der Bewegungsrichtung heraus, dafür wuchs direkt vor dem Schwarm eine kleine, blauweiß marmorierte Welt heran, zwischen deren weißen Wolkenbändern üppige, grüne Landstriche und braune Berge hervorlugten. Und auf der Nachtseite des Planeten funkelten unzählige Lichter, beredte Zeichen einer lebendigen Zivilisation und ihrer Städte.

Als er sie bemerkte, sah sich Danny furchtsam um, rechnete mit Widerstand, so wie er den Hewitts auf der Erde entgegengesetzt wurde. Tatsächlich näherten sich dem Schwarm mehrere gleißende Sterne, in denen er gleich darauf mächtige Raumschiffe erkannte, von deren metallischen Hüllen das Licht der Sonne blendend zurückgeworfen wurde. Doch die Strahlenblitze, die er erwartete, blieben aus. Die Raumschiffe flogen Geleit, mehr nicht. Sie ließen zu, dass sich der Schwarm dem Planeten näherte, und griffen auch nicht ein, als das Schirmfeld erlosch und die Hewitts wie ein warmer Sommerregen über der Welt niedergingen.

Wissbegierig folgte er den Amöboiden, stieß durch die weißen Schleierwolken zur Oberfläche hinab und sah schon bald die fantastischen Städte, die wie glitzernde Juwelen auf der Welt verteilt waren. Golden glänzende Straßen verbanden sie, trugen zierliche Gleiter ihrem Ziel entgegen.

Je tiefer die Hewitts kamen, desto mehr Einzelheiten der fremden Welt kristallisierten sich heraus. Hohe Türme und geschwungene Brücken bestimmten das Bild der Städte. Pilzförmige, zerbrechlich wirkende Plattformen wuchsen überall dem Himmel entgegen, schimmerten und glänzten unter den Strahlen der goldenen Sonne wie flüssiges Metall. Jede von ihnen trug Leben.

Danny stockte der Atem, als er immer dichter an die fremden Wesen heranglitt. Ihr Körperbau unterschied sich kaum von dem der Menschen, sie waren jedoch größer und von schmalerer Gestalt. Ihre Haut war hell und durchscheinend, ebenso wie ihre langen, schmeichelnden Gewänder. Beide fingen das Licht der Sonne auf, sodass sie wie lebendig gewordene Statuen anmuteten. Ihre Gesichter waren ebenfalls humanoid, doch fast zu schön, um menschlich zu sein. Mandelförmige, schwarze Augen beherrschten ihre Züge, die hohen Wangenknochen wirkten edel, die spitz zulaufenden Ohren erinnerten an Elfen. Ihre Lippen waren schmal und wie ihre gesamte Haut durchscheinend, und sie lächelten selig, während sie die Köpfe auf ihren schlanken Hälsen leicht nach hinten beugten, um den Hewitts entgegenzusehen. Mit anmutigen, fließenden Bewegungen tanzten sie über die Plattformen, hoben ihre feingliedrigen Arme den Amöboiden entgegen und luden sie ein, sie zu berühren.

Danny verschlang seine Gedanken mit denen eines Hewitts, als der Amöboid eine der Gestalten berührte. Augenblicklich überfluteten ihn Bilder aus dem Bewusstsein des fremden Wesens. Er sah, wie das Volk auf diesem Planeten lebte, wie es arbeitete, welche Technik es besaß und vieles mehr. Die Fülle der Informationen ließ ihn schwindeln, aber sie begeisterte ihn auch. Je mehr er bekam, desto weniger vermochte er sich davon zu lösen. Es war wie ein Rausch.

Als der Hewitt sich schließlich von dem Wesen trennte, seufzte Danny enttäuscht. Er wäre so gern noch geblieben, aber sein Geist blieb mit dem des Hewitts verschränkt und zog ihn ebenfalls in den Schwarm zurück. Die Hewitts sammelten sich, während die feingliedrigen Wesen unter ihnen zurückblieben. Sie winkten ihnen mit entspannten, glücklichen Mienen nach.

Der Schwarm kehrte zu der blauen Sonne zurück, doch Danny hielt es nicht lange dort aus, sondern folgte einem anderen auf seiner Reise, besuchte mehr als ein Dutzend Welten, lernte ebenso viele intelligente Völker kennen, und je länger er mit den Hewitts flog, desto vertrauter wurden sie ihm. Er ahnte, was zwischen den Menschen und den Hewitts vorgegangen war, experimentierte mit dem Wissen, das sie ihm schenkten, um seine Vermutungen zu überprüfen, und schließlich begriff er. Er hielt die Lösung für alle Fragen in der Hand.

Überglücklich verabschiedete er sich von dem Urschwarm und seiner bläulichen Sonne. Jetzt wusste er, was er tun konnte, um die Hewitts und die Menschen der Erde gleichermaßen zu retten, gab den Impuls, der ihn zum Anfangspunkt seiner Reise zurückbrachte, und als er wieder die Erde vor sich sah, schloss er die Augen.

57. Kapitel

Als Danny die Lider wieder hob, war er erwacht und fand sich in dem Zimmer wieder, in dem er auch nach dem sechs Tage andauernden Koma zu sich gekommen war. Noch bevor er sie sah, hörte er bereits die Atemzüge zweier vertrauter Menschen. Überrascht wandte er den Kopf zur Seite und entdeckte seinen Vater, der auf einem Stuhl rechts neben seinem Bett saß. Seine Arme waren vor der Brust verschränkt, sein Kopf nach vorn gesunken und seine Augen geschlossen. Tiefe Atemzüge hoben und senkten seine Brust. Er schlief.

Danny lächelte und drehte seinen Kopf zur anderen Seite. Mady war ebenfalls bei ihm. Sie hatte ihren Stuhl bis dicht an sein Bett geschoben, beide Arme auf seine Matratze gelegt und angewinkelt, sodass sie ein Polster schufen, auf das sie ihren Kopf gebettet hatte. Ihr Gesicht war ihm zugewandt. Auch ihre Lider waren herabgesunken, wie sein Vater schlief sie.

Danny spürte, wie eine Welle der Wärme und Freude sein Herz erfüllte. Er konnte sich nichts Schöneres vorstellen, als im Kreis jener Menschen zu erwachen, die er liebte. Er hatte so sehr gehofft, Mady an seiner Seite vorzufinden, wenn er die Augen aufschlug, und dass auch sein Vater bei ihm war, war fast zu schön, um wahr zu sein. Aber es war gut so. Sie sollten als Erste erfahren, dass er die Berührung unbeschadet überstanden hatte, und ihnen wollte er auch zuerst von dem wundersamen Erlebnis berichten, dessen Echo noch immer in seiner Seele nachhallte.

Er sah seinen Vater aufmerksam an und runzelte nachdenklich die Stirn. Wie lange war er schon auf der Erdorbitalstation? Und wie lange war er selbst ohne Bewusstsein gewesen?

Es mussten Tage vergangen sein, seit er von dem Hewitt berührt worden war. Augenblicklich wandte er sich wieder Mady zu, suchte in ihrem Gesicht nach Spuren des langen, bangen Wartens auf sein Erwachen und fand sie sofort. Madys Wangen waren eingefallen, und ihre Sommersprossen wirkten seltsam blass. Ihre Haltung war trotz des Schlafs angespannt. Ganz sicher hatte sie Stunde um Stunde bei ihm gesessen, ihn nicht aus den Augen gelassen und weder genügend Ruhe noch ausreichend Gelegenheiten zum Essen gehabt. Auch die Anwesenheit seines Vaters hatte sie sicher nicht davon abhalten können, selbst bei ihm auszuharren, andernfalls wäre sie nicht hier, direkt neben ihm, vom Schlaf übermannt worden.

Während sein Blick auf ihr ruhte, vertiefte sich sein Lächeln. Er richtete sich langsam auf, zog sachte eine Hand unter der Decke hervor, streckte sie nach ihr aus und streichelte mit den Fingerspitzen zärtlich ihre Wangen. Erst regte sie sich nicht, doch nach einer Weile blinzelte sie verschlafen. Ihr Kopf hob sich, und als ihre Augen in seine Richtung gingen, weiteten sie sich voller Unglauben.

„Ich bin wach", erklärte er ihr hilfreich.

„Danny!", rief sie erstickt, schoss von ihrem Stuhl hoch, und im nächsten Moment umarmte sie ihn so heftig, dass sie ihm den Atem nahm. Immer wieder flüsterte sie seinen Namen und schmiegte sich eng an ihn.

Er genoss ihre Umarmung, erwiderte sie seinerseits und strich ihr über ihr kurzes, samtiges Haar, erschrak jedoch, als er spürte, wie heftig sie in seinen Armen zitterte. Sie musste schreckliche Ängste ausgestanden haben.

Er hielt sie noch fester. „Es ist alles gut", raunte er ihr zu. „Es ist alles gut."

Doch statt dass ihr Zittern verschwand, löste sie sich plötzlich abrupt von ihm, wich zurück, und ihre Augen wurden noch größer als zuvor. Ihr Blick kündete von Sorge und Angst, Gefühle, die eigentlich der Vergangenheit angehören sollten. Er war wieder erwacht. Sie konnte sehen, dass es ihm wieder gut ging, was also fürchtete sie jetzt noch?

„Was ist los?", fragte er verwirrt.

Mady starrte ihn wortlos an; eine Hand lag auf seinem Arm, und ihre Finger bohrten sich tief in seinen Muskel. Es tat ihm fast weh, aber noch mehr schmerzte ihn ihr Blick. Es war, als würde sie einen Fremden ansehen.

„Sie weiß nicht genau, wen sie vor sich hat", beendete eine warme, volltönende Stimme das Schweigen.

Danny fuhr herum. „Dad!"

Sein Vater war aufgewacht, stand jetzt auf, trat zu ihm ans Bett und legte ihm eine Hand auf die Schulter. Madys Augen verfolgten jede seiner Bewegungen, ihr Blick enthielt eine Mischung aus verzweifeltem Hoffen und banger Furcht. Sie schien darauf zu warten, dass sein Vater ihr zeigte, was sie tun sollte.

Da begriff Danny. „Es geht um den Hewitt. Ihr glaubt, er könnte mich verändert haben."

Sofort nahm der Druck von Madys Fingern zu und bestätigte seine Vermutung. Er wandte sich wieder ihr zu, legte eine Hand auf die ihre und sah ihr tief in die Augen. „Es geht mir gut. Ich bin, wer ich immer war."

„Aber der Professor sagte ... er sagte, du ..." presste Mady stammelnd hervor, brach jedoch wieder ab, als ein Schauder ihre schmale Gestalt schüttelte.

Danny sah seinen Vater fragend an. „Was ist geschehen?"

Er erklärte es ihm, und so erfuhr Danny, wie sich sein Körper und vor allem sein Gehirn verändert hatten. Mit einigen Aspekten hatte er gerechnet, andere überraschten ihn, aber alle passten genau ins Bild. Die letzten Mosaiksteinchen fügten sich zusammen.

Ein Lächeln umspielte seine Lippen, als er Mady und seinen Vater nacheinander ansah. „Eure Befürchtungen sind überflüssig", erklärte er ruhig. „Die Hewitts wollten nichts Böses. Sie haben mich nicht manipuliert und sie haben mir auch nicht meine Persönlichkeit geraubt."

Sein Vater runzelte die Stirn. „Irgendetwas ist durch die Berührung mit dir geschehen, das besagen die Fakten eindeutig."

„Das will ich gar nicht leugnen. Die Hewitts haben mir ein Geschenk gemacht."

„Ein *Geschenk?*", wiederholte Mady entgeistert.

Danny strich ihr sanft über den Handrücken. „Ja. Anders kann ich es nicht bezeichnen. Es ist großartig, wundersam und unglaublich zugleich. Und es ist der Schlüssel zu allen noch offenen Fragen."

„Erzähle uns davon", sagte sein Vater.

Danny sah ihm an, dass er noch immer nicht davon überzeugt war, dass es keinen Grund zur Sorge mehr gab, und so ließ er sich nicht lange bitten. Er schilderte detailliert seine Erlebnisse im Urschwarm und ein oder zwei Beispiele seiner Reisen mit kleineren Schwärmen. Je länger sie ihm zuhörten, desto verwirrter und fassungsloser wurden ihre Mienen.

„Das alles hast du gesehen?", flüsterte Mady, nachdem er geendet hatte.

Er nickte. „Ja."

Sein Vater schüttelte gedankenversunken den Kopf. „Weißt du, wie unwahrscheinlich das klingt, Danny?"

Er lachte. „Natürlich weiß ich das. Ich kann den Umfang dessen, was mit mir geschehen ist, selbst noch nicht gänzlich ermessen, deshalb ahne ich, wie schwer es euch fallen muss, es zu begreifen, aber eins ist sicher: Ich bin noch die gleiche Person wie vor der Berührung." Er lächelte, dann fügte er hinzu: „Nur bin ich jetzt etwas klüger."

Das war die Untertreibung des Jahres, aber er wollte die beiden nicht erschrecken. Wenn sie gewusst hätten, wie viel Wissen er tatsächlich hinzugewonnen hatte, hätten sie ihm entweder nicht geglaubt oder ihn für verrückt gehalten. Es reichte, wenn sie vorerst einen kleinen Eindruck davon bekommen hatten. Ganz bewusst hatte er auch den Plan, den er kurz vor seinem Erwachen gefasst hatte, für sich behalten. Er wollte Mady nicht schon wieder beunruhigen, und sie wäre *ganz sicher* beunruhigt gewesen, hätte sie davon erfahren.

Mady und sein Vater tauschten einen schnellen Blick. Danny seufzte.

„Ich fühle mich blendend", bekräftigte er noch einmal. „Der Schlaf, mit dem mich der Hewitt belegt hat, hat mich nicht einmal geschwächt; im Gegenteil, die Zeit, die währenddessen verstrichen ist, hat sogar zu meiner weiteren Genesung beigetragen. Mir geht es gut. Gut genug, um aufzustehen und mich wieder hinter das Steuer der *Joker* zu setzen."

„Willst du das wirklich?", fragte Mady zaghaft.

„Natürlich. Die Angelegenheit ist noch nicht vorbei. Der nächste Schwarm wird vermutlich nicht mehr lange auf sich warten lassen, und ich werde alles tun, um die Menschen der Erde zu schützen. Dafür bin ich schließlich hergekommen."

Sein Plan sah zwar etwas anders aus, als seine Worte vermuten ließen, aber ihm genügte es vorerst, ihnen seine Entschlossenheit zu demonstrieren. Und es wirkte.

Madys Anspannung fiel mit einem Schlag von ihr ab, gleichzeitig erschien ein glückliches Leuchten auf ihren Zügen. „Du hast dich wirklich nicht verändert", sagte sie und umarmte ihn wieder.

Danny küsste sie auf die Stirn, und nur die Anwesenheit seines Vaters hielt ihn davon ab, inniger zu werden. Als sich Mady von ihm löste, war er auf einmal verlegen und sah unsicher zu seinem Vater hinüber. In dessen Augen konnte er jedoch nur große Erleichterung erkennen, und als auch er endlich zu ihm kam und ihn an sich drückte, wusste Danny, dass er auch seinen Vater überzeugt hatte.

Die Umarmung war kurz und heftig, dann nahm sein Vater ihn mit den Händen an beiden Schultern, hielt ihn eine Armeslänge von sich und schüttelte noch einmal den Kopf. „Du glaubst gar nicht, wie froh ich bin", sagte er ungewöhnlich leise. „Während all der Tage, die wir an deinem Bett gesessen haben, haben wir gehofft, du würdest endlich erwachen, und gleichzeitig befürchtet, dich nicht mehr wiedererkennen zu können, wenn es erst geschehen wäre. Es war eine schlimme Zeit."

Danny runzelte die Stirn. „Wie lange war ich denn ohne Bewusstsein?"

Mady griff nach seiner Hand und umklammerte sie fest. „Neun Tage."

„So lange?", rief er erstaunt.

Mady nickte.

„Ist in der Zwischenzeit ein neuer Schwarm aufgetaucht?"

„Nein."

„Ein Glück."

Er atmete auf, gleichzeitig wanderten seine Gedanken weiter. Er sah seinen Vater fragend an.

„Wie lange bist du schon auf der Station?"

„Seit fünf Tagen."

„Ist Mom auch hier?"

Er glaubte nicht wirklich daran, aber ein Teil von ihm hoffte es. Es wäre schön, sie zu sehen, bevor er sich auf das Wagnis einließ, das er plante.

Doch sein Vater machte ein bekümmertes Gesicht. „Es tut mir leid, Danny, sie ist auf der *Gambler-Circus* geblieben. Ich habe es redlich versucht, aber ich konnte sie nicht dazu bewegen, mit mir zu kommen. Aber sie wird sich ganz bestimmt freuen zu hören, dass es dir gut geht."

Danny lauschte in sich hinein. Vielleicht hätte er enttäuscht sein sollen, dass seine Mutter nicht an seine Seite geeilt war, obwohl es so schlecht um ihn stand, aber tatsächlich fühlte er etwas anderes.

„Ich verstehe", murmelte er leise.

Sein Vater zog leicht die Stirn über der Nasenwurzel zusammen, hob eine Hand und strich ihm mit einem Finger über die linke Augenbraue. Unter Garys und Johns Prügeln war sie aufgeplatzt und wurde seitdem von einer feinen Narbe durchzogen. Sein Vater hatte sie natürlich entdeckt.

„Ich fürchte, du verstehst es wirklich", sagte er langsam, und sein Gesicht wurde hart. „Mady hat mir erzählt, welchen Grund deine *Krankheit* hatte."

Mady zuckte zusammen und warf ihm einen flehenden Blick zu, mit dem sie ihn um Verzeihung bat. Sofort drückte er beruhigend ihre Hand. Auf der Station hätte sein Vater früher oder später auf jeden Fall davon erfahren. Mady hatte dem nur vorgegriffen, vielleicht nicht einmal das. So gesehen war es gut, dass seine Mutter die *Gambler-Circus* nicht verlassen hatte.

„Wirst du Mom davon erzählen?"

„Ich werde mich hüten."

Danny atmete erleichtert auf. „Das beruhigt mich, denn ich fürchte, sie würde es nicht gut aufnehmen."

Die Augen seines Vaters blitzten plötzlich auf, versprühten Zorn gepaart mit altem Schmerz. „Das würde sie ganz sicher nicht."

Danny spürte sofort, dass sich ihm hier und jetzt die Chance bot, eine Antwort auf die Frage zu bekommen, die ihn zeit seines Lebens begleitet hatte. Er zögerte kurz, ob er sie auch wirklich einfordern sollte, aber dann nickte er entschlossen. Er wollte es wissen.

„Warum hat Mom so viel Angst vor den Menschen?"

Sein Vater zögerte. „Ich weiß nicht, ob es klug wäre, dir davon zu erzählen. Willst du die Vergangenheit nicht ruhen lassen?"

„Nein, das will ich nicht. Ich bin alt genug, um alles zu erfahren. Du musst dich nicht mehr schützend vor mich stellen. Außerdem habe ich längst meine eigenen Erfahrungen gemacht."

„Das hast du wirklich", erwiderte sein Vater bekümmert. „Ich hatte so sehr gehofft, dass du bessere machen würdest."

Danny schaute Mady an und lächelte. „Das habe ich."

Mady gab sein Lächeln zurück, sah dann aber verunsichert zwischen ihm und seinem Vater hin und her. „Soll ich euch vielleicht allein lassen? Ich meine, es geht dabei um eure Familie, nicht um mich."

Sie wollte schon aufstehen, doch Danny ließ ihre Hand nicht los, griff jetzt auch nach ihrer zweiten. „Geh nicht. Was mich betrifft, so gehörst du zur Familie."

Mady schenkte ihm als Dank einen liebevollen Blick, gleich darauf sahen sie beide seinen Vater fragend an.

Der winkte ab. „Mady und ich haben in den vergangenen Tagen unsere Sorgen, Hoffnungen und unser Leid geteilt. Sie kann gerne bleiben, wenn sie es möchte."

„Danke", erwiderten Danny und Mady wie aus einem Mund.

Sein Vater sah sie nacheinander an. „Also schön, ich erzähle es dir, Danny - euch beiden. Du weißt ohnehin inzwischen genug über die Menschen und ihr Verhältnis zu den Gamblern, sodass dich die Vergangenheit deiner Mutter vermutlich nicht mehr gänzlich überraschen wird. Aber vielleicht kannst du dann verstehen, warum wir dich vor den anderen Menschen abschirmen wollten, so gut es eben ging."

Danny verstand es längst, aber er schwieg, damit sein Vater es sich nicht noch einmal anders überlegte.

„Es gab eine Zeit, zu der die Gambler sich noch nicht in ihren Vereinigungen vom Rest der Gesellschaft isoliert hatten. Du kennst es nicht anders, Danny, aber noch vor dreißig Jahren gab es Schiffe wie die *Gambler-Circus* nicht einmal. Die Gambler neigten zwar auch damals schon dazu, sich in Gruppen zusammenzuschließen, aber trotzdem lebten wir inmitten der übrigen Bevölkerung. Deine Mutter stammt von der Erde, ich ebenfalls, und auch unsere Familien waren hier seit Generationen ansässig."

Danny sog überrascht Luft ein. Das hatte er nicht gewusst. Er hatte immer angenommen, die *Gambler-Circus* bestehe schon seit so langer Zeit, dass auch seine Eltern dort geboren worden waren.

„Vor dreißig Jahren gab es einen Zwischenfall, der alles änderte", fuhr sein Vater fort. „Natürlich hatte man uns Gambler auch schon vorher misstrauisch beäugt, aber wie tief die Ablehnung ging, wurde erst offensichtlich, als eine Bande jugendlicher Unruhestifter auf der Erde einen Mann überfiel. Sie wollten ihn verprügeln, vermutlich einfach nur zum Spaß, aber sie hatten sich verrechnet. Der Mann war ein Gambler. Er hat sich gewehrt, und als Folge davon musste jeder der Angreifer mit schweren Verletzungen ins Krankenhaus gebracht werden. Als bekannt wurde, dass ein Gambler dafür verantwortlich war, brach ein Sturm der Entrüstung los. Alle Gambler wurden mit dem einen, der zu weit gegangen war, über einen Kamm geschoren, in den Medien angeklagt und als Bedrohung hingestellt.

Zuerst wurde es uns nur schwerer als üblich gemacht. Viele verloren ihren Job, andere wurden derart terrorisiert, dass sie von sich aus gingen. Aber das reichte den Leuten nicht, und statt abzuflauen, wurde die

Spannung immer größer. Und als schließlich einer der jungen Männer starb, eskalierte die Situation. Die Prügel, die er von dem Gambler bezogen hatte, waren für seinen Tod zwar nicht direkt verantwortlich, sondern er erlag einer angeborenen Arterienschwäche, die zu spät erkannt worden war, um noch behandelt werden zu können, aber das interessierte niemanden. Die Presse stürzte sich wie ein Rudel gieriger Hunde auf den Vorfall und nannte den Gambler einen kaltblütigen Mörder. Ihm wurde der Prozess gemacht, und viele von uns befürchteten, dass die Richter und Geschworenen nicht besonders objektiv urteilen würden. Hunderte von Gamblern versammelten sich an den Prozesstagen vor dem Gericht und protestierten. Es wurden immer mehr, je länger die Verhandlung dauerte."

Sein Vater machte eine kurze Pause. Danny klopfte das Herz heftig gegen die Rippen. Er ahnte den Schrecken, und seine Anspannung wuchs. Mady drückte seine Hand, versuchte, ihn zu beruhigen, aber er spürte, dass sie selbst zu zittern begann.

Nach einem verhaltenen Räuspern sprach sein Vater weiter. „Am Tag des Urteils waren viele tausend Gambler am Gerichtsstandort versammelt; aber sie waren nicht allein. In einem anderen Stadtteil hatte sich eine Menge aufgebrachter Bürger formiert, die von den Medien angestachelt und voller Hass war. Ich weiß nicht, warum die Polizei sie nicht zerstreut hat, vielleicht hat sie mehr darauf geachtet, was die Gambler taten, auf jeden Fall wuchs die Zahl der Gegendemonstranten schnell an.

Dann wurde das Urteil verkündet. Der Gambler wurde freigesprochen, da es keinen objektiven Beweis für seine Schuld gab. Die Gambler waren überglücklich. Sie zogen los, um ihren Sieg zu feiern, aber schon zwei Straßenzüge weiter trafen sie auf die andere Gruppe. Der Mob war außer sich vor Zorn. Sie gingen auf die Gambler los, und wenig später war die schlimmste Straßenschlacht entbrannt, die die Erde in den letzten dreihundert Jahren erlebt hat."

„Mom war dabei?", fragte Danny leise.

„Ja. Meine Eltern waren klug genug, sich davon fernzuhalten, für die Eltern deiner Mutter galt das leider nicht. Sie wollten Gerechtigkeit für den Angeklagten und sie wollten Gerechtigkeit für sich selbst, deshalb waren sie zusammen mit ihren Töchtern vor das Gerichtsgebäude gezogen."

„Töchtern?", rief Danny überrascht. „Ich dachte, Mom hätte keine Geschwister." So hatten sie es ihm jedenfalls erzählt. Einen Sekundenbruchteil später begriff er und erstarrte.

„Sie sind tot", flüsterte er.

Mady keuchte erschrocken und krallte ihre Finger fest um die seinen.

„Ja, sie sind tot", sagte sein Vater. „Deine Mutter hatte zwei jüngere Geschwister, Lianne und Tamara. Sie starben während des Kampfes."

„Man hat sie umgebracht?", fragte Mady erstickt.

„Ja. Die Familie wurde von einer Gruppe besonders brutaler Schläger vom Rest der Gambler abgesondert. Sie haben erst die Eltern, dann die beiden Mädchen gnadenlos zusammengeschlagen. Der Mob war in der Überzahl, deshalb hat ihnen ihre Schnelligkeit nichts genützt. Nur deine Mutter konnte ihnen entkommen, Danny. Sie haben sie wie ein Tier durch mehrere Straßenzüge gejagt, und immer wieder haben ihr andere Randalierer den Weg verstellt und sie zu packen versucht. Schließlich hat man auch sie erwischt und verprügelt, aber zum Glück kam endlich die Polizei und griff ein, bevor sie noch schlimmer verletzt werden konnte. Sie kam mit ein paar Tagen im Krankenhaus davon; für ihre Eltern und ihre Schwestern gab es jedoch keine Rettung mehr."

Danny schüttelte wie betäubt den Kopf. „Wie alt war Mom damals?"

„Sieben."

Danny schauderte. „Und wie viele Gambler sind damals gestorben?"

„Im Verlauf dieses Tages etwa zweihundert; weitere teilten ihr Schicksal, als sich die Unruhen auch auf die Kolonien ausweiteten."

Danny senkte betroffen den Kopf. Mady an seiner Seite tat das Gleiche. Er spürte, dass sie etwas sagen wollte, aber angesichts der schrecklichen Geschehnisse auf der Erde und den Kolonien hatte es ihr wohl die Sprache verschlagen, und als er sie kurz ansah, begegnete sie ihm mit einem ängstlichen, unsicheren Blick. Er verstand ihn sofort und strich beruhigend über ihre Hand. Sie war nicht für das verantwortlich, was damals geschehen war. Sie traf keine Schuld.

Als die Furcht aus ihren Augen wich, wandte er sich wieder seinem Vater zu. „Hast du zusammen mit meinen Großeltern die Erde nach den Kämpfen verlassen?"

„Ja. Wir konnten nicht mehr unter den normalen Menschen leben, und die anderen Gambler empfanden das gleiche. Jeder von uns verließ seine Heimat. Wir zogen uns in die Gambler-Stadt auf *Shape* oder die Vereinigungen zurück."

„Oder auf Schiffe wie die *Gambler-Circus*."

„Oder das. Meine Eltern wanderten nach *Shape* aus. Dort traf ich auf deine Mutter, die von einer anderen Familie adoptiert worden war. Wir heirateten und folgten wenig später dem Aufruf von Merwyn Gaze, der immer wieder nach Artisten für seinen Zirkus suchte. Ich dachte, es würde deiner Mutter gut tun, auf ein Schiff zu gehen, da sie so nicht einmal mehr mit den Menschen, die sie so sehr fürchtete, auf ein- und demselben Planeten leben musste."

Danny atmete tief durch, versuchte, die Enge, die die Schilderung seines Vaters in seiner Kehle hinterlassen hatte, wieder zu weiten. „Jetzt verstehe ich vieles besser", sagte er leise. Vor allem begriff er jetzt, warum seine Mutter ihn nicht hatte gehen lassen wollen. Er war zur Erde aufgebrochen, dem Planeten, auf dem ihre Familie ausgelöscht worden war.

„Das hoffe ich“, erwiderte sein Vater. „Es hat mir immer leidgetan, dich mit deinen Fragen vor eine Wand laufen zu lassen, aber deine Mutter und ich wollten nicht, dass du von dem Hass erfährst, der uns aus der Gesellschaft vertrieben hat. Keins der Kinder auf der *Gambler-Circus* sollte das, deshalb hat dir nie jemand geantwortet, und aus dem gleichen Grund waren auch die Datenspeicher des Schiffes von allen düsteren Fakten bereinigt. Ihr solltet euer Leben nicht in Angst verbringen müssen.“

Gedankenversunken ließ sich Danny den Bericht seines Vaters noch einmal durch den Kopf gehen. Er hatte ihn nicht wirklich überrascht, trotzdem enthüllte er ihm eine bittere Wahrheit: Er war nicht der erste Gambler, den Menschen aufgrund ihres Hasses zu ermorden versucht hatten. Er würde vielleicht nicht einmal der Letzte sein.

Seine Stirn legte sich in tiefe Falten.

Als sein Vater das sah, legte er ihm rasch eine Hand auf die Schulter. „Ich hoffe, es war kein Fehler, dir davon zu erzählen. Ich möchte nicht, dass das Vergangene die Gegenwart beeinflusst.“

Danny spürte, wie Mady an seiner Seite erstarrte. Es war klar, was sie beide befürchteten.

„Macht euch keine Sorgen, das wird nicht geschehen“, erklärte er sofort. „Gary und John hätten es zwar fast geschafft, mich von meinem Weg abzubringen, aber das war nicht von Dauer, und auch das Wissen über das Unrecht, das uns vor dreißig Jahren widerfahren ist, kann nichts an meinem Entschluss ändern, die Menschen der Erde zu verteidigen.“

Madys Augen weiteten sich plötzlich. „Was hast du vor? Es geht dir um mehr, als gegen den nächsten Schwarm zu fliegen, nicht wahr?“

Danny lächelte sie an, stolz, dass sie aus so wenigen Worten erschlossen hatte, was er bislang verschwiegen hatte. „Ich glaube, ich weiß, wie ich verhindern kann, dass weiterhin Schwärme zur Erde kommen.“

„Wie?“

Madys Frage war nur ein Hauch.

Er erklärte es ihr, und auch sein Vater lauschte angespannt.

„Du könntest Recht haben“, bemerkte er nachdenklich, nachdem Danny geendet hatte.

„Es könnte aber auch gefährlich für dich sein“, fügte Mady unglücklich hinzu.

Er drückte ihre Hände. „Mir wird nichts geschehen.“

„Bist du sicher?“

„Ja.“

Sie glaubte ihm nicht, denn schon wieder waren ihre Augen von Furcht und Sorge umwölkt. Aber das konnte ihn nicht von seinem Plan abbringen. Wenn er Recht behielt, war die Zeit, in der sie sich um ihn sorgen musste, bald vorbei.

Energisch schwang er die Beine aus dem Bett. „Ich muss sofort mit Admiral Jennings und Captain Wilding reden. Sie müssen erfahren, was ich erlebt habe, bevor der nächste Schwarm auftaucht."

Sein Vater reichte ihm eine Kommunikationseinheit. Danny aktivierte sie, ohne zu zögern.

„Captain Wilding, hier spricht Fähnrich Sims. Ich muss umgehend mit Ihnen und Admiral Jennings sprechen!"

58. Kapitel

Elaine saß gerade mit Admiral Jennings in einer kleinen Offiziersmesse in der Nähe ihres Büros beisammen und wartete auf ihr Mittagessen, als Fähnrich Sims' Ruf sie erreichte. Sie fuhr zusammen, als wäre dicht neben ihr ein Blitz eingeschlagen, und noch bevor sie sich von ihrer Überraschung erholt hatte, war Lloyd Jennings bereits aufgesprungen und eilte auf das Schott zu. Mit einem Fluch auf den Lippen schnellte sie ebenfalls von ihrem Stuhl hoch und hatte keinen einzigen Blick mehr für ihr Essen übrig, das gerade im Ausgabefach des Tisches erschien. Sie hetzte dem Admiral hinterher, ohne sich um die verwunderten Blicke zu kümmern, die ihr folgten. Beim Schott wartete er auf sie, sonst hätte sie ihn wohl nie eingeholt. Für sein Alter war er ziemlich flink auf den Füßen.

Während sie sich auf einem der Transportbänder dem nächsten Lift entgegentragen ließen, schüttelte Elaine immer wieder den Kopf. Fähnrich Sims' Stimme hallte noch immer in ihrer Erinnerung nach. Er hatte sicher und entschlossen geklungen, ganz so, wie sie ihn kannte, trotzdem konnte sie nicht glauben, dass er wieder aufgewacht war. Sie musste es erst mit eigenen Augen sehen und nicht nur hören. So viele Tage waren vergangen, in denen sie verzweifelt und vergeblich auf eine Änderung seines Zustands gehofft hatte, während die Ankunft des nächsten Schwarms immer näher rückte und wie ein scharf gewetztes Schwert über ihren Köpfen baumelte. Zwar waren die Veränderungen seines Gehirns irgendwann zum Stillstand gekommen, aber er war in dem REM-Schlaf verblieben, aus dem ihn nichts zu wecken vermocht hatte - bis heute.

Sie ballte die Fäuste, als ihr ohne ihr bewusstes Zutun die Frage in den Sinn kam, ob er beim nächsten Angriff wieder diensttauglich sein würde. Sie hoffte es inständig, aber viel gab sie nicht auf ihre Wünsche. Der nächste Schwarm konnte schon heute oder morgen erscheinen, und es war nicht wahrscheinlich, dass der Junge gegen ihn antreten konnte, nachdem er neun lange Tage ohne Bewusstsein gewesen war.

Admiral Jennings stand neben ihr auf dem Band, sprach kein Wort, aber seine starre Miene und sein entrückter Blick verrieten ihr, dass auch er in Gedanken die Möglichkeiten durchging. Er schien weitaus mehr zu überlegen zu haben als sie selbst, denn sein Gesicht zeigte auf dem gesamten Weg zur Militärklinik einen gleichbleibend unnahbaren Ausdruck, und er war ihr stets zwei Schritte voraus, als sie vom Band gesprungen waren und die wie ausgestorben wirkenden Korridore entlangeilten. Und obwohl Elaine in den vergangenen Tagen viel Gelegenheit dazu gehabt hatte, sich auf ihrem Laufband in Form zu halten - sie hatte das Training dazu benutzt, um gedanklichen Abstand von ihren Sorgen zu bekommen - war sie außer Atem, als sie und der Admiral in der Klinik ankamen.

Sie beachtete den diensthabenden Offizier an der Rezeption erst gar nicht, sondern hastete sofort in Richtung Intensivstation weiter, dem Admiral stets dicht auf den Fersen. Doch als sie den halbmondförmigen Raum erreichten, konnte sie Danny Sims nirgends entdecken. Dafür fiel ihr Blick auf Sherman Hewitt, der in einer der Kabinen werkelte. Admiral Jennings war vor ihr bei ihm.

„Wo ist Fähnrich Sims?“, rief er, und Elaine musste neidlos anerkennen, dass er nicht so wie sie nach Luft japste.

Sherman Hewitt ruckte zu ihnen herum. Sein Gesicht zeigte eine fast komische Mischung aus Erleichterung und Sorge. „Sie finden ihn im Bereitschaftsraum nebenan.“

Lloyd Jennings lief sofort wieder los, Elaine jedoch wandte sich erneut an den Professor, und dieses Mal war nicht nur ihre Eile für ihren rasenden Herzschlag verantwortlich.

„Wie geht es ihm? Ist er in Ordnung? Hat die Berührung ihm irgendwie geschadet?“, schoss sie alle Fragen, die sie bewegten, auf einmal ab.

Hewitt hob in einer hilflosen Geste die Schultern. „Woher soll ich das wissen? Ich hatte noch keine Gelegenheit, Mr. Sims zu untersuchen.“

Elaine riss entgeistert die Augen auf. „Wieso nicht?“

Sherman Hewitts Gesicht verschloss sich, und er bedachte sie mit einem finsteren Blick. „Weil er darauf bestand, zuerst mit Ihnen und dem Admiral zu reden. Als wenn das nicht hätte warten können, bis ich ...“

Elaine hörte ihm schon nicht mehr zu, sondern folgte den Fußstapfen des Admirals, der längst im Bereitschaftsraum verschwunden war. Ihr Puls wollte sich nun gar nicht mehr beruhigen. Wenn Danny Sims derart zur Eile drängte, musste es wichtig sein, was er ihnen zu sagen hatte - vorausgesetzt natürlich, er war noch er selbst. An die andere Möglichkeit wagte sie nicht einmal zu denken.

Das Schott fuhr vor ihr zurück. Sofort fiel ihr Blick auf Tray Sims, der relativ entspannt wirkend in einem Sessel saß. Madelaine Thompson stand mitten im Raum und verstellte ihr die Sicht auf Danny Sims, der sich dicht neben ihr hielt. Der weibliche Fähnrich sprach mit Admiral Jennings, der ihnen beiden gegenüberstand.

„Erlauben Sie, dass ich der restlichen Crew der *Joker* berichte, dass Danny erwacht ist?“, fragte sie gerade.

Der Admiral nickte stumm.

Fähnrich Thompson salutierte und wandte sich von ihm ab, grüßte dann auch Elaine, als sie sie erblickte, und wollte an ihr vorbeiflitzen, doch Elaine hielt sie zurück. „Fähnrich, Sie dürfen Ihre Kameradinnen informieren, aber alles Weitere behalten Sie für sich.“

Madelaine Thompson straffte ihre Gestalt. „Aye, aye, Captain.“

Elaine gab ihr einen Wink weiterzugehen und sah ihr mit dem unguten Gefühl, dass sie viel mehr wusste als sie selbst, nach. Das gefiel ihr nicht, doch wenigstens war das glückliche Strahlen, das sie in Madelaine Thompsons Augen bemerkt hatte, eine deutliche Botschaft. Es musste Danny Sims gut gehen, andernfalls hätte seine Freundin weit weniger aufgekratzt gewirkt.

Sie vergaß das Mädchen und wandte sich dem jungen Gambler zu. Danny Sims stand dem Admiral gegenüber und ließ eine stumme, eindringliche Musterung über sich ergehen, ohne dem Blick seines Vorgesetzten auszuweichen. Er trug eine Uniform, sah ordentlich und adrett aus, kaum wie jemand, der eben erst aus einem neun Tage währenden, aufgezwungenen Schlaf erwacht war. Seine Haltung war gerade, wirkte aber gelassen und strahlte Ruhe aus.

Elaine trat hastig an die Seite des Admirals. „Fähnrich Sims, wie geht es ..."

Sie brach ab, als er ihr sein Gesicht zuwandte, und sog überrascht Luft ein. Mit großen Augen starrte sie Danny Sims an, der ihrem Blick offen und ohne jede Scheu begegnete. Er hatte sich verändert. Sein Gesicht war nicht mehr das eines Jungen, seine Züge waren nicht mehr knabenhaft, obwohl sie ihre weichen Linien nicht eingebüßt hatten und viel entspannter waren als gewöhnlich. Trotzdem wirkten sie irgendwie anders - älter, reifer.

Ein Schauder jagte ihr den Rücken herunter, als sie ihm direkt in die Augen sah. Sie hoffte, dort einen Hinweis auf das zu finden, was mit ihm geschehen war, doch stattdessen verfing sie sich in seinem fast hypnotischen Blick. Das blaue Leuchten seiner Iris war viel intensiver als früher, stärker noch als nach seinen Flügen gegen die Hewitts. Ihr war, als würde sie in zwei azurblaue Bergseen schauen, deren kühles, klares Wasser keine Geheimnisse verbarg und doch in so unergründliche Tiefen reichte, dass kein Sonnenstrahl jemals bis zum Boden durchdringen konnte. Und knapp an der Grenze des Lichts wogten schemenhafte Schatten, jederzeit bereit, zur Oberfläche hochzutauchen oder gänzlich im Dunkel zu verschwinden.

Elaine trat unwillkürlich einen Schritt zurück, rang nach Luft und konnte nur mit Mühe die Frage herunterschlucken, die ihr auf der Zunge lag. Sie schlug sich wohl nur in ihrem Blick nieder.

Danny Sims sah sie noch immer an. Sie wünschte fast, er würde es nicht mehr tun, und das änderte sich auch nicht, als ein Lächeln auf seinen Lippen erschien und den Weg in seine Augen fand.

„Es geht mir gut, Captain Wilding", erklärte er ruhig.

Elaine fühlte sich ertappt, obwohl er kaum mehr getan hatte, als die Frage zu beantworten, die sie vorhin nicht beendet hatte. Plötzlich fiel ihr auf, dass sie nicht wusste, wie viel Zeit seitdem vergangen war. Wie lange hatte sie ihn schweigend angestarrt?

Sie begriff, dass er sie mit seinem aufmerksamen, wissenden Blick gehörig aus der Fassung gebracht hatte. Mit Gewalt riss sie sich zusammen, stieß durch ihre Verwirrung zu ihrem Misstrauen vor und spürte, wie es augenblicklich in ihr wuchs.

„Sind Sie sicher, Fähnrich?"

Er nickte, gleichzeitig schien der Schatten einer Erinnerung auf dem Spiegel seiner Seele vorüberzugleiten, und seine Augen strahlten von einem Moment zum anderen noch intensiver.

Elaine stemmte die Arme in die Hüften, zwang sich, seinem Blick nicht auszuweichen. „Es fällt mir schwer, das zu glauben, Fähnrich", knurrte sie, und ihr Tonfall geriet deutlich missmutiger, als sie es beabsichtigt hatte.

Kleine, verspielte Fältchen erschienen in den Augenwinkeln des jungen Gamblers. Elaine holte verblüfft Luft. Amüsierte er sich etwa über sie?

Sie versteifte sich und versuchte, auf ihn herabzusehen. Es gelang ihr nicht wirklich, und auch ihre Stimme klang viel belegter als ihr lieb war.

„Sie wissen, wie lange Sie geschlafen haben?"

Danny Sims nickte ruhig.

„Und Sie wissen auch, welche Veränderungen mit Ihnen vorgegangen sind?"

„Ja, Captain."

Seine ungewöhnliche Abgeklärtheit machte ihr zu schaffen. „Die Veränderungen, die die Berührung durch den Hewitt ausgelöst hat, sind objektiv", fuhr sie fort und fühlte sich dabei so angespannt wie eine Bogensehne kurz vor dem Abschuss. „Ich kann mir nicht vorstellen, dass sie keine Folgen gehabt haben."

Und wann immer sie ihn ansah, wusste sie, dass sie *tatsächlich* Folgen gehabt hatten. Etwas war mit dem Jungen geschehen. Es stellte sich nur die Frage, was.

Admiral Jennings räusperte sich plötzlich und sah zu ihr hin. „Ich denke, wir sollten uns alle erst einmal setzen", verkündete er.

Elaine zog verblüfft eine Augenbraue in die Höhe. Das Gesicht des Admirals trug eine neutrale Miene zur Schau, aber seine Stimme hatte leicht geschwankt. Also sah er das Gleiche wie sie.

„Ich glaube, Mr. Sims Junior hat uns viel zu erzählen", fügte Lloyd Jennings hinzu, als er ihren erstaunten Blick bemerkte.

Sie nickte mehr automatisch als bewusst. Danny Sims saß bereits, hatte den Platz neben seinem Vater eingenommen. Der Admiral ließ sich ebenfalls in einen Sessel sinken, nur Elaine stand noch, und es fiel ihr schwer, diese Haltung aufzugeben. Ruckartig setzte sie sich auf den nächstbesten Sessel, rutschte aber sofort bis auf die äußerste Kante vor, beugte sich nach vorn und ließ Danny Sims nicht eine Sekunde lang aus den Augen. Sie wagte nicht einmal zu blinzeln, fürchtete, eine bedeutsame Nuance seines Verhaltens könnte ihr entgehen.

Die Lachfältchen um seine Augen herum waren noch immer da, als er zu sprechen begann und sie dabei wohlwollend musterte. „Der Admiral hat Recht", sagte er leise und doch so klar, dass sie nicht einmal die Ohren spitzen musste, um ihn zu verstehen.

„Ich habe Ihnen viel zu berichten, deshalb habe ich mich sofort mit Ihnen in Verbindung gesetzt."

„Sie sind eben erst erwacht?", fragte Elaine knurrig.

„Ja, Captain. Ich dachte, Sie sollten sofort erfahren, was ich erlebt habe."

Elaine rutschte noch einen Zentimeter weiter nach vorn, sodass sie kaum noch den Sessel berührte, krallte ihre Hände um die Lehnen und bohrte ihre Blicke in ihr Gegenüber. „Spannen Sie uns nicht auf die Folter!"

Danny Sims lächelte ihr auf eine Art zu, die sie dazu gebracht hätte, die Hände über dem Kopf zusammenzuschlagen, wenn sie sie nicht gebraucht hätte, um sich auf ihrem Sitz zu halten.

„Zunächst einmal kann ich Sie und den Admiral beruhigen", erklärte er bedächtig. „Der Kontakt mit dem Hewitt hat mich zwar tatsächlich verändert, aber es ist dadurch weder meine Persönlichkeit angetastet noch bin ich auf andere Weise manipuliert worden. Die Hewitts haben mir nichts genommen, sondern mir im Gegenteil etwas gegeben. Ich habe ihre Erinnerungen erhalten."

„Ihre *Erinnerungen*?", schnappte Elaine verwirrt. „Was soll das bedeuten?"

„Ich muss ein wenig weiter ausholen, um das zu erklären. Als mich der Hewitt berührte, war das anfangs keine angenehme Erfahrung. Sein Eindringen in meinen Geist verursachte mir starke Schmerzen und machte mir Angst, deshalb habe ich mich gewehrt, so gut es ging."

„Der Booster-Effekt", murmelte der Admiral.

„So ist es, Sir. Solange ich meinen Widerstand aufrechterhalten habe, hat mein Körper weiterhin das Gambler-Hormon ausgeschüttet, und aus diesem Grund hat der Booster-Effekt viel länger angedauert als gewöhnlich."

„Professor Hewitt hatte große Mühe damit, die Folgen des Effekts im Rahmen zu halten", sagte Elaine. „Nach einer Weile ist er jedoch von allein abgeklungen."

„Das ist zu dem Zeitpunkt geschehen, zu dem meine Abwehr zusammenbrach. Ich konnte dem Einfluss des Hewitts nicht entkommen, und es fehlte mir auch bald die Kraft dazu. Also gab ich auf und verlor das Bewusstsein."

„Und das war alles?“, fragte Elaine verblüfft. Sie wusste nicht, ob sie darauf hoffen oder es befürchten sollte.

Danny Sims sah sie wieder an, und obwohl sie es nicht für möglich gehalten hätte, hatten seine strahlend blauen Augen schon wieder an Tiefe hinzugewonnen. „Nein. Bevor ich meine Abwehr aufgab, hat mich der Hewitt mit wirren Formen, Farben und Gestalten überschüttet. Ich konnte nichts davon erkennen. Es machte einfach keinen Sinn. Als ich mir wieder meiner Selbst bewusst wurde, waren die verschwommenen Schemen fort, die Schmerzen ebenfalls, und ich fand mich selbst im Weltraum wieder. Allerdings trug ich keinen Anzug. Natürlich war ich nicht wirklich dort. Ich glaubte zunächst zu träumen, aber dann fragte ich mich, was aus dem Schwarm geworden sein mochte, und nur eine Sekunde später sah ich es.“

„Heißt das, Sie haben im Schlaf auf Ihr eidetisches Gedächtnis zurückgegriffen?“

„Nein, es war mehr als das. Ich sah zwar auch meine letzten Manöver im Schwarm, aber anschließend konnte ich ebenfalls mitverfolgen, wie meine Crew mit der *Joker* durch den Schild gebrochen ist, so wie ich es vor einiger Zeit einmal vorgeschlagen habe, und ich habe auch gesehen, dass Lieutenant Thornsburg im Schwarm mit einer höchst ungewöhnlichen Taktik daherkam. Er ließ die *Ace* auf der Stelle stehen und rotieren.“

„Haben Sie ihm davon erzählt?“, wandte sich Elaine verdutzt an den Admiral und Tray Sims.

Beide schüttelten den Kopf.

Elaine fuhr wieder zu Danny Sims herum. „Wie ist das möglich? Wie können Sie über Vorgänge Bescheid wissen, die sich abgespielt haben, nachdem der Hewitt Sie berührt hat? Sie waren nicht mehr in der Lage, Ihre Umgebung wahrzunehmen, soviel steht fest.“

„Die Hewitts haben es mir gezeigt. Durch den Kontakt bin ich mit ihrer Erinnerung verbunden worden. Die Amöboiden haben gesehen, wie der Angriff abgewehrt wurde, und als ich mir die entsprechende Frage stellte, sah ich es auch.“

„Wie sollte das vor sich gegangen sein? Die Hewitts besitzen keine Augen, so wie wir sie kennen, deshalb müssten ihre Erinnerungen völlig unverständlich für Sie sein. Es ist einem Menschen nicht möglich, die Welt anders zu sehen, als seine Sinne es ihm erlauben, und für die Hewitts gilt das Gleiche. Die Eindrücke und Erinnerungen können nicht kompatibel sein.“

„Das waren sie zunächst auch nicht. Deshalb habe ich am Anfang nur wirre Formen und Farben gesehen. Aber der Hewitt hat mich angepasst, mich sozusagen für seine Art der Wahrnehmung gebahnt. Danach konnte ich die Bilder aus dem Gedächtnis der Hewitts so klar erkennen, als besäßen sie die gleichen Sinne wie wir.“

„Das ist unvorstellbar!“

„Trotzdem ist es so gewesen."

„Können Sie den Bildern denn wirklich vertrauen, Fähnrich? Laut unserer Untersuchungen haben Sie geschlafen. Es wäre durchaus denkbar, dass nichts von dem, was Sie gesehen haben, eine Entsprechung in der Realität besitzt."

Danny Sims lachte. Es klang frei von jedem Zweifel. „Ich habe nicht geschlafen, Captain Wilding. Der Zustand, der Ihnen wie REM-Schlaf erschien, war mein Kontakt mit der Erinnerung der Hewitts. Meine Fragen, meine Neugier und meine Aufmerksamkeit haben es mir ermöglicht, mich darin zu bewegen und Antworten zu finden. Das, was ich gesehen habe, war echt. Es waren Erinnerungen und Erfahrungen der Hewitts. Ich habe Ihnen den Beweis dafür bereits geliefert. Außerdem weiß ich noch etwas, das Sie überzeugen dürfte."

„Was?"

„Die Hewitts sind stets an ihrem Opfer kleben geblieben, bei mir war das jedoch nicht der Fall."

Elaine stöhnte leise. „Haben Sie das wirklich gesehen?"

„Ja. Und ich sah auch, dass Sie den Hewitt erschossen haben."

Elaine schluckte, senkte erschüttert den Kopf und schwieg.

Admiral Jennings schaltete sich ein. „Sie sprechen immer wieder von der Erinnerung der Hewitts. Wie ist das gemeint? Ist es die eines einzelnen Wesens? Die von dem, das Sie berührt hat?"

„Nein, Sir, die Hewitts sind nicht so wie wir. Sie besitzen keine individuellen Persönlichkeiten. Jeder Schwarm ist ein Kollektiv und verfügt über Erinnerungen, die allen Hewitts darin gemeinsam sind."

„Wollen Sie damit etwa andeuten, Sie hätten Zugang zum kollektiven Gedächtnis der Hewitts erhalten?", fragte der Admiral. Elaine hatte ihn noch nie so verwirrt gesehen.

Danny Sims antwortete ohne das geringste Zögern. „Ja, Sir."

Elaine rieb sich fahrig ihre pochenden Schläfen. Sie konnte es nicht glauben. Das war unfassbar. „Wie können Sie das wissen?", rief sie verzweifelt.

„Ich habe es ausprobiert. Ich bin in der Erinnerung der Hewitts gereist."

„Und was haben Sie gesehen?"

„Unter anderem den Herkunftsstern der Hewitts und ihren Urschwarm. In ihm sind sie alle vereinigt."

„Auch ihre Erinnerungen?"

„Ja."

„Heißt das, die Amöboiden bilden ein einziges, großes Kollektiv?"

„Ja, Captain. Die Schwärme, die im Sonnensystem auftauchten, waren nur ein verschwindend kleiner Teil davon."

Sie wollte etwas sagen, aber Danny Sims ließ sie nicht zu Wort kommen.

„Ich habe, als ich mich durch das kollektive Gedächtnis der Hewitts bewegt habe, sehr viel über ihre Natur erfahren. Sie sind nicht wirklich intelligent, sondern folgen lediglich ihrem Instinkt. Krieg und Eroberungsstrategien sind ihnen fremd, ihnen geht es nur darum, Vertreter anderer Rassen zu berühren und Erfahrungen und Erinnerungen auszutauschen, ganz so, wie es auch mit mir geschehen ist."

„Aber warum?", fragte Elaine ratlos.

„Es ist lebenswichtig für sie. Ich kann zwar nicht auf klare Gedanken zurückgreifen, da die Hewitts so etwas nicht besitzen, aber ich habe an ihren Erfahrungen visuell und emotional partizipiert, und deshalb habe ich gespürt, dass die Schwärme, die zum Urschwarm zurückkehren, eine herausragende Bedeutung für alle Hewitts besitzen. Ihre neuen Erfahrungen fließen in das Gesamtkollektiv ein, nähren es und stimulieren die Vermehrung der Hewitts. Ohne die gesammelten Eindrücke aus anderen Völkern könnten sie sich nicht teilen."

„Sie haben jetzt schon zweimal den Urschwarm erwähnt", mischte sich Admiral Jennings wieder ein. „Was müssen wir uns darunter vorstellen?"

Danny Sims beschrieb es ihnen, und er beließ es nicht bei wenigen Worten. Er erzählte ihnen ausführlich, wie es im Urschwarm zuging, und gab ihnen auch ein Beispiel von einem Schwarm, der auszog, um eine andere Rasse zu besuchen. Elaine ahnte, dass er daran ebenso teilgehabt hatte wie an allen übrigen Vorgängen im Amöboidkollektiv. Das hieß aber auch, dass er einen lebendigen Eindruck vom Leben fremder Völker erhalten hatte - er hatte sie *gesehen*, während es unter den Menschen noch immer viele gab, die anzweifelten, dass intelligentes Leben unabhängig von der Erde entstanden sein konnte.

Es verschlug ihr den Atem, und als er endlich geendet hatte, schwirrten ihre Gedanken so ziellos umher wie ein Gleiter, dessen Richtungssteuerung ausgefallen war. Nur mit äußerster Mühe gelang es ihr, sie wieder unter ihre Kontrolle zu bringen.

„Die Schlüsse, die Sie aus Ihren Beobachtungen gezogen haben, scheinen richtig zu sein, aber eins ist mir noch nicht klar: Wieso sterben die Menschen, die von einem Hewitt berührt werden? Anderen Völkern scheint der Kontakt nur wenig auszumachen. Sie sagten, diese Wesen hätten sich sogar *gefreut*."

„Ich glaube, dass das mit dem Nervensystem der Menschen zu tun hat. Die Berührung mit einem Amöboiden löst einen Kollaps aus, das haben Professor Hewitts Untersuchungen bewiesen. Die Menschen sind nicht dazu geeignet, mit den Hewitts Kontakt aufzunehmen."

„Ausnahmen bestätigen die Regel", bemerkte der Admiral.

„Ich bin ein Gambler“, erklärte Danny Sims, und zum ersten Mal, seit Elaine ihn kannte, schwang Stolz in seiner Stimme mit. „Meine Nervenphysiologie ist anders, deshalb war die Bahnung durch den Hewitt bei mir erfolgreich. Bei anderen Gamblern wäre das vermutlich auch der Fall.“

„Da wäre ich mir nicht so sicher“, entgegnete Lloyd Jennings sofort. „Ihre Mutation ist die am weitesten fortgeschrittene, Mr. Sims. Der Booster-Effekt wurde bislang bei Ihnen allein beobachtet, und vermutlich war er dafür ausschlaggebend, dass Sie den Kontakt mit dem Hewitt überstanden haben und ihn sogar positiv nutzen konnten. Gambler, denen der Booster-Effekt fehlt, sind dazu wahrscheinlich nicht in der Lage.“

Danny Sims zog für einen Wimpernschlag die Stirn in Falten, und ein Schatten glitt über sein Gesicht. Elaine ahnte, was in ihm vorging. Wieder einmal war er es, auf dessen Schultern die Verantwortung lastete. Er musste die Berührung mit dem Hewitt gut nutzen, denn es gab niemanden, der sie ihm nachmachen konnte.

Eine Sekunde später streckte der Junge den Rücken durch, und der Schatten auf seinen Zügen wurde von einem Ausdruck tiefer Entschlossenheit verdrängt. „Es spielt keine Rolle, ob andere Gambler das gleiche tun könnten oder nicht. Wir haben nicht die Zeit, um das auszuprobieren, denn Fakt ist, dass Menschen sterben. Ich möchte das verhindern, und ich will ebenso wenig, dass weiterhin so viele Hewitts vernichtet werden. Sobald der nächste Schwarm auftaucht, werde ich hineinfliegen und mich erneut berühren lassen.“

Der Admiral sog scharf Luft ein. Tray Sims wirkte nicht überrascht, also hatte sein Sohn ihm bereits von seinem Plan erzählt, aber er machte ein besorgtes Gesicht.

Elaine äußerte ihre Zweifel offener. „Halten Sie das für eine gute Idee, Fähnrich? Was könnten Sie damit erreichen? Glauben Sie, Sie können die Hewitts allein dadurch von der Erde abhalten?“

Danny Sims wich ihrem Blick keine Sekunde aus. „Wäre das so unwahrscheinlich, Captain? Ich sagte Ihnen doch, die Hewitts sind Sammler und keine Eroberer. Sie wollen niemanden verletzen. Ich habe in ihrer Erinnerung mehr als einmal gesehen, dass die Schwärme eine neue Rasse fanden, sich aber wieder zurückzogen, weil der Kontakt nicht herzustellen war.“

Elaine hielt es nicht mehr in ihrem Sessel. „Und wieso haben sie das bei der Erde nicht auch getan?“, rief sie wild gestikulierend. „Warum haben sie nicht begriffen, dass wir die Berührung nicht ertragen können, obwohl Menschen dabei starben?“

„Sie hatten keine Gelegenheit dazu, das zu erkennen, denn den Hewitts wurde durch die Berührung genauso geschadet wie ihren Opfern. Sie stehen ständig mit dem Kollektiv in Verbindung, deshalb hätte der

Schwarm innehalten müssen, nachdem der erste Mensch gestorben war. Das aber war nicht der Fall; stattdessen flogen alle Hewitts weiter, und das ist ein sicheres Zeichen dafür, dass der Kollaps, den die Menschen bei der Berührung erlitten haben, sich auch auf die Hewitts übertragen hat. Sie wurden vom Kollektiv abgeschnitten und betäubt. Deshalb blieben sie an den Menschen haften und starben letztlich ebenso wie sie."

„Und Sie glauben, wenn das anders gewesen wäre, hätten die Hewitts von der Erde abgelassen?"

„Davon bin ich überzeugt. Die verbleibenden Hewitts im Schwarm ahnten nichts von dem Unheil. Sie besitzen keine Persönlichkeiten. Wenn einer von ihnen stirbt, bemerken sie es nicht, aber sie registrieren jede Information, die einer von ihnen dem Kollektiv hinzufügt. Doch genau dazu waren die Hewitts, die Menschen berührt hatten, nicht mehr in der Lage."

„Sie könnten recht haben, Fähnrich", sagte der Admiral. „Der letzte Schwarm wurde deutlich langsamer und verlor stark an Aggressivität, nachdem Sie berührt worden waren. Es schien, als wären die Hewitts auf einmal nicht mehr so versessen darauf, noch andere Menschen zu berühren."

Danny Sims nickte ernst. „Das habe ich gesehen, und es ist ganz einfach zu erklären. Der Hewitt hat gespürt, dass es sogar mir große Qual bereitet hat, von ihm gebahnt zu werden, und das hat ihn und die anderen irritiert."

„Und wieso ist der Schwarm trotzdem weitergeflogen? Wenn es stimmt, was Sie sagen, müsste der Hewitt Ihrem Gedächtnisinhalt entnommen haben, dass die Berührung mit ihnen den Menschen schadet. Hätten sie sich daraufhin nicht zurückziehen müssen?"

„Das wäre geschehen, wenn Sie den Hewitt nicht abgeschossen hätten, Captain. So ging die Information, die er durch die Berührung mit mir gewonnen hatte, verloren, und auch der Urschwarm hat nichts davon erfahren."

„Soll das heißen, die Hewitts werden nur deshalb wiederkommen, weil ich den Hewitt im Hangar getötet habe?", fragte Elaine konsterniert.

„Ich fürchte, genauso ist es."

Sie fluchte unterdrückt.

Danny Sims machte eine beruhigende Geste. „Es war ein verständlicher Fehler, Captain. Sie kannten die Zusammenhänge nicht. Zum Glück ist noch nichts verloren. Wenn mich die Hewitts erneut berühren, kann ich ihnen vermitteln, was ihre Berührung bei den Menschen anrichtet, und dann werden sie umkehren und nie wiederkommen."

„Das bedeutet, wir müssen sie ziehen lassen."

„Natürlich. Das ist der Sinn der Sache."

„Und Sie sind sicher, dass sie tatsächlich abziehen werden?"

„Ganz sicher, Captain."

Elaine runzelte nachdenklich die Stirn. „Das alles klingt viel zu schön, um wahr zu sein. Wenn Sie Recht haben, könnten die Schwärme bald der Vergangenheit angehören."

„Ich irre mich nicht!"

Elaine seufzte. „Selbst wenn ich versuche, Ihnen zu glauben, ist mir nicht wohl bei der Sache. Die erste Berührung hat Sie lange lahmgelegt. Es wäre fatal, wenn das wieder geschähe."

„Das wird es nicht, denn die Bedingungen sind jetzt andere. Ich bin durch die erste Berührung gebahnt worden, deshalb entfällt der unangenehme Teil. Der zweite Kontakt dürfte mir lediglich neue Informationen bringen, mich aber in keiner Weise gefährden."

„Mag sein, aber mir wäre trotzdem wohler, wenn sie sich nicht noch einmal berühren lassen müssten. Vielleicht geht es auch anders. Sie sagten, dass Sie mit dem Gedächtnis des Urschwarms der Hewitts in Verbindung stehen. Können Sie nicht auf die gleiche Weise, auf die Sie Informationen abrufen, auch neue hineingeben?"

Danny Sims schmunzelte. „Ich glaube, ich habe mich unpräzise ausgedrückt. Ich stehe nicht direkt mit dem Gedächtnis der Hewitts in Verbindung, sondern ich habe vielmehr durch die Berührung eine Kopie bekommen." Er hob kurz die Schultern und zeigte wieder einmal ein unergründliches Lächeln. „Fragen Sie mich nicht, wie sie in meinen Kopf gekommen und ob sie tatsächlich in meinem Gehirn verankert ist. Ich selbst kann mir nicht vorstellen, wie ein derart immenses Informationspaket in meinem Gehirn untergebracht werden könnte, aber letztlich ist das auch nicht wichtig. Entscheidend ist, dass ich Zugriff darauf habe, aber das gilt nur für die Erinnerungen, die im Urschwarm gespeichert waren, *bevor* der Schwarm zur Erde aufbrach. Alle Informationen, die nach seiner Abreise hinzugekommen sind, sind mir nicht zugänglich, da die Hewitts, die ausschwärmen, ihre Verbindung zum Gesamtkollektiv verlieren. Sie sind für diese Zeit autark. Ihr Gedächtnisinhalt ändert sich nur dann, wenn sie andere Wesen berühren oder wenn sie in den Urschwarm zurückkehren und dort Hewitts, die andere Teile der Galaxis durchstreift haben, berühren. Sie können nur dann Informationen austauschen, wenn sie sich in engem, räumlichem Kontakt befinden. Bei den Hewitts bedeutet das, sie dürfen sich nicht weiter als etwa den Durchmesser eines Sonnensystems voneinander entfernen."

„Aber wie konnte der Urschwarm dann überhaupt erfahren, wo sich die Erde befindet? Der erste Schwarm hat ein Signal gesendet, als die *Arrow* versuchte, mit ihm Kontakt aufzunehmen. War das kein Informationsaustausch?"

„Nicht direkt. Das Signal diente dazu, eine Spur durch den Hyperraum zu legen, der andere Hewitts folgen konnten, denn nicht immer kehrt ein Schwarm nach einer Begegnung mit einem fremden Volk sofort zum Urschwarm zurück. Mehr Daten enthält das Signal nicht, aber es genügt, um dem Urschwarm mitzuteilen, wo man fündig geworden ist, wie wir alle aus leidvoller Erfahrung wissen."

Elaine zögerte. Sie wusste nicht, wie sie sich entscheiden sollte, etwas, das ihr nur selten passierte.

„Sie haben überhaupt keine Wahl, Captain", sagte Danny Sims eindringlich. „Wenn Sie wollen, dass die Bedrohung durch die Hewitts ein Ende hat, müssen Sie mich in den nächsten Schwarm fliegen lassen. Natürlich werde ich allein im Schiff sein, denn meine Crew soll nicht in Gefahr geraten."

Elaine sah fragend zu Admiral Jennings hinüber. Er wirkte in sich gekehrt, dann klärte sich sein Blick jedoch schlagartig. Er nickte ihr leicht zu, dann wandte er sich an Fähnrich Sims. „Wir werden Ihren Vorschlag umsetzen, Fähnrich. Versuchen Sie Ihr Glück."

Der Junge lächelte gelassen. „Ich werde kein Glück brauchen."

Elaine seufzte. „Das kann ich nur hoffen", murmelte sie düster.

59. Kapitel

Sie brauchten noch etwa eine Stunde, um alle Details des nächsten Einsatzes auszuarbeiten, dann verließ Captain Wilding den Raum, um die entsprechenden Vorbereitungen in die Wege zu leiten. Danny sah ihr nach, die Stirn in nachdenkliche Falten gelegt. Ihre Haltung war noch immer skeptisch. Sie wusste offenbar nicht, ob sie an eine Erfolgschance seines Plans glauben sollte oder nicht, und er konnte es ihr nicht einmal verübeln. Sie hatte nicht erlebt, was er erlebt hatte, und sie hatte nicht gesehen, was er gesehen hatte. Niemand hatte das. Die Erinnerungen der Hewitts gehörten ihm allein, und wenn Admiral Jennings Recht hatte, würde er auch der einzige Mensch bleiben, der je über sie verfügen konnte. Er unterschied sich nach der Berührung durch den Hewitt stärker als je zuvor von allen übrigen Menschen, ja sogar von den anderen Gamblern.

Sorge keimte in ihm auf, als er an die Blicke zurückdachte, mit denen Captain Wilding ihn durchbohrt hatte. Sie hatte sofort erkannt, dass etwas mit ihm geschehen war, und seine Veränderung war ihr unheimlich gewesen. Über das gesamte Gespräch hinweg hatte sie ihre Befangenheit ihm gegenüber nicht ablegen können, hatte lediglich versucht, sie zu verbergen.

Die kleinen Gesten, die ihre Einstellung zu ihm verrieten, waren ihm trotzdem nicht entgangen - ihr flüchtiges und doch von tiefer Sorge und Zweifeln erfülltes Stirnrunzeln, wann immer sie ihn ansah, ihre Anspannung, die es ihr unmöglich machte, sich auf ihrem Sitz zu halten, ihre ausgreifenden Schritte, während sie unruhig im Raum auf und ab tigerte, und ihre fast aggressiven, abrupten Bewegungen. All das war für sie im Grunde nicht ungewöhnlich, aber ihre persönlichen Eigenarten traten heute viel stärker zutage als üblich, und er konnte ihr ansehen, wie sehr sie um ihre Kontrolle und Selbstbeherrschung rang, obwohl sie eigentlich ein Mensch war, der sich nicht so leicht aus der Ruhe bringen ließ. Er aber hatte es geschafft.

Wäre es nur um Captain Wilding gegangen, hätte ihm das vielleicht nichts ausgemacht, denn sie war Offizier genug, um damit klarzukommen, aber für andere galt das nicht. Man hatte ihn angefeindet, als er lediglich ein gewöhnlicher Gambler gewesen war, wie also würde man ihm jetzt begegnen? Abweisende Blicke? Spitze Bemerkungen? Oder, was wohl am schlimmsten wäre, Schweigen? War er durch die Berührung dazu verdammt, auf ewig allein zu sein?

Er fröstelte, als er an Mady dachte. Vorhin hatte sie sich zu sehr über sein Erwachen gefreut, als dass sie genau durchdacht hätte, was die Berührung des Hewitts für ihn bedeutete, aber das würde nicht so bleiben. Er konnte seine Veränderung nicht vor ihr verbergen, wollte es auch gar nicht, aber würde sie ihn nicht genauso ansehen wie Captain Wilding, wenn ihr klar wurde, was mit ihm geschehen war? Würde er ihr nicht fremd werden?

Sein Magen krampfte sich schmerzhaft zusammen. Er brauchte ihre Nähe, ihre Liebe, und er wollte bei ihr sein. Was ihn betraf, hatte sich zwischen ihnen nichts geändert. Im Gegenteil, er fühlte stärker für sie als je zuvor, aber würde sie seine Gefühle auch weiterhin erwidern?

Ein Anflug von Panik überkam ihn. Wenn Mady sich von ihm abwandte, von ihm *abgestoßen* wurde, wäre er ganz allein. Sein gesamtes Leben hatte er das erdulden müssen, aber da hatte er wenigstens noch daran geglaubt, dass es einmal anders werden könnte, doch wenn er Mady jetzt verlor, verlor er damit auch seine Hoffnung. Er wusste nicht, ob er das ertragen könnte.

Am liebsten wäre er sofort aufgesprungen, um nach Mady zu suchen. Er musste mit ihr reden, und je eher er es tat, desto besser. Leider war Admiral Jennings noch immer im Raum, und es sah ganz so aus, als hätte er noch etwas auf dem Herzen, andernfalls wäre er wohl zusammen mit Captain Wilding gegangen. Der ältere Mann musterte ihn eindringlich, und Danny fühlte sich unwillkürlich an ihre erste Begegnung erinnert. Damals war der Blick der gleiche gewesen, vielleicht nicht ganz so ernst und durchdringend, und nicht so fragend. Heute schien es dem Admiral schwerer zu fallen, ihn und seine Motive zu ergründen, als das nach seinem ersten Flug gegen die Hewitts der Fall gewesen war.

Danny beschloss, das Schweigen zwischen ihnen von sich aus zu beenden. Je eher er erfuhr, worum es Admiral Jennings ging, desto eher konnte er mit Mady reden, deshalb verschloss er seinen Kummer in sich selbst, bemühte sich um eine neutrale Miene und sprach ihn an.

„Sir, Sie wirken besorgt."

Lloyd Jennings Augenbrauen gingen ein paar Millimeter in die Höhe. „Sollte ich das nicht sein?"

„Nein, Sir, mein Plan wird funktionieren."

„Das haben Sie auch zu Captain Wilding gesagt, aber ich weiß, dass Sie ihr etwas vorgemacht haben."

Danny schrak zusammen, runzelte gleichzeitig jedoch die Stirn. Hatte der Admiral wirklich bemerkt, dass er das Ausmaß des Risikos beschönigt hatte, oder stellte er nur eine Vermutung an? „Ich habe nicht gelogen, Sir", erklärte er so fest wie möglich. Was ihm schwerfiel, da fast alle seine Gedanken auf Mady gerichtet waren.

„Das weiß ich, aber Sie waren auch nicht hundertprozentig ehrlich", erwiderte Lloyd Jennings. „Ich kann Ihnen nicht einmal einen Vorwurf machen. Captain Wildings Frage, ob Sie sich über das Gelingen Ihres Plans sicher seien, war unpräzise und gab Ihnen die Möglichkeit, ausweichend zu antworten. Ich werde anders fragen. Wie hoch ist die Wahrscheinlichkeit für den Erfolg Ihres Vorgehens?"

Danny seufzte im Stillen. Er hatte sich absichtlich im vorherigen Gespräch um konkrete Zahlen herumgedrückt. Es war auch so schwierig genug gewesen, Captain Wilding zu überzeugen. Leider konnte er dem Admiral die Antwort nur schlecht verweigern.

„Die Wahrscheinlichkeit, dass ich die Berührung mit dem Hewitt unbeschadet überstehe, liegt bei mindestens 93%", begann er mit der positivsten Zahl.

Admiral Jennings ließ sich davon nicht beeindrucken. Er winkte ab. „Das konnte ich mir selbst ausrechnen. Mich interessiert vielmehr, ob Sie die Hewitts auch wirklich davon überzeugen können, dass die Menschen für einen Kontakt nicht geeignet sind. Immerhin ist es ihnen gelungen, Sie zu bahnen, und da die Amöboiden nicht intelligent sind, dürfte es schwer werden, ihnen klarzumachen, worin der Unterschied zwischen Ihnen und anderen Menschen besteht. Wie sollen Wesen, die lediglich ihrem Instinkt folgen, begreifen, dass Sie der einzige Mensch sind, der den Kontakt mit ihnen überleben kann? Sie können es ihnen schließlich nicht einfach *sagen.*"

Danny nickte knapp. Es hatte keinen Sinn, es zu leugnen. Der Admiral hatte die einzige Schwachstelle seines Plans genau erkannt. „Das ist richtig, Sir. Die Hewitts besitzen keine klaren, rationalen Gedankengänge, deshalb kann ich sie nicht mit Vernunft überzeugen. Mir bleibt nur, mit ihnen auf die gleiche Weise zu kommunizieren, auf die sie den Kontakt zu mir suchen, das heißt, ich muss mit Bildern aus meiner Erinnerung und mit Gefühlen mein Ziel erreichen. Ich werde versuchen, aktiv alle Gedächtnisinhalte hervorzuheben, die das Sterben der Menschen durch eine Berührung zeigen, und den Hewitts gleichzeitig einen Eindruck von den Unterschieden vermitteln, die zwischen mir und anderen bestehen."

„Sind Sie dazu wirklich in der Lage?", fragte der Admiral skeptisch.

Danny zuckte mit den Schultern. „Eine absolute Garantie kann ich nicht geben. Ich schätze meine Erfolgsaussichten auf etwa 70:30 ein."

„Das sind dreißig Prozent gegen dich", mischte sich sein Vater erschrocken ein.

Danny nickte.

Das Gesicht des Admirals verdüsterte sich. „Das Risiko ist ziemlich groß. Wenn Sie sich irren, fliegen die Hewitts weiter und werden erneut über die Erde herfallen."

„Dessen bin ich mir bewusst, Sir, aber ich glaube, es ist besser, einmal etwas mehr zu wagen, als auf unbestimmte Zeit mit der Bedrohung leben zu müssen. Ich habe eine gute Chance, die Hewitts zum Rückzug zu bewegen, und ich muss sie nutzen. Aber ich brauche dazu Ihre

Unterstützung, Sir. Werden Sie mich fliegen lassen? Werden Sie mich das Wagnis eingehen lassen?"

„Ich hätte dem vorhin nicht zugestimmt, wenn ich dagegen wäre, Fähnrich, und ich bleibe auch jetzt bei meiner Meinung, dass Sie es auf jeden Fall versuchen sollten. Ein Problem muss ich jedoch bedenken. Sie sind der einzige Pilot der Erdflotte, der einen Schwarm aufhalten kann. Wenn Sie sich irren, wären Sie jedoch völlig lahmgelegt, da Ihr Schiff nicht mit Kanonieren bemannt sein wird. Die Erde wäre den Hewitts damit schutzlos ausgeliefert."

„Die *Ace*, die *Wing T* und die *Arrow II* können wie üblich als Ersatz bereitstehen", begann Danny, aber Lloyd Jennings unterbrach ihn sofort wieder.

„Lieutenant Thornsburg und die anderen Piloten sind kein Ersatz für Sie, Fähnrich Sims, das wissen Sie. Der Lieutenant hat einmal Glück gehabt, aber das muss und wird sich nicht wiederholen. Wenn wir die *Ace* und die anderen Schiffe gegen den nächsten Schwarm schicken, wird es wieder Opfer geben, und vermutlich werden die Männer und Frauen aus den Besatzungen nicht die einzigen sein. Teile des Schwarms könnten bis zur Erde vordringen und dort abermals verheerend wüten. Das kann ich nicht noch einmal zulassen!"

Bei seinen letzten Worten stand Admiral Jennings abrupt auf und wandte sich ruckartig von ihnen ab. Von einem Sekundenbruchteil zum anderen schwand seine beherrschte Gelassenheit, die ihn so oft wie eine unsichtbare Rüstung umgab, dahin, wurde rissig und spröde wie ein Stück Metall, das zu lange in Trockeneis getaucht worden war und nun bei der geringsten Berührung zu zerspringen drohte. Seine Haltung wirkte plötzlich angespannt, seine Hände ballten sich zu Fäusten, und seine Schultern krümmten sich, als senke sich ein unbegreifliches Gewicht auf ihn herab, das ihn beim leisesten Nachlassen seiner Konzentration wie einen morschen Ast zu zerbrechen vermochte.

Danny nahm die Veränderung erstaunt wahr, ging in Gedanken blitzschnell jede einzelne ihrer Begegnungen noch einmal durch, und plötzlich fügten sich viele kleine Details zu einem Gesamtbild zusammen.

„Wie lange wissen Sie es schon?"

Lloyd Jennings wandte sich ihm zu, erwiderte seinen Blick mit traurigen Augen. „Seit meiner frühen Kindheit. Man bekommt sehr schnell heraus, dass man anders ist."

„Das kann ich gut verstehen", sagte Danny leise.

Er verstand es wirklich, sein Vater hingegen sah verwirrt zwischen ihm und dem Admiral hin und her.

„Worum geht es hier überhaupt?"

Danny öffnete den Mund, um ihm zu antworten, aber Admiral Jennings kam ihm zuvor.

„Ich bin ein Gambler."

Die Augen seines Vaters wurden groß. „Sie sind einer von uns? Ist das wahr?"

„Ja."

Sein Vater runzelte die Stirn. „Weiß noch jemand davon?"

Der Admiral schüttelte den Kopf; Schmerz flackerte wie nächtlicher Schatten in seinen grauen Winteraugen, und sein schmales Gesicht wirkte mit einem Mal eingefallen und blass, als habe eine Wunde, die er schon geschlossen geglaubt hatte, plötzlich wieder zu bluten begonnen. „Nein, ansonsten würde ich wahrscheinlich jetzt gerade mit meinem Wischmopp die Stationstoiletten schrubben oder leere Bierdosen aus irgendwelchen Büschen klauben, statt hier mit Ihnen zu reden." Er sah sie an, und Bitterkeit grub sich in seine Züge. „Ich muss Sie deshalb beide bitten, mein Geheimnis unter allen Umständen für sich zu behalten."

„Das werden wir", versprach Danny sofort.

Sein Vater nickte ebenfalls, doch schienen sich seine Gedanken bereits mit etwas anderem zu beschäftigen. Er sah den Admiral durchdringend an, und sein Stirnrunzeln vertiefte sich. „Wie konnten Sie Ihre Herkunft so lange verbergen? Ich dachte, die Regierung wüsste genau, wo sich jeder einzelne Gambler aufhält?"

Danny schaute überrascht zu ihm hin, begriff aber nur einen Sekundenbruchteil später, dass das nicht anders zu erwarten gewesen war. Gespannt erwartete er die Antwort des Admirals.

Admiral Jennings atmete tief durch, als versuche er noch einmal Kraft zu sammeln, bevor er endgültig die Türen aufstieß, hinter denen die Lügen seines Lebens so viele Jahre verschlossen gewesen waren. Der Blick seiner eisgrauen Augen schien sich in eine ferne Vergangenheit zu richten, und als er schließlich sprach, klang seine Stimme tonlos und dumpf, als hätte jedes seiner Worte so lange vergessen in der düsteren Gruft seiner Erinnerungen begraben gelegen, bis es von der Last der Jahre kalt und staubig geworden war.

„Meine Eltern waren selbst keine Gambler, aber die Gambler-Gene waren bei ihnen bereits latent vorhanden. Bei mir prägten sie sich offen aus. Meine Eltern haben das natürlich schnell erkannt, und da sie beide in der Politik gearbeitet haben, wussten sie, wie kritisch das Verhältnis zwischen Gamblern und anderen Menschen war. Deshalb haben sie streng darauf geachtet, dass ich mich zurückhielt, und sie haben mir auch von den Beschränkungen erzählt, die schon damals innerhalb der Flotte bestanden. Weil ich das wusste, konnte ich mich beim Eignungstest für die Aufnahme in die Akademie so verhalten, dass meine Ergebnisse überdurchschnittlich, aber nicht verdächtig waren."

Danny sah, dass sein Vater plötzlich rot anlief. „Das Versteckspiel mag ja früher angemessen gewesen sein, und ich kann Ihre Beweggründe sogar verstehen, aber Sie hätten es aufgeben müssen, als die Hewitts kamen. Sie hätten erkennen müssen, dass nur einer von uns diese Bedrohung aufhalten kann!"

Die Schultern des Admirals verkrampften sich noch mehr, ein stummes Zeugnis der Qual, die ihn erfüllte. „Das habe ich. Ich habe ernsthaft darüber nachgedacht, ob ich mich zu erkennen geben sollte. Aber noch bevor ich mich zu einer Entscheidung durchringen konnte, fiel mir die Bewerbung Ihres Sohnes in die Hände."

Dann sah er Danny direkt an, ein Blick, der gleichzeitig um Verständnis wie um Entschuldigung bat. „Ich wollte, dass wir Gambler endlich wieder positiv gesehen werden, dass man unsere Fähigkeiten und Leistungen anerkennt und uns Wege öffnet, die aus dem einschränkenden Leben in den Gambler-Vereinigungen herausführen. Wir könnten an vielen Stellen nützliche Arbeit leisten, wenn wir nur in die Gesellschaft integriert wären. Ich hätte selbst versucht, dieses Ansehen für uns zu erringen, indem ich gegen die Hewitts fliege, aber ich hätte nur bescheidene Erfolge erzielen können. Die Öffentlichkeit hätte nie vergessen, dass ich mir einen Posten erschwindelt habe, der niemals für Gambler hätte zugänglich sein sollen, wenn es nach der Meinung der Mehrheit ginge. Als Sie sich an der Akademie bewarben, wusste ich sofort, dass Ihre Chancen, uns aus unserem Schattendasein herauszuführen, sehr viel größer wären als meine. Sie sind jung, und Sie widmen sich Ihren Zielen mit einem Eifer und einer Hingabe, die beispiellos sind. Sie haben, ganz anders als ich, keine Fehler begangen, die die Öffentlichkeit gegen Sie aufbringen könnten. Außerdem haben Sie ein junges, vertrauenswürdiges Gesicht, und das ist weitaus medienwirksamer als das eines griesgrämigen alten Mannes, wie ich es bin. Sie konnten all das erreichen, wovon ich geträumt habe. Ich habe all meine Hoffnung in Ihre Hände gelegt."

Danny fühlte sich seltsam von dem Geständnis des Admirals berührt, und er spürte, dass er an seiner Stelle vermutlich nicht anders gehandelt hätte. Er hatte nicht vergessen, welchen steinigen Weg er seit seiner Ankunft auf der Erdorbitalstation hatte beschreiten müssen, wie viel dorniges Gestrüpp und Fallgruben ihn von seinem Ziel hatten abbringen und straucheln lassen wollen – und wie viel Kraft es ihn gekostet hatte, sich selbst dennoch treu zu bleiben. Gemessen an dem Gegenwind, der dem Admiral in sein griesgrämiges altes Gesicht geblasen hätte, hätte er sich nach dem Erscheinen des ersten Schwarms als Gambler geoutet, wäre das jedoch vermutlich nur ein laues Frühlingslüftchen gewesen. Es war klar, dass seine Lügen, wären sie bekannt geworden, ganz sicher einen langen, dunklen Schatten über all das geworfen hätten, was er für die Erde hätte tun können. Der Ruf der Gambler wäre damit endgültig ruiniert worden.

Sein Vater schien da allerdings anderer Meinung zu sein. „Das mag ja alles richtig sein", knurrte er, und seine Stimme klang so schroff, wie Danny es selten bei ihm erlebt hatte. „Aber das ändert nichts daran, dass Sie Danny für Ihre Absichten benutzt haben. Oder haben Sie ihn etwa gefragt, ob er eine derart wichtige Rolle spielen möchte? Sie haben ihm nicht nur die Verteidigung der Erde, sondern auch die Zukunft unserer Leute aufgebürdet. Meinen Sie nicht, dass das ein wenig viel für einen Siebzehnjährigen ist?"

Admiral Jennings erwiderte seinen zornigen Blick nur eine Sekunde, bevor er zu Boden sah. „Mir wäre es auch lieber gewesen, wenn ein anderer an der Stelle Ihres Sohnes gewesen wäre, aber leider war er der einzige Gambler, der sich gemeldet hat."

Sein Vater wollte aufbegehren, aber Danny legte ihm beruhigend eine Hand auf den Arm.

„Ich fühle mich nicht hintergangen, Dad. Ich wusste schon seit einiger Zeit, dass ich mit meinem Einsatz auch stellvertretend für alle anderen Gambler stehe. Ich habe es akzeptiert, schließlich ist es auch in meinem Interesse, wenn sich die Position unserer Leute innerhalb der Gesellschaft verbessert. Außerdem hätte ich niemals die *Gambler-Circus* verlassen können, wenn sich der Admiral nicht dafür eingesetzt hätte, und dafür bin ich ihm wirklich dankbar. Merwyn Gaze hätte mich nicht wieder fliegen lassen, und selbst wenn, wäre jeder Flug unter den strengen Einschränkungen doch nur ein schaler Abklatsch dessen gewesen, was ich tatsächlich zu leisten imstande bin."

Sein Vater entzog sich ihm, und seine Miene entspannte sich keineswegs. „Das glaube ich dir, Danny, aber das heißt nicht, dass sich die Weste des Admirals plötzlich von Schwarz wieder in Weiß zurückverwandelt hätte." Er starrte Lloyd Jennings grimmig an. „Wissen Sie, was ich mir habe anhören müssen, als ich auf die Station kam? Dass ich Danny im Stich gelassen hätte, dass ich schuld daran wäre, dass er berührt wurde, weil er trotz seiner Schwäche wieder gegen die Hewitts fliegen musste."

„Wer hat das gesagt?", fragte Danny verblüfft.

„Mady, und sie hatte vollkommen Recht damit. Wenn ich dir zur Seite gestanden hätte, wäre dir nichts geschehen. Ich hätte mich wie du zur Verfügung stellen müssen, um die Hewitts zu bekämpfen, dann hätte nicht die gesamte Verantwortung auf deinen Schultern gelastet." Er schüttelte heftig den Kopf. „Tagelang habe ich mich mit Selbstvorwürfen gequält und gedacht, ich stünde mit meiner Schuld allein, aber jetzt begreife ich, dass dem nicht so ist. Sie waren hier auf der Station, Admiral. Sie hätten wissen müssen, dass Danny noch nicht wieder auf dem Höhepunkt seiner Kräfte angelangt war. Wieso haben Sie ihn trotzdem fliegen lassen? Wieso haben Sie nicht seinen Platz eingenommen?"

Admiral Jennings senkte den Kopf. „Wenn ich das getan hätte, hätte ich alle Erfolge, die Danny bereits erzielt hat, wieder zunichtegemacht!"

Danny begriff sofort und erschrak zutiefst. „Es geht gar nicht darum, ob ich berührt worden bin oder nicht. Das ist vollkommen bedeutungslos. Sie hätten nach Johns und Garys Überfall gegen die Hewitts fliegen können. Lieutenant Yate und seine Crew, Gary Kaley, die Piloten der Staffel unter Commander Takana und 65.000 Menschen auf der Erde sind gestorben, weil Sie nicht für mich eingesprungen sind!"

Ein raues Schluchzen entrang sich der Kehle des Admirals, als habe sich ein lange unterdrückter Schmerz endlich aus seinen Ketten befreit und sich seinen Weg ans Tageslicht erkämpft. „Ich weiß."

„Aber warum?", fragte Danny entsetzt. „Warum haben Sie sich selbst dann nicht offenbart?"

Lloyd Jennings schloss für einen Moment die Augen. Seine Stimme zitterte wie ein Kerzenflämmchen in einer frostigen Winternacht, war kaum mehr als ein Hauch, der in der Stille der Kabine verwehte. „Weil ich niemals ein gleichwertiger Ersatz für Sie gewesen wäre, Fähnrich – und ich spreche jetzt nicht von meiner zweifelhaften Vergangenheit. *Niemand* hätte Sie ersetzen können, kein Mensch und auch kein anderer Gambler. Ich habe das sofort erkannt, als Merwyn Gaze mich Einblick in Ihre Trainingsprotokolle nehmen ließ, und deshalb war es unbedingt erforderlich, dass *Sie* das Banner unserer Leute in die Schlacht tragen, nicht so ein aufgeblasener Aufschneider in einer falschen Uniform, wie ich es bin. Wenn jemand den Menschen klarmachen konnte, wie wertvoll wir für die Gesellschaft sein können, dann Sie."

„Ich kann nicht glauben, dass ich mich so sehr von allen abhebe! Es wäre Ihnen sicher gelungen, den Schwarm aufzuhalten, wenn Sie es nur versucht hätten!"

Admiral Jennings schüttelte den Kopf; es wirkte auf eine traurige Weise endgültig. „Sie irren sich, Fähnrich. Ich bin zwar ein Gambler, aber da ich der erste in meiner Familie bin, liegen meine Fähigkeiten bei Weitem nicht so deutlich über dem Durchschnitt wie Ihre. Vielleicht hätte ich die Hewitts aufhalten können, vielleicht aber auch nicht. Auf jeden Fall hätte ich viel länger dazu gebraucht als Sie, und ich hätte womöglich sogar ein oder zwei Geschützleute verloren. Wenn das geschehen wäre, hätte die Öffentlichkeit meinen Flug zur Messlatte erklärt, an dem der Nutzen der Gambler für die Gesellschaft gemessen worden wäre, und Ihre grandiosen Leistungen wären plötzlich untergraben worden. Möglicherweise hätte man sie sogar wieder als Zufall oder Glück interpretiert, so wie es auch nach Ihrem ersten Flug der Fall war."

„Das ist doch völlig gleichgültig", begehrte Danny auf. „Ich weiß, was ich leisten kann, und mit der Zeit hätten die Menschen das auch begriffen.

Wie konnten Sie nur so viele Leben opfern, nur um das Ansehen unserer Leute aufzupolieren?"

Der Admiral begegnete seiner Anklage mit einem offenen Blick, ließ ihn all den Schmerz und die Qual darin lesen, die er so sorgsam vor der Welt verborgen hielt. „Ich habe damals getan, was ich für das Richtige hielt. Aber sich für etwas zu entscheiden und dann den schlimmsten Albtraum Wirklichkeit werden zu sehen, den man sich überhaupt vorstellen kann, sind zwei sehr verschiedene Dinge." Seine Stimme wurde noch leiser, schien plötzlich von einem Ort zu kommen, an dem Trost und Mitgefühl nicht länger eine Bedeutung für ihn besaßen. „Ich wünschte, ich hätte die Macht, die Uhr noch einmal zurückzudrehen und neu zu entscheiden. Doch das habe ich nicht. Ich muss mit den Toten leben."

Danny schüttelte stumm den Kopf. Seine Kehle war zu eng zum Sprechen, doch es gab ohnehin nichts, was er hätte sagen können.

„Und wieso erzählen Sie uns das alles?", mischte sich sein Vater ein. Noch immer spürte Danny den Zorn, der in ihm brodelte, und seine Miene verhärtete sich bereits, noch bevor der Admiral sich ihm zuzuwenden und ihm eine Antwort auf seine Frage zu geben vermochte. Aber das war auch nicht notwendig. Sie alle kannten den Grund.

„Weil ich Ihre Hilfe brauche."

„Sie wollen, dass ich eins der Ersatzschiffe fliege."

Der Admiral nickte; Hilflosigkeit und Scham schienen sich wie eine dunkle, schwere Decke auf ihn zu legen, ließen das klare Grau seiner Augen trübe und stumpf werden. „Ja. Wenn Ihr Sohn sich irrt, gerät die Erde erneut in Gefahr. Ich kann nicht noch einmal tatenlos einem solchen Gemetzel zusehen, aber mir sind trotzdem die Hände gebunden. Fähnrich Kaley und Fähnrich Raff haben Ihren Sohn fast zu Tode geprügelt, weil sie geglaubt haben, er sei für den Tod *eines* Menschen verantwortlich. Mir wird man jedoch, und das völlig zu Recht, den Tod aller Menschen zuschreiben, die beim vorletzten Angriff der Hewitts gestorben sind. Wenn bekannt wird, dass ich ein Gambler bin, wird man uns noch mehr hassen als zuvor, und vielleicht wird es sogar wieder Tote in unseren Reihen geben. Ich darf nicht riskieren, dass das passiert."

Sein Blick ging zwischen Danny und seinem Vater hin und her. Danny sah ihm an, wie angespannt er die Antwort erwartete.

„Werden Sie es tun?"

Sein Vater schnaubte verächtlich. „Habe ich denn eine Wahl? Sie können sich beruhigt zurücklehnen, Admiral, ich werde das Ersatzschiff übernehmen. Ich wünschte nur, ich könnte es aus einem anderen Grund tun. Leider habe ich wie Sie den richtigen Zeitpunkt dafür verpasst. Alle Gambler haben das."

Der Admiral nickte bekümmert. „Alle - bis auf einen."

Er wandte sich Danny zu, legte ihm eine Hand auf dic Schulter. „Ich hoffe sehr, Ihr Plan gelingt, Fähnrich. Sie hätten den Erfolg verdient, denn Sie sind der Einzige, der uns keine Schande gemacht hat."

Einen Herzschlag lang sah Danny verlegen zu Boden, dann straffte er seine Gestalt. „Ich werde alles tun, um die Bedrohung durch die Hewitts zu beenden. Und ich werde es schaffen!"

Es war ein Schwur, den er seinem Vater, dem Admiral, allen anderen Gamblern und den Menschen der Erde, vor allem aber Mady gegenüber leistete.

60. Kapitel

Noch immer aufgewühlt von ihrer Begegnung mit dem transformierten Danny Sims verließ Elaine den Bereitschaftsraum. Sie bemerkte, dass der Admiral hinter ihr zurückblieb, aber das war kein Grund für sie, innezuhalten und zu warten. Wenn Lloyd Jennings allein mit dem Fähnrich sprechen wollte, hatte er sicher gute Gründe dafür. Außerdem hatte sie zu tun. Sie musste so schnell wie möglich eine Einsatzbesprechung einberufen, damit alle Piloten, in deren Händen die Verteidigung der Erde lag, erfuhren, welches Vorgehen für den nächsten Angriff geplant war. Doch bevor sie das tun konnte, musste sie noch einige Fakten abklären.

Sie hatte kaum ein paar Schritte aus dem Raum gemacht, als sie auf Sherman Hewitt traf. Der Professor wanderte in dem halbmondförmigen Vorraum der Intensivstation unruhig auf und ab, blieb jedoch stehen, als er das Schott zischen hörte, und sah ihr fragend entgegen. Elaine trat zu ihm und wartete nicht darauf, dass er sie ansprach.

„Fähnrich Sims wird gleich zu Ihnen stoßen, Professor", erklärte sie ein wenig schroff. „Sie sollten ihn gründlich untersuchen. Ich muss wissen, ob er körperlich und mental dazu in der Lage ist, erneut gegen die Hewitts zu fliegen."

Sherman Hewitts Augen wurden groß. „Das kann nicht Ihr Ernst sein, Captain! Der Junge ist eben erst aufgewacht. Sie können ihn nicht bereits gegen den nächsten Schwarm schicken!"

„Von *schicken* kann gar keine Rede sein", knurrte Elaine grimmig. „Es war sein Vorschlag, und es war auch allein seine Idee, sich ein zweites Mal von einem Amöboiden berühren zu lassen. Ich will möglichst bald Ihre Einschätzung dazu hören, Professor!"

Er antwortete nicht, sondern starrte sie an, als sei sie rettungslos irrsinnig geworden.

Elaine hob abwehrend die Hände. „Fragen Sie mich nicht, was das zu bedeuten hat. Ich habe weder die Zeit noch die Nerven dazu, Ihnen das auseinanderzusetzen. Unterhalten Sie sich mit Fähnrich Sims darüber, während Sie ihn untersuchen. Ich will von Ihnen nur eins wissen: Wie lange wird es dauern, den Fähnrich einem kompletten Gesundheitscheck zu unterziehen?"

„Zwei ... zwei Stunden", stammelte der Professor.

Elaine sah auf ihr Armbandchronometer. Es zeigte 15.23. „Sorgen Sie dafür, dass Sie die Zeit einhalten. Mr. Sims hat um 17.30 eine wichtige Besprechung."

„Wie Sie wünschen, Captain", erwiderte Sherman Hewitt steif. „Kann ich sonst noch etwas für Sie tun?"

Elaine überhörte seinen sarkastischen Unterton. „Ja, das können Sie in der Tat. Nehmen Sie sich Fähnrich Sims' Raumanzug vor, bauen Sie einen zweiten Injektor ein und füllen Sie ihn mit einer Dosis des Gambler-Hormons, die ausreicht, um Mr. Sims sicher zu boosten."

„Wozu?", rief der Professor entgeistert.

„Der Fähnrich muss auf jeden Fall geboostet sein, wenn er das nächste Mal in den Schwarm fliegt. Am besten stellen Sie den Injektor so ein, dass er unmittelbar vor dem Sprung anspricht."

Danny Sims selbst hatte es so vorgeschlagen, als sie die Details ausarbeiteten, denn er befürchtete, dass er von sich aus nicht in den geboosteten Zustand übergehen würde. Er hatte die letzte Berührung unbeschadet überlebt, also würde er vor der nächsten kaum die Todesangst verspüren, die zur Auslösung des Booster-Effekts notwendig war. Ohne den Booster-Effekt konnte sein Kontakt zu den Amöboiden jedoch misslingen, ihm im schlimmsten Fall sogar ernsthafte Schäden zufügen.

„Und beeilen Sie sich damit", fügte Elaine ernst hinzu.

Sherman Hewitt sah sie lange an, dann machte er eine zustimmende Geste. „Ich werde tun, was ich kann."

Elaine nickte ihm zu. „Ich verlasse mich auf Sie, Professor. *Fähnrich Sims* verlässt sich auf Sie."

Damit ließ sie ihn stehen, rauschte durch die engen Gänge der Klinik zum nächsten Lift und fluchte ungehalten über die behäbige Geschwindigkeit ihres Transportmittels, während die Kabine Sektion 45U-H entgegenglitt. Unterwegs nahm sie Kontakt mit Mr. Serrault auf und befahl ihn in die kleine Funkleitzentrale der Sektion. Die wichtigsten Fakten, die den nächsten Einsatz betrafen, konnte nur er ihr liefern.

Als sie in der Funkleitzentrale eintraf, zog sie verwundert die Augenbrauen in die Höhe. Der Programmierer war nirgends zu sehen.

„Wo ist Mr. Serrault?", fragte sie Commander Morley, der wie üblich zusammen mit Lieutenant Aston Dienst tat.

Der Commander setzte gerade zu einer Antwort an, als Mr. Serraults Kopf hinter einem der Kontrollpulte auftauchte. Seine dunklen Haare wirkten zerzaust, als hätte er mindestens eine Stunde kopfüber an einer Schaltung gearbeitet.

„Ich bin hier, Captain", erwiderte er ihre Frage, salutierte und versuchte mit einer fahrigen Geste, eine eigensinnige Haarsträhne zu bändigen, die ihm in die Augen hing, nachdem Elaine ihm bedeutet hatte, bequem zu stehen. Viel Erfolg hatte er jedoch nicht damit. Die Strähne blieb, wo sie war, es gesellte sich sogar noch eine zweite hinzu.

Elaine achtete nicht darauf. „Erstatten Sie mir Bericht, Mr. Serrault."

Der junge Programmierer vergaß sein störrisches Haupthaar und führte sie zu einer Konsole, die erst gestern neu in der Funkleitzentrale installiert worden war. „Es ist mir gelungen, eine Fernsteuerung zu konzipieren, mit der die vier Tetraederschiffe von hier aus gelenkt werden können. Jedes Schiff besitzt einen eigenen Kommandocode, und wenn der an diesem Terminal eingegeben wird, fällt die Kontrolle des Schiffes der Zentrale zu."

Für einen Moment sah es so aus, als wolle er noch mehr sagen, aber er schwieg, blickte zu Boden und verlagerte sein Gewicht unruhig von einem Fuß auf den anderen. Elaine sah ihm an, wie unbehaglich er sich fühlte, und sie konnte es ihm nicht verdenken. Sie hatte die Fernsteuerung in Auftrag gegeben, nachdem Danny Sims berührt worden und nicht abzusehen gewesen war, wann er wieder diensttauglich sein würde, da sie dazu in der Lage sein mussten, wenigstens die Schiffe zu retten, wenn schon die Piloten zum Tode verurteilt waren.

„Leider kann immer nur ein Schiff zur gleichen Zeit von der Zentrale aus übernommen werden", fügte Mr. Serrault nach kurzem Schweigen schließlich doch noch hinzu und hob entschuldigend die Schultern. „Für mehr war leider keine Zeit."

Elaine winkte ab. „Das wird ausreichen. Fähnrich Sims ist wieder erwacht, und er wird den nächsten Einsatz übernehmen."

Ihre Nachricht schlug wie eine Bombe ein. Mr. Serrault riss ungläubig die Augen auf, nur um sich gleich darauf abermals und diesmal ein wenig zittrig mit einer Hand über die Stirn zu wischen, Tom Aston stieß einen innigen Seufzer aus, der wie ein Dankgebet anmutete, und selbst der erfahrene und abgeklärte Commander Morley verbarg seine Erleichterung nicht, sondern atmete tief durch.

„Ich schätze, jetzt können wir alle wieder etwas ruhiger schlafen", sagte er und lächelte.

„Ich wünschte, ich könnte Ihnen uneingeschränkt zustimmen, Commander", bemerkte Elaine dumpf.

Auf die fragenden Blicke ihrer drei Untergebenen hin erklärte sie ihnen den Plan und wandte sich zu guter Letzt an Mr. Serrault.

„Wie Sie sehen, ist Ihre Arbeit nicht umsonst gewesen. Wir müssen damit rechnen, dass die Berührung dem Fähnrich trotz seiner gegenteiligen Überzeugung doch schadet, und wenn das geschieht, müssen wir ihn so schnell wie möglich zur Station zurückholen. Kann Ihre Fernsteuerung das gewährleisten?"

„Ich denke schon, Captain. Wünschen Sie eine Demonstration?"

Sie nickte knapp. Der Programmierer verlor keine Zeit, sondern zwängte sich in den Sessel hinter dem neuen Kontrollpult. Seine Finger huschten über die Tasten, und mehrere Bildschirme erwachten zum Leben und zeigten die *Joker,* die wie ein schlafender Riese im Hangar ruhte. Keine zwei Herzschläge später erhob sie sich jedoch von ihrem Sockel, stieg ein paar Meter in die Höhe und rotierte dann langsam um die eigene

Achse. Wenig später setzte Mr. Serrault das Schiff wieder ab, schaute Elaine an und grinste schief.

„Ich könnte das Schiff von hier aus in die Schleuse steuern, es in den Weltraum bringen und dort jedes beliebige Manöver fliegen lassen, aber ich schätze, das überlasse ich besser einem ausgebildeten Piloten."

Elaine nickte ernst, denn es wäre ganz sicher nicht in ihrem Sinne, wenn Mr. Serrault die *Joker* beschädigte, weil er mit ihrer Steuerung nicht klarkam, dann lächelte sie. „Das war gute Arbeit, Mr. Serrault."

Der Programmierer strahlte plötzlich übers ganze Gesicht und versuchte, sich gerader zu halten als zuvor. „Danke, Captain."

Mit einem Schmunzeln auf den Lippen nahm Elaine zur Kenntnis, wie viel ein kleines Lob einem jungen Menschen doch bedeuten konnte. Leider konnte sie es nicht für sich stehen lassen, so sehr sie es ihm auch gegönnt hätte. Aber es waren noch andere Fragen offen - wichtige, entscheidende Fragen.

„Wie sind Sie bei Ihrer Suche nach dem Saboteur vorangekommen?"

Augenblicklich verschwand das Leuchten aus den Augen des Programmierers, und seine Miene verdüsterte sich. „Nicht gut, Captain. Ich konnte bislang nicht einmal einen Hinweis darauf entdecken, wie er vorgegangen ist. Es ist mir ein Rätsel. Selbst wenn der Saboteur das Programm mit einem Virus gekoppelt hat, das es nach seiner Ausführung vernichtet, hätte ich doch zumindest das Virus entdecken müssen. Und auch wenn das sich nach getaner Arbeit selbst zerstört hat, hätte ich wenigstens einen Rest von ihm finden müssen, aber das war nicht der Fall. In den Systemen der *Joker* gibt es nicht den geringsten Hinweis darauf, wie die Manipulation erfolgt ist."

„Und was schließen Sie daraus?"

„Der Saboteur muss einen direkten Zugang zum Schiff besessen haben. Nur so konnte er seine Spuren verwischen, noch bevor ich mit meiner Suche begonnen habe."

„Ist das sicher?"

„Ziemlich sicher. Natürlich sind die Computer der *Joker* mit der Funkleitzentrale verbunden, die wiederum mit denen in anderen Teilen der Erdorbitalstation vernetzt ist, und könnten deshalb auch über stationsinterne Computer erreicht werden, aber dazu müsste der Saboteur einen Generalschlüssel besitzen, andernfalls wäre er nie dazu in der Lage gewesen, die Sicherungen innerhalb der Matrix zu umgehen."

Elaine knirschte mit den Zähnen. Die Möglichkeiten, die Mr. Serrault andeutete, gefielen ihr absolut nicht, denn im Klartext hieß das nichts anderes, als dass sie den Saboteur entweder im Technikerteam, das die *Joker* betreute, oder unter der handverlesenen Anzahl jener Leute zu suchen hatte, die dauerhaft über den Generalschlüssel zum Militärnetz verfügten. Es gab zwar auch niedere Ränge, die für die Bewältigung bestimmter Aufgaben den Schlüssel erhielten, aber er wurde sofort wieder gelöscht, nachdem die Arbeit beendet war, und der Saboteur hatte inzwischen mindestens zweimal zugeschlagen und dazu beide Male den Schlüssel benötigt.

Ein eisiger Schauder kroch ihr den Rücken hinauf. „Wenn das wahr ist, wird es uns schwerfallen, eine weitere Sabotage an der *Joker* zu verhindern."

Mr. Serrault machte ein unglückliches Gesicht. „So sieht es leider aus, Captain."

Sie fluchte leise, gleichzeitig quoll heißer Ärger in ihr hoch. „Das kann und werde ich so nicht akzeptieren", knurrte sie. „Mr. Serrault, Sie werden die *Joker* bis zu ihrem nächsten Einsatz nicht mehr aus den Augen lassen. Überprüfen Sie die Bordcomputer alle drei Stunden und sorgen Sie dafür, dass das Schiff einsatzbereit ist und bleibt."

„Ich kann nur dann effektiv arbeiten, wenn ich ebenfalls den Schlüssel erhalte", bemerkte Mr. Serrault zögernd.

Für eine Sekunde keimte Misstrauen in Elaine auf, aber sie unterdrückte es gewaltsam. Mr. Serrault hatte sich in den vergangenen Tagen als ausgesprochen zuverlässig erwiesen. Sie hatte keinen Grund, seine Loyalität in Frage zu stellen. Im Grunde überraschte es sie sogar, dass er den Schlüssel nicht besaß.

„Irgendjemand aus dem Team muss doch über den Schlüssel verfügt haben", sagte sie.

„Er war in Chief Prents Obhut", erwiderte der junge Mann. „Als der Chief entlassen wurde, ging er automatisch an die Ausgabestelle zurück."

Elaine zuckte zusammen, als hätte sie einen Stromschlag erhalten. Ihre Gedanken rasten. Konnte der Chief der Saboteur sein? Er hatte einen direkteren Zugriff auf die *Joker* gehabt als jeder andere, und wenn er dazu noch den Schlüssel besessen hatte ...

Wenn es so war, musste sie sich jetzt keine Sorgen mehr machen. Chief Prent stand noch immer unter Arrest, und das bedeutete auch, dass er keinerlei Zugang zum militärischen Netz besaß. Er konnte keine Sabotage an der *Joker* verüben.

Die ihr eigene Vorsicht riet ihr jedoch, sich nicht darauf zu verlassen. Zu viele Menschen hatten die Gelegenheit gehabt, sich an der *Joker* zu schaffen zu machen.

„Ich werde dafür sorgen, dass Sie den Schlüssel umgehend bekommen, Mr. Serrault", versprach sie dem Programmierer. „Nutzen Sie ihn gut."

Mr. Serraults Gestalt straffte sich, und er setzte eine entschlossene Miene auf. „Ich werde alles tun, was in meiner Macht steht, um Fähnrich Sims und die *Joker* zu schützen."

Elaine nickte ihm anerkennend zu, die klamme Furcht in ihrem Herzen jedoch blieb unangetastet. Der Saboteur hatte bislang unentdeckt bleiben können. Wie also sollte sie sicher sein, dass Mr. Serraults Einsatz ausreichend sein würde?

61. Kapitel

Gute zwei Stunden waren bereits vergangen, seit Danny erwacht war, doch Mady hatte ihn noch nicht wieder zu Gesicht bekommen, seit sie den Bereitschaftsraum verlassen hatte. So gern wäre sie an seiner Seite geblieben, aber bei einem Gespräch mit den Obersten der Station hatte sie nichts verloren. Captain Wilding und Admiral Jennings hätten es wohl auch kaum geduldet, dass sie blieb, wenn sie nicht von sich aus gegangen wäre.

Immerhin hatte sie Jenn und den anderen die frohe Botschaft überbringen können. Jenn war ihr freudestrahlend um den Hals gefallen, und auch Ellie und Val hatten ihre Erleichterung offen gezeigt. Sie hatten eine Weile beisammengesessen, schließlich war Mady jedoch in die Militärklinik zurückgekehrt, da sie hoffte, dass Captain Wilding und Admiral Jennings inzwischen wieder gegangen waren.

Das waren sie auch, Danny traf sie allerdings trotzdem nicht. Professor Hewitt hatte ihn zu einer eingehenden Untersuchung abgeschleppt und sich energisch jede Störung verbeten. So blieb ihr nichts anderes übrig, als in Sektion 45U-H zurückzukehren und zu warten. Sie hätte die Gesellschaft ihrer Kameradinnen suchen können, aber sie tat es nicht, sondern blieb in ihrer Kabine. Sie wollte sofort erreichbar sein, falls Danny nach ihr fragte oder gar zu ihr kam.

Doch das geschah nicht. Nur einmal fuhr sie zusammen, als ihr Kommunikator ansprach, aber ihr aufgeregt klopfender Herzschlag verlor sich sofort wieder in tiefer Enttäuschung. Captain Wilding sprach zu der Crew und teilte ihnen mit, dass sie für 17.30 eine Einsatzbesprechung in Raum Omega 01U-34C angesetzt hatte. Mady erkannte die Kennung augenblicklich wieder. Es war der gleiche Raum, in dem auch die erste offizielle Einsatzbesprechung stattgefunden hatte. Nur wenige Wochen waren seitdem vergangen. Es kam ihr vor wie Jahre.

Sie machte sich früh auf den Weg, noch früher als es selbst für sie normal war. Sie hatte es einfach nicht mehr in ihrem Quartier ausgehalten. Aber auch jetzt verzichtete sie auf Gesellschaft, zog es vor, den Weg allein zu gehen, den Weg, auf dem sie Danny zum ersten Mal begegnet war. Mit klopfendem Herzen sah sie auf die Anzeige des Fahrstuhls, der sie rasend schnell dem richtigen Stockwerk entgegentrug. Es war der gleiche wie damals. Ganz bewusst hatte sie einen Umweg gemacht, um jeden Schritt von damals nachvollziehen zu können.

Als der Lift stoppte, verließ sie zögernd die Kabine, blieb jedoch gleich wieder stehen und musterte die Korridore, die in viele unterschiedliche Richtungen von ihr fortführten. Damals hatte sie nicht gewusst, wohin sie sich wenden musste, heute wusste sie es, denn sie würde nie vergessen, wohin Danny sie geführt hatte.

Trotzdem ging sie nicht weiter, sondern wandte sich um und blickte sehnsüchtig auf die geschlossenen Türen des Aufzugs. Ihr Herz pochte ihr hart gegen die Rippen, so sehr hoffte sie, ihre Begegnung möge sich wiederholen. Danny war damals kurz nach ihr aus dem Lift gestiegen, und sie hatte ihn angesprochen, um ihn nach dem Weg zu fragen.

Ein leises, zittriges Lachen drang über ihre Lippen. Sie hatte geglaubt, er sei noch ein Kind, bestenfalls ein Teenager. Es hatte von Anfang an nicht gestimmt, und heute entsprach es erst recht nicht mehr der Wahrheit.

Ein leichtes Gefühl der Beklemmung legte sich wie eine feine Schlinge um ihren Hals. Hastig löste sie ihren Blick von dem Schott, gab sich einen Ruck und ging weiter. Sie konnte nicht erwarten, Danny wieder hier zu treffen. Vielleicht war er ja auch schon im Saal. Er war ebenso gern pünktlich wie sie selbst.

Doch als Mady den Konferenzraum erreichte, empfing sie lediglich tiefe Stille. Die gestaffelten Reihen der Sitze waren leer und verwaist, und die Luft im Saal roch schal, als wäre er seit Wochen nicht benutzt worden.

Mit gesenktem Kopf ging sie nach vorn und schob sich in die vorderste Sitzreihe, ganz so wie damals. Auf einem Stuhl in der Mitte ließ sie sich nieder. Sie wusste nicht genau, ob es der gleiche war, auf dem sie auch bei der ersten Einsatzbesprechung gesessen hatte. Danny hätte es ihr sagen können. Aber Danny war nicht hier.

Ihre Gedanken verloren sich in der Vergangenheit, während sie schweigend wartete. Hier, in diesem Raum, hatte sie erfahren, dass Danny ihr Pilot sein würde, und da hatte sie gewusst, dass ihr Leben in seinen Händen lag. Doch jetzt war es viel mehr als das. Ihr Herz ruhte ebenfalls dort.

Ein glücklicher Schauder überflutete sie und ließ sie versonnen lächeln. Danny war wieder erwacht. Sie hatte ihn wohlbehalten zurückbekommen.

Gleich darauf verschwand ihr Lächeln, als ihre Sorge wie eine düstere Wolke am Horizont in ihrer Seele auftauchte. Konnte sein Plan gelingen? Sie hoffte es, hoffte es von ganzem Herzen.

Als die ersten Piloten und Kanoniere im Saal eintrafen, fuhr Mady aufgeregt herum, hoffte, Danny zu erblicken, doch sie wurde jedes Mal enttäuscht. Der Raum füllte sich allmählich, aber er kam nicht. Schließlich waren selbst Jenn, Val und Ellie vor ihm da. Die drei sahen sie und setzten sich sofort zu ihr. Jenn spähte suchend umher und schaute sie dann fragend an.

„Wo ist Danny?"

Mady zuckte mit den Achseln. „Ich weiß es nicht. Ich habe ihn noch nicht wieder gesehen."

Sie wünschte so sehr, es wäre anders, dass es sie schmerzte.

Jenn versuchte ein aufmunterndes Lächeln. „Er wird sicher bald kommen."

Mady antwortete nicht, denn plötzlich war die Schlinge um ihren Hals wieder da und erstickte jede Erwiderung.

Trotzdem versuchte sie, an Jenns Worte zu glauben, aber als die Zeit der Besprechung da war, saß Danny noch immer nicht an ihrer Seite. Der Platz neben ihr war leer. Mit verschleiertem Blick starrte sie auf die glattpolierte Sitzfläche, auf der sich die Strahlen der Deckenlampen spiegelten, ihre Gedanken aber waren nach innen gerichtet, und ihr Herz war schwer vor Kummer. Was war geschehen? Ging es Danny nicht gut? Hatte er gar einen Rückfall erlitten?

Ihr wurde so bange zumute, dass sie zu zittern begann. Jenn merkte es, legte ihr beruhigend eine Hand auf den Arm, aber auch das konnte sie nicht trösten.

„Da kommt er", sagte plötzlich Val leise - so leise zumindest, wie es ihr möglich war.

Mady fuhr herum, bereit, ihn freudestrahlend zu begrüßen, doch als sie Danny sah, blieb sie stumm. Er schritt zwischen Captain Wilding und Admiral Jennings den Gang an den Sitzreihen entlang und an ihnen vorbei. Da begriff sie. Er kam nicht zu ihr. Heute würde er neben den hohen Offizieren am Pult sitzen, dort, auf der anderen Seite.

Captain Wilding eröffnete die Besprechung, aber Mady bekam kein einziges Wort davon mit. Sie starrte Danny mit großen Augen an, während sich ihre Finger haltsuchend um ihren Sitz krallten. Sie sah, dass er Blickkontakt mit ihr suchte, ihr sogar zulächelte, aber es fiel ihr schwer, seinen Blick freimütig zu erwidern, ja sie konnte ihm nicht einmal längere Zeit in die Augen schauen. Sie sah zu Boden, bekümmert, weil sie getrennt saßen, betroffen, weil das ein Anzeichen einer tiefgreifenden Veränderung war.

Starr verfolgte sie die Besprechung und zuckte erschrocken zusammen, als Captain Wilding Danny das Wort übertrug und er seine Erlebnisse zu schildern begann. Obwohl sie bereits einiges von ihm gehört hatte, begriff sie erst jetzt, was die Berührung durch den Hewitt tatsächlich für ihn bedeutete. Sie hatte es zuvor nicht gesehen, vielleicht nicht sehen wollen, und sie erkannte auch, dass er vorhin schonendere Worte gebraucht hatte, nun aber zwang ihn die Situation zu völliger Offenheit. Während er sprach, ging immer wieder ein unruhiges Raunen durch die Menge, ganz so wie damals, als die Soldaten erkannt hatten, wen sie mit Danny Sims vor sich hatten, und doch war es heute ganz anders. Denn heute wussten sie *nicht* mehr, wer er war.

Mady wagte nicht noch einmal, zu ihm hinzusehen. Ein flaues Gefühl schnürte ihr den Magen ein und presste sie wie ein zentnerschweres Gewicht in ihren Sitz. Es wuchs, als sie aus dem Augenwinkel sah, wie sich Val, Jenn und Ellie ratlose, verunsicherte Blicke zuwarfen. Sie empfand wie ihre Kameradinnen, dabei sollte es anders sein. Sie stand Danny nahe, viel näher als alle anderen. Sie sollte wissen, wer er war. Aber sie war sich plötzlich nicht mehr sicher, ob sie es wirklich wusste. Der Hewitt hatte ihn verändert, wie sehr, konnte sie nicht ermessen, und sie konnte es auch nicht ignorieren, so sehr sie es sich auch wünschte.

Als Captain Wilding verkündete, dass Danny das nächste Mal allein in den Schwarm fliegen würde, traten ihr beinahe die Tränen in die Augen. Natürlich hatte sie das längst gewusst, da Danny ihr und seinem Vater seinen Plan beschrieben hatte, bevor er Captain Wilding zu sich rief, aber erst jetzt verstand sie, was das wirklich bedeutete. Es war ein unübersehbares Zeichen dafür, dass sich alles verändert hatte. Sie war zwar außer Gefahr, trotzdem wünschte sie, sie könnte wieder mit Danny gegen die Hewitts kämpfen, wünschte, der Amöboid hätte ihn nicht berührt.

Sie sah abrupt auf, entdeckte einen wissenden Ausdruck in Dannys Augen, den sie nie zuvor bei ihm gesehen hatte, blickte sofort wieder zu Boden und hielt die Augen dort, bis die Besprechung zu Ende war. Captain Wilding, Admiral Jennings und Danny standen auf und schickten sich an, den Saal zu verlassen. Danny zögerte kurz, als er auf der Höhe ihrer Sitzreihe war, aber der Admiral raunte ihm etwas zu, und da ging er weiter. Gemeinsam verließen sie den Raum.

Mady sah ihm mit wundem Herzen nach, unfähig, sich zu rühren oder etwas zu sagen, obwohl ein Teil von ihr seinen Namen rufen wollte.

Als die anderen Soldaten im Saal aufbrachen, schloss sie sich ihnen an, aber ihre Bewegungen waren nur mechanisch. Ihre Gedanken waren weit, weit fort, und auch Jenn, die sie in ein Gespräch zu verwickeln versuchte, gelang es nicht, sie in die Gegenwart zurückzubringen. Mady schwieg, während sie gemeinsam zu ihren Quartieren zurückgingen, hielt den Blick auf den Boden geheftet und verabschiedete sich nicht einmal von ihren Kameradinnen, bevor sie in ihrer Kabine verschwand. Sie ließ sie einfach stehen und ging durch das Schott. Als es sich hinter ihr schloss, blieb sie so ruckartig stehen, als sei sie eine Marionette, der plötzlich die Fäden gekappt worden waren.

Ihre Gedanken waren so leer wie an dem Tag, an dem sie geglaubt hatte, Danny wollte nicht mehr mit ihr befreundet sein, als er grob zu ihr gewesen war, um sie von sich fernzuhalten und dadurch zu schützen. Kurz darauf war er zusammengeschlagen worden. Sie hatte ihn fast verloren, doch er hatte überlebt. Dann hatte ihn der Hewitt berührt. Jetzt war er wieder wach, aber war er deshalb auch wieder für sie erreichbar?

Sie wusste es nicht, vermochte weder zu hoffen noch zu bangen. Irgendwann gelang es ihr immerhin, sich wieder in Bewegung zu setzen. Sie ging mit schlurfenden Schritten zu ihrem Bett, setzte sich auf dessen

Kante, starrte zum Schott - und wartete. Sekunden verrannen wie zähe Tropfen, weigerten sich, Minuten zu formen, verbreiteten stattdessen einen Hauch der Ewigkeit, in der die Stille tief und einsam wurde. Sie verschluckte alles, jedes Geräusch, jeden Gedanken.

Doch als der Signalgeber ansprach, zerriss sie wie ein Schleier. Mady fuhr zusammen, tastete nach dem Öffner für das Schott, verfehlte ihn zunächst, weil ihre Hände so sehr zitterten. Dann traf sie ihn, und die Tür glitt auf.

Mady sah schnell zur Seite. Angst ließ ihren Puls rasen, Angst, dass nicht Danny, sondern irgendjemand anders zu ihr kam. Sie wollte niemanden außer ihm sehen.

Die Tür glitt zu, ein leichter Schritt klang auf.

„Mady?"

Ihr Herz tat einen Sprung. Sie blickte auf. Danny stand vor ihr, noch gut anderthalb Meter von ihr entfernt. Wie in Zeitlupe erhob sie sich von der Bettkante, verhielt jedoch auf der Stelle. Mit großen Augen starrte sie ihn an. Ihre Seele brannte vor Sehnsucht, aber ihre Furcht verurteilte sie zur Reglosigkeit. Was sollte sie auch tun? Er war jetzt so anders als sie, anders als alle anderen Menschen. Wollte er sie überhaupt noch?

Danny schaute sie an. Seine blauen Augen waren ungewöhnlich dunkel, sein Blick tief und unergründlich. Er trat langsam einen Schritt auf sie zu.

Mady blieb noch immer starr.

Da änderte sich Dannys Blick plötzlich. Er wurde wieder so wie damals, als er nach der ersten gemeinsamen Simulation in die Kontrollkabine gekommen war und ihm mit teils ungläubigem, teils eisigem Schweigen begegnet worden war. Doch heute war sein Schmerz größer.

Mit traurigen Augen sah er sie an, streckte eine Hand nach ihr aus, verhielt jedoch mitten in der Bewegung. „Ich ... ich würde dich so gern umarmen", flüsterte er rau. „Falls du mich noch willst."

Dann schlug er die Augen nieder, seine Schultern sanken herab, und er wirkte so einsam und verloren wie nie zuvor.

„Danny", rief Mady erstickt. Mit einem Mal war der Bann gebrochen. Sie schnellte vor, umschlang seine schmale Gestalt mit beiden Armen und schmiegte sich eng an ihn. Ein Zittern überlief ihn, dann öffnete er sich für ihre Umarmung, zog sie seinerseits an sich und ließ seinen Kopf auf ihre Schulter sinken. Sie spürte, dass er weinte, und hielt ihn fest, ein inniges Versprechen, ihn niemals allein zu lassen. Er war ohnehin viel zu lange einsam gewesen.

* * *

„Verdammte Gambler! Elende Kreaturen!“

Thad stampfte aufgebracht durch seine Kabine, die Hände zu Fäusten geballt, jeder Muskel seines Körpers angespannt. Wenn die ruchlose Missgeburt jetzt vor ihm gestanden hätte ...

Sein Zorn war heiß, so heiß, wie er in der Einsatzbesprechung geschürt worden war. Stunden waren seitdem vergangen, aber an seinen Gefühlen hatte sich nichts verändert, im Gegenteil, je mehr Zeit verstrich, desto unerträglicher wurde die Situation für ihn.

Mit einem Schrei entlud er einen Teil seiner Wut, trat gleichzeitig heftig gegen die Wand seiner Kabine, aber nichts davon half. Wie könnte es auch? Er war gezwungen, mit gleich zwei Gamblern auf ein und derselben Station zu verweilen. Als wenn dieses widerliche Balg allein nicht schon abstoßend genug gewesen wäre! Jetzt hatte sich auch noch der verdammenswerte Kerl hinzugesellt, der es gezeugt hatte.

Tray und Danny Sims. Klangvolle Namen, viel zu schade für dieses Pack. Sie verdienten es nicht, wie Menschen behandelt zu werden. Sie waren Abschaum, ein eitriges Krebsgeschwür, das hemmungslos wucherte, wenn man ihm nur die Gelegenheit dazu gab.

Thad schlug die Hände vors Gesicht. Seine Finger erstickten den wehklagenden Laut, der dem tiefsten Grund seiner Seele entsprang, während er sich kraftlos auf den Stuhl sinken ließ. Captain Wilding sah die Gefahr nicht, der Admiral sah sie nicht - verflucht sollten sie sein! Sie hatten zugelassen, dass mit Danny Sims der Keim der Krankheit auf die Station kam, sie hatten ihr Raum und Nahrung gegeben und nichts unternommen, als der Gambler alles um sich herum verseuchte. Im Gegenteil - sie waren seinem unheilvollen Einfluss verfallen, hatten sogar seinen *Vater* auf die Station geholt und ihm damit den Rücken gestärkt.

Thad schrie wieder, ließ die Hände sinken und klammerte sie so fest um die Sitzfläche seines Stuhls, als wolle er sie zu Brei zermalmen. Die Gambler übernahmen alles. Die erste Missgeburt hatte ihm von Beginn an die Stellung streitig gemacht, die eigentlich ihm selbst gehören sollte, hatte ihn auf den schmählichen zweiten Platz verdrängt, und jetzt durfte er nicht einmal diesen Rang behalten. Der ältere Gambler würde beim nächsten Angriff die *Wing T* fliegen, das Ersatzschiff für die *Joker*. Er selbst und die *Ace* waren in die dritte Reihe verwiesen worden, so als wären sie nichts weiter als alte, abgetragene Kleidungsstücke, die man nach Belieben fortwerfen konnte.

Er begriff nicht, wie Captain Wilding und Admiral Jennings diesen Irrsinn hatten beschließen können. Hatten sie völlig den Verstand verloren? Selbst wenn die Gambler an sich nicht so abstoßend, abscheulich und gefährlich gewesen wären, wäre der Einsatz des älteren von ihnen äußerst fragwürdig gewesen. Niemand wusste, was er leisten konnte. Er hatte nicht einmal einen einzigen Übungsflug absolviert, trotzdem legten sie das Wohl der Erde in seine Hände, während man ihn selbst übergangen hatte.

Ein heftiges Zittern überlief ihn. Es war abzusehen, dass die Gambler ihn bald endgültig aus der Verteidigung der Erde herausgedrängt haben würden. Sie hatten ihn bei Captain Wilding und Admiral Jennings in Verruf gebracht! Sie hatten seine Leistungen geschmäht, wann immer sie die Gelegenheit dazu bekamen, nur deshalb legten sowohl der Admiral als auch der Captain keinen Wert mehr auf ihn und seine Mitarbeit! Und plötzlich schien es niemanden mehr zu interessieren, dass er, er ganz allein den letzten Schwarm aufgehalten hatte, und nicht etwa der Gambler.

Aber die Gambler missgönnten ihm auch diesen Erfolg. Wütend presste Thad die Lippen zusammen, als er daran dachte, was Admiral Jennings behauptet hatte. Der Schwarm sei langsamer geworden, hatte er gesagt. Er sei weniger aggressiv gewesen und deshalb leichter zu stoppen. Und natürlich hatte er die verdammte Missgeburt dafür verantwortlich gemacht.

Thad musste nicht lange nachdenken, um herauszufinden, wer dem Admiral diese Worte vorgesprochen hatte. Der Gambler hatte ihm das eingeflüstert. Längst hatte er seine hypnotischen Bande über alle gelegt, die ihn umgaben, sie an sich gefesselt und ihre Gedanken versklavt. Die hohen Offiziere waren nichts weiter mehr als Statisten, Marionetten, die an den Fäden des Gamblers hingen. Insgeheim hatte er die Führung der Station längst übernommen.

Thad sprang auf, rannte wieder einmal im Raum auf und ab, rang die Hände und schlug wütend gegen die Wand. Die Situation auf der Erdorbitalstation entgleiste. Sie alle steuerten auf eine entsetzliche Katastrophe zu, aber niemand schien das zu bemerken. Niemand schien begreifen zu wollen, dass der Pilot der *Joker*, den so viele zu unrecht bewundert hatten, längst kein Mensch mehr war.

Ein Schauder rann ihm den Rücken herab, schüttelte ihn durch und schnürte ihm so fest den Magen ein, dass er kaum noch Luft bekam. Die Hewitts hatten den Gambler verändert. Vor der Berührung war er nur eine Missgeburt gewesen, ein menschliches Wrack, das von einer Laune der Natur hervorgebracht worden war, aber jetzt, jetzt war er ein Monster! Die Amöboiden waren in seinen Geist eingedrungen, hatten sich mit ihm verbunden und ihn zu ihrem Werkzeug gemacht. Die Hewitts steckten in ihm, sprachen durch ihn, handelten durch ihn. Und er ließ sie gewähren, lud sie sogar ein und hatte mit ihnen zusammen einen teuflischen Plan ausgeheckt.

Niemand hatte es bemerkt, niemand hatte auch nur den leisesten Verdacht geschöpft, aber wie könnten sie auch? Die Hewitts hatten sich das Showtalent des Gamblers zunutze gemacht und seine hypnotische

Ausstrahlung verstärkt, sodass alle, die schon zuvor unter seinen Einfluss geraten waren, ihm nun endgültig blindlings folgten. Ob Admiral Jennings, Captain Wilding oder Commander Morley, alle Offiziere der Station hingen wie Fliegen an den klebrigen Tentakeln, die der Gambler in ihre Gedanken entsandt hatte. Sie konnten nicht mehr klar denken, die Gefahren nicht mehr abschätzen und schon gar nicht mehr angemessen handeln.

Aber er konnte es. Er war dem unheilvollen Bann des Gamblers nicht erlegen. Von Anfang an hatte er dieser monströsen Abscheulichkeit misstraut, und auch jetzt hatte er sich nicht von ihm täuschen lassen, deshalb wusste er längst, was der Gambler plante. Er wollte ohne seine Kanoniere in den Schwarm fliegen, damit sie ihn nicht aufhielten, wenn er die Hewitts zu schützen versuchte. Er hatte sogar offen zugegeben, dass er ihnen helfen wollte, und dazu war ihm ganz sicher jedes Mittel recht.

Es war nichts weiter als ein geschicktes Ablenkungsmanöver, alle glauben zu lassen, er könnte den Schwarm stoppen. Tatsächlich wollte er hineinfliegen, damit er verhindern konnte, dass andere Schiffe den Hewitts schadeten. Er würde ihnen sicheres Geleit bis zur Erde verschaffen und jedes Schiff angreifen, das ihm in den Schwarm zu folgen versuchte. Er hatte vor, die Menschen der Erde an die Hewitts auszuliefern!

Voller Zorn dachte Thad an Gary Kaley und John Raff und wünschte, die beiden hätten sich nicht so geziert, als sie dem Gambler ihre Lektion erteilten. Wären sie nur etwas konsequenter vorgegangen, befände sich die Erde jetzt nicht in derart großer Gefahr. Aber sie waren zu schwächlich gewesen, zu feige, um zu tun, was getan werden musste. Und so blieb es wieder einmal an ihm, etwas zu unternehmen.

Entschlossen ballte er die Fäuste, während seine Gedanken rasten und einen Plan formten. Er musste versteckt vorgehen, denn die Missgeburt hatte schon zu viele willenlose Schergen um sich versammelt, als dass man ihr direkt etwas hätte anhaben können. Aber das war auch gar nicht nötig. Es gab andere Wege, und er besaß die Mittel dazu, sie zu gehen.

Thad zog den Generalschlüssel aus seinem Versteck hervor, presste ihn an seine Brust und schloss die Augen. Als er sie wieder öffnete, war ein leidenschaftliches Feuer in ihm entflammt. Er würde das Monster um jeden Preis aufhalten. Wenn er es erst vernichtet hatte, würde der Bann brechen und die Menschen würden erkennen, dass er, Thad, die Erde gerettet hatte. Dann würde man ihm den Ruhm zuteilwerden lassen, der ihm schon lange zustand.

62. Kapitel

Die Zeit des Wartens begann. Danny verbrachte den Rest des Tages in Madys Kabine, blieb auch über Nacht bei ihr, genoss ihre Nähe, ihre Liebe und die Geborgenheit, die sie ihm gab. Er schlief kaum in dieser Nacht, sondern erzählte ihr von fernen Völkern und Welten, die er durch die Augen der Hewitts sehen konnte. Ihm war klar, dass er ihr zeit seines Lebens nicht mehr als einen Hauch dessen vermitteln konnte, was er an Erinnerungen in sich trug, aber er wollte so viel wie nur eben möglich mit ihr teilen. Mady hielt ihn die ganze Zeit umarmt und lauschte ihm gebannt. Die Scheu war aus ihren Augen gewichen, und sie kehrte auch nicht mehr zurück. Danny war ihr unendlich dankbar dafür.

Der nächste Tag verstrich ereignislos, die nächste Nacht ebenso. Danny sah immer öfter zur Uhr, und es fiel ihm immer schwerer, sich zu gedulden. Auch Mady wurde zusehends nervöser. Sie hatte Angst um ihn, das wusste er. Sie sprachen jetzt weniger, küssten sich dafür häufiger und blieben stets dicht beieinander.

Wieder vergingen ein paar Stunden. Die Mittagszeit rückte näher. Dann erfolgte der Alarm.

Als die Sirenen zu heulen begannen, zuckte Danny erschrocken zusammen, Mady ebenso. Für einen Wimpernschlag umschlang sie ihn heftiger, dann ließ sie ihn los. Er sprang auf und streifte sich den Anzug über, der auf dem Stuhl bereitlag. Als er den Saum schloss, stand Mady vor ihm. Er zog sie an sich, gab ihr einen letzten, innigen Kuss.

„Ich liebe dich", rief sie ihm nach, als er ging.

Danny sah sich noch einmal zu ihr um. „Ich werde zurückkommen. Ich schwöre es."

Dann wandte er sich hastig ab, stürzte aus dem Schott und sprintete den Gang zum Hangar hinunter. Sein Herz schlug wild gegen seine Rippen, und fast hätte er sich umgeblickt. Es war seltsam, den Weg heute allein zu gehen, nicht Mady und die anderen hinter sich zu wissen. Aber er war auch froh darüber, dass sie nicht in Gefahr gerieten. Das war oft genug geschehen, und heute flog er, damit sie alle, vor allem Mady, endlich wieder sicher sein konnten.

Als er durch den Hangar eilte, riefen ihm ein paar Techniker gute Wünsche zu. Das wärmte seine Seele und nährte seine Entschlossenheit. In Rekordzeit erreichte er die Pilotenkanzel, verband seinen Anzug mit den Lebenserhaltungssystemen der *Joker*, schloss den Helm und ließ sich in den Sitz gleiten. Die Gurte schnappten klickend ein, während auf dem Bildschirm die Startroutinen der *Joker* vorbeirasten. Er betrachtete sie wachsam, fand jedoch keinen Fehler. Die *Joker* war ohne Makel und bereit für die große Aufgabe, die vor ihm lag.

Danny vergaß alles andere. Angespannt wartete er darauf, dass Lieutenant Aston ihm die Starterlaubnis erteilte.

* * *

Thad sah den Gambler gerade noch in der *Joker* verschwinden, als er selbst in den Hangar trat. Er war langsamer gewesen als das Monsterbalg, aber das spielte kaum noch eine Rolle. Und bald schon würde es gar keine mehr spielen.

Verstohlen tastete er nach dem Datenpad, das er unter seinem Raumanzug verborgen hielt, und warf gleichzeitig misstrauische Blicke in die Runde. Niemand durfte ahnen, dass er den Schlüssel zur Vernichtung des Gamblers bei sich trug.

Zum Glück achtete niemand auf ihn. Die Techniker waren zu sehr damit beschäftigt, ihrem größten Feind bewundernd hinterherzugaffen, sodass keiner einen Blick für ihn übrig hatte. Zum ersten Mal störte er sich nicht daran, sondern hastete eilig zur *Ace*. Die Mitglieder seiner Crew, die ihm folgten, ignorierte er völlig, ihm kam es allein darauf an, so schnell wie möglich in die Pilotenkanzel zu gelangen. Er musste sich beeilen, wenn er seine Chance, Geschichte zu schreiben, nicht versäumen wollte.

In der Kanzel angekommen, ließ er sich in den Sitz fallen, öffnete den Saum seines Raumanzugs und zog den Datenträger hervor. Mit geübten Bewegungen schloss er ihn an den Computer der *Ace* an und übertrug sein Programm, das Ergebnis vieler Stunden schweißtreibender Arbeit, in die Speicher der Maschine. Noch war es inaktiv, aber schließlich sollte es auch nicht in der *Ace*, sondern in der *Joker* seine Wirkung entfalten.

Nur Sekunden später waren seine Vorbereitungen abgeschlossen. Thad zog den Datenträger von dem Computer ab, warf ihn achtlos in die Kanzel und starrte gebannt auf seine Kontrollen. Seine Finger schwebten reglos über der Sendetaste.

Sein Herz raste wie wild und jubilierte zugleich. Endlich hatte er es geschafft! Endlich war die große Stunde gekommen, in der er seine Visionen in die Tat umsetzen konnte! Das Ende der Missgeburt war nahe!

„*Joker*, Sie haben Starterlaubnis", meldete Lieutenant Aston über die Funkverbindung, die alle Tetraederschiffe mit der Funkleitzentrale verband.

„Ich bin bereit", erwiderte der Gambler.

Thad fletschte die Zähne. „Auch die *Ace* ist bereit", erklärte er fest. Beim letzten Wort berührte er die Taste. Zusammen mit seiner Stimme verließ das Programm als kurzer, hochkomprimierter Impuls die *Ace*. Der Generalschlüssel öffnete ihm alle Türen, brachte es mühelos und unbemerkt durch alle Sicherungen der Zentrale und bahnte ihm den Weg zur *Joker*. Nichts und niemand würde es jetzt noch aufhalten können.

63. Kapitel

Als Elaine die Sektion erreichte, fiel ihr Blick sofort auf Fähnrich Thompson, die einsam und verloren mitten auf dem Gang stand und reglos auf das Schott starrte, hinter dem der Hangar lag. Danny Sims musste längst in der *Joker* sein. Der Alarm hatte sie selbst auf dem Weg zur Sektion erreicht, deshalb war sie erst jetzt, eine Minute nach seinem Einsetzen, hier.

Elaine hastete den Korridor entlang, verhielt jedoch einen Moment auf der Stelle, als sie auf Fähnrich Thompsons Höhe gelangte. Sie konnte sich nur zu gut vorstellen, was in dem Mädchen vor sich ging.

„Kommen Sie mit, Fähnrich", rief sie ihr zu und winkte ihr.

Madelaine Thompsons Augen wurden groß, aber sie nickte sofort. „Danke, Captain."

Elaine achtete schon nicht mehr auf sie, sondern stürzte in die Zentrale, in der mehr Betrieb herrschte als je zuvor. Lieutenant Aston gab gerade der *Joker* und der *Ace* die Startfreigabe, Commander Morley lotste den zivilen Raumverkehr aus dem Operationsgebiet der *Joker* heraus, und Sherman Hewitt wachte mit Argusaugen über die physiologischen Daten des jungen Gamblers, die die Telemetrie an die Funkzentrale weiterleitete. Dicht neben ihm hatte Lieutenant Josie Tannen, eine der Pilotinnen, die bereits nach dem ersten Angriff der Hewitts ausgewählt worden war, eins der Tetraederschiffe zu fliegen, hinter den Kontrollen der Fernsteuerung Platz genommen. Sie sollte die *Joker* und vor allem Danny Sims heil zurückbringen, falls es hart auf hart kam.

Admiral Jennings war natürlich längst in der Zentrale, überwachte alle Tätigkeiten und wechselte ab und an eine knappe Bemerkung mit Mr. Serrault, der seinerseits angespannt die von ihm installierte neue Technik im Auge behielt.

Elaine fuhr zu Madelaine Thompson herum. „Stehen Sie nicht im Weg!"

Das Mädchen nickte hastig. „Aye, Captain."

Sie zog sich auf einen der Beobachtersitze zurück, Elaine jedoch eilte zum Admiral und dem Programmierer.

„Ist alles in Ordnung?", fragte sie etwas außer Atem.

Mr. Serrault nickte eifrig. „Ja, Captain Wilding. Die *Joker* ist uneingeschränkt einsatzbereit."

Elaine stieß einen tiefen Seufzer aus. Dem Saboteur war es also doch nicht gelungen, die *Joker* ein weiteres Mal zu manipulieren. Und jetzt war sie aus dem Hangar heraus. Er hatte seine Chance vertan.

Sie konnte nicht sagen, wie froh sie darüber war. Danny Sims' heutiger Einsatz war wichtiger als alle anderen zuvor, vielleicht sogar der wichtigste Einsatz seit dem Bestehen der Erdflotte. Ganz sicher sogar war er das.

Angespannt und unfähig, sich zu setzen, lief Elaine in der Zentrale auf und ab und verfolgte Lieutenant Astons Funkverkehr mit der *Joker* mit.

„Die Berechnung der Sprungkoordinaten läuft", teilte er Fähnrich Sims mit.

„Sorgen Sie bitte dafür, dass die *Joker* in einem ausgedünnten Bereich des Schwarms auftaucht, Sir", erwiderte der junge Gambler ruhig. „Ich brauche etwas Zeit, um mich auf die Berührung mit den Hewitts vorzubereiten."

Elaine lauschte seinen Worten angestrengt, aber sie konnte nicht erkennen, ob er nervös war. Besser als je zuvor verstand es der Junge, seine Gefühle für sich zu behalten.

Dafür dröhnte ihr ihr eigener Herzschlag schmerzhaft in den Ohren, und als sie sich nach Fähnrich Thompson umschaute, sah sie, dass das Mädchen sich gar nicht erst gesetzt hatte, sondern stocksteif vor dem Sessel stand, die Hände vor der Brust gefaltet hatte und mit weit aufgerissenen Augen in die Holografie starrte, in der sich die kleine, rote Markierung der *Joker* und der riesenhafte, gelbe Fleck des Schwarms unaufhaltsam einander näherten.

Neue Meldungen kamen herein. Tray Sims war mit der *Wing T* in Position, die *Ace*, das vierte Tetraederschiff und das Jägergeschwader ebenfalls.

Elaine nickte zufrieden. Es war ungemein beruhigend, hinter dem Steuer der *Wing T* einen Gambler zu wissen. Natürlich hoffte sie auf Fähnrich Sims' Erfolg, aber es war immer besser, auf alles vorbereitet zu sein.

„Die Koordinaten stehen", meldete Lieutenant Aston. „Tminus15 bis zum Sprung."

Elaine ballte die Fäuste. „Viel Glück", flüsterte sie.

Plötzlich stand Fähnrich Thompson neben ihr, krallte ihre Finger um das Geländer, das die Holografie umgab. Ihre Lippen bewegten sich, als bete sie lautlos. Vielleicht tat sie das sogar. Schaden konnte es bestimmt nicht.

Als der Computer die letzten zehn Sekunden des Countdowns herunterzuzählen begann, versank die Zentrale in tiefer Stille. Niemand sprach, niemand rührte sich und niemand wagte auch nur zu atmen. Dann war es soweit.

„Sprung!"

* * *

Die Sterne verschwanden, die Holografie erlosch, doch nur einen Sekundenbruchteil später entfaltete sie sich erneut. Im gleichen Moment lief alles schief. Das kraftvolle Vibrieren des Antriebs erstarb, hektische Warnlichter flammten auf, und gleichzeitig spürte Danny, wie die Lebenserhaltungssysteme der *Joker* ansprachen. Doch statt ihm frische Luft zuzuführen, entrissen sie seinem Anzug den Sauerstoff.

Aufgeputscht von der starken Dosis des Gambler-Hormons, das ihm kurz vor dem Sprung in die Blutbahn gepresst worden war, reagierte er so schnell wie nie zuvor. Seine Hand fuhr nach oben, kappte die Verbindung zwischen seinem Raumanzug und dem Schiff. Gerade noch rechtzeitig - nur einen Sekundenbruchteil später, und er hätte seine Luft gänzlich verloren.

Als er den Verschluss in der Hand hielt, rann ihm ein eisiger Schauder den Rücken herab. Fassungslos starrte er auf die Kontrollen, konnte kaum glauben, welche Botschaft sie ihm vermittelten.

Er räusperte sich, um die Enge in seiner Kehle, die nicht nur von dem Luftmangel in seinem Anzug herrührte, zu sprengen, dann aktivierte er die Funkverbindung zur Erdorbitalstation.

„Captain, ich habe ein kleines Problem."

Seine Stimme zitterte und strafte ihn Lügen.

„Sabotage?", schrie Captain Wilding ebenso erschrocken wie unbeherrscht.

„Es sieht ganz danach aus", erwiderte Danny gepresst.

Ungläubiges, wütendes und besorgtes Gemurmel drang über den Funk zu ihm durch, aber ein scharfes Wort des Captains brachte es sofort zum Verstummen.

„Was ist passiert?", fragte sie knapp.

„Der Antrieb hat ausgesetzt, der Semiautopilot ist abgeschaltet und die Waffen sind deaktiviert."

„Können Sie sie nicht wieder aktivieren?"

„Nein, Captain." Er hatte es bereits versucht, während er mit ihr sprach - ohne Erfolg. Er räusperte sich wieder. „Wer auch immer das getan hat, hat ganze Arbeit geleistet. Die Lebenserhaltung hat sich ebenfalls abgeschaltet und die Luken haben sich geöffnet. Die gesamte Atmosphäre der *Joker* ist ins Vakuum entwichen."

Er sprach nicht davon, dass die Systeme der *Joker* ihm beinahe jede Unze Sauerstoff entzogen hatten, dass er jetzt tot wäre, wenn er nur etwas langsamer reagiert hätte. Trotzdem antwortete ihm schockierte Stille.

Er nutzte sie, um seine Lage einzuschätzen. Die *Joker* stand mitten im Schwarm und befand sich zu ihm im relativen Stillstand. Der Richtungsimpuls und die Geschwindigkeit, die sie mit aus dem Sprung gebracht hatte, hielten sie auf der Stelle. Die Hewitts waren noch recht weit vom Schiff entfernt. Sie begannen erst, sich zu formieren.

Die Funkverbindung zur Erdorbitalstation wurde für ein paar Sekunden taub. Danny konnte nur ahnen, was in der Zeit dort besprochen wurde. Als sie wieder stand, wandte sich Captain Wilding an ihn.

„Fähnrich Sims, Sie müssen den Einsatz abbrechen. Wir werden versuchen, die *Joker* über die Fernsteuerung aus dem Schwarm zurückzuziehen."

Danny durchdachte blitzschnell alle Möglichkeiten und schüttelte heftig den Kopf. „Ich will den Einsatz nicht abbrechen, Captain. Holen Sie mich nicht zurück. Ich brauche den Antrieb und die Waffen nicht. Ich muss nur warten, bis ein Hewitt in meine Kabine kommt und mich berührt."

„Das mag richtig sein, aber Sie brauchen Luft zum Atmen, Fähnrich", erwiderte Captain Wilding angespannt.

Er rechnete kurz. „Die regenerativen Einheiten werden mich noch eine Stunde lang mit Sauerstoff versorgen. Mehr Zeit brauche ich nicht. Ich muss es ohnehin in der Hälfte der Zeit schaffen, sonst hat der Schwarm längst die Erde erreicht."

Er verschwieg, dass die Luft in seinem Anzug bereits jetzt knapp war, verschwieg, dass die regenerativen Einheiten nur das erneuern konnten, was da war, und das war zu wenig. Aber das Risiko war kalkuliert. Er konnte es trotzdem schaffen.

Entschlossen ballte er die Hände zu Fäusten. Einmal hatte der Saboteur ihn dazu bewogen, einen Einsatz abzubrechen, und daraufhin war Robert Connay gestorben. Auch heute konnte es wieder Opfer geben. Das konnte er nicht zulassen.

Außerdem müsste sein Vater gegen die Hewitts fliegen, wenn er den Schwarm nicht aufhielt, und er besaß keine Kampferfahrung. Er könnte berührt werden. Er könnte sogar sterben, und das durfte nicht geschehen. Er durfte nicht das Leben seines Vaters gefährden, nur um sich selbst zu schützen.

Sherman Hewitt schaltete sich unvermittelt ein. „Hat der Injektor angesprochen?"

Danny biss die Zähne aufeinander. Die Frage ging in eine gefährliche Richtung. „Ja."

Da kam es auch schon.

„Der Booster-Effekt hat Konsequenzen für Ihre Luftversorgung", sagte der Professor mit gezwungener Sachlichkeit. „Sie verbrauchen in diesem Zustand viel mehr Sauerstoff als unter normalen Bedingungen. Ihnen könnte die Luft ernsthaft knapp werden, wenn Sie nicht abbrechen."

„Das werde ich nicht tun", erklärte Danny bestimmt. „Ich werde die Hewitts hier und heute aufhalten. Sie dürfen mich nicht daran hindern."

„Verdammt", hörte er Captain Wilding lautstark fluchen.

„Bitte, Captain, lassen Sie es mich versuchen!"

* * *

„In Ordnung", stimmte Elaine schweren Herzens zu. Etwas anderes blieb ihr auch kaum übrig. Die Hewitts standen bereits dicht vor der *Joker*. Danny Sims konnte jede Sekunde von ihnen berührt werden.

Hastig schnitt sie die Kommunikation zu der *Joker* und den anderen Schiffen ab, damit die Piloten nicht mithören konnten, und wandte sich an Mr. Serrault. „Wie ist das möglich?", herrschte sie ihn an. „Wie konnte der Saboteur erneut zuschlagen? Ich dachte, Sie hätten das Schiff mehrfach am Tag kontrolliert. Ich dachte, Sie hätten es nicht aus den Augen gelassen!"

„Das habe ich auch nicht", erwiderte der junge Mann verstört und wich unsicher einen Schritt vor ihrem Zorn zurück. „Vor dem Start war noch alles in Ordnung, das schwöre ich."

„Aber wie sollte sich nach dem Start jemand daran zu schaffen machen? Er muss das Schiff berühren, um es zu verändern, und das kann er nicht, wenn ..."

Sie brach ab, als sich die Augen des Programmierers entsetzt weiteten.

„Der Funk", stieß Mr. Serrault ächzend hervor. „Jemand könnte die Funkverbindung zwischen der *Joker* und der Zentrale benutzt haben, um ein Sabotageprogramm in den Computer des Schiffes zu schleusen. Der Empfänger ist an den Flugschreiber angeschlossen. Jedes ankommende Signal wird dort aufgezeichnet, und wenn das Programm nur aggressiv genug ist, kann es sich von dort aus den Weg in andere Bereiche bahnen."

„Wieso ist das Schiff nicht gegen solche Angriffe geschützt?", knirschte Elaine ungnädig.

„Das ist es. Es gibt unzählige Sperren, die so etwas verhindern sollen. Man kann sie nicht alle umgehen, es sei denn ..."

„Es sei denn was?"

„Um das zu tun, müsste man über den Generalschlüssel verfügen."

„Das wussten wir doch bereits. Sie hätten die *Joker* extra absichern müssen."

„Ich habe es versucht. Die Computer der Funkleitzentrale sind durch einen besonderen Filter vom Rest der Station, sogar vom Rest der Sektion getrennt. Es hätte Alarm geben müssen, wenn eine Sabotage erfolgt wäre, auch wenn es mit Hilfe des Schlüssels geschieht. Die einzige direkte, ungeschützte Verbindung besteht nur zwischen den Schiffen und dieser Zentrale. Die konnte ich nicht filtern, ohne die Kommunikation zwischen dem Sprungcomputer der Station und den Schiffen zu gefährden."

„Heißt das, jemand aus den Besatzungen der Schiffe, die ebenfalls gegen die Hewitts fliegen, hat die Sabotage verübt?"

„Ja, Captain."

„Aber wer? Niemand von ihnen besitzt den Schlüssel."

„Zumindest nicht offiziell“, erwiderte der Programmierer. „Es sieht ganz so aus, als wäre der Saboteur an eine Raubkopie herangekommen.“

Elaine fluchte heftig und kümmerte sich nicht darum, dass jeder in der Zentrale es hören konnte. Ihre Hände zuckten. Wenn der elende Verräter jetzt vor ihr gestanden hätte, hätte sie ihn eigenhändig erwürgt.

Fähnrich Thompson stand mit schreckensbleichem Gesicht neben ihr. Sie zitterte. Elaine bezweifelte, dass sie etwas von dem mitbekam, was um sie herum geschah. Ihre Augen waren allein auf die Holografie gerichtet und schimmerten feucht von nahen Tränen.

Elaine wandte sich abrupt von ihr ab, schluckte einen weiteren Fluch herunter und versuchte, ihre Gedanken in eine konstruktive Richtung zu lenken. „Können Sie herausfinden, wer die Sabotage verübt hat?“, fragte sie den Programmierer.

Er nickte. „Ich denke schon. Jedes Signal, das zwischen der Zentrale und den Schiffen und auch zwischen den Schiffen selbst ausgetauscht wird, wird hier aufgezeichnet. Der Saboteur kann diese Spur noch nicht verwischt haben, dazu bräuchte er Zeit, und die hat er nicht gehabt.“

Noch während er sprach, trat er an Commander Morleys Pult. Der ältere Offizier räumte sofort seinen Platz für ihn. Mr. Serrault setzte sich und ließ seine Finger emsig über die Tasten fliegen. Der Commander blieb dicht neben ihm stehen, Elaine bezog auf der anderen Seite des Stuhls Aufstellung.

„Wonach suchen Sie?“, fragte sie.

„Nach einem komprimierten Impuls. Vermutlich hat der Saboteur ihn in einer gewöhnlichen Meldung versteckt. Ich gehe die Funklogbücher der letzten paar Minuten durch.“

Elaine ballte die Fäuste und hoffte, dass er etwas entdeckte.

Lange musste sie nicht warten. Mr. Serrault fuhr zusammen, dann sah er zu ihr auf. „Ich habe ein komprimiertes Signal gefunden. Es kam mit einer Meldung in die Zentrale und bahnte sich von hier den Weg zur *Joker*.“

Elaine krallte ihre Finger um die Stuhllehne. „Wer hat es gesendet?“

„Lieutenant Thornsburg. Er ist der Saboteur.“

Elaine schwankte, als hätte ihr der junge Mann einen Schlag versetzt. Thornsburg! Ausgerechnet er! Sie und der Admiral hatten den Lieutenant einmal verdächtigt, aber ihre Überlegung wieder fallen lassen. Es war zu unwahrscheinlich gewesen, dass er sich selbst und seine Crew derart in Gefahr brachte. Offenbar hatten sie ihm weit mehr Vernunft zugetraut, als er tatsächlich besaß.

„Dafür wird er bezahlen“, schwor sie grimmig.

Die anderen in der Zentrale schlossen sich ihren Worten an, nur Sherman Hewitt hatte dem noch etwas hinzuzufügen. „Hoffentlich muss Fähnrich Sims nicht zuerst bezahlen“, orakelte er dumpf.

Elaine wirbelte zu ihm herum. „Wir werden ihn auf jeden Fall heil zurückholen", schnappte sie. „Das Schiff mag der Kontrolle des Fähnrichs entzogen sein, aber wir haben noch immer die Fernsteuerung."

Da machte Mr. Serrault plötzlich ein unglückliches Gesicht. Elaine riss ungläubig die Augen auf.

„Sagen Sie nicht, dass Thornsburg sie blockiert hat!"

„Er hat."

„Dann umgehen Sie die Blockade!"

„Ich versuche es bereits, aber es wird noch einen Moment dauern, bis ich wieder Zugriff auf die *Joker* bekomme."

Elaine warf einen verzweifelten Blick auf das Holoradar. „Lassen Sie sich nicht zu viel Zeit damit", murmelte sie düster.

64. Kapitel

Danny klopfte das Herz bis in den Hals, während er wartete. Längst war es nicht mehr nur die künstliche Dosis des Gambler-Hormons, die sich auf seinen Herzschlag und seine Atmung auswirkte, sondern auch sein eigener Körper hatte das Hormon ausgeschüttet. Dessen Konzentration in seinem Blut war so hoch wie nie zuvor. Danny konnte spüren, wie es ihn von innen heraus zum Kochen brachte. Das war beileibe kein angenehmes Gefühl. Es ließ ihn hoffen, dass ihn bald ein Hewitt besuchen kam.

Suchend sah er sich in seiner Kapsel um. Es wunderte ihn, dass die Hewitts so lange brauchten, um zu ihm zu kommen, aber vielleicht lag es auch nur an dem auf die Spitze getriebenen Booster-Effekt, dass sich jede Sekunde zu einer Ewigkeit ausdehnte.

Aus der Zentrale hörte er nichts mehr. Offenbar hatte Captain Wilding die Verbindung wieder getrennt. Es kümmerte ihn nicht. Er war ohnehin auf sich allein gestellt.

Dann war es soweit. Gleich mehrere Hewitts materialisierten von einem Moment zum anderen in seiner Kanzel. Rasend schnell wirbelten sie um ihn herum. Ihm blieb nicht einmal die Zeit, ihr Eindringen zu melden. Eines der Wesen berührte ihn.

Der Kontakt traf ihn wie ein Schlag. Er keuchte erstickt auf, als der Hewitt sich mit seinem Geist verband und sich ihm mitteilte. Es waren keine wirren Schemen, ganz so, wie er es vermutet hatte, trotzdem war die schiere Masse der Bilder ferner und fremder Welten, die sein Bewusstsein überfluteten, überwältigend. Der geistige Ansturm war so mitreißend, dass er keinen einzigen klaren Gedanken fassen konnte.

Verbissen lehnte er sich dagegen auf. Er musste sich konzentrieren! Er musste die Bilder der toten Menschen in seiner Vorstellung wachrufen! Aber das war einfacher gesagt als getan. Der Hewitt war so erpicht darauf, ihm sein Wissen zu schenken, dass er ihm keine Gelegenheit ließ, Informationen in die umgekehrte Richtung zu schicken.

Danny schrie. Er wusste nicht, ob er es tatsächlich tat, aber in seinen Gedanken hallte der Laut wider und verschaffte ihm Luft. Für eine Sekunde zog sich der Hewitt aus seinem Geist zurück, irritiert, wie es schien. Danny nutzte seine Chance. Augenblicklich rief er die Erinnerungen aus seinem Gedächtnis ab, die die Opfer der Hewitts betrafen. Mit seiner gesamten Willenskraft hielt er daran fest, als der Hewitt erneut auf ihn eindrang. Die Bilder strömten mit der gleichen Macht wie zuvor auf ihn ein, doch die Konzentration, mit der er sich an seine eigenen Gedanken klammerte, wirkte wie ein Fels in der Brandung. Die geistige Berührung des Hewitts floss wie ein gewaltiger Strom an ihm vorbei und suchte sich seinen Weg in sein Bewusstsein.

Danny kümmerte sich nicht darum. Zentimeter für Zentimeter schob er seinen Geist in die Richtung voran, aus der die Bilder kamen. Dort saß das Bewusstsein des Hewitts und der Zugang zum Kollektiv. Er musste ihn um jeden Preis erreichen!

Fest entschlossen, seine Chance auf gar keinen Fall verstreichen zu lassen, schwor Danny jeden Funken seines Willens auf dieses Ziel ein. Seine Anstrengung verschlang jeden anderen Gedanken.

* * *

„Er ist berührt worden!", schrie Sherman Hewitt und brach die atemlose Stille in der Zentrale.

Elaine war mit zwei Schritten neben ihm, warf einen Blick auf die Daten der Telemetrie und presste die Lippen aufeinander. Der Professor hatte Recht.

Angespannt lauschte sie auf den Funk. Danny Sims atmete kurz und abgehackt. Manchmal mischte sich auch ein Stöhnen darunter. Was auch immer er tat, es schien nicht so einfach zu sein, wie er es gehofft hatte. Aber wenigstens schrie er nicht.

Mit angehaltenem Atem starrte Elaine auf die Holografie. Etwas veränderte sich. Der Schwarm bremste ab. Doch statt sich zu freuen, schrak Elaine zusammen.

„Captain", rief Lieutenant Aston plötzlich.

„Ich sehe es", gab sie zurück. Der Schwarm war tatsächlich langsamer geworden, aber die *Joker* tat es ihm nicht gleich. Sie flog weiterhin mit der Geschwindigkeit und der Richtung, die sie als Impuls aus dem Sprung mitgebracht hatte. Ihre Entfernung zum Schirmfeld des Schwarms schrumpfte.

„Haben Sie endlich die Kontrolle über die *Joker* zurück?", fragte sie Mr. Serrault ungeduldig.

Der junge Programmierer sah nicht einmal zu ihr auf, sondern arbeitete mit gleichbleibender Konzentration weiter an der Fernsteuerung, während er ihr antwortete. „Noch nicht, Captain."

„Beeilen Sie sich!"

Sie wollte noch mehr sagen, wollte Mr. Serrault plastisch die Folgen ausmalen, die sich ergeben konnten, falls die *Joker* mit dem Schild kollidierte, aber Fähnrich Thompsons starres Gesicht hielt sie davon ab. Außerdem wusste jeder in der Zentrale auch ohne ihr Zutun, dass Fähnrich Sims in höchster Gefahr war.

Niemand glaubte daran, dass die Hewitts klug genug waren, um die *Joker* den Schild von innen passieren zu lassen. Sie waren nicht intelligent, sondern handelten instinktiv. Und ihr Instinkt würde ihnen raten, Danny Sims im Schwarm zu halten.

Längst waren sich der rote Marker und die Grenze des Schwarms beängstigend nahe gekommen. Bis zum verhängnisvollen Kontakt blieben nur noch Sekunden.

„Mr. Serrault!", schrie Elaine mit überkippender Stimme.

„Ich bin fertig", kam die erlösende Antwort.

Lieutenant Tannen wartete nicht auf ein entsprechendes Kommando. Sie griff sofort nach den Kontrollen und wirkte auf die *Joker* ein. Ihr Flug verlangsamte sich, dann kam das Schiff in geringer, in viel zu geringer Entfernung zum Schild zum Stehen.

„Bringen Sie die *Joker* auf Abstand", befahl Elaine und suchte mit einer Hand Halt an Lieutenant Astons Konsole. Die Knie waren ihr vor Erleichterung weich geworden. Aber noch war es nicht vorbei.

Der rote Punkt, der in der Holografie die *Joker* darstellte, entfernte sich wieder vom Schirmfeld und kehrte in die Mitte des Schwarms zurück.

„Die Hewitts werden immer langsamer", meldete Lieutenant Aston heiser.

Erst jetzt fand Elaine wieder Zeit zu lauschen, aber von Fähnrich Sims war kein Laut mehr zu hören. Nervös biss sie die Zähne zusammen. Schaffte er es?

Sie blickte von einem Gesicht zum nächsten, sah, dass diese bange Frage in allen brannte. Niemand wagte zu sprechen, und niemand rührte sich. Nur Lieutenant Tannen war nicht völlig erstarrt, sondern passte die Geschwindigkeit der *Joker* der des Schwarms an. Doch dann lehnte auch sie sich zurück und warf Elaine einen ratlosen Blick zu. Der Schwarm und das Schiff waren zum Stillstand gekommen. Der Schild jedoch stand noch immer.

Elaine erschrak heftig, als plötzlich Bewegung in den Schwarm kam. Die Hewitts stürzten von allen Seiten auf die *Joker* zu, ballten sich um sie herum zusammen und umgaben sie in einer festen, undurchdringlichen Formation. Der Schwarm verlor so schnell an Volumen, als kollabierte ein Riesenstern.

Irgendjemand schrie. Elaine wusste nicht, wer. Vielleicht war sie es sogar selbst gewesen, aber es war ihr gleichgültig. Sie hatte nur noch Augen für den Schwarm, biss sich auf die Lippen, bis sie Blut schmeckte.

Und mit einem Mal fand ihr suchender Blick kein Ziel mehr. Dort, wo noch eben die Hewitts gestanden hatten, war nur noch leerer Raum. Die rote Markierung der *Joker* leuchtete einsam und verwaist im Zentrum der Holografie.

„Sie sind fort", schrie Lieutenant Aston. „Die Hewitts sind abgezogen!"

„Der Junge hat es geschafft", schloss sich der Admiral freudestrahlend an.

Jubel brach aus, nur Elaine brachte kein einziges Wort über die Lippen. Sie starrte noch immer auf die Holografie.

Sherman Hewitts Stimme mischte sich unter die der anderen. Er versuchte, den Fähnrich zu erreichen.

Sofort hob Elaine den Arm, brachte mit dieser Geste alle zum Schweigen und rief dann selbst nach dem Jungen.

„Fähnrich Sims?"

Sie lauschte atemlos. Die Funkverbindung blieb tot.

„Fähnrich, melden Sie sich!"

Keine Antwort.

„Danny", flüsterte Madelaine Thompson neben ihr erstickt.

Elaine räusperte sich und zerrte unwillig an ihrem Kragen. Gleichzeitig warf sie hastig einen Blick auf das Chronometer. Wie viel Zeit war vergangen? Funktionierten die regenerativen Einheiten noch?

Sie wusste es nicht.

„Wie viel Luft hat er noch?", fragte sie gepresst.

„Zu wenig", antwortete ihr Sherman Hewitt und wies mit bleicher Miene auf das Display der Telemetrie.

Elaine keuchte entsetzt. „Verdammt, er erstickt!"

Sie fuhr herum, doch noch bevor sie Lieutenant Tannen anweisen konnte, die *Joker* zurück zur Station zu holen, stand plötzlich Admiral Jennings neben der jungen Frau, drängte sie aus ihrem Sitz und übernahm selbst die Kontrollen.

„Admiral", rief Elaine verblüfft, schwieg aber gleich wieder. Um Danny Sims' willen durfte sie ihn nicht stören.

Lloyd Jennings sah nicht einmal zu ihr auf. Konzentriert wirkte er auf die Kontrollen ein und brachte die *Joker* in Fahrt. In irrwitzigem Tempo schoss das Schiff auf die Station zu. Für einen Sprung war die Entfernung nicht mehr groß genug, deshalb musste er das Schiff durch den Normalraum bewegen. Und das kostete Zeit, vielleicht zu viel Zeit.

Sherman Hewitt warf noch einen Blick auf die Holografie und stürzte aus dem Raum. Elaine zögerte nur eine Sekunde, dann tat sie es ihm gleich.

65. Kapitel

Als der Schwarm verschwand, stieß Thad einen verblüfften Laut aus. Eben noch hatte sein Blut vor ohnmächtigem Zorn gekocht, eben noch hatte er sich dafür gegeißelt, dass er es nicht vermocht hatte, die verräterische Missgeburt aufzuhalten und zu vernichten. Jetzt verpuffte seine Wut plötzlich, und ein gleißender Speer der Freude brannte sich in sein Herz. Also hatte er es doch geschafft! Er hatte das abstruse Mischwesen aus Gambler und Hewitt zwar nicht töten können, aber trotzdem hatte er den Sieg davongetragen. Sein Eingreifen hatte den Plan des Monsters vereitelt und die Hewitts zur Umkehr gezwungen. Nur deshalb waren sie verschwunden. Sie waren geflohen!

Thad stieß einen triumphierenden Schrei aus. Die Erde hatte es ihm allein zu verdanken, dass sie dieses Mal von den Amöboiden verschont blieb.

Er streckte den Rücken durch und schob stolz die Brust heraus, während er Kontakt zur Funkleitzentrale aufnahm und von Lieutenant Aston die Koordinaten für den Rücksprung forderte. Der Lieutenant antwortete nicht sofort, aber das konnte seinen Freudentaumel nicht bremsen. Ganz sicher war der junge Offizier von Scham überwältigt, da er nun erkennen musste, dass er sich von dem Gambler hatte täuschen lassen.

Wenig später meldete Lieutenant Aston mit rauer Stimme die Übertragung der Sprungkoordinaten an die *Ace*. Thad warf sich noch mehr in die Brust und bedachte den arroganten Lieutenant, der sich stets so überlegen gegeben hatte, mit einem abfälligen Gedanken. Nun hatte sich gezeigt, wer wirklich als Offizier der Flotte etwas taugte, und das war gewiss nicht Tom Aston.

Während der Computer die Sekunden bis zum Sprung herunterzählte, bemerkte Thad, dass sich die *Joker* bewegte. Er fuhr erschrocken zusammen und konnte nur mit Mühe einen Fluch unterdrücken. Er begriff nicht, wie es dem Gambler gelungen sein konnte, das Schiff unter seine Kontrolle zurückzubringen, und es gefiel ihm ganz und gar nicht. Der Gambler würde versuchen, so schnell wie möglich zur Station zurückzukehren, um dort die Offiziere erneut in seine Gewalt zu bringen, und ganz sicher arbeitete er längst an einem Plan, wie er die Erde an die Hewitts übergeben konnte.

Thad ballte entschlossen die Fäuste. Das würde er nicht zulassen. Der Gambler durfte seinen zerstörerischen Einfluss nicht wieder über die gesamte Station verbreiten. Zum Glück war die Missgeburt wenigstens dieses Mal im Nachteil. Die *Joker* durfte nicht springen, dazu hatte der Schwarm sie zu dicht an die Erde herangetragen. Das Risiko wäre zu groß. Der Sprung der *Ace* jedoch stand unmittelbar bevor.

Der kurze Flug durch den Hyperraum verschaffte der *Ace* einen beträchtlichen Vorsprung vor der *Joker,* und Thad dachte nicht daran, ihn wieder preiszugeben. Mit fest zusammengepressten Lippen beschleunigte er die *Ace* bis weit über die Sicherheitsvorschriften hinaus und jagte das Schiff auf die Station zu. Sein Blick suchte immer wieder gehetzt das Ortungsbild der *Joker.* Auch der Gambler flog so schnell er es vermochte, holte sogar auf.

Verbissen kämpfte Thad um seinen Vorsprung und schaffte es, die *Ace* tatsächlich mit einem halsbrecherischen Manöver in die Schleuse zu bringen, bevor der Gambler die Station erreichen konnte. Die protestierenden Rufe seiner Crew ignorierte er. Sie wussten nicht, worum es ging. Sie ahnten nicht, dass er versuchte, ihr Leben zu retten und die Erde vor der gänzlichen Vernichtung zu bewahren. Es ging um so viel, da konnte er keine Rücksicht auf sie nehmen.

Die *Ace* schrammte leicht an der Schleusenwand entlang, als Thad sie ruckartig in den Hangar trieb. Der Kontakt versetzte dem Schiff einen Schlag und brachte es ins Trudeln. Auf den Bildschirmen konnte Thad sehen, dass die Techniker im Hangar wie flüchtendes Wild auseinanderstoben. Mit roher Gewalt zwang er die *Ace* unter seine Kontrolle zurück und setzte sie unsanft auf dem Startsockel ab.

Noch während die Maschinen heulend ausliefen, warf er die Gurte ab, riss sich von der Lebenserhaltung los und sprang auf. Mit langen Schritten hastete er durch den Gang und fluchte, als das Schott ihn ungebührlich aufhielt. Jede Sekunde war jetzt kostbar. Jede Sekunde, die ihm blieb, bevor der Gambler eintraf, musste er nutzen, um Captain Wilding von seiner Gefährlichkeit zu überzeugen. Dieses Mal würde die gottlose Kreatur zu spät kommen!

Als das Schott aufglitt und er in den Korb stieg, der ihn zum Hangarboden tragen sollte, tat sein Herz einen aufgeregten Sprung. Captain Wilding kam ihm entgegen. Sie stand direkt vor der *Ace,* sah zu ihm hoch, wartete auf ihn. Also würde sie endlich auf ihn hören. Endlich hatte sie begriffen, dass er die Erde von Anfang an vor dem Gambler hatte beschützen wollen und nun auch beschützt hatte. Wenn es ihm nur gelungen wäre, ihn zu töten! Dann wäre sein Triumph vollkommen gewesen.

Aber jetzt war Captain Wilding da. Sie würde sich des Monsters annehmen, dessen war er sich sicher.

Als der Korb zur Ruhe kam, eilte Thad sofort auf Captain Wilding zu, prallte jedoch zurück, als er in ihr Gesicht sah. Ihre Miene war kalt, ihr Blick wie Eis.

„Lieutenant Thornsburg, Sie stehen unter Arrest", erklärte sie tonlos. Ihre Stimme klang kaum noch menschlich.

Thad stieß einen erstickten Schrei aus. Die Knie wurden ihm weich. Er wankte, als um ihn herum die Welt zusammenbrach. Er war doch zu spät gekommen. Der Einfluss des Gamblers war viel stärker und zersetzender, als er es je für möglich gehalten hätte. Captain Wilding war nicht mehr sie selbst. Sie würde nie begreifen, dass der Gambler die Erde verraten wollte, nicht, solange die Missgeburt noch lebte.

Mit wildem Blick sah er sich im Hangar um, entdeckte einen Wachtposten, der dicht neben der *Ace* stand, und lief auf ihn zu. Wenn er ihn erreichen und ihm die Waffe entreißen konnte, wurde vielleicht doch noch alles gut. Dann konnte er die Schergen des Gamblers in Schach halten, warten, bis die *Joker* kam, und den Gambler erschießen, sobald er aus der Schleuse trat.

Mit einem Schrei hechtete Thad auf den Soldaten zu, aber bevor er ihn erreichen konnte, griffen starke Arme nach ihm. Er sah rot, schlug wild um sich, traf auch und bekam für eine Sekunde wieder Luft, doch dann waren sie zu viert über ihm, warfen ihn zu Boden, umklammerten seine Arme und Beine und pressten sein Gesicht auf das kalte Metall.

Er wehrte sich noch immer, erschlaffte jedoch, als einer der Männer seine Arme in einen schmerzhaften Griff zwang, der ihm wie glühende Lava durch die Knochen fuhr.

Gleich darauf rissen sie ihn vom Boden hoch. Captain Wilding näherte sich ihm. Ihr Gesicht war zu einer entstellten Fratze verzerrt. Trotzdem versuchte er, zu ihr durchzudringen. Es musste doch noch einen Funken Menschlichkeit in ihr geben!

„Captain, bitte, lassen Sie mich frei! Ich bin nicht Ihr Feind! Der Gambler ist es! Sie müssen ihn aufhalten, ihn töten!"

Für einen Wimpernschlag gerieten Captain Wildings Züge in Bewegung, aber als der Moment vorbei war, schlug ihm nichts als kalte Verachtung entgegen. „Schafft ihn mir aus den Augen", knurrte sie die Soldaten, die ihn hielten, an.

Sofort wurde er in Richtung des Schottes gezerrt.

Verzweifelt warf er den Kopf herum. „Sie machen einen großen Fehler, Captain. Der Gambler wird uns alle vernichten!"

Sie sah ihn nicht einmal mehr an.

Thad begann zu schreien, immer lauter und heftiger, aber niemand hörte auf ihn. Der Griff der Soldaten wurde stärker, gnadenlos. So sehr er auch versuchte, sich ihnen zu entziehen, es gelang ihm nicht. Und hinter ihm versammelte sich eine stumme Menge, bereit, den Gambler zu empfangen, der der Erde das Verderben bringen würde.

Dann schloss sich das Schott hinter ihm, trennte ihn von Captain Wilding und den anderen ab. Trotzdem hörte er nicht auf zu schreien. Er konnte es nicht.

* * *

Als sich das Schott hinter Thad Thornsburg und seinen bewaffneten Begleitern schloss, verstummten auch seine Schreie. Mady war froh darüber. Sie stand mitten im Hangar und zitterte am ganzen Leib wie Espenlaub. Wenn sie Thornsburgs Anblick auch nur eine Sekunde länger hätte ertragen müssen, hätte sie für nichts garantieren können. Sie hasste ihn mit jeder Faser ihres Herzens, hasste ihn, weil er Danny hatte töten wollen. Dass Thornsburg offensichtlich verrückt geworden war, milderte ihren Zorn auf ihn nicht im Mindesten. Er hätte ihr den Mann nehmen können, den sie liebte, und auch jetzt konnte ihm das noch gelingen.

Mit einem erstickten Aufschrei fuhr sie herum und starrte auf das innere Schott der Schleuse. Es war geschlossen und wirkte massiv wie eine Wand. Nicht einmal ein Signallicht kündigte an, dass die *Joker* bereits in die Schleuse eingeflogen war.

Mady schlang sich die Arme um den Leib, wartete angespannt und schweigend wie alle anderen. Das gesamte technische Personal der Sektion hatte sich im Hangar versammelt, dazu Captain Wilding, Sherman Hewitt, seine Assistentin und seine Gehilfen und die Kanoniere der *Ace*. Selbst Jenn, Val und Ellie tauchten plötzlich wie aus dem Nichts neben ihr auf. Jenn wollte ihr beruhigend eine Hand auf den Arm legen, doch Mady stieß sie weg und rannte ein paar Schritte näher an den Startsockel der *Joker* heran.

Plötzlich scholl Lieutenant Astons Stimme über die Lautsprecher durch den Hangar. „Die *Joker* ist in die Schleuse eingeflogen."

Ein Raunen ging durch die Menge. Mady schloss sich ihm nicht an. Ihr Hals war zu eng, als dass sie auch nur einen einzigen Laut herausbekommen hätte. Sie schluckte krampfhaft, aber sie konnte weder die Enge überwinden noch den bitteren Geschmack, der ihre Kehle füllte, mildern.

Sherman Hewitt und Melba Zaykan traten dicht neben sie. Ihre Blicke hingen auf der Schleuse, die sich nun langsam zu öffnen begann. Mady stöhnte unterdrückt, mochte gar nicht hinsehen, weil das Schiff sich bestenfalls in Zeitlupe bewegte und kostbare Sekunden vergeudete, Sekunden, die Danny das Leben kosten konnten.

Tränen brannten in ihren Augen. Der glänzende Leib der *Joker* schob sich an ihr vorbei, dann landete das Schiff. Es setzte so punktgenau auf dem Sockel auf, wie es sonst nur Danny fertigbrachte. Für einen Moment schlug ihr Herz voller Hoffnung, dann erinnerte sie sich daran, dass Admiral Jennings die *Joker* steuerte. Er konnte es Danny gleichtun. Danny hatte ihr von dem Geheimnis des hohen Offiziers erzählt.

Mady zerrte nervös an ihrem Kragen, als einer der Krankenpfleger in den Korb stieg und sich die Flanke der *Joker* hinauftragen ließ. Als er die

Luke erreichte, musste er sie nicht erst öffnen. Sie stand weit offen, ein Zeichen der Sabotage, die Thornsburg verübt hatte.

Wieder einmal raste Zorn heiß wie loderndes Feuer durch ihre Seele, und sie ballte die Hände zu Fäusten, gleich darauf erstickte ihre Verzweiflung die Wut. Danny konnte sterben, war vielleicht schon tot.

Der Pfleger kehrte schnell zurück. Als er wieder in den Korb stieg, trug er Danny in seinen Armen. Mady presste die Hände vor den Mund, trotzdem entrang sich ihr ein entsetzter Schrei. Danny rührte sich nicht und hing beängstigend schlaff im Griff des anderen.

Der Korb brauchte eine Ewigkeit, bis er endlich wieder auf dem Hangarboden zur Ruhe kam. Der Pfleger ließ Danny auf das Deck gleiten. Mady wankte zu ihm hin, wurde jedoch noch von Sherman Hewitt überholt, der an ihr vorbeistürzte. Er untersuchte Danny bereits, als Mady neben ihm in die Knie sank. Ihr Magen verkrampfte sich zu einem schmerzhaften, eisernen Knoten. Danny war bleich, auf seiner Haut lag ein bläulicher Farbton, und obwohl sie genau hinsah, konnte sie nicht erkennen, ob er atmete.

Sherman Hewitt tastete gerade nach Dannys Puls, und sein Gesicht wurde dunkel vor Sorge.

Tun Sie doch etwas!", schrie Mady ihn an. Sie wollte Danny nicht verlieren. Sie *durfte* ihn nicht verlieren, nicht jetzt und nicht auf diese Weise!

Der Mediziner handelte längst. Er presste Danny eine Maske auf das Gesicht, ließ ihm so Sauerstoff in die Lungen blasen. Gleichzeitig öffnete er den Saum des Raumanzugs und legte Danny ein kleines Gerät auf die Brust.

„Zurück", rief er Mady zu und winkte auch alle anderen beiseite. Mady blieb wie erstarrt dicht bei Danny sitzen, achtete aber darauf, ihn nicht zu berühren, die anderen traten einen Schritt zurück. Sherman Hewitt wartete nicht länger, sondern betätigte eine Taste auf dem Impulsgeber, den er in der Hand hielt. Ein Ruck ging durch Dannys Körper. Er bäumte sich auf, dann lag er wieder still.

Mady presste noch immer die Hände vor den Mund, aber sie blieb stumm. Nur tief in ihr gellte ein verzweifelter Schrei.

Sherman Hewitt tastete erneut nach Dannys Puls, fluchte und aktivierte den Impulsgeber noch einmal. Wieder bäumte sich Danny auf.

Mady schloss die Augen, spürte, wie ihr heiße Tränen über die Wangen liefen.

Doch dann packte sie plötzlich jemand an der Schulter und schüttelte sie heftig.

„Sein Herz schlägt wieder!", rief Sherman Hewitt ungestüm und lachte sie an. „Er lebt!"

Mady riss die Lider auf und sah, dass sich Dannys Brust unter tiefen Atemzügen hob und senkte. Sie weinte hemmungslos vor Glück, während sie ihm zärtlich eine Haarsträhne aus der Stirn strich.

„Komm zurück zu mir", flüsterte sie. „Du hast es versprochen."

Als hätte er sie gehört, begannen plötzlich Dannys Augenlider zu flattern, ein Zittern lief über seine schmale Gestalt, dann stöhnte er leise, und nur einen Herzschlag später schlug er die Augen auf. Im ersten Moment war sein Blick noch verschleiert, aber dann klärte er sich. Gleich darauf löste Danny die Maske von seinem Gesicht und versuchte, sich aufzusetzen. Mady half ihm und ließ ihn nicht für eine Sekunde aus den Augen, während er sich im Hangar umsah. Sein Blick streifte Captain Wilding, Sherman Hewitt und all die anderen kurz, dann schaute er wieder sie allein an. Seine Pupillen weiteten sich und seine Züge wurden weich, als er die Hand hob und ihr sanft eine noch nicht getrocknete Träne von der Wange strich.

„Habe ich es geschafft?", fragte er leise.

Mady nickte und umarmte ihn heftig. „Ja", antwortete sie freudestrahlend. „Du hast es geschafft."

Im Hangar brach spontaner, ohrenbetäubender Jubel aus, doch Mady hörte ihn kaum. Die Welt rückte von ihr und Danny ab, während sie sich eng umschlungen hielten und innig küssten.

Epilog

Danny Sims' Alleinflug in den Schwarm der Hewitts war und blieb sein letzter Einsatz gegen sie. Die Hewitts kehrten nicht mehr zur Erde zurück.

In der Zeit des Wartens wurde abgerechnet. Floyd Merson, der durch seine Missachtung der Vorschriften zugelassen hatte, dass Thad Thornsburg an den Generalschlüssel zum Militärnetz herankam, verlor seinen Posten auf der Erdorbitalstation und floh später vor den Medien in eine kleine Stadt auf *Horizon*. John Raff wurde in einem Kriegsgerichtsverfahren zu einer langjährigen Haftstrafe verurteilt, und Lieutenant Thornsburg, der aufgrund seines unkontrollierten Hasses auf Danny Sims seine Zurechnungsfähigkeit verloren hatte und darüber hinaus zu einer Gefahr für die Öffentlichkeit geworden war, lernte in den folgenden Jahren das Leben in einer geschlossenen psychiatrischen Anstalt besser kennen, als er es sich am Anfang seiner Karriere vermutlich jemals hätte träumen lassen.

Nachdem mehrere Wochen verstrichen waren, ohne dass sich die Schwärme wieder gezeigt hatten, kehrte Ruhe auf der Erdorbitalstation ein. Tray Sims verließ die Station und ging zur *Gambler-Circus* zurück.

Zur gleichen Zeit hob Admiral Jennings Defense-Status-Alpha auf und beraumte eine Pressekonferenz an, zu der die Vertreter aller namhaften Sender geladen wurden. Das Flottenoberkommando gab ihm, wie durch Hörensagen später verbreitet wurde, klare Richtlinien dafür, welche Geschehnisse und Fakten offengelegt werden sollten und welche nicht, doch der Admiral *vergaß*, sie an Captain Wilding und die Besatzung der *Joker* weiterzugeben.

Im Zuge der Konferenz wurde reiner Tisch gemacht. Die Menschheit erfuhr von den Sabotageakten, die Lieutenant Thornsburg begangen hatte, sie erfuhr, dass zwei Crewmitglieder der *Ace* Danny Sims überfallen und fast getötet hätten, und sie erfuhr auch, welche Folgen sich daraus für die gesamte Erde ergeben hatten.

Ebenso offen berichtete Danny Sims über das Geschenk, das ihm die Hewitts gemacht hatten - und wie er es genutzt hatte, um die Schwärme ein für alle Mal von der Erde fernzuhalten. Dabei kamen auch seine besonderen Fähigkeiten zur Sprache, und zum ersten Mal seit Langem waren die Unterschiede, die zwischen den gewöhnlichen Menschen und den Gamblern bestanden, kein Tabu mehr - sehr zum Leidwesen des Flottenoberkommandos, das einige Fakten lieber weiterhin unter Verschluss gehalten hätte.

Aber die Sorge erwies sich als unbegründet. Die Menschen erschraken nicht, als die Medien zum ersten Mal ein Bild der Gambler zeichneten, das tatsächlich der Wahrheit entsprach, und es stellte sich bald heraus, dass die Unwissenheit viel mehr Schaden angerichtet als verhindert hatte.

Danny Sims stellte sich immer wieder der Öffentlichkeit und versuchte, die Vorurteile über seine Leute auszuräumen. Anfangs war es ein schwerer Weg, da die Scheu groß war, aber sein Status als Held und Retter der Erde half ihm, die ersten Brücken zu schlagen, und als das erst einmal geschehen war, überwog bald die Neugier der Menschen.

Damit war Danny Sims jedoch noch nicht zufrieden. Er hatte sich entschlossen, trotz allem, was er bislang geleistet hatte und wozu er bereits fähig war, die Akademie der Erdflotte zu durchlaufen, so wie jeder andere, der Soldat der Erdflotte werden wollte.

Das Flottenoberkommando zeigte sich zunächst wenig begeistert von seinem Enthusiasmus, sondern wollte ihn sofort auf eine weiterführende Laufbahn einschwören, aber er bestand darauf, weil er ein Zeichen setzen wollte. Schließlich hatten die Admiräle keine andere Wahl, als seinem Ansinnen zähneknirschend zuzustimmen, und er bekam seinen Platz auf der Akademie.

Seine Begleiter während dieser Zeit waren Madelaine Thompson, Valerie Haver und Jennifer Goddard. Die jungen Soldaten waren ebenfalls auf die Akademie zurückgekehrt, um ihre Ausbildung, die durch die Angriffe der Hewitts unterbrochen worden war, abzuschließen.

Danny Sims wurde aufgrund seiner herausragenden Leistungen und seines überlegenen Wissens sehr bald zum besten Kadetten, den die Akademie jemals gesehen hatte. Es dauerte nicht lange, bis Admiräle, die ihm eigentlich Wissen vermitteln sollten, ihn baten, von den Welten zu erzählen, die er auf seinen Reisen durch das Kollektivgedächtnis der Hewitts besucht hatte. Danny tat es gern. Jeden Abend sprach er länger als eine Stunde über Planeten und Völker, die vor ihm nie jemand gesehen hatte. Seine Vorlesungen wurden schon bald zu einer festen Institution.

Seine Freunde rieten ihm, sie aufzuzeichnen und zu verkaufen, und zum Glück hörte er auf sie. Die Videos wurden zu einem Verkaufshit und schlugen jeden Kassenrekord. Danny wurde reich.

Er nutzte das Geld auf seine Weise, indem er neben der Akademie der Erdflotte mehrere Gebäude bauen ließ - ein Platz für die Gambler-Akademie, die er ins Leben rief, noch bevor er selbst seine Ausbildung abgeschlossen hatte. Er wollte allen Gamblern, die es wünschten, die Gelegenheit geben, ihre Talente zu entdecken, sie zu entwickeln und zur vollen Entfaltung zu bringen, so wie es ihm selbst vergönnt gewesen war. Deshalb war Zurückhaltung in den Hallen der neuen Akademie ein Tabu.

Anfangs leitete Danny die neue Akademie selbst, da es sonst niemanden gab, der die Gambler hätte unterrichten können. Er lehrte sie, sich gegenseitig bei der Erforschung und Erweiterung ihrer Grenzen zu unterstützen, doch da er gleichzeitig auch noch Kadett war und der Andrang viel stärker, als er erwartet hatte, blieb ihm bald nicht genug Zeit, um sich ausreichend um alle Gambler zu kümmern, die seinem

Aufruf gefolgt waren. Deshalb bat er seinen Vater, die Gambler-Akademie zu übernehmen. Tray Sims kam sofort zur Erde und widmete sich seiner neuen Aufgabe mit großer Begeisterung.

Zu Dannys großer Freude wagte es auch seine Mutter, die *Gambler-Circus* zu verlassen. Das Auftauen der zuvor eisigen Beziehung zwischen Gamblern und gewöhnlichen Menschen hatte ihr Mut gemacht, und allmählich lichtete sich der dunkle Schatten, den die Vergangenheit über sie gelegt hatte.

Das Flottenoberkommando war zunächst skeptisch gegenüber der neuen Gambler-Institution, obwohl es ihrem Bau nach langen Diskussionen schließlich zugestimmt hatte. Allerdings hatten die Admiräle angesichts der ungeheuren Beliebtheit, der sich Danny Sims inzwischen in breiten Teilen der Bevölkerung der Erde und der Kolonien erfreute, und der mitreißenden Begeisterung, mit der er für seine Pläne eintrat, gar nicht anders entscheiden können, und so fügten sie sich am Ende ergeben ins Unvermeidliche.

Danny suchte die Gambler-Akademie auch weiterhin regelmäßig auf und gab Hinweise und Anregungen, sein eigentliches Interesse aber galt nach wie vor seiner Ausbildung zum Offizier der Flotte. Durch sein unfehlbares Gedächtnis und seine große Intelligenz, die sich immer stärker entwickelte und mehr als einen Admiral in Erstaunen versetzte, brachte er es fertig, die Akademie in nur einem Drittel der üblichen Zeit mit dem besten aller nur denkbaren Ergebnisse abzuschließen.

Anschließend strebte er eine Karriere auf einem Schiff der Flotte an. Natürlich war es nicht irgendein Schiff. Bereits während seiner Akademiezeit hatte er angeregt, eine neue Pionierflotte ins Leben zu rufen und in die Tiefen des Weltalls zu entsenden, und da er, anders als bei früheren Missionen, diesmal ein klares Ziel vorgeben konnte, wurde sein Vorschlag mit großem Interesse aufgenommen.

Während die Pionierflotte ausgerüstet wurde, arbeitete Danny daran, aus dem Gedächtnis Sternenkarten anzufertigen, die den Himmel über jenen Welten zeigten, die er gesehen hatte, und mit Hilfe eines Programms, das Mr. Serrault für ihn geschrieben hatte, konnte er feststellen, wo sich diese Planeten befanden.

Doch obwohl ihm das gelang, hielt Danny die Koordinaten vorerst geheim, denn es gab nicht wenige Gerüchte, die besagten, das Flottenoberkommando wolle ihn die Expedition nicht begleiten lassen, weil das Wissen, das er von den Hewitts erhalten hatte, so unglaublich wertvoll für die Menschen war, dass sie nicht das Risiko eingehen mochten, ihn zu verlieren. Da Danny aber darauf bestand, das Ziel der Flotte erst nach dem Start bekannt zu geben, blieb ihnen nichts anderes übrig, als ihn ziehen zu lassen. Für ihn war es die Erfüllung eines lange gehegten Traums.

Die Vorbereitungen für die erste Expedition nahmen fast zwei Jahre in Anspruch. In dieser Zeit schloss auch Madelaine Thompson ihre Ausbildung auf der Akademie ab. Danny holte sie an Bord des Flaggschiffs der Explorerflotte, und auch die anderen Mädchen seines ehemaligen Teams schlossen sich ihm an. Die *Joker* war zwar kein aktives Schiff mehr, sondern erinnerte als Denkmal auf dem großen, zentralen Rasenstück im Park der Akademie an Dannys heldenmütigen Einsatz gegen die Hewitts, aber es gab in den Reihen der Pionierflotte natürlich auch Tetraederschiffe, und Danny und seine ehemalige Crew ließen es sich nicht nehmen, gemeinsam den einen oder anderen Erkundungsflug in die Tiefen des Alls zu starten – was den verantwortlichen Admirälen aus Sorge um ihren kostbarsten Besitz regelmäßig graue Haare wachsen ließ, jedoch nichtsdestotrotz zu einer liebgewonnenen Gewohnheit für sie wurde, die sie gegen jede Kritik und jeden verzweifelten Appell von höherer Stelle beibehielten.

Jennifer Goddard, Elisabeth Craine und Valerie Haver wurden schließlich auch Zeugen vom glücklichsten Moment in Dannys Leben. Er und Madelaine Thompson heirateten zwei Wochen nach dem Start der Flotte, als die Schiffe schon tief im All standen. Es war eine einfache und doch erhabene Zeremonie. Sie fand unter der Kuppel eines Sternenblicks statt und ließ Danny und Mady im Licht ferner Sonnen erstrahlen. Wer noch Zweifel gehabt hatte, dass sie füreinander geschaffen waren, verlor sie in dem Moment, in dem sich die beiden glücklich lächelnd das Jawort gaben.

Im Verlauf der ersten Expedition nahm die Pionierflotte Kontakt zu fünf verschiedenen Völkern auf. Aufgrund seines Wissens über die Kultur, die Technik und die Sitten der Rassen war Danny der beste Erstkontaktler, den sich die Erde nur wünschen konnte, was ihm bald einen entsprechenden Spitznamen eintrug.

Durch seine großen Erfolge stieg Danny Sims sehr schnell in der Hierarchie der Erdflotte auf. Mit dreißig Jahren wechselte er ins Flottenhauptquartier über, und mit dreiunddreißig wurde er zum jüngsten Admiral aller Zeiten ernannt.

Madelaine machte ebenfalls ihren Weg und brachte es schnell zum Captain. Sie und Danny leiteten gemeinsam weitere Expeditionen, die auf das Wissen zurückgingen, das ihm durch die Berührung mit den Hewitts geschenkt worden war, und die Zahl der Begegnungen mit den Vertretern außerirdischer Völker wuchs rasch an.

Durch diese Kontakte erlebte die Menschheit einen beträchtlichen Aufschwung im technischen, wirtschaftlichen und vor allem im kulturellen Bereich. Danny Sims nahm zu dieser Zeit den Rang eines Botschafters an. Er besuchte die Völker, mit denen die Erde freundschaftliche Beziehungen pflegte, und regte an, dass sie noch stärker zusammenarbeiteten. Aus zunächst nur lockeren Pakten wurde bald mehr. Dannys unermüdlicher Einsatz führte schließlich zur Gründung des Sternenbundes, und er war erst einundvierzig Jahre alt, als er von den Vertretern aller beteiligten Völker einstimmig zu dessen Vorsitzenden gewählt wurde.

Heute weiß jedes Kind, wer Danny Sims ist und was er für die Menschen geleistet hat, und ohne Zweifel wird man sich auch noch in hundert Jahren an ihn erinnern, denn Danny Sims ist schon zu seinen Lebzeiten als eine der bedeutendsten Persönlichkeiten in die Geschichte der Menschheit eingegangen.

Schlusswort der vierteiligen Vortragsreihe:
„Die Angriffe der Hewitts"
Autor und Sprecher: Alexander Dow

Ende

Weitere Bücher von Susanne Gavénis

SF- und Fantasy-Romane

Der Gambler I – „Invasion“, kindle direct publishing 2017

„Shai'lanhal – Die Legende vom ewigen Kampf“, kindle direct publishing 2016

„Der Dunkelelf“, kindle direct publishing 2017

„Wächter des Elfenhains“, kindle direct publishing 2018

Gwailor-Chronik I - „Im Schatten der Prophezeiung“, kindle direct publishing 2019

Gwailor-Chronik II - „Schicksalspfade“, kindle direct publishing 2019

„Der Zorn des Purpurdrachen“, kindle direct publishing 2020

Schreibratgeber

„AllerAnfang ist gar nicht schwer, kindle direct publishing 2017

Mehr Informationen über diese Romane und die Autorin selbst finden Sie auf:

www.susanne-gavenis.de

www.facebook.com/susannegavenis

Printed in Poland
by Amazon Fulfillment
Poland Sp. z o.o., Wrocław

51266080R00238